KB051907

황제를 꿈꾸는 여인

황권

황제를 꿈꾸는 여인

황권

5

천하귀원
장편소설

arte

봉지미

어릴 적 부모를 여의고 봉 부인 슬하에서 자랐다. 생존을 위해 얼굴을 추하게 위장하고 속마음을 감추며 지내다 우연한 계기로 청명서원에 들어가게 된다. 이후 '위지'란 이름으로 남장을 하고, 어린 나이에 조정 대신으로 중용되어 빼어난 능력을 발휘한다.

영혁

천성 황조 6황자. 수려한 외모 못지않게 뛰어난 능력과 수완을 지녔으나, 황실의 견제를 피하고자 기생집을 드나들며 때를 기다린다. 봉지미에게 호기심을 느끼고 그녀를 지켜보면서, 두 사람 사이에 미묘한 기류가 흐르기 시작한다.

고남의

봉지미를 납치하려다가 호위 무사가 된 인물로 정체가 베일에 싸여 있다. 신비로운 미모와 남다른 성품, 뛰어난 무예 실력으로 주변을 압도한다. 말없이 자신의 방식대로 혼자서 살아왔으나 봉지미를 통해 감정을 배우기 시작한다.

혁련쟁

호탁의 왕세자. 강인하고 대범하며 자신의 사람들을 지키는 일에 목숨을 아끼지 않는다. 중원의 여인은 나약하다고 생각했으나 봉지미를 만나면서 생각이 바뀌고, 그녀의 마음을 얻기 위해 노력한다.

진사우

대월의 3황자 안왕 진사우. 봉지미에게 복수할 기회를 노리던
그는 신분을 위장하고 서량에 잠입한다. 그는 그곳에 사신으
로 온 그녀를 납치하여 대월로 데려가기 위해 기회를 노린다.

경비

출신을 알 수 없는 무녀로 황제의 눈에 들어 궁으로 들어온다.
황제 곁에서 애정을 다하는 것처럼 보이나, 복수를 위한 치밀한
계략을 가지고 있다.

차
례

주요 인물 소개

여인 삼단 논법

유난히 따가운 초여름의 햇살이 제경의 성문 밖으로 쏟아졌다. 말발굽 소리와 함께 흙먼지가 피어오르자 높고 웅장한 성문은 누런 안개 속으로 아른아른 사라졌다. 서량으로 향하는 대규모 사신단 행렬은 7황자가 이끄는 문무백관의 배웅을 받으며 위풍당당하게 제경을 떠났다. 봉지미를 정사(正使)*사신 단장로 세우고, 내각 중서 2인을 부사(副使)*부단장로 앞세운 이 사신단은 겉보기엔 구성원의 직급이 높지 않아 보이지만, '위지'는 이미 천하에 명성을 떨친 비범한 중신이었다. 여러 나라에서 그에게 각별한 관심을 쏟았고, 대월의 안왕은 심지어 현상금 백만 냥을 걸고 위지의 목숨을 노린다고 전해졌다. 그러니 이런 사신 단장만으로도 서량에게 충분히 면이 설 터였다. 사실 섭정왕의 탄신연일 뿐이지 않은가.

봉지미는 성을 나설 때 제경 쪽을 돌아보진 않았다. 마차가 조금 덜 컹거릴 때, 그녀는 남해 출사를 떠나던 그해가 떠올랐다. 그때도 영녕문을 통과해 제경을 나섰다. 멀리 떠나는 설렘과 흥분을 안고, 봄바람을 맞으며 득의양양하게 제경과 작별 인사를 했다. 돌아오면 어머니와 남동생을 데리고 시골로 내려가 전원생활을 할 줄로만 알았다. 하지만 돌아왔을 때는 세상이 뒤집혀 있었다. 시간은 강물처럼 흐른다는 그 흔한 말은, 지금 생각하니 뼛속을 꿰뚫는 명언이었다.

마차 행렬은 빠르지 않게 전진했다. 가는 길에 각 지방의 관원들이 나와 관행대로 맞이하고 배웅했다. 위 후에게 잘 보일 기회니 각지의 관료는 버선발로 나와 온 힘을 기울여 봉지미에게 좋은 인상을 남기려 했다. 출발 첫날부터 제경의 근교 동석현(東石縣)에 두 시진 동안 잡히는 바람에 40리밖에 이동하지 못했고, 동석현 낙평진(樂坪鎭)의 역참에서 묵게 되었다.

고지효는 내내 얌전히 고남의의 마차에 앉아 대나무 새장을 만지작거렸다. 봉지미는 아이에게 별 신경을 쓰지 않다가 저녁 식사 후 무공 수련을 마치고, 지효가 혼자 쓰는 방을 지나다 불이 켜진 것을 보고 문을 열고 들어갔다. 고지효는 등불 아래 이를 악물고 앉아 대나무 새장을 고치고 있었다. 고사리 같은 손은 거친 대오리에 찔리고 베어 물집 투성이가 되어 있었다. 두 시녀가 낮은 목소리로 타일렀지만, 지효는 들은 체도 하지 않았다. 오늘 밤 고치지 못하면 절대 잠들지 않을 각오를 한 것 같았다. 봉지미가 손을 젓자 두 시녀는 구원이라도 받은 마냥 물러갔다. 얼마간 묵묵히 관찰하던 그녀는 새장에 다른 장치가 있는 걸 발견하고, 지효가 잘못 건드릴까 걱정돼 그 앞에 앉아 말했다.

"내가 고쳐 줄게."

고지효는 쩔쩔매며 꼼지락거리던 손을 멈추고, 고개를 숙인 채 말했다.

"못 해. 나도 못 해. 아사(阿四)가 절대 안 고쳐주겠대. 사고 치면 안 된다고."

봉지미도 아사를 알고 있다. 종신과 고남의의 수하로 농남(隴南)에서 정보 수집과 전달 임무를 맡은 수하 중 네 번째라 아사라고 불렸다. 종신의 비밀 조직 구성원은 모두 이름이 없고 서로 별명을 불렀다. 그들은 좀처럼 봉지미 앞에 나타나지 않았고, 종신의 최측근 심복 몇을 빼면 봉지미의 신분조차 몰랐다. 다만 아사가 눈치 빠르고 일을 잘한다는 말은 익히 들었다. 한 달 전 제경에 보고차 왔던 그는 농남으로 돌아가야 했지만, 때마침 그녀의 사신단이 농남을 지나가니 주변 환경과 남방의 풍속에 밝은 그를 종신이 그녀와 동행하게 한 것이다.

"내가 못 고친다고 누가 그래?"

봉지미가 웃으며 새장을 뒤집었다. 손가락으로 바닥 부분을 몇 번 잡아당기자 탁, 하는 소리와 함께 고남의가 벌려 놓은 대나무 새장이 원래 모습으로 돌아왔다. 고지효는 눈을 반짝이며 환호하고 새장을 소중히 품 안에 끌어안았다. 봉지미가 빙긋 웃으며 일어나는데 아이가 옷자락을 잡았다. 고개를 숙여보니 커다랗고 맑은 두 눈이 조금 불편한 표정으로 그녀를 쳐다봤다. 그녀는 아이의 눈동자에 담긴 뜻을 읽고 웃으며 머리를 쓰다듬었다. 고지효는 뭔가 불편한 듯 고개를 조금 돌렸지만, 완전히 피하지는 않고 중얼중얼 말했다.

"…… 낮에는…… 지효가 몰라서 그랬어……."

봉지미는 그제야 이 독특한 아이가 하고 싶은 말을 알았다. 감사를 표하는 게 아니라 낮에 있었던 일에 대해 해명하고 싶은 것이었다. 일부러 아무렇지 않은 척하는 저 눈동자만 봐도, 이 꼬마가 제법 긴장하고 있다는 게 느껴졌다.

'믿어 주길 갈망하기 때문에 긴장하는 것이다.'

알고 보니 고지효는 아주 예민한 아이였다. 봉지미는 태평하게 웃으며 자리에 털썩 앉아 아이를 품에 안았다. 아이는 어색한 듯 뒤척였지만, 결국은 가까이 와서 안겼다. 그녀는 젖비린내 나는 아이의 머리칼 냄새를 맡으며, 꼭 끌어안고 말했다.

"네가 몰랐다는 거 나도 알아."

고지효는 입술을 비죽거리며 억울한 듯 봉지미의 옷을 잡고 말했다.

"아빠는 몰라."

"아빠도 아셔."

봉지미가 입꼬리를 올리고 부드럽게 웃었다. 고지효는 의심스러운 듯 그녀를 쳐다봤다.

"아빠는 네가 제멋대로 굴지 않길 바라시는 거야."

봉지미가 가볍게 지효를 안고 흔들며 미소 지었다.

"지효야, 우리 여자들은 이 세상을 살아가기 참 힘들어. 남자들이 많은 세상이라 더 힘들지. 날 봐. 살인도 해야지, 방화도 해야지……. 게다가 다른 사람들이 날 죽이거나 불을 지르지 않도록 스스로 방어도 해야 해. 때로는 좋은 사람이라고 믿었는데 나쁜 사람일 때도 있고, 나쁜 사람을 만나서 평생 적으로 살아야지 마음먹었는데 마음이 약해지기도 해. 단칼에 처리하고 싶지만 모든 일이 그렇게 단순하지 않더라고. 봐, 피곤하고 복잡하지? 그런데 제멋대로 굴면 살 수 있겠니? 제멋대로 군다고 상대방은 타협해 주지 않아. 너 그럴 땐 어떡할래?"

지효는 고개를 들고 빤히 쳐다보며 열심히 들었다. 알아들었는지 어쩼는지 모르지만 잠시 후 중얼거렸다.

"아빠도 말 안 들어."

"네 아빠는 세상에서 무공이 가장 센 사람이야. 너는 무공 할 줄 알아?"

봉지미는 기가 막히기도 하고 재밌기도 해서 꼬맹이의 머리칼을 마구 흩트려 놓았다. 사실 지효가 무슨 일이든 아빠만 따라 하니 조금 골치 아팠다. 차라리 지효의 교육은 자기가 맡겠다고 고남의에게 말해 볼까도 생각했었다. 이렇게 고남의만 따라가다가는 괴짜로 자랄 것이 뻔했으니까.

고지효는 하품을 하더니 봉지미의 품에 스르르 기댔고, 새장을 높이 들고 말했다.

"나 새장 있다!"

봉지미는 한숨을 쉬었다. 다시 생각해 보니 이런 아이를 바꾸려고 하기보다, 자신을 보호하는 방법을 가르치는 편이 나을 것 같았다. 그녀는 새장을 들고 말했다.

"이 새장에 대해 잘 알지도 못하면서 어떻게 아빠를 지키겠니? 자, 사람을 죽이는 방법을 가르쳐 줄게."

그러고는 봉지미가 신이 나서 새장을 해체하기 시작했다. 시녀 한 명이 마침 차를 가지고 왔다가 담담한 투의 무시무시한 말을 듣자 펄쩍 뛰었다. 그런데 세 살 꼬마는 대나무 새장을 해체하며 더욱 담담하게 더욱 무시무시한 말을 했다.

"대나무에 독을 넣을까?"

"독이 없는데?"

고지효는 주머니에서 검은 병을 꺼내 그 안의 환약들을 쏟아부으며 자랑스럽게 말했다.

"종신 아저씨 것 훔쳐 왔어."

시녀가 또 한 번 펄쩍 뛰며 나갈 때, 봉지미는 품, 하고 마시던 차를 뿜었다. 그날 밤, 고지효의 방은 늦은 시간까지 불이 꺼지지 않았다. 창호지에 비친 어른과 아이 그림자가 바삐 움직였고, 이따금 비밀스럽고 음험한 대화가 오갔다.

"끝을 뾰족하게 깎는 거야."

"여기 홈을 파자. 피가 새장을 더럽히지 못하게……."

"이 독은 기껏해야 새 한 마리밖에 못 죽여. 아무래도 쓰지 않는 게 좋을 거야."

"그보다 빈 새장으로 위장하자!"

"새를 넣을까?"

"이렇게 큰 새는 없는데……."

"부엉부엉 우는 새 본 적 있어. 되게 커. 한쪽 눈은 감고, 한쪽 눈은 뜨고 있었어."

"부엉이?"

"맞지?"

"……."

날이 밝을 즈음, 개조한 살인 새장 옆에 봉지미와 고지효가 널브러져 있었다. 아이는 그녀의 허리띠를 잡고 얼굴을 그녀의 배에 묻은 채 다른 한 손으로 원숭이를 잡고 있었다. 아이가 흘린 침이 그녀의 옷을 투명하게 적셨다.

날이 밝을 즈음 고남의는 지효 방 근처 나무에서 사뿐히 내려와 소리 없이 방문을 열고 들어갔다. 새장을 그들에게서 멀리 떨어뜨려 놓고 원숭이도 옆으로 치웠다. 두 여자에게 이불을 덮어 주고, 헝겊을 둘둘 말아 크게 벌린 지효의 입에 쑤셔 넣었다. 아이의 침에 그녀가 익사할 지경이었다.

얼마 후 마당에서 사람들이 출발 시각을 알리며 고함칠 때 방문이 열렸다. 봉지미는 새장을 들고 고통스러운 얼굴로 나와 젖은 옷을 털며 중얼거렸다.

"육아는 이 봉지미가 할 수 있는 일이 아니군."

봉지미는 방을 나서 월동문을 통과해 자기 방으로 돌아가 옷을 갈아입고 나왔다. 마당에서 그녀의 분부를 기다리는 아사에게 새장을 흔들어 보이며 말했다.

"어제는 아육이 보초 담당이었는데 오늘은 너구나. 시장을 지날 때 잊지 말고 부엉이를 한 마리 사 오거라. 네가 만든 새장이니까 만든 사람이 가지고 있는 건 괜찮을 거야. 조심하고……."

"예에?"

아사가 입을 쩍 벌렸다.

"부엉이라고 하셨습니까?"

봉지미는 뭐라고 핑계 댈 틈도 주지 않고 다짜고짜 새장을 손에 쥐여 줬고, 아사는 새장을 살펴보며 눈을 끔뻑거렸다.

"부엉이라니……."

아사가 영혼이 빠져나간 듯 밖으로 나갔다.

마차 행렬이 앞으로 나아갔다. 봉지미는 어제의 일을 교훈 삼아 근처 관부에 사전 통지를 보내지 않았고, 덕분에 오후쯤 제경에서 백 리 떨어진 번현(繁縣)에 당도할 수 있었다. 전방에 사람 손이 닿지 않는 커다란 숲이 있어 그녀는 안전을 위해 휴식 시간을 일찍 가지라 명했다. 아사는 대오를 정비한 후 그녀가 내린 임무를 잊지 않고 사람을 불러 부엉이를 사러 시장에 갔다. 하지만 어디서도 전설 속의 흉조로 알려진 괴이한 새를 팔지 않았고, 화미조(畵眉鳥)나 종다리 같은 귀여운 새들만 팔 뿐이었다. 그는 반나절을 헤맸지만 결국 허탕을 치고 돌아와 보고를 했다. 상황을 전해 들은 그녀는 가볍게 웃으며 말했다.

"다들 네가 영특하다는데 어쩜 그리 융통성이 없나? 시장에 없으면 앞에 숲에서 한 마리 잡아 오면 될 것을……."

"소인도 그 생각을 했습니다만……."

아사가 웃으며 말했다.

"다만 오늘은 호위 임무를 맡고 있어 자리를 비우기 부담스럽습니다. 다른 호위에게 시키심이 어떨지요?"

"나는 괜찮다."

봉지미가 웃으며 말했다.

"사신단에 호위만 2천 명이고, 또 지금은 태평성대이며 번현은 제경과도 멀지 않다. 무슨 변란이 일어나야 하겠느냐? 얼른 다녀와라. 또

지효가 울음 터뜨리기 전에."

봉지미는 다시 웃으며 말했다.

"그런데 저 숲에 귀신이 나온다지? 귀신한테 잡히지 않도록 조심해라. 부하를 잃으면 곤란하니까."

"소인 귀신은 두렵지 않습니다."

아사가 웃었다.

"귀신보다 사람이 무섭지요."

그렇게 말하고 자신의 수하를 데리고 총총 사라졌다. 봉지미는 팔짱을 낀 채 월동문 밖으로 사라지는 아사의 뒷모습을 바라보며 입꼬리를 올렸고, 고개를 들어 나무 위를 향해 말했다.

"고 도련님, 오늘 저녁 공기가 좋은데 산책하러 안 갈래요?"

나뭇잎이 움직이고 호두 껍데기가 봉지미의 머리 위로 우수수 떨어졌다. 그녀가 옅게 웃자 눈동자에 비친 석양빛이 파도처럼 일렁였다.

번현 삼 리 밖에는 커다란 숲이 있었다. 한때는 숲 근처에 민가가 듬성듬성 있었으나 어느 과부가 숲에서 목을 매달아 죽은 후 귀신이 나온다는 소문이 돌았다. 그 후 주변에 살던 사람들이 하나둘 떠나 결국 지금의 황폐한 숲이 되었다. 오랫동안 사람의 발길이 닿지 않은 숲속에는 잡초와 고목 줄기, 넝쿨이 난잡하게 엮여 있었다. 서늘한 달빛에 비친 얽히고설킨 넝쿨은 마치 먼지 쌓인 그물처럼 보였다. 야행성 새가 구슬피 울었다. 검은 날개의 가장자리가 파리한 달빛 아래 비상하며 창백한 안개를 갈랐고, 나뭇가지 끝에 간신히 매달린 마른 잎이 떨어지며 을씨년스럽게 나부꼈다. 귀신이라도 오기 싫을 곳이었다. 황폐한 숲의 끝에 두 사람의 그림자가 나타났다.

"가까워 보이는데 너무 멀잖아……"

둘 중 한 명이 중얼거렸다. 그들은 엉망으로 엉킨 가지와 넝쿨의 틈에서 조심조심 길을 찾고 있었다.

"이렇게 큰 숲이었다니……."

또 다른 사람은 담담하게 넝쿨을 타고 다니며 주위를 둘러봤다. 유유자적한 자세가 옆에 있는 사람과 크게 비교되었다. 넝쿨 틈에서 신출귀몰하는 벌레들을 피해 폴짝폴짝 뛰던 사람이 잔뜩 골이 나서 옆 사람을 노려봤다. 지나치게 고지식한 사람은 늘 이 모양이었다. 도와줘야 할 시점을 알려 주지 않으면 영원히 스스로 알아차리지 못한달까……. 속으로 투덜대는데 갑자기 세상이 빙글 돌았다. 바닥에 가득한 넝쿨들이 순식간에 하늘로 솟더니 이내 눈 아래 펼쳐졌다. 어찌나 가까운지 눈을 깜빡이면 속눈썹으로 넝쿨 위의 개미를 쓸어버릴 수 있을 것 같았다. 그제야 그녀는 자신이 누군가의 옆구리에 끼어 있다는 것을 알아차렸다. 하지만 마침내 그가 도와줘야 할 시점을 파악하게 되었다고 하더라도 방법은 아직 모르는 것 같았다……. 그의 겨드랑이 사이에 낀 사람이 항의 표시를 하기도 전에, 이것은 숙녀를 대하는 올바른 방식이 아니라는 것을 깨닫고 그녀를 다시 휙 하고 등에 업었다. 등에 업힌 사람은 이 위치가 훨씬 낫다고 생각했다. 이렇게 무임승차할 생각은 없었으나, 수년간 쌓인 흙먼지와 썩어 문드러진 동물의 뼈 같은 것으로 오염된 넝쿨을 도저히 밟고 싶지 않았다. 그의 등에 무임승차해 편히 가려는데, 그녀의 조련으로 심사가 복잡해진 그자는 등에 업는 것도 썩 좋은 방법이 아니라고 생각했다. 그녀가 눈에 보이지 않으니 영 불편했기 때문이었다. 그래서 다시 휙, 하고 위치를 바꿔 그녀를 가슴에 안았다. 확실하고 안정적으로 안았으며, 가슴과 가슴이 맞닿았지만 개의치 않았다. 오늘 그는 섬세하기까지 해서 그녀의 신발이 바닥에 닿지 않게 하려고 그녀의 발을 자기 발 위에 올려놓았다. 이제 봉지미가 깜짝 놀랄 차례였다.

'이건 무슨 자세지?'

봉지미는 지금 고남의의 품에 안겨 가슴을 맞대고 있었으며, 그의 발을 밟고 있었다. 그가 그녀의 허리를 감싼 채 앞으로 나아갔고, 둘은 샴쌍둥이처럼 한발 한발 맞춘 걸음을 걸었다. 그녀는 몸뚱이에 실이 연결된 목각 인형이 된 것 같았고, 그는 그 인형을 조종하고 있었다.

고남의보다 반 뼘 정도 키가 작은 봉지미가 신발 위에 서니 둘의 눈과 눈이 평행한 위치가 되었다. 부드러운 면사포가 둘의 얼굴 사이에 아른거렸고, 그녀는 눈을 조금 크게 뜨고 면사포 안에 감춰진 그의 얼굴을 엿보았다. 순간 어디서 나타난 빛인지 그녀는 눈이 부셔 현기증이 났다. 그래서 얼른 옆으로 고개를 돌리는 와중에 그의 오뚝한 콧날을 스쳤다. 둘 사이에 면사포가 있었지만, 옥돌처럼 부드럽고 섬세하면서도 조금은 차가운 그의 코끝이 느껴졌다. 이번에 그녀는 고개도 돌리지 못했다. 한 번 더 스쳤다가는 그의 입술과 부딪칠 것만 같았다.

순결하고 풋풋한 백합 향기가 밀려와 숲의 음습한 기운과 부패한 냄새를 가시게 했다. 봉지미는 경직된 몸으로 한동안 발버둥 치다 소용이 없자 비통한 한숨을 내쉬었다. 힘으로는 절대 고남의의 손아귀에서 빠져나갈 수 없다는 걸 알고 있었다. 결국, 그의 어깨를 토닥이며 메마른 웃음으로 협상하는 수밖에 없을 터였다.

"나……, 내려 줘. 이럴 필요까진 없어."

"내가 필요해."

고남의는 머뭇거리지도 않고 대답했다. 그렇다. 그는 정말 필요했다. 봉지미의 허리를 잡았을 때 손바닥에 닿는 느낌이 참 좋았다. 여리고 부드러우면서도 탄력이 넘치는 아주 익숙한 느낌인데, 그게 도대체 뭘까 한참을 생각했다. 푸른 잎이 막 돋아난 버드나무 가지의 감촉과 닮았다는 걸 깨달았을 때, 그 엄청난 발견은 그를 오랜만에 흥분하게 했다. 그는 하나의 생각으로 인해 연상 작용이 일어나는 경험을 거의 해 보지 못했기 때문에, 이것은 아주 신비로운 내적 경험이라고 생각했다. 자신이 연상이라는 것을 할 수 있게 된 이유는 순전히 그녀 덕분이라고 여겼다. 그래서 그녀에게서 더 아름다운 요소를 찾기 시작했다. 예를 들면 그녀의 몸매였다. 그의 각도에서 내려다보면 어깨는 가녀리고 매끈하며, 허리는 쭉 뻗었다가 잘록하게 모이는 선이 보였다. 긴 다리도 정교했다. 마치…… 마치…… 옥으로 깎아 만든 꽃병 같았다. 다음은 그의 어깨에 놓인 그녀의 손이었는데, 마디가 길며 손등은 눈처럼 하얬다. 이건 영락없이 옥잠화를 닮았다. 손톱은 옅은 분홍색을 띠면서도 투명하고 반짝이는데, 손끝에 옥을 새겨 넣은 것 같은 모양이 마치…… 조가비 같았다. 팔목에서 팔꿈치 부분까지 접힌 넓은 소매 밖으로 드러난 하얗고 윤기 나는 피부는 연근과 닮았다. 그녀는 팔꿈치를 조금 들어 올린 자세를 하고 있었으므로 그 옆으로 봉긋하고 꼿꼿하게 솟은 풍성한 부위가 눈에 들어왔다. 이건 마치…… 마치…… 마치…….

고남의는 열중하던 시선을 갑자기 거뒀다. 그는 정신을 집중하여 한참을 헤아리고 나서야 자신이 연상하려 애쓰는 저 부위가 무엇인지 깨달을 수 있었다. 눈앞에 불현듯 두 달 전 목욕통 안에서의 만남이 스쳐 지나갔다. 봉지미가 지붕에서 끔찍하게 굴러떨어졌을 때도 둘은 이렇게 바짝 붙어 있었다. 그때는 온몸이 젖었기 때문에 그녀의 곡선이 더욱 선명하게 보였다. 그는 그때 본 눈부신 매화를 기억하고 있었다. 눈밭에서 외로이 나부끼며 바람에 오들오들 떠는 모양이 마치 꺾어 달라고 간청하는 것 같았고, 그래서 그는 꺾으러 다가갔다. 하지만 그녀는 그와 닿고 싶지 않았는지, 그에게 남녀칠세부동석이라는 말을 가르쳐 주었다. 그때는 이 문제를 이해하지 못했다. 예를 들면 지효에게는 왜 매화가 없을까? 지효도 분명 여자인데……. 하지만 이해하려고 애쓰지 않았고, 더 깊이 생각하지도 않고 손을 놓았다.

지금 그들은 초여름 밤바람이 부는 황량한 숲에 있었다. 사방에 아무도 없는 이곳에서 다시 한번 봉지미와 꼭 붙어 있게 되었고, 너무 가

까워서 둘 사이에 빈틈이 없을 정도였다. 고남의의 앞가슴에 온기가 차
오르는 것 같았다. 품에 안긴 여인의 은은한 향기를 맡으며 가느다란
그녀의 허리를 움켜쥐고 있자니 손바닥도 뜨거워졌다. 또 봉긋 솟은 그
부위가 그날 밤 물속에서 놀랍도록 선명해 보이던 흰색과 붉은색을 떠
올리게 했다. 아직 피어나지 않은 연꽃 봉오리 같기도 하고, 흰 눈밭에
서 활활 타오르는 모닥불 같기도 했다. 힐끔 보기만 했을 뿐인데 온몸
이 뜨겁게 달아올랐다. 분명 조금 전까지만 해도 전혀 신경 쓰이지 않
았지만 걸음을 옮길 때 느껴지는 미세한 진동을 통해 그녀의 살결이 얼
마나 부드러운지 새삼 깨달았다. 그 감촉이 봉긋 솟은 저 지점의 감촉
을 상상하게 했다. 그의 몸 구석구석 감춰진 불씨가 한 번에 타올랐다.
그를 바싹 말려 버릴 듯 뜨거운 기운이 그의 온몸을 훑었다. 면사포에
가려진 얼굴도 이 열기로 전에 없이 붉어졌다. 그의 눈빛이 어느 지점에
멈췄다. 예민한 그녀는 당연히 알아차렸고, 얼른 한 손을 내려 봉긋한
곡선을 가렸다. 그가 아무래도 정신을 놓은 것 같아 팔 뒤꿈치로 쿡 찔
러 주었다. 그의 손이 탁 풀렸고, 그녀는 바닥이 더럽든 말든 폴짝 뛰어
내렸다. 이 어색한 상황을 모면하려 몇 마디 둘러대려는데, 그가 중얼거
리는 소리가 들렸다.

"…… 연꽃."

"음?"

봉지미가 미간에 주름을 잡았다. 이게 무슨 엉뚱한 소리인가? 연꽃?
연꽃이 피지도 않을 계절에? 고남의의 깊은 한숨 소리가 들렸다. 그녀
는 바로 반응하지 않다가 불현듯 눈을 커다랗게 떴다. 한숨이라니! 고
남의가 한숨을 쉬다니! 저 정서가 메마른 사람이, 무뚝뚝해서 화가 나
도 표시조차 안 나는 사람이 난생처음 한숨을 뱉은 것이었다.

'혹시 뭔가 잘못되었을까?'

아무리 봉지미가 지혜로워도 그 짧은 순간에 고남의에게 일어난 내

적 갈등을 알아차리진 못할 터였다. 다만 그의 정서에 일어난 약간의 돌발 상황 정도는 감지했다. 당혹스러운 것 같기도 했고, 또는 불안의 씨앗이 움튼 것 같기도 했다. 어쩌면 조금…… 기분이 나쁜 걸까? 정말 기분이 나쁜가?

봉지미는 고남의가 더는 그녀를 안거나 업으려 하지 않고, 마음대로 움직이게 내버려 둔 것을 깨닫고 한 걸음 뒤로 물러났다. 그녀는 안도했다. 아무튼, 그가 그녀의 몸에 손대려 하지 않는 건 절대적으로 잘된 일이니까. 하지만 자꾸 무언가 잘못된 것 같아 한동안 그를 빤히 바라봤다. 그는 조금도 움직이지 않고 말없이 서서 그녀를 바라보며, 차가운 달빛 아래 자신만의 고민에 빠져 있었다. 드디어 그에게도 고민이 생긴 것이었다.

'이게…… 여인이구나.'

'여인은 아주 아름다운 존재로구나.'

아주 오래전, 유모가 고남의를 안고 어르며 이렇게 말했었다.

"네 엄마는…… 아주 아주 아주 아름다운 여인이었단다. 너도 크면 아주 아주 아름다운 여인을 색시로 맞으렴……"

그 말을 자장가 삼아 고남의는 꾸벅꾸벅 잠들었다.

'아름다운 여인이 나랑 무슨 상관이람? 어머니? 기억도 안 나는 사람인 것을. 귀찮아!'

하지만 유모가 추운 밤 고남의를 품에 안고 아름다운 여인에 관한 이야기를 너무 자주 한 탓에, 그의 기억 어딘가에 아직 흐릿하게 남아 있었다. 다만 그 기억은 오래된 옷상자에서 나온 마른 나뭇잎처럼 상념의 윤기가 전혀 없었고, 그저 가볍게 나부끼며 그의 마음 한구석을 스쳤을 뿐이었다. 아름다운 여인은 그와 상관없는 단어였다. 목욕과 용변 보는 일을 동시에 해결할 수 없듯, 여인이란 그와 공존할 수 없는 존재였다.

그러다 봉지미를 만났고, 그녀가 여인인 것을 알았지만 크게 개의치 않았다. 고남의는 다만 그녀를 신경 썼을 뿐이었다. 처음에는 임무 때문이었지만 나중엔 봉지미라는 사람 자체를 걱정하게 됐다. 하지만 그 걱정스러운 감정이 무엇인지 한 번도 생각해 보지 않았다. 다만 그녀와 있으면 좋았고, 그녀가 반드시 눈에 보여야 했다. 그녀가 그의 곁을 떠나거나 위험에 노출되는 상황을 용납할 수 없었고, 그녀가 죽으려면 우선그의 시체부터 밟고 지나가야 했다. 이제 그녀는 그의 혈육이고 심장이었다. 힘줄과 핏줄로 연결되어 있어 갈라놓으면 견딜 수 없이 아팠고, 만약 잃는다면 그는 무너질 것이다.

고남의가 그토록 신경 쓰는 존재는 봉지미였다. 그런데 오늘 밤, 마침내 여인과 봉지미를 연결한 것이었다. 여인은 아름답다. 아름다운 건봉지미. 봉지미는 여인. 이제 그의 기분이 한결 나아졌다. 봉지미는 여인이구나. 참 잘 됐다. ……

물론 봉지미는 고남의가 이 짧은 순간에 장중한 깨달음을 얻어 그녀가 여인임을 인지하고, 심지어 대대적인 '여인 삼단 논법'을 펼쳤음을알 리 없었다. 그 '여인 삼단 논법'이 모두 그녀에 관한 것이고, 그에게지대한 영향을 미쳤다는 사실을 안타깝게도 그녀는 알지 못했다.

봉지미가 고남의의 소매를 잡아끌며 앞에 동굴이 있다고 일러줄 때, 그는 한창 중요한 문제를 고뇌 중이었다. 예를 들면 '온몸이 뜨거워지는느낌이 봉지미가 여자라서 일어났다면, 여자가 가까이 오면 무조건 똑같이 반응할까?' 같은 문제 말이다. 다른 여인과 실험해 보고 싶었지만아무리 머리를 굴려도 그가 아는 여자는 소녕과 화경뿐인데, 하나는 제경에 있고 하나는 민남에 있으니 당장 쓸모가 없었다. 그는 고뇌에 빠졌다. 정 안되면 길 가는 여인을 잡고 시험해 보면 어떨까? 아니면 서량에도착해서?

고남의는 진지한 문제라고 생각했다. 그는 고뇌를 방해받아 심기가 매우 불편해져 봉지미의 손을 뿌리치고 동굴로 성큼성큼 들어갔다. 오늘 밤 여러모로 억울한 그녀는 달을 한 번 쳐다보고는 한숨을 쉬며 따라 들어갔다.

차가운 밤안개가 유유히 허공에 부유했고, 멀리서 부엉이가 우는 소리가 들렸다. 숲에서 누군가 움직였다. 달빛 아래 사람 그림자 몇 개가 보였고, 맨 앞에 있는 사람은 새장을 메고 있었다.

"다들 흩어져라."

앞에 있는 사람이 뒤에 오는 사람들을 지휘했다.

"이 숲에 분명 부엉이가 있을 거야. 몇 마리 잡아서 제일 예쁜 놈으로 데려가자."

"부엉이도 예쁘고 말고가 있나?"

누군가 중얼거렸고, 일행은 각자 흩어졌다. 흩어진 사람들은 넝쿨을 밟으며 묵묵히 몇 갈래로 퍼졌고, 곧 가느다란 소리가 숲 깊은 곳에서 들렸다. 이윽고 무언가 반짝였다. 검의 날인 것 같았다. 새장을 멘 남자가 달빛 아래 몸을 홱 돌렸다. 훤칠하고 건장한 체형의 그는 눈꼬리가 약간 올라가 그 이름도 유명한 '도화눈'을 하고 있었다. 하지만 흔히 말하는 도화살 긴 분위기는 나지 않았고, 오히려 어딘지 사악해 보였다. 민첩하게 움직이는 눈동자에서 그가 예리한 사람임을 알 수 있었다. 그 눈이 유난히 보기 좋아 평범한 그의 용모를 특별하게 빛내 주었다. 그는 명을 받들어 부엉이 사냥을 나온 아사였다.

아사는 수하들이 각자 흩어져 부엉이를 잡아 오게끔 하고, 자신은 숲을 거닐었다. 무언가를 기다리는 듯 옆쪽을 바라봤고, 이내 부엉이 울음소리가 들렸다. 그는 신이 나서 가볍게 손바닥을 비비더니 소리가 나는 쪽으로 향했다. 과연 얼룩무늬 부엉이가 나무에 앉아 한쪽 눈만 뜬 채 그를 곁눈질했다. 그가 헤벌쭉 웃으며 연기처럼 빠르게 나무에 올랐다. 부엉이가 발버둥 칠 틈도 없이, 그의 손은 소리 없이 부엉이의 목을 졸랐다. 나무 밑으로 화려한 얼룩무늬 깃털이 우수수 떨어졌다. 그가 의기양양하게 웃으며 나무에서 뛰어내리려는 순간, 나무 밑에서 누군가 고개를 들고 바라보는 것을 느꼈다.

우윳빛 면사포가 아사의 얼굴 앞에서 펄럭이고 있었다. 살기는 없었지만 단단히 그를 감시하는 눈빛만은 또렷하게 보였다. 곁에 또 한 사람이 팔짱을 낀 채 나무를 올려다보다가 빙긋 웃으며 깃털 몇 가닥을 주웠다. 유유자적한 모습이 저녁 식사 후 산책 나온 사람 같았다. 나무 위의 아사는 뻣뻣하게 굳어 움직이지 못했다. 하지만 눈치챌 수 없을 정도로 찰나였고, 그는 이내 태연하게 웃으며 인사했다.

"위 대인과 고 대인 아니십니까. 이런 곳으로 산책을 나오시다니요? 저희는 부엉이를 잡고 있는 중입니다. 이 녀석을 좀 보십시오. 괜찮지 않습니까?"

아사가 손에 쥔 부엉이를 들어 올리려고 했다. 고남의는 침착하게 손을 휘휘 내저어 그의 행동을 막았고, 봉지미가 말했다.

"그만! 절대 들지 마라. 그걸 들면 무슨 일이 생길지 장담 못 한다."

아사는 새를 잡은 채 나무에 쭈그리고 앉아 두 사람을 바라보며 한동안 말이 없다가 이내 웃음을 터뜨렸다. 그 웃음이 터지자 표정 없던 그의 얼굴 근육이 활발하게 움직였다. 사악한 기운을 뿜는 도화눈이 달빛 아래 매혹적으로 빛났다. 그는 새를 들고 나무에 앉아 태연한 태도로 봉지미를 칭찬했다.

"역시…… 천하에 위 후를 속일 수 있는 사람은 없다더니, 대단하십니다. 그런데 제가 질문 하나 해도 되겠습니까?"

"얼마든지."

봉지미가 빙긋 웃으며 말했다.

"저 새장 때문에 저를 의심하시게 됐다는 것은 압니다."

아사는 계속해서 태연한 태도로 말했다.

"하지만 제가 지효 아가씨를 위하는 마음으로 새장을 만들어 준 게 아니라고 어떻게 장담하십니까?"

"지효가 알려 줬지."

봉지미가 웃었다.

"네가 지효 앞에 귀뚜라미를 죽일 수 있는 신기한 채집통을 보여 준 적이 있다더군. 덕분에 지효는 사람을 죽일 수 있는 새장이 갖고 싶어졌지. 네가 새장을 만들 때 지효는 졸음이 와서 어떻게 만드는지 보지 못했다고 했어. 완성 후 너는 새장의 어디를 누르라고 알려 줬지만, 누르면 어떻게 되는지는 알려주지 않았지. 아, 새장을 완성한 날 밤 지효는 아빠에게 보여 주고 싶어 했는데 네가 막았다고 하더군. 그러고는 이건 아빠를 지켜 주는 데 써야 한다고 네가 말했다지? 나중에 아빠가 위험해지면 꺼내서 아빠를 놀라게 해 줄 수 있다고 말이지. 하지만 지효가 자꾸 이 신기한 물건을 자랑하고 싶어 하니, 너는 지효에게 서량에 도착해서 아빠가 안 계실 때 위 후에게 보여 주라고 했어. 그런데 어제 지효가 너무나 자랑하고 싶은 나머지 새장을 먼저 건드린 것이지. 아사, 우선은 너를 아사라고 부르겠다. 너를 확실히 해결하지 못한다면 나 위지의 이름을 헛되게 하는 것이다."

"똑똑한 꼬마였군."

아사는 화내지도 않고 어깨를 으쓱거리며 말했다.

"기억을 헷갈리게 만들려고 일부러 두서없이 말했는데, 중요한 걸 다 기억하고 있었어."

"세상에서 제일 끔찍한 죄가 뭘까?"

봉지미가 담담하게 말했다.

"아이의 순수한 마음을 이용해 사람을 해치는 음모를 꾸미는 짓이다. 아이의 신뢰를 짓밟는 자는 개돼지만도 못하다!"

아사는 여전히 웃고 있었지만, 눈동자에 경멸을 담고 있었다. 소박한 푸른 무명옷을 입었지만, 그의 고귀한 기질을 숨길 수 없었다. 그는 나무 위에서 세상을 굽어보듯 말했다.

"위지, 조금 전까지는 제법 대단하다고 생각했지만 이제 무시하고 싶군. 사내대장부가 목표를 이루기 위해서라면 수단과 방법을 가리지 않는 법이지. 어떻게 노약자나 부녀자의 사정을 다 봐 주겠나? 그동안 그 많은 공을 어떻게 세울 수 있었는지 도무지 이해가 가지 않는군. 여자 치마폭에 싸여 이룬 건 아니겠지? 하하."

"내가 공적을 어떻게 이뤘는지 네가 걱정할 바는 아니다."

봉지미도 꺾이지 않고 말했다.

"네가 나를 아무리 조롱해도 너는 상갓집 개만도 못한 처지고, 나는 네가 제 발로 그물에 걸리길 기다리는 사냥꾼이다. 네가 내 먹잇감이 되면 그때 위지가 공을 어떻게 세웠나 알려 주지."

"그래?"

아사가 가볍게 웃었다. 반쯤 뜬 도화눈에 여전히 경멸이 담겼다.

"그런 생각 안 해 봤나? 너는 오늘 밤 쥐를 잡아 독 안에 가뒀다고 생각하겠지만, 사실 내가 호랑이를 유인했다는 생각……."

그 말이 끝나기 무섭게 사신단이 묵는 역참 쪽에서 거대한 빛이 솟았다. 쪼그려 앉아 있던 아사가 손을 놓자 부엉이처럼 보이던 새가 날카롭게 울부짖었다. 깃털이 무성한 날개를 펼치자 반은 칠흑처럼 검고 또 반은 눈처럼 하얀 기괴한 얼룩이 숲에 사는 괴물의 얼굴처럼 펼쳐졌다. 사방이 조용한 숲에 바람을 가르는 예리한 소리가 들려왔다.

환희 찾기

역참 쪽에서 빛이 번쩍 솟는 것을 보고 봉지미가 고개를 홱 돌리자 등 뒤에서 아사의 낮은 웃음소리가 들렸다.

"어제 꼬마가 새장을 건드렸을 때부터 너를 속일 수 없음을 알고 있었다. 그런데 위지, 네가 매복을 심었지만 그 계략에 역이용당할 줄은 몰랐겠지?"

아사의 말이 끝나자 숲 사방에서 요란한 바람이 불었다. 땅에 얽힌 넝쿨들이 갑자기 들썩였고, 넝쿨 사이로 서늘한 빛이 무수히 솟구치며 거센 바람과 함께 덮쳐 왔다. 그가 군림하듯 서 있는 나무를 제외하고는 주변이 몽땅 그 거센 바람에 휩싸였다. 고남의가 별안간 발길질 한 번으로 아사가 서 있는 나무를 부러뜨렸다. 우지끈, 하는 소리와 함께 나무가 쓰러지고 괴이한 새는 폭발하듯 날아올랐다. 아사의 모습이 흩날리는 나뭇잎 사이에서 기우뚱하더니 민첩하게 한 방향으로 물러났다. 그 방향만 날아오는 화살이 없었고, 그가 철수하도록 틈새를 내어 주고 있었다.

경공술이 뛰어난 아사는 그 빈틈으로 미꾸라지처럼 빠져나왔다. 하지만 그 즉시 발밑이 텅 비었음을 느꼈다. 언제부터 여기 함정이 있었단 말인가? 그는 몸이 아래로 곤두박질쳤지만 당황하지 않고, 허공에서 발을 굴러 함정의 가장자리로 몸을 굴렸다. 그러자 여러 개의 검은 그림자가 날아오듯 빠르게 다가왔고, 맨 앞의 그림자가 손을 뻗어 그를 끌어당기려 했다. 그가 손을 내미는 순간, 별안간 어깨 뒤에서 손 한쪽이 튀어나와 앞으로 조용히 뻗어 나갔다. 그는 자기 어깨에서 손이 튀어나와 함정의 위쪽 허공으로 우뚝 솟는 모습을 보니 오싹한 느낌이 들었다. 분명 그가 먼저 손을 뻗었지만, 하얗고 길쭉한 그 손이 아사에게 내민 손을 먼저 붙잡아 버렸다. 흰 손이 가볍게 당기자 손을 내민 이는 함정 속으로 빠지고 말았다.

아사가 내민 손이 아무런 힘을 받지 못하자 그의 몸은 곧장 아래로 떨어질 수밖에 없었다. 하지만 임기응변이 빠른 그는 떨어지는 남자를 함정 벽면으로 힘껏 걷어찼다. 남자가 선혈을 토하는 동안 그는 남자의 신체를 디딤돌 삼아 벽면을 밟으면서 함정 밖으로 빠져나오려고 했다. 그의 어깨 한쪽이 함정 바깥으로 드러났을 때, 함정 옆에 쪼그려 앉아 배시시 웃고 있는 사람과 눈이 마주쳤다. 물기 어린 그 눈동자에 엉망인 그의 꼴이 투영됐다. 봉지미가 함정 앞에서 기다리고 있던 것이었다.

아사의 안색이 변했지만, 여전히 당황하지 않았다. 그는 짧고 낮은 소리를 냈다. 마찰음 같은 기괴한 소리에 봉지미가 흠칫 놀라는데 갑자기 큰 날개를 펼치는 소리가 들렸다. 귀신의 얼굴이 나타나는 기괴한 새가 양 날개를 펼치며 그녀를 향해 급강하하고 있는 모습이 눈동자에 비쳤다. 그녀의 눈동자에 비친 새가 점점 커졌다. 사나운 기세로 날아오자 새를 바라보는 그녀의 눈가에 조롱이 스쳤다. 그녀가 손을 들자 새가 허공에서 공중제비를 돌더니 구슬픈 외마디 울음을 뱉었다. 그러고는 갑자기 날개를 떨었고 짧고 푸석한 깃털이 잔뜩 떨어졌다. 새의 몸에 붙어 있던 깃털 반 이상이 비처럼 쏟아져 내렸다.

이번에는 봉지미의 안색이 변했다. 재빨리 손을 거두고 뒤로 물러설때 사람 모습이 스쳤다. 아사는 벌써 함정에서 빠져나와 그녀 뒤에 꼿꼿하게 섰다. 새는 날개를 푸드덕거리며 그의 어깨에 앉았고, 달빛 아래서 그는 야비한 미소를 짓고 있었다. 달빛이 그의 머리 꼭대기에 있었다. 차가운 달빛 아래 우뚝 선 그는 어깨에 안착한 괴상한 조류와 거만하게 뒤를 돌아봤다. 요염한 눈매에 운치와 냉정함이 섞여 있었다. 순간그녀는 이자의 진짜 신분은 분명 고귀하기 이를 데 없을 거라는 확신이들었다.

등 뒤로 또 다른 사람 그림자가 스쳤다. 고남의가 함정에서 빠져나온 것이었다. 그는 아사의 수하를 함정으로 끌어 내렸을 때 아사도 함정에 빠질 것으로 확신했다. 하지만 아사는 임기응변으로 수하를 짓밟고함정에서 빠져나갔을 뿐 아니라 등허리 쪽 허리띠에서 소털처럼 가느다란 독침을 발사했다. 그때 고남의도 함정에 빠진 상태라 숨을 공간이마땅치 않았다. 게다가 반드시 산 채로 잡아 오라는 봉지미의 당부를기억했기 때문에, 자신만이 아니라 초주검이 된 아사의 수하까지 보호하느라 시간을 지체한 것이다. 함정 입구에서 기다리던 그녀가 독이 묻은 깃털을 피하느라 한 걸음 물러난 틈에, 아사가 먼저 함정에서 빠져나왔다.

이 대적을 설명하자면 복잡하지만, 실은 토끼가 뛰자 매가 덮치듯 삽시간에 몇 사람이 우르르 맞서는 난투극일 뿐이었다. 당사자들은 각자의 이유로 손에 땀을 쥐었지만, 그 순간에도 아사는 이 상황을 깔보듯지켜보며 오만한 웃음을 띠고 있었다. 그의 등 뒤로 언제 나타났는지철갑옷을 입은 사람들이 소리 없이 집결해 그를 호위했다. 봉지미가 그자리에 서서 가볍게 손뼉을 쳤다.

"좋군."

봉지미는 이자의 민첩하고 모진 성향을 진심 어린 마음으로 칭찬했다. 실로 대장군의 풍모라 할 만했다. 아사가 빙긋 웃자 갑옷 병사들이 물러났다. 그런데 그의 계획과 달리 그들과 멀리 떨어지지 않은 곳에 더 큰 무리가 그들을 포위하고 있었다. 그녀의 호위 부대가 조용히 기다리고 있던 것이었다. 그가 눈을 가늘게 뜨고 멀리 역참 쪽에서 보이는 빛에 주목했다. 아까는 일이 뜻대로 풀리자 의기양양하여 제대로 보지 못했는데, 이제야 그 빛이 화염이 아니라 등불을 몇 개 더 걸어 특별히 밝아 보일 뿐이라는 사실을 깨달았다. 그는 입술을 움직거리다 결국 쓴웃음을 짓고 탄식하며 말했다.

"역시 주도면밀하고 빈틈이 없으십니다. 위 대인."

"과찬이십니다."

봉지미가 웃었다.

"우리 거래합시다."

아사가 포위망을 둘러봤다. 섣불리 움직이지 않고 부하의 도움을 받아 말에 올라 웃으며 말했다.

"제가 데려온 사람은 위 대인의 셋만큼 많지 않습니다. 하지만 저 하나를 돕기 위해 천 리 길을 달려온 것을 보면 아시겠지만, 모두 일당십(一當十)인 정예병들입니다. 오늘 저를 여기 잡아 두시는 건 어렵지 않겠지만, 대인의 2천 호위병은 절반만 살아남을 것입니다. 나중에 황제께 뭐라고 하시겠습니까? 이름도 없는 적에게 대항하다 그 많은 병사를 잃었다고 한다면 황제가 믿을까요? 다른 마음을 먹었다고 여기지 않겠습니까? 예를 들면 다시는 사신으로 나가지 않으려 수를 쓴다거나……. 이런 의심 때문에 호위 병사를 더 내주지 않으면 어쩌시겠습니까? 반토막 난 사신단을 데리고 남은 여정을 어떻게 헤쳐 나갈 것이며, 어떻게 서량이라는 적국으로 향하겠습니까? 보십시오. 손해 보는 장사 아니겠습니까?"

"계산에 능하고 총명하십니다."

봉지미가 팔짱을 낀 채 아사를 묵묵히 바라봤다.

"하지만 안타깝게도 귀하는 자신을 과대평가하셨습니다. 지금 그쪽은 저와 거래할 자격이 없습니다. 왜냐하면 이분 때문이죠."

봉지미가 고남의를 가리키며 말했다.

"이분 혼자서도 당신을 잡아 두기에 충분하고, 제 호위 병사들의 손실도 그리 크지 않을 것입니다."

아사가 잠시 침묵하다 고개를 들었다. 채찍으로 안장을 가볍게 두드리며 골똘히 생각하더니 말했다.

"잠시 따로 이야기 좀 나누실까요?"

봉지미가 미소 지었다. 그녀는 아사가 상당히 흥미로운 사람이라고 생각했다. 서로 호시탐탐 상대를 먹어 버릴 궁리만 하는 대치 상황에 뜬금없이 '잠시 따로 이야기를 나누자'라니.

"그렇게 하시죠."

봉지미가 대답했다. 아사의 눈이 반짝 빛났다. 새를 내려놓고 말에서 뛰어내리자 곁에 있던 복면을 쓴 걸걸한 목소리의 사내가 급히 막았다.

"안 됩니다!"

하지만 아사가 손짓하자 그도 이내 말을 멈췄다. 봉지미는 고남의에게 바짝 다가가 귓가에 속삭였다.

"올 필요 없고 지켜만 봐 줘요. 나를 구하러 올 일이 생긴다면, 어차피 저 오합지졸들은 당신 무공에 상대도 안 되니까."

고남의는 진지하게 상대편을 관찰했다. 정말로 그 무리는 멍청해 보였고, 만에 하나 사고가 생겨 봉지미를 구할 일이 생긴대도 문제가 될 것 같지 않아 고개를 끄덕였다. 그녀와 아사는 각자 옆으로 10보 이동했다. 사람들의 시선이 미치는 범위의 숲에 들어가 나무를 사이에 두고 마주 보고 섰다.

"거래를 다시 합시다."

아사가 팔짱을 끼고 여유로운 시선으로 봉지미를 바라봤다.

"날 보내 주면 개인적으로 당신한테 좋은 것을 주겠소."

"에에?"

봉지미가 눈썹을 추켜세웠다.

"제가 당신을 높이 평가하고 있습니다."

제왕이 신하를 대하는 말투지만 거만해 보이지 않았고, 오히려 타고난 장악력이 느껴졌다.

"당신, 쓸 만한 재주가 있나요?"

"쓸 만하면 어떻고 쓸 만하지 않다면 또 어찌할 겁니까?"

봉지미가 눈을 반짝였다. 아사의 오만방자한 말을 조롱하거나 힐난하지는 않았다.

"당신이 내게 쓸모 있는 사람이라면, 오늘 밤 일은 없었던 일로 해 드립니다. 훗날 당연히 보답이 있을 것입니다."

"허무맹랑하군요."

봉지미가 담백하게 말했다.

"똑바로 아셔야 하는 게 있습니다. 오늘 밤 있었던 일을 무효로 할지 말지는 당신이 아니라 내게 달렸습니다. 또 당신이 내게 보답해 줄 만한 게 있을까요? 나는 2등 후작입니다. 황제의 총애를 받는 일품 대신인 나에게 당신이 뭘 더 줄 수 있죠?"

아사는 말없이 웃었다. 그 웃음은 조롱을 당해 무안하거나 분노를 가리기 위한 웃음이 아니었다. 약간의 업신여김과 자신감이 섞인 눈빛이 여전했다. 정말로 자신이 더 좋은 작위를 봉해 줄 수 있다고 말하는 것 같았다. 하지만 그도 결국 별다른 말 없이 이렇게 일렀다.

"지금 상황에서 당신에게 말해 봐야 아무 의미도 없겠지요. 당신도 날 믿지 않을 테고요. 그렇다면 단도직입적으로 결론만 말하죠. 오늘 밤 날 보내 주면 당신의 소원을 세 개 들어주겠습니다."

봉지미는 말이 없었고, 아사는 그녀의 표정을 관찰하며 웃었다.

"너무 융통성 없이 굴지는 맙시다. 손해를 봤으면 적어도 두 배는 보상을 받아야 맞는 거 아닙니까? 나를 죽여 봤자 남는 건 시체 한 구와 화풀이뿐이죠. 실질적으로 당신에게 도움 될 게 없지 않습니까? 하지만 내 약속은 천금을 주고도 바꿀 수 없습니다."

봉지미가 웃었다.

"통이 크시군요."

아사는 웃을 뿐 말이 없었다. 봉지미의 이 말은 의문문이 아니라 서술문이었다. 그녀도 더 고려하지 않고 결심했다.

"그러죠."

아사는 의기양양한 눈빛으로 턱을 치켜들고 말했다.

"역시 화끈하다고 소문이 자자한 위 후답습니다. 헛소문이 아니었네요. 당신이 점점 더 마음에 듭니다."

"칭찬이 밥 먹여 주진 않지요."

봉지미가 빙긋 웃으며 손을 내밀었다.

"어서 주시죠."

아사는 멈칫하다 곧 어쩔 수 없다는 듯 웃었다.

"증거까지 필요합니까?"

손을 내밀어 품을 뒤적이더니 특이한 도장이 찍힌 종이 두루마리 세 개를 꺼내며 말했다.

"이런 약속은 증거를 남기기 까다롭습니다. 하지만 물건의 용도는 잘 아시리라 생각합니다. 원하는 일이 생기면 여기에 요구 사항을 적으세요. 제 목숨과 권리에 반하는 일만 아니면 됩니다. 그리고 근처의 아무 '광기(廣紀) 식료품점'에 보여 주면 누군가가 나에게 보고할 것이고, 당신이 원하는 대로 행동할 것입니다."

새하얀 종이 두루마리가 손에 들어왔고, 달빛 아래 선홍색 도장 날인이 유난히 눈에 띄었다. 봉지미의 눈동자는 그 도장을 훑어보고는 시선을 거뒀다. 아사는 여전히 팔짱을 끼고 웃으며 말했다.

"보십시오. 조정 때문에 나와 굳이 원수가 되겠습니까? 여기서 저와 친구가 되는 게 더 낫지 않겠어요?"

봉지미가 웃으며 두루마리를 챙기며 말했다.

"귀하의 신분이 존귀하니 일언이 천금일 것입니다. 오늘 밤 일은 넘어가겠습니다."

아사가 미소 지으며 봉지미를 바라봤고, 그녀는 또 말했다.

"다만 호위 병사가 여기까지 포위했으니, 전혀 저항하지 않고 순순히 귀하를 보낸다면 저도 병사들에게 설명할 명분이 없습니다. 아시다시피 사신단에는 보는 눈이 많고 다른 관원도 있으니까요."

"괜찮습니다."

아사가 대수롭지 않다는 듯 말했다.

"방향을 지정해서 그쪽 포위망을 천천히 풀라고 명령해 주십시오. 저는 병사를 이끌고 뒤에서 몰아붙이는 척하겠습니다. 수하 몇 죽는 것쯤이야 별스러운 일도 아니죠. 저만 무사하면 됩니다. 몇쯤은 죽어야 고생스러웠다는 티도 나고요."

듣는 봉지미의 입술에 차가운 웃음이 드리워졌다. 과연 경박하고 인정사정없는 주군이다!

"알겠습니다."

봉지미는 여전히 미소를 지으며 손가락으로 서남쪽을 가리켰다.

"저 방향으로 포위를 뚫고 가십시오. 그 방향은 제경 근교의 몽산(蒙山)과 가깝습니다. 산을 타면 지방 관부에서도 잡기가 무척 어려울 것입니다."

"고맙습니다."

아사는 두 손을 맞잡아 예를 표하고는 곧장 떠났다. 떠나는 그를 봉지미는 웃으며 눈으로 배웅했을 뿐 따라나서지는 않았다. 그는 몇 걸음 가지 않아 뭔가 잘못된 느낌을 받았지만, 그게 뭔지 알 수가 없었다. 저도 모르게 뒤를 돌아봤다. 소년의 옷자락이 달빛 아래 펄럭였고, 달그림자가 드리워진 웃음이 신비롭고 의연해 보였다. 그의 마음이 순간 일렁이며 모호한 어떤 생각이 스쳤다가 금세 사라졌다. 그는 일행 속으로 바삐 돌아가 부하들을 이끌고 서남쪽으로 내달렸다. 한차례 전투가 있었지만 큰 힘을 들이지 않고 포위망을 뚫고 나갈 수 있었다.

봉지미는 아사와 협상할 때 아직 아무 지령도 내리지 않은 상태에서 서남쪽으로 가면 포위를 뚫을 수 있다고 말했다. 하지만 협상 후에도 서남쪽으로 사람을 보내 비밀리에 철수하라 명하지 않았다. 서남쪽의 포위는 처음부터 약했던 터였다. 봉지미와 그의 협상 내용을 모르더라도 그 방향을 돌파할 수 있었을 것이었다.

다시 말해 봉지미는 진작에 아사의 신분을 알았고, 죽일 생각이 전혀 없었다. 순전히 그가 잔머리를 굴리다 세 가지 소원을 들어주겠다고 제안했던 것이다. 자신의 각인과 암호를 내주었을 뿐 아니라, 정보 교류의 거점을 폭로해 놓고도 이익을 봤다고 혼자 착각한 것이다.

말 위에 앉은 아사의 얼굴이 붉으락푸르락 변화했다. 부하들은 불안한 얼굴로 그의 눈치를 살피며, 언제나 총명하고 지혜로운 주군께서 오늘은 무슨 일인지 궁금해했다. 그는 한참을 자조했다. 그는 한 지역을 호랑이 같은 용맹함으로 점거했다. 어릴 때부터 특출난 인재였고, 신동이라는 점을 스스로 자랑스러워했다. 모든 이의 존경과 숭배를 받아온 그가 오늘 저 교활한 위지의 적수가 되기는커녕 끔찍하게 당하고야 말았다! 그가 갑자기 채찍을 높이 들고 지나온 방향을 돌아보았다. 씁쓸하지만 흥분된 목소리가 그의 목구멍을 뚫고 터져 나왔다.

"좋아! 어디 두고 보자!"

아사가 분노 대신 호탕하게 웃으며 퇴각할 때, 봉지미는 전리품을 품에 안고 배시시 웃으며 바람 한가운데 서 있었다. 품에 안은 두루마리가 옷자락을 스치며 사각사각 소리를 냈다. 그녀의 눈동자가 여명의 색채 아래 찬란하게 빛났다. 고남의가 천천히 다가왔다. 그녀가 왜 상대방을 풀어 줬는지 이해할 수 없었지만, 그녀의 결정은 언제나 옳다고 믿었다. 둘은 아침 이슬 맺힌 풀을 밟으며 천천히 밖으로 걸어 나갔다. 눈을 반쯤 감고 새벽의 청량한 바람을 만끽했다. 봉지미는 아직도 이 전리품을 어떻게 이용할까 궁리하는데, 고남의가 대뜸 말했다.

"직진."

봉지미가 방긋 웃었다. 고남의가 아름다움을 적극적으로 표현하고 싶은 욕망을 배우기 시작했다고 생각했다. 이토록 아름다운 날씨와 청아한 바람이 언제나 평정심을 유지하는 그의 마음을 움직인 것이다.

"그래."

봉지미가 짧게 대답했다.

"아무 고뇌도 없이, 걱정도 책임감도 없이 영원히 이 길을 조용히 걷고 싶어요."

봉지미의 순수한 한탄에 고남의가 돌아보며 단호하게 잘라 말했다.

"틀렸어."

봉지미가 멈칫했다.

"고뇌, 걱정, 책임감……."

고남의가 봉지미의 손을 꼭 잡았다.

"다 상관없어. 함께 있다면."

봉지미가 그 손을 가만히 내려다보다가 고남의의 표정을 바라봤다. 오늘 그가 평소와 좀 다르다고 생각하며 그의 손을 다독거렸다. 그러고는 웃으며 말했다.

"그래. 함께 있어요."

면사포 너머 고남의의 입꼬리가 살며시 올라갔다. 초여름이야말로 사계절 중 가장 아름다운 때라고 느꼈다.

"남의."

봉지미가 문득 나지막이 말했다.

"세상에서 가장 무서운 건 길이 험한 게 아니라 길이 없는 거예요."

고남의는 침묵하다 대뜸 말했다.

"없다면 내가 길을 내겠어."

그는 조금 멈췄다가 다시 이어서 말했다.

"목숨을 걸고."

봉지미는 약간 놀랐지만 말했다.

"남의, 기억해요. 그 어떤 상황에서도 나를 위해 당신 자신을 지켜야 해요."

"싫어."

고남의가 침착하게 말했다.

"봉지미가 없다면 고남의는 아무도 아니야."

봉지미가 입술을 움직거렸다. 무언가 용솟음치는 감정 속에서 적당한 대답을 찾을 수 없어 침묵하다가, 고개를 들어 먼 곳을 바라봤다. 굽이쳐 몰려오는 거센 파도 같은 새벽 구름을 바라보며, 눈동자가 여리게 떨렸다. 그녀 곁에 그 사람은 우뚝 솟은 산처럼 말없이 서 있었다. 영원히 변하지 않을 그 그림자는 듬직하게, 아주 오랜 옛날부터 그래왔듯 그녀 곁을 지켰다.

아사 사건 이후 여행길은 평화로웠다. 장강과 회수를 건너 농서(隴西)에 다다르고, 기양산(鼜陽山)을 넘을 때 봉지미는 고개를 들어 구름과 안개에 반쯤 가려진 산을 바라봤다. 순간 그날 밤 황량한 암자의 피리 소리가 들리는 것 같았다. 기양산을 넘으니 이번에도 팽 지부가 그녀를 맞이했다. 그는 여전히 같은 관직에 있고, 그를 짓누르던 신욱초 같은 인물은 영혁이 진작에 저승으로 보내 버렸다. 농서의 관료 사회를 정화한 덕분에 예전보다 검소해졌지만, 팽 지부는 그들에게 저녁 연회를 대접했다. 그는 고남의의 괴상한 취향을 기억해 모든 고기 요리는 여덟 조각으로 맞췄다. 고 도련님은 상석에 앉아 담담하게 말했다.

"일곱 조각이라도 괜찮소."

봉지미가 젓가락질을 멈추고 그해 그믐날 포원에서 진사우가 집어 준 고기 세 조각을 떠올렸다. 저 짧은 한마디에 한 사람의 험난한 내적 투쟁이 농축되어 있었다. 고남의가 내디딘 한 걸음은 하늘과 바다만큼 컸을 것이고, 모든 힘을 짜낸 전진이었을 것이다. 그녀가 가볍게 웃으며 그에게 반찬을 집어 주었다.

"도련님만 좋으면 다 좋아요."

고남의는 고개도 들지 않고 봉지미가 집어 준 반찬을 먹어 치웠다. '나도 당신이 좋아. 어젯밤 했던 일을 또 하면 안 돼?'라고 물으려는데, 배석한 부윤(府尹)*문서 관리 관료이 웃으며 말했다.

"위 후, 고 대인. 기양은 작지만, 풍수지리가 뛰어납니다. 덕분에 미녀가 많기로 유명하지요. 기양 만화루(萬花樓)의 어린 기녀들은 하나같이 빼어난 미모를 자랑합니다. 제경의 명기와 비교해도 절대로 뒤지지 않을 것입니다. 소인이 몇 불러다 곡조를 부르라 일러 두 대인의 흥취를 돋구게 하면 어떻겠습니까?"

봉지미는 뻣뻣하게 웃었다. 드디어 미녀를 바치려는 자가 나타난 것이다. 그녀는 내내 천성 황조의 관료들이 언제부터 이토록 맑은 물처럼 깨끗하고 염치가 있었는지 궁금했다. 그녀가 서량 사신단으로 오른 여행길에서 비록 극진한 대접을 받고 있지만, 관료들이 하나같이 청렴해 미인은커녕 암고양이 한 마리도 보지 못했다. 나중에 병사들의 한담을 통해서 알게 되었는데, 천성 관료 사회에 언제부터인가 소문이 퍼지기 시작했다는 것이었다. 내용은 초왕 전하와 위 후, 그리고 고 대인에 관한 이모저모인데, 주로 애매한 사랑 이야기였다. 용맹한 등장인물과 상상력 넘치는 전개로 윤색 없이 전설의 사랑 이야기로 탈바꿈할 수 있을 정도로 손색이 없다는 것이다. 소문에 밝지 않은 신임 부윤이 대뜸 미녀를 바쳐 잘 보이려고 했고, 맞은편에 앉은 팽 대인은 끊임없이 눈치를 주며 안색이 거의 보랏빛이 되었다. 부윤은 말없이 미소만 짓는 봉지미와 애처로운 상사의 안색을 보고 당황하며 어색한 웃음으로 눈치만 봤다. 그녀는 그 모습이 안타까워 거절할 적당한 이유를 찾고 있는데, 고 도련님의 목소리가 들렸다.

"여인 말이오?"

부윤이 황급히 고개를 끄덕였다. 봉지미는 아연실색하며 돌아봤고, 전혀 농담 같지 않은 진지한 얼굴의 고 도련님이 보였다.

"미인 말이오?"

고 도련님이 또 물었다. 부윤의 눈동자가 반짝반짝 빛났고, 신중한 어투로 말했다.

"절대적으로 미녀입니다!"

봉지미는 고 도련님이 대체 왜 저러나 생각했다. 지효에게 유모 아주머니라도 구해 주고 싶은 건가. 그때 그의 담담한 목소리가 들려왔다.

"좋소. 한번 봅시다."

술을 마시던 봉지미는 푸, 하는 소리를 냈다. 하마터면 술을 뿜을 뻔해 얼른 소매로 막았다. 소매에 잔뜩 튄 술을 멍하니 보다 또 하늘을 쳐다봤다. 내일은 설마 해가 서쪽에서 뜨려나?

부하에게 계속 눈치를 주던 팽 대인의 눈썹도 제멋대로 떨리기 시작했다. 경련이 일어난 것 같다. 배석한 기양부의 다른 관료들은 저마다 소매를 올리거나 술잔을 들었고, 소매 뒤 혹은 술잔 너머 위 후의 표정을 살폈다. 두 남자가 한 남자를 쟁탈하는 그 이야기의 주인공 한 남자가 배신 앞에서 어떤 표정을 지을지 관찰했다. 위 후와 고 대인의 절절한 남남 사랑 전선에 무슨 변수가 생긴 것일까? 결별? 의견대립? 말다툼? 심술? 아니면 질투를 불러일으키기 위한 장난일까?

추측이 분분했다. 그들은 금지된 사랑에 대해 인간이 발휘할 수 있는 모든 상상력을 동원했다. 저 두 사람의 눈빛이 그 유명한 사랑 이야기에 새로운 장을 추가하고 있었다. 그들은 그 장의 제목까지 생각해 두었다. 『변한 사랑이 미인을 탐하자, 질투의 파도가 일렁이고 슬픔 속에서 환희를 찾네』는 어떨까? 봉지미는 아직도 멍한 상태에서 정신을 차리지 못했다. 평소에 그토록 예민하고 눈치가 빨랐지만, 이번에는 연회장에 모인 사람들의 기류도 읽지 못하고 한참 후에야 어색하게 웃으며 말했다.

"그…… 그렇게 하시지요……."

한편으로는 도련님이 다 컸다고 생각했다. 이렇게 급작스럽게 눈을 떠 버리다니. 너무 갑작스러워 억제할 방도가 없어서 이렇게 단도직입적으로 본론으로 들어가나 보다. 봉지미는 정말 억지웃음을 지었다. 그녀 앞에서 진지하게 여인을 만나 보고 싶다는 그를 보니 마음이 복잡하고 뭐라 설명할 수 없는 뒷맛이 느껴졌다. 그녀는 많은 사람 앞에서 억지로 싱글벙글하고 싶지 않아서 말했다.

"늦었습니다. 그만 해산하시지요."

그리고 부윤을 따로 구석으로 불러 말했다.

"고 대인이 원하시니 특별히 신경 써 주시오. 산전수전 겪은 노련한 여인 말고, 당신 말대로 어리고 청순하고 성격 좋은 여인을 골라 고 대인의 시중을 들게 하시오."

부윤은 감동의 눈빛으로 봉지미를 우러러 바라봤다. 조금 전 동료의 귓속말로 '초왕과 위 후, 그리고 고 호위 무사의 사랑 이야기'를 접한 그는 후회로 식은땀을 흘리던 참이었다. 누울 자리를 보고 다리를 뻗어야 했는데 아부를 잘못 떨었다고 생각했다. 하지만 위 후는 이토록 고 대인을 걱정하며 좋은 여인을 찾아 주려 하다니…… 부윤은 위 후의 바다같이 넓은 도량에 감동하며 생각했다. 과연 위 후는 위 후로구나. 비범한 인물은 이별도 기품 있고 우아하게 하는구나…… 부윤은 가장 아름답고 청순한 여인을 대령하겠다고 재차 맹세하며, 이렇게 된 마당 에 위 후께서는 필요 없으신지 조심스레 물었다. 위 후는 건성으로 듣다 가 괴로워하며(부윤은 그가 괴로워한다고 느꼈다) 말했다.

"고 대인만 좋으면 됐다……"

부윤은 위 후의 위대한 절개에 감동하며, 눈물을 머금고 물러나 여 인을 구하러 떠났다. 봉지미도 일어나 잠깐 멍하니 있다가 곁채에 있는 고남의를 들여다보지도 않고 뒤뜰로 향했다. 그녀는 뒤뜰을 세 바퀴 돌 고 고개를 들어 달을 보고, 또 고개를 숙여 물을 바라봤다. 오늘따라 달과 물까지 어딘지 이상해 보였다. 네 바퀴째 돌 때 별안간 방에서 창 문이 확 열렸다. 고지효가 머리를 내밀고 어린아이다운 목소리로 칭얼 댔다.

"뭐해? 시끄러워!"

봉지미는 아이를 보자 구세주를 만난 듯 성큼성큼 방으로 들어가 말했다.

"늦게까지 안 자고 뭐 해?"

앙증맞은 턱받이를 걸친 고지효가 뒤뚱대며 침대 위로 기어 올라가 눈을 비비며 말했다.

"아빠는?"

봉지미도 지효의 침대에 올라가 이불 속을 파고들었다. 지효가 밀쳐 내든 말든 신경 쓰지 않고 아이를 꼭 안고 말했다.

"어휴, 네 아빠는 말이야……"

고지효는 졸음이 가득한 눈으로 봉지미를 돌아봤다. 그녀는 반쯤 말하고 입을 닫았다. 아이에게 이런 말을 하다니…… 잠시 이성을 잃었다. 어떻게 말하려고? 말을 할 수 있을까? 종일 아빠 포대기에서 살고 싶은 요 악동 꼬맹이에게 네 아빠는 '나쁜 아줌마랑 있어'라고 말할 셈이었나? 이 아이는 앞뒤 가리지 않고 새장을 소환해 여자를 저세상으로 보내지는 않을까?

봉지미는 그대로 앉아 보드랍고 작은 몸을 꼭 끌어안았다. 졸린 지효는 그녀의 팔 안에서 꾸벅꾸벅 졸았고, 은은한 젖 냄새를 풍기는 살결이 그녀의 손등에 스쳤다. 마음이 진정되고 따뜻해졌다. 그녀는 잠깐 생각하다 결국 살며시 웃었다. 오늘 밤 도련님에게 적잖이 놀랐다. 그가 앞으로 내디딘 한 걸음이 너무 커서 쫓아가기 버거운 곳까지 가 버렸다. 기이하고도 쓸쓸하고 망연자실한 이 느낌은, 잘 안다고 믿었던 주변 사람이 갑자기 낯설 만큼 성장해서 느끼는 적막일까? 그녀는 미간을 찌푸리고 한참 동안 생각했다. 아직도 대답을 기다리는 꼬맹이를 안아 올리며 느긋하게 말했다.

"지효야, 아빠가 너를 위해 엄마를 데려오면 어떨까?"

고지효는 졸음기가 싹 가신 얼굴이 되어 고개를 바짝 들고 말했다.

"지미?"

봉지미는 아, 하고 신음했다. 오늘 밤은 정말 잔인했다. 지효는 벌써 입술을 비죽 내밀고 조용히 품에서 기어 나와 그녀를 등지고 누웠다. 이렇게 잘 거라는 의사 표현을 하는 것 같았다. 그녀는 어쩔 수 없이 웃었다. 고남의에게 한번 호되게 혼난 후 아이는 많이 의젓해졌다. 절제를 배웠고 그 괴팍한 성정을 죽이는 법도 배웠으며, 아빠가 또다시 내동댕이칠까 봐 두려워했다. 생각해 보니 이 작은 아이가 눈치를 보며 인내하는 게 가엾게 느껴졌다. 지미는 아이의 작은 어깨를 쓰다듬며 부드럽게 말했다.

"지효야, 너는 어른이 될 거고 아빠는 늙을 거야. 사람은 모두 늙어.

언젠가 아빠가 너를 떠나거나 네가 아빠를 떠나는 날이 올 거야. 지금 은 받아들일 수 없겠지만, 네가 크면 더 활기차고 풍요로운 삶이 기다 리고 있을 거라 난 믿어. 우리는 모두 자연스럽게 사라지고 말……."

봉지미는 말을 끝내지 못한 채 입을 다물고 당황스러운 표정이 되었 다. 이건 정말 세 살 꼬마 지효에게 하는 말일까? 아니면 자기에게 하는 말일까? 인생에서 만남과 이별은 무상한데, 평생 헤어지지 않는다고 누 가 보장할까? 어쩌면 오늘 만난 사람과 천하를 누빌 수 있고, 어쩌면 밤 낮으로 함께했던 이가 나를 잊을 수도 있을 것이다. 오늘 마음속 깊이 새긴 낙인도, 내일이면 빛바랜 흔적이 될지도 모른다. 아이의 어깨에 얹 은 손을 거두는 것도 잊은 채, 그녀는 멍하니 있었다. 그때 아이가 이불 에 머리를 묻고 잔뜩 부어 외치는 소리가 들렸다.

"아니야! 아니야! 아니야! 아니야! 아니야!"

지효는 아니라고 다섯 번이나 외쳤다. 칭얼대는 콧소리가 섞인 외침 이었다. 봉지미가 그 작은 얼굴을 쓰다듬자 촉촉한 물기가 느껴졌다. 그 녀의 말투에서 실망과 슬픔이 느껴져서 요 작은 녀석의 마음 어딘가를 건드린 것일까? 봉지미는 손을 거뒀다. 자기 마음이 동요해 아이에게 영 향을 주는 건 피해야 한다고 생각했다. 침대에서 내려와 아이에게 이불 을 덮어 줬다. 아이는 자기를 이불 속에 꽁꽁 싸매더니 콕 박혀 그녀가 방을 나설 때까지 돌아보지 않았다.

봉지미는 뜰에 돌아와 고남의가 불을 켜둔 결채를 바라봤다. 그의 방은 언제나 그녀의 옆방이라 편했지만 오늘은 그렇지 못했다. 방에 돌 아가 잠을 청할 때 들으면 안 되는 소리가 들리면 어쩌지? 한참을 생각 하다 결국 주변의 보안 상태를 시찰하고, 또 전언이 뭘 하고 있는지 들 여다봤다. 그녀는 전언이 제경에서 사고를 치지 못하도록 이번 출사 길 에 데려왔다. 그가 놓친 과거 시험과 관직은 이번 출사 임무를 마친 후 적당한 공을 입혀 보상할 수 있을 것이다. 그는 그녀에게 목숨을 빚졌고, 그녀가 신경 써 준 것이 고마워 예전보다 더 신중하고 살뜰해졌다. 아사가 계략을 부리던 날 밤, 그는 역참에 불을 지르고 사람을 죽이려고 했던 자를 처치했고, 커다란 등불 몇 개를 걸어 역참을 환히 밝혔다. 덕분에 먼 곳에 있는 아사는 역참의 부하가 작전에 성공한 줄 알았던 것이었다.

등불 밑에서 조정에서 보내온 남방 관련 문서를 읽던 전언은 봉지미가 들어오자 웃으며 안부를 물었다.

"아직 안 주무셨습니까?"

봉지미는 어색하게 웃었다. '오늘 밤 잘 곳이 없네……'라고 말할 수는 없어 화제를 돌리며 물었다.

"뭘 그리도 열심히 보나?"

"농북과 민남 관련 보고 문서입니다."

전언이 말했다.

"얼마 전 상선 무리가 대월에서 출발해 서량에 도착했습니다. 여기까진 이상할 것이 없습니다. 하지만 상선을 마중 나온 자가 서량의 수도에서 왔는데, 그중 한 사람이 섭정왕의 복심이라 불리는 대사마(大司馬) *오늘날의 국방 장관 여서(呂瑞)라고 합니다."

오늘 올라 온 보고서를 아직 읽지 못한 봉지미는 그 말을 듣고 눈을 반짝였다.

"지금 대월의 정세가 어떠한가?"

"대월 황제가 붕어하고 대군은 철수했습니다. 소신은 이 기회에 위후께서 예전에 마련하신 '평월이책(대월을 평정할 두 가지 방책)'을 추진하고 있습니다. 현재 대월은 황위 다툼으로 제 코가 석 자라 정신이 없습니다. 태자가 황위에 오른 지 사흘 만에 4황자에게 살해당했고, 4황자가 막 보위를 차지할 때 태부(泰傅)가 인근의 군사를 모아 급습해 4황자를 철저히 궤멸시켰습니다. 이후 그가 9황자를 옹립했지만 조정 대신 가운데 절반 이상이 반대하고 있습니다. 이러니 대월 수도는 피와 화염으로 혼란한 상황입니다."

봉지미는 잠자코 듣다가 물었다.

"진사우는?"

"대혼란이 있을 때 안왕은 군사를 이끌고 외지에 있었습니다. 수도로 곧장 오려고 했지만, 태자가 살해당한 후 남쪽으로 방향을 틀어 수도에 진입하지 않았다고 합니다. 소문에 대월 남쪽 변경에 주둔하고 있다는데 구체적으로 어디인지는 아직 알려지지 않았습니다. 지금 상황으로 보면 그의 다른 형제와 비슷한 처지인 것 같습니다. 추방되어 떠도는 것이지요."

"그래?"

봉지미가 웃으며 말꼬리를 길게 늘어뜨렸다. 그녀는 팔짱을 끼고 서서 그해 화려했던 포원을 떠올렸다. 태연한 얼굴로 또 한 번 이뤄진 염탐과 시험, 서재에서 서로 속고 속였던 마지막 협상, 그리고 포성 성곽에서 추락하는 그녀를 잡으려 했지만 허공을 움켜쥐어야 했던 진사우의 손이 떠올랐다. 그날 헤어지고 한참을 보지 못했다. 그 옛사람을 타국에서 다시 만날 수 있을까? 이번 서량행은 생각보다 정세가 복잡할 수도 있겠다.

전언과 몇 마디 더 나누자 시간이 제법 흘렀다. 남의 처소에서 오래 머물기 민망해 보고서를 잔뜩 모아들고 작별을 고했다. 대청에서 밤새 문서를 읽을 생각으로 방을 나서는데, 폭발음 같은 소리가 들렸다. 고남의의 방에서 나는 소리였다. 이윽고 그의 차가우면서 약간의 분노가 담긴 목소리가 들렸다.

"이 사기꾼!"

동시에 무언가 고남의의 방 창문을 뚫고 날아왔다. 그것은 풍덩, 하고 방 밖의 연못에 처박히고 말았다.

소문에 대한 기록

장희 18년 6월 초사흗날 밤. 술시의 끝자락과 해시의 초 즈음*저녁 9시
경, 기양부 관저의 남쪽 곁채 '죽향원(竹香院)'에서는 당사자만 아는 비범
한 대화가 오갔다고 했다. 그 대화의 내용은 이랬다.

"소녀 섬섬, 대인을 뵙습니다."

"그래."

"어떤 곡조를 듣고 싶으신지요? 『청평조(清平調)』? 『절지령(折枝令)』?
아니면 산야 민요인 『매춘아(梅春兒)』, 『비취지(翡翠枝)』도 있습니다. 혹
은…… 음……. 『십팔모(十八摸)』*중국의 구전 민요로 몸의 18군데를 만지는 가사』…….."

"만지는 거로 해라."

"대인, 짓궂으십니다……."

"어째서?"

"헤헤, 대인은…… 정말 재밌는 분이세요……."

"뭐가 재밌지?"

"대인……. 으음……, 절 놀리지 마세요……."

"뭘 놀렸지?"

"……."

"안 부르나?"

"…… 한 번 만지면 누이의 머리칼. 누이의 길고 윤기가 나는 머리칼이 오빠의 마음을 간지럽히네……. 두 번 만지면……."

"별로다."

"그럼…… 대인…… 설마…… 진짜로?"

"진짜로 뭐?"

"아휴, 진짜로…… 만…… 만져요?"

"……."

심사숙고 후 말이 나왔다.

"그래도 된다."

키득거리는 웃음소리와 옷을 스르륵 벗는 소리가 났다.

"잠깐."

"대인……. 어떤 분부가 있으신지요. 소녀…… 춥사옵니다……."

"네 거기."

가슴을 가리켰다.

"아름다운가?"

"…… 음, 대인께서 직접 보시면 알게 될 일을요?"

"네가 말해라."

"물론…… 당연히……."

"아름답다?"

"…… 소녀 만화루에서 제일가는 미색을 자랑합니다. 살결이…… 탱탱하고 윤기가 돌아서 사람들이…… 옥련꽃이라고……."

"연꽃 말이냐?"

"그러하옵니다."

"연꽃 같다고?"

"네……."

"연꽃 봉오리 같다고?"

"…… 아이 참, 부끄러워요. 그렇게 자세히 물으실 것까지야……. 만져 보시면…… 금방 아실 텐데요……."

섬섬의 옷자락이 사각사각 소리를 내며 바닥에 떨어졌다. 수줍은 웃음소리가 창밖의 사람 그림자와 겹쳤다. 은근히 풍만하고 꼿꼿한 그것이 부드럽게 다가왔다.

"……."

잠시 후…….

"이 사기꾼!"

굉음과 함께 허연 물체가 창을 뚫고 밤하늘에 하얀 곡선을 그리더니 풍덩, 하는 소리와 함께 뜰의 연못에 박혔다. 연못 가득한 연꽃 봉오리가 처참하게 터지고 말았다. 손을 쓴 사람은 자기가 처참하게 터지기라도 한 듯 방 안에서 발을 구르고 난리를 쳤고, 대야와 물 그리고 수건을 찾아다니며 손을 씻어야겠다고 난리를 부렸다. 손을 씻으면서도 한참을 중얼거렸다. 무미건조한 말투였지만, 극도로 분노했음을 알 수 있었다.

"사기꾼!"

"연꽃이라니!"

"꽃봉오리라니!"

"소똥 뭉치!"

"썩은 고기만두!"

"……."

고남의의 욕정 탐색은 그의 분개와 섬섬의 억울한 울음소리와 함께 일단락되었다. 하지만 어느 황자가 몰래 파견한 호위 무사가 담장 뒤에서 이야기를 캐는 작업은 아직 종결되지 않았다. 담장 위에 선 그는 종이와 붓을 들고 조금 전 장면을 모두 관찰했다. 그러고는 눈을 반짝이며 일필휘지로 적어 내려갔다.

'시간 : 유월 초사흗날, 술시 말에서 해시 초.
장소 : 기양 관아의 뒤뜰 남쪽 곁채.
인물 : 고남의, 만화루 1등 기녀 섬섬.
사건 : 고남의가 『십팔모』를 요청했고 듣고 난 뒤 만지려 했다. 만진 후 연꽃 봉오리에 관해 물었고, 여인은 자신의 꽃봉오리를 보여 줬으나 고남의가 밖으로 던져 버림. 사기꾼이라고 욕설까지 함.
견해 1 : 고남의는 물건도 아니다. 여색을 모른다.
견해 2 : 고남의가 어째서 연꽃 봉오리에 집착하는가? 탐구 필요.
견해 3 : 그 사람이 질투하는지 판단 불가. 전하께도 아직 기회가 있습니다.
견해 4 : 고남의가 각성한 것 같음. 전하, 조심하십시오.
견해 5 : 아무리 청순해도 기녀는 기녀임. 저도 전하처럼 이런 여인에게 흥미가 없습니다.
견해 6 : 사실 섬섬의 가슴은 정말 연꽃 봉오리를 닮았음.'

밤에 울려 퍼진 요란한 소리는 적막한 밤을 들썩이게 했다. 사방에서 사람들이 달려 나왔고, 민첩한 봉지미는 허연 물체를 보고 대충 상황 파악을 마쳤다. 얼른 월동문으로 달려가 호위들의 접근을 막으며 어색하게 웃었다.

"연못가에서 연꽃을 감상하다가 의자를 빠뜨렸다. 나는 괜찮다. 괜찮대도. 다들 해산해라. 어서!"

호위 병사들이 물러난 후, 봉지미는 식은땀을 닦은 후 불쌍한 섬섬을 손수 연못에서 건져 올려야 했다. 푹 젖은 그녀를 끌어 올렸지만 진작에 혼절해 바닥에 힘없이 널브러졌다. 더 큰일은 그녀의 젖가슴이 완전히 노출되었고, 하반신만 잠자리 날개 같은 치마가 간신히 가리고 있었다. 봉지미는 지금 사내 신분이기 때문에 여러 가지로 불편했다. 얼굴을 붉히고 쓱 살펴본 후, 속으로 이 도련님은 참 제멋대로 군다고 생각했다. 봉지미는 지효의 시녀를 불러 여자를 부탁하고 고남의의 방문을 두드렸다.

봉지미는 고남의가 화가 머리끝까지 나 그녀를 상대하지 않을 줄 알았는데 문을 두드리자마자 바로 열렸다. 그녀가 말을 꺼내려는데 앞섶이 완전히 풀어져 반이나 드러난 그의 가슴이 눈에 들어왔다. 불을 켜지 않은 어둠 속에서도 그의 광택 도는 단단한 근육이 빛났고, 은은하고 깨끗한 연꽃 내음이 순간 눈과 코에 불쑥 다가왔다. 눈앞에 밝은 달이 뜬 것 같았다. 그녀는 머리가 복잡해지며 얼굴이 화끈 달아올랐고, 하려던 말은 잊고 한 걸음 뒤로 물러나 아무 말이나 했다.

"아, 어서 쉬어. 조금 전 일은 처리해 두었어……."

고남의는 말이 없었다. 옷매무새도 정리하지 않고 말없이 봉지미를 바라보기만 했다. 그녀가 뒷걸음질 치자 별안간 양팔을 벌려 안았고, 곧바로 고개를 숙여 머리를 그녀의 가슴에 파묻었다. 그녀는 아, 하는 소리와 함께 굳어 버렸다. 그는 자신을 더 깊숙이 파묻었다. 가슴을 싸맨 두꺼운 천을 사이에 두고 온몸이 불타올랐던 그 감각을 찾아내려 애썼고, 그 완만한 굴곡에서도 결국 감각을 불러냈다. 과연 심장이 쿵쿵 뛰더니, 온몸의 뜨거운 피가 그날 밤처럼 순간 끓어올랐다. 마침내 익숙한 느낌과 재회하자 그는 만족스러운 한숨을 뱉었고, 즉시 그녀를 놓아주며 다행이라는 듯 외쳤다.

"그래, 이거야!"

"……."

봉지미는 뭐라 대꾸해야 할지 몰랐다. 고남의는 시야에 들어온 연꽃 봉오리를 한동안 응시했다. 역시 실험은 필요 없다고 생각했다. 과연 이 세상에 연꽃 봉오리는 여기 하나뿐이고, 다른 사람의 것은 만져 봐야 기분만 나쁠 뿐이었다. 보기에는 큰 차이가 없는데 왜 느낌은 이토록 다른 걸까? 영원히 풀리지 않을 문제였다. 휴, 괜히 시간만 낭비했다. 그는 이제 마음을 확 놓았다. 의혹이 만족스럽게 풀렸기에 가뿐한 마음으로 문을 닫고 잠을 청하러 갔다. 그녀는 눈을 끔뻑이며 문지방에 한참을 서 있고 나서야 그에게 가슴을 공격당했음을 깨달았다. 가슴 공격은 참을 수 없었다. 사과 한마디 없이 잠을 자러 가는 건 더욱 참을 수 없었다. 그녀는 눈을 시퍼렇게 부릅떴다. 야수처럼 문을 박차고 들어가 고남의와 남녀칠세부동석이나 온화, 선량, 공경, 근검, 겸양의 도덕 등에 대해 진지하게 토론하고 싶었다. 손가락은 벌써 문을 향해 뻗어 있었지만 잠시 생각하다 그만두기로 했다.

휴, 그만두자. 고남의가 어떤 일에 대해 각성 단계에 접어든 것 같은데, 곁에 있는 여자한테 시험해 보는 것도 순리겠지. 더 놀랄 만한 일은 불편함을 드러내도 그는 이유를 모를 것이라는 점이다. 또 한편으로 순결하고 연약한 영혼에 불필요한 그림자를 드리운다면, 막 각성을 시작한 자를 처참히 짓밟는 꼴이 될 터였다. 그건 교육의 도리에 맞지 않았다. 봉지미는 속 깊은 자기 성격을 탓했다. 그녀는 무슨 일이든 깊이 생각하고 또 생각했다. 특히 오늘처럼 다른 여인이라면 폭발할 만한 일을 그녀는 오히려 많이 생각하고 깊이 생각하려 애썼다. 한두 번 더 생각하다 보면 분노나 충동도 생각과 함께 마모되고, 결국 코끝을 만지작거리다 성을 내며 돌아가게 되는 것이다. 그래서 그녀는 코끝을 만지작거린 후 성을 내고 돌아갔다. 그녀와 고남의 두 사람의 마음에 각각 파도가 일렁였다. 하나는 가슴을 공격당한 놀란 마음이었고, 나머지 하나는 여인을 생각하는 마음이었다. 그들은 멀리 담장 위에서 반짝이는 눈이 다시 한번 붓을 들고 무언가를 써 내려가는 줄은 알아채지 못했다.

'시간 : 6월 초사흗날, 해(亥)시 일각(밤 9시 15분경)

장소: 관아 뒤뜰 남쪽 곁채 고남의의 방문 앞.

인물 : 고남의. 봉지미.

사건 : 고남의가 봉지미를 안고 가슴에 얼굴을 비볐다(너무했다!).

견해 1 : 고남의는 인간도 아니다. 여색을 너무 밝힌다.

견해 2 : 봉지미는 저항하지 않았다. 세상에, 저항하지 않다니!

견해 3 : 전하, 위 견해를 보고 벌써 울지 마십시오. 아직 끝나지 않
았습니다. 제 생각에 봉지미는 저항을 안 한 게 아니라 너무 놀
라 저항을 잊은 것 같았습니다.

견해 4 : 하지만 즉시 저항을 하지 못했다면 나중에라도 고남의에
게 따져야 했다고 생각합니다. 왜 그렇게 하지 않았을까요?

견해 5 : 전하, 위 견해를 보고 벌써 울지 마십시오. 여전히 안 끝났
습니다. 제 생각에 봉지미는 매사에 생각이 너무 많은 것 같습
니다. 아마 뒷일이 시끄러워지는 걸 막고 싶었을 겁니다. 사실 별
일도 아니니까요.

견해 6 : 전하, 정말로 행궁 건설 감독 일을 내려놓고 어떻게든 서
량으로 오셔야 하지 않을까요?'

기양의 '환희 찾기' 사건 후 봉지미의 여정은 다시금 평화로워졌다.
그날 밤의 후유증으로 섬섬 낭자가 호되게 몸살을 앓았다는 점, 기양의
관료 사회에 또 다른 안줏거리가 생겼다는 점, 이제 관료들은 무료할 때
'유월 초사흗날 밤 위 후와 고 호위 무사의 내밀한 이야기'에 관해 마음
껏 상상력을 펼칠 수 있다는 점을 빼면 모든 것이 평화로웠다. 적어도
고 도련님은 안정을 찾았고, 다시는 여인을 경험해 보겠다고 요청하지

않았다.

7월 초이튿날, 천성 사신단은 민남과 서량의 접경지대 웅(雄)현 천수관(天水關)에 도착했다. 만남의 기약이 없던 봉지미와 화경이 거기서 잠시 만났다. 몇 해가 지나야 만날 수 있을지 몰랐는데 몇 개월 만에 재회한 것이다. 서량과 강 하나를 사이에 둔 천수관 위하(渭河)에서 다시 만난 두 사람은 마주 보며 빙긋 웃었다.

"역시 조정의 정세는 변화무쌍하네요."

화경의 옷자락이 바람에 너울너울 춤췄다. 그녀가 도도하게 흐르는 강물을 바라보고 웃으며 말했다.

"봉매가 이렇게 빨리 민남에 왔으니 말이에요."

말없이 햇빛 아래 반짝이는 무수한 물결을 바라보던 봉지미가 한참 후에야 부드럽게 말했다.

"폐하께서 내가 언니를 이끌고 민남 현지에서 예전의 화봉부를 소집해 화봉군을 재건하라고 명하셨어."

화경의 눈동자가 반짝 빛났다.

"명을 받들겠사옵니다!"

"화봉군에 대해서 어머니는 일언반구도 말을 꺼내신 적 없지만, 옛화봉부를 내심 굉장히 그리워하셨을 거야."

봉지미가 조심스레 말했다.

"딸인 내가 어머니의 숙원을 이뤄 드려야 하는데, 언니가 이 짐을 지게 될 줄은 몰랐어."

"우리 사이에 뭐 그런 걸 따져요? 오히려 봉매가 이야기를 꺼내지 않았다면 폐하께서 과연 먼저 입을 여셨을까?"

화경이 방긋 웃으며 봉지미의 어깨를 쳤다.

"또 위지의 신분을 생각해 보면 화봉군과는 표면적으로 드러난 관계가 전혀 없어야 하잖아요. 걱정하지 마요. 폐하께서 명령을 내리셨으니 내가 기필코 화봉군을 재건해 보일 테니까요."

"화봉군 재건을 요청하는 언니의 상소문을 읽으시고 폐하께서 그 제안을 크게 칭찬하셨어. 나는 그냥 분위기나 잡았지 뭐……"

봉지미가 말했다.

"폐하께서 매우 흥미를 보이셨어. 민남 여인들은 산지 출신이라 씩씩하고 날렵해 천생 전쟁에 능한 재목이라고까지 하셨어. 특히 민남 남부의 적수(赤水)와 흑산(黑山) 같은 현 출신 여인들이 가장 뛰어나다며, 과거의 화봉군도 대부분 그 지방에서 선발했다고 하셨어. 언니도 한번 시도해 봐."

화경이 진지하게 들으며 고개를 끄덕이다가, 눈앞에 펼쳐진 넓은 강물을 향해 양팔을 벌리고 웃으며 외쳤다.

"봉매, 기다려 봐요! 반드시 화봉의 깃발이 저 강물 위에 펄럭이게 할 테니까!"

화경은 고개를 쳐들고 양손을 높이 들었다. 위풍당당한 그 자태 위로 햇살이 쏟아져 선이 뚜렷한 그녀의 아래턱에 닿아 빛을 튕겼다. 바람에 나부끼는 칠흑처럼 검은 머리칼이 흡사 깃발과 같았다. 그녀 곁에 그녀만큼 빼어난 여인이 말없이 웃고 있었다. 석양을 담은 그 눈동자는 강물처럼 일렁이며 빛을 잘게 부쉈다. 도도히 흐르는 강물과 산하가 눈앞에 다가오길 가만히 기다리듯, 그녀는 아득히 먼 곳을 바라봤다.

7월 초사흗날, 천성 사신단은 민남 포정사(布政使)의 배웅과 서량 예부의 영접을 받으며 강을 건너 서량 영토에 정식으로 진입했다. 관선에서 내려 천성과 별다른 점도 없어 보이는 땅을 밟으며, 봉지미는 감회가 새로웠다. 그녀는 수십 년 만에 처음으로 적국인 서량에 발을 디딘 천성 사람이었다. 그 사실 하나만으로도 충분히 역사책에 기록될 수 있을 것이다.

서량은 예부시랑이 현지 관원들을 이끌고 접경지대에 나와 영접했다. 이는 상당히 정성 들인 격식이었다. 섭정왕이 파견한 예부 관원들이 서량 국토의 반을 달려 나와 천성 사신단을 수도까지 안내한다는 것 자체가 극도의 존중을 표한 것이었다.

봉지미가 관선에서 내리자 마중 인파가 일제히 북을 치며 환호성을 질렀다. 축포가 세 번 울렸다. 십 보 밖으로 통제당한 백성들은 서로 밀고 밀치며 호기심 어린 눈으로 천성의 벼슬아치들을 구경했다. 서량의 관료들도 함박웃음을 지으며 그들을 맞이했다.

서량의 예부시랑 백덕산(柏德山)은 관선에서 제일 먼저 내린 소년을 신기한 듯 바라봤다. 정말 소년이었다. 겨우 열여덟 열아홉 살의 용모에 늘씬하고 잘생긴 소년이었다. 하지만 서생 특유의 고리타분한 분위기는 없었고, 기품 있고 진중한 기질을 가졌다. 눈 쌓인 먼 산을 보듯, 가볍게 시선을 주는 순간 나이 생각은 완전히 잊게 되었다. 눈빛에서는 어린 나이에 중신이 된 사람 특유의 건방짐이 없었다. 하지만 그의 안개 낀 듯한 눈동자에서는 의중을 읽어낼 수 없었다. 푸른 비단 도포를 아무렇게나 걸친 그가 여유롭게 배에서 내리는 모습은 이런 성대한 환영에도 익숙한 듯 보였다. 초가을의 햇살이 그의 어깨 위로 떨어지자 온몸에 금을 칠한 것처럼 빛이 났다. 이자가 바로 그 유명한 천성의 무쌍국사이며, 기이한 천재라는 별명을 가진 위지인가? 과연 특별하다.

"누가 위지야?"

"너무 젊다……. 소문에는 문무가 출중하고 천성 황제가 가장 총애하는 신하라는데 정말일까?"

"당연히 진짜겠지. 안 그러면 여기까지 파견을 보냈겠냐? 서량과 천성은 지금껏 우의를 쌓은 적도 없는데."

"저런 미소년 나리라니……. 헤헤. 우리 도아랑 딱 어울리겠는걸."

"허이고! 저분이 누구신데? 산골짜기에서 자란 촌 아가씨가 신분 상승을 하고 싶어서? 유 씨는 참 꿈도 야무져!"

"자네가 저 사람을 어찌 그리 잘 알아?"

"모를 리가 있겠어? 저분이 남해에 오셔서 도적놈들을 싹 쓸었다고! 해적도 많이 죽었어. 남경 해변에 사시는 고모님 말씀이 그 후로는 아주 조용해졌대. 따지고 보면 우리 서량도 저분한테 빚을 진 셈이지."

구경하는 백성들은 거리낌 없이 토론했지만, 그보다 더 많은 사람이 멀리서 냉엄하고 경계 어린 눈빛으로 산뜻하고 아름다운 천성의 사신단을 지켜보고 있었다. 백덕산은 등 뒤에서 들려오는 백성들의 평가에 경탄하다가, 문득 자신이 고개를 들고 그를 선망하듯 바라보는 모습이 자국의 위엄을 떨어뜨린다고 생각했다. 길을 떠나기 직전 "예를 다하되 휘둘리지 말 것"이라는 섭정왕의 당부가 떠오르면서 등에 식은땀이 흘렀다. 그는 얼른 앞으로 나아가 3보 떨어진 곳에 섰다. 곧 예부 관원이 구령을 외쳤고, 그가 담담하게 허리를 숙여 인사했다.

"예부시랑 백덕산 위 후를 뵙습니다. 먼 길 오시느라 고생스럽진 않으셨는지요? 혹여 맞이함에 부족함이 있더라도 너그러운 마음으로 이해해 주시길 바랍니다."

"별말씀을요."

상대방이 잠시 이성을 놓았음을 벌써 파악한 봉지미가 웃으며 백덕산의 손을 잡고 말했다.

"대인께서 먼 길도 마다치 않고 마중 나와 주시니 위지는 황공하여 몸 둘 바를 모르겠습니다. 귀국은 물자가 풍부하고 백성들의 삶도 넉넉하지요. 또한, 경치가 빼어나 오는 길이 별천지 같았습니다. 대인께서 가는 길에 이 촌놈에게 많이 가르쳐 주십시오. 부탁드립니다."

겸손하고 온화한 말투와 친절한 눈빛을 접하자 백 시랑은 즉시 위지에게 호감이 생겼다. 과거 이 천성 중신이 세운 '혁혁한 위업'을 익히 들은 바 있기에 경계하고 긴장했지만, 위지는 친절하고 분수를 아는 것처럼 보였다. 또 훌륭한 가정 교육을 받은 듯 겸손한 태도가 그의 마음을 편안하게 했다. 백 시랑도 이내 웃었다. 각자 일행을 소개하고 예를 갖추는 등 한바탕 떠들썩한 상견례를 치른 후, 다시 위풍당당하게 길을 나섰다.

백덕산은 이곳에서 하룻밤 묵은 후 다음 날 다시 길을 떠나자고 했지만, 봉지미는 바로 떠나겠다는 의견을 굽히지 않았다. 이곳은 민남과 서량이 만나는 접경지대로 마찰이 끊이지 않는 지역이었고, 그만큼 해묵은 원한이 서려 있는 곳이었다. 과거 어머니께서 병사를 이끌고 서량의 선제 은지량을 천성의 요충지에서 축출할 때도 민남 접경지대는 전세가 가장 격렬했던 지역이었다.

백덕산과 상의하는 봉지미의 어조는 부드럽지만 단호했다. 백덕산은 섭정왕의 분부대로 예를 다하되 휘둘리지 않으려 애썼지만, 위 후와 협상을 하는 행동이란 애초부터 헛수고가 될 수밖에 없었다. 원하는 바를 어떻게든 피력하려 해도 결국은 그에게 끌려가게 되었다. 그는 빙긋 웃으며 상대방의 말을 경청한 후 견해에 동의를 표했지만, 결국은 상대를 자기 뜻대로 따라오게 만들었다.

백덕산은 고집을 부려봤자 자기만 바보가 되는 느낌이 자꾸 들었다. 상대방의 말이 다 맞기 때문이었다. 그는 위지에게 예술의 경지에 다다른 협상술을 한 수 배웠다. 나중에 협상에서 요긴하게 활용해야겠다고 생각하며, 호위대에 길을 잡고 출발하라고 지시했다. 천성 사신단을 맞이하기 위해 그가 이끌고 온 1천 명 중 위지의 뜻에 따라 5백 명은 앞에서 길을 잡고, 나머지 5백 명은 양 날개를 호위했다. 위지의 호위 병사 2천 명은 사신단을 가운데 놓고 에워싸듯 호위했다.

갈림길에 다다랐을 때, 행렬 앞쪽에서 백덕산이 낮은 소리로 속삭이며 왼쪽 길을 가리켰다. 명령을 받은 호위대장이 그 길을 힐끗 보고는 싸늘하게 웃더니 곧장 말을 타고 달려갔다. 마차 창문의 발이 젖히고 봉지미의 얼굴이 드러났다. 호위대장이 앞서 달리는 뒷모습을 바라보는 그녀의 눈에서 고민이 보였다. 호위대장은 상견례 때부터 태도가 오만불손했다. 서량의 관원들이 품계도 높아 보이지 않는 호위대장을 깍듯하게 대하는 점으로 미뤄 보아 그는 분명 섭정왕의 심복일 터였다.

마차 행렬이 또 얼마간 전진해 산지에 접어들었다. 서량도 민남처럼 산지 일색인데, 변경지대에는 산이 더 많았다. 산을 돌아가는 길을 잡은 사신단 행렬은 지세가 험해 모두 마차에서 내려 말에 올라탔다. 봉지미는 눈을 가늘게 뜨고 길을 바라보며 백덕산과 한담을 나눴다.

"이 산은 매우 험준해 보입니다. 산 중에 마을이 있는지요?"

백덕산도 총명한 사람이라 듣자마자 웃으며 대답했다.

"위 후께서 산중에 도적이 있는지 물으시는 겁니까?"

옆에 있던 호위대장이 갑자기 싸늘한 말투로 끼어들었다.

"백 대인께서 아직 말씀을 못 드린 모양입니다. 있습니다. 다만 그 도적들은……."

갑자기 호위대장이 비꼬듯 웃었다. 검은자위보다 흰자위가 많이 보이는 그 눈동자가 봉지미를 차갑게 노려봤다.

"과거 귀국과 우리 서량의 전쟁에서 도망친 병사들입니다. 그해 호야파(虎野坡) 전투에서 귀국이 패전하여 수십 리 밖으로 달아났습니다. 그때 도주한 귀국 병사의 수가 상당했죠. 그 후 서량의 접경지대 유랑민으로 살게 되었고, 생존할 방도가 없으니 산 도적이 되어 해마다 우리 서량 백성을 괴롭히고 있습니다. 위 후께서 어렵사리 행차하셨는데, 귀국의 길 잃은 개들을 거둬 가심이 어떨지요?"

도발적인 그 한마디에 사방의 모든 소리가 뚝 끊겼다. 너무 고요해서 멀리 낙엽이 바스락거리며 부서지는 소리까지 들릴 지경이었다. 백덕산은 한동안 멍하니 서 있다가 뒤늦게 호통쳤다.

"구 대장! 언사에 신중하시게!"

백덕산은 절제하지 못한 날카로운 외침에 스스로 깜짝 놀랐다. 구 대장은 고개를 들고 하늘을 쳐다보며 '네까짓 게 나를 어쩔 수 있어?'라는 표정으로 방자하게 웃었다. 백덕산은 그 꼴을 보고 눈알이 뒤집히도록 화가 났다. 마음속으로 무공은 극도로 고수지만 때를 가려 말을 할 줄 모르는 천하에 쓸모없는 놈이라고 생각했다. 섭정왕이 어째서 천성에 원한을 품은 자를 사신단 호위로 파견했는지 이해할 수 없었다. 천성 호위 병사들을 둘러보니 하나같이 얼굴에 분노가 가득했다. 그는 겁을 먹고 자기도 모르게 침을 꼴깍 삼켰다. 사신의 비위를 건드렸다가 마찰이라도 일어나면, 병사 1천 명이 2천 병사와 싸워 이길 확률은 얼마나 될까?

천성의 호위 병사들은 분노했지만, 그 누구도 욕 한마디 하지 않고 주먹 한번 휘두르지 않았다. 모든 이의 시선이 봉지미에게 쏠렸다. 소매를 걷어 올리고 생긋 웃으며 먼 산을 바라보는 그녀는 눈썹조차 꿈틀거리지 않았다. 사방이 조용해지자 구 대장에게 시선을 옮기고 흥미로운 듯 그를 아래위로 훑어봤다. '하찮은 놈, 재밌군.'이라고 말하는 눈빛이었다. 그 눈빛에 온몸이 불편해진 구 대장이 화를 내려는 찰나, 그녀가 여유롭게 말했다.

"등산을 보니 감회가 남다릅니다."

봉지미의 갑작스러운 한마디에 모두 놀랐다. 백덕산은 그녀의 의중이 무엇인지 파악하지 못했지만, 상황을 수습하려 얼른 대답했다.

"어떤 감회가 드십니까?"

봉지미는 태연하게 그를 바라보며 채찍으로 등산을 가리켰다.

"불현듯 전설 속 이야기 한 토막이 떠올랐습니다. 20년 전 어느 황제의 오른팔 격인 대장군이 있었지요. 그는 남쪽 변경 방어를 담당했는데, 그 범위가 당시 남쪽 변경의 거의 전부였습니다. 이토록 중임을 맡은 대장군은 감격하여 눈물을 흘렸고, 일평생 황제와 서남부 변방 지역을 위해 남방의 옥토를 지키겠노라 맹세했습니다. 하지만 안타깝게도 맹세는 남아도 사람의 마음은 쉬이 퇴색되지요. 어느 날 그 대장군은 전장에서 반역을 꾀했고, 황제의 군사는 경황이 없어 막아내지 못하고 큰 피해를 보고 말았지요. 하지만 이야기는 여기서 끝이 아니지요. 그 절개가 남다르고 백전백승을 거듭하던 대장군께서 연패를 거듭하기 시작했습니다. 그것도 십 대 여장군의 손에 쫓겨 어느 산 밑으로 수백 리 도주하고, 후퇴하고 또 도주하기를 반복했습니다. 결국은 제일 척박한 땅인 서남부의 불모지에 정착하고는 깃발을 세우고 건국했습니다. 해마다 제 주인이었던 나라를 침략해 자기가 토해낸 영토를 조금이라도 빼앗을 궁리를 하면서 말입니다. 제 생각에는 대장군께서 어렵사리 반격을 시도했지만 성공하지 못했으니 언젠가 시간을 내서 토해낸 영토를 거둬들여야 하지 않겠습니까?

"……"

봉지미는 눈 하나 깜짝하지 않고 구 대장의 도발을 한 층 더 악독하게 돌려주었다. 어느 왕조 누구라고 지목하지 않았기 때문에 지레 관련지어 따질 수는 없었지만, 구구절절 과거 서량국을 세운 은지량의 배은망덕한 반역 이야기였다. 한마디 한마디가 모두 서량 조정의 아픈 곳을 찔렀다. 대승을 거둬 광대한 영토를 거느리는 대제국을 목전에 뒀다가, 소녀 장군의 손에 패해 황량하고 척박한 서량 땅에 울며 겨자 먹기로 건국한 일은 은지량 필생의 한이었다. 은지량 생전에도 감히 그 일을 입밖에 내놓는 사람이 없었는데, 서량의 관료들은 치욕을 자초해 그 모욕적인 말을 멀뚱멀뚱 들어야만 했다. 마지막 한마디는 더욱 악독했다. 은지량이 죽어서 귀신이 된 지 오랜데 "언젠가 시간을 내서 토해낸 영토를 거둬들여야"라니…….

서량 관료 한 명 한 명의 안색이 귀신처럼 창백해졌다. 조롱과 위협을 겸비한 반격에 두들겨 맞고 할 말을 잃었고, 화를 내고 싶어도 마땅한 이유를 들 수 없었다. 상대가 자신들을 모욕하는 줄 뻔히 알면서 들고만 있자니 울화가 치밀었다. 서량 관료들 모두가 모욕을 자초한 구 대장을 눈을 부릅뜨고 노려봤다. 구 대장의 얼굴도 시뻘겋게 달아올랐다. 쳉, 하는 소리와 함께 긴 칼이 칼집에서 반쯤 뽑혀 나오자 관료들이 또 한 번 놀라며 그를 저지했다. 그때, 푸른 그림자가 곧장 날아와 기복 없는 목소리로 말했다.

"좋은 칼이오. 좀 봅시다."

봉지미는 이제 고남의도 에둘러 말하기를 배웠다고 생각하며 방긋 웃었다. 구 대장은 아직도 사태의 심각성을 모르는 듯 다가오는 그를 향해 음흉하게 웃으며 말했다.

"구경할 거요? 좋소."

구 대장은 칼을 건넸다. 반쯤 뽑힌 칼은 손을 놓으면 금세 칼집 안으로 다시 떨어진다. 마음속으로 이자가 손을 내밀면 혼을 내주겠다고 생각했다. 섭정왕 분부도 있으니 적당히 할 것이다. 한쪽 손 정도면 충분했다.

칼이 칼집에서 반쯤 뽑혔을 때 모든 서량 관료들의 눈에 긴장이 역력했다. 구 대장은 서량의 3대 고수 중 세 번째로, 한 손으로 칼을 쓰는 기술에서 독보적이었다. 천성에서 온 저 복면 남자도 그에게 당해내진 못할 것이다. 백덕산은 벌써 사고가 생기면 섭정왕에게 어떻게 설명해야 할지 고민하고 있었다.

칼이 반쯤 뽑혔고, 고남의는 손을 뻗어 받으려 했다. 구 대장의 눈빛에 돌연 악의가 스치며 손목을 뒤집자 칼날이 반짝였다. 놀랍도록 빠른 속도로 고남의의 손목을 향해 베어 들어갔다.

퍽.

백덕산은 아연 실색하며 사람을 구하려고 한 발 다가섰다. 그때 칼날이 또 한 번 번쩍하면서 둔탁한 소리가 났다. 예리한 칼날이 살점을 파고드는 소리가 아닌 무언가에 호되게 부딪힌 소리였다. 그러고는 바닥에서 먼지가 자욱하게 피어올라 백덕산의 눈을 덮쳤다. 그는 황급히 눈을 비볐다. 놀란 사람들의 비명이 사방에서 들렸지만 무슨 일이 일어 났는지 알 수 없었다. 급한 마음에 눈을 더 세게 비벼보았지만 좋아지 지 않았고, 얼마 후 충혈된 눈을 겨우 떴을 때 또다시 어리둥절해졌다. 방금까지 기세등등하던 구 대장이 보이지 않았다. 대신 고남의가 옷자 락을 휘날리며 그 자리에 서 있었다. 그는 손가락으로 칼을 튕겨 보더니 건조한 말투로 칭찬했다.

"좋은 칼이군."

봉지미가 유유자적하게 대답했다.

"좋은 칼이면 받아 두세요."

"……."

서량의 관원들은 할 말을 잊었다. 백덕산은 한참 후에야 구 대장을 찾아냈다. 언제부터 그랬는지 구 대장은 반신이 땅에 묻힌 상태에서 머 리에 붉은 피를 줄줄 흘리며 빠져나오려 안간힘을 쓰고 있었다. 조금 전 대결에서 고남의가 담담하고도 호탕하게 그의 칼을 뺏음과 동시에 그 를 땅에 묻어 버린 것이었다. 서량의 관료들은 숨을 크게 들이마시며 서로를 쳐다봤다. 그들 마음속에 구 대장은 절세 무인으로 누구도 막을 수 없는 존재였다. 그런 그가 이렇게 가벼운 손짓 한 번에 저 꼴이 될 줄 은 상상도 못했다. 고남의는 마음대로 칼을 압수하며 이자의 무공이 꽤 쓸 만하다고 생각했다. 다만 적을 얕잡아 봤으니 이런 결과는 당해도 쌌다. 봉지미가 태연하게 웃으며 주위를 둘러보자 서량 관료들은 아무 도 말을 걸지 못하고 우르르 물러났다. 말로도 못 당하고 싸움으로도 못 이기는데 무슨 할 말이 있겠는가? 구 대장도 겨우 땅속에서 빠져나 왔다. 수치스럽고 분한 그는 고남의에게 칼을 달라고 할 낯도 없어 잠자 코 흰 천으로 머리를 싸맨 뒤 대오 앞쪽에서 길을 잡았다. 그녀의 입꼬 리가 살며시 올라갔다. 서량 관료들의 얼굴은 하나같이 빛이 없고 초췌해졌고 아무도 입을 열지 않았다.

산을 우회하는 길에 골짜기 사이로 난 좁은 길이 보였다. 전투를 경험한 봉지미는 이런 지형에 굉장히 민감했다. 이 골짜기는 사방이 비좁아 고개를 들었을 때 보이는 하늘이 직선에 가까웠다. 이렇게 우산처럼 하늘을 가린 절벽은 위에 무엇이 있을지 알 수 없으니 특히 주의해서 관찰했고, 이내 이상한 점을 발견했다. 그녀가 생각하다 말했다.

"시간이 늦었으니 여기서 쉽시다."

백덕산은 어리둥절했다. 마을도 없고 여관도 없는 산골짜기 앞에서 몇 천 명이 노숙하자는 말인가?

"위 후, 골짜기를 지나 십 리만 더 가면 여관이 있습니다. 아직 오후니 서두르면 도착할 수 있을 것입니다. 골짜기 앞에서 노숙은 적절치 않은 것 같습니다."

"이게 무슨 바보 같은 생각이오?"

앞서가던 구 대장이 다시 돌아왔다. 흰 천으로 머리를 싸매고 있으니 한층 얄미워 보이는 그가 목소리를 높였다.

"골짜기를 만나면 진입하지 말라는 병가 상식도 모르시오? 여기서 멈추겠다고요? 죽고 싶으면 알아서 하시오! 나는 당신네 따라 바보짓을 하지 않겠소!"

"그래요?"

봉지미가 미소 지었다.

"구 대장, 전진은 부적절해 보입니다만……."

"내가 보기엔 적절하오!"

"그런가요?"

봉지미는 반듯한 말씨로 나긋하게 물었다.

"정말 적절합니까?"

"멈추는 게 더 부적절하오!"

"그렇군요. 적절하단 말이군요."

봉지미가 빙긋 웃었다.

"귀 군은 지형에 익숙하고, 또 골짜기가 나타났으니 앞서 길을 잡으십시오. 행렬의 양 날개를 호위할 필요도 없습니다. 어차피 길이 좁아 대형을 유지한 채 통과하지도 못할 것입니다. 1천 군사는 모두 앞서가십시오."

"좋소!"

구 대장이 차갑게 웃었다.

"확실한 길을 안내하리다. 우리가 길을 찾아 주지 않으면 어디 이동이나 할 수 있겠소?"

구 대장이 신호를 보내자 1천 명의 군사가 먼지를 일으키며 집합하더니 앞으로 향했다. 그의 뒤에는 말을 탄 봉지미가 있었다. 손으로 고삐를 단단히 쥔 그녀는 1천 군사의 뒷모습을 바라보며 특유의 물안개 닮은 미소를 지어 보였다.

화봉

구 대장은 1천 호위 병사를 이끌고 앞으로 질주했다. 그도 바보는 아니며 무장 세가 출신으로 병법을 익힌 사람이었다. 골짜기에 진입하기 전 친히 절벽에 올라 수상한 낌새가 없다는 것을 확인한 후 내려와 손을 흔들었다.

"길을 열어라!"

1천 명의 호위 병사는 명령에 따라 달려 나갔다. 구 대장은 멀리 후방으로 물러나 꼼짝도 하지 않는 천성 대오를 돌아보고 차갑게 웃었다. 조금 뒤에 저 겁쟁이들을 제대로 놀려 주겠다고 생각하는 찰나였다. 별안간 으악, 하는 비명이 들렸다. 마른 나뭇가지가 부러지는 소리와 함께 맨 앞에 가던 호위 병사들이 순식간에 사라졌다. 모두 어리둥절해져서 앞을 쳐다봤다. 그곳은 나뭇잎과 잡초 더미가 쌓인 평지로 보였지만, 사실은 누군가 큰 구덩이를 판 후 나뭇가지를 얹고 잡초를 덮어 둔 함정이었다. 앞에서 달려가던 호위 병사들은 구덩이에 빠졌고, 뒤따르던 병사들도 관성을 이기지 못해 그 안으로 떨어졌다. 구덩이 속은 아이고, 하고 앓는 소리로 시끌벅적했다.

군대에서 흔히 쓰는 함정을 골짜기에 사용했을 뿐이었지만, 선택이 범상치 않았다. 이런 산세에서는 보통 절벽 꼭대기에 매복해 있다가 바위를 굴리는데, 상대는 독창적인 선택을 한 것이다. 정작 절벽 위에는 아무것도 없었지만 절벽 아래 땅에서 문제가 생겼다. 이는 절벽 꼭대기에서 경계심을 풀었기에 쉽게 걸려든 것이었다.

말을 탄 병사들 십여 명이 구덩이에 빠졌다. 그나마 그리 깊지 않고 뾰족한 칼 따위도 숨어 있지 않아 사람이 다치진 않았다. 호위 병사들이 힘겹게 밖으로 빠져나오려 했고, 어떤 병사들은 탔던 말을 꺼내려 안간힘을 썼다. 구 대장은 파리한 얼굴로 소리쳤다.

"사람부터 서둘러 꺼내고, 궁수들은 대기하라!"

그 말이 떨어지기 무섭게 절벽 어딘가에서 누군가 외쳤다.

"쏴라!"

간결한 그 목소리의 끝 음이 아직 공기 중에 맴돌 때, 사방에서 휘파람 소리가 들렸다. 그러자 절벽 중간 즈음 넝쿨로 가려진 은밀한 곳이 젖혀지고 동굴이 나타났다. 남자 몇 명이 동굴 입구에 서서 활을 아래로 당겼고, 활에는 활활 타는 불화살이 걸려 있었다. 불화살이라니! 삽시간에 그 불은 하늘 가득 쏟아지는 붉은 유성우처럼 호위 병사와 말이 떨어진 함정으로 후드득 떨어졌다.

이번에는 더욱 속수무책이다. 순식간에 쏟아진 불화살에 구덩이 속의 사람들과 말에 속절없이 불이 붙었다. 사람들은 처절한 비명을 지르며 사방으로 흩어졌고, 말은 미친 듯 발을 구르고 날뛰며 그리 높지 않은 구덩이를 빠져나왔다. 몸에 불이 붙은 말들이 후방에 있던 호위 병사들에게 돌진하자 사방에 불이 옮겨 붙었다. 말들은 하나같이 광기 어린 상태라 사방으로 발딱거리며 질주했다. 제 주인을 구덩이로 떨어뜨리는 놈, 서로 짓밟는 놈, 왔던 길로 질주하는 놈 등 천태만상이었다. 호위 병사들은 끊임없이 고함을 지를 뿐 말들을 통제하지 못했고, 오히려 부딪히고 밟혀서 반죽음이 되었다. 순식간에 아수라장이 된 골짜기는 피 색깔 죽이 팔팔 끓고 있는 냄비 같았다.

다급해진 구 대장의 눈은 불이 뿜어져 나올 듯했다. 산 위로 올라가 대오를 정비하라 외쳤지만, 자기 앞가림하느라 바쁜 사람들은 그 호령을 듣지 못했다. 그는 목이 터지라 외쳤지만 결국 냄비 끓는 소리에 묻히고 말았다.

구 대장의 펄펄 끓는 성정과는 반대로, 상대는 냉철하고 숙련된 적이었다. 도적 무리는 정규 군대보다도 체계가 잡혀 있었다. 또 한 번 "쏴라!"하는 지령이 떨어지자 다시 화살 비가 내렸다. 이번에는 불화살이 아니라 한 번에 다섯 발이 발사되는 '일궁오전(一弓五箭)'이었다. 단단하고 짧은 노에 걸린 화살이 폭풍처럼 발사되었다. 절벽 위에 있는 사람은 "전방 좌측! 우측 후방! 서쪽!" 등 방향을 외치며 끊임없이 지휘했다. 그들은 명령에 따라 한 치의 망설임도 없이 1천 호위 병사들을 향해 화살을 쐈다. 명령을 내리는 사람은 극도로 날카로운 눈빛을 빛내며 매우 효율적으로 지휘했다. 그가 지시하는 방향은 호위 병사들이 가장 혼잡하게 모여 있거나, 조금 전 말이 헤집었던 곳이거나, 겨우 안정을 찾고 퇴각을 준비하는 곳이었다. 순전히 그의 지휘에 따라 쏟아지는 화살 비로 우왕좌왕하는 호위 병사 반을 죽였고, 나머지 병사와 말도 점점 한 구석으로 몰아넣고 있었다.

구 대장도 이제 무언가 크게 잘못되고 있음을 깨달았다. 상대가 보통내기가 아님이 자명했다. 이렇게 한쪽으로 몰아넣는 것은 남은 호위 병사를 모아 한꺼번에 죽이겠다는 뜻이었다. 정예병 1천 명을 이끌고 산적 손에 전멸한다면 자신을 기다리는 건 죽음뿐일 것이다.

구 대장은 그제야 마음 깊이 후회했다. 애초에 그는 등산에 산적이 있음을 알았다. 또한 그들이 유난히 용맹하고 사나우며 세력도 제법 크다는 사실도 알고 있었다. 그들은 일찍이 천성의 전장에서 사라진 탈주병으로, 주로 서량 관부로 향하는 길을 막고 약탈을 일삼았다. 하지만 구 대장은 자신의 1천 정예병을 믿었다. 도적 떼로 전락해 뿔뿔이 흩어진 오합지졸들이 감히 어림군 출신의 숙련된 병사들의 상대가 될 수 있을까? 그자들에게 따끔한 맛을 보여 주고 싶기도 했고, 천성 사신단이 보는 앞에서 서량 군대의 위엄을 뽐내고 싶기도 했다. 천성 사신단이 산적의 공격을 받고 만신창이가 되어 도망칠 때 자신이 나서서 구해 주면 더할 나위 없었을 것이다. 천성에서 명성이 자자하다는 그 기생오라비놈이 그때도 잘난 척할 수 있을지 보고 싶었다! 하지만 기생오라비는 어찌 된 일인지 먼저 위험을 감지해 꿈쩍하지 않았고, 자신은 자청해서 이런 수모를 겪는 처지가 되었다.

구 대장은 엄격한 섭정왕이 생각났다. 그가 길을 떠나기 전에 했던 당부가 떠오르자 오싹해져 몸이 떨렸다. 구 대장은 사람도 일도 뜻대로 풀리지 않는다는 이치를 실감했다. 그는 오랫동안 섭정왕을 발밑에서 섬겨 왔다. 무공이 뛰어나 지금껏 극도의 총애를 누렸지만, 고작 산적 따위에 다 부질없는 일이 되어 버릴 상황에 몰렸다. 이렇게 생각하니 악에 받쳐 필사적인 마음이 생겼다. 그는 명령을 내리는 적장을 습격하려고 고함을 치며 절벽을 타고 올라갔다. 그때 짧고 강렬한 목소리가 들렸다.

"말을 죽여라!"

역시 추상같은 명령의 목소리였다. 명령이 떨어지자마자 화살이 공기를 가르며 날아왔다. 이번에는 골짜기 뒤편에서 날아왔는데 구 대장역시도 사정권에 있었다. 그는 깜짝 놀라 체통 따위를 생각할 겨를도 없이 데굴데굴 굴러 간신히 위험을 피했다. 그때 휙, 하고 바람이 머리 꼭대기를 스쳐 호위 병사 쪽으로 날아갔다. 눈을 크게 뜨고 화살을 바라보던 그는 머리가 서늘해짐을 느꼈다. 만져 보니 피 묻은 머리칼이 우수

수 떨어졌다.

　놀라 날뛰는 말과 쏟아지는 화살 비로 호위 병사들은 골짜기 입구까지 몰렸다. 후방에서 또 다른 화살 비가 습격하자 이제 꼼짝없이 죽었다는 생각에 눈을 질끈 감고 움직이지 못했다. 옆을 스쳐 지나가는 바람의 한기가 몸에 스며들었고, 처절한 말의 울음소리가 길게 들렸다. 병사들이 다시 눈을 떠 보자 말은 모두 화살에 맞아 죽어 있었다.

　말이 모조리 죽으니 엉망으로 붐볐던 골짜기 입구에 여유가 생겼다. 서량 호위 병사들이 멍하니 서 있을 때 낮고 거침없는 목소리가 들렸다.

　"절벽에 올라라!"

　대부분의 호위 병사들은 어리둥절해 서 있었지만, 두뇌 회전이 조금 빠른 사람은 금세 알아차렸다. 상대방이 쏜 화살은 절벽 아래로 꽂혔기에 거기에 머무르다가는 죽을 수밖에 없었다. 하지만 절벽에 붙어 있으면 누구도 화살을 맞지 않았다. 병사들은 왜 진작 그 생각을 못 했는지 자신의 아둔함을 나무라며, 말의 사체를 밟고 너도나도 절벽 위로 기어 올라가기 시작했다. 모두 젖 먹던 힘까지 쥐어짜며 가진 능력 최대치의 경공술을 발휘했다.

　호위 병사들이 절벽에 바짝 붙자 절벽 중간에 있던 산적들도 활시위를 놓았다. 그들도 새로 나타난 적은 상대하기 까다로운지, 예리한 휘파람 소리를 냈다. 아마도 퇴각 신호인 것 같았다. 휘파람 소리가 끝나기도 전에 갑자기 말발굽 소리가 들렸다. 수수한 색의 옷을 입고 축축한 눈동자를 가진 사람이 말을 타고 날 듯 달려왔다. 봉지미가 도착한 것이었다.

　봉지미는 서량의 피해를 매우 걱정한 듯 혈혈단신으로 말을 타고 왔다. 골짜기의 처참한 상황을 확인하며 이내 말을 세웠고, 웃는지 마는지 알 수 없는 눈빛으로 구 대장을 돌아봤다. 구 대장은 수치심에 죽어 버리고 싶었다. 그는 그녀의 뒷모습을 바라보다가 후방을 둘러봤다. 조금 전 그녀의 명령으로 활을 쏘고, 병사들을 절벽에 붙게 해 서량 병사들을 구해 주었다. 그는 그녀의 부하인 궁수들에게조차 경외심을 느꼈다. 그들은 혼란 속에서도 오로지 말만 맞췄고, 사람은 단 한 명도 다치게 하지 않았다.

봉지미가 홀로 말을 타고 골짜기에 온 것을 보고 구 대장의 입이 쩍 벌어졌다. 그녀에게 적진에 고수가 숨었을지 모르니 경계를 늦추지 말라고 일러 주려 했다. 그러나 그녀의 유유자적한 뒷모습을 보자 마음 깊은 곳에서 증오가 솟구쳤다. 위지라는 자는 이토록 비열하다! 분명 골짜기로 들어가지 말라고 귀띔할 수 있었을 텐데도 하지 않았고, 기어이 이 추태를 감상하고 있는 것이다. 그가 처절하게 패해 이도 저도 못 할 때가 되어서야 나타나서는 좋은 사람 노릇을 하고 있었다.

'이럴 거면 어디 혼자서 위험에 맞서 보시지.'

구 대장은 봉지미가 적시에 궁수들을 시켜 말을 쏘지 않았다면 그의 1천 호위 병사는 이미 전멸했을 테고, 그도 책임을 피할 수 없었을 거라는 점은 벌써 잊었다. 그는 원한만 기억하고 은혜는 잊는 졸렬한 사람이었다. 그녀가 고삐를 살며시 당겨 나아가 살아남은 서량 호위 병사들을 향해 웃으며 말했다.

"형제들, 고초가 많았습니……."

봉지미가 말을 끝내기도 전에 절벽 쪽 넝쿨을 젖히고 사람이 튀어나왔다. 서량 호위 병사들은 바람 소리가 들리는 순간, 무언가 순식간에 지나가는 느낌이 들었을 뿐이었다. 위 후의 악, 하는 비명이 어렴풋이 들렸고, 병사들이 정신을 차렸을 때 사람은 이미 온데간데없었다.

모두 일제히 고개를 들었다. 절벽 위로 사람 그림자가 유성처럼 미끄러지더니 이내 사라졌는데, 아마도 누군가를 붙잡고 있었던 것 같았다. 그때 절벽 꼭대기에서 이런 말이 쓰인 천 조각이 떨어졌다.

"인질을 찾고 싶으면 금화 천 냥과 무기 세 수레를 가져와라!"

사람들이 웅성거렸다.

"천성 사신이 산적에게 잡혀갔다!"

천성 사신 위 후가 산적에게 잡혀가자 서량과 천성 사람들 모두 아연실색했다. 그들은 머리를 뜯긴 파리처럼 한데 모여 구출할 방법을 토론했다. 흙먼지를 뒤집어쓴 구 대장은 정신이 바짝 든 모습으로 "위 대인을 구할 수 있는 사람은 나뿐"이라고 거들먹거리며, 서량 관원을 데리고 구출 작전을 논의했다. 천성의 두 부사신은 산적이 요구한 재물과 무기를 준비해 인질의 안전부터 확보해야 한다고 주장했지만, 구 대장은 "무기 등을 타국에 제공할 수 없다"라고 무례하게 말했다. 서로 멀뚱멀뚱 바라보는 두 부사신은 한편으로 답답했고 또 한편으로 의아했다. 위 후가 시야에서만 벗어나도 좌불안석이던 고 대인이 이번에는 왜 곁에 없었을까? 고 대인이 있었다면 위 후가 납치를 당했겠는가?

고 대인은 조금 불안해 보였지만 어디까지나 '조금'이었다. 봉지미가 납치되었다는 소식을 듣고도 그는 무뚝뚝하게 음, 이라고 했을 뿐이었다. 그가 원래 이런 식으로 말한다는 것을 몰랐다면, 전혀 놀라지 않았다고 생각했을 터였다. 그는 음, 이라고 말한 후 꼬마를 어깨에 들쳐 메고 말했다.

"구하러 간다."

멀어지는 고 대인의 뒷모습을 바라보며 사람들의 입이 쩍 벌어졌다.

'고 대인, 어딘지는 알고 구하러 가는 것입니까?'

모두가 걱정으로 심사가 복잡할 때, 봉지미는 어떤 이의 옆구리에 붙어 있었다. 그가 소매로 눈을 가렸지만 그녀는 전혀 개의치 않았고, 밀려오는 바람에 한껏 취했다. 바람 소리가 윙윙 귓가를 스칠 때마다 습하고 더운 서량도 산지는 제법 쾌적하다고 생각했다. 얼마나 좋은 계절인가? 오랫동안 산에 올라 녹음을 즐기지 못했으니 이 또한 풍요로운 경험이었다.

봉지미는 여유로운 태도를 유지했다. 그녀를 안고 산지를 달리는 남자가 고개를 숙여 힐끗 바라봤다. 한껏 만끽하는 표정에 마음이 갑갑했다. 뛰면 뛸수록 꼬불꼬불한 길이 나왔다. 이 사람은 그녀가 길을 익히지 못하고 일행이 쫓아오지 못하도록 목적지와 상관없는 방향으로 몇 바퀴나 헛돌았다. 좁다랗고 구불구불한 길을 따라 몇 차례 꺾어 돌자 마침내 눈앞이 환해졌다. 넓은 산간 평지에 거칠고 단단한 울타리에 둘러싸인 산적 소굴 정문이 나타났다. 그곳은 탑과 조망대에 화살 구멍이 설치된 망루까지 갖추고 있었다. 정문 뒤에는 비록 조악하지만 나름의 질서를 따라 축조된 건축물이 겹겹이 늘어서 있었고, 제법 규모도 있었다. 산간 평지에서는 소년들이 상의를 벗고 무공을 연마 중이었다. 초가을 바람을 맞으며 활기차고 박력 있는 주먹을 뻗었고, 기합 소리가 끊이지 않았다. 그녀를 옆구리에 낀 채 나타난 그를 보고도 동작을 멈추지 않았다. 소년들의 훈련을 이끌던 사내가 나와 웃으며 손짓했다.

"두목, 오셨습니까. 직접 손을 쓰신 거예요?"

봉지미를 옆구리에 낀 남자는 건성으로 고개를 끄덕이고 대답도 하지 않았다. 그녀는 그자의 겨드랑이 아래서 고개를 갸웃하며 호기심 어린 눈빛을 보였다. 사람들 사이를 지나며 전문가의 시선으로 그 소년들을 훑어보고는 끊임없이 평을 내뱉었다.

"음……. 훌륭한 권법이군. 음……. 하체 기술이 뛰어나군……. 응? 하체 단련에 특별히 신경 쓰는 이유가 있나? 음, 이런 훈련법은 기마병에게 딱 맞는 방법인데 산적을 하고 있다니……. 쯧쯧."

"입 닥쳐!"

두목은 도저히 참을 수 없다는 듯 차갑게 외쳤다. 무공 연마에 열중하던 소년들도 이토록 태연자약한 포로는 처음 보았다. 훈련 규칙도 잊고 고개를 돌려 쳐다보며 배시시 웃다가 두목이 노려보자 다시 훈련에 열중했다.

두목은 고개를 숙여 봉지미를 힐끔 바라보고는 마음이 영 답답해졌다. 관군이 지나간다는 소식에 늘 하던 대로 약탈할 생각이었지만 쉽지 않았다. 뒤늦게 관군을 구하러 누군가 오는 상황은 예상하지 못했지만, 혼자 말을 타고 온 어리숙한 대장을 간신히 잡았다. 대장을 잡았으니 한몫 챙길 수 있다고 생각했으나 가만 보니 어리숙하지 않았다. 예감이 좋지 않았고 불안했다. 이러다 금화나 무기를 얻기는커녕 어렵사리 다져 놓은 기반을 잃지나 않을까 두려웠다.

두목이 고뇌하는 동안 봉지미도 깊은 생각에 잠겼다. 무공을 연마하는 산적들의 품새가 천성의 군대와 닮았으면서도 어딘가 달랐다. 설마……. 그녀는 그의 옆구리에 끼인 채 산적 마을에 들어섰다. 셀 수 없이 많은 사람이 그에게 인사했고, 그럴 때마다 건성으로 고개를 끄덕이는 모습이 제법 위신이 서 있는 것처럼 보였다. 마을에 진입하자 그는 그녀를 아무렇게나 내려놓고 냉큼 달려온 남자에게 말했다.

"하던 대로 포로를 처리해라. 똑바로 감시하고!"

그리고 조금 생각하다 말했다.

"밥을 먹여라!"

평소대로라면 인질을 내려놓으면 부하가 와서 뒷일을 처리하기 때문에 크게 신경 쓸 필요는 없었다. 부하가 건네준 빈랑(檳榔)*각성 효과가 있는 종려나무의 일종을 받아 씹으며 몇 걸음 나아갔을 때 두목은 이상한 느낌이 들었다. 주변 사람들의 표정도 하나같이 부자연스러워 보였다. 심란할 때 빈랑을 씹는 습관을 이상하게 여기는 사람은 없을 텐데……. 그가 인질을 쳐다보려 몸을 돌린 순간 어떤 이가 천천히 그의 옆으로 다가와 진지하고 점잖게 물었다.

"이것이 바로 빈랑이로군! 실제로 보는 건 처음이야. 듣기로는 빈랑을 많이 씹으면 치아가 검어진다는데 당신은 어떻게 하얀 치아를 유지하지? 비법을 가르쳐 줄 수 있나?"

두목은 봉지미를 보고는 손에 든 빈랑을 던져 버렸다. 빈랑은 허공에서 갈색 포물선을 그리며 어디론가 떨어져 툭, 소리가 났고 잠자코 있던 사람들은 일제히 움직였다. 그들은 각자 칼을 뽑아 두목에게 재잘거리는 그녀를 에워쌌다. 그녀가 그들을 둘러보며 웃었다.

"당신들은 멀리서 온 손님을 이런 식으로 대하나?"

두목이 가던 길을 돌아올 때, 봉지미는 그제야 그의 얼굴을 똑똑히 봤다. 뜻밖에도 열일곱이나 열여덟쯤 돼 보이는 소년이었다. 준수한 얼굴에 풋풋한 기운이 남아 있었고, 잘 빠진 두 눈썹은 명필이 온 힘을 다한 붓놀림처럼 기개를 담고 있었다. 이 어린 청년이 규모가 크고 번듯한 산적 마을을 세웠다고 상상하기 어려웠다. 하나같이 드세고 용맹한 이 사람들을 인솔해 관군을 약탈하고, 절벽에서 지령을 내려 대장을 혼비백산하게 만든 장본인이 바로 이 소년이었다. 그녀가 소년 두목을 높이 평가하는 눈빛으로 바라봤다. 그녀가 칭찬의 눈으로 바라봐도 정작 그는 전혀 관심이 없었다. 소년은 재주를 타고난 천재 유형이었다. 사람들의 존경을 한 몸에 받았기 때문에 도도하였고, 눈앞에 두려울 것이 없었다. 그가 그녀를 차갑게 바라보며 말했다.

"제법이군. 하지만 알아둘 것이 있다. 우리 천봉채(天鳳寨)는 어떻게 들어왔든 마음대로 나갈 수 없어."

"천봉채?"

봉지미는 조금 여성스러운 마을 이름을 되뇌며 눈을 반짝였다. 그녀가 웃으며 말했다.

"난 일단 들어왔으니 됐어. 나갈지 말지는…… 두고 봐."

소년 두목이 코웃음을 치며 뭐라고 말하려다 갑자기 정신이 퍼뜩 들었다.

"너 설마 일부러 잡혀 온 거야?"

"한 수 가르쳐 주지."

봉지미가 만족스러운 듯 고개를 끄덕이며 앞뜰로 걸어갔다.

"자! 그럼 도적 소굴 천봉채 구경을 한번 해볼까?"

호시탐탐 봉지미를 노려보는 사람들에게 포위됐지만, 그녀는 하고 싶은 말을 다하며 마을 깊숙한 곳으로 진입하려 했다. 태도는 마치 영지를 시찰 나온 영주 같았다. 소년 두목은 눈이 동그래졌고, 이 호방하고 패기 넘치는 '인질' 때문에 할 말을 잃었다. 한참을 멍하니 있다가 화가 난 얼굴로 차갑게 말했다.

"거기 서라!"

소년 두목은 앞으로 손을 쭉 내밀어 번개처럼 빠르게 봉지미의 어깨를 잡아끌려고 했다. 그의 손바닥이 일으키는 장풍에서 그의 분노가 전해졌다. 그녀는 고개 한 번 돌리지 않고 어깨를 떨군 채 옆으로 피했다. 그녀의 오른손이 허공에서 반원을 그리며 퍽, 하는 소리와 함께 상대의 독수리 발톱 같은 손과 부딪쳤다. 둔탁한 소리가 울린 후, 그녀는 어깨가 살짝 흔들렸을 뿐이었지만, 소년은 비틀거리며 한 발 뒤로 물러나 안간힘을 다해 버티고 섰다. 하지만 얼굴이 벌겋게 달아오른 후 곧 창백해졌다.

끝까지 뒤를 돌아보지 않는 봉지미의 뒷모습을 소년 두목은 눈을 부릅뜨고 노려봤다. 주변 사람들은 서로를 바라볼 뿐이었다. 한 번도 진 적이 없는 두목이 오늘은 당한 것 같은데, 무슨 일인지 반격하지 않아서 의아했다. 그녀가 마침내 돌아보며 상대를 훑어보고 부드럽게 말했다.

"젊은 혈기도 좋지만, 감정이 앞서 호기를 부리면 곤란하지. 봐, 내상을 입었지? 세 걸음 물러서야 하거늘 이를 악물고 버티니 내상을 입지!"

자기도 기껏해야 열여덟 열아홉 밖에 되지 않았으면서 늙은이처럼 훈계하니 소년은 기가 차서 웃음도 나오지 않았다. 반박하려고 입을 여는 순간, 봉지미가 손가락을 튕겼다. 소년이 방어할 틈도 없이 반짝이는

75

검은 물체가 입 안으로 날아들어 왔고, 입을 다물 때는 이미 늦었다. 입 안 가득 쓴맛을 남기고 환약은 목구멍을 지나 순식간에 녹아 버렸다. 깜짝 놀란 그가 토해내려고 했지만, 숨을 한 번 들이마시자 뜨거운 기운이 기경팔맥(奇經八脈)을 훑었다. 그 기운이 지나간 자리는 그가 후퇴하지 않으려고 억지로 버티다가 역류하게 된 기운을 바로 잡았다. 매스껍던 오장육부가 비로소 편해졌다.

소년 두목은 어리둥절했다. 그제야 상대가 내상에 극도로 좋은 약을 먹였음을 알았다. 내상이 회복되었을 뿐 아니라 내면의 기운도 차오르는 것 같았다. 되려 감사 인사를 해야 마땅하지만, 껄끄러운 대립 국면에서 뭐라고 말을 해야 할지 몰랐다. 항상 지혜롭고 임기응변에 빨랐던 그가 또래 소년에게 시달리고 휘둘리다 진이 빠졌고, 상대가 무슨 꿍꿍이를 부렸는지 도통 알 길이 없었다. 봉지미는 벌써 유유자적 주변을 한 바퀴 돌며 사람들에게 웃으며 말했다.

"여러분의 무공은 기초가 튼실합니다만, 변화가 없는 무공은 권법으로 자리 잡을 수 없습니다. 지금은 자신을 지키기 충분하다고 생각할 수 있지만, 어느 날 일류 고수가 나타난다면 이 마을은 쉽게 전멸할 것입니다."

바깥쪽에서 무공을 연마 중인 소년들을 가리키며 말했다.

"소년들의 무공 실력이 각기 다른데 어째서 같이 훈련을 시키죠? 어떤 이들의 무공은 능수능란한 수준이고, 어떤 이들은 아직 따라가기도 바쁜데요. 능숙한 자들은 시간을 낭비하고, 초보자는 효율적이지 못한 훈련을 하고 있죠. 수준과 재능에 따라 반을 나눠 가르치지 않는 이유가 있습니까?"

또 마을을 가리키며 말했다.

"이 평지는 숨은 지대지만 영원히 터전으로 삼을 만한 곳은 아닙니다. 위쪽으로 절벽이 막고 있지만, 오를 수 없을 정도로 험준한 것도 아니지요. 지형만 파악하면 산 위에서 벽을 타고 침입하거나, 궁수를 배치해 사방에서 압박할 수도 있습니다. 그렇게 되면 중간에 끼어 얻어맞기만 할 겁니까?"

봉지미는 조목조목 따져 설명했다. 건축물의 배치와 인원 배치, 무공학습법, 심지어 공개된 초소와 비밀 초소 배치까지 문제를 연달아 지적하며 한바탕 까탈을 부렸다. 사람들은 조용히 들었다. 어떤 이는 알쏭달쏭한 표정이었고, 어떤 이는 눈동자를 반짝이며 손에 든 무기를 내려놓았다. 소년 두목도 무릎을 치고 싶었지만, 자존심 센 성정 탓에 결국 항변했다.

"네가 뭘 알아? 우리는 우리가 지켜 온 방법대로……."

"균아! 입 다물어라!"

낮은 목소리가 끼어들자 모두 돌아보며 허리를 숙였다.

"노 두목님! 나오셨어요?"

봉지미도 돌아봤다. 앞마당에는 언제부터 있었는지 누런 얼굴의 중년 남자가 서 있었다. 그는 다른 두 사내의 부축을 받으며, 그녀를 진지하게 뜯어보았다. 소년의 반항기 어린 목소리가 들렸다.

"아버지! 저는……."

"입 다물래도."

남자는 결연하게 손을 휘둘렀다. 봉지미와 마주 보고 섰을 때 그는 이내 온화한 표정으로 바뀌어 말했다.

"제 보잘것없는 아들놈 소균(少鈞)입니다. 손님께 면목이 없습니다."

봉지미는 빙긋 웃으며 뒷짐을 지고 남자를 바라보며 대수롭지 않다는 듯 말했다.

"별일도 아닌걸요."

봉지미의 거만한 태도에 소균이라는 소년은 화가 치밀어 목에 푸른 핏줄이 돋았지만, 아버지의 위엄에 눌려 감히 말대꾸하지는 못했다.

"저는 제유(齊維)라고 합니다. 멀리서 손님이 오셨는데 마중 나가지 못한 점을 양해해 주십시오."

봉지미를 바라보는 남자의 눈빛이 매우 독특했다. 차가워 보이지만 애수가 담겨 있었으며, 또 경계심도 드러났다. 그는 말없이 봉지미를 응시하다 마침내 손을 내밀며 말했다.

"안으로 드셔서 차라도 함께 하시지요."

"좋습니다."

봉지미도 사양하지 않고 제소균에게 눈길 한번 주지 않은 채 남자와 정면의 대청으로 들어갔다. 제소균은 그 자리에서 얼마간 멀뚱히 서 있다가 발을 한번 구르고 따라나섰다.

"제 못난 아들놈에게 자비를 베푸셔서 좋은 약까지 주셨는데 감사 인사도 못 전했습니다."

둘은 각각 손님과 주인의 자리에 앉았고, 남자는 인사부터 했다. 봉지미는 물기 가득한 눈으로 웃으며 말했다.

"당연한 일을 했을 뿐입니다."

남자는 봉지미를 어떻게 부르면 좋을지 묻지도 않고, 찻잔을 든 채 자기만의 생각에 빠졌다. 묻고 싶은 말이 있으나 차마 묻지 못하는 듯 보이기도 했다. 그녀는 찬찬히 그를 관찰했다. 이목구비가 제소균과 꼭 닮은 그는 그리 연로하진 않은 듯 보였고, 많아도 마흔 정도일 터였다. 하지만 오랫동안 병을 앓아 금빛으로 바랜 머리칼과 초췌한 표정은 그를 제 나이보다 한참 노쇠해 보이게 만들었다. 그녀는 조금 생각하다가 품에서 작은 병을 꺼내 건네며 말했다.

"혹 불로 인한 고질병이 있으신지요? 제가 가진 약이 있으니 드셔 보십시오."

제유는 조금 놀란 눈으로 봉지미를 바라보다가 감사를 표하고 약병을 받았다. 하지만 당장 복용하진 않았다. 그때 쿵쿵거리는 발소리가 들렸다. 이윽고 제소균이 막무가내로 들어와 그녀를 가리키며 큰소리로 외쳤다.

"아버지! 저놈이 주는 물건은 받지 마세요! 행동이 수상쩍고, 분명 나쁜 의도를 가졌을 겁니다! 어쩌면 관병의 첩자인지도 몰라요!"

"넌 나가 있어라!"

제유는 또 한 번 눈을 부릅뜨고 아들을 내쫓았다. 봉지미는 옅은 미소를 지으며 오만하기 이를 데 없는 아이지만 효심 하나는 지극하다고 생각했다. 효자가 아니라면 툭 건들면 쓰러질 것 같은 병든 아버지가 어떻게 혈기왕성한 아들을 꽉 잡을 수 있겠는가?

"선생의 말씨를 들어보니 우리 서량 분은 아니신 것 같습니다. 제 추측이 맞습니까?"

제유가 한참을 망설이다 겨우 첫 질문을 던졌다. 봉지미는 옅은 미소로 차를 음미하며 느릿느릿 대답했지만, 그 내용은 깜짝 놀랄 만할 것이었다.

"우리 서량요? 제 장군님, 농담도 잘하십니다. 천성 장군께서 어찌 서량 사람이 되셨단 말입니까?"

'쨍그랑!'

다기가 땅에 떨어져 깨지며 산산조각이 났다. 제유는 그 자리에 굳어 버렸고, 제소균이 한달음에 달려와 고개를 내밀고 상황을 보려다 또 쫓겨나고 말았다. 봉지미는 여전히 손님 석에 꼿꼿이 앉아 조금도 흐트러지지 않은 자세로 차를 마셨다.

"너…… 너는……."

제유의 목소리가 벌써 쉰 상태였다. '너'라는 단어를 수십 번 뱉었지만 온전한 문장이 나오지 않았다. 얼굴이 벌겋게 달아오르고 숨이 차서 책상을 붙잡고 몸을 지탱할 수밖에 없었다.

"노 두목을 앉혀 드리고 숨을 돌리게 해 드리시오."

봉지미가 대기하던 두 남자에게 간단히 분부했다. 제유는 부하를 뿌리치고 그녀를 뚫어지라 바라보며 힘겨운 목소리로 말했다.

"당신, 지금 그 말에 대한 설명이 반드시 있어야 할 거요. 그렇지 않으면 나와 천봉채는 모든 힘을 동원해서 당신을 가둬 놓을 것이오!"

"맞아요!"

제소균이 또 고개를 빼꼼 내밀고 큰 소리로 말했다.

"아버지, 이 미친놈을 죽여 버려요!"

제소균은 또 쫓겨나고 말았다. 봉지미는 찻잔을 내려놓고 제유를 주시하며 살며시 미소 지었다.

"천봉채…… 천봉채라……. 천성의 천과 화봉의 봉을 따서 만든 이름인가요?"

그 한마디에 제유는 또 한 번 크게 휘청거렸다. 봉지미는 옅은 한숨을 뱉으며 일어나 사방을 둘러보며 침착하게 말했다.

"화봉군의 유일한 남자 장군을 여기서 만날 줄은 몰랐습니다. 추 사령관의 오른팔이셨던 제 장군이신 줄 압니다. 등산 전투에서 실종되신 후 추 사령관은 제 장군을 백방으로 찾았지만 실패했습니다. 그리고 한참 후에 제 장군과 예하 부대가 등산 남쪽 기슭에서 용맹하게 싸우다 전사하셨고, 시신과 뼈는 모두 화장했다는 얘기를 듣게 되었습니다. 추 사령관님이 등산에 잠입했지만 초토화된 황무지만 있었다고 들었는데……, 장군께서 살아 계실 줄 누가 알았겠습니까."

봉지미가 담담하게 뱉은 '추 사령관'이라는 한 마디에 제유는 벼락을 맞은 것 같았다. 그가 눈을 크게 떴다. 순간 포화의 연기가 자욱한 그해 전장이 세월의 저편에서 눈앞으로 날아들었다. 누런 흙먼지가 피로 물들고 백골로 시를 짓던 그 시절, 화살 비와 총포 연기 사이에서 춤추던 화염처럼 붉은 봉황 깃발, 그리고 깃발 아래 흑발을 휘날리며 맨 앞에서 지휘하던 소녀 장군이 눈앞에 다시 펼쳐졌지만, 오래전의 일처럼 아득히 느껴졌다.

제유는 놀란 눈으로 소년을 쳐다봤다. 이자가 소문의 천성 사신이자 소년 중신 위지라고 진작부터 의심했지만, 위지의 겉모습을 한 그가 뱉는 모든 말이 제유의 가슴을 철렁하게 했다. 봉지미는 말없이 차를 마셨다. 제유는 깨달은 바가 있는 듯 손짓으로 주변을 물리쳤고, 제소균조차 멀리 쫓아낸 후에야 그녀에게 손을 내밀며 말했다.

"대청 뒤에 조망대가 있습니다. 거기서 전방 골짜기의 절경을 감상할 수 있는데, 함께 구경하면 어떨지요?"

봉지미가 흡족한 눈으로 제유를 바라보며 고개를 끄덕였다. 그 눈빛에 그는 또 한 번 가슴이 철렁했다. 평온하지만 집념의 힘이 넘치는 저 눈동자가…… 그녀를 빼다 박았기 때문이었다. 그는 갑자기 폐부로 밀려드는 은근한 통증을 느꼈다.

두 사람은 뒤뜰 전망대로 들어섰다. 그곳은 전체를 나무로 짜서 만든 널찍하고 높은 단상이었다. 한가운데 서면 천상 세계의 바람이 몸을 씻겨 주듯 상쾌한 기분이 들었다. 봉지미가 난간에 기댔다. 그녀는 제유의 흥분과 기대의 눈빛을 고스란히 받으며, 품에서 네모난 비단 조각을 천천히 꺼냈다. 비단에 오래된 핏자국 같은 거뭇한 흔적이 보였다. 오래되어 직조의 결이 느슨해졌지만, 만들어질 당시에는 두툼하고 고귀했던 물건임을 충분히 느낄 수 있었다.

제유는 고이 접힌 비단 조각을 보고 온몸을 떨기 시작했다. 봉지미는 비단을 두 손으로 받쳐 들고 그에게 건넸다. 하지만 그가 한 걸음 뒤로 물러났고, 그녀는 멈칫했다. 그는 무릎을 꿇고 먼저 큰절을 한 후에야 두 손을 높이 들어 그 천을 받았다.

봉지미가 미소 지으며 제유를 바라봤다. 그는 손가락을 떨며 접힌 비단을 천천히 펼쳤다. 끝까지 펼쳤을 때 그는 몸을 더욱 떨었고, 그 자리에서 얼어붙은 사람처럼 꼼짝을 못 했다. 얼음 조각상처럼 굳은 그는 다음 동작을 잊은 것 같았다. 사방이 쥐 죽은 듯 고요한데 오직 산바람만 공허하게 울부짖었다. 그녀는 희미하게 웃고 있지만 눈 밑에 어느새 영롱한 빛이 맺혔다.

한참 후에야 제유는 천천히 엎드렸다. 그 오랜 세월과 전쟁에 찌들어 핏빛으로 물든 깃발 위에 엎드려 움직이지 않았다. 그의 어깨가 미약하게 떨렸다. 잠시 후 젖은 흔적이 그의 얼굴 아래쪽에서부터 번져 나갔고, 짙은 붉은색 비단 한 면에 그 검붉은 자국이 계속 커졌다. 누가 사내는 슬퍼도 눈물을 흘리지 않는다고 했던가? 그렇다면 깊은 슬픔에 다다르지 않았기 때문이리라.

고국을 떠날 수밖에 없어 이국에서 20년 가까이 유랑한 외로운 군대와 고독한 나그네가, 20년이 지난 오늘에서야 마침내 그 시절의 모든 영광과 긍지가 서린 깃발과 재회했다. 흐르는 물처럼 20년이라는 시간이 순식간에 지나갔다. 솜털이 뽀얀 소년이었을 때가 어제 같은데 고개를 돌려보니 옛사람은 온데간데없었고, 귀밑머리에는 서리가 내려앉았다. 허무하게 남긴 한 가닥 기대도 운명이 잘게 조각냈고, 관산의 옛 달빛 아래로 돌아갈 수는 없었다. 제유는 한참 뒤에야 눈물을 거뒀다. 깃발을 다시 고이 접어 두 손으로 봉지미에게 돌려주며 말했다.

"감사합니다. 20년 만에 다시 만날 날이 올 줄은 몰랐습니다. ······이 사람은 이제 죽어도 여한이 없습니다."

"의기소침하시면 안 됩니다."

봉지미가 제유의 말을 잘랐다.

"장군께서 깃발을 보면 춤이라도 출 줄 알았습니다."

제유는 멍한 표정으로 봉지미를 바라보다 쓴웃음을 지으며 중얼거렸다.

"천하가 태평하고 세상이 평화로운데 제가 할 일이 있겠습니까? 화봉 깃발은 궤짝에 갇혀 가라앉았고, 화봉군도 침몰했는데······. 뭘 어찌

한단 말입니까?"

봉지가 미소를 지으며 말이 없자 제유가 조심스레 물었다.

"추 사령관님께서는 여전하시지요? 비록 군권은 사라졌지만, 천성 황제가 사령관님의 공훈을 높이 사 후한 대접을 받고 있겠지요?"

"죽었습니다."

봉지미는 가장 직설적이고 잔인하게 대답했다. 심지어 무심한 느낌마저 들었다. 제유의 몸이 별안간 휘청였다. 비틀거리며 뒤로 물러나 고개를 들어 그녀를 똑바로 쳐다보며 소리쳤다.

"거짓말…… 말도 안 돼!"

"화봉군 해산 후 추 사령관님은 제경으로 귀환했습니다."

봉지미는 팔짱을 끼고 서서, 높다란 산과 드넓은 바다를 담담하게 주시했다.

"처음에는 황제가 잘 대해 주었습니다. 그런데 조정에서 여자 장수를 후궁으로 삼으려 한다는 소문이 돌았죠. 그녀는 어쩔 수 없이 멀리 떠나 있다가 수년 후에 돌아왔습니다. 그 사이 남편은 죽었고, 아들딸을 데리고 있으니 어쩔 수 없이 오라비에게 몸을 의탁했습니다. 추 도독의 저택에서도 미혼모라는 이유로 괄시를 받으며 겨우 자식을 키웠지요. 그러다 대성 황실의 남겨진 후손 사건에 휘말렸고, 황제는 그녀가 그 아이를 숨겼다고 의심했습니다. 대성 황실의 아이에게 독주를 먹여 살해하라는 천성 황제의 명에 따른 후 사령관님은…… 기둥에 머리를 찧어 자결했습니다."

그 피비린내 나는 결말을 봉지미는 그토록 담백하게 설명했다. 아무 일도 아닌 것처럼 말해서 삼엄한 냉기와 고독함이 한층 뼈저리게 다가왔다. 제유는 멍하니 듣다가 온몸을 떨었고, 사람의 얼굴이 아닌 듯 창백해져 한참을 머뭇대다가 말했다.

"그럴 리가……. 어떻게 그런 일이……. 그분이 천성에 세운 공로를 생각하면…… 황제가…… 황제가 그토록 박대한다는 것은 불가능 해!"

입으로는 불가능하다고 말하면서도 제유는 봉지미의 눈빛에서 가장 무서운 언어를 보았으며, 사실임을 알 수 있었다. 봉지미 같은 사람이 이런 일로 장난을 칠 이유도 없었다. 그는 식은땀 범벅이 되어 그 자리에 굳어 버렸고, 조망대 난간에 몸을 기댄 채 힘없이 바닥으로 미끄러졌다. 일어나려 하지도 않고, 그렇게 자신을 먼지 속에 엎드려 있도록 내버려 두었다.

제유는 화봉군 해산이 추 사령관에게 좋은 일인 줄 알았다. 아녀자의 몸이니 그만 집으로 돌아가 부군에게 의지하고 자식을 키우는 삶을 누리길 바랐다. 그것이 인생의 귀착점 아니겠는가. 그녀는 분명 제경에서 시집가서 자식을 낳고 행복과 부귀영화를 누릴 것이라 믿었다. 요즘도 그는 그녀의 생일마다 높은 산에 올라 먼 곳을 바라보며 그녀가 평안하기를, 평생 걱정이 없기를 기원했다. 서량의 끈적하고 더운 바람 속에서 천성의 보송한 눈송이를 그리워하며, 눈 속에서 검은 머릿결을 휘날리던 검은 눈동자의 여인을 떠올렸다. 그는 길고 만족스러운 상념에 잠겨 있다가 싱거운 웃음을 짓곤 했다.

추 사령관과 고국은 제유와 서량에 유랑하는 옛 천성 화봉군 사람 모두의 꿈이나 마찬가지였다. 사실 그해 돌아가려 시도한 사람이 없지는 않았다. 하지만 그녀가 은지량을 축출한 후 급히 제경으로 소환되어 병권을 박탈당했다. 새로 남쪽 주둔 사령관으로 부임한 사람은 추 사령관의 재능을 질투하고 공적을 시샘했다. 추 사령관을 섬기다가 흩어진 화봉군 장졸들은 천성으로 돌아가는 즉시 서량의 세작이라는 누명을 쓰거나, 도주 병사라는 죄목을 달고 저잣거리에 목이 걸렸다. 그는 당시 중상을 입고 서량에 머물렀는데, 다행히 현지 아낙이 그를 간호해 줬다. 몸을 회복한 뒤 천성으로 향했지만, 천수관 성루에는 무수한 '세작'의 목이 걸려 있었다. 그들은 모두 그의 형제요, 동료였다. 그는 슬프고 차가운 바람을 맞으며 그 얼굴들을 한동안 바라봤다. 그날부터 천성에 돌아가겠다는 마음을 끊었고, 지금까지 세월이 흐른 것이었다.

멀리 떨어져 있어 평생을 두고 만나기 어렵겠지만, 추 사령관이 편안하게 세상 어딘가에 살고 있다는 것만으로도 아쉬움이 없다고 제유는 줄곧 생각했다. 자신의 병세가 예사롭지 않아 오래 살지 못할 것이니, 죽음이 임박하면 목숨을 걸고 한 번은 제경에 가 보려고 했다. 그녀에게 방해가 되지 않도록 거지로 분장하고, 어느 구석에서 몰래 그녀를 지켜보고 싶었다. 그녀가 정말로 편안하게 지내는지 모습을 확인한 후, 그녀와 멀리 떨어지지 않은 천성의 땅에서 죽는다면 편히 눈을 감을 수 있을 것 같았다.

제유는 함박눈 내리는 제경을 상상했다. 골목 모퉁이에서 추 사령관은 거지인 그 앞에서 걸음을 멈추고 그에게 일생 중 가장 완벽한 연민을 베풀 것이다. 그는 그런 상상에 도취되어 미소를 짓곤 했었다. 하지만 꿈은 이토록 잔혹하게 부서지고 말았다.

제유는 구차한 숨을 이어 나가듯 그 꿈을 꾸곤 했다. 추 사령관과 가까운 곳에서 죽겠다는 꿈을 꿀 때 그는 생기 넘치는 얼굴이었다. 하지만 이제는 말라붙어 세상의 풍파에 흔적도 없이 사라질 수밖에 없었다. 땅에 쓰러진 그에게 남은 것은 단지 허전한 마음뿐이었다. 그 마음은 낡은 창호지처럼 운명의 살바람에 무수히 많은 구멍이 뚫려 영원히 고칠 수 없게 되었다. 아득한 가운데 봉지미의 목소리가 진짜인 듯 환청인 듯 귓가에 울려 퍼졌다.

"새를 잡고 나니 좋은 활은 거두고, 토끼를 잡고 나니 사냥개는 삶아 먹혔습니다. 천하가 광활한 만큼 황제는 박정하고 차가웠습니다. 추 사령관님은 천성 황궁의 영안궁에서 죽었습니다. 그날 폭설이 내렸고, 보잘것없는 관 한 짝이 가시는 길에 가진 전부였습니다. 이것이 천성 황조의 진면목이며, 눈부신 공훈을 세운 장수의 마지막 모습이었습니다.

······. 제 장군님! 당신은 그녀가 가장 신뢰하던 장수이셨지요. 당신이 아무것도 몰랐을 때 잠자코 지낸 것을 원망할 사람은 없습니다. 하지만 모든 것을 알게 된 지금······ 어떻게 하시겠습니까?"

제유는 천천히 고개를 들었다. 그의 얼굴은 순식간에 10년은 늙은 듯 뚜렷한 주름살이 가득했다. 한참 후에 그가 낮은 목소리로 말했다.

"그동안 저는 단 하루도 고국과 화봉을 잊은 적이 없습니다. 그해 서량에 흩어진 화봉의 구부(舊府)를 모아 제 휘하에 두고 세력을 키웠고, 각 지역의 산지로 보내 산적 생활을 하게 했습니다. 최근 서량은 자국의 분란으로 우리를 감시할 틈이 없었고, 그사이 우리는 제법 강하게 발전했습니다. 소균이가 바로 서량 서쪽 변경 녹림의 맹주입니다."

봉지미가 살며시 웃었다. 그녀는 돌아서서 손을 난간에 얹고 고개를 약간 쳐들었다. 이 망망한 구름의 바다가 전해 주는 새소리를 들었다. 하늘에 떠도는 가닥 진 구름은 봉황이 무심코 떨군 깃털 같았다. 이미 스러진 사람들의 얼굴이 어렴풋이 보이는 듯했다. 구름 사이로 환하게 웃으며 그녀를 내려다봤고, 타오르는 그들의 눈빛에 기대가 담겨 있었다. 그녀는 눈을 감았다. 축축한 바람이 차가운 입맞춤처럼 뺨에 닿았다. 그녀는 얼음 같은 입맞춤을 받으며 마음을 머나먼 세상 끝에 두었지만, 어떤 은근한 통증이 가슴 깊은 곳에 침잠했다. 등 뒤에서 제유가 물었다.

"구부를 재건하고 싶습니다. 어떤 이름을 걸면 좋겠습니까?"

봉지미의 입꼬리가 올라갔다. 그건 웃음이 아니었고, 위로 싸늘하게 구부러진 각도를 그려냈을 뿐이었다. 그녀가 말했다.

"화봉이 좋겠습니다."

납치와 약탈

하늘이 어두워질 즈음, 천봉채에 갑자기 한바탕 소란스러운 소리가 나면서 검은 그림자가 입구 밖으로 튀어나왔다. 젊은 두목은 친히 쫓아 나가더니 한참 후 큰 소리로 욕을 하며 돌아왔다. 천봉채 사람들은 한 동안 우왕좌왕했다. 무슨 일이 일어났는지 영문을 몰랐지만, 제소균이 굳은 얼굴로 돌아온 모습을 보고 오후에 잡은 인질이 도주했음을 알게 되었다. 하지만 모두 인질의 도주가 당연하다고 생각했다. 그 소년은 결 코 만만한 상대가 아니었기 때문이었다. 진정 이곳에 남을 거라면 십수 년간 다져온 기반을 하루아침에 무너뜨리는 사고나 치지 않길 바랐다.

파리해진 얼굴로 마을에 돌아온 제소균은 태연한 표정을 짓고 있는 사람들 앞에 마주 서니 속에서 천불이 났다. 아버지가 그놈과 짜고 자 신을 밖으로 내보낸 후, 자신에게 서쪽 녹림에서 맹회를 열라고 명령하 셨기 때문이었다. 아무 이유 없이 갑자기 그런 지시를 내리면서 이유도 설명해 주지 않았다. 설마 그놈이 감언이설로 아버지를 현혹한 건 아 닐까? 그렇다면 십수 년 동안 다져온 기반이 정말로 무너질 위기에 처할 수도 있었다.

하지만 제소균은 초조해하면서도 감히 아버지의 말을 거역할 수 없었다. 어려서 어머니를 여의고 부친의 손에 자란 그에게 아버지는 하늘이었다. 만사를 거역해도 부친의 뜻만은 거스르지 못했다. 그는 하는 수 없이 산채로 돌아와 녹림의 두목들에게 서쪽 변경의 수부인 상성(相城)에 모여 대의를 의논하자는 편지를 띄울 수밖에 없었다.

한편, 봉지미는 천봉채를 탈출하는 척하며 산을 넘었다. 복숭아나무 숲을 지날 때 나뭇잎이 바스락거리는 소리와 함께 설익은 복숭아가 탁, 하고 그녀의 어깨 위로 떨어졌다. 그녀가 미소를 머금고 고개를 들었다. 파란 이파리와 연둣빛 복숭아 사이로 고 씨 부녀의 얼굴이 빼꼼히 드러났다. 하나는 흰 면사포를 나풀거리는 모습이었고, 복숭아를 훔쳐 먹다 시큼한 맛을 본 나머지 하나는 이빨을 드러내고 잔뜩 인상 쓰고 있었다. 그 두 얼굴을 보자 그녀는 비로소 마음에 온기가 차오르며 편안해졌다. 제유와 오랜 이야기를 나누며 생긴 격앙된 감정도 봄바람에 유유히 흐르는 강물처럼 잠잠해졌다. 그녀가 고개를 들고 부드럽게 미소 지으며 말했다.

"오래 기다렸어?"

고남의는 호두를 천천히 까먹으며 말했다.

"별로. 원숭이를 쫓아내느라 시간이 좀 걸렸어."

"원숭이는 지금 어디 있어?"

봉지미와 고남의의 대화는 암호 풀이 같았다. 그는 먼 산을 천천히 가리키며 담담하게 말했다.

"늪이 하나 있어."

봉지미가 사레들린 듯 캑캑대다 양심도 없이 웃기 시작했다. 어떤 호위 무사는 불쌍하기도 하지……. 그녀는 처음부터 다른 마음을 품고 서량행을 택했다. 어머니가 돌아가시기 전에 그녀에게 유품을 남기면서 그해 있었던 일로 서량과 천성의 국경 지역에 옛 화봉부 사람들이 흩어져 살고 있음을 알려 주었다. 그 일을 구 대장의 입으로 직접 확인받은 그녀는 그들과 연락하기 위해서 '납치'당한 것처럼 꾸민 것이었다. 다만 모두를 감쪽같이 속여야 했다. 예를 들면 아무에게도 들키지 않았다고 믿으며 살금살금 쫓아왔지만, 사실 진작 들켜 버린 호위 무사 영징 같은 사람에게……. 그러니 고남의가 '구하러 가겠다.'라고 한 말은 영징을 유인하기 위한 거짓이었다. 진짜 목적은 영징이 그 큰 산을 뱅뱅 돌게 하는 것이었다. 상황을 보니 고남의는 그자를 헤매게 했을 뿐 아니라 늪에 빠뜨리기까지 한 모양이었다. 늪에 빠져서 못 나오지는 않겠지? 그녀는 잠시 걱정하다 태연하게 두 사람에게 말했다.

"이제 돌아가자!"

세 명의 일행은 서두르지 않고 경치를 감상하며 골짜기 입구로 돌아왔다. 그런데 가까이 다가가기도 전에 떠들썩한 소리부터 들렸다. 자세히 들어 보니 그 무리는 아직도 골짜기 입구에서 소매를 걷어붙이고 목을 빳빳이 세운 채 '구조 방안'에 대해 다투고 있었다.

"앞의 두 계획은 부적절하오. 세 번째 계획으로 갑시다. 우선 산을 샅샅이 뒤진 후……."

"헛소리 마시오!"

천성 쪽에서 드디어 참지 못하고 폭발했다. 계획을 셋이나 제안했는데, 아직 사람 하나 보내지 않았으니 인내심의 한계에 도달했다.

"이렇게 큰 산을 어떻게 수색할 셈이오? 산적 본거지는 필시 은밀한 곳에 있을 터, 하루는커녕 한 달이 걸려도 못 찾기 십상인데 어쩌려고 그러시오? 구 대장, 지금은 금화와 무기를 신속히 준비해야 할 때요!"

"터무니없는 소리!"

구 대장이 눈을 부라렸다.

"어찌 산적 놈들의 허풍을 믿고 금화와 무기를 바친단 말이오? 한낱 도적 떼일 뿐이오. 식은 죽 먹기로 처리할 수 있는 일에 재물을 바쳐 눈속임이나 한다면, 서량 조정에는 도적놈 잡을 사람조차 없느냐고 비웃음을 살 것이 아니오?"

"서량 조정에는 본디 사람이 없지요!"

천성 쪽의 호위대장이 받아쳤다.

"위 후께서 나서지 않았더라면, 당신과 저 1천 명의 폐물들은 지금쯤 염라대왕 앞에서 타령이나 부르고 있었을 거요!"

"뭐라? 에잇, 건방진 놈!"

분노의 칼이 칼집에서 뽑히는 소리가 들렸다.

"에잇, 이 파렴치한 놈!"

힘을 주어 검을 뽑는 소리도 들렸다. 멀리 요동치는 불길이 칼에 비쳐 서늘한 빛을 냈다. 양쪽 사람들이 눈을 부릅뜨고 서로를 잡아먹을 듯 쳐다봤다. 죽음을 불사하는 전투가 벌어질 것처럼 일촉즉발의 긴장감이 팽배했다. 가여운 백덕산은 두 팔을 벌리고 금방이라도 싸움을 벌일 태세인 천성과 서량 측을 안절부절못하며 오갔다.

"여러분, 말로 하십시오. 제발…… 대화로 하세요."

"지금 이게 무슨 상황이죠?"

맑고 담백한 목소리가 공기를 갈랐다. 구 대장이 고개를 들고 눈을 똑바로 떴다. 봉지미를 등지고 있던 천성 군대도 일제히 고개를 돌렸고, 곧 기쁨에 차 소리쳤다.

"위 후!"

백덕산은 은혜로운 사면이라도 받은 듯 달려와 기뻐하며 두 팔을 벌렸다.

"아! 돌아오셨군요! 정말 잘 되었습니다!"

"잘된 일은 아닌 것 같네요."

봉지미가 빙긋 웃었지만, 눈동자에는 웃음기가 비치지 않았다.

"조금 늦게 올 걸 그랬습니다. 구 대장이 작전 계획 1, 2, 3, 4, 5번을 더 고민하고 탐구하고 고찰한 후에 병사 너덧을 산으로 보내 저를 찾아냈으면 좋았을걸요. 이거야 작전 계획들이 다 무용지물이 됐으니, 서량 조정에 사람이 없다고 비웃음을 사게 되지 않겠습니까?"

천성 부사신이자 내각 중서인 왕당(王棠)이 껄껄 웃으며 말했다.

"작전이 3번까지만 나와서 다행입니다. 더 짜 봐야 실행할 틈이 없었겠네요. 위 후, 고작 하루 동안 포로 노릇을 하시지 않았습니까? 뭘 그리 서두르셨습니까?"

어떤 이는 대놓고 소리 내어 코웃음을 치며 말 한마디 없이 승리의 분위기를 즐겼다. 서량 사람들은 껄끄럽기 짝이 없었다. 위 후가 앞장서 서량의 호위 병사들을 구해 준 것은 사실이었고, 그 때문에 납치까지 당했는데 늑장을 부리며 구출하러 가지도 않았으니 면목이 없었다. 게다가 당사자는 얼굴도 붉히지 않고 저토록 담백하게 웃고 있으니 더욱 가시방석이었다. 차라리 시원하게 욕이라도 퍼부어 줬으면 하는 심정이었다.

구 대장의 얼굴이 붉으락푸르락했다. 그는 이 지역 산적의 흉포함을 진작 알고 있었지만, 놈을 더 고생시킬 마음으로 일부러 구조를 미뤘다. 그렇게 하면 남은 여정은 고분고분 말을 잘 들을 테고, 수도에 도착해서도 귀찮은 일이 없을 것으로 생각했다. 그런데 놈이 멀쩡하게 스스로 돌아올 수 있을 거라고는 상상도 하지 못했기 때문에, 당장은 빈정거리도록 놔둘 수밖에 없었다. 하지만 그녀는 욱박지르지도 않고 사방을 여유롭게 둘러보며 말했다.

"산적 떼가 등산에 도사리고 있으니 이곳은 아직 위험합니다. 추격을 피해 밤사이 산을 빠져나가는 편이 좋겠군요."

백덕산이 즉시 동조했고, 구 대장도 이번에는 토를 달 낯이 없었다. 봉지미가 말에 홀쩍 올라 침착하게 덧붙였다.

"모두 조금만 힘내십시오. 밤새 길을 재촉해서 내일은 역참에 도착해 푹 쉽시다. 오늘의 변고를 거울삼아 앞으로 한층 유념해 길을 잡아 주길 바랍니다. 구 대장! 잘 좀 부탁합니다."

"네? 아…… 알겠습니다."

무언가 생각에 잠겨 있던 구 대장은 갑자기 이름이 불려 무의식적으로 대답부터 하고 나서야 깨달았다. 오늘 밤은 길을 재촉하고, 다른 사람들은 내일 역참에서 쉬고, 자신은 남은 호위 병사들과 길잡이를 맡아야 한다면…… 전혀 쉬지 못한다는 뜻 아닌가? 그건 그렇다 쳐도, 대오가 움직이기 시작하자 그는 또 한 번 무너지고 말았다. 앞선 골짜기 전투에서 호위대용 말을 봉지미의 명령에 따라 전부 죽였기 때문에 기병대가 보병대로 바뀐 상황이었다. 천성 일행은 모두 말을 타고 있으니 그의 부하들은 두 다리를 써서 말을 쫓아가야 하고, 말의 꽁무니를 따라다니며 먼지를 뒤집어써야 할 것이다. 이렇게 밤새 시달려도 이튿날 잠을 잘 수 없다. 미리 길을 잡아 둬야 하니까!

대오가 움직이기 시작하자 봉지미는 뒤도 돌아보지 않고 말에 올랐다. 구 대장은 앞서 나가는 그녀를 바라보며 굳이 빨리 달리지 않았다. 그들이 달려가는 뒷모습을 여유로운 척하며 따라가자니 답답하기 짝이 없었다. 등 뒤로 부하들이 숨을 헐떡이는 소리가 들렸고, 낙오자가 끊임없이 나왔다. 그는 이를 악물고 동이 틀 때까지 겨우 기다렸다. 전방의 역참을 발견하고 나서야 겨우 한숨을 돌렸고, 하마터면 쓰러질 뻔했다. 그를 따르던 나머지 호위 병사들은 몇 남지 않았고, 나머지는 모두 길에 널브러져 있었다. 그는 장검으로 바닥을 짚고 간신히 서서 저 멀리 말에서 내리는 그녀를 노려봤다. 그녀가 가볍게 분부를 내리는 목소리가 들렸다.

"수고스럽겠지만 앞서서 길을 잡는 일은 구 대장께서 신경 써 주십시오. 행여 또다시 실수가 생긴다고 해도 우리야 감히 원망하지 않겠죠. 하지만 섭정왕께서 구 대장이 무능하다고 나무랄까 두렵습니다. 아, 밤새 길을 재촉했더니 고단하군요. 저는 눈을 좀 붙여야겠습니다. 그럼 이만!"

봉지미는 입을 가리고 하품을 하며 더 수고해 달라고 당부했다. 길바닥에 지쳐 쓰러져 반은 시체 몰골인 서량 호위 병사들은 쳐다보지도 않고 유유히 잠을 청하러 떠났다. 구 대장은 그녀의 태연한 뒷모습을 보다 눈앞이 캄캄해져 비틀거리며 뒤로 쓰러졌다. 그때 두 손이 나타나 그를 부축했다. 손의 주인이 깊이 탄식하며 말했다.

"정말 뻔뻔한 놈이군요!"

그 말이 너무도 깊이 마음에 와 닿은 구 대장이 얼른 고개를 돌려 그의 동지를 바라봤다. 시커먼 흙탕물을 뚝뚝 떨구고 있는 거대한 덩어리만 눈에 들어왔다. 얼굴에서 흙덩어리가 떨어지고 있는 모습이 마치 전설 속 진흙 요괴 같았다. 진흙 요괴는 봉지미가 사라진 방향을 바라보며, 자기 손에 덕지덕지 묻은 진흙은 개의치 않고 구 대장의 어깨를 힘껏 두드렸다. 크고 더러운 두 개의 자국을 찍어낸 그는 또 깊은 탄식을 뱉었다.

"요즘 호위대장은 정말 사람이 할 일이 못 되죠⋯⋯."

시간 : 7월 초사흗날 미시*오후 1시에서 3시와 7월 초나흗날 인시*오전 3시에서 5시 사이

장소 : 서량 등산

인물 : 봉지미, 고남의, 산적 갑·을·병·정

사건 : 산적이 사신단을 매복하여 공격했고 봉지미가 납치되었음. 구하러 간 저를 데리고 고남의가 산을 다섯 바퀴 돌더니 결국 늪에 빠뜨렸습니다.

개인적인 견해 1 : 봉지미가 포로로 납치되었다? 그녀가 납치되었

다고? 포로로? 이게 가능한 일입니까? 전하께서 믿으시거나 마시거나 저는 믿지 않습니다.

개인적인 견해 2 : 고남의는 처음부터 구조할 마음이 없었고, 작정하고 저를 골탕 먹이려 한 것 같습니다.

개인적인 견해 3 : 소신은 고남의에게 미움을 살 만한 일을 한 적이 없다고 생각하는데, 분명 전하께서 밉보여 제게 화풀이했을 것입니다.

개인적인 견해 4 : 봉지미를 적으로 돌렸다면 죽음을 자초하는 꼴이니 골탕 먹어도 쌤통입니다만, 적으로 삼지 않았는데도 당하니 억울합니다. 전하! 제발 복수해 주십시오.

개인적인 견해 5 : 정말 못 해 먹겠습니다. 사람 바꿔 주십시오.

개인적인 견해 6 : 늪에선 엄청난 구린내가 납니다.

7월 15일. 한동안 천천히 길을 따라 전진한 천성 사신단은 드디어 서량의 수도 금성(錦城)에 도착했다. 이곳은 온난한 기후 덕분에 사시사철 비단처럼 화려한 색깔의 꽃이 가득 피는 도시라 하여 비단 '금(錦)'자를 써 금성이라 불렀다.

백덕산은 금성에 도착하기도 전에 고민에 빠졌다. 말들을 잃었을 뿐 아니라, 호위 임무를 담당한 구 대장의 남은 병사들은 이틀도 못 가 본대를 따라오지 못하고 뒤처졌다. 그런데도 봉지미는 현지 관부에서 기다리며 말을 보충하자는 제안을 하지 않았다. 게다가 서쪽 변경은 척박해 관부에서도 그렇게 많은 말을 모을 수는 없었다. 결국 그 수백 명 남짓 남은 호위 병사들은 반 이상 낙오되었고, 구 대장만 이를 악물고 수십 명을 인솔해 겨우 사신단을 따라오고 있는 형편이었다. 그는 원래 윤기 나는 단색 털을 자랑했던 검은 준마를 돌볼 겨를도 없었다. 말들은 사타구니 아래가 얼룩덜룩해진 지저분한 몰골로 눈을 껌뻑였고, 서량에 가까이 갈수록 흙먼지 묻은 고개를 들지 못했다.

백덕산은 남몰래 마음을 졸였다. 분명 사신단이 도착했다는 소식은 금성까지 당도했을 것이고, 섭정왕은 관례대로 마중 나올 사람을 배치했을 것이다. 이번 천성 사신단의 경하 방문은 겉으로는 평범한 외교적 교류로 보이지만, 실은 향후 양국의 관계와 서량의 국운이 걸린 중요한 행사였다. 건국 이래 천성과 가지는 첫 외교 활동이기 때문에 섭정왕은 특히 신경을 썼다. 천성 사신단을 대하는 태도와 온도를 정하기 위해서 조정에서는 수차례 회의를 열었고, "모든 예를 갖춰 성대하게 맞이하되 개별적으로는 강약을 조절할 것"을 접대의 기준으로 삼았다. 이 방침에 따라 밖에서 치러지는 모든 외부 행사는 천성이 조금도 흠을 잡지 못하도록 지극히 성대하고 화려하게 치러야 한다. 그러니 진작에 대소 신료와 백성들이 의식을 참관하도록 배치해 두었다. 조정이 호위 병사를 파견해 마중 나간 일을 모르는 사람이 없으니 구경하러 모여든 사람들로 인산인해를 이룰 게 뻔했다. 수많은 인파 앞에 서량 호위 병사가 겨우 몇 명밖에 나타나지 못할 판이니 그 상황을 어떻게 수습해야 할까?

백덕산은 마음속으로 기도하는 것 말고는 달리 할 수 있는 게 없었다. 그가 보낸 편지를 받고 조정이 의식 규모를 최대한 간소하게 줄이고, 구경하는 백성을 통제하기만을 빌었다. 그렇게 되면 예의에 조금 어긋날지라도, 천성과 서량이 처음 만나는 자리에서 크게 창피를 당할 일만은 막을 수 있을 것이다. 그의 근심을 진작에 꿰뚫어 본 봉지미는 은밀하게 부사신을 불러 당부했다.

"행군 속도를 늦추고 주의 깊게 관찰하세요. 금성에 진입한 후 저들이 수작을 부릴 수 있으니 조심해야 합니다."

부사신 왕당이 놀라며 물었다.

"수작을 부리다니요? 그럴 이유가 있나요?"

"구 대장이 등산에서 대패하고 말까지 잃은 상황을 서량 조정에 분명 보고했을 것입니다."

봉지미가 담담하게 말했다.

"서량과 천성이 우방은 아니지요. 오히려 오랜 원한이 쌓인 관계입니다. 두 나라의 관계가 겉보기에는 우호적이지만 뒤로는 각자 힘을 비축하고 있고, 하는 일마다 조용히 기회를 보고 있을 거예요. 천성 사신이 도착하는 성대한 잔치에서 천 명의 병사가 고작 몇십 명으로 준 데다가 저렇게 참혹한 꼴을 하고 있으니, 백성들 앞에서 서량 조정 체면이 뭐가 되겠습니까?"

두 부사신은 문득 깨달은 듯 사람을 시켜 각별한 주의를 명하고도 궁금함이 가시지 않아 물었다.

"하지만 구 대장이 등산에서 패한 소식을 백 시랑이 일찌감치 보고했을 것입니다. 섭정왕이 총명하다면 환영 의식 규모를 축소할 것입니다. 백성은 참관하지 못하도록 조치하면 될 일 아닙니까?"

봉지미는 말없이 미소를 지으며 마음속으로 생각했다.

'너희 서량이 내게 비겁하게 굴었으니 나라고 반격의 칼 한번 뽑지 못할 것 같으냐?'

백 시랑은 분명 역참을 통해 편지를 보냈지만, 안타깝게도 멀리 가지 못해서 천성 쪽 사람들이 내용물을 바꿔치기했다. 그래서 섭정왕이 받은 내용은 '특이사항 없음' 뿐이었다. 물론 근교에 도착하면 더 숨기기 어려울 것이다. 하지만 봉지미는 오히려 이렇게 가까운 거리에서 짧은 시간 안에 섭정왕이 어떻게 임기응변을 발휘하는지 보고 싶었다. 어떤 작전으로 서량이 대패한 1회전을 만회할 수 있을지 궁금했다.

가볍게 채찍을 휘두르는 봉지미는 약간의 기대를 품고 입가에 웃음을 머금었다. 구 대장은 멀리서 그런 그녀를 바라보며 몸서리를 쳤다. 의전 규정에 따르면 예부 상서가 3품 이하의 모든 관리를 인솔하여 수도 6리 밖 용강역(龍江驛)으로 마중을 나왔을 것이다. 이제 용강역까지 고작 2리가 남았을 뿐이었다. 긴 사신단의 행렬이 구불구불한 황토관 길을 전진했다.

"저기 관가 행렬이 온다!"

"살려주세요!"

"제발 살려주세요, 나리들……."

"와아아~"

떠들썩하던 소리가 폭발하듯 터져 나왔다. 남자와 여자, 노인과 아이의 목소리가 섞여 있었다. 이윽고 길옆 숲에서 남루한 옷차림의 남녀노소가 튀어나왔다. 그들의 얼굴은 모두 파리했고 가죽과 뼈만 남아 앙상하게 말라 보였다. 달리는 말에 몸이 밟힐까 두렵지도 않은지 막무가내로 호위병의 말 아래로 달려가 안장을 붙잡고 매달려 애원했다.

"나리……, 배고파 죽겠습니다……. 제발 먹을 것 좀 주십시오……."

어떤 여인은 마차의 바퀴를 끌어안고 구슬피 울었다. 우는 아이들과 목 놓아 소리치는 어른들이 뒤섞인 무리 때문에 얽히고설킨 행렬은 아수라장이 되었다. 봉지미의 당부를 받고 줄곧 경계와 긴장을 늦추지 않은 채 '적'과 맞설 준비를 하던 두 부지사는 어리둥절했다. 도적 떼 대신 굶주린 백성들이 몰려올 줄은 상상도 하지 못했다. 싸울 태세를 갖추고 칼을 뽑아 든 호위병들도 어리둥절했다. 어떻게 저 누렇게 뜬 얼굴에 말라비틀어진 여자들과 아이들의 목을 벨 수 있겠나? 푸른 핏줄이 비치는 그들의 지저분한 손을 보면서 호위병들은 참담한 표정을 감추지 못했다. 음식 한입 때문에 죽음도 두려워하지 않는다는 유랑민들이 코앞에 나타난 것이었다. 누군가 소리쳤다.

"가죽 주머니에 곡식이 있다!"

유랑민들은 우르르 몰려들어 호위병들이 안장에 매달아 놓은 주머니를 빼앗아 갔다. 누군가 또 외쳤다.

"소가죽으로 만든 말굴레다! 먹을 수 있겠어!"

말이 끝나기 무섭게 수많은 사람이 안장이며 마구를 사정없이 끌어 내리고 잡아당겼고, 이빨로 물어뜯거나 무딘 칼을 꺼내 베기도 했다. 더 많은 사람들이 행렬 뒤편의 큰 마차에 올라타 식량을 뒤졌다. 옷가지가 바닥으로 마구 떨어졌고, 사람들은 식량을 끌어안고 하하 웃으며 어깨 춤을 췄다. 그들이 잡아당긴 호위 병사들의 옷이 비뚤어졌고, 마차는 진흙투성이가 되어 순식간에 엉망진창이었다.

난장판을 바라보는 백덕산은 멍하니 굳어 버렸다. 그는 섭정왕이 천 성 사신단에게 겁을 줄 거라고 예상은 했지만, 이런 방식일 줄은 몰랐 다. 그 웅장한 대오에서 오직 봉지미만 옅은 미소를 흘렸다. 약간의 조 롱이 섞이기는 했지만, 칭찬의 의미를 담은 미소였다. 세상 어떤 유랑민 이 기막히게 시간을 맞춰 사신단의 앞길을 막아설까? 세상 어떤 유랑 민이 아무런 제재도 받지 않고 수도 근교에 나타날 수 있을까? 그것도 외국 사신단 방문으로 도성 전체가 물 샐 틈이 없이 경비가 삼엄한 시 기에? 세상 어떤 유랑민이 굶주려 먹을 것을 달라면서 국적을 구분할 까? 그들은 지금 천성 병사들에게만 애원하고 서량 관리는 거들떠보지 도 않았다. 저들은 진짜 유랑민이 맞지만, 분명 조직적이며 인솔자가 있 는 게 분명했다. 그녀의 추측이 맞는다면 양쪽 숲에 현지 관부 관계자 가 있을 것이다.

서량의 섭정왕이라는 자도 보통내기는 아닌 모양이었다. 그가 서량 병사들이 패한 소식을 전해 들은 건 분명했지만, 지금에 와서 무슨 조 처를 하기도 늦었고 또 적절치도 않았다. 그래서 머리가 매우 영민한 그 는 유랑민을 부린 것이다!

천성 호위대가 유랑민들을 때릴 수도 욕할 수도 없을 테니 꼼짝없이 약탈을 당해 낭패를 보게 내버려 두겠다는 심산일 터였다. 그러고 나서 '소식을 접한' 관리들이 서량의 군대를 이끌고 와 기꺼이 천성 사신단을 '곤경에서 벗어나게' 해 주는 그림을 그린 것이다. 그렇게 되면 서량 백성들의 시선은 참담한 몰골의 천성 사신단으로 향할 것이고, 서량의 실종된 호위 병사들은 자연스럽게 관심 밖이 될 것이다.

'좋은 생각이군. 훌륭한 계산이었어.'

봉지미는 차갑게 웃으며 남의 눈에 띄지 않도록 손가락을 휘둘렀다. 사람 그림자 몇이 소리 없이 사방의 숲으로 살금살금 뛰어 들어갔다.

쿵.

한차례 둔탁한 소리가 울려 퍼지며 약탈당한 마차에서 조그마한 사람 그림자가 하늘 높이 날아올랐다. 그 그림자는 허공에서 송화떡 반쪽을 꼭 쥐고 있었다. 그 작은 그림자는 땅에 떨어져 빠른 속도로 뒹굴더니 사람들 사이로 들어가 보이지 않았다. 다친 것 같지는 않았다. 이윽고 마차의 발이 확 젖혀지고 분노한 고지효의 얼굴이 나타났다. 손에는 송화떡 반쪽을 들고 날카로운 소리로 욕을 퍼부었다.

"이 나쁜 놈! 내 떡을 빼앗다니, 죽여 버리겠어!"

욕을 하지 않았더라면 모를까, 욕설을 듣고 유랑민은 멍하니 서 있었다. 이내 발로 차여 날아간 유랑민 아이가 생각났다. 사람들은 그 아이가 어디에 있는지 찾지 못했고, 발로 차여 죽었다고 생각하고 모두 격노했다. 처음부터 마차 옆에 엎드려 있던 여자가 "으악" 소리를 내며 고지효의 얼굴을 할퀴려 했다. 고지효는 마차 창문의 발을 확 내려 재빨리 얼굴을 집어넣고 큰소리로 외쳤다.

"아빠! 위!"

닫혔던 발이 또다시 열렸다. 새하얀 손이 튀어나왔고 이번에는 여자가 공중으로 날아갔다. 유랑민들은 격노하여 줄줄이 마차 위로 기어 올라갔다. 봉지미가 미간을 찡그리며 사람을 시켜 끌어내리려고 하는 순간, 갑자기 쾅 하는 소리와 함께 포위된 마차가 흔들렸다. 이윽고 마차의 네 벽이 무너지면서 활짝 펼쳐지고 말았다!

육중한 마차 벽이 유랑민 쪽으로 쓰러지면서 몇몇은 그 자리에 깔렸고, 나머지는 놀라서 우당탕거리며 사방으로 도망쳤다. 텅 빈 마차 받침대 위에는 물빛을 닮은 푸른 기운의 젊은 남자가 서 있었다. 흰 면사포를 휘날리며, 세 살짜리 여자 꼬맹이 손을 꼭 쥔 채. 마차 바닥에 의기양양하게 서 있던 고지효는 사방의 시끄러운 소리에는 신경도 쓰지 않고 악랄하게 외쳤다.

"죽일 거야!"

주변에 몰려든 모든 사람들은 크게 놀랐다. 내력으로 마차를 뒤흔들어 해체하는 모습은 눈으로 보는 것은 고사하고, 상상조차 해본 적이 없었다. 유랑민들은 멍하니 굳었고, 백덕산은 흐르는 식은땀을 닦기 시작했다. 이쪽이 조용해지자 멀리서 말발굽 소리가 들려왔다.

'역시, 정확히 시간 맞춰 왔군.'

봉지미가 갑자기 고개를 돌려 백덕산 등 서량 관리 일행을 향해 하얀 이를 드러내고 웃으며 말했다.

"미안하게 됐습니다. 백 대인, 구 대장!"

봉지미의 모호한 그 한마디에 서너 명의 관리와 수십 명의 호위 병사들은 영문을 몰라 어리둥절했다. 이윽고 목덜미가 뻣뻣해지고 몸이 굳는 것을 느꼈다. 그들은 놀라서 입을 쩍 벌리고 소리쳤지만, 목소리를 내지 못했다. 그녀는 이리저리 바쁘게 뛰어다니며 서량 사람들의 혈 자리를 누른 남자를 향해 만족스러운 듯 고개를 끄덕이며 말했다.

"고마워요. 다음에 또 늪에 빠지면 꼭 내게 구해 달라고 말해요."

영정이 억울한 듯 코를 훌쩍거렸다. 잔뜩 화난 얼굴이지만 감히 뭐라고 말은 하지 않았다. 서량 유랑민 무리가 제압되자 봉지미가 큰소리로 외쳤다.

"호위 일동, 복장을 정비하라!"

천성의 호위 병사들은 즉시 비뚤어진 옷매무새를 고쳤다.

"마차를 부숴라!"

이번에는 백덕산과 구 대장뿐 아니라 호위 병사들도 어안이 벙벙했다. 하지만 봉지미의 추상같은 위엄에 천성의 호위 병사들은 언제나 토달지 않고 복종해 왔다. 이번에도 두말하지 않고 긴 칼을 일제히 뽑아 들고 마차를 전부 부숴 버렸다. 말발굽 소리가 점점 더 가까워지고, 전방에서 흙먼지가 우글우글 피어올랐다. 서량이 보낸 '구조대'가 곧 도착할 것이다. 유랑민들이 소리를 지르며 도망가려는데 갑자기 눈앞에 푸른 그림자가 번쩍였다. 그림자가 군중 속을 번개처럼 오가니 순식간에 사람들이 쓰러졌다. 쓰러진 사람은 모두 청년과 장년 남자였으며, 도망친 자는 노인과 부녀자 그리고 아이였다.

"옷을 바꿔 입혀라!"

호위 병사들이 싱글벙글하며 앞으로 나갔다. 겨우 수십 명 남은 가여운 서량 병사들의 겉옷을 벗기자 봉지미가 말했다.

"호위병 복장은 버리고 안에 입는 두루마기면 된다."

호위 병사들이 동작 빠르게 옷을 벗겨내자, 봉지미가 바닥에 쓰러진 유랑민을 가리키며 외쳤다.

"입혀라!"

유랑민들에게 옷을 입혀 헐벗은 모습을 가렸다. 손에는 서량 호위 병사들의 칼을 쥐어 줬다. 멀쩡히 두 눈을 뜨고 그 광경을 지켜보던 백덕산과 구 대장 등은 봉지미가 무엇을 할지 대충 감을 잡고는 눈알이 튀어나올 듯 눈을 부릅떴다. 감히 일국의 조정에 몸을 담은 관원과 백성들이 뻔히 보는 앞에서 날치기하듯 죄를 뒤집어씌우는 저 파렴치한 위지!

모든 준비가 끝나고 눈앞에 펼쳐진 장면은 흥미진진했다. 약탈당한 쪽은 서량 관원이 되었고, 강도들은 영락없이 천성 사신단이 다시 한번 용맹하게 제압한 모습으로 보였다. 만반의 준비가 끝나자 말발굽 소리가 더 가까이 들렸다. 봉지미가 차가운 미소를 띠며 손짓하자 회색 옷을 입은 남자 몇이 서량 관원 차림을 한 사내를 숲에서 데리고 나와 말 없이 그녀의 호위 무사에게 건네주고는 즉시 사라졌다. 눈앞의 먼지구름 사이로 서량 군대의 깃발이 어렴풋이 보였다. 그 뒤로는 구경을 나온 백성들이 잔뜩 몰려오고 있었다. 맨 앞에서 말을 타고 달려오는 자가 멀리서 큰 소리로 외쳤다.

"전방에 오시는 분들은 천성 사신단입니까? 무슨 일이 있으신지요? 저희의 도움이 필요하시면……."

그의 목소리가 갑자기 멎었다. 전방은 확실히 난장판이었다. 땅에 엎어진 사람들, 망가진 마차들, 사방으로 마구 내던져진 물건들이 보였지만……, 엎어진 자들은 유랑민과 서량 병사들이었고, 천성 사신단은 단정한 차림으로 태연한 표정을 짓고 있었다. 한 명 한 명 침착하게 미소 띤 얼굴로 팔을 걷어붙인 채 한쪽에 서 있었다.

'이게 다 무슨 일이란 말인가?'

다가오는 사람은 서량 어림군 사령관 하후원(夏侯元)이었다. 섭정왕의 분부대로 그는 도착하면 유랑민을 몰아내는 척하고, 낭패를 당한 천성 사신단을 안심시킨 후 체면을 차리기로 했었다. 그런데 이런 일이 일어나다니……. 결말이 정말 예상 밖이었다.

"이…… 이게…… 무슨 일인지……?"

"이게 무슨 일인지 제가 묻고 싶습니다."

봉지미는 하후원과 그 뒤를 따라와 넋이 나간 영감에게 미소 지으며 말했다.

"귀국의 치안 상태는 그다지 좋지 못하군요. 도적이나 약탈꾼 문제는 특히 신경을 쓰셔야 하겠습니다. 제가 귀국 국경에 막 들어섰을 때 산적을 만났으나 그곳은 척박한 접경지대라 그러려니 했습니다. 하지만 대명천지에 그것도 명색이 수도 근교에서 이 무슨 봉변입니까? 몇 리만 더 가면 천자가 계신 궁으로 향하는 입구 격인 황토관(黃土關)이 나오지 않습니까? 세상에 이런 곳에서 강도가 길을 막고 사람을 해치고 마차를 부수는 변이 일어나다니요. 귀국의 병사들은 녹봉이 나오지 않아 모두 집에서 마누라 신세만 지고 산답니까?"

봉지미는 모두가 보는 앞에서 망가진 마차를 두드리며 고개를 절레절레 흔들었다.

"이 홍목 마차의 모든 면은 장인의 귀한 조각으로 값어치가 천금 같습니다. 귀국의 도적 떼가 정말 가난하다면, 혹은 수도 치안을 맡고 있는 병마사가 병사들에게 정말 녹봉을 지급하지 않았다면, 제가 마차라도 기꺼이 바쳤을 텐데요. 팔면 얼마간 보탬이 되었을 것인데 꼭 부숴야 했습니까? 정말 아깝습니다."

봉지미는 바닥에 쓰러진 유랑민을 툭툭 차며 말했다.

"귀국의 도적 떼는 보기 드물게 용감하군요. 사실 제대로 말하면 기백은 가상하나 행동이 우둔하지요. 이삼십 명 남짓으로 이천 군사에게 덤비다니요. 그것도 수도를 코앞에 두고 말입니다. 저도 우리 천성의 도적을 여럿 만나 봤지만, 이토록 간이 부은 자들은 듣도 보도 못했습니다. 그런데 금성에 최근 재난이 있었습니까? 제가 보기에 여러 대인과 관원들께서는 아주 원기가 왕성하신데 병사들과 도적 떼는 왜 이리 피골이 상접했습니까?"

따라온 백성들도 모두 어리석은 사람들은 아니었다. 그중에 일부는 무언가 잘못됐음을 깨달았다. 또한 정치에 관심이 있는 백성들은 두 나라 사이의 정세가 흉흉하다는 사실을 알고 낮은 소리로 토론하기 시작했다. 서량 관리들은 그 수군거리는 소리를 들으면서도 아무런 반응을 하지 못했다. 얼굴이 붉으락푸르락하는 백덕산과 구 대장은 서량 구조대가 나타나 곤경에서 구해 주기를 기대했지만, 나타난 두 사람의 얼굴은 더욱 새파랗게 질리고 말았다. 봉지미가 일말의 체면마저도 세워 주지 않고 신나게 무안을 줬으니, 두 사람은 거의 화병으로 쓰러질 지경이었다. 한 마디도 반격하지 못하고 겨우 눈만 부릅떠 눈동자가 쏟아져 나올 듯했다.

서량 쪽은 침묵으로 이 어색함과 고요함에 맞설 도리밖에 없었다. 그러나 봉지미는 전혀 그만둘 생각이 없어 보였다. 그녀는 조금 전까지 웃으며 말하다가 갑자기 돌변하여 광풍과 폭우가 몰아치듯 맹렬한 기세로 퍼붓기 시작했다.

"수도를 앞에 둔 성문 앞에서 외국 사신을 약탈하는 짓은 예로부터 없었을 뿐만 아니라 절대 일어날 수 없는 일이오! 만약 누군가 오늘 일이 우연이라고 우기고, 이들이 진짜 도적 떼라고 해도 본 사신은 그 주장을 받아들일 수 없소!"

봉지미가 손을 흔들자 체포된 서량 관아 아역 차림의 사람들이 병사들 앞에 무참히 던져졌다. 그 둔탁한 소리에 서량 관원들이 모두 비틀거렸다.

"만약 저들이 도적이라면, 사신단 행렬이 지나가는 시간을 어떻게 알았겠소?"

봉지미가 한 걸음 앞으로 내딛자 하후원은 한 걸음 뒤로 물러났다.

"만약 저들이 도적이라면, 어떻게 수십 명의 세력으로 천 명을 습격할 수 있었겠소?"

봉지미가 한 걸음 또 전진하고 하후원이 또 물러났다.

"만약 저들이 도적이라면, 숲에 아역(衙役)*지방 관아에 속한 머슴이 숨어 있을 이유는 무엇이오?"

봉지미가 이제 하후원의 코앞까지 밀고 들어왔지만, 그의 뒤에는 말이 있어 더 물러설 수도 없었다. 다만 침을 꼴깍 삼키며 아역들을 바라보고는 난감한 듯 말했다.

"위 후, 뭔가 오해가……."

"정말 오해라면 당신들 금성부의 아역이 어떻게 이 시각에 여기 나타났겠소?"

봉지가 사납게 웃었다.

"공무 집행 중이었다고 둘러댈 생각 마시오. 공무를 보느라 이곳을 지났다면 왜 도적 떼를 보고도 나서서 막지 않았겠소? 도적 떼가 출몰하는 것을 발견했는데 왜 경고하지 않았겠소? 본 사신단의 행렬을 발견하고도 나와서 예를 갖추기는커녕 의뭉스럽게 숲속에 숨어 있을 이유가 무엇이겠소?"

번개처럼 내리치는 봉지미의 질문에 무장인 하후원은 머리가 텅 비었다. 구원을 청하듯 흰 수염 노인을 바라봤고, 노인은 눈을 내리깔고 땀을 닦았다. 벌벌 떨며 두 손을 모아 예를 갖춘 후 말했다.

"위 후, 이 늙은이는 서량 예부상서……."

"나와 통성명하지 마시오!"

봉지미가 단호하게 손을 흔들며 노인의 말을 끊었다.

"본 후는 오직 우방국의 중신들과 예를 갖추고 통성명하오. 적국의 인사들과 허황하고 가식적인 교류는 하지 않소! 오늘 일에 대해 서량이 만족할 만한 설명을 주지 못하면, 본 후는 즉시 성문 앞에서 말을 돌릴 것이오! 여기서 기다리겠소. 하루 안으로 해명하지 못하면 금성 성문에 한 발자국도 들여놓지 않겠소!"

봉지미의 목소리가 쩌렁쩌렁 울렸다. 높은 음역은 아니었지만 늠름하게 들렸다. 누구라도 그 목소리에서 절대 변하지 않을 결의를 느낄 수 있었다. 서량 백성들은 흙먼지 한가운데 선 수수한 소년을 멍하니 바라보며 역시 듣던 대로 호걸이라고 생각했다. 서량의 관원들은 폭포수처럼 흐르는 땀을 닦으며 서로 눈치를 살폈고, 또 한 판 제대로 패했다고 생각했다.

한편, 먼 곳의 어느 은밀한 숲속. 검은 옷을 입은 한 무리의 사람들이 보였다. 긴 망토를 걸친 그들은 말을 세워 둔 채 반석처럼 우두커니 서 있었다. 눈빛이 근엄하고 진지했다.

이 철벽같은 호위들 가운데 한 사람이 고개를 약간 들고 한쪽 방향을 바라보고 있었다. 그의 시선이 향한 곳에는 군중에 둘러싸인 채 우뚝 서서 주목을 받는 빛나는 소년이 서 있었다. 구름처럼 변화무쌍하고 천둥 번개처럼 위엄 있는 소년의 수완을 바라보며, 눈에 달갑지 않으면서도 기쁜 빛이 스쳤다. 한참 후 그는 낮은 목소리로 가만히 속삭여 보았다.

"위지!"

다시 만난 옛사람

위기 상황에서 임기응변 능력을 발휘할 수 있을지 실험했던 용강역 사건에서 서량은 또 한 번 패배하고 말았다. 금성의 성문이 코앞이었지만 고집을 꺾지 않은 봉지미는 행렬을 데리고 용강역에 눌러앉아 버렸다. 2천 명의 사람과 그 숫자만큼의 말이 음식을 먹고 풀을 뜯어야 하는 상황이 되니 역참 관리인은 난처해서 어찌할 바를 몰랐다. 다행히 섭정왕은 물색을 아는 자였다. 그는 일이 이 지경에 이르렀으니 고집을 부려봤자 서량 조정만 더욱 난감해질 뿐이라고 판단했다. 굽힐 때와 나설 때를 아는 그는 상황을 전해 듣는 즉시 사신단을 영접하기 위해 문무백관을 이끌고 친히 용강역으로 향했다. 섭정왕의 의장 행렬이 출발할 때 천성 쪽도 그 소식을 들었지만, 봉지미는 두 부사신의 재촉에도 불구하고 태연하게 도련님에게 그림 그리기를 가르쳤다.

"뭘 그리고 싶어?"

봉지미는 종이 두루마리를 펴고 붓을 입에 물더니 꽤 전문가 같은 모습으로 도련님에게 물었다.

"산수화? 인물화? 짐승이나 벌레? 세밀화? 추상화? 선묘? 수묵화?"

영징은 멀리 어느 담벼락 위에 쪼그리고 앉아 염탐하는 눈빛과 자세로 봉지미를 모처럼 숭배 어린 눈으로 쳐다봤다.

'와, 제법 잘 그리는 모양인데…… 정말 괜찮은 그림이면 훔쳐다 팔아서 돈이나 몽땅……?'

"호두."

"……."

봉지미는 잠시 말문이 막혔다. 담장 위의 영징은 하마터면 고꾸라질 뻔했다. 갑자기 화가 치밀었다.

'저 여자가 아무리 잘 그려도 호두는 호두잖아. 훔쳐서 팔아도 가치가 몇 푼이나 되겠어? 왜 미인도 같은 걸 그리라고 하지 않는 거야? 차라리 나 영징을 그려도 소장 가치가 있을 텐데……'

진작에 정체가 노출됐는데도 끝까지 당당하게 나타나지 않고 굳이 숨어 다니는 괴짜 호위 무사를 봉지미와 고남의는 완전히 외면했다. 그녀는 붓끝을 핥으며 말했다.

"좋아, 호두를 그리자."

봉지미의 혀끝과 입술 끝에 먹물이 묻었다. 청결함을 사랑하는 도련님은 그 광경을 보고 짐짓 부적절하다고 생각했다. 행동파인 그는 불쑥 그녀를 잡고 말했다.

"더러워졌어."

봉지미가 아, 하며 뭐라 말하려는 사이 도련님은 할 일을 파악했다.

"핥아 줄게."

그리고 면사포를 걷고 불쑥 다가왔다. 정상인의 이해 범주를 넘어선 고남의 절대적인 정신세계는 종종 상대방의 순간 대응 능력을 시험했다. 봉지미가 뭐라고 반응을 하기도 전에 눈앞이 캄캄해지더니, 그가 별안간 불쑥 밀고 들어왔다. 반짝이는 붉은 입술이 신선한 석류처럼 탱

탱했다. 오뚝한 코와 백옥 같은 피부, 고운 선과 설명하기 난해한 턱선이 눈부셨다. 이내 그녀의 입술이 보드라운 그의 입술로 덮였다. 촉촉하고 조금 차가운 느낌이 무른 옥에 닿은 듯했고, 마음 가장 깊은 곳을 파고드는 것만 같았다. 그 입술이 그녀의 혀를 탐하려는 듯했다. 그녀가 의식적으로 입술을 꼭 다물자, 그의 입술은 그녀의 입술 위를 유유히 헤엄쳤고, 빠르고 가볍게 그녀의 입술 끝을 살짝 핥았다.

봉지미의 얼굴은 봄비를 맞은 듯 옅은 홍조에 젖었다. 3만 리 밖에서 불어온 봄바람이 국경을 넘었고, 누각 앞에는 노을이 퍼졌다. 그 촉촉한 느낌이 뇌리에 스며들었다. 그녀는 순간 얼굴이 새빨개지더니 아, 하는 소리와 함께 뒤로 몸을 젖혔다. 고남의는 그 자리에 멍하니 굳어져 버렸다. 손가락 하나는 아직 면사포 끝을 잡은 채 넋이 나간 모습이었다. 면사포 가장자리에 살짝 드러난 그의 볼이 발그레했다.

'고남의 얼굴이 빨개졌다고⋯⋯?'

봉지미는 얼굴을 조금 들고 몸을 반쯤 젖힌 불편한 자세로 멍하니 있었다. 고남의는 고개를 살짝 숙여 반쯤 걷힌 면사포를 내리고, 당장이라도 덮칠 듯한 자세로 굳어 있었다. 면사포 뒤에 감춰진 표정을 본 사람은 없었지만, 그는 조금 혼란스러웠다.

아주 순식간이었다. 처음에는 단순히 먹물을 깨끗하게 닦아 주려 했을 뿐이었다. 그런데 입술이 닿을 때 봉지미에게서 나는 짙고 청량한 향기가 뼛속까지 스며드는 것 같았다. 아주 잠깐이었지만 평온한 마음에 지난번처럼 소용돌이가 일어났다. 아니, 지난번보다 더 맹렬했다. 너무 맹렬해서 그는 자기 심장이 쿵쾅거리는 소리가 들릴 것 같았고, 심장이 멋대로 가슴을 뚫고 튀어나가 버릴 것 같았다. 한 번도 느껴본 적 없는 기분이었지만, 지난번처럼 당황하며 중병에 걸렸거나 기에 문제가 생겼다고 생각하지는 않았다. 지난번 그녀를 만졌을 때와 비슷한 느낌이라고 어렴풋이 생각했지만, 더 격렬하고 더 깊어서 통제하기 어려웠다. 이전의 느낌을 강물의 물살이라고 한다면, 지금은 망망대해의 격랑이었다.

'그런데 이 느낌이 대체 뭘까?'

고남의는 확실하게 묻고 싶었지만, 봉지미가 답을 주지 않을 것 같았다. 그녀는 다른 일에서는 그를 명랑하고 거리낌 없이 대했지만, 그가 가까이 다가갈 때마다 유독 괴이하게 굴었다. 아마 그녀에게 묻는다면 이번에도 '남녀칠세부동석' 따위를 가르칠 것이다.

고남의는 배움을 즐기고 끈기 있는 학생이었다. 예전에 무공을 배우던 신념을 고수하자면, 안 되면 되게 하고 고비가 왔을 때 두려워하거나 대충 넘어가서는 안 된다. 여러 번 시험하고 도전하면 반드시 원하는 바를 깨닫게 된다. 그는 시간을 낭비하며 혼돈에 빠져 있지 않기로 했다. 몇 차례 더 해 보면 알게 될 터였다. 그래서 손을 뻗었다. 봉지미를 품에 안고 다시 해 볼 작정이었다. 하지만 이제 정신을 차린 그녀는 그의 손이 움직이자 재빨리 몸을 일으켰다. 붉어진 그의 얼굴 한 귀퉁이를 주시하며 그녀의 심장도 미약하게 뛰고 있었다. 예전에도 그는 그녀 입가에 묻은 술을 핥은 적이 있긴 했었다. 그러나 그때의 그는 태연했고 행동에 아무 의미도 부여하지 않았다. 순수하게 술을 맛봤을 뿐이기에 그녀도 깔깔 웃으며 넘어갔다. 하지만 오늘은…… 무언가 다르게 느껴졌다. 여기까지 생각이 미치자 그녀는 허겁지겁 책상을 뛰어넘어 반대편으로 가서는 억지로 웃어 보였다.

"호두를…… 우리 호두를 그려 볼까?"

고남의는 봉지미를 힐끗 쳐다보며 책상 너머의 거리를 가늠해 보았다. 책상을 사이에 두고 붙잡는 것은 가능하지만, 벼루를 엎지 않고는 어려울 것 같았다. 그녀의 민첩성이 점점 좋아지고, 경공술도 훌륭해지고 있기 때문이었다. 그는 갑자기 번뇌하기 시작했다. 자신이 그간 그녀에게 무공을 너무 많이 가르쳤다는 생각이 들었다. 순간 그는 결정을 내렸다. 그녀의 무공은 아무리 생각해도 지금 수준이면 충분했고 더 좋아질 필요가 없었다. 어차피 그녀가 필요할 때마다 그가 나서서 보호해 주면 될 것이다.

고남의가 모처럼 이기적인 결정을 내린 것을 모르는 봉지미는 멋쩍게 고개를 숙이고 붓에 먹물을 적셨다. 그 동작을 통해 얼굴의 홍조를 감출 수 있게 된 그녀는 종이에 먹을 떨어뜨리며 생각했다. 요즘 점점 충격적으로 변하는 그의 행동을 어떻게 고쳐 주면 좋을까? 어떤 적절한 단어로 설명할 것인가? 그녀는 붓으로 종이 위에 윤곽선을 그리며 헛기침을 한 번 하더니 최대한 온화하게 말했다.

"고남의, 호두는 이렇게 그리는 거야. 동그라미지만 아주 동그랗게 그리진 않아도 돼. 보통 둥글기면 충분해……."

"호둣속."

고남의는 그가 가장 좋아하는 호둣속을 그려야 한다고 상기시켰다.

"아."

봉지미는 생각하면서 무심코 동그라미에 동그라미를 하나 더 그렸고, 고남의는 못마땅했다. 이 동그라미는 그가 매일 먹는 호둣속과 달라 보였기 때문이었다.

"바로 이거야!"

봉지미는 호둣속을 그리다 갑자기 영감을 받은 듯 얼른 말했다.

"남의, 호둣속을 먹으려면 호두 껍데기를 깨야 하잖아. 하지만 사람은 호두가 아니니 하고 싶은 대로만 하면 안 돼. 다른 사람의 껍데기는 보호하고 존중해야 할 대상이야. 함부로 두드려서 깨거나 벗기면 안 돼. 알았지?"

"두드리지 않았어. 벗기지도 않았고."

고남의는 동의할 수 없다는 의견을 표명했다.

"비유잖아. 비유!"

봉지미가 한탄했다. 이토록 어려운 문제를 한 번에 확실히 이해시킬수는 없다고 생각했다. 직설적으로 말하려 해도 입이 떨어지지 않았다. 역시 자신이 더 주의하는 편이 낫다고 생각하며 대강 그림을 완성해 한쪽에 두고 말했다.

"다 그렸어. 호두."

멀리서 술을 마시던 영정이 그 말을 듣고 고개를 쭉 내밀었다가 풋, 하며 술을 사방으로 뿜었다. 고남의가 고개를 내밀어 그림을 보더니 주머니에서 호두를 꺼내 비교해 봤다. 약간 닮은 것 같기도 했지만, 어딘지 모르게 달랐다. 그는 탁자 위에 놓인 참외를 보고는 그것과 훨씬 비슷해 보인다고 생각했다. 고남의가 의견을 피력하려는데 밖에서 시끌벅적한 소리가 들리다 이내 조용해졌다. 곧이어 곁방을 향해 성큼성큼 다가오는 한 사람의 발소리가 들렸다. 발소리는 크지 않았고, 오히려 교양과 품위가 느껴졌다. 빠르지도 느리지도 않았지만 날렵하고 가벼웠고, 발을 들었다가 내려놓는 걸음에 조금도 발을 끌지 않았다. 이 발걸음의 주인은 분명 늠름하며 명쾌한 결단을 내릴 줄 알고, 모든 상황을 장악할 수 있는 사람일 것이다.

봉지미가 눈썹을 추켜세웠다. 걸음걸이에도 절제를 적용할 줄 아는 사람은 정말 드물었다. 곧 그 사람이 웃으며 말했다.

"위 후가 모처럼 고아한 취미를 즐기려 붓을 잡았다 들었소. 본 왕에게도 한 수 가르쳐 주지 않으시겠소?"

봉지미가 일어서자 문 앞의 발이 걷혔고, 미소를 띤 그 사람은 벌써 안으로 들어오고 있었다. 그녀는 눈앞이 환해지는 것 같았다. 그의 옷차림은 화려하고 귀티가 났다. 자마금(紫磨金)*자색을 띠는 최상품 금에 흑수정을 박아 만든 왕관을 쓰고 산호 허리띠를 두르고 있었다. 진녹색 용포에는 열두 마리 용이 금실로 수 놓여 있어 사람 전체가 눈부시게 빛났다. 하지만 온몸을 뒤덮은 광채마저도 사람 자체에서 뿜어져 나오는 기상을 누르지 못했다. 그를 처음 보는 사람이라면 저 화려한 의상이 먼저 눈에 띄진 않을 것이다. 제일 먼저 보이는 부분은 단연코 그의 눈이었다.

세월의 무상함과 운치를 담은 눈동자였다. 그리 크지도 않았고, 밝게 빛나는 눈도 아니었다. 하지만 그 안에는 깊고 아득한 우울함이 담겨 있었다. 일부러 꾸며낸 우울함이 아닌, 태생이 고귀한 자들이 가진 특유의 고독이었다. 극지에 숨은 심연과 같은 검정 속에서 옅은 푸른빛이 맴돌았다. 하지만 눈동자가 움직일 때마다 타오르는 화염처럼 사람을 미혹시키고, 열정적인 춤사위 같은 격정이 느껴졌다. 기꺼이 그 안으로 몸을 던져 잿더미가 되고 싶게 만드는 힘이 존재했다. 두 모순된 기운이 한 눈동자에 섞여 독특한 매력을 발산하니, 보고 있노라면 절로 빠져들 것 같은 눈빛이었다.

봉지미는 30대의 남자야말로 절정의 기상을 뽐내는 시기라고 생각했다. 그녀가 아는 한 최고의 미중년은 신자연이었다. 그러나 서량의 섭정왕과 비교하자면 신자연의 풍모는 세월의 담금질이 부족하고 다소 경박했다. 그의 외모는 마치 아름다운 가면의 느낌이었고, 바람만 불어도 꽃이 떨어지고 마는 벚꽃 같았다. 놀라움도 잠깐이었다. 그녀는 이 미남자를 실컷 훑어본 후 이내 옅게 미소 지으며 맞이했다.

"섭정왕 전하십니까? 어찌 역관에서 통보도 하지 않았는지 모르겠습니다. 밖으로 나가 모셨어야 옳은데 큰 실례를 범했습니다."

"본 왕이 먼저 알려서 방해하지 말라고 했소이다."

섭정왕이 손사래 치며 말했다.

"위 후가 그림을 그리고 있다고 들었소. 본 왕에게도 정말 드문 기회가 아닐까 하오. 불청객에게 방해를 받으면 곤란하지요. 위 후의 그림을 아무나 볼 수 있는 건 아니니······."

그렇게 말하며 섭정왕이 태연자약하게 탁자 앞으로 걸어갔다. 그는 도착하기도 전에 침이 마르게 칭찬부터 했다.

"이것이 위 후의 그림입니까? 참으로 기질이 우아하고 자태는 화려하며 기백이 남다른……. 음…….'

섭정왕의 유창한 찬사는 오히려 그림을 보자 뚝 멈췄다. 그처럼 고귀하고 세상 풍파에 익숙한 인물이 뜻밖에도 말문이 막혔다. 그는 탁자 옆에서 그 그림을 한참 노려봤지만 한 마디도 튀어나오지 않았다. 금실로 만든 무늬가 찍힌 하얗고 정교한 화선지 위에 동그라미들이 잔뜩 그려져 있고, 동그라미 안에는 작은 동그라미들이 있었다. 미적 감각이라고는 전혀 없는 저 함량 미달의 동그라미들. 보기 좋게라도 그렸으면 모를까 삐뚤삐뚤하고 조잡한 붓놀림이 더해져 절대 전문가의 그림이라고 볼 수 없었다. 아니, 아무리 잘 봐 줘도 어린아이보다 조금 나은 수준이었다. 이것이 바로 세상에 이름을 떨친 무쌍국사의 그림이란 말인가?

"……음. 이채롭군요!"

섭정왕은 역시 섭정왕답게 임기응변이 예사롭지 않았다. 잠시 충격을 받았지만 이내 말을 이어 갔고, 곧바로 몸을 돌려 그 그림은 절대로 보지 않았다. 그러고는 봉지미에게 겸손을 떨 기회도 주지 않고 곧바로 화제를 돌렸다.

"용강역은 시설이 보잘것없는데 어찌 감히 사신단을 모실 수 있겠소? 회동관(會同館)이 정비를 마치고 위 후 일행을 기다리고 있소이다. 본 왕이 직접 위 후를 금성으로 영접해 가기 위해 직접 여기까지 왔습니다."

섭정왕은 일전에 발생한 사건에 대해서는 일언반구 하지 않았다. 친절한 말투였지만 자존심을 잃지 않는 선에서 적절하게 주물렀다. 봉지미도 펄쩍펄쩍 뛰며 잘못을 지적했던 그 사람은 자기가 아니라는 듯한 자세를 보였다. 어찌 감히 섭정왕의 영접을 받겠냐는 둥, 어서 환궁하시라는 둥, 본인은 예부시랑과 금성에 진입하면 된다는 둥 연신 겸양의 태도를 유지했다. 두 사람은 화기애애하게 이야기를 나누며 손을 맞잡고 문을 나섰다. 그들이 서로 마주 보며 웃는 모습을 보이자 모시는 사람들도 그제야 안도의 한숨을 내쉬었다.

서량 사람들은 천성 사신도 융통성 있는 사람이라 끝까지 고집을 피우지 않고, 자신들에게 퇴로를 한발 남겼다고 평가했다. 천성 사람들은 섭정왕이 굽힐 때와 주장할 때를 아는 것이 다행이라고 여겼다. 결국에는 존귀한 몸인 섭정왕이 직접 이 일을 처리했으니 한발 양보한 셈이었다. 양쪽 모두가 그렇게 한발 물러선 채로 웃으니 싸움은 잠시 접어두게 되었다. 두 사람은 손을 맞잡고 환하게 웃어 보였지만, 그들의 눈은 전혀 웃고 있지 않았다.

시간 : 7월 초닷새 사시(巳時) 3각 *오전 9시 45분경

장소 : 서량 금성 용강역 곁방

인물 : 여전히 그 둘

사건 : 봉지미가 고남의에게 그림 그리기를 가르치는데, 하필 호두를 그렸음. 그녀는 그림은 제대로 그리지 않고 붓을 핥았고, 고남의가 봉지미의 입술을 핥았음.

개인적인 견해 1 : 무언가를 핥는 일은 매우 불결함.

개인적인 견해 2 : 견해 1이 핵심이 아님을 알고 있음. 핥을 때는 조준이 중요함. 예를 들어 전하께서 봉지미를 핥는다고 가정하면 전하 또한 깨끗하게 핥을 수 없으리라 생각함.

개인적인 견해 3 : 견해 2가 여전히 핵심인지는 모르겠음. 핵심은 고남의가 봉지미를 핥았다는 것.

개인적인 견해 4 : 그놈은 핥았는데, 제가 전하를 대신해서 핥아줄 수도 없는 노릇입니다. 저는 기껏해야 전하를 대신해 분개할 뿐입니다.(사실 저는 분개까지 하진 않았습니다. 저는 봉지미가 바보

짓 하는 걸 구경하는 게 재밌거든요.)

개인적인 견해 5 : 봉지미의 그림은 정말 충격적임.

개인적인 견해 6 : 오늘 고남의의 반쪽 얼굴을 보았음.

개인적인 견해 7 : 전하, 그만 씻고 주무십시오.

천성 장희 18년 7월 초엿샛날, 봉지미가 이끄는 천성의 사신단 행렬이 마침내 섭정왕의 영접을 받으며 금성에 입성하였다. 사신단 행렬이 입성했을 때, 천성 사신이자 무쌍국사인 위지의 늠름한 모습을 보려고 사람들이 구름떼처럼 모여들어 금성의 민가 골목은 텅텅 비었다. 그녀는 말 위에서 웃음을 머금고 손을 흔들었다. 그 부드러운 미소와 풍모에 서량 처녀들은 환호성을 질렀다. 백성들이 던지는 꽃과 과일 등 선물이 비처럼 쏟아지자 고남의는 하나도 빠뜨리지 않고 거두어 광주리에 가득 담았다.

봉지미는 겉으로는 웃고 있었지만, 속으로는 이 거리가 너무 길다고 불평했다. 얼굴 근육이 뒤틀릴 것만 같았다. 별안간 등을 찌르는 듯한 시선이 느껴졌다. 그녀는 고개를 약간 돌려 아무도 모르게 눈으로만 사방을 둘러봤다. 사람이 너무 많은 데다 뒤쪽으로는 가게나 찻집들이 늘어서 있어서 염탐받는 느낌의 원인이 무엇인지 찾을 수 없었다. 그녀는 얼굴을 다시 돌리고 아무렇지도 않은 듯 계속 앞으로 나아갔다.

봉지미에게서 조금 떨어진 어느 찻집의 기다란 창은 종이로 반쯤 가려져 있었는데, 그곳에 누군가 우두커니 서 있었다. 수수해 보이면서 짙은 청색 비단 도포에 수 놓인 구름무늬 자수가 은근한 귀티를 드러냈다. 낯빛은 온화했지만, 눈동자에는 꿈틀대는 빛이 명멸했다. 수많은 인파로 북적대는 거리를 바라보는 그의 시선은 군중 속에서 단 한 사람의 뒷모습만을 좇았다. 이 순간 그 사람은 벼슬아치의 화려한 관모를 쓰고 황제의 궁으로 향하는 중이었다. 지금 금성 거리는 비단 장식이 백방으로 나부끼며, 마중 나온 인파로 떠들썩했다. 이 모든 영광과 위엄은 저 사람을 위해 마련된 것이었다.

그와 같은 하늘을 이고 살 수 없는 적.

그의 원수이자, 그의 첩실이었다.

백두애 아래에서 홀로 본진에 뛰어들어 대군과 맞선 전사, 포원의 비밀 감옥에서 고문과 시험을 견딘 전쟁 포로 작약, 내원 서재에서 정사를 돌볼 때 짝이 되어 준 아름다운 여인, 호수를 범람시켜 온 성을 아수라장으로 만든 책략가, 그믐날 밤에 떠났다가 다시 돌아와 세 치 혀로 화려한 협상을 펼친 논객, 포성 성곽에서 변덕과 농간 끝에 결연하게 활을 쏘고 투신한 사람, 천의 얼굴을 가진 사람. 변화무쌍한 사람……

진사우는 봉지미를 가졌다고 생각했었다. 정말 그의 것이 되었다고 믿었지만, 그녀는 처음부터 놀라운 재주로 그를 손아귀에 올려 두고 마음껏 희롱했다. 그녀는 처음부터 끝까지 오직 천성의 신하 노릇만 했던 것이었다. 그녀와 함께한 날들은 경이로움과 행복의 연속이었다. 언제부터였는지 그는 그녀의 복잡다단한 계책에 걸려들었고, 그녀는 마음대로 그를 조종했다. 마지막까지도 그녀는 미소 띤 얼굴로 그를 기만했다. 그녀가 결연하게 손을 떼고 포성 성곽에서 투신할 때, 그가 움켜쥔 것은 단지 눈의 기운을 머금은 찬바람뿐이었다. 순식간에 구겨지고 버려진 자신의 마음을 쥔 것 같았다. 그때 그녀의 옷자락이 그의 손가락 사이로 바람과 함께 스쳐 지나갔다. 그가 다섯 손가락을 펼치자 겨우 쥐었던 그 마지막 옷자락마저 먼지처럼 사라졌다. 그녀는 거짓말을 진실보다 더 진실처럼 말하는 사기꾼이었다. 그녀에게 속은 그는 매우 힘들었다.

대월의 안왕 진사우는 조용히 그 뒷모습을 바라봤다. 헤어진 지 벌써 반년이나 지났다. 봉지미가 남장을 하고 많은 사람 사이를 행진하는 모습을 처음 봤다. 낯설게 느껴졌지만 익숙하기도 했다. 뼛속 깊이 박혀 감출 수 없는 그녀의 품격을 한 번이라도 접한 사람은 결코 잊을 수 없을 것이었다. 듣기로는 그녀도 점점 성장하고 있었다. 천성 조정에서 이름을 날리고, 가는 곳마다 적을 무너뜨려 대적할 자가 없다고 들었다. 서량 사신 같은 중책마저 그녀가 아니면 안 된다니 놀라울 따름이었다. 그는 입꼬리를 올리고 웃었다. 여전히 온화한 미소였지만 복잡한 의미가 느껴졌다. 슬픈 듯 차가운 웃음이다.

"전하, 무엇을 보고 계십니까?"

말을 건 사람이 웃음을 띠며 진사우 쪽으로 오고 있었다. 진사우의 호위 무사는 익숙한 듯 소리 없이 예를 갖추고 물러났다. 진사우는 눈길을 거두고 돌아보지 않은 채 차를 한 모금 마시며 웃었다.

"떠들썩하군요."

그 사람이 진사우의 몸을 살며시 밀치고 앉아 고개를 내밀고 아래를 살펴봤다. 눈동자에 순간 복잡한 생각이 스쳤으나 이내 웃으며 대답했다.

"정말 서량 땅이 북적대는군요. 전하께서는 천성에서 온 저 사신과 친분이 있으신지요?"

그가 빙긋 웃으며 진사우를 바라봤다. 훤칠한 조각 같은 몸에 자줏빛 비단 도포를 걸친 그의 눈매가 요염했다. 사람을 바라볼 때 눈꼬리가 약간 치켜 올라가는 모양이 도도한 듯 여유로워 보였다.

"본 왕이 위 후를 어찌 알겠습니까? 다만 그 명성은 진작에 들어 알고 있지요."

진사우도 빙긋 웃으며 지나가듯 물었다.

"왕야께서는 위 후를 아십니까?"

"꼭 한 번 멀리서 본 적이 있습니다. 황제의 부름을 받지 않으면 제경에 들어갈 수도 없는 신세인데, 조정의 거물과 친분을 쌓을 기회가 어디 있겠습니까?"

진사우는 웃으며 말을 했지만, 어쩐지 이를 악무는 대신 미소를 택한 것 같았다.

"저 사람은 범상치가 않습니다."

진사우가 턱 끝으로 봉지미가 사라진 방향을 가리키며 말했다.

"왕야께서도 조심하는 게 좋을 듯합니다."

이렇게 말하면 오만한 번왕의 아들은 틀림없이 반박하리라 예상했지만, 뜻밖에도 그는 한동안 말이 없었다. 진사우가 놀라 고개를 돌리고 나서야 그 사람이 한참 동안 한 방향만을 응시하고 있음을 알았다.

"언젠가는 저자가 나를 조심하지 않을 수 없게 할 겁니다."

진사우의 눈이 번쩍 빛났지만, 더 묻지 않고 그저 웃음을 머금은 채 왕야의 어깨를 두드리며 말했다.

"왕야의 탁월한 재능은 본 왕이 멀리 대월에서 들었을 만큼 명성이 자자합니다. 저자는 다만 운이 좀 좋은 천성의 신하일 뿐인데, 어찌 왕야와 동일 선상에 두고 논하십니까? 다만 저자가 지금은 금성에 있으니, 우리도 그와 얼굴을 마주칠 테지요. 조심해서 나쁠 것은 없습니다."

"물론입니다."

평정을 되찾은 왕야는 미소를 지으며 고개를 돌렸다.

"섭정왕이 남모르게 동맹을 구하고 있으니 공식적인 손님이 아닌 우리와의 만남은 모두 비밀리에 이뤄질 것입니다. 지금 사신이 수도에 진입했으니 분명 창평궁(昌平宮)에서 연회가 열릴 테죠. 우리도 섭정왕에게 신분을 감춰 달라고 부탁해 다녀오는 것이 어떨지요? 이 기회에 천성 사신의 허와 실을 살펴볼 수 있겠습니다."

진사우는 조금 의아한 눈빛으로 왕야를 힐끔 쳐다봤다. 비밀 행동이라면 천성 사신 앞에 적게 나설수록 좋다고 말하고 싶었다. 자신은 위지와 원수지간이니 그녀 앞에 당연히 나타나야겠지만, 이 사람은 위지와 일면식도 없었다. 평소 그의 영악함으로 미뤄 볼 때 이 제의는 합리적이지 않았고, 오히려 다른 꿍꿍이가 있는 것 같았다. 하지만 진사우역시 다른 꿍꿍이가 있었으므로, 일단은 웃으며 응했다.

"좋습니다."

각자의 속셈을 가진 두 사람이 마주 보며 웃을 때, 멀리서 회동관에 들어서던 봉지미는 갑자기 소름이 돋아 몸서리를 쳤다. 눈치 빠른 고남의가 망토를 걸쳐 주었다. 그녀는 망토 자락을 살며시 여미며 웅장한 궁을 바라봤다. 낮게 깔린 안개를 가늘게 뜬 눈으로 바라보며 말했다.

"곧 바람이 불겠군……."

입성 둘째 날에 섭정왕은 창평궁에서 연회를 베풀었다. 밤의 창평궁에 오색 등불이 켜지고 붉은 융단이 십 리나 깔렸다. 한밤중, 봉지미는 고남의와 고지효를 데려가 공짜 밥을 먹기로 했다. 떠나기 전 그녀는 보따리를 정리하며 그 안에서 어떤 물건을 꺼내 한동안 들여다보더니 품에 감췄다.

말과 수레가 궁에 진입해 십 리에 달하는 붉은 융단 끝까지 나아갔다. 대소신료가 모두 운집한 가운데 천성 사신의 수레가 들어오자 문무백관이 고개를 들었다. 사례태감*환관 중 최고위직의 낭랑한 목소리가 불꽃이 피어오르는 밤하늘을 유유히 뚫었다.

"천성 충의후이자, 무위장군이자, 예부상서이신 위지 대인 도착이오!"

신경 쓰인다

　밤 깊은 창평궁은 아름다운 풍류가 흘렀다. 진홍색 끈을 매단 등불이 정문 양쪽 길에 늘어서 있어, 멀리서 보면 하늘가에서 떨어진 구슬이 은하수를 이룬 것 같았다. 화단에는 유난히 두껍고 색이 선명한 꽃잎들이 등불 아래에서 윤기 나는 광채를 뿜으며 아름다움을 뽐냈다.

　창평궁은 내정(內庭)＊황제와 황후, 비가 기거하는 곳 에 포함된 궁이 아니라 서량 황제가 조정의 기둥인 섭정왕에게 하사한 별궁으로, 황성의 측면에 있었다. 별궁이라고는 해도 부지가 넓고 웅장해 황제의 궁과 비교해도 부족함이 없었다. 남방 사람들은 기질이 용맹하고 개방적이라 기풍이 엄숙한 천성 궁중과는 분위기가 매우 달랐다. 궁녀와 내시들이 오가며 마주치는 사람에게 그저 길을 피하면서 인사할 뿐인데도 간드러지게 웃는 소리나 한담이 오갔다.

　연회석은 정전에 흐드러지게 핀 꽃 가운데 마련되었는데 가로 일직선으로 탁자 수십 개가 놓여 있었다. 봉지미의 자리는 왼쪽에서 첫 번째 자리인 귀빈석이었는데, 고남의와 고지효의 자리도 그녀의 옆자리에 배치했다. 물론 이는 예법에 어긋나지만 정보에 밝은 섭정왕이 세심한 배려를 한 것이었다. 이걸 보면 그가 낡은 규정에 얽매이는 사람이 아니라는 점을 알 수 있었다. 봉지미도 사양하지 않고 함박웃음을 지으며 멀리서 술잔을 들어 상석에 앉은 섭정왕에게 고마움을 표시했다. 상석의 그 남자는 그녀의 눈빛을 받고 상냥하게 웃었다. 잠시 시선이 고남의에게 머물렀지만 아무 말 없이 거둬들였다.

이제 대청 밖에서 예관들이 손님을 맞이하고 풍악을 울렸다. 주객이 모두 좌정하자 섭정왕은 웃으며 잔을 들었다. 그를 뒤따라 문무백관도 함께 잔을 들어 멀리서 방문한 천성의 사신을 환영하자 봉지미도 예를 다해 화답했다. 관료 특유의 말과 번잡한 겉치레가 끝날 때까지 지루했던 고 도련님 부녀는 이제 겨우 음식을 먹을 수 있었다. 고 씨 부녀는 이런 연회에서는 먹기보다 구경을 해야 한다는 암묵적인 규칙 따위에 아랑곳하지 않고, 머리를 거의 탁자에 묻고 마구 먹어댔다. 고지효의 작은 배가 금세 통통해졌다. 배가 부르자 더 앉아 있기 지루해진 지효는 아빠 품에서 몸을 배배 꼬며 주위를 두리번거렸다. 그때 어디선가 '쉬' 하는 소리가 들렸다. 고지효가 고개를 돌렸다. 대전 한구석에 놓인 병풍 뒤에서 웬 어린아이의 머리가 불쑥 나오더니 지효에게 우스꽝스러운 표정을 지어 보였다. 꼬마 아가씨의 눈이 반짝 빛났다. 상대방에게 화답도 해 주지 않고 진지하게 고개를 돌려 밥을 몇 입 더 먹은 뒤 아빠에게 말했다.

"배불러. 쉬쉬하러 갈래."

무슨 일이든지 열심히 임하는 도련님은 아이가 '쉬쉬'라고 말한 것에 대해 크게 신경 쓰지 않았다. 벌레로 만든 독특한 요리에 푹 빠져 딸을 아무렇게나 한쪽 바닥에 내려놨다. 고지효는 걸음마를 떼고부터는 혼자서 변소에 갔다. 처음에는 시녀가 시중을 들어 줬지만 이제 시녀도 마다하고 혼자 일을 봤다. 그래도 변소 구멍에 빠진 적은 한 번도 없었다. 언제나 방임형 교육을 고집하는 고남의도 딸과 같이 화장실에 가 줄 생각은 전혀 없었다. 오히려 봉지미는 변소에 가려는 꼬마아이가 행여 낯선 곳에서 길을 잃을까 걱정이 되어 시녀에게 따라가라고 일렀다. 뒤뚱거리며 시녀와 함께 문을 나선 지효는 몇 걸음 걷지도 않아 갑자기 왼쪽 전방을 가리키며 호들갑을 떨었다.

"저기 도둑이다!"

시녀가 놀라서 고개를 돌렸지만 아무도 눈에 띄지 않았고, 다시 제자리로 돌아왔을 때 꼬맹이는 사라지고 없었다. 시녀는 깜짝 놀랐지만 큰 소리를 내지는 못했고, 그 엄숙한 연회 현장으로 다시 돌아갈 수도 없었다. 친한 시녀들에게 간청해 이 넓은 궁전에서 침착하게 아이를 찾기로 했다.

시녀가 떠나자 복도 난간 아래로 자그마한 몸이 천천히 모습을 드러냈다. 고 씨네 꼬마 아가씨는 키득키득 웃으며 기어 나와 시녀가 멀어지는 방향에 대고 코를 찡그렸다. 사실 아이는 멀리 도망가지 않고 긴 복도 아래의 화단에 숨었었다. 시녀는 이 영리한 꼬마가 바로 눈앞에 숨었을 줄은 꿈에도 몰랐다. 설마 그런 꼬마에게 두 눈 뜨고 감쪽같이 속을 것이라고도 생각지 않았다. 고지효는 복도 난간에 의기양양하게 올라타 짧은 두 다리를 흔들며 조용히 먼 곳을 바라봤다. 등 뒤로 예닐곱 살 먹은 뚱보 사내아이가 끙끙대며 기어 올라왔다. 아이는 눈을 반짝이며 지효를 숭배하듯 바라보며 말했다.

"너 진짜 똑똑하다!"

지효는 새침하게 아이를 밀어내며 말했다.

"바보야, 뭐 하는 거야?"

뚱보가 소매로 콧물을 훔치며 배시시 웃었다.

"우리 주인님이 너를 봤대서 같이 놀려고. 나랑 같이 갈래?"

그렇게 말하며 뚱보는 지효의 소매를 당겼다.

"너희 주인님이 누군데?"

호락호락하지 않은 지효는 소매를 도로 확 당겨와 있지도 않은 먼지를 털어내며 말했다.

"그 사람더러 오라고 해. 난 안 가."

"무…… 무…… 무……."

어디선가 또 다른 아이의 목소리가 들렸다. 뚱보보다도 어린 것 같은 그 목소리는 아이 특유의 정확하지 않은 발음으로 칭얼대듯 '극도로 분노'했다.

"무…… 무엄하다!"

고지효가 뒤를 돌아보자 자신과 비슷한 또래로 보이는 비단옷을 입은 꼬마가 서 있었다. 아이는 새카만 눈동자를 애써 부릅뜨고 악독하게 노려보며 지효를 나무랐다.

"무…… 무엄하다!"

지효는 그 콩만 한 아이를 얼마간 바라보다 웃음을 터뜨렸다.

"무무무무무무무…… 무엄하다!"

그 아이를 흉내 내며 말을 더듬었다.

"무무무무…… 무…… 무엄하다!"

"무무무무무무무……."

고지효가 괴물 표정을 지었다.

"무무무무무무무……."

그 아이의 혀는 더 꼬이기 시작했다. 지효는 배꼽을 잡고 바닥을 데굴데굴 굴러다녔다.

"무…… 무엄하다!"

"…… 무…… 무엄하다!"

"…… 무…… 무…… 무엄하다!"

아이는 분해서 얼굴이 시뻘게졌지만 결국 그 한마디밖에 하지 못했다. 아마 가장 유창하게 할 수 있는 유일한 말일 터였다. 고지효는 배를 잡고 뒹굴며 웃느라 그 비단옷 입은 아이의 얼굴이 붉어지고 눈두덩이에 눈물이 가득 차오른 것을 보지 못했다. 아이는 갑자기 '으앙' 하더니 성큼성큼 앞으로 다가와 익숙하게 지효의 손을 밟았다.

　고지효가 난생처음 또래 아이들을 만나 싸우는 동안, 대전에서는 음모와 술책이 끊임없이 오갔다. 봉지미에게 두 번 패배하고 싶지 않은 서량 관원들은 오늘 밤 어떻게든 위신을 회복할 방법을 궁리했다. 섭정왕의 묵인하에 술을 몽땅 먹여 사신단들이 취해서 스스로 추태를 부리는 지경까지 가기를 기대했다. 두 명의 부사신과 수행원들은 조금 먹이자 바로 취했고, 취하자마자 잠들어 버려 추태를 보기는커녕 방을 제공해 주고 돌봐 줄 사람까지 필요했다. 하지만 주인공인 위 후의 주량은 인간의 수준을 능가했다. 그는 진정한 술꾼이요, 천하무적이었다. 백 명 남짓한 관원들이 존경을 표한다며 술을 한 잔씩 권했는데, 받는 족족 한 번에 털어 넣을 뿐 아니라 보답의 술을 권했다. "한 잔은 정이 없다"라며 두 잔을 권하고, "삼대가 승승장구하길 빈다"라며 석 잔 권하고, "사계절 건강하시라"라며 넉 잔까지 권하는 술을 마시고 나면 눈앞이 아찔해지고 갈지자로 걷게 되었다. 하지만 위 후는 거기서 멈추지 않았다. "오복이 강림하길 기원한다"라며 권하는 다섯 번째 잔을 마시면, 골탕 먹이려 술을 권했던 서량 관원은 그녀의 옷자락 밑에 널브러지고 말았다. 그제야 위 후는 그만두었다.

　앞에서 대여섯 명이 그렇게 전사하자 나머지 관원들은 굳이 전철을 밟지 않았다. 위 후가 술잔을 높이 들고 꼿꼿이 서서 사방을 한 바퀴 돌아보면, 모두가 당황하여 머리를 움츠리고 속으로 한탄했다. 하늘도 참 불공평하시지! 언변을 당할 수 없는 것은 그렇다 쳐도 주량마저도 지다니!

봉지미가 웃으며 잔을 들고 빙글 돌아 멋진 모습으로 착석했다. 사실 그녀는 오늘을 위해 준비를 단단히 했다. 종신이 준 해장환의 효과는 정말 훌륭했다. 술로 해 보겠다 이거지? 죽도록 마시게 해 주마! 그녀가 몸을 돌리다가 갑자기 멈칫했다. 이제는 사방에 조용한 자리뿐이었는데 갑자기 세 사람이 한꺼번에 일어섰다. 오른쪽 첫 번째 자리에 앉은 대사마 여서는 그렇다 쳐도, 나머지 두 명을 보고 그녀는 미간에 주름을 잡았다. 그 둘의 자리는 멀리 떨어져 있고 눈에 띄지도 않았다. 섭정왕이 간단하게 한 줄 소개한 바로는 한 명은 서량 남쪽 변경의 군수이고, 다른 한 명은 서량에 영향력이 있는 세도가의 3대 자제였다. 두 사람 모두 마침 공적인 일로 금성을 방문하던 중이었기에 연회에 참석시켰다고 했다.

사실 모든 연회에는 이런 사람들이 있다. 주목받지 않을 만한 구석에 자리를 잡고 앉아 견문을 넓히고, 큰 인물들과 안면도 트고 친교를 쌓는 것이다. 나중에 자금줄이 필요하다는 소식이 들리면 연회의 인연을 핑계로 줄을 댈 수도 있을 것이다. 봉지미는 이런 장면에 익숙해서 처음에는 그들을 전혀 개의치 않고 그저 눈으로 한번 훑었을 뿐이었다. 그 두 사람도 줄곧 본분을 지키며 그 자리에 웅크리고 있었다. 그런데 그녀가 장난 반 도전 반으로 건배 대결을 청하며 일어섰을 때, 그 두 사람이 동시에 일어선 것이었다. 동시에 일어난 점은 그렇다 쳐도, 그 둘은 상대방이 일어설 줄 몰랐다는 듯 서로 쳐다보며 어리둥절한 반응을 보였다. 그 순간 두 사람의 숨겨진 표정에서 불꽃이 튀는 것 같았지만 이내 사라졌고, 둘은 동시에 여서를 바라보더니 다시 자리에 앉았다. 앉을 때도 서로를 바라봤다. 확실히 의미심장한 행동이었다.

봉지미는 눈을 반짝이며 그제야 두 사람을 뜯어봤다. 용모는 평범했고 그들의 신분에 걸맞은 차림을 하고 있었지만, 둘 다 타고난 기질이 좋아 보였다. 침묵하며 단정히 앉아 있는 자는 기질이 온유하고 우아해 보였다. 몸을 의자에 비스듬히 기댄 채 접은 부채로 천천히 손바닥을 두드리는 또 다른 사람은 민첩해 보였다. 조금 전까지는 두 사람이 눈에 띄지 않는 곳에 조신하게 있던 탓에 몰랐지만, 다시 보니 고고한 풍채가 일반인과 달랐다. 오랫동안 높은 자리에 있던 사람은 옷차림을 고치고 시정잡배와 섞여도 자연스레 군계일학의 면모가 드러나는 법이다.

봉지미의 눈빛이 그들을 스쳐 지나가며 잔을 들고 다가온 병조 상서 여서에게 향했다. 이 남자는 그녀가 상상했던 모습과 확연히 달랐다. 소문에 의하면 여서는 서량의 전 황제가 가장 총애했던 중신으로서, 선제가 승하할 때 어린 태자를 부탁한 고명대신이라고 했다. 그런 그가 섭정왕이 권력을 장악하자마자 변절했다. 그는 섭정왕이 마음껏 군권을 잡고 휘두를 수 있도록 옆에서 돕고, 황태후 동씨가 후궁을 장악하는 것에 협조했다. 심지어 여서는 선제의 유지를 받든 고명대신이라는 말이 부끄럽게도 자기 손으로 섭정왕의 군권 장악을 반대하는 노신들을 쳐냈다. 이를 통해 섭정왕의 신임을 얻고, 서량 조정에서 섭정왕 다음 가는 권력자가 되어 그의 오른팔 노릇을 하고 있다고 들었다.

평소 봉지미는 권력에 붙어 아첨하는 무리는 그 눈빛이 늑대나 매처럼 험악하고 용모도 음침할 것이라고 상상해 왔으나, 오늘 전혀 의외의 상황을 마주하게 됐다. 이 남자는 곱상하다 못해 연약해 보이기까지 했다. 창백한 피부에 얼굴선이 여인처럼 고왔고, 건강이 좋지 않은지 연회 중에도 연신 기침을 했다. 다만 가끔 시선에서 번개 같은 빛이 뿜어져 나와 그나마 서량 중신 특유의 예민한 기질을 볼 수 있었다. 그는 커다란 술잔을 들고 느릿느릿 다가왔다. 비틀거리는 모습이 술잔에 빠지지는 않을까 걱정스럽게 만들었다. 그녀가 바로 서서 웃음을 머금고 그를 바라봤다.

"위 후께서는 주량이 정말 대단하십니다."

여서는 눈을 가늘게 뜨고 더욱 느리게 말했다.

"위 후께서 정무와 병법에 능하실 뿐 아니라 잔 속의 술까지 장악해 버리시다니요. 천성 조정에서 연회가 자주 열려 연마하신 것입니까?"

그 언사는 천성 조정에는 식충이와 고주망태밖에 없냐고 비아냥대는 것이었다. 봉지미가 얼굴에 미소를 띄우며 잔을 들고 감회가 새로운 듯 말했다.

"조정에 연회가 빈번한 것은 모든 나라의 공통점이지요. 확실히 오래 지나니 연습이 되더군요. 사실 오늘 저녁 연회에 참석하기 전에 걱정이 많았습니다. 서량의 관료 여러분들을 상대하자면 엉망으로 취하게 될 것을 생각했지요. 그런데 모두 이렇게 양보해 주시고 앞다퉈 큰 대자로 누워 계시니, 아무래도 서량에는 연회가 적어 연마가 부족하셨나 봅니다. 그도 그럴 것이…… 술과 고기는 귀하니까요. 허허."

봉지미의 말은 더 독했다. 너희가 술 마시고 연회를 많이 한다고 비꼰다면, 나는 너희가 찢어지게 가난해서 연회도 열지 못한다고 대꾸하겠다는 얘기였으니까. 서량의 군신이 흙빛이 되어 흉한 표정으로 서로를 바라봤다. 하지만 여서는 태연하고 부드러운 미소를 지으며 또 한 잔을 따르며 말했다.

"술과 고기는 귀하나 위 후를 모실 정도는 되니 안심하셔도 됩니다. 다만 귀국에 비하면 조잡하겠지요. 어찌 감히 귀국의 음주와 가무, 사냥과 여색, 남녀를 가리지 않는 통정으로 쌓은 풍류의 품격을 따라가겠습니까?"

음주와 가무, 사냥과 여색, 남녀를 가리지 않는 통정이라……. 이건 영혁의 대외적인 평가 아니던가? 봉지미는 눈썹을 치켜세우고 먼저 술을 털어 넣고는 여서의 잔에도 가득 따라 주며 웃었다.

"천성 백성은 순박하고 조정은 청렴하거늘, 대사마께서 무슨 근거로 그런 지적을 하시는지 본 후는 이해할 수 없습니다. 필경 머나먼 거리니 와전도 있고 과장도 있었겠지요. 사실 본 후가 보기에는……."

봉지미는 웃으며 서량의 관원들을 가리켰다.

"어떤 분은 허리둘레가 삼척이고, 어떤 분은 버드나무 가지처럼 연약하니 남녀 불문한 통정보다는…… 남녀동체를 논할 수 있을 것 같습니다."

"……"

서량의 관원들의 씩씩대는 소리가 멀리서도 똑똑히 들렸다. 사신의 면전에 대고 천성의 황자를 조롱한 대사마가 먼저 선을 넘은 것은 사실이었다. 하지만 천성 사신은 한술 더 떠 대사마가 남자도 아니고 여자도 아니라고 욕한 것이다. 여서는 그 자리에 꼿꼿이 서서 봉지를 한참 바라보다 손을 들어 또 한 잔을 따랐다. 봉지미는 미간을 찌푸렸다. 이자는 주량이 생각보다 세다. 한 잔을 마시면 고꾸라질 것처럼 생겼지만, 지금도 첫 잔을 마셨을 때와 상태가 똑같다. 그런데 자신은 이자에게 미움을 살 짓을 하지 않은 것 같은데, 왜 이토록 끈질기게 물고 늘어지는 걸까? 그녀가 대충 몇 마디하고 끝내려 했는데 여서는 벌써 또 다른 잔을 청하며 이번에는 아주 낮은 목소리로 말했다.

"그저 농을 던졌을 뿐인데 위 후께서 진심으로 심기가 불편한 듯하오니……. 아무래도 소인이 물색없이 위 후의 아픈 곳을 건드린 것 같습니다."

봉지미는 여서를 빤히 바라보며 또 한 잔 털어넣고 가식적인 웃음을 지었다.

"음? 아픈 데를 찔린 건 대사마 대인 아니셨습니까?"

여서는 봉지미를 거들떠보지도 않고 또 한 잔 마셨다.

"아니면 위 후께서는 그저 소신이 초왕 전하를 헐뜯는 것을 그리도 참을 수 없으셨습니까?"

봉지미가 시원하게 잔을 비우고 말했다.

"천성의 사신으로서 위로는 황제부터 아래로 백성까지 모두 지켜야 할 대상이지요. 여기까지 말하고 보니 본 후는 대사마의 태도가 이상하다는 생각이 듭니다. 잘났든 못났든 한 나라의 중신인데 항간에 떠도는 미덥지도 못한 소문을 거론하며 물고 늘어지시다니요. 서량의 조정은 태평해서 할 일이 없는 정도에 이르렀습니까?"

두 사람이 날카로운 입씨름을 하며 첨예하게 맞설수록 술은 점점 빨리 들어가고 언사는 무례해졌다. 연회장에 가득한 관원들은 두 사람이 그저 술 대결에 돌입했다고 생각했다. 모두들 평소 도량이 좁은 대사마를 은근히 비웃어 왔다. 특히 그는 자신을 여인에 비유하는 것에 민감했었다. 오늘 천성 사신이 그를 죽도록 밀어붙이고 있으니 오히려 고소한 심정으로 껄껄 웃었고, 끼어들려는 사람도 없었다. 여서도 허허 웃으며 또 한 잔 권했다.

"초왕 전하에 관한 소문 중 진짜도 있고 가짜도 있겠지요. 소신이 보기에는 위 후께서 가장 잘 아시리라 생각합니다. 항간의 소문이라 미덥지 못하지만, 주목하지 않을 이유는 없습니다. 예를 들면 최근에 재밌는 이야기를 들었습니다. 어떤 나라의 친왕이 도망친 첩을 찾는다더군요. 위 후께서는 아는 바가 있으신지요?"

봉지미는 순간 울컥했다. 그제야 여서가 도발한 진의를 깨닫고 고개를 들어 그를 쳐다보니, 상대의 함박웃음에 괴이한 기운이 역력했다. 그녀는 그 눈빛을 응시하며 웃었다. 아무렇지도 않은 듯 두 사람의 잔을 가득 채우며 말했다.

"대사마께서는 정말 세심도 하십니다. 사돈의 팔촌 일까지 손수 처리하실 분 아니십니까? 이 사람은 사신이라는 중책을 맡아 타국에 있는 것이므로 그런 것에 신경 쓸 여유가 없습니다."

"물론 위 후께서 걱정하실 일은 아닙니다. 제가 걱정할 일이지요."

여서야말로 진정한 술고래였다. 이토록 많은 잔을 비우고도 얼굴색은 여전히 하얬다.

"소인 섭정왕의 명을 받들어 그 친왕 대신 도망간 첩실을 찾는 중입니다."

봉지미가 고개를 약간 숙이고 술을 따랐다. 입가에 옅은 웃음을 머금고 있지만, 속으로는 머리를 급하게 굴렸다. 여서의 의도는 무엇일까? 위 후가 여인임을 알고, 그녀와 진사우 사이의 갈등도 아는 것이 분명한데, 그의 말을 들어보면 섭정왕은 아직 모른다. 왜 섭정왕에게 알리지 않았을까? 또한, 이 말은 협박 같기도 하고 귀띔 같기도 하며 경고 같기도 했다. 도대체 호의인가 악의인가? 마음이 잠시 혼란스러웠다. 서량 대사마는 뜻밖에도 다루기 어려운 인물이었다. 지금 당장은 무슨 말을 할 필요는 없고, 우선 그의 뜻에 따라 주며 도대체 무엇을 하려는 것인지 알아볼 참이다.

"그렇습니까?"

봉지미가 웃으며 또 한 잔을 비웠다.

"대사마께서 고생이 많으십니다. 이런 잡스러운 일까지 직접 힘을 쓰시다니요."

"그렇습니다!"

여서는 찌푸린 미간을 펴지 않고 말했다.

"세상이 망망하고 사람이 많은데 어디 가서 찾겠습니까? 다만 도망간 첩이 천성 사람이라고 들었습니다. 혹시 위 후께서 대신 찾아 주실 수 있는지요? 소식이 있으면 꼭 제게 알려 주시길 부탁드립니다."

올 것이 왔다. 이것이 여서의 진심이었다. 그가 중요한 이야기를 던진 이유는 위협하기 위해서가 아니라 다만 사적으로 연락을 성사시키기 위해서였다. 하지만 그렇다면 왜 꼭 섭정왕과 대소신료들이 보는 가운데 자신과 맞서고 실랑이하는 모습을 보여야 했을까? 거기에는 또 깊은 뜻이 있을 터였다. 봉지미가 옅은 미소를 지었다. 일부러 웃음에 냉기를 띠고 여서와 술잔을 쨍그랑 부딪치며 말했다.

"대사마를 위해 미약한 힘이나마 보탤 수 있다면, 이 사람의 영광입니다."

여서도 허허 웃으며 말했다.

"오히려 저의 영광입니다. 위 후와 함께 술 석 잔을 마셔 감사를 표하겠습니다."

그 말을 끝내자마자 여서는 연거푸 석 잔을 마신 후 빈 술잔 바닥을 봉지미에게 보여 주고 하하 웃으며 몸을 돌려 느릿느릿 가 버렸다. 갑자기 나타나서 실컷 마시더니 아무렇지도 않게 가 버린 그는 그녀에게 근심거리를 안겼다. 술잔을 움켜쥐고 아직 생각에 잠겨 있는 동안 그는 벌써 비틀거리며 떠났고, 서량 중신들은 그 모습을 보고 그가 술 대결에서 그녀보다 한 수 위라고 생각하고 기뻐하며 그를 공신처럼 받들었다.

섭정왕도 기분이 좋아 여서에게 술을 내리고, 봉지미에게도 한 잔을 권하고는 곧 무희를 불렀다. 서량 무희는 천하제일이었다. 천성의 나머지 사신단은 무희의 아름다운 걸음걸이와 요염한 춤사위에 잔을 멈추고 구경했다. 하지만 봉지미는 서량 최고의 무희 출신인 경비를 기억하고 있었다. 아무리 아름다운 춤이라도 그녀의 타고난 자태에서 풍기는 매력에 비할 바가 아니었다. 흥에 취해 한참을 지켜본 관원들은 덩달아 흥분하기 시작했다. 이것도 서량 특유의 관례인 것 같은데, 웅장하고 엄숙한 연회에 이어 무희의 춤이 시작되면 긴장이 풀어지면서 거나하게 취한 눈으로 무희와 어깨동무를 하고는 한 명씩 데리고 나갔다. 섭정왕조차도 취했음을 선언하고 더는 버티지 못하겠다면서 가장 예쁜 무희를 데리고 내실로 들어가 '휴식'을 취하러 갔다.

봉지미는 입꼬리를 올리며 엷은 웃음을 자아냈다. 천하의 조정은 다 똑같은 모양새였다. 도덕군자의 껍데기를 한 꺼풀 벗기면 저 지저분하고 음란한 실체가 드러나는 것이다. 그녀가 사방을 둘러봤다. 지효가 아직도 돌아오지 않은 것이 이상했다. 큰일을 보고도 남았을 시간이지만,

사고가 났다고는 생각하지 않았다. 창평궁에는 사람들이 밀려오는 파도처럼 차고 넘쳤고, 지효는 천성 복식을 입어 누구든 알아볼 터였다. 그래도 마음이 놓이지 않아 서량의 달콤한 술을 천천히 음미하는 고 도련님에게 다가가 말했다.

"가서 딸내미 찾아요."

"당신은?"

고 도련님도 딸을 조금 걱정했지만 봉지미에 대해 먼저 물었다.

"나한테 무슨 일이 있을 수 있겠어요?"

봉지가 미소 지었다.

"섭정왕이 아무리 나를 곤란하게 만들고 싶어도, 서량 국경 안에서는 절대로 나를 어떻게 하진 못해요. 천성과 잘 지내려는 의도이지 싸우려는 게 아니니 안심하세요."

고 도련님은 잠깐 생각하고 말했다.

"금방 돌아오겠소."

고 도련님이 나가자 봉지미는 바짝 붙은 두 무희가 권하는 잔을 물리치고 회랑으로 이어지는 노대*벽 밖으로 돌출된 뜬 바닥이나 마루를 향해 천천히 걸어갔다. 이곳은 조용하고 사방에 맑은 물이 흘러 푸른 잔물결이 일었다. 오동나무 기름을 바른 바닥을 밟자 발소리가 맑게 멀리 퍼져 나갔다. 모퉁이를 돌면 노대가 나왔다. 넓은 수면에 별빛이 반사되고, 차가운 바람이 불어 사방의 깃대에 걸린 연보라색 불빛이 그윽한 빛을 발하며 비단처럼 흰 나무 바닥에 드리워졌다. 뜻밖에도 다른 사람이 발 빠르게 먼저 자리를 차지하고 있었다. 그 사람은 난간에 기대어 연못가의 바람을 맞았다. 새까만 머리칼이 비단같이 나부끼는 뒷모습이 가늘고 길쭉했다. 그녀는 걸음을 멈추고 그 뒷모습을 유심히 보다가 몸을 돌려 가려고 했다.

"작약."

조금은 우스꽝스러운 호칭이 등 뒤에서 들렸다. 봉지미는 등이 뻣뻣하게 굳는 것 같았지만, 이내 돌아보며 난감한 듯 웃었다.

"시녀를 찾으시는 겁니까? 이 사람이 대신 찾아 드릴까요?"

그는 천천히 몸을 돌려 목제 난간에 반쯤 기대며 봉지미를 빤히 쳐다봤다. 낯선 얼굴이었지만, 빛이 명멸하는 그 눈동자는 예전과 똑같았다. 그녀와 마주한 그의 눈동자에는 알 수 없는 고통이 스쳤지만, 이내 파란 없는 차분하고 온화한 모습으로 돌아갔다.

"도망간 내 첩을 불렀소."

그가 시선을 돌려 물결이 넘실거리는 연못을 주시했다.

"그녀는 올해 열여덟이고 천성 사람이오. 장희 17년 백두애 전투에서 포로로 잡힌 후 자진해서 나의 첩이 되었소. 오랫동안 대월의 포성 포원에서 함께 살며 내 사랑을 듬뿍 받았다오. 그녀를 후비로 맞으리라는 생각까지 하게 된 나는 기쁨에 젖어 조정에 보고할 채비를 하고 있었소. 그때 그녀와 결탁한 일당이 포원에 잠입해 호수를 범람시키며 내게 상해를 입히고 성을 포위했소. 더욱 기가 막힌 것은 다시 돌아와서 나를 또 한 번 철저히 속였다는 점이오. 그녀는 귀순해 내게 평생 충성을 다할 것이라고 거짓 맹세를 한 다음, 나와 함께 성루에 올라가서 적군을 물리치겠다고 기만했소. 둘이 손잡고 끝없이 산과 강이 펼쳐지는 광활한 천하를 손에 넣겠다고 거짓말을 한 것이오. 하지만 그녀는 활을 쥐고는 내 눈 앞에서 성벽을 부순 다음, 성곽에서 투신해 도망쳤다오."

진사우는 마지막 문장에서는 특히 한마디 한마디 힘을 주어 말했다. 마치 육중한 화살이 우뚝 솟은 성벽의 벽돌에 꽂혀 부서지고 재가 되듯이. 봉지미는 말없이 뒷짐을 지고 서서 제법 성실히 경청했다. 등불이 그녀의 얼굴에 비쳐 희미한 그림자가 어른거렸다.

"위 후……"

진사우가 천천히 다가왔다. 부드러운 목소리로 부르는 이 한마디가 조금 전의 차분하고도 살기 어린 말투보다 더 싸늘한 느낌을 줬다.

"말해 보시오. 나를 속이고 나의 진심을 저버린 천하에 몹쓸 여인을 끝까지 좇아 기필코 죽여야 하지 않겠소?"

진사우가 한 걸음 한 걸음 다가왔지만, 봉지미는 겁먹지도 물러서지도 않고 차분히 제자리에 서서 고개를 들어 그를 쳐다보다가 갑자기 웃음을 터뜨렸다. 그녀의 가을 안개를 닮은 미소가 남쪽 나라의 촉촉한 가을 미풍 아래 순결한 난꽃처럼 피어났다. 천리만리 강산에 순간적으로 향기가 퍼져 나갔다. 그는 그녀의 웃음을 보자 순간 넋을 잃고 얼떨떨해졌다.

"그 존경받아 마땅한 첩의 이름이 작약입니까?"

봉지미가 부드럽게 말했다.

"이름은 세속적이지만 기상은 속되지 않군요. 본 후는 그녀를 알지 못하지만 칭찬해 주고 싶습니다. 교전 중인 두 나라가 전쟁터에서 사생결단의 의지로 죽고 죽이는 건 다반사이고, 속고 속이는 것도 전쟁의 한 방법입니다. 작약이라는 아가씨가 공식 전투에서는 패배했지만, 번외 전투에서는 이겼으니 역시 천성의 위엄에 걸맞군요. 높이 평가하고 싶습니다. 그런데 귀하도 진정한 고수는 못 되는군요. 그 여인은 귀하의 포로가 되어 치욕을 참으며 와신상담한 것에 대해 신경 쓰지 않는데, 귀하는 왜 적에게 틈을 보여 작은 손해를 본 것에 이토록 신경을 쓰십니까?"

진사우는 우두커니 서서 달빛 아래 소년을 바라봤다. 그는 재회하는 장면을 수없이 상상해 왔다. 미묘한 관계의 남녀가 그렇게 헤어진 후 이런 시간에 처음 만났는데, 그녀가 이토록 담담하고 태연한 모습일 줄은 몰랐다. 사실 이렇게 될 일을 진작 생각했어야 했지만, 생각도 추측도 하고 싶지 않았다. 오늘 마침내 만난 그녀는 그가 상상했던 것보다 훨씬 무정했다. 그는 말없이 그곳에 서서 싸늘하고 건조한 그녀의 한마디 한마디를 들었다. 잔인하고 커다란 손에 의해 심장이 끔찍하게 비틀린 것 같았다. 세상이 뒤집힌 듯한 고통. 그 고통이 가슴을 몇 번이고 짓눌렀고, 얼음 속에 갇힌 심장을 잔인하게 파냈다.

진사우는 봉지미와 헤어지고 반년 동안 정사를 돌보며 자주 그 이름과 마주쳤다. 하나같이 그 인재의 탁월한 지혜를 칭송했다. 그 사람이 두각을 나타내고, 그 사람이 조정을 좌지우지하고, 그 사람이 독보적이며 찬란한 공적을 세웠다는 소식뿐이었다. 그런 이야기를 접할 때마다 서리 낀 유리창 너머로 전혀 다른 사람을 보는 것 같았다. 창 뒤에 보이는 사람은 섬세하고 연약한 모습에 미간에는 은은한 붉은 자국이 있고, 두 눈동자에는 물결이 쳤다. 웃을 때는 조금 새침하지만, 그의 마음을 울렁대게 만들던 그녀였다. 그렇게 완전히 다른 얼굴만 떠오르곤 했다. 자주 그를 황홀하게 만들었던 그 얼굴 말이다.

비바람이 창문을 두드리던 그날 밤 함께한 독서가 떠올랐다. 따뜻한 화로 앞에서 서로 손을 붙잡고 불을 쬐던 기억, 섣달 그믐날 밤 우아하고 꼿꼿한 모습의 그녀가 그의 곁을 지키던 기억, 중상을 입어 축 늘어진 그녀를 업고 천천히 걸을 때 그의 목덜미에 닿던 따뜻한 숨결의 기억. 서재에서 협상을 벌일 때 그녀가 했던 말이 떠올랐다. 무쌍국사를 얻으셨음을 감축 드린다는 말, 이제 천하를 손에 쥐셨다는 그 말……. 이런 생각들이 끊임없이 밀려오다 끝내 더는 생각할 수 없게 되었다. 하지만 생각하지 않으려니 자신을 이기지 못했다. 창문을 열어젖히면 그 느긋한 미소 띤 얼굴이 보였고, 그녀가 세상 저편으로 멀어질수록 기억은 가까이서 그를 압박했다. 듣고 싶지 않아도 자주 들리는 그 이름처럼 기억이 자꾸 튀어나왔다. 이제 보니 그가 증오하는 대상은 그녀에 대한 기억이었다. 그의 인생에서 가장 큰 좌절과 상실을 안겨 줘서일까? 아니면 그녀가 처음부터 끝까지 온화하고 상냥한 척 가면을 썼던 그 뻔뻔함을 증오하는 것일까? 마주 보며 짓던 미소, 주고받은 눈빛, 손을 움켜줄 때 전해지던 밀어들……. 모두 가짜였다. 전부 거짓이었다. 마음으로는 다 알면서도 받아들일 수 없었다. 자신이 아직도 그 사람을 마음에 품고 있어 이 지경이 되었으며, 여기까지 찾아와 자학에 가까운 모습으로 그녀 앞에 섰다. 하지만 또다시 그녀는 국가 간의 대의 따위나 말하며 차갑게 대하고 있다. 무정한 사람. 이렇게까지 자신을 뼈아프게 해야 할까. 그는 차갑게 웃기 시작했다.

기질이 유하고 온화한 진사우가 싸늘하게 웃자, 검은 창공에 걸린 달을 향해 피를 토하듯 울부짖는 상처 입은 늑대 같았다. 이윽고 그는 한 걸음 앞으로 다가와 봉지미의 코앞에 섰다.

"내 진심이 헌신짝처럼 버려져 신경 쓰인다."

"처음부터 끝까지 나를 속였다는 사실이 신경 쓰인다."

"내가 손을 놓은 걸 알면서도 그녀는 끝까지 포기하지 않았음이 신경 쓰인다."

"내가 다 이긴 싸움에서 했던 그 협상이 신경 쓰인다."

"지략으로 지지 않았지만, 마음으로 패배해서 신경 쓰인다."

"저토록 무정한 사람을 아직도 마음에 두고 있는 어리석은 내가 신경 쓰인다."

진사우의 목소리는 낮고 처절했다. 그토록 고상하고 온화한 성품을 지닌 그가 맹수처럼 발작하는 모습은 상상하기 어려웠다. 그는 한마디 할 때마다 앞으로 한 발 다가왔다. 봉지미는 순간 칠흑처럼 까매진 그의 눈동자를 바라보며, 별안간 가슴이 턱 막히고 입안에 쓴맛이 도는 것 같았다. 담담한 척 위장하고 뱉은 호기로운 말이 먼지처럼 조각났고, 견디지 못해 뒤로 물러났다. 그가 한 발 내디디면 그녀는 한 걸음 물러섰고, 신경 쓰인다는 말을 여섯 번 외치기 전에 그녀의 등은 정자의 난간에 부딪혔다.

진사우는 그간 쌓인 울분이 봉지미의 담담함과 무정함에 자극을 받아 극단으로 치솟았다. 이 순간 그는 제정신이 아니었다. 검은 밤처럼 어둠이 번진 그의 눈동자가 그녀를 거꾸로 비쳐냈다. 그녀의 두 눈에 푸른 파도가 일렁였고, 장엄한 안개가 그의 눈앞에 펼쳐진 듯했다. 그녀의 꼿꼿하고 강경했던 자세는 마침내 흐트러져 난간에 절박하게 기댈 수밖에 없었다. 몸이 살짝 뒤로 젖혀지며 긴 머리칼이 버드나무 가지처럼 수면 위를 나부꼈다. 그녀는 극도로 가깝게 다가온 남자의 숨결에 당황한 기색이 역력했다. 눈동자에 얼핏 겁이 스쳤다.

두려움이 비친 그 눈동자가 진사우에게는 지난겨울의 작약으로 보였다. 처음 포로로 잡혀 와 기억을 잃었을 때도 그녀는 담담해 보였지만 때때로 두려움을 드러냈다. 그 두려워하는 가여운 모습이 그의 마음을 움직이게 했고, 결국 끝없는 늪으로 빠져들게 했다. 분명 그녀를 의심하였으면서도 갖고 싶었던……. 순간 포원에서의 모든 일이 재현되는 것 같았다. 세상이 모두 작약으로 보였다. 웃는 작약, 상냥한 작약, 장난꾸러기 작약, 게으른 작약……. 수많은 작약이 그의 시야에서 춤을 췄고, 교태 넘치는 웃음소리가 들렸다. 그는 갑자기 가슴이 터질 것 같았다. 오랫동안 억압한 감정이 순간 이성의 둑을 무너뜨렸고, 낮게 으르렁거리는 소리와 함께 갑자기 그의 입술로 그녀를 무겁게 짓눌렀다.

진사우가 누르는 힘에서 결연함이 느껴졌다. 봉지미가 기억하는 자상하고 다정한 안왕이 아니었다. 그는 거칠고 난폭하게 그녀의 입을 맞추더니, 이빨로 세게 그녀의 치아를 벌리려 했다. 그는 한시도 꾸물거리지 않고 몸을 불태우고 싶었다. 한 번도 걸어보지 않은 저 미지의 강산을 점령하고 싶어 몸이 달았다. 그는 자신의 온몸을 무기로 삼았다. 무릎을 꺾어 그녀를 짓누르고, 허리를 세게 끌어안아 그녀의 몸을 제압해 버렸다. 죽기 살기로 그녀를 난간 사이 작고 네모난 곳으로 밀어붙였다. 그동안은 그녀의 의지를 존중하고 신사다운 품격을 유지했다. 하지만 결국 그녀의 기억 속에 그는 한 줄기 바람으로만 남았다. 일이 이 지경까지 왔는데 신사니 뭐니 품격을 찾는다면 머저리인 것이다. 그녀가 무정한 만큼 그는 침범해 줄 것이다!

서로의 치아가 심하게 부딪치는 소리가 정적 속에서 똑똑히 들렸다. 먼 곳에서 들려오는 왁자지껄한 웃음소리는 바람에 흩어졌고, 이곳까지 도달한대도 그저 희미한 등불에 비친 그림자와 섞일 뿐이다. 진사우는 봉지미의 입술 앞에서 막혀 버렸지만 서두르지 않았다. 인내심을 가지고 그녀의 허리를 만지려 했다. 그녀의 허리에 오래전에 입은 상처가 있어서 건드리는 순간 몸에 힘을 쓰지 못하는 것을 알고 있었다. 그녀의 허리에 손을 대자마자 그녀가 갑자기 몸을 낮췄다. 이윽고 '웅' 하는 소리와 함께 자신의 중요한 부위에 무언가 부딪혔다. 차갑고, 딱딱하고, 날카로운 물건이었다. 그는 동작을 멈췄다. 확장된 동공이 서서히 움츠러들었고, 자기 아래 있는 봉지미를 바라봤다. 차분한 눈으로 그를 지켜보던 그녀는 비켜 달라는 말 따위는 하지 않았다.

불빛을 등진 진사우의 눈동자에서 음산한 빛이 반짝였다. 천천히 시선을 아래로 돌려 자신의 허리 아래를 바라봤다. 조금 전 봉지미는 먼저 반항하지 않고 그녀의 허리를 만지던 그의 손이 연검의 장치를 건드려 급소를 가격할 때까지 기다린 것이었다. 이 여자는 여전히 이렇게 참고 기다리며, 여전히 이렇게 독했다. 그녀의 눈에 평온함이 차올랐지만, 이내 눈빛이 변했다. 갑자기 언제부터 거기 있었는지 모를 발소리가 가까워져 왔다. 고남의가 아니라 낯설고 경쾌한 발소리였다. 그는 혼자 걸으면서 가볍게 외쳤다.

"여기가 명당이네. 여기서 술을 마시면 끝내주겠군. 으응?"

발소리의 주인공은 무언가 잘못됐음을 발견하고 이쪽으로 걸어왔다. 봉지미는 초조해졌다. 지금 그녀는 머리가 헝클어져 있었고 옷매무새도 엉망이었다. 난간에 옆으로 기대 남자와 뒤엉켜 있는데, 이런 장면을 다른 사람에게 들킨다면 불필요한 의심을 받게 되고 일이 복잡해질 것이다.

　진사우도 어안이 벙벙했다. 이미 상대방의 목소리를 듣고 누군지 알아차린 그는 자신과 위지의 원한 관계를 노출하고 싶지 않았다. 그의 머뭇거리는 눈빛에서 마음을 읽은 그녀는 손가락을 튕겨 연검을 회수했다. 그러고는 그의 손을 잡아 자신의 앞섶에 올려놓고 연못에 떨어지려는 그녀를 그가 구하는 동작을 취했다. 그녀가 손동작을 취하자 그도 이내 뜻을 알아차렸다. 그녀를 칭찬하는 듯한 눈빛이 번쩍 스치며 그가 그녀의 앞섶 옷자락을 쥐었다. 그의 협조에 그녀는 마음을 놓았다가, 불현듯 그가 자신의 가슴팍을 뚫어지게 쳐다보고 있음을 깨달았다. 평화를 찾은 안색이 또다시 변했다. 그의 눈빛에는 반항기가 스쳤고 푸른빛이 번쩍였다. 한밤중에 음산한 숲을 스치는 바람처럼 차가운 빛을 유유히 뿜었다.

　봉지미는 속으로 아차 싶었다. 지금은 진사우를 견제할 연검도 없었다. 자신이 절대적으로 불리한 자세를 취한 상태에서 앞가슴의 급소를 그에게 온전히 넘긴 셈이었다. 그가 마음만 먹으면 순식간에 그녀를 죽일 수 있었고, 그것도 아니면 그녀를 끌고 갈 수도 있는 상황이었다. 그녀는 자신의 행동을 후회했고, 그를 과소평가했음을 자책했다. 처음 박힌 그에 대한 인상이 너무 강해서, 이 사람이 자신을 절대로 해치지 않는다고 생각했는지도 모른다. 하지만 정이 깊을수록 한도 그만큼 쌓인다는 이치를 잊고 있었다. 여러 가지 생각이 번개처럼 번쩍거렸다. 그녀의 앞섶을 잡은 그는 이미 천천히 그의 새끼손가락을 들어 올리고 있었다. 그의 새끼손가락에서 별빛 같은 푸른빛이 은은하게 반짝였다. 손가락이 가리키고 있는 방향은 정확히 그녀의 심장이었다.

소식통 열람기

진사우의 손끝에서 번쩍이는 푸른빛은 밤하늘에 타오르는 도깨비
불처럼 목숨을 앗아가는 살기를 띠었다. 하지만 경쾌한 발걸음의 주인
공은 벌써 빠른 걸음으로 다가와 그를 한눈에 알아봤다. 그가 여기에
있는 것을 약간 의아하게 여겼지만, 모른 척하고 손을 내밀어 그의 어깨
를 툭툭 치며 말했다.

"형님은 명당 고를 줄 아시네! 여기가 시원한 바람과 밝은 달을 벗
삼아 술 한잔하기 딱 좋은…… 에? 그런데 이분은……."

그가 두드리는 바람에 진사우의 어깨가 흔들렸다. 허공에서 봉지미
의 목구멍 쪽으로 향했던 손가락이 균형을 잃는 찰나에 푸른빛이 순
식간에 발사되었다! 그는 깜짝 놀랐다. 무의식적으로 손을 뻗어 막으려
고 했지만 그럴 틈이 있을 리 없었다. 처음부터 그의 손끝은 그녀의 목
구멍과 지극히 가까웠던 데다가 전광석화처럼 발사됐으니 염라대왕이
와도 구할 수 없는 상황이었다. 순간 그의 눈동자에 충격, 후회, 기쁨, 실
의, 유감, 고통…… 등 오만가지 복잡한 감정이 스쳤다. 그는 차라리 눈

을 감아 버렸다.

띵.

진사우의 미간이 떨렸다. 그는 눈을 뜨기가 두려웠다. 눈을 떴을 때 자신이 깊이 증오하여 갈가리 찢어 죽이리라고 수없이 많은 밤에 맹세한 그 여인이 정말로 생기 없이 난간에 축 늘어져 있을까 봐 두려웠다. 그에게 남은 것은 얼음처럼 싸늘한 주검뿐일까 봐 두려웠다. 그가 수없이 많이 그려온 장면이 현실로 이뤄졌는데, 어째서 조금도 기쁘지 않을까? 그는 정말 봉지미를 죽여서 복수하고 싶었던 것일까? 차라리 깊은 원한을 세상 저 끝까지 품고, 평생이라는 긴 시간을 두고 그녀와 싸우며 살고 싶었던 것은 아닐까? 쇠가 부딪치는 소리는 지극히 미약했지만, 그의 귀에는 거대한 종이 울리는 소리처럼 느껴졌다. 그 진동에 소매가 부들부들 떨리는 것 같았다.

'쇠가 부딪치는 소리라……'

뭔가 잘못됐다는 생각이 스치면서 정신이 번쩍 들었다. 쇠로 만든 독침은 사람의 살을 뚫는데 어떻게 쇠 부딪치는 소리가 난단 말인가? 그때 옆에 있는 사람의 웃음소리가 들렸다.

"우와! 이건 또 무슨 장난감입니까? 상당히 정교하네요."

진사우가 퍼뜩 눈을 떴다. 제일 먼저 눈에 들어온 건 여전히 그 모습으로 자신의 몸 아래에 있는 봉지미였다. 그녀도 혼란스러운지 어정쩡한 자세로 그의 옆모습을 바라보고 있었다. 순간 그의 마음속에 환희가 흐르는 강물처럼 몰아쳤다. 그 환희에 스스로 놀란 그는 곧 눈살을 찌푸리며 곁에 있는 남자를 바라봤다.

그 사람은 호기심 어린 눈으로 자신의 가락지를 들여다봤다. 그 가락지는 예사로운 옥으로 만든 것이 아니라 시커멓고 무거운 금속으로 이루어져 있었다. 그 가락지에 푸른빛의 가느다란 독침이 찰싹 달라붙어 있었다. 진사우는 문득 깨달았다. 이자가 낀 것은 자석 가락지다. 독침이 발사되어 날아갈 때 그는 놀라서 손을 내밀었고, 가느다란 독침이 자석의 흡인력을 물리치지 못하고 순식간에 가락지에 붙은 것이다. 보통사람이라면 보기 흉한 자석으로 가락지를 만들어 끼진 않을 것이다. 오직 이 사람, 금은보화라면 질릴 만큼 가진 귀하신 몸 장녕(長寧) 왕야만 가능한 일이었다. 그가 몸에 걸친 장신구들은 하나같이 괴상하고 특이한 물건들이었다. 우연에 우연이 겹쳐 봉지미가 목숨을 구했다.

가락지에 붙은 독침을 살펴보던 장녕 왕야는 그 물건의 독성이 매우 흥미로워 진사우에게 돌려 줄 생각이 전혀 없어 보였다. 혼잣말로 뭐라고 중얼거리며 가락지에서 독침을 조심스럽게 떼어낸 그는 손수건에 쌓아 소매에 쑤셔 넣었다. 물끄러미 지켜보던 진사우도 그저 쓴웃음을 지을 수밖에 없었다. 그는 독침을 보물처럼 거두고 나서야 자신이 얼떨결에 목숨을 구해 준 사람 쪽으로 시선을 돌렸다. 이때 진사우는 이미 옆으로 비켜난 상태였다. 그가 봉지미 앞에 섰고, 고개를 숙였다. 그녀는 발을 그의 몸에 걸어 위로 힘껏 차올렸다. 이어서 둔탁한 소리가 났다.

쿵.

사람의 그림자가 날아오르면서 그 큰 덩치가 봉지미 머리 위를 지나 연못으로 곤두박질쳤다. 거대한 접시 모양의 물보라가 사방으로 튀었다. 진사우는 그녀가 자신의 생명의 은인을 연못에 처넣고, 아무렇지도 않은 듯 옷매무새를 정리하는 모습을 어안이 벙벙해서 바라보았다.

"귀하께서 뒷일을 마무리 해 주십시오."

봉지미는 그렇게 말한 후 뒤도 돌아보지 않고 빠르게 가 버렸다. 그녀의 꼿꼿한 뒷모습이 사라진 후에도 진사우는 여전히 그곳에서 정신을 차리지 못했다. 이 사람의 행동은 언제나 상식과 심하게 어긋났다. 죽음을 면하고 행동의 자유를 얻자마자 제일 먼저 한 일이 생명의 은인에게 감사 인사가 아닌 발길질이라니! 첨벙 소리와 함께 연못 한가운데에서 몽땅 젖은 사람의 머리가 튀어나왔다. 장녕 왕야는 한 손으로 피가 흐르는 코를 막고, 한 손으로 물이 뚝뚝 흐르는 얼굴을 만지며 하늘을 찌를 듯 분노해 외쳤다.

"이게 무슨 일이야? 나를 찬 놈 어디 갔어? 이런 개자식! 개자식!"

눈앞에 진사우밖에 안 보이자 장녕 왕야는 허리까지 오는 물속에 서서, 혈흔과 물때로 범벅이 된 얼굴로 포효했다.

"아까 그 개자식은 누굽니까? 이렇게 배은망덕한 놈이 있다니요? 말해 줘요! 죽여 버리겠어!"

젖은 얼굴을 바라보던 진사우는 그제야 봉지미가 왜 장녕 왕야를 연못으로 차 넣었는지 알게 되었다. 그의 가락지에 독침이 달라붙었을 때 그녀의 몸은 연못 쪽으로 크게 꺾여 있었다. 그러고는 독침에 정신을 빼앗기는 바람에 그는 그녀의 얼굴을 제대로 보지 못했다. 그녀는 그 상황을 순간적으로 파악했기에, 그에게 신분이 발각되어 복잡해지기 전에 아예 걷어차서 그를 날려 버린 것이었다.

진사우가 입꼬리를 올리고 쓴웃음을 지었다. 이 여자는 정말 독하기 이를 데가 없었다. 평범한 사람은 절대 따라갈 수가 없다. 물에 빠진 가엾은 장녕 왕야를 바라보던 그의 마음에 갑자기 쾌감이 스쳤다.

"지언(之彦)."

진사우는 천천히 장녕 왕야의 이름을 부르며 느릿느릿 말했다.

"나는 좀 전에 난간에 등을 대고 서 있는 사람을 보고 금방이라도 물에 빠질 것 같아 달려와서 구했을 뿐이오. 누군지는 나 역시도 미처 확인할 틈이 없었고……, 그 뒤는 왕야께서 본 대로지요. 도대체 누구였을까요?"

"개자식!"

노지언은 피가 섞인 연못 물을 신경질적으로 닦아내며 뭍으로 첨벙첨벙 올라와 허공에 대고 호통쳤다.

"다시는 내 눈에 띄지 마라!"

난간에 등을 기대고 봉지미가 사라진 방향을 바라보던 진사우의 입꼬리에 온화하면서도 차가운 웃음이 걸렸다. 그는 담담하게 말했다.

"그래요. 제발 다시 만나지 맙시다."

봉지미는 생명의 은인을 연못에 빠뜨리고도 일말의 죄책감 없이 당당하게 대전으로 돌아왔다. 그 무리는 여전히 방탕하게 노느라 아무도 그녀가 나갔다 온 것을 알아차리지 못했다. 그녀는 고남의가 아직 돌아오지 않았음을 알고 미간을 찡그리며 불안해했다. 그를 찾으려 다시 나갈 생각을 하고 있는데, 갑자기 예닐곱 살 되어 보이는 뚱보가 굴러 들어왔다. 뚱보아이 뒤로는 당황한 궁녀들이 우르르 뒤따랐다. 뚱보는 문을 열고 들어서자마자 섭정왕 자리로 덮치듯 달려갔다. 하지만 그 자리가 비어 있는 것을 보고는 여서에게 달려들어 막무가내로 외쳤다.

"때렸어요! 때렸어요! 때렸다고요!!!"

"차근차근 말해라!"

여서가 낮은 목소리로 일렀다. 그 비실비실한 사람이 정색하니 사람들은 순간 입을 다물었다. 놀란 뚱보가 벌벌 떨다가 이내 조용해지더니 울먹이며 말했다.

"맞았어요."

여서는 굳은 얼굴로 말했다.

"무슨 일이냐? 너희들이 어떻게 여기 있어? 네가 몰래 모시고 나왔느냐?"

뚱보는 황망하게 말했다.

"아니에요! 제가 그런 게 아니라…… 아무튼 저는 아니에요! 아휴, 일단 묻지 마세요! 맞았다니까요!"

뚱보는 그렇게 말하며 여서를 막무가내로 끌고 가려 했다.

"누가 맞았다는 거냐?"

병풍 뒤에서 섭정왕의 목소리가 들려왔다. 벌써 편한 옷으로 갈아입은 그는 뚱보를 보자 얼굴빛이 달라지며 더 묻지도 않고 말했다.

"어디냐? 어서 앞장서라!"

섭정왕은 고갯짓으로 봉지미에게 미안함을 표하고 나서 뚱보가 안내하는 길을 따라 달려 나갔다. 서량 중신들은 모두 그 뚱보를 알고 있는 듯, 긴장한 표정으로 우르르 따라갔다. 그녀는 그 무리의 뒷모습을 보며 눈살을 찌푸리다가 뭔가 불길한 예감이 들어 급히 따라갔다. 뚱보는 회랑을 돌아 몇 개의 벽을 지나 작은 꽃밭으로 한 무리의 사람들을 데리고 갔다. 그곳에서 '양측 군사는 첨예하게 대립하며 삼엄한 경계를 하고' 있었다. 한쪽에는 두세 살 먹었을 법한 아이가 먼지를 뒤집어쓴 비단옷을 입고 서 있었다. 그 아이의 뒤쪽은 호위 무사들이 둘러싸고 있었다. 다른 한쪽은 역시 먼지를 뒤집어쓴 고지효였다. 그 뒤에는 누군가 외로운 장군처럼 서 있었다. 아이의 아빠였다.

사람이 많은 쪽은 이미 칼을 뽑고 화살을 메겨 외롭게 선 두 사람을 겨누고 있었다. 하지만 상대 꼬마는 마치 천군만마라도 거느린 듯 여유 넘치게 하늘을 쳐다보다 호위 무사 무리를 가리켰다.

"아빠! 다 끝장내 버려!"

허겁지겁 도착한 서량의 신하들은 복잡한 표정을 지었다. '조그만 녀석이 용기는 있지만 안타깝게도 너는 이제 죽은 목숨이다.'라고 말하는 듯 지효를 바라봤다. 봉지미가 놀란 표정으로 한숨을 내쉬었다. 지효는 아빠가 있으면 세상을 다 가졌다고 생각하니 절대 주눅 들지 않을 것이다. 다만…… 고 도련님이 여기 얽혔다니 번거롭고 귀찮게 되었다.

맞은편에서 사람들이 몰려오자 상대방 아이는 구세주를 만난 듯 '와앙' 하고 울음을 터뜨렸다. 곧이어 시녀의 팔에서 허우적거리며 빠져나온 그 아이가 섭정왕을 향해 뒤뚱뒤뚱 다가와 눈물범벅이 된 얼굴로 말했다.

"나를 때렸어……. 때렸어……."

상황을 둘러본 섭정왕은 아이의 이마에 생긴 멍을 발견하더니 얼굴을 찡그리며 허겁지겁 허리를 숙였다.

"소신이 늦게 도착했습니다. 용서해 주십시오. 폐하!"

뒤에 선 관리들은 진작에 일제히 무릎을 꿇고 있었다. 봉지미는 다시 한숨을 내쉬었다.

'역시 운이 좋은 편인가? 이렇게 아무 노력도 하지 않고 황제를 만나다니……'

맞은편의 고 도련님은 물론 꿈쩍도 하지 않았다. 그가 황제를 본 적이 없는 사람도 아니었고, 그에게는 어떤 황제라도 다 똑같을 뿐이었다. 크든 작든 아무도 그의 딸을 괴롭힐 수는 없었다. 고지효는 어리둥절하여 그 아이를 빤히 보더니 갑자기 히죽히죽 웃었다.

"황제? 으하하, 황제가 싸움도 못 한대요!"

아이가 섭정왕의 품에서 고개를 홱 돌렸다. 아까보다 겁이 없어져 사납게 외쳤다.

"어서 끌어내! 죽여라!"

낮게 신음을 뱉은 섭정왕은 수건을 가져오라 일러 아이의 얼굴을 깨끗이 닦아 주고는 부드럽게 말했다.

"폐하께서 오셨고 마침 천성 사신도 여기 있으니 정전에 가서 접견하시는 게 어떻겠습니까? 이쪽 일은 소신에게 맡겨 주십시오."

"싫다!"

그 아이는 봉지미를 쳐다보지도 않고, 섭정왕이 주의를 돌리려던 제안을 단칼에 거절했다. 한술 더 떠 섭정왕 품에서 마구 주먹질하며 외쳤다.

"죽여! 죽이란 말이야!"

봉지미는 그 아이를 흥미롭다는 듯 바라보며 생각했다.

'이봐 꼬마, 웅석이 너무 과한 거 아냐? 넌 아무래도 너무 평범하다. 차라리 우리 지효가 훨씬 더 황제의 기질이 있다고!'

"도대체 어떻게 된 일이냐?"

황제가 고집을 꺾을 기미조차 보이지 않는 모습을 보고 여서가 뚱보에게 물었다.

"별일도 아니었어요……. 우리는 그냥 쟤가 재밌게 보여서 같이 놀자고 했는데, 쟤가…… 쟤가 폐하의 말을 따라 해서……."

뚱보의 말에 사람들은 웃고 싶었지만 참아야 했다. 모두 속으로 '어쩐지' 하며 싸움이 벌어진 원인을 알아챘다. 서량의 어린 황제는 말이 어눌해서 평소에도 누가 자기 말을 흉내 내는 것을 제일 싫어했다.

"폐하가 노하셔서 쟤 손을 밟았어요."

뚱보가 한 글자도 빼놓지 않고 곧이곧대로 전하자 서량 황제가 큰소리로 외쳤다.

"딱 한 번 밟았어!"

지효가 즉시 '흥!' 하고 비웃으며 말했다.

"그럼 이리 와. 너도 밟혀 봐. 딱 한 번만!"

얼굴이 벌게져 달려드는 서량의 어린 황제를 섭정왕이 막았다. 하지만 뚱보가 주눅이 들어 말했다.

"사실은…… 안 밟았어요. 쟤가 너무 빨라서 폐하의 신발을 붙잡고 늘어졌는데, 폐하가 똑바로 서지 못하고 넘어지셨어요."

어린 황제가 즉시 사납게 노려보자 뚱보의 목소리는 점점 기어들어 갔다. 한참 동안 더듬거리더니 결국 이렇게 말했다.

"아, 쟤가 끌어서 넘어지셨어요."

"쟤가 날 밀었어!"

어린 황제가 소리치며 지효를 가리켰다. 지효는 조그만 코를 찡그리고 눈을 희번덕거리며 하늘만 쳐다보면서 대꾸도 하지 않았다.

"그러다가 저 사람이 왔어요."

뚱보는 고남의를 가리키며 숭배하는 눈빛으로 말했다.

"슈웅, 하고 날아와서 갑자기 재를 저쪽까지 데려갔어요. 폐하께서 저 사람 옷자락을 잡아당기려다가 못 잡아서 또 넘어지셨는데……"

아이들의 사소한 싸움 이야기는 이쯤이면 끝난 거나 마찬가지였다. 어린 황제가 이마를 비비고 발을 구르며 죽이라고 소리를 지르자 모두가 섭정왕만 바라봤다. 봉지미는 빙긋 웃으며 아무 말도 하지 않고 그 애를 힐끗 쳐다봤다. 그 애는 화가 나서 죽을 지경이었다.

"폐하."

섭정왕은 끈기 있고 부드러운 말씨로 달랬다.

"이 아이는 천성 사신의 딸입니다. 타국에서 온 손님이지요. 소신이 들려 준 옛날이야기 기억하십니까? 두 나라가 서로 다투더라도 사신은 죽지 않는 법이지요. 그리고 귀하신 황제께서 어찌 평범한 백성과 이치를 따지려 하십니까. 황제의 체면이 뭐가 되겠어요."

섭정왕은 어린 황제의 얼굴을 계속 닦아주며 말했다.

"아니면 저 꼬마 아가씨한테 사과하라고……"

"싫어!"

귀가 밝은 고지효가 즉시 큰 소리로 거절했다.

"어림없소!"

고 도련님도 드디어 의견을 내놨다. 사과라니? 딸과 늙은이와 아이는 때리면 안 된다는 봉지미의 교육이 아니었다면, 그는 진작 저 응석받이 아이의 얼굴에 온통 꽃이 피도록 때려 주었을 것이다. 섭정왕이 '음' 하는 소리를 냈다. 사신의 성격이 독특한 건 알았지만, 수행하는 자들은 더욱 독특하다니……. 서량의 어린 황제는 이미 극도로 분노해 그의 무릎에서 떼를 쓰며 외쳤다.

"어림군! 쏴라! 쏴!!"

어림군은 비록 황제의 명령을 집행할 엄두는 못 냈지만, 그렇다고 완전히 무시할 수도 없는 노릇이었다. 맨 앞줄 궁수들이 일제히 무릎을 꿇고 시위를 끝까지 당겼다. 활시위가 정적을 뚫고 '끽끽' 소리를 내자 분위기는 갑자기 긴장 상태가 되었다. 고남의는 침착하게 딸을 등에 업고 그 화살들을 차갑게 바라봤다. 흥분이 된 서량의 어린 황제가 입가에 의기양양한 웃음을 가득 띠었다. 그러나 섭정왕이 눈살을 찌푸리며 멈추라고 손짓하려는데, 갑자기 누군가 외쳤다.

"사과하겠습니다. 그게 깔끔하겠군요."

말을 한 사람은 물론 봉지미였다. 그녀는 마치 시위를 당긴 궁수들은 보이지도 않는 듯 거침없이 다가와 서량의 소황제 앞에 다가와 몸을 약간 구부려 그를 살펴보았다. 그녀의 그 자세가 좀 이상했다. 예를 갖추는 자세라기보다 오히려 어른이 아이를 굽어보는 듯해 섭정왕은 미간을 찌푸렸다. 사신에게 무례하다고 말하려는 참에 봉지미가 먼저 허리를 숙이고 말했다.

"천성 사신 위지, 서량 황제 폐하를 뵙습니다."

아이는 고개를 들어 봉지미를 바라봤다. 물기 어린 그 눈빛과 웃음을 머금었지만 음산한 기운을 느끼고 갑자기 긴장된 황제는 섭정왕 품을 파고들었다. 또 뭐라고 대답해야 할지도 몰라 주눅 든 눈으로 섭정왕을 바라봤다. 섭정왕이 아이의 귀에 속삭였다.

"사신은 먼 길 오느라 수고했다. 예를 거두라고 말씀하세요."

아이가 겨우 말을 따라해 보기도 전에 봉지미가 말했다.

"폐하께서는 '사신은 먼 길 오느라 수고했다. 예를 거두라'고 말씀하시면 됩니다."

"사신은 먼 길 오느라 수고했다. 예를 거두라."

아이는 멍하니 그 말을 따라 하고는 뭔가 잘못된 것 같아서 다시 고개를 들어 섭정왕을 바라봤다. 봉지미는 아이가 질문할 기회를 주지 않고 웃으며 말했다.

"오늘 이런 자리에서 폐하를 뵙는 것은 예의범절에 어긋나는 행동이나 너그러이 양해해 주십시오. 사흘 후에 예를 갖춰 다시 폐하께 인사를 드릴 수 있도록 윤허하여 주십시오."

아이는 알쏭달쏭했지만, 어렴풋이 사과하고 있다는 것은 알아들었고, 입을 삐죽거리며 외쳤다.

"쟤가 날 때렸어! 죽일 거야!"

"저 아이가 폐하를 때렸군요. 음……."

봉지미는 웃으며 어린 황제에게 한 걸음 다가갔다.

"하지만 굳이 죽여서 화를 풀 필요가 있을까요? 폐하의 곁에는 그렇지 않아도 또래 아이가 몇 없는데 죽이면 얼마나 아깝겠습니까? 죽이면 재밌을까요? 정 화가 나시면 저 아이를 매일 곁에 두십시오. 때리고 싶으면 때리고, 욕하고 싶으면 욕하십시오. 폐하께서 원하는 벌을 주시면 됩니다. 더 통쾌하지 않겠습니까?"

어린 황제는 넋을 놓고, 봉지미 뜻을 천천히 이해해 보았다. 확실히 이 제안이 살인보다 재밌게 들렸다. 이토록 흉악한 계집애는 전에 본 적이 없는데, 욕하고 싶으면 욕하고 때리고 싶을 때 때리면 얼마나 신나겠는가!

이 대목을 듣는 섭정왕은 어리둥절했다. 봉지미가 이런 제안을 할 줄은 전혀 예상치 못하긴 했지만 괜찮은 방법인 것 같았다. 아이의 고집이 아무리 세다 한들 잠깐일 것이다. 죽이라고 떼를 쓰다가도 또 금세 깔깔거리며 노는 것이 아이들의 천성이니까 우선 눈앞의 긴장된 상황을 풀어 놓고 천천히 친해지게 하면, 이런 작은 마찰은 아무것도 아닐 터였다.

섭정왕은 어린 황제를 잘 알고 있었다. 다시 말해 지위가 높은 아이의 상습적인 응석을 다룰 줄 알았다. 오늘 모처럼 이토록 크게 성질이 났으니 아이의 고집이 유독 셌다. 성정이 올라오면 억지로 막으려 해도 오히려 수습할 수 없는 지경에 이를 것이다. 그래도 황제라는 신분이 있으니, 위지가 자원하여 양녀를 궁에 들여보내 잠시 폐하와 시간을 보내게 하는 것이 지금으로써는 가장 좋은 방법이었다. 그는 사실 다른 생각까지 품고 있었다. 그의 생일이 보름이 남았는데, 8월에는 황제의 생일이 돌아오니 천성 사신단은 자연스럽게 한두 달은 더 머물러야 할 것이다. 지금 이곳에 대월의 안왕과 장녕번의 왕야가 머물고 있는 상황에서 위지가 자진해서 양녀를 궁에 들여보낸다면, 자신이 확실한 약점을 틀어쥐는 셈인데 마다할 이유가 있겠는가? 저 여자아이의 성격이 고약해 어린 황제가 반드시 우위를 점하지 못할 수도 있겠지만, 그는 그런 것에는 관심이 없었다.

"이왕 이렇게 된 바에야……."

섭정왕이 웃으며 말했다.

"따님에게 신세를 지겠소. 위 후는 안심하셔도 좋소이다. 따님은 궁중에서 머리털 하나도 다치지 않을 것이외다. 감히 해치려는 자가 있다면 위 후께서 친히 본 왕에게 와서 죄를 물어 주시오."

"섭정왕 전하의 그 한 말씀이면 충분합니다. 폐하를 모시는 일은 제 어린 딸에게도 복인데 신세라니요. 당치 않습니다."

봉지미는 웃으며 지효 옆으로 다가갔다. 고지효는 눈을 똑바로 뜨고 그녀를 바라보며 말했다.

"아까 뭐라고 했어?"

"아까 화났어?"

봉지미가 고지효의 귀에 대고 물었다.

"화가 아주 많이 났어."

고지효는 고개를 크게 끄덕여 정도가 심각하다는 뜻을 표했다.

"분풀이할 방법을 알려 줄게."

봉지미가 비밀스럽게 말했다.

"당분간 저 꼬마랑 놀아 줘. 화부터 내지 말고 내 설명 들어 봐. 사람을 보내서 너를 보호할 테니 누가 널 괴롭힐 거라는 걱정은 안 해도 돼. 너만 재를 마음껏 괴롭히면 되는 거야. 진짜야. 감히 우리 지효의 손을 밟다니…… 목숨이 여러 개라도 되는 줄 아나 봐?"

양심 없는 이모는 세 살짜리 아이를 꼬드겼고, 세 살짜리 아이는 두 눈을 반짝이며 저도 비밀스럽게 말했다.

"새장 가져가도 돼?"

"원숭이는 안 되지만, 새장과 네 친구인 부엉이 소칠(小七)이는 같이 가도 돼."

봉지미가 말했다.

"새장을 우리가 같이 개조했잖아. 어떤 장치가 놀려 주는 장난감이고, 어떤 장치가 살인 무기인지 다 알지? 기억해. 놀라게 하는 장난은 쳐도 되지만 살인은 절대 안 돼. 너한테 무슨 일이 생기면 아빠가 다칠지도 몰라. 알겠어?"

"응. 알겠어."

고지효는 엄숙하게 고개를 끄덕였다.

"아빠를 다치게 하지 않아."

"안 돼."

이번에는 고남의가 반대했다.

"지효 혼자서는 안 돼."

봉지미가 까치발을 들고 고남의의 귓가에 비밀스럽게 무언가 말하자, 그는 미간을 찌푸리고 의심스러운 눈으로 바라봤지만 더는 토를 달지 않았다. 지효는 아빠의 말을 듣고 즉시 생각을 바꿨다.

"안 갈래. 아빠랑 같이 있을 거야."

봉지미가 몸을 약간 구부리고, 지효의 귓가에도 슬그머니 한마디 했다. 지효는 눈을 깜빡거리더니 역시 입을 꾹 다물었다. 부녀 두 사람은 서로 마주 봤다. 봉지미가 뭐라고 했길래 이렇게 나란히 말을 잘 듣게 된 것일까? 그들이 생각할 틈을 주지 않고 그녀는 군더더기 없는 동작으로 지효를 황제 뒤에 선 시녀의 품에 안겨 줬다. 그 시녀는 조금 전까지 황제를 안고 있었다. 아까부터 구석에 서서 지효를 멀뚱멀뚱 바라보는 중에 봉지미가 갑자기 지효를 안긴 것이다. 오랫동안 궁 생활을 한 시녀는 순간 어쩔 줄 몰라 쩔쩔매고 있는데, 봉지미가 웃어 보이며 말했다.

"그럼 잘 부탁하오!"

시녀는 약간 어색하게 손을 뻗어 지효를 안고 무의식적으로 고개를 끄덕였다. 봉지미는 벌써 사신들을 데리고 섭정왕에게 작별을 고했고, 섭정왕은 창평궁 밖까지 그를 배웅했다. 궁 문 앞에 이르자 연회에 참석한 이들이 각자 마차에 올라탔다. 덜커덩거리는 가운데 봉지가 창문 발을 살짝 젖혔다. 짐작한 대로 대사마 여서가 자신과 같은 길로 가고 있었다. 그녀는 창 너머 여서에게 웃으며 말했다.

"오늘 대사마와 주량을 겨루면서 이 사람은 새로운 세상을 만난 듯한 기분이었습니다. 대사마께서는 아무리 술을 말로 드셔도 시를 백 편은 써내실 것 같습니다. 감히 제가 대사마께 가르침을 한 수 청해도 되겠습니까?"

"안 될 리가 있나요?"

여서의 시선이 비스듬히 날아와 꽂혔다. 그는 여인처럼 섬세한 목소리로 말했다.

"이 사람의 거처가 이곳에서 멀지 않습니다. 위 후께서 괜찮으시다면 자리를 옮겨서 못다 한 이야기를 나누시겠습니까?"

둘은 각자의 창문을 사이에 두고 허허 웃으며 이어지는 술자리를 약속했다. 이윽고 발을 내리고 함께 대사마의 저택으로 향했다. 둘은 마차에서 내려 저택에 들어갔다. 안채까지 이르는 동안 여서는 창평궁에서와 사뭇 다른 표정과 행동을 보여 줬다. 나태하고 오만한 모습은 온데간데없었고, 진지하고 굳은 표정으로 다급하게 걸었다. 사방에서 연신 절을 하고 예를 표하는 사람들이 나타났다. 그가 말없이 손짓으로 물리는 행동에서 여부(呂府)의 규율이 지극히 삼엄함을 알 수 있었다. 내서방까지 들어가서 방에 딸린 밀실로 들어가서야 여서는 비로소 상석을 권하며 두 손을 모아 예를 갖췄다.

"위 후, 실례가 많았습니다."

봉지미도 예로 화답하며 웃으며 말했다.

"대사마께서는 어찌 앞에서는 거만하고 뒤에서는 공손하십니까?"

"앞에서 거만했던 태도는 불가피했습니다."

여서가 웃으며 말을 이었다.

"뒤에서 공손한 이유는 위 후께서 마땅히 존경받으실 만한 인물이기 때문입니다."

"음……."

봉지미가 미소를 지었다.

"대사마께서는 섭정왕의 오른팔이자 서량 제일의 중신이거늘, 이토록 조심스럽게 연극을 하는 이유가 있습니까? 또한, 본 후가 무슨 공이 있어 대사마의 존경을 받아 마땅합니까?"

"위 후는 아마 저를 믿지 않을 것입니다."

여서는 쓴웃음을 지었다.

"그럴 수 있습니다. 저도 간신에 불과한 제 명성을 잘 알고 있습니다. 다만 보잘 것 없는 신하에 불과한 사람에 대한 명성이야 이 자리에서 따질 필요가 없겠지요. 오늘 감히 위 후를 모신 이유는, 여쭙고 싶은 말이 있어서입니다."

"말씀하십시오."

"위 후의 수양 따님에 관한 이야기입니다. 소문에 따르면, 남해 변경 지대의 어느 부두에서 우연히 주운 아이라고 들었습니다."

여서는 조심스러우면서도 다급하게 물었다.

"따님을 정확히 어디서 얻으셨는지, 그때 상황이 어땠는지, 아이의 주변에 표식 같은 것은 없었는지 알려 주실 수 있습니까?"

차를 마시며 묵묵히 앉아 있던 고남의가 돌연 고개를 들었고, 봉지미는 태연하게 웃으며 말했다.

"대사마께서 어찌 그런 질문을 하시는지요?"

한참 동안 봉지미를 응시하던 여서가 슬픈 표정으로 고개를 끄덕이며 말했다.

"그 이유는 말씀 드릴 수 없습니다. 아마 위 후께서는 어떤 상황이든 제게 진실을 말해 주지 않으시겠지요. 그렇다면 위 후께서 저를 믿어달라는 뜻에서 서량 황실의 비밀을 전부 털어놓겠습니다. 위 후의 인품이 고매하시니 절대로 발설하지 않으시리라 믿습니다."

봉지미는 빙긋 웃으며 대답했다.

"대사마께서 사람을 잘못 보셨을 리 없지요."

여서는 어쩔 수 없이 이 유리알처럼 매끈한 열여덟 살의 고관을 한 번 쳐다보고 천천히 차를 마시고는, 사방의 문과 창문을 다시 한번 점검한 후 자리에 앉았다.

어두운 실내의 촛불이 떨렸고, 여인처럼 섬세한 얼굴을 어둡게 비췄다. 여서의 눈빛은 반짝이면서도 잔잔하고 쓸쓸한 기운이 넘쳐흘렀다. 그는 적절한 단어를 고르는 듯, 또 마음속의 기복이 가라앉길 기다리는 듯 한참을 망설이다 천천히 입을 열었다.

"이 이야기는 서량 성무(聖武) 17년으로 거슬러 올라갑니다."

서량 대사마의 밀실은 촛불이 그윽하게 빛나고 있었다. 세 사람이 둘러앉아 세간에 알려지면 안 되는 서량 비화를 듣던 그 시각, 천성의 초왕부 서재에도 등불이 환히 비추고 있었다. 초왕이 야심한 시각에도 책상에 엎드려 문서를 들여다보고 있었다. 오가는 하인들은 모두 까치발을 들고 살금살금 행동했다. 행여 국가의 중대사를 고뇌하시는 전하의 심기를 불편하게 할까 걱정이 되어서였다.

전하께서 중대사를 고뇌하고 계신 것은 틀림없지만, 나랏일은 아니었다. 책상에는 다섯 이파리의 연꽃을 본떠 만든 등 무늬가 일곱 번이나 밀랍으로 봉한 비단 주머니를 환하게 비췄다. 그것은 매우 꽁꽁 싸여 있었는데, 밀봉의 정도와 급히 당도한 점을 미뤄 볼 때 국가의 흥망성쇠와 관계되는 극비 군사 정보임이 틀림없어 보였다. 등불 아래 영혁은 한 손으로 이마를 받치고 그 비단 주머니를 담담하게 바라봤다. 아무리 생각해도 영징 그 녀석이 점점 이상해지는 것 같았다. 봉지미와 관련된 일은 밀봉하여 전용 경로를 통해 급행으로 전송하라고 이르긴 했지만, 그렇다고 일곱 번이나 밀랍으로 봉할 필요는 없지 않은가? 타국의 첩자가 이것을 군사 정보로 오해하고 필사적으로 가로채면 어쩌려고 이랬을까? 영혁은 한참 동안 속으로 나무라다 손을 뻗어 비단 주머니를 만져 보고 미간을 찌푸렸다. 이렇게까지 무겁다고? 그녀의 근황 중 중요한 일을 보고하라고 일렀는데, 장편 소설을 써서 보냈단 말인가? 어쩐지 좋지 않은 예감이 들었다. 그는 일어나서 문과 창문을 닫고 나서야 자리에 앉아 비단 주머니를 풀었다.

비단 주머니가 열리자 공책이 한 권 툭 튀어나왔다. 깔끔하게 제본한 후 마분지로 표지도 만들어 엮었다. 표지에 그림도 있었는데, 신선하고 과감한 색채가 돋보여 작가의 기괴한 의도를 엿볼 수 있었다. 영혁은 한참 동안 들여다보고 나서야 그것의 정체를 알았다. 춘화도였다. 아무 감흥이 일어나지 않는 쌈닭 그림 같은 춘화도 아래, 영징은 비뚤비뚤한 글씨로 제목도 적어 넣었다. 이름하여 『서량몽화록(西凉夢華錄)』. 영혁은 표지와 제목을 주시하다가 하마터면 이 작품을 땅바닥에 팽개칠 뻔했다. 하지만 한참 들여다본 후 결국 성정을 누르고 책장을 넘겨 보기로 했다.

첫 장의 제목은 '고남의와 만화루 일등 기녀 섬섬의 연꽃 비사'였다. 삽화: 호박을 닮은 연꽃 한 송이. 차를 마시던 영혁은 얼른 입에 머금은 차를 삼키고 찻잔을 한쪽으로 멀찍이 치워 놓았다. 이어서 분량이 많은 '개인적인 견해' 부분을 읽었다. 영정이 적어둔 '고남의가 앞섶을 풀었는데 어떤 이는 질투 나지 않는지 궁금함' 등의 다분히 도발적인 논평을 읽으며 눈을 가늘게 떴다. 영정이 보고 싶어 안달했을 분노의 기색은 없지만, 바늘처럼 뾰족한 것으로 찔린 듯한 표정을 하고 있었다. 조금은 싸늘하기도 하고, 조금은 기가 막힌 듯한 눈빛도 스쳤다.

제2장은 '고남의의 전광석화 같은 가슴 습격 사건'이었다. 삽화: 문지방에 서서 가슴을 움켜쥔 남녀. 영 호위의 화풍은 매우 독보적이었다. 모든 인물이 어떤 자세를 취하고 어떤 표정을 짓든 닭처럼 보이게 하는 능력이 있었다. 영혁은 이 명작을 부여잡고 사건과 개인적인 견해를 세 번 정독한 후 별안간 기침을 하기 시작했다. 그는 기괴하고 형편없는 이 그림을 쳐다보고 싶지도 않았지만, 어쩐 일인지 두 번이나 보고 얼굴을 돌렸다. 얼굴을 돌리는 순간, 그의 눈빛에는 아주 미세한 빛이 번득였다. 분노 같기도 하면서 동시에 사색에 잠긴 듯도 했다. 등불 아래 그 비뚤비뚤한 그림이 마치 눈앞에서 생생하게 살아 움직이는 것 같았다. 그는 눈살을 찌푸리며 얼른 그 장을 넘겨 버렸다.

제3장은 글씨체가 좀 큰 데다 붉은 물감으로 썼다. 영혁도 충혈된 눈을 부릅뜨고 읽었다. 제목도 섬뜩했다. '극악무도한 호위의 유인. 충직한 영정이 당한 참변' 삽화: 붉은 진흙 구덩이. 그는 영정이 모 호위 무사에게 요구하는 조잡한 진상규명은 쳐다보지도 않았고, 오히려 다른

글자들에 시선이 갔다. 이번에는 그의 표정이 조금 굳었다. 이마에 손을 얹고 곰곰이 생각한 후, 한참 동안 눈을 감고 옅은 탄식을 뱉었다. 그의 깊고 아득한 눈에 긴 한숨 같은 유감이 비쳤다.

제4장은 '서량 용강역의 핥아먹기 풍경'이다. 삽화가…… 이번에는 영징 화백의 기괴한 그림이 아니라 전혀 다른 놀라운 그림이 나타났다. 영징이 동봉해 보낸 그 커다란 그림은 봉지미가 직접 그린 그림이었다. 영징이 끈기를 가지고 세상에 하나뿐인 위 후의 명작을 훔쳐낸 것이다. 화지가 잘 봉해져 있고, 이런 글이 적혀 있었다.

"전하, 이것은 봉지미의 그림입니다. 봉지미의 그림이라고요! 제가 갖은 고생을 해서 겨우 훔쳐냈습니다. 감상 후 반드시 돌려주십시오. 제가 훔친 걸 고남의가 알면 저를 죽일지도 모릅니다. 제가 이토록 위험을 무릅쓴 이유는 다 전하를 기쁘게 해 주고 싶어서였습니다. 앞의 편지를 읽고 충격과 상처를 입으셨을 게 분명한 전하, 이 그림이 틀림없이 위안을 줄 겁니다. 물론 전하께서 이 그림 때문에 깜짝 놀라실 거로 생각하진 않습니다. 참, 혹시 차를 마시며 읽고 계십니까? 꼭 다기를 멀리 치워 주십시오. 그림이 더러워져도 저는 죽습니다."

이 수다스러운 편지를 읽는 영혁의 눈동자에 웃음이 스쳤다. 봉지미의 그림은 그도 정말 처음 보았다. 그녀는 바둑 솜씨가 좋아 매번 폐하와 대국할 때마다 3승 1패를 유지했고, 서예 실력도 나쁘지 않아 조정에서 중간쯤 가는 편이었다. 그림도 그렇지 않을까? 절정의 수준은 아니지만 흉하진 않을 것이다. 아니, 어쩌면 상상보다 훨씬 아름답게 그렸을지도 모른다. 그렇게 생각하자 기분이 좋아졌다. 설레는 마음을 안고 조심스럽게 그림의 겉봉을 뜯어냈다. 그림을 조금씩 펴자……. 이윽고……. 좀처럼 희로애락을 표정에 드러내지 않는 존귀한 초왕 전하께서 태어나서 처음으로…… 그 자리에서…….

창틈으로 가을바람이 들어왔다. '절세의 명화'가 바람에 부들부들 떨렸다. 커다란 동그라미, 중간 크기의 동그라미, 작은 동그라미, 난장판으로 흩뿌려진 금성처럼 동그라미들이 눈앞에서 춤을 췄다. 한참 후 영혁은 겨우 숨을 들이마셨다. 늦은 밤의 찬바람을 마셨는지, 아니면 다른 이유에서인지 갑자기 기침이 터져 나왔다. 그는 기침하면서 어깨를 떨었다. 어깨를 떨면서, 그 흥미진진한 『서량몽화록』을 재빨리 멀리 밀어냈다. 읽고 싶어 죽겠는 '개인적인 견해'도 재빨리 밀어내며, 종이를 펼치고 먹을 갈았다. 못 말리는 호위 녀석에게 이 『서량몽화록』에 대한 답장을 쓰려고 준비했다.

그만 씻고 자거라

밤은 소리 없이 고요했다. 적막한 서재에 진노랑 불빛이 금박 테두리의 하얀 편지지를 비췄다. 그 위로 붓이 춤을 췄고, 우아하고 수려한 글자가 붓끝에서 한 획 한 획 쏟아졌다.

명문 『서량몽화록』의 필자 영징 선생에게.

이 서책을 세 번이나 읽었지만, 책을 덮고도 생각에 생각을 거듭하였소. 영징 선생은 어려서부터 본 왕을 모셨고, 본 왕 또한 선생이 자라는 것을 지켜봤거늘, 선생의 재능이 이토록 출중한지 예전에는 몰랐다는 점이 참으로 유감이오. 선생은 시와 문에 능하고 서예와 그림에 일가견이 있소. 보내 온 서체와 그림을 보자 하면 온갖 요괴가 난잡하게 춤을 추는 듯하며, 투계도 또한 훌륭하오. 정말 닭들이 싸우는 모습을 쏙 빼닮았소.

이렇게 보니, 선생은 오직 호위 무사에만 재능이 없는 듯하오. 서량에서 돌아오면 선생을 마을 관리인으로 임명할까 하오.

그곳과 인접한 이웃 나라는 거칠고 교화가 통하지 않으며 가난하고 황량하기로 유명한 곳인데, 선생이 가셔서 이 신묘한 명작을 한번 펼치면 필시 그들이 압도당하여 투지를 잃고 흩어질 것이오. 그리고 그들은 선생께 강호를 두 손 모아 바칠 것이 분명하오. 이는 영토 확장의 대업을 이루는 길이니, 나 역시도 더욱 영징 선생의 크나큰 재주에 의지하겠소.

서신은 모두 정독하였소. 네 장뿐이지만 매 장이 흥미진진하고 전개의 기복이 절묘하였으며, 본 왕은 특히 '뒷이야기가 궁금하십니까? 다음 장을 기대하세요.'라고 쓴 부분에 유난히 집착했음을 고백하오. 특히 '개인적인 견해'는 그야말로 감탄해 마지않았고, 읽는 동안 연신 책상을 두드리며 탄성을 질렀소. 본 왕도 영징 선생의 '개인적인 견해'에 대해 약간의 '개인적인 견해'가 있어 염치 불구하고 몇 자 적어 보내니, 아낌없는 가르침을 청하오.

첫째, '고남의와 만화루 일등 기녀 섬섬의 연꽃 비사'에 관하여. 개인적인 견해 1 : 세상에 너만큼 물건이 아닌 자는 없다. 개인적인 견해 2 : 연꽃 사건은 이제 본 왕에게 넘어왔으니 너는 더 신경 쓸 필요가 없다. 개인적인 견해 3 : 본 왕은 너를 쫓아낼 기회만 보고 있다. 개인적인 견해 4 : 본 왕의 손이 근질근질하니 조심해라. 개인적인 견해 5 : 네가 지난 한 달 내내 봉선루에 틀어박혀 있길래 봉선이를 쫓아다니는 줄만 알았는데, 집필 중이었더냐? 그렇다면 됐다. 개인적인 견해 6 : 견해 없음.

둘째, '고남의의 전광석화 같은 가슴 습격 사건'에 관하여. 개인적인 견해 1 : 그렇다고 볼 수 있음. 개인적인 견해 2: 어떤 이의 저항은 네가 포착할 수 없다. 개인적인 견해 3 : 본 왕은 울지 않았지만, 곧 네가 울 것 같군. 개인적인 견해 4 : 왜 그래야 한다고 생각하지? 개인적인 견해 5 : 본 왕은 불현듯 너를 초왕부에서 내보내는 것이 별일도 아니라는 생각이 들었다. 개인적인 견해 6 : 선생, 정말로 당장 집필 활동을 그만두고 파발을 띄워 관리인이 되라고 명하지 않아도 되겠소?

세 번째: '극악무도한 호위의 유인. 충직한 영징이 당한 참변'에 관하여. 개인적인 견해 1 : 본 왕이 믿는지 아닌지는……. (믿기 싫어도 믿을 수밖에 없지 않겠느냐?) 개인적인 견해 2 : 영 바보는 아니군. 개인적인 견해 3 : 훔쳐보는 것은 죄임을 모르는가? 개인적인 견해 4 : 본 왕은 네가 쓴 서신 원본을 봉지미에게 전달하고, 그녀가 너에게 가한 가혹한 행위를 통렬히 규탄할 것이다. 이것은 응당 해야 할 일이며 수고스럽지도 않으니 감사 인사는 넣어 두어라. 개인적 견해 5 : 마을은 언제나 너를 환영한다. 개인적인 견해 6 : 아주 좋군.

네 번째, '서량 용강역의 핥아먹기 풍경'에 관하여. 본 편에는 개인적인 견해가 없다. 본 왕은 이미 너를 하내 관리인으로 파견하라는 지령을 작성해 두었다. 수수와 쌀밥을 배불리 먹이고, 추위를 막아 줄 두꺼운 솜저고리를 내리라고도 명해 두었다. 본 왕이 네게 정이 깊어 베푸는 것이니 감사의 눈물 같은 것은 흘릴 필요가 없다. 하지만 평소 보여 준 너의 충성심으로 미뤄 보면 안절부절못하고 황송해할 것이다. 나에게 굳이 감사 인사를 할 필요는 없다. 다만 너의 물건이라면 한낱 땀 닦는 수건부터 방석까지 모두 본 왕의 것이니, 본 왕의 물건을 사례로 되돌려받는 일은 이치에 맞지 않는다고 생각한다. 이에 본 왕은 이리저리 생각하다 마지못해 네가 보내 온 이 그림을 받아 두기로 했다. 그러니 그림을 가지고 돌아 올 말을 기다릴 필요도 없다. 세상에 왔다 갔다 하는 것만큼 귀찮은 일도 없지! 자, 이제 그만 씻고 자거라.

날랜 말이 초왕 전하의 일생일대 가장 긴 대 장편 서신을 보내려 달렸다. 등불은 밤새도록 손으로 이마를 짚은 그 사람의 청아한 얼굴을 비췄다. 옅은 미소를 띤 그의 얼굴에 희미하게 근심이 보였다.

초왕 전하의 긴 머리칼을 스치던 바람은 광활한 강토를 통과해 이국의 땅에 내려앉았고, 마침내 어느 밀실 밖 어스름한 촛불을 흔들어 놓았다. 그때는 이미 연약하고 가벼운 바람으로 변해 있었다. 방 안에서 말하는 사람들이 귓속말하듯 조심스럽게 입을 열었다.

"서량 성무 17년 초가을, 궁에서 유일하게 회임한 몸인 밀비(密妃)가 출산했습니다. 그때 선제(先帝)께서는 마침 남쪽 변경을 순시하시느라 궁을 비우셨습니다. 순행 길에 오르시기 전 국정 전반을 저와 다른 신하 몇 명에게 맡기시고 동생인 예친왕에게 대신하여 재가하라 명하셨습니다. 폐하께서는 여러 해 동안 자손을 보지 못하셨지요. 일찍이 삼남 사녀를 두셨지만 모두 요절하여 밀비 복중의 태아를 매우 귀히 여기셨습니다. 이변이 없다면 폐하께서는 밀비의 출산 전에 순시를 마치고 환궁하셨어야 맞지만, 어쩐 일인지 밀비가 조산할 조짐을 보였습니다. 황후는 밀비의 조산이 신령님을 노하게 했기 때문이라며, 처소를 옮겨야 한다고 했습니다. 또 흠천감(欽天監)에서 사람을 불러 점을 쳐 본 결과 토끼띠인 사람을 절대 산실 근처에 얼씬거리지 못하게 했습니다. 공교롭게도 밀비를 가까이에서 모시는 큰 상궁이 바로 토끼띠였기에 그 즉시 다른 곳으로 쫓겨났습니다. 만삭의 임신부가 거처를 옮기는 것은 당연히 부적절한 처사였죠. 밀비는 거처를 옮긴 다음 날까지 산통에 시달리다 새벽에 출산하였고, 상궁이 황자 아기씨를 보셨다고 외쳤지만 밀비는 그만……."

잠시 말을 망설이는 여서의 눈에서 고통이 보였다. 봉지미가 그의 눈빛을 바라보며 무언가 깨달았을 즈음, 그가 느릿느릿 말했다.

"너무 고생한 탓에 정신이 조금 이상해졌습니다."

밀비가 살아 있다는 말에 봉지미는 약간 당황했다. 황위를 뺏고 빼앗는 일에 사람 목숨이야 얼마나 가벼웠을까? 여서는 긴 한숨을 뱉으며 말했다.

"행여 밀비를 얕잡아 보지 마십시오. 몇 해 동안 서량 황자들이 연이어 요절했고, 가장 오래 산 황자도 7세까지 겨우 버텼을 뿐입니다. 이런 상황에서 회임한 밀비가 무사히 출산한 것 자체가 크나큰 일입니다. 밀비는 서량 북쪽 변경 출신으로 그녀의 가족과 혈통이…… 조금 특이합니다. 밀비가 실성했다는 이야기에 대해 저는 아직도 의구심을 품고 있습니다만, 직접 뵙고 확인할 수가 없으니……. 얘기가 너무 멀리 갔군요. 다시 그날 이후 일을 얘기하자면, 그날 밤 상궁이 급히 출궁해 황자 아기씨의 탄생을 알렸습니다. 그런데 산실 밖에서 기다리던 황후가 들어가서 보니 황자 아기씨가 없어졌습니다!"

"없어졌다고요?"

봉지미는 믿을 수 없다는 표정이었다.

"어떻게 그런 일이 가능합니까?"

"제 말이 그 말입니다!"

여서가 쓴웃음을 지으며 말했다.

"사방에 보는 눈이 가득한데 어떻게 그런 일이 있을 수 있겠습니까? 하지만 정말로 그렇게 사라져 버렸습니다. 일이 벌어진 후 황후가 진노해 현장에 있던 모든 이를 매질하며 추궁했지만 사람들의 대답은 일치했습니다. 출산 후 출혈이 심해 의식이 혼미한 밀비가 갑자기 소리치고 악을 써서 모두 그녀를 살피러 달려갔답니다. 그사이 황자를 씻기려 안고 있던 상궁이 잠깐 넘어졌는데, 일어나 보니 황자가 감쪽같이 사라졌다는 것입니다."

봉지미는 문득 서량의 주인이 승하하고 황태자의 맥이 끊겼다던 종신의 밀보가 생각났다. 종신의 추측에 따르면 서량 황제가 사망한 지 한참 지났는데도 진실을 감추고 부음을 띄우지 않았을 가능성이 있다고 했다.

"황제 폐하께서 환궁해 이 사실을 아시고 난 뒤 무슨 일이 벌어졌습니까?"

여서의 얼굴에 갑자기 경련이 일어났다. 그는 한동안 씁쓸한 표정을 지은 후 말했다.

"황제께서는…… 이 일을 알지 못하셨습니다."

"뭐라고요?"

"황제께서 변방을 순시하시던 중 중풍에 걸리셨습니다. 그때 황제를 모시고 순시에 동행한 대신은 감히 황제 폐하의 발병을 곧이곧대로 알리지 못했고, 순시를 계속하면서 조정에 급히 전갈을 넣어 당장 환궁해야 함을 알렸습니다. 황제 폐하를 대신해 정무를 살피던 예친왕도 적당한 이유를 대고 폐하의 환궁을 재촉했습니다. 돌아오신 후 황제는 깨어나지 못하셨습니다."

"하지만 시간이 맞지 않습니다. 선황제께서는 그로부터 1년 반 후에야 승하하셨습니다. 그토록 오랜 시간 황좌가 비어 있었는데도, 조정에 이의를 제기하는 사람이 없었단 말입니까?"

"선황제께서는 과거 친히 참전하시어 나라를 세울 영토를 쟁탈하셨습니다. 그 과정에서 이미 온 힘을 바치셔서 정신적으로나 육체적으로 취약한 상태이셨습니다."

여서가 계속해서 말했다.

"그 시절 이미 심하게 다치셨습니다. 건국 이후 내내 건강이 좋지 않았던 것도, 대를 잇지 못한 것도 그 때문이었죠. 솔직히 말해서 폐하의 건강 상태는 건국 후 몇 해 지나지 않아 버틸 수 없는 지경에 이르셨습니다. 일 년 중 절반도 안 되는 기간만 간신히 조정에 나와 직접 국사를 돌보셨고, 대부분의 국정은 몇몇 중신과 예친왕이 주로 맡았죠. 폐하께서는 정무를 돌보는 대신 신선들이 만든다는 환약 제조에 심취하셨습니다. 불로장생을 추구했다기보다 지독한 병고에서 벗어나고 싶어 하셨던 거죠. 하고많은 날을 궁에 칩거하다시피 하시며 도사 무리를 불러 신선들이 썼다는 경전을 연구하셨습니다. 그분의 생을 통틀어 단 한 번 떠났던 순시도 사실 신선이 남쪽 변경의 어느 산에 현현했다 하여 일부러 찾아간 것입니다. 1년 중 절반은 조정을 돌보지 않거나 후궁의 침전에서 겨우 정무를 처리하시곤 했죠. 그렇듯 이전에도 문무 대신들과 얼굴도 마주하지 않으셨으니 이상하게 생각할 사람도 없었지요. 중요한 연회에서도 부축을 받고 멀리 떨어져서 얼굴이나 비추셨으니……, 진짜 폐하이신지 아니신지 아는 사람이 있었겠습니까?"

"귀국의 선황제께서는 참으로…… 한량이셨습니다."

봉지미는 어색하게 웃었다.

"허허, 정말…… 희대의 한량이셨다고 할 수 있겠군요."

여서도 어색한 웃음을 지으며 말했다.

"황자 실종 사건은 철저하게 은폐됐고, 현장에 있던 궁인들은 거의 맞아 죽거나 각종 핑계로 참형을 받았습니다. 저조차 한참 후에야 의심이 들어 차근차근 조사해 보았고, 그 후 진상을 알게 된 것입니다. 외부 사람들에게는 황자 아기씨가 태어났고 폐하께서 환궁하셨다는 사실까지만 알려졌죠. 바로 그 시기에 조정 형세는 서서히 변화가 일어났던 것입니다. 폐하께서 환궁 후 옥체가 미령하시다는 핑계로 조정의 업무는 관례대로 아우이신 예친왕께서 대신 돌봤고, 제가 정무를 주관하게 되었습니다. 그 후 예친왕은 황명을 받든다는 명목으로 병권에도 개입하기 시작했습니다. 군을 물갈이하고 변방의 방어 세력을 교체했으며 자신의 심복들을 요직에 심어 기존의 장수들을 몰락시켰습니다. 물론 예친왕이 국정을 장악해 가는 국면을 우려하거나 반대하는 사람들이 생겼지만, 그들은 쥐도 새도 모르게 파면됐습니다. 좌승상(左丞相) 한정(韓庭) 같은 분은 소신을 굳건하게 지키다 멸문지화를 당했습니다. 그런가 하면 어떤 이는 잘못된 상황을 알면서도 일단 복종하여 일신의 안위를 지킨 후, 훗날 서량의 미래에 해가 솟을 때 부디 한 몸 바칠 수 있기를 간절히 바랐습니다. 예를 들면……."

"예를 들면 여서 대인 같은 분이겠군요."

봉지미가 미소를 지으며 말을 이어받자 여서가 쓴웃음을 지으며 말했다.

"세인의 비난과 올곧은 충언들이 칼날처럼 예리하게 저를 베어도 오직 황권의 정통성을 찾기 위해서 견뎠습니다. 1년이 흐르자 예친왕은 크나큰 날개를 달았고, 조정 내에 그의 세력도 복잡하게 뿌리내려 손댈 수 없을 정도로 얽히고설켰습니다. 그들과 적대하는 세력은 모두 잘려 나갔고, 오직 그를 향해 만세를 외치며 숭배하는 자들만 살아남았죠. 그러던 어느 날이었습니다. 신입 내시 하나가 잠결에 실수로 폐하의 침전에 들어갔는데, 휘장 뒤에서 괴상한 냄새를 풍기며 바싹 말라 있는 시체를 발견했습니다."

봉지미는 약간 구역감이 올라와 얼굴을 찡그렸다. 상상해 보았다. 어두컴컴한 궁에 드리워진 무거운 휘장. 어떤 냄새를 감추기 위해 열두 시간 내내 피워둔 향. 비몽사몽간에 내민 손에 닿은 것은 배 속이 텅 비고 새카맣게 쪼그라든 마른 시체……. 은지량, 그는 혼자 힘으로 일국을 세운 야심 찬 영웅이자 한때 어머니의 최대 적수였다. 그렇게 한 시대를 풍미한 영웅의 최후가 그런 모습이었다니……. 그는 시체까지도 처와 아우의 결탁에 휘둘리고 만 것이었다.

"그 일이 있고 나서야 황제의 붕어 소식이 새어 나가기 시작했습니다. 대외적으로는 막 승하하셨다고 알렸지만, 시체의 상태로 보면 죽은 지 얼마나 됐는지 아무도 정확하게 알 수 없었죠. 이 일로 조정은 한바탕 혼란에 빠졌습니다. 한참 뒤에야 동태후가 중신들 앞에서 유서를 낭독했습니다. 황태자가 황위를 계승하되 성년이 될 때까지 태후가 수렴청정하고, 예친왕을 섭정왕에 봉해 국정을 일임한다는 내용이었습니다. 당시에도 신하들은 이 유지에 이견이 있었지만, 이미 섭정왕의 세력이 조정을 장악한 상황이라 분노해도 감히 나서서 말하는 자는 없었습니다. 그렇게 일이 결정되었고, 지금까지 이어진 것입니다."

여서는 큰 숨을 내쉬며 몸을 뒤로 젖히고는 답답한 듯 앞머리를 흩뜨리며 말했다.

"그래서 제 어린 아들을 폐하의 호위 무사로 삼았습니다. 대인께서 오늘 보신 그 아이지요. 작은 실마리라도 발견해 밀비를 뵐 수만 있다면 가장 좋겠지만, 동태후도 지독한 여자라 후궁에 개미 새끼 한 마리 얼씬거리지 못하게 장악하고 있습니다. 제 아들 녀석은 너무 어려서 아직도 쓸 만한 소식을 가져오지 못하고 있고요."

봉지미는 이 여인처럼 작고 연약한 서량의 중신을 보며 속으로 감탄했다. 그가 집요하게 진실을 찾으려고 애쓰는 이유가 무엇이든, 시국을 간파하고 사람을 볼 줄 알며 후일을 위해 굽힐 줄도 알고 불의를 두려워하지 않았다. 그는 비범한 대신의 면모를 전혀 잃지 않았던 것이다.

"오늘 밤 이처럼 흥미진진한 서량 황족의 비사를 듣게 될 줄은 상상도 못 했습니다."

봉지미는 잠시 생각에 잠겼다가 웃으며 말했다.

"다른 어떤 나라에도 전해지지 않은 비밀을 대사마께서는 이 사람의 무엇을 믿고 전부 털어놓은 것입니까?"

여서가 쓴웃음을 지었다. '내가 털어놓고 싶어 털어놨겠나. 얻는 바가 없으면 말도 섞지 않을 네 녀석에게 지금까지 내가 알려져서는 안 될 비밀 이야기를 들려 준 이유가 있었을 텐데?'라고 생각했다. 하지만 위 후는 여전히 시치미를 떼고 있으니 일어나 두 손을 모아 읍하며 물을 수밖에 없었다.

"제가 진심을 보여야만 위 후께서도 흉금을 터놓을 수 있으시겠지요. 위 후께서 따님을 양녀로 맞이하기까지의 내력을 허심탄회하게 말씀해 주시길 바랍니다."

봉지미가 낮게 신음하며 뭐라고 말하려고 하는데 고남의가 갑자기 헛기침했다. 그녀가 눈을 치켜뜨자 어두운 방 안에서 두 사람의 시선이 부딪쳤다. 그가 먼저 그녀에게 의견을 표하겠다고 암시를 보낸 적은 처음이었다. 그녀가 미소 지으며 안심하라는 시선을 그에게 보내며 여서에게 말했다.

"장희 16년 가을, 남해 풍주 부두에서 지효를 처음 만났습니다. 당시 풍주 부두에 폭동이 일어났고, 지효는 대야 밑에 숨겨져 있었지요. 그 대야를 어떤 여인이 온몸으로 감싼 채 죽어 있었습니다. 아마도 아이를 지키다 그리된 것으로 보였습니다. 저는 여태껏 그 여인을 지효의 생모로 여겼습니다만…… 그게 아니라는 말씀입니까?"

그 말을 들은 여서는 눈을 번쩍 빛내며 황급히 일어나 물었다.

"따님의 몸에 생시나 신분을 증명할 만한 물건은 없었습니까? 일테면 자물쇠형 목걸이 같은……."

봉지미는 태연하게 웃으며 대답했다.

"없었습니다."

여서가 멈칫하더니 의심 가득한 목소리로 물었다.

"없었다고요? 참말로 없었습니까?"

"여 대인은 당시 상황을 잘 모르십니다."

봉지미가 말했다.

"풍주 부두는 난장판이었고 툭하면 무뢰배들이 들이닥쳤습니다. 그 여인은 부두 한구석에 죽어 있었는데, 발견했을 때 누군가 몸수색을 했던 흔적이 있었으니 값나가는 물건은 진작 약탈당했을 것입니다."

여서는 멍한 표정으로 앉아 미간을 찡그렸다. 허나 여전히 의심을 거두지 못한 표정이었다. 봉지미는 그의 표정을 보더니 웃으며 말했다.

"여 대인, 설마 지금 궁중에 계신 폐하께서 가짜라고 의심하시는 겁니까? 우리 지효가 진짜 황태자고요? 그렇다면 정말 황당하기 짝이 없군요. 다른 건 그렇다 쳐도 남아와 여아는 너무도 명확한 차이가 있지 않습니까? 대사마께서 분명 밀비는 황자를 낳았다고 하셨습니다."

"황자인지 황녀인지 누가 알겠습니까?"

여서는 쓸쓸하게 웃었다.

"아이는 태어나자마자 실종되었고 시중들던 사람들도 대부분 죽었습니다. 태어난 아이가 아들인지 딸인지는 밀비와 권세가 하늘을 찌르는 단 한 사람만 알겠지요. 위 후께서는 천성의 유능한 중신이시니 잘 아실 겁니다. 당시 그 상황에서 밀비는 반드시 아들을 낳아야 했습니다. 설령 아들을 낳지 못했대도 아들이어야만 했습니다."

"그렇다고 해도 어째서 우리 지효가 연루될 수 있단 말입니까? 천성 조정에서도 지효의 입양 내막을 모르는데, 대사마께서는 어떻게 아셨습니까?"

"그 일은 밀비의 출신부터 이야기해야 합니다."

여서가 말했다.

"밀비는 서량의 북쪽 변경지대인 앙산(昻山)에서 태어났습니다. 천성에 신비주의를 추종하는 종족이 모여 사는 민남의 십만대산(十萬大山)과 가까운 곳이지요. 밀비의 가문은 대대로 앙산 안에서만 생활했으며 외부인과 전혀 왕래하지 않았습니다. 그들은 유서 깊은 일족(一族)의 철칙과 가훈을 엄격하게 받들었습니다. 그 일족들은 성격과 행동이 유별났는데, 상고 시대부터 내려온 가문 고유의 문자를 보존하고 있을 정도였습니다. 그런 집안의 막내딸로 태어난 밀비는 어릴 적부터 일족의 고리타분하고 번잡한 규칙에 질려 그 거대한 산을 벗어나고 싶어 했습니다. 그러던 어느 날 우연히 누군가의 도움을 받아 마침내 양산을 탈출하게 되었습니다. 본디 왁자지껄한 삶을 선호하던 그녀는 수십 년을 하루처럼 사는 고독하고 무미건조한 생활에 지쳐 있었습니다.

　밀비가 수도인 이곳 금성에 왔을 때 마침 수녀(秀女)＊비빈 후보 간택이 열렸습니다. 그녀는 간택에 참여하는 여인의 가마에 숨어들어 기절시킨 후 옷을 바꿔 입었습니다. 가마꾼이 잠시 숨을 돌리는 동안 여인을 가마에서 밀어내고 그렇게 당당하게 입궁했지요. 봉변을 당한 여인은 그러지 않아도 입궁을 원치 않았는데, 뜻밖에 입은 화 덕분에 몰래 고향으로 돌아갈 수 있었습니다. 궁녀로 입궁한 이후 비까지 신분이 상승한 밀비가 수년간 궁중 생활을 겪으며 가장 중요하다고 여긴 덕목은 다름 아닌 '비밀 엄수'였습니다. 비밀만 잘 지키면 목숨을 부지할 수 있는 경우가 많다는 것을 알았기 때문입니다. 그래서 궁중에서 소식을 주고받을 때는 일족끼리 쓰던 그 오래된 문자를 사용했습니다. 극소수의 밀비 측근과 저만 알아볼 수 있었죠. 밀비가 정신을 놓은 후 그녀의 최측근이었던 녹부(綠芙)라는 궁인이 실종되었습니다. 밀비는 미쳐서 매일 마구잡이로 낙서하고 그림을 그렸는데, 아무도 그 글자의 의미를 알아보지 못했습니다. 한번은 섭정왕이 고문(古文)이 적힌 서첩을 제게 들고 와서 옛 문자를 가르쳐 달라고 했습니다. 그때 저는 한눈에 그것이 밀비의 글임을 알아차렸습니다. '녹부, 극동의 동쪽'이라고 쓰여 있더군요.

　밀비의 글씨를 보고 저는 당연히 의문이 생겨났습니다. 우선 서량 동쪽 변경에 사람을 보내 녹부를 찾았지만 성과가 없었습니다. 그런데 나중에 생각해 보니 동쪽 변경에서도 더 동쪽이라면 다름 아닌 천성이었습니다. 섭정왕의 세력이 서량 구석구석 미치니 아마 밀비는 서량으로부터 도망쳐야 살길이 열린다고 생각했을 것입니다. 그때는 저도 황자가 태어나자마자 행방불명된 사실을 알지 못했습니다. 먼저 녹부를 찾아내는 것이 급선무라 비밀리에 천성으로 사람을 보내서 민남 일대를 수색하던 중, 남해의 풍주 부근에서 녹부가 남긴 표식을 발견했습니다. 역시 더는 전승되지 않는 고문자가 적혀 있었고, 제 수하가 탁본을 떠서 가져왔습니다. 녹부가 남긴 글은 '황손을 모시고 남해에 도착했다'고 적혀 있었습니다."

봉지미가 말이 없자 여서는 그녀를 힐끗 바라봤다.

"나중에는 녹부가 묻힌 곳까지 찾아내 그녀의 시신을 확인했지만, 황손은 보이지 않았습니다. 남해의 자선 기구에서 운영하는 고아원 등을 찾아보기도 했지만 모두 허탕이었죠. 그러다 얼마 전에야 비로소 위후의 양녀의 나이가 황손과 비슷할 뿐만 아니라, 위 후가 아이를 입양한 곳이 바로 녹부가 실종된 곳이라는 소식을 접했습니다. 그 후 꽤 오랫동안 마음속에 늘 의문을 품고 있었죠. 그렇다 해도 저나 위 후 같은 신분을 가진 사람들이 먼 나라를 사이에 두고 만나기란 쉬운 일이 아니지요. 그러다 마침 섭정왕의 생일을 맞이하여 마침내 위 후를 만나 뵐 수 있게 된 것입니다."

봉지미는 마지막 문장을 들으면서 퍼뜩 깨달았다. 섭정왕이 생일에 천성을 초대한 것은 어느 정도 당신의 작품이겠군? 서량이 초대하면 천성은 사신을 보낼 것이고, 사신을 할 만한 사람이 남해에 가 본 적이 있으며 화술이 뛰어난 이 예부 상서가 아니라면 또 누가 있겠는가? 순간 속이 부글부글 끓었지만, 여전히 얼굴에 미소를 걸고 말했다.

"세상에 비슷한 또래의 아이들이 부지기수입니다. 그 정도 일치한다고 해서 막무가내로 대사마의 황손 찾기 근거로 삼을 수는 없지 않겠습니까?"

"나이, 장소, 그리고……."

여서가 말했다.

"성격까지도 꼭 닮았습니다."

"예?"

봉지미가 눈썹을 올렸다.

"밀비 가족은 수백 년 동안 존속한 대가족입니다. 그 조상은 대성 이전의 대한(大瀚)국 신무(神武) 대장군의 후손이었다고 합니다. 신무 대장군은 대한의 개국공신으로서 초대 대한 황제가 가장 아낀 용맹한 장군인데, 충직함으로는 천하제일이었습니다. 그의 몸에 늑대인간의 피가 섞였고 늑대 젖을 마시고 자랐다는 이야기가 전설처럼 내려올 정도로 성격이 일반인과 완전히 달랐습니다. 대한 황제가 승하하자 대장군도 깊은 산으로 돌아갔고, 늑대와 더불어 살지언정 세인을 가까이하지 않겠다고 선언했다고 합니다. 그 후 산을 나온 후손은 없었습니다. 무슨 이유에서인지 그 일족의 성격은 편집증적인 성향을 보이며, 냉랭하고 죽음을 두려워하지 않습니다. 제가 다양한 신분의 사람을 보내 따님의 행동을 수집했습니다만, 알면 알수록 정말 밀비의 자식이라는 확신이 들었습니다."

봉지미는 눈을 내리뜨고 미소를 지은 채 차를 한 모금 마신 뒤 담담하게 말했다.

"대사마의 추측은 훌륭합니다만, 아쉽게도 증명할 방도가 없습니다. 증거를 제시할 수 없는 일이기도 하죠. 또한 귀국의 황제는 이미 황좌에 앉았으니 내 딸이 굳이 그 진흙탕에 발을 담글 필요도 없습니다."

"지효야말로 서량의 여황제입니다. 안 그렇습니까?"

여서는 활활 타오르는 시선으로 봉지미를 바라봤다.

"지효는 황위를 찬탈당했습니다. 그 아이가 바로 이 나라의 주인인데, 타국을 떠돌며 갖은 고초를 겪은 것도 모자라 이제는 황좌를 빼앗은 자를 모시는 처지가 되었습니다. 모친은 음해를 당해 아직도 궁 어딘가 후미진 곳에서 광녀를 가장하고 겨우 버티고 있습니다. 이런데도 그 아이가 잃은 것을 되찾지 않아도 된단 말씀입니까?"

"지효가 무엇을 잃었다는 말씀인지 모르겠군요."

봉지미는 조금도 흔들리지 않고 말했다.

"지효가 정말 대사마께서 찾는 서량 황실의 후손인지는 우선 논하지 않겠습니다. 설령 그렇다 쳐도 그 아이가 대체 무엇을 잃었습니까? 그 아이는 타국을 떠돌며 갖은 고초를 겪기는커녕 사랑을 받으며 풍족한 생활을 누려 왔습니다. 또한 지금은 초원의 호탁십이부가 마음을 모아 존경하는 생불이기도 합니다. 지효는 어머니를 만난 적이 없지만 그리워하지도 않습니다. 자기를 누구보다 사랑해 주는 양아버지가 있기 때문이죠. 지금 당장 지효에게 어떤 선택을 하겠냐고 물어보십시오. 양아버지와 떨어져 낯선 서량 땅에 남아 피비린내 나는 황위 쟁탈전에 휘말릴 것인지, 양아버지와 함께 익숙한 천성으로 돌아가 가족과 단란하게 살 것인지. 지효의 대답은 분명 대사마를 실망하게 할 것입니다."

"하지만 한 어머니의 딸을 향한 기대를 박탈할 권리는 없습니다. 지효는 밀비의 육친이며 피와 살이에요! 한 아이와 그 생모가 이렇게 스쳐 지나간다면 평생을 두고 한을 품을 것입니다!"

여서가 벌떡 일어섰다.

"저 역시 아이의 인생과 행복이 걸린 중요한 문제를 마음대로 결정 내릴 권리는 없습니다."

봉지미는 눈 하나 깜짝하지 않고 유유자적 차를 마셨다.

"제가 온 힘을 다해 지효가 황위에 오르도록 도울 것입니다. 지효가 황제의 자리에 안착하면 위 후께서는 천하의 아비가 되십니다. 이는 천성에서의 지위와 전정에 헤아릴 수 없을 만큼 큰 도움을 줄 것입니다!"

봉지미가 잠깐 침묵했다. 고 도련님이 가만히 고개를 들어 그녀를 바라봤을 때, 그녀의 시선에 망설이는 기색이 역력했다. 그녀는 그의 시선을 피했고, 그는 잠시 멍해졌다가 이내 말없이 시선을 돌려 벽 틈새를 뚫어지게 바라봤다. 그렇게 쳐다보면 거기서 꽃이라도 피어날 것처럼.

물론 벽 틈에 꽃은 없다. 다만 꽃을 닮은 어떤 얼굴이 둥실 떠오르는 것 같았다. 지효의 얼굴이었다. 고남의는 환상 속의 작은 얼굴을 바라보며 마음속으로 막연히 생각했다. 아까 쏟아진 그 이야기들은 무슨 의미일까? 지효가 서량의 황녀라고? 서량의 황녀가 무엇을 의미하는지 그는 생각해 본 적이 없었고 생각하기도 싫었다. 지효는 그의 딸이었다. 이것은 그가 아이를 품에 안은 순간부터 결코 바뀔 수 없는 사실이었다. 하지만 방금 여서가 한 말의 의미는 그도 알아들을 수 있었다. 지효가 서량의 황위를 계승한다면 지미는 큰 도움을 얻을 것이다. 어떤 도움일지 생각해 보지 않았지만, 그녀에게 필요한 도움이 무엇인지를 그는 더할 나위 없이 정확하게 알고 있었다. 심연처럼 조용한 그녀의 겉모습에 감춰진 마음은 줄곧 도도히 흐르는 강물 줄기처럼 출렁였다. 그녀의 마음속에는 칼들이 칼집에서 종횡무진 뽑혀 나왔고, 그녀가 딛는 모든 발자국은 음모의 함정으로 기민하게 걸어 들어가고 있었다. 어두운 기억들로 가득 찬 깊은 곳에는 끝없는 욕망과 장희 16년의 피와 눈밭이 있었다. 그는 다 알고 있었다. 모두 알고 있었다. 종종 보통 사람들의 얕은 속도 알지 못하는 그가, 참 기묘하게도 그녀의 복잡한 심사를 읽는 것이었다. 순전히 마음과 느낌으로 아는 것이지 생각을 통한 것이 아니었다. 그는 여서의 말이 그녀에게 유혹으로 작용하고 있음을 알고 있었다. 이 순간 그녀의 침묵을 그는 너무도 잘 이해하고 있었다. 그래서 그도 침묵을 지켰고, 시선까지 피해 버린 것이었다. 자신의 시선이 그녀의 결정에 그 어떤 방해로 작용하지 않도록. 그는 자신의 시선에서 거절이나 애원이 드러나 그녀를 불편하게 하고 죄책감을 느끼게 할까 봐 두려웠다. 그건 싫다. 절대 안 될 말이다. 세상의 모든 것은 지미를 위해 마땅히 희생될 수 있다. 그는 침묵과 인내의 한 구석에서 낮이고 밤이고 함께했던 그 조그만 얼굴을 떠올리며, 스스로를 향해 낮게 읊조렸다.

"지효야. 지효야……."

"……."

짧은 침묵이었지만 마음이 복잡한 탓에 평생처럼 길게 느껴졌다. 그 한평생을 다 기다린 후, 고남의는 봉지미의 목소리 들은 것 같았다. 여전히 그토록 나태하고 담백한 목소리였다.

"천하의 아비라니요? 지효가 내 세상인 것을요."

봉지미는 미소를 지으며 의미심장하게 말했다.

"그 아이를 가지면 세상을 갖고, 그 아이를 잃으면 나는 가진 것이 하나도 없게 됩니다."

봉지미는 그 말을 하면서 고남의를 바라봤다. 영원히 그녀에게 먼저 무엇인가를 요구하지 않을 남자를 대신해 한 말이었다. 그가 입술을 오므렸다. 고개를 끄덕여 깊게 동의의 뜻을 표하고 싶었지만, 어쩐 일인지 목덜미가 뻣뻣해졌다. 아니, 온몸이 굳는 것만 같았다. 속박당한 느낌이 아니라 따뜻한 바닷물이 빈틈없이 감싸듯, 물결이 부드럽고 소리 없이 그를 기분 좋게 압박했다. 움직일 수 없었고, 움직이고 싶지도 않았으며, 이 포근함 속에서 영원히 잠들고 싶을 뿐이었다. 본능적으로 유지하던 평상심이 뜨겁게 달아올랐다. 이것은 매달리고 끌어안을 때 느끼는 두근거림과 달랐다. 잘 빚은 술에 시나브로 취하듯 따뜻하면서 길고 부드러운 격앙이 덮쳐 왔다. 그는 숨을 깊이 들이마셨다. 얼굴의 피부가 버석거리게 말라 팽팽히 당겼지만, 눈시울이 뜨거워지면서 무언가 눈가를 촉촉이 적셨다. 겨우내 건조해 갈라진 땅에 봄비가 내려 부드럽게 적시는 것 같았다.

방안에는 또다시 침묵이 흘렀다. 봉지미가 어두운 그림자 속에서 미소 짓고, 여서는 변화무쌍한 눈빛으로 믿을 수 없다는 듯 그녀를 바라봤다. 그는 위지를 제법 잘 안다고 자부했다. 이 소년은 청명서원에서 첫발을 내딛는 순간부터 한 걸음 한 걸음 야망을 증명해 왔다. 이자는 걸으로 보이는 것처럼 권력에 연연하지 않는 담박한 사람도, 정쟁을 꺼리는 자도 결코 아니었다. 강렬한 야심과 하늘을 찌를 듯한 욕망을 품은 위지에게 이토록 매혹적인 조건을 내걸었다. 성공한다면 이익은 무궁무진하고, 실패해도 잃는 것은 단지 지효의 목숨뿐이니 위지는 하등 손해 볼 일이 없을 것이다. 위지처럼 야심을 품은 영웅호걸이 양녀를 걸고 대업을 이루는 것을 꺼릴 이유가 있겠는가? 여서는 줄곧 자신이 사람을 잘못 보지 않았다고 생각했지만, 이제는 헷갈리기 시작했다. 이토록 선량한 사람이 어떻게 그 혼탁한 조정에서 이 위치까지 올라갈 수 있었단 말인가?

"지효의 신분이 확실하지도 않은데 대사마께서 우리를 흙탕물에 끌어들이려 하시다니 조급하십니다. 생모를 만날지, 황위를 탈환할지는 지효가 스스로 결정할 일입니다."

봉지미는 감시하는 듯한 여서의 시선을 무시하며 찻잔을 내려놓고 일어섰다.

"대사마께서 오늘 흥미진진한 이야기를 들려 주셨으니 헛걸음하지는 않았군요. 그럼 저는 바빠서 이만!"

봉지미는 뒤도 돌아보지 않고 문을 나섰다. 그녀의 뒷모습을 응시하는 여서의 얼굴에 발악과 망설임과 내키지 않음과 분노 등 온갖 복잡한 기색이 스쳤다. 잠시 후 그가 낮은 목소리로 외쳤다.

"냉큼 멈추십시오!"

여서의 외침과 함께 금속이 부딪치는 소리가 크게 울려 퍼졌다. 분명 아무도 없는 밀실 입구인데 문 옆으로 별안간 두 자루의 긴 칼이 튀어나왔고, 입구에서 교차하여 커다란 엑스자 모양을 이뤘다. 긴 양날 검이 서슬 퍼런 빛을 내며 한기를 뿜었다. 누구든지 저 칼의 위나 아래, 혹은 좌우의 틈으로 뚫고 나갈 생각을 할 수 없을 것이다. 칼이 움직이기 때문이다. 몸을 움츠리고 틈을 통과하려고 시도하면 저 움직이는 엑스자 모양 칼이 허리를 베어 버릴 것이다. 여서의 의자 앞으로는 사방에서 철판이 튀어나와 그를 단단히 보호했다. 철판으로 빈틈없이 가린 걸 보니 고남의 무공 실력을 잘 알고 완벽히 대비한 모양이었다. 조금 묵직해진 목소리가 철판을 사이에 두고 들려왔다.

"이 밀실은 목조 구조처럼 보이지만 안쪽은 무쇠로 되어 있습니다. 유일한 출구는 지금 칼로 가로막힌 저 문이죠. 저 칼은 아무리 무공이 뛰어나도 절대 부러뜨리지 못하는 강철로 만들어졌습니다."

여서의 첫마디였다.

"금성에 마침 와 있는 친구 둘이 두 분의 목숨을 갖고 싶어 합니다. 저야 무고한 사람을 죽이고 싶지 않지만, 그 친구들은 개의치 않겠죠. 딱 반 시진 드리겠습니다. 두 분에게 무엇이 이롭고 해로울지 생각하시고 반 시진 후에 답을 주십시오. 그렇지 않으면 이 무쇠로 지어진 방이 두 분의 관이 될 것입니다."

이것이 여서의 두 번째 말이었다.

"그리고 저는 다른 볼 일이 있어서 잠시 물러나 있겠으니 양해 바랍니다."

여서가 세 번째 말을 하며 미소를 띠자 지붕에서 찰칵 소리와 함께 수많은 칼날이 튀어나왔고, 지붕이 천천히 아래로 내려앉기 시작했다.

베어내다

　여서의 목소리가 철벽 뒤로 사라지자 머리 위로 날카로운 칼날이 덜컹거리며 내려앉기 시작했다. 하지만 속도가 매우 느려서 반 시진 안에 그들의 머리를 파고들지는 못할 것이다. 어차피 처음부터 그의 목적은 그들의 목숨을 뺏는 것이 아니었다. 봉지미가 한숨을 내쉬고 한참 동안 말이 없다가 고남의를 보며 말했다.

　"생각도 못 했지? 우리 지효가 황제……."

　봉지미의 말이 채 끝나기도 전에 고남의는 성큼성큼 걸어와 아무 말도 없이 양팔을 벌려 그녀를 품에 꼭 안았다. 그녀가 미처 맺지 못한 몇 마디는 갑작스러운 포옹에 넋을 놓다 사라져 버렸다. 멍하니 그 자리에 굳어 버린 그녀는 자신을 감싼 두 팔에 힘이 잔뜩 실렸음을 느낄 수 있었다. 그는 기어이 품에 가득 안고야 말겠다는 자세로 그녀를 빈틈없이 감쌌다. 그녀의 머리 위로 얼굴을 바짝 갖다 대며 자신 또한 그녀에게 녹아들어야 직성이 풀릴 자세였다. 그의 청결하고 풋풋한 향기가 몰려왔다. 익숙하면서 낯설었다. 익숙한 것은 그 향기와 사람이었고, 낯선 것은 이 순간 그가 그녀에게 주는 느낌이었다. 이런 힘과 열정은 습관적으로 그녀와 일정한 거리를 유지하는 평소의 모습과 딴판이었다. 처음으로 온전히 자신의 마음과 영혼을 그녀에게 몽땅 맡긴 채, 그녀와 빈틈없이 하나가 되기를 바라고 있었다.

봉지미는 고남의가 평소와 전혀 다른 흐트러진 모습으로 돌진하자 약간 마음이 설렜다. 그를 처음 제경에서 보았을 때 그 얼음 조각 같던 소년을 생각하니 격세지감이 들었다. 그녀는 갑자기 손을 뻗어 그의 머리칼과 눈썹을 쓰다듬어 주고 싶은 충동이 일어났지만, 그가 양팔을 단단히 잡고 있었다. 손을 풀면 그녀가 당장 품에서 날아가 버릴까 봐 두렵다는 듯. 정수리 쪽이 묵직해졌다. 그가 가만히 그녀의 머리칼을 쓰다듬었기 때문이었다. 언제나 일관되고 기복이 없던 그의 음성도 이 순간만큼은 부드러운 파동이 이는 나지막한 목소리로 바뀌었다.

"네가 참 좋아."

봉지미의 입꼬리에 웃음이 스쳤다. 사람들은 살면서 이런 가벼운 고백을 여러 번 들을지도 모르지만, 고남의는 처음 말하고 그녀도 처음 들었다. 네가 참 좋다. 참 좋다……. 가장 간결하고 진실한 말이었다. 당사자가 아니라면 영원히 그 크기를 이해할 수 없는 말이었다. 이것은 오롯한 그의 표현이며, 그의 깨어남이었다. 자신의 마음을 이해한 후 내보인 가장 솔직한 반응이었다. 그는 여전히 천천히 그녀의 머리카락을 어루만졌다. 비단같이 매끄러운 촉감이 기분 좋아 끝끝내 손을 떼지 못하고 중얼거렸다.

"…… 그러니 나도 너에게 잘 할게."

"충분히 잘 해 주고 있잖아."

봉지미가 한숨을 내쉬며 부드럽게 말했다.

"나는 네가 인간 세상의 진실함과 아름다움을 알기를 원하지만, 그로 인해 부담을 갖길 바라진 않아. 그냥 고남의 너 자신이 되도록 해."

고남의는 봉지미의 말에 귀를 기울이지도 않고 집요하게 다시 한 번 말했다.

"너에게…… 잘 할게……."

봉지미는 고남의의 말투가 조금 이상하다고 느껴져 뭐라고 물으려는데, 이미 고개를 숙인 그의 얼굴이 그녀의 머리칼을 타고 뺨 쪽으로 미끄러져 내려왔다. 미지근한 온도의 매끈한 두 피부가 달라붙었다. 조금 전까지 서늘했던 볼에 금세 미열이 났다. 그 따뜻함에 놀라는 순간, 누가 먼저 고개를 돌렸는지 알 수 없지만 어느새 두 입술 사이에 따뜻하고 보드라운 감촉이 스쳤다. 천둥이 창공을 가격하듯, 번개가 묵직한 어둠을 갈라내듯, 또는 수면에 던진 옥돌이 끝없는 파동을 퍼뜨리듯……. 순간 심장이 마구 떨리며 혼돈의 천지가 개벽했다. 어디선가 현을 튕기는 가느다란 소리가 들리는 것 같았다.

봉지미가 조금 붉어진 얼굴로 손을 뻗어 고남의를 밀어내려 할 때, 그는 이미 그녀를 놓아주고 멍하니 손으로 자기 입술을 만지고 있었다. 그 때문에 면사포의 한쪽이 걷혔고, 길쭉한 옥빛 손가락은 한 가닥 선처럼 얇고 붉은 입술에 닿아 있었다. 그 모습은 옥쟁반에 놓인 붉은 마노를 떠올리게 했다. 극도로 선명하고 아름다운 색채의 대조가 매혹적이었다. 마치 뒷맛을 음미하는 듯한 그의 동작에 그녀는 얼굴이 붉어지다 못해 터져 버릴 것만 같아 재빨리 물러섰다. 그때, 갑자기 머리 위에서 덜컹하는 소리가 들렸다. 그녀는 칼날이 내려온 줄 알고 퍼뜩 고개를 들어 보았지만 완전히 내려앉지는 않았다. 뜻밖에도 천장 한구석에서 반짝 빛을 내고 있는 물체가 보였지만, 무엇인지는 알 수 없었다. 그는 어느새 정신을 차린 듯 허리춤에서 단옥검을 뽑아 들고 입구의 엑스자 모양 양날 검을 향해 휘둘렀다. 그러자 검이 움직이며 쨍하는 소리와 함께 불꽃이 사방에 튀었다. 한눈에 봐도 범상치 않은 그의 단옥검도 그 양날 검을 망가뜨리지 못했다.

"애쓸 필요 없어."

봉지미는 머리 바로 위까지 내려온 칼을 보며 고남의를 끌고 탁자 밑으로 기어들어 가며 말했다.

"우리는 문을 열어 줄 때까지 기다리기나 하면 돼."

갑자기 밖에서 누군가 '하하' 하고 웃는 소리가 들렸다.

"대사마께서는 어딨소? 줄 선물이 있다고 오밤중에 급하게 사람을 여기까지 부르더니, 자기는 코빼기도 안 비치는군! 이런 주인장이 어딨단 말이오?"

웃음소리의 주인공이 말했다. 목소리가 젊은 그는 사람을 업신여기는 듯 건방진 투로 말했다. 그러자 여서가 남긴 수하로 추측되는 사람이 웃으며 대답했다.

"대사마께서 깜짝 놀랄 선물을 준비하셨으니 번거로우시더라도 직접 걸음 하시라 당부하셨습니다. 여기서부터 소인들은 따르지 않겠습니다."

"여 형! 이거 무슨 꿍꿍이입니까?"

그가 큰 보폭으로 다가왔다. 봉지미는 그의 목소리를 듣자 예상이 빗나가지 않았다는 듯 웃으며 품에서 종이를 꺼내 고남의의 무릎에 대고 몇 글자 적었다. 웃음소리의 그는 입구에 도착해 양날 검이 교차한 장치를 보고 혀를 끌끌 차더니 그 틈으로 머리를 내밀었다. 봉지미도 책상 밑에서 머리를 내밀고 빙긋 웃으며 인사를 건넸다.

"아사, 오랜만이군요!"

장녕번의 작은 왕야인 노지언(路之彦)은 뜻밖에도 봉지미가 나타나자 눈을 번쩍 빛내며 만면에 희색을 띤 채 말했다.

"위 대인이라니! 역시 대단한 선물이 맞았어! 아이고, 그런데 어쩌다 이 비참한 지경이 되셨습니까?"

"비참한 지경인가요?"

봉지미는 배시시 웃으며 자기 모습을 한 번 훑어보고 말했다.

"그럴 리가요? 이렇게 고요히 숨어서 귀하의 방문을 기다렸습니다 만……?"

"입구에 칼날 솟은 함정을 마주하고, 머리 꼭대기에는 칼날을 이고 있으면서도 넉살 좋게 숨어 계시다니……. 과연 호방한 선비의 기개를 지니셨습니다. 하하."

노지언이 한쪽 눈만 가늘게 뜨고 봉지미를 응시했다. 눈빛에서 아쉬 움과 유감이 교차했다. 그러다 한숨을 푹 내쉬며 한 손을 내밀었다.

"좋습니다. 소원 세 개를 들어 주기로 한 약속을 들어 구해 달라고 요청할 줄 알았습니다. 두루마리를 주십시오. 그럼 이제 두 개 남은 겁 니다."

"휴우……. 이것 참 부주의로 큰 선물을 잃는군. 안타깝고도 안타깝 습니다."

봉지미는 긴 한숨을 쉬며 장녕번의 도장이 찍힌 종이를 건넸다.

"첫 번째 요구. 우리 두 사람을 여기서 꺼내 주시오."

돌연 노지언은 손을 거두고 팔짱을 꼈다. '도화눈'을 가늘게 뜨고 고 개를 갸웃한 채 봉지미를 보면서 미적미적며 말했다.

"갑자기 이런 생각이 드는군요. 굳이 하나씩 거둬들여서 당신에게 휘둘릴 필요가 있겠습니까? 세 개를 한꺼번에 돌려받을 방도는 없을 까요?"

"음?"

봉지미가 빙긋 웃으며 노지언을 바라봤다.

"어떻게 하겠다는 말입니까?"

"예를 들면……."

노지언이 씩 웃으며 하얀 이를 드러냈다. 조금 전까지 요염한 눈매의 여우처럼 보이던 그가 지금은 '도화눈'을 한 늑대처럼 보였다.

"칼을 빨리 놀려서 두 사람을 쓱싹 베어 버리는 겁니다. 여러분이 시체 두 구가 되어 버린다면 물건을 한 번에 회수할 수 있지 않겠습니까?"

노지언은 능청맞게 눈을 깜빡이며 말했다.

"두루마리를 회수해 세 가지 소원을 들어 주겠다 했지만, 이런 식으로 회수하지 않겠다고 약속한 적은 없습니다. 안 그렇습니까?"

"진짜로 저를 죽이겠다는 겁니까?"

봉지미는 흥미롭다는 듯 노지언을 바라봤다.

"뒤처리를 어떻게 할지도 생각해 보셨는지요?"

노지언은 주위를 둘러보다가 손가락으로 벽을 튕겼다. 맑게 올리는 무쇠의 메아리 속에서 여유롭게 말했다.

"이 방은 해체할 수 있도록 만들어진 움직이는 방이지요. 당신들이 죽으면 이 큰 방은 아마 무쇠 관으로 변모할 겁니다. 천성 사신의 시체를 꾹 눌러 담아 금성의 어느 황무지에 나타나게만 한다면, 뒷일은 섭정왕 전하께서 알아서 신경 쓰지 않겠습니까? 최고의 상황은 분노한 천성이 병사를 이끌고 도발하는 것이고……. 허허! 그렇게만 된다면 20년간 해묵은 원수를 완전히 갚을 수 있습니다. 어떻습니까? 통쾌하지 않습니까?"

"상당히 통쾌하군요! 그래서 귀하의 장녕번은 어부지리로 한몫 챙기거나 권토중래하겠다는 말인데……. 아무튼 천성과 서량이 동맹을 맺지 않고 난장판이 될수록 좋겠지요. 맞습니다! 난리가 나야 누군가 어부지리도 얻을 수 있을 테지요."

봉지미가 손뼉을 쳤다.

"묘책이군, 묘책이야!"

"과찬이십니다."

노지언이 귀족다운 우아한 자태로 허리를 숙여 보였다.

"그럼 이렇게 합시다."

봉지미는 책상 밑에 쪼그려 앉아 있었고, 긴 칼날은 이미 책상 위에 닿아 있었다. 칼끝이 상판에 무수히 많은 구멍을 뚫었고, 머지않아 그녀의 정수리에 박힐 지경이지만 그녀는 아랑곳하지 않고 진지하게 말했다.

"다만 귀하에게 한마디 조언은 해야겠습니다. 우리 몫의 관을 준비할 생각이거든 스스로 들어갈 관도 잊지 말고 마련하십시오."

"무슨 뜻입니까?"

노지언이 봉지미를 흘겨보며 물었다.

"분수도 모르고 거만하게 행동하는 자는 오늘은 살아도 내일 저녁을 넘기지 못하는 법이니까요."

봉지미가 담담하게 말했다.

"상대를 우습게 보고 섣불리 움직였다면 대가를 치러야 하는 법입니다."

노지언은 말없이 입술만 삐죽 내밀었지만 표정이 조금 진지해졌다. 이자도 제법 총명한 사람이니 봉지미가 누굴 가리키는지 알 터였다.

"섭정왕은 야심에 찬 사람이며 주변국과 가리지 않고 좋은 관계를 유지합니다. 천성, 장녕번, 나아가 대월까지 말입니다. 지금 우리를 모두 금성에 모이게 한 의도는 섭정왕이 그중에서 가장 믿을 만한 맹우를 찾으려는 것입니다. 대담한 시도이자 모험이지요."

봉지미가 웃으며 말했다.

"그렇게 큰 뜻을 품은 사람이 서량 땅에서 다른 나라의 사신들끼리 싸우다가 후환이 생기는 상황을 대비하지 않았을 것 같습니까? 귀하가 오늘 진짜로 나를 죽인다면 천성은 대대적으로 그 죄를 물을 것이고, 내일 당장 섭정왕은 당신을 천성에 넘겨 버리겠지요. 당신은 지금 장녕이 아닌 서량에 있으니까요."

노지언이 피식 웃었다. 여전히 상대를 하찮게 여기는 듯한 표정이지만 조금 전처럼 제멋대로 굴지는 못했다.

"하물며 여서도 그 번거로움을 감수하고 싶어 할 리는 없습니다. 섭정왕의 측근인 그가 귀하를 부른 이유도 썩 좋은 의도는 아니었을 겁니다."

봉지미가 빙긋 웃으며 대단치도 않다는 듯 말했다.

"이제 그만 됐습니다. 아사…… 아니 왕야! 여기서 시간 낭비하지 마시죠. 오늘 우리를 죽일 수 없다는 거 스스로 잘 아시지 않습니까? 납작 엎드려 애원이라도 해 주길 바라신다면 넣어 두십시오."

노지언은 턱을 만지며 흥미로운 듯 봉지미를 바라보다 불쑥 말했다.

"사람들이 당신 보고 제법 패기가 있다고 말하지 않던가요?"

봉지미가 부드럽게 대답했다.

"모두 이 몸이 인(仁), 의(義), 예(禮), 지(知), 신(信)을 겸비했으며 온화, 선량, 공경, 검소, 겸양의 덕을 지녔다고 칭송하지요."

"하하."

노지언이 건성으로 웃으며 말했다.

"오늘 창평궁 연회에서 정전 옆 연못가 정자에 간 적이 있습니까?"

"거기에 정자가 있습니까?"

봉지미가 아쉽다는 듯 말했다.

"진작 알았다면 잠시 휴식이라도 취할 걸 그랬습니다. 정전 내부는 워낙 시끄러워 아직도 머릿속이 윙윙대며 울리는데 말입니다."

노지언이 의심스러운 듯 봉지미를 노려봤다. 이자의 얼굴에 드러나는 표정에서 믿을 만한 답을 얻은 적이 단 한 번도 없었음을 떠올리고, 하는 수 없이 탄식하며 손을 풀었다. 그녀는 '장녕' 도장이 찍힌 두루마리를 꺼내 그에게 건넸다. 그는 영 달갑지 않으면서도 어쨌든 두루마리를 회수한 것은 행운이라고 생각하며, 칼날이 드리워진 입구 사이로 손을 내밀어 두루마리를 받았다. 그의 손끝이 종이 두루마리에 닿으려는 순간이었다. 그녀의 손이 번개 치듯 눈 깜짝할 사이에 그의 손가락을 움켜쥐어 안으로 잡아당겼다. 그때 그의 신경은 온통 두루마리에 가 있었다. 한바탕 협상을 벌였으니 뒤통수 맞을 경우는 전혀 대비하지 않았다. 그렇게 손을 잡히자 그의 팔은 칼의 작동 범위로 끌려 들어가고 말았다. 함정의 장치가 건드려지자 칼은 즉시 교차하는 방향으로 움직였다. 그의 손목은 이제 팔꿈치와 붙어 있지 못하게 될 판이었다.

철컥.

용수철 움직이는 소리가 은근하게 들렸다. 엇갈린 두 개의 칼이 노지언의 팔꿈치에 종이 한 장 들어갈 만큼까지 다가온 순간, 아슬아슬하게 장치가 멈춰 섰다.

똑.

바닥에 물 한 방울이 떨어졌다. 노지언의 이마에서 굴러 떨어진 콩알만 한 식은땀이었다.

"하하!"

짧고 경박한 그 웃음소리는 봉지미가 낸 것이다. 그녀는 사기를 치는 자가 으레 갖는 황망함이나 불안감은 전혀 없이 칼이 드리워진 문의 측면을 응시하며 웃었다.

"역시 통제하는 사람이 있군."

봉지미가 손가락을 튕기자 돌멩이 하나가 튀어나와 '철컥' 소리가 났던 문틈의 지점에 끼워졌다. 그러자 문이 흔들리더니 곧 움직이지 않게 되었다. 문이 흔들리자 노지언은 또 한 번 놀라 온몸에 식은땀을 흘렸다. 하지만 그녀는 배시시 웃으며 나무토막처럼 굳은 그의 손아귀에서 두루마리를 뺏으며 온화하게 말했다.

"이렇게 귀중한 물건을 하찮은 일에 낭비하려고 하니 솔직히 아까워서요."

봉지미는 태연하게 물건을 품에 넣으면서 노지언의 손을 밀쳐 버리고는, 고남의를 끌고 유유히 칼 문을 통과해 나갔다. 떠나기 전에 명하니 그 자리에 굳어 버린 노지언의 어깨를 두드리며 귓가에 속삭이는 것도 잊지 않았다.

"아, 그 연못가 정자에 시원한 바람이 불어 참 좋더군요."

봉지미는 노지언을 덩그러니 남겨두고 득의양양하게 떠났다. 얼마 후, 정적 속에서 분노에 찬 포효가 터져 나왔다.

"위지!"

장녕 왕야는 세 번째로 대사마의 저택에서 봉지미의 손에 처참하게 당했고, 그녀는 이번에도 호기롭게 떠났다. 여서는 포기한 건지 자신감이 과한 건지 그 후 아무 동정이 없었다. 사흘 뒤 정식으로 황제를 알현하는 자리에서 만난 셋은 두 손을 합장하고 아무 일도 없었던 듯 껄껄 웃으며 지나갔을 뿐이었다. 거물들의 갈등은 저잣거리 소시민처럼 일일이 셈하고 따지지 않았다. 받은 만큼 돌려줄지, 당장 갚아 줄지, 어떻게 갚을지, 혹은 아예 갚지 않을지에 대한 나름의 규칙을 가지고 있었다. 그녀는 여서의 수척한 뒷모습을 바라보며 의미심장하게 웃었다.

황제를 알현하기 전, 봉지미는 서량 예부 및 내사감(內使監)과 알현식에서 배례 의식을 할지 말지를 두고 삼박사일을 입씨름하였다. 마땅히 큰절을 올려야 한다는 서량 예부의 요구에, 그녀는 허리를 숙여 예를 표하는 국궁(鞠躬)이면 족하다고 맞섰다. 예부가 황제는 만인지상이니 응당 절을 올려야 한다고 주장했지만, 그녀는 귀국의 신하가 아니라며 거부했다. 그러자 예부는 서량 사신도 천성 황제를 알현할 때 큰절을 하지 않아도 되냐고 역공을 폈다. 이에 그녀는 과거 서량의 선황제는 채찍을 든 채로 말에서 내려 말을 탄 천성 황제에게 절을 올렸고, 드나들 때도 항상 꿇어앉아 절을 했다는 점을 상기시켰다. 선황제도 하신 배례를 그의 신하된 자가 감히 안 하겠느냐는 말이었다. 그렇게 옥신각 신하는 사흘 동안 예부와 내사감이 번갈아 가며 그녀에게 도전했지만 모두 깨끗이 패배하고 말았다. 결국 섭정왕이 한발 양보해 "사신은 배례하지 않아도 된다."라고 천명했다. 배례 의식을 놓고 맞서는 것이 겉으로는 지루한 말싸움처럼 보일 수도 있었지만, 이는 두 나라의 외교 상례를 정하는 일이자 국가의 체면과 직결될 수밖에 없는 중대한 일이었다. 이 소식이 천성에 전해지자 황제의 마음은 대단히 흡족했다. 천성황제는 국격을 수호했다는 명목으로 빠른 말을 보내 위지에게 1등 후작 관직을 내렸다.

알현 당일이 되자 어린 황제는 전에 볼 때보다는 훨씬 의젓하게 굴었다. 하지만 역시 옥좌 위에 진열된 인형에 불과했다. 봉지미는 오히려 길게 드리워진 발 뒤에 앉은 동태후를 주의 깊게 바라봤다. 권세를 틀어쥔 여인으로 수단과 방법을 가리지 않는 독한 모습일 것이라는 상상과는 달리, 위엄이 넘치거나 차갑고 고압적인 모습이 아니었다. 구슬 발 뒤편에서 들려오는 목소리는 오히려 이웃집 아주머니처럼 온화하고 부드러웠다. 어린 황제도 그녀를 꽤 좋아하는 듯 매달렸다. 그보다 더 뜻밖인 점은 동태후와 섭정왕이 서로 상당히 존중하는 모습이었다. 둘 사이에 진한 정이 통하는 듯했다. 봉지미는 주위를 두리번거리며 서량 황조의 최고 통치자들 사이가 관행과 상식에 약간 벗어났음을 느꼈다. 이것은 변수였다.

더 신기한 건 어린 황제가 용연전(龍衍殿)에 들어서며 지효를 데려온 것이었다. 지효는 상자 하나를 든 황제에게 부채질을 해 주는 궁녀 옆에 상징적으로 서 있었다. 곱게 화장하고 어여쁘게 단장한 어린아이는 서량의 뭇 신하들의 이목을 끌었지만 지효는 전혀 주눅 들지 않고 검고 반짝이는 눈동자를 굴리며 두리번거렸다. 봉지미가 자신을 쳐다보고 있는 걸 본 아이는 코를 찡긋하며 상자 안쪽으로 주먹을 불끈 쥐는 모양을 취했다. 봉지미는 경악했다. 아니겠지? 설마 지효가 정말로 어린 황제를 굴복시켰을까? 서량 남자들은 어리나 늙으나 타고난 기질이 실로 특이한 듯 했다.

알현식이 끝나자 관례대로 성대한 연회가 열렸고, 용연전에는 수십 개의 연회석이 마련되었다. 어디를 가든 술을 마셔야 하는 생활에 지친 봉지미는 황제가 권한 술 석 잔을 비운 후 고남의를 끌고 나와 산책이나 할 작정이었다. 그런데 그가 먼저 지효에게 손짓했다. 황제의 뒤를 꾸물대며 따라가던 지효가 아빠가 보낸 신호를 보고 폴짝 뛰어가려 했지만, 어린 황제가 붙잡았다. 그러자 지효가 손가락 두 개를 들어 올려 눈을 가리키며 '눈을 찔러 버리겠다'는 동작을 해 보였다. 잔뜩 움츠러든 황제가 뻗은 손을 거두는 모습을 보고 궁녀들이 모두 입을 가리고 키득거렸다. 아무도 아이의 장난을 진심으로 받아들이지 않았지만, 봉지미만이 남몰래 등골이 서늘해졌다.

'설마 지효가 한밤중에 황제를 제압하고 눈을 찌르겠다고 협박해서 저 아이가 얌전해진 건 아니겠지?'

순간 저 부녀가 무엇을 할지 호기심이 생겨났다. 좀처럼 다른 사람에게 먼저 어떤 지시를 내리지 않는 고남의가 왜 은밀하게 지효를 부르는 걸까? 그는 어쩐지 봉지미에게는 감추고 싶어 하는 것 같았다. 그녀는 일행에게 양해를 구한 후 인파에 섞여 그들을 따라갔다. 어른과 꼬마가 화원 쪽으로 꺾어 들어가 인공 언덕 앞에 자리 잡고 앉는 모습을 바라봤다. 지효는 그의 무릎에 앉았고, 둘은 연못과 물고기를 구경하는 듯했다. 봉지미는 머리 위로 터지는 폭죽 소리에 묻혀 몇 걸음 더 다가가 인공 언덕 뒤에 몸을 숨겼다. 부녀는 아무 말도 하지 않았다. 밤바람 한가운데 크고 작은 사람의 뒷모습이 겹쳐 있으니 편안한 느낌이 들었다. 그들은 고요하게 연못의 물고기가 튀어 오를 때 만들어내는 부드러운 물보라 소리를 듣고 있었다. 두 사람이 함께 있을 때는 개구쟁이 지효도 평온을 즐기는 듯했다. 아이는 작은 얼굴에 무거운 표정을 지은 채 고남의의 무릎에 앉아 물고기를 한참 바라보다 말했다.

"물고기가 나보다 자유로워."

고남의도 진지하게 물고기를 바라봤다. 눈으로는 물고기를 보지만 속으로는 지난 사흘간의 생각을 곱씹으며 정리했다. 딸에게 어떻게 입을 열어야 할지 몰라 망설이던 그는, 지금이 어쩌면 좋은 기회일 것 같아 바로 이어서 대답했다.

"네가 물고기보다 자유로울 수 있어."

지효가 고개를 돌려 고남의를 바라보며 눈이 직선이 되도록 웃었다.

"나 데리러 왔어?"

아이는 그렇게 말하며 무릎에서 뛰어내려 아빠를 끌고 가려 했지만, 고남의가 붙잡았다. 그는 딸을 붙들고 아이의 눈을 물끄러미 바라보다가 그 작고 여린 얼굴을 가만히 쓰다듬었다. 언제나 무표정한 그의 눈빛 속에 모처럼 포근함과 애틋함이 샘솟았다. 평생을 두고 지극히 사랑한 무언가를 이제 제 손으로 떠나보내야 하는 사람 같았다. 그가 나지막이 말했다.

"효야."

고남의가 딸을 이렇게 부르는 것이 처음이었지만, 전혀 위화감 없이 자연스러웠다. 아마 마음속으로 수없이 불러 굳건하게 자리 잡은 이름이리라. 인공 언덕 뒤에서 엿듣던 봉지미의 가슴이 갑자기 철렁했다. 고지효도 면사포 너머로 반짝이는 아빠의 눈동자를 응시하며 잠자코 있었다.

밤의 대화

고남의는 첫 마디를 뱉어내자 평상심을 되찾은 듯 표정이 한결 부드러워졌고 말도 유창해졌다. 그는 본디 고집스러운 사람이었다. 어릴 적 무공을 연마하던 시절, 한계를 넘어서기 위해 스스로 눈 더미에 묻혀 사흘 밤낮을 버티다 죽을 뻔한 적도 있었다. 그런 그가 평생 봉지미를 지키겠다고 선언했다면, 그 약속은 영원히 변치 않을 것이다. 이제껏 그가 마음먹었는데 하지 못한 일은 없었다. 그는 오늘 지효에게 이 말을 꺼내는 일이 어린 시절 무공을 연마하다가 눈 속에서 죽을 뻔했던 때만큼 힘겹다고 느꼈다.

"효야."

어른을 타이르듯 딸의 작은 어깨에 손을 올렸다. 봉지미가 가르쳐 준 대로 대화할 때는 상대방의 눈을 바라봤다. 단 한 번도 눈을 깜빡이지 않고 고지효를 뚫어지라 바라봤다.

"아빠는 네게 아주 큰 자유가 있었으면 좋겠어."

고지효도 눈 한 번 깜빡이지 않고 고남의를 바라봤다. 그 눈빛이 한

없이 맑고 투명했다.

"자유는 아빠가 주는 거야."

"아니야."

봉지미가 고남의에게 직접 행동으로 사사했기에, 그는 이제 대화를 나눌 때 어느 정도 화술을 갖출 수 있게 되었다.

"아빠는 못 줘."

고지효는 고개를 갸웃하며 질문투성이인 눈빛으로 고남의를 바라봤다. 하지만 그는 진지하게 '설득'이란 것을 어떻게 해 나가면 좋을지 고민했다. 그의 곁에는 천하제일의 능변에 재치까지 지닌 봉지미가 있지만, 멋진 말로 교묘하게 설득하는 기술은 배우지 못했다. 한참을 생각하다 그는 결국 설득을 포기하고 단도직입적으로 말하기를 택했다.

"아빠는 네가 많은 사람의 생사를 쥐고 흔들 수 있는 사람이었으면 좋겠어. 더 큰 권력을 얻으면 다른 사람이 너를 붙잡아 둘 수 없고, 너는 마음만 먹으면 누구든 네 곁에 남길 수 있어. 그게 바로 자유야."

"아니야."

지효가 즉시 고개를 가로저었다.

"다른 사람은 없어. 다른 사람은 없어!"

아이는 고남의의 목을 끌어안고 매달렸다. 조그만 얼굴을 그의 목덜미에 비비며 눈을 가늘게 뜨고 말했다.

"아빠, 나 데려가 줘."

고남의는 아이를 떼어 놓고 차근차근 말하고 싶었지만, 지효는 말을 듣지 않고 작은 손으로 그의 목을 필사적으로 휘감았다. 그는 아이의 손을 잡으려다 허공에 잠시 멈추었고 천천히 아이의 등을 감쌌다. 검고 보드라운 딸아이의 머리칼을 가만히 쓰다듬으며, 고개를 기울여 지효의 귓가에 다가갔다. 오늘 그의 일거수일투족은 온화했다. 아이에게 다가가는 그의 몸짓이 깨지기 쉬운 도자기를 다루듯 자상했지만, 뱉어낸 말은 거의 절연 선언에 가까웠다.

"남을 제압하지 않는다면, 아빠는 널 버릴 거야."

고지효가 고개를 번쩍 들고 정신이 나간 듯 멀뚱멀뚱 바라봤다. 하지만 고남의는 이미 고개를 돌려 지효를 보지 않고 어렵사리 터진 말을 재빨리 마무리했다.

"목숨을 걸고 이모를 지키지 않으면 아빠와 헤어지는 거라고 약속했지? 이제 목숨 말고 여기 남아서 아빠가 하라는 대로 해."

지효는 말의 의미를 잘 모르는 듯 여전히 멍하니 고남의를 바라봤다. 하지만 극도로 총명한 아이답게 얼마 후 이렇게 물었다.

"여기서 사람들을 제압해?"

"그래."

"하지만 난 아빠만 좋은데."

지효의 눈시울에 가득 맺힌 눈물방울이 파르르 떨리다 눈꼬리를 타고 넘쳐흘렀다.

"네가 해내야만 아빠가 네 아빠일 수 있어."

고남의는 또다시 딸을 바라보며 시선으로 그 망연자실한 표정의 얼굴을 어루만졌다. 난생처음 인생의 고난으로 인해 주름이 드리워진 그 자그마한 얼굴을 눈빛으로 어루만져 주고 있었다. 하지만 그는 그러는 자신의 눈빛에서도 고통이 보인다는 걸 몰랐다. 둘의 아픔이 겹쳐도 결국은 그 둘만의 아픔에 지나지 않았다. 눈앞의 아이는 핏줄은 아니지만 피보다 진한 정을 느낀 아이였다. 지효가 아기 때부터 그가 품에 안고 세 살 꼬마로 키워냈다. 아이를 직접 먹이고 재우고 똥 기저귀를 갈아 준 그는 세상의 모든 아버지와 달랐다. 까다롭고 번거로운 모든 육아 일을 직접 해 낸 그는 세상의 어떤 아버지보다 아버지다운 자격이 있었다. 어떤 아버지도 이처럼 아이의 모든 성장 과정에 세심하게 관여하지 않았을 터였다.

고남의가 집요하게 지키고픈 사랑은 평생을 두고 고집스럽게 두 여자에게만 향해 있을 것이다. 둘 다 그의 피 같고 목숨 같은 존재이며, 둘 중 누구를 잃는다고 해도 하늘이 무너지고 땅이 갈라지는 듯한 충격을 입을 것이다. 그녀들이 없다면 영원히 채울 수 없는 공허에 빠질 것이고, 모든 것을 잃어버릴 것이다. 상상만으로도 뼛속까지 고통이 스미는 것 같았다. 이별은 생각해 본 적이 없었다. 아니, 생각하고 싶지도 않았다. 평생 두 여자 곁에서 오래 머물 수 있으리라 생각했지만, 종국에는 선택해야만 했다.

고남의는 결국 제 손으로 베어 버리는 길을 택했다. 오직 아빠만 의지했고, 잠깐도 아빠 곁을 떠나 본 적 없는 아이를 머나먼 타국에 남겨 둬야 했다. 기댈 곳 하나 없는 옥좌로 떠밀리는 외로운 사람으로 만들어야 했다. 생각만 해도 심장 한 조각을 뚝 떼어 놓은 듯 공허했고, 자근자근 통증이 밀려들어 뼈에 사무쳤다. 함박눈이 내리던 그해 그날, 봉지미가 관을 들고 궁 밖으로 나왔을 때 궁궐 문에서 대기하고 있는 그를 보며 짓던 그 슬프고 처량한 표정을 이해할 것 같았다. 그것은 깊은 물속에 침잠해 영원히 헤어 나올 수 없을 것만 같은 절망이었다. 영원히 동트지 못할 밤보다 춥고 길었다. 지금 그가 지효의 눈을 보듯, 작은 꼬마의 눈에도 같은 고통이 보였다. 한결같이 사랑만 주던 아빠가 처음으로 자신을 협박하고 몰인정하게 구는 것이다. 그는 시선을 연못 쪽으로 피해 반쯤 시든 연꽃잎만 넋을 놓고 바라봤다. 아파도 후회하지 않는다. 그녀에게 도움이 되는 일이라면 후회할 가치도 없다.

고남의는 봉지미 곁에서 오랜 시간을 보내면서 점차 자신이 주는 도움이 그녀가 가장 필요로 하는 부분이 아니라고 생각했다. 그가 아무리 강력한 조직을 꾸려도 그녀의 신변을 보호하는 정도밖에 해 줄 수 없었다. 그녀가 가슴 깊은 곳에 품은 웅대하고 드높은 소망을 이루기엔 조직의 힘이 미약했다. 자신은 의술로 사람을 다스리는 종신보다 못하고, 지혜로 천하를 주름잡는 그녀보다 못했다. 절대적으로 강력한 무공을 지녔지만, 그녀가 총칼 앞에 설 때만 대신 맞서 줄 뿐이었다. 하지만 지금껏 그녀가 마주해 온 더 큰 위험은 조정의 온갖 비정한 음모와 모함이었다. 이 무력감은 이미 오래전 깊이 뿌리내렸지만, 이따금 생각날 때마다 애써 자위하곤 했다. 그녀에겐 여전히 내가 필요하다고. 그녀를 지킬 수 있다고……. 하지만 이제 그녀는 무공으로 충분히 자신을 지킬 수 있었다. 그녀의 빛나는 지혜만으로 모든 악과 위험에 맞설 수 있었다. 사실 그녀의 관직이 높아져 3천 호위 병사를 거느리게 됐을 때부터 그는 신변 안전을 걱정할 필요가 없었다. 그때부터 그를 존재하게 하는 힘이 서서히 약해진 것이다. 그는 기꺼이 일평생 그녀의 호위 무사로 살 수 있었지만, 그녀를 많이 도울 수 없는 것은 견딜 수 없었다. 마침내 그녀를 위해 할 일이 생겼는데, 자신 때문에 그녀가 포기하는 상황은 결코 받아들일 수 없었다.

'지미……. 한때는 너와 헤어지면 세상이 무너지는 것과 같다고 여겼어. 하지만 이쯤 되니 이별도 너를 돕는 방법이 될 수 있음을 깨달았다.'

고남의는 선택했다.

'나의 육신과 가족을 베어내 그해 가장 험난했던 날 네가 했던 맹세가 이뤄지게 할 거야.'

고남의는 입술을 살짝 움직거리다가 딸을 무릎으로 다시 데려와서 감싸 안았다. 얼굴을 지효의 뒤통수에 바짝 대고 은은한 젖내가 풍기는 아이의 머리카락 냄새를 맡았다. 내내 넋이 나가 있던 고지효는 그렇게 안기자 정신을 퍼뜩 차리고 고개를 확 돌렸다. 아이의 눈물방울이 그의 얼굴에 튀었다. 아이는 눈물도 닦지 않고 그를 똑바로 보며 날카롭게 소리쳤다.

"나 버릴 거지? 여기 혼자 둘 거지?"

눈물 두 줄기가 눈꼬리부터 소리 없이 흘러 희미하게 빛을 반사했다.

"아니."

고남의는 손가락으로 지효의 눈물을 닦아 주며 말했다.

"아빠가 같이 있을게."

"정말?"

지효가 눈을 깜빡이자 고인 눈물이 후드득 떨어졌다. 눈동자에 벌써 기쁨이 활짝 드러났다.

"정말 안 가?"

고남의는 잠깐 망설이다가 말했다.

"네가 너무 어리니까 아빠가 곁에 있을게."

"그럼 우리는 서량에 남아?"

지효는 절박한 표정으로 물었다.

"얼마나? 한 달? 일 년?"

아이는 눈을 동그랗게 뜨고 손가락을 꼽으며 일 년까지 말했을 때 한숨을 푹 내쉬었다.

"그건 나도 몰라."

고남의가 아이를 안고 자그마한 몸을 살며시 흔들며 말했다.

"효야, 아빠는 네 이모의 것이야. 아빠는 너랑 여기 남아서 이모를 기다릴 거야."

"이모가 아빠 버렸어?"

지효는 아빠가 흔들어 대는 통에 잠이 쏟아지는지 웅얼대며 말하기 시작했다.

"따라가……. 나랑 같이 이모 따라가……."

"아빠가 이모를 떠나는 거야."

고남의가 담담하게 말했다.

"아빠는 지효랑 있을 거야."

지효는 의심스러운 듯 고개를 들어 아빠를 바라봤다. 눈빛으로 이렇게 말하는 것 같았다.

'드디어 이모보다 내가 중요해졌구나?'

지효의 놀란 표정에 기쁨이 묻어났다.

"네 이모는 우리한테 많은 걸 줬어. 너를 구한 사람도 이모고, 키워준 사람도 이모야."

고남의는 눈물에 젖어 얼굴에 달라붙은 지효의 머리칼을 쓸어 주며 말했다.

"아빠는 이모를 위해서 할 일이 있어. 그러니까 네가 도와 줘."

지효는 한동안 침묵하다 고개를 끄덕였다.

"아빠는 나랑 있어. 우리 여기 있자."

고남의가 딸의 얼굴을 쓰다듬으며 천천히 말했다.

"그래."

마지막 짧은 두 마디를 끝으로 두 부녀는 더 이상 말하지 않았다. 지효는 곤한지 눈을 감았다. 감은 눈초리에서 아직 마르지 않은 눈물이 배어 나왔다. 고남의는 한참 동안 딸의 얼굴을 응시하다 몸을 굽혀 자신의 얼굴을 눈물 자국이 마르지 않은 아이의 볼에 비볐다. 그의 면사포가 무겁게 늘어져 두 사람의 얼굴을 가렸다. 아이와 볼을 맞대는 이 순간, 그가 어떤 표정을 짓고 있는지 아무도 알 수 없었다.

차가운 달빛이 내렸다. 부둥켜안은 부녀는 말 없는 조각상 같았다. 고남의의 옷자락은 달빛 아래 희끄무레한 색채를 띠었고, 검은 바위처럼 합쳐진 둘의 그림자는 차가운 빛을 뿜는 조약돌 길에 기다랗게 늘어졌다. 그 순간 불어오는 바람이 유난히 차가웠다.

차가운 바람이 불어와 서로 의지해 온 부녀의 일생일대 운명적 대화를 흩어지게 했다. 차가운 바람이 인공 언덕에도 불어왔지만, 눈가에 소리 없이 차오르는 눈물을 마르게 하지는 못했다. 봉지미는 언덕에 어깨를 기댄 채 고개를 약간 숙이고 있었다. 너무 세게 힘을 주어 몸을 지탱

하는 바람에 언덕을 무너뜨리거나 바위에 덮인 연둣빛 이끼를 짓이겨 그녀의 청색 비단 두루마기에 눈물 같은 자국을 남길 것만 같았다. 그녀의 얼굴은 관목 뒤에 반쯤 가려져 아무도 알아볼 수 없을 것이다. 오직 달빛만이 그녀를 지켜보고 있었다. 한쪽 뺨에 눈물이 제멋대로 흘렀다. 울컥 솟구치는 샘 같은 눈물에 이 순간의 차가운 달과 하늘빛이 거꾸로 비쳤다.

그해 영안궁 사건 이후 처음으로 흘린 눈물이었다. 그 이후 초원의 난과 전쟁을 겪었다. 포로로 잡혀가 위협을 받기도 했으며, 조정의 정세가 만든 함정에 빠지기도 했다. 장희 16년 내린 그 폭설을 뒤로한 후 지금까지 눈물 흘릴 일이 얼마나 많았던가? 하지만 그날 이후 그녀는 단한 번도 울지 않았다. 이번 생에 흘릴 눈물은 그해 영안궁에서 어머니가 누운 낮은 침대 맡에서 모두 흘렸다고 생각했다. 천성 황제 앞에서 거짓이지만 진실인 그 눈물로 전부 흘렸다고 생각했다. 하지만 오늘 그녀는 전혀 다른 아픔을 배우게 되었다. 진작에 얼어붙은 피와 골수를 작은 칼이 쑤시고 들어와 눈물로 만들어 버리는 아픔이었다. 두 사람의 대화는 지극히 평범했지만, 한마디 한마디가 그녀를 놀라게 했다. 그 말들이 귀에 꽃힐 때마다 비정한 손가락이 그녀의 떨리는 심장을 파헤치는 듯했다. 그토록 복받치는 고통에 온몸이 펄펄 끓으면서도 또 순식간에 얼음처럼 차가워져 그녀는 언덕 뒤에서 한 발자국도 움직일 수 없었다. 온갖 풍파를 겪으며 가슴이 단단해진 그녀였지만, 그 순간에는 말과 행동하는 법을 잊은 것만 같았다. 그녀는 언덕 뒤 서늘한 달빛 아래서 하염없이 눈물만 흘렸다. 감히 목멘 소리로 이 장중하고 결연한 이별의 방해꾼이 되고 싶지 않았다. 진정 마음이 요동치는 순간은 위험이나 고난에서 오는 것이 아니라, 감히 항거할 수 없는 결연한 마음을 타인으로부터 받는 순간이다. 십팔 년간 얼마나 춥고 괴로웠던가? 이 순간은 또 얼마나 아프고 따뜻한가? 이번 생에는 꽁꽁 얼어붙어 영원히 녹지 않을 것 같았는데, 지금 그녀는 오히려 그 절망에 감사했다.

달빛은 경계 없이 언덕의 양쪽을 고루 비췄다. 한쪽에는 어깨를 기댄 채 말없이 눈물을 흘리는 봉지미가 있었고, 다른 한쪽에는 서로 부둥켜안고 조용히 잠든 부녀가 있었다. 같은 장소에 두 가지 외로움이 교차했다. 한참 후, 적막한 가운데 연못가에서 들리는 희미한 인기척에 봉지미는 천천히 고개를 내밀어 보았다. 고남의가 잠든 지효를 안고 연못가를 나서서 기다리고 있던 궁녀에게 건네주었다. 정자 주변에 대기하고 있는 궁녀가 아주 많은 걸로 미뤄 보아, 여서는 이미 고지효의 신원을 확신하고 암암리에 경호 인력을 보낸 모양이었다.

고남의는 딸을 궁녀에게 맡겼다. 궁녀가 아이를 받아들 때 잠시 멈칫했지만, 결국은 결연히 아이를 내주었다. 봉지미는 고개를 돌리고 눈을 감았다. 그녀가 다시 눈을 떴을 때 더는 눈에 눈물이 고여 있지 않았다. 그녀는 연못에 급히 얼굴을 씻고 약간의 분을 발라 눈가의 붓기를 가렸다. 그녀는 아무 일 없다는 듯 평소와 똑같은 얼굴로 언덕 뒤에서 나타났다. 그녀는 활짝 웃으며 그의 눈빛을 맞이했다. 절대로 벗겨지지 않는 그의 면사포에 처음으로 감사했다.

"어디를 거닐다 온 거야?"

봉지미의 말투는 평소처럼 차분했다. 고남의는 그녀를 자세히 뜯어보더니 고개를 갸우뚱하고 여전히 기복 없는 목소리로 말했다.

"지효랑 잠깐 놀아 줬어."

아주 거짓말도 아니고 그렇다고 진실도 아닌 대답이었다. 고남의가 언제부터 이렇게 거짓말을 잘하게 된 걸까? 봉지미는 웃으려 했지만 어쩐지 울음이 터질 것 같아 고개를 살짝 들고 말했다.

"그렇군. 지효는 어떻게 지낸대?"

"잘 지낸대."

둘은 지효의 안부를 화제로 이어 가지 않고 어깨를 나란히 맞댄 채 천천히 걸었다. 조약돌이 깔린 오솔길에 긴 그림자가 드리워졌고, 고남의의 그림자가 봉지미의 그림자를 무겁게 덮었다. 반쯤 시들어 돌돌 말린 연잎에 맺힌 이슬이 조용히 쏟아졌다. 들릴 듯 말 듯 미세한 소리였지만 마음을 일렁이게 했다. 한참 후 그가 대뜸 말했다.

"내게 비기가 있어. 이따가 가르쳐 줄 테니 잘 연마해."

봉지미는 한동안 말이 없었다. 고남의는 약간 의심스러운 듯 고개를 갸웃하고 그녀를 보았다.

"좋아요."

마지막 짧은 두 마디의 대화 후 두 사람은 더 말을 하지 않았다. 내내 침묵하며 걸었고, 정원의 오솔길은 끝도 없이 굽이쳤다. 이 길이 끝나지 않는 것은 아닐까 하는 착각이 들었지만, 둘의 그림자는 벌써 길 끝에 닿아 있었다.

황제 알현식 후 한동안 조용한 나날이 이어졌다. 한가한 틈을 타서 고남의는 정말로 봉지미에게 무공 연마를 재촉했다. 그는 평소와 달리 그녀의 무공 연마 태도가 산만하고 진지하지 않다고 지적하는 등 조급함을 엿보였다. 몰아붙이듯 가르칠 때가 많았고, 사흘은 배워야 하는 수를 한나절에 가르치려 했다. 심지어 한나절도 길다며 손에 작은 채찍까지 쥐고 언제든 그녀를 내리칠 수 있다는 기세로 엄히 가르쳤다.

사실 봉지미는 무공 연마에 쏟을 시간이 그렇게 많지 않았다. 지위와 신분이 높은 그녀는 온갖 일에 얽혀 있는데 어찌 아침부터 저녁까지 무공만 연습할 수 있겠는가? 하지만 그녀는 불평 한마디 없이 모든 접대 일정을 미뤘다. 매일 몇 통의 편지를 쓰고 꼭 필요한 사람만을 잠깐씩 불러 비밀스러운 지시를 내릴 뿐, 남은 시간은 모두 고남의와 내원에 처박혀 수련에 열중했다. 첫닭이 올 때 시작해서 한밤중까지 수련하고 나면 기진맥진하여 기어서 돌아가야 할 지경이었지만, 그의 앞에서는 겨우 버텼다. 그러다 방으로 돌아가면 문을 닫자마자 정말로 침대로 기어서 올라가곤 했다. 그렇다 해도 그녀는 불평 한마디 하지 않고 그가 가르쳐 주는 대로 배웠다. 하지만 그가 내력을 써서 그녀의 경맥을 개방하려는 것만은 반대했다. 그가 그런 마음을 먹을 때마다 그녀가 단호하게 수업을 거부하니, 그도 어쩔 수 없었다. 그녀는 또 비밀리에 다른 호위 병사에게 자신의 침소 앞을 지키라고 명했다. 다른 사람이 접근하는 것은 괜찮지만 그는 절대 근처에도 오지 못하게 하라고 일렀다. 극도로 피곤한 그녀가 단잠에 빠졌을 때 그가 들어와 그의 진력을 소모해 가며 그녀의 경맥을 개방하는 일을 막기 위해서였다.

7일째 되는 날, 고남의는 드디어 봉지미에게 더 이상 새로운 무공을 가르치지 않게 되었다. 대추를 통째로 삼키듯 성급하긴 했지만, 아무튼 모든 수업을 마쳤으니 이제 그녀가 스스로 연마하는 일만 남았다. 그녀는 마침내 한숨을 돌리고 지친 근육과 관절을 쉬게 해 주거나 종일 늘어지게 자고 싶었다. 하지만 또다시 여서의 초청장을 받고 말았다. 황실의 개인 숲인 남원(南苑) 황가 어림(御林)에서 함께 사냥을 즐기자는 내용이었다. 며칠 사이 날아온 세 번째 초청을 더는 사양할 수 없어 그녀는 약속 장소로 향했다. 하지만 고남의는 따라나서지 않고 부하만 배치하며 잘 보호할 것을 당부했다. 그녀도 이의를 제기하지 않았다. 두 사람 모두 그날 밤 이후 평온하고 편안해 보였다.

서량의 어림은 금성 서쪽 7리 밖 커다란 숲 터에 자리 잡고 있었다. 봉지미가 도착했을 때 벌써 와서 기다리고 있던 여서는 그녀를 보고 웃으며 말했다.

"세 번이나 초대해서야 겨우 오시다니…… 위 후를 모시기가 참으로 어렵습니다. 오늘 초대장도 섭정왕의 명의로 발송하지 않았더라면 위 후의 마차를 감히 움직일 수 없었겠지요."

봉지미는 잠시 어리둥절했다. 초대장에 누구의 이름이 적혔는지 신경도 쓰지 않았기 때문이었다. 다만 여서의 부하가 낯익어 당연히 여서가 초대한 줄 알았던 것이었다. 그녀는 서둘러 사과의 말을 건넨 후 물었다.

"섭정왕께서는 어디 계십니까?"

"생신을 앞두고 한창 바쁘십니다."

여서가 웃으며 말했다.

"멀리서 오신 손님을 푸대접할 수 없으니 저보고 위 후를 극진히 모시라고 당부하셨지요."

생일상 준비가 섭정왕이 일일이 챙길 일은 아님은 당연했다. 진사우, 노지언 등과 접촉하기에 바쁜 것이겠지……. 현재 진사우, 노지언의 세력 범위에 서량을 합치면 천성의 민남을 포위하기 딱 좋은 그림이 펼쳐진다. 민남은 얼마 전 한바탕 내란을 겪고 아직 원기를 회복하지 못했으니, 불난 틈을 타서 강도질하기 딱 좋은 대상이었다. 일을 마치면 그들은 민남을 쪼개 각자 필요한 대로 나눠 점령할 것이다. 물론 섭정왕도 천성과 동맹을 맺을 생각을 하고 있을지 모르지만, 아직 아무 동정이 없으니 도대체 무슨 속셈인지 알 수 없었다. 여서는 벌써 말을 끌고 와서 비교적 황량한 서쪽을 가리키고 웃으며 말했다.

"저곳에 희귀한 동물들이 많다고 하니 사냥이나 즐겨 봅시다."

봉지미가 웃으며 승낙하고 말의 배를 찼다. 좋은 말을 탄 두 사람이 화살이 날아가듯 앞으로 질주해 나가자 따라잡지 못한 호위 병사들과 거리가 크게 벌어졌다. 숲으로 들어서자 여서는 말을 멈춰 세우고 웃는 얼굴로 그녀를 흘겨보며 입을 열었다.

"위 후께서 지난번에 기별도 없이 가신 일은 참으로 예의에 어긋난 처사였습니다."

"칼로 손님을 맞이하셨으니 실례는 대사마께서 먼저 범하신 것 같습니다만……."

여서는 새색시처럼 어여쁘게 웃으며 말했다.

"손님이요? 오늘의 손님이 다음에는 죄수나 포로가 될 수 있지요."

"음?"

봉지미가 눈썹을 살짝 추켜세웠다.

"대월과 장녕의 사신이 모두 금성에 있다는 사실을 위 후도 아실 겁니다."

여서의 입꼬리에 비꼬는 듯한 웃음기가 번졌다.

"위 후의 인간관계가 매우 나쁘신 건지 어쩐지…… 들리는 말에 의하면 대월과 장녕 측은 섭정왕과 접촉해 각자 동맹을 제안하고 있습니다. 내세운 동맹 조건도 한결같이 서량에 유리합니다. 그들의 요구사항은 단 하나뿐인데…… 그게 위 후의 목숨이랍니다."

여서는 미소 지으며 채찍을 높이 든 채 봉지미를 바라보고는 혀를 차며 찬탄했다.

"사람 목숨 하나가 일국의 이익을 좌지우지하다니, 과연 위 후는 대단한 분입니다."

"실로 이 사람의 영광이지요."

봉지미도 웃으며 말했다.

"그럼 섭정왕께서 결심하셨는지요?"

"제가 그걸 알려 드려야 할 이유가 있습니까?"

여서가 하품을 하자 창백한 얼굴에 초췌하고 푸르스름한 빛이 드리워졌다. 며칠 동안 잠을 설친 것 같았다.

"위 후께서는 제 제안을 거절하셨잖습니까?"

"대사마께서는 속이 좁으시군요."

봉지미는 채찍을 높이 들어 말굴레를 내리치며 미간을 활짝 펴고 웃었다.

"대인이나 저나 정치인 아닙니까? 세상천지에 정치인이 단박에 응할 수 있는 사안이 있을까요? 안 그렇습니까?"

여서의 눈이 반짝 빛나며 얼른 말했다.

"저는 만반의 준비를 해 두었고, 이제 위 후께서 남동풍을 일으켜 주시기만을 기다리고 있습니다."

"그런가요?"

"저는 선제가 중용하던 조정 대신으로, 당시 일인지하 만인지상의 권력을 누렸습니다. 여러 해 동안 구축한 세력을 은지서(殷志恕)가 어찌 감히 얕잡아 보겠습니까?"

여서는 자신만만하게 웃었다.

"당시 황제를 보좌하던 3대 대신 중 살아남은 사람은 저뿐이지만, 바로 제가 낯가죽에 철판을 깔고 산 덕분에 선대 황조의 늙은 대신들을 보호할 수 있었습니다. 저는 오랫동안 열심히 이 모든 걸 도모해 왔습니다. 사실 황성 안에서 은지서가 방심하는 틈을 타 목숨을 빼앗는 것은 어려운 일이 아니지요. 허나 모든 출사에는 반드시 명분이 있어야 합니다. 하지만 제 수중에는 황권의 정통성을 입증할 만한 증거가 없습니다. 그러니 위 후께서 제가 정통성을 확보할 수 있게만 해 주십시오."

"대사마가 많은 말씀을 하셨지만 사실 저는 확신이 서지 않습니다."

봉지미가 멀리 황성의 한 귀퉁이를 바라보며 부드럽게 웃었다.

"섭정왕을 쓰러뜨리려면 반드시 그가 방심한 틈을 보여야 하고, 그런 상황이 황성 안에서 일어나야 합니다. 일단 그가 황성을 벗어나 버리면 대사마께서는 황권의 정통성을 입증해야 할 뿐만 아니라, 섭정왕의 군사력을 감당하지 못할 텐데요?"

여서는 한참 침묵한 뒤에야 말했다.

"섭정왕이 군권 대부분을 장악한 것은 사실이지만 큰 약점이 있습니다. 그는 투명하고 저는 감춰져 있다는 점이죠. 섭정왕의 세력은 제가 손바닥 들여다보듯 파악하고 있고, 심지어 군의 일부를 움직일 수도 있습니다. 하지만 제 속내는 섭정왕이 절대로 알지 못합니다. 섭정왕은 그의 오른팔인 대사마가 딴마음을 품었다고는 꿈에도 생각하지 못할 것입니다. 이 점만 봐도 은지서는 필패할 테지요."

"그래도 이 자리까지 올라온 섭정왕이니 한 세대를 풍미하는 인재라 할 수 있습니다. 왕이 된 자는 본디 의심이 많고, 언제나 주변을 살피며 사람을 쉽게 믿지 않습니다. 어인 연유로 섭정왕이 대사마를 추호도 의심하지 않으리라 단언하십니까?"

여서가 다시 침묵하자 봉지미도 더 묻지 않았다. 다만 웃으며 활시위를 당겨 전방에 내달리는 사슴을 향해 겨눴다. 화살을 메긴 시위가 끝까지 당겨진 그 순간, 그의 목소리가 들렸다.

"제게는 어릴 적부터 목숨처럼 의지한 친누님이 한 분 계시는데, 그분이 섭정왕의 정비입니다."

봉지미의 손이 떨리는 바람에 화살은 조준점을 빗나갔다. '틱' 하는 소리와 함께 화살이 사슴의 꼬리에 맞았고, 놀란 사슴은 피를 흘리며 전속력을 다 해서 도망갔다. 그녀는 아깝다며 한숨을 내쉬고는 활을 접고 고개를 돌려 여서를 주시했다. 대사마가 섭정왕의 유일한 처남이라는 사실은 확실히 그녀도 몰랐다. 아마 서량 조정에서도 두 사람의 인척 관계를 대수롭지 않게 생각하는 모양이었다. 그 보다는 섭정왕과 대사마가 군신간의 도리를 매우 중하게 여겨 서로 깊은 신뢰를 주고받는 군신 관계로 평가하는 것 같았다. 여서의 입으로 이런 이야기를 들으니 그녀도 어쩔 수 없이 놀랐다. 뗄 수 없는 친인척 관계로 엮여 있는데 그는 왜 이런 행동을 하려는 걸까? 그녀는 어여쁜 여인처럼 말간 그의 얼굴을 잠시 지켜보다가, 구체적인 방법은 말하지 않았지만 그가 원하던 대답을 해 주었다.

"타국에서 온 사신의 신분으로 귀국의 정무에 간섭하기 민망하지만, 오늘은 대사마께 한마디만 남기겠습니다. 대사마께서 성사시킨다면 지효의 신분은 제가 증명해 드릴 방법이 있습니다."

"그 한마디면 충분합니다!"

여서의 얼굴에 화색이 돌았다.

"일이 성사되면 위 후께서 무엇이든 요구하셔도 좋습니다. 물길과 시장을 상호 개방할 것이고, 앞으로 장녕번이 역모를 꾀한다면 우리도 출병해 견제하겠습니다."

"그런 건 다 미래의 일이지요."

봉지미가 의미심장하게 미소 지었다.

"언제쯤 움직이실 계획입니까?"

"은지서는 평일에 조정에 나와 정무를 처리하는 것 외에는 좀처럼 외출을 하지 않습니다. 주변에 삼천 명의 호위 병사가 철통같이 지키고 있어 용무가 없는 자는 백 척 이내로 다가갈 수도 없습니다. 심지어 섭정왕부에서 취침할 때도 매번 다른 곳에서 잠을 청해 아무도 예측할 수 없게 합니다."

여서가 이어서 말했다.

"하지만 극히 제한적인 몇몇 날은 홀로 나타납니다. 1월 1일, 그믐, 그리고 그 자신과 폐하의 생신이죠."

"7일 후가 섭정왕의 생신이고 보름 뒤면 폐하의 생신이니 짧으면 수일, 길면 보름간의 시간이 있군요."

봉지미가 미소를 지으며 말했다.

"저는 대사마께서 가져오실 좋은 소식을 조용히 기다리겠습니다."

"저도 위 후께서 들려주실 좋은 소식을 조용히 기다리겠습니다."

여서가 턱으로 북쪽을 가리키며 말했다.

"꿍꿍이를 부리려 작정한 사람들이 있으니 위 후께서도 미리 마음의 준비를 하시는 게 좋겠습니다."

봉지미가 빙긋 웃더니 별안간 말했다.

"음? 조금 전 제가 쐈던 사슴이 다시 나타났습니다! 이번엔 절대 놓칠 수 없죠."

봉지미는 말에게 채찍질하며 앞으로 쫓아나갔다. 그녀의 선명한 뒷모습이 무성한 초록 숲속으로 사라질 때 여서는 그녀가 사라진 방향을 바라봤다. 눈가에 당혹스러운 빛이 드러났고, 곧 다른 방향으로 돌아갔다. 소리 없이 사방에서 불쑥 나타난 사람들이 공손히 그의 명령을 기다렸다. 그는 말을 세우고 말없이 멀리 황성 방향을 바라봤다. 사방의 부하들은 말이 없었고, 감히 재촉하거나 소란을 피우는 사람이 없었다. 한참 후 그가 채찍을 높이 들자 채찍은 허공에서 검은빛을 뿜었다. 명쾌하고 낭랑한 채찍 소리가 퍼질 때 그가 말했다.

"섭정왕 시해 작전에 착수한다."

말을 내달려 여서의 시야를 벗어난 봉지미는 사슴 쫓기를 그만두고 손가락으로 암호를 보냈다. 회색 옷을 입은 사람이 곧바로 그녀 앞에 나타났다.

"이제부터 민남에 있는 모든 손을 빌려야 한다."

봉지미가 다급하게 말했다.

"어떻게든 국경을 넘는 문서를 모두 조사하도록 해라. 금성에서 빠른 말을 통해 밖으로 보내는 문서도 주의 깊게 조사하고, 민남 국경에서 다시 한 번 검사해라. 문서 내용을 주의 깊게 살펴서 조금이라도 의심스러운 점이 있으면 나에게 보고해야 한다."

"네!"

"내가 시킨 일을 어떻게 되고 있지?"

"섭정왕의 어린 아들은 경호가 삼엄해 대월 사신을 섭정왕 측근들과 마주치게 하기가 어렵습니다. 그래서 섭정왕의 왕비가 자주 가는 가람사(伽藍寺)에 작업을 해 뒀습니다. 왕비가 내일 가람사에 분향하러 갈 때 마주치게 할 방법이 있습니다."

"나와 동시에 출발한다. 대월로 간 사람들의 동향은 어떤가?"

"명령하신 대로 대월에 잠입했으니 언제든 지령에 따라 행동할 수 있습니다."

"그럼 착수하라고 일러라."

"네!"

회색 옷을 입은 사람이 명을 받들고 총총 떠나자, 봉지미는 채찍으로 손바닥을 두드리며 눈을 감고 생각에 잠겼다. 섭정왕의 속내는 그녀도 진작부터 알고 있었다. 천성과 동맹을 맺겠다는 그의 이야기는 모두 거짓이었다. 두 나라 사이에 맺힌 묵은 원수가 그대로 남아 있었고, 천성 황제가 도량이 넓은 군주도 아니었다. 대월과의 전쟁이 끝났으니 늙은 황제의 다음 목표는 서량이다. 그게 아니라면 화경의 화봉군 재건을 왜 윤허해 주었겠는가? 다만 대월과 전투를 치른 지 얼마 되지 않았고, 장녕번의 동향도 의식해야 하니 당분간 휴식을 취할 따름이었다. 그러기 위해 일단은 서량과 잘 지내는 체하라고 자신을 보낸 것뿐이었다.

천성의 속마음을 간파한 섭정왕 역시 일단 사신을 환대해 동맹을 맺으려는 듯 거짓 의도를 보일 뿐이었다. 그렇게 함으로써 대월과 장녕의 불안 심리에 불을 지폈고, 그 틈을 타서 서량은 이득을 취하려는 속셈이다. 장녕은 처음부터 흙탕물이 혼탁할수록 자기에게 유리하기 때문에 기꺼이 개입했을 것이다. 대월 진사우의 속셈도 단순하지 않았다. 그의 군사가 주둔한 지역과 서량은 강 하나를 사이에 두고 있었다. 그러니 서량이 그와 동맹을 맺는다면 가장 좋고, 맺지 않는다면 도발을 해서 세 나라의 관계에 혼란을 일으켜도 좋을 것이다. 그렇게 되면 서량의 정세가 불안하니 대월 남쪽 수비가 불가피하다는 명목을 내세워 병사를 끝까지 철군하지 않을 수 있을 것이다.

사방이 온통 어수선했다. 각자 드러낼 수 없는 심사를 품고 있으니, 가보지 않는 이상 아무도 그 끝을 알 수 없었다. 현재 상황으로 보면 섭정왕은 분명 대월 및 장녕과 삼자 동맹을 맺을 것이다. 대월을 이용해 천성의 서북 일대를 견제하고, 장녕과 서량이 동시에 출병하여 현재 천성에서 군사력이 가장 약한 동남쪽을 치려 할 것이다. 이민족이 많고 민심이 산만해진 민남과 가장 부유한 남해가 서량과 장녕의 손에 넘어간다면 호랑이에게 날개를 달아 준 격이 된다. 그때가 되면 장녕은 천성에게 자치제를 요구할 수도 있고, 아예 창끝을 제경으로 겨눌 수도 있었다. 대월은 비록 영토 전쟁에 끼어들지는 못하나 진사우는 십만 대군의 군비 명목으로 엄청난 금은과 재물을 요구할 수 있다. 이는 그가 북으로 진군해 대월의 황위를 차지하는 데 큰 도움을 줄 것이다. 상황이 여기까지 오면 모두 쾌재를 부를 것이다. 세 나라 사이의 논의가 정말 이 단계까지 진행됐다면, 천성에서 온 사신인 자신은 절대 살아서 돌아갈 수 없을 것이다. 봉지미는 턱을 치켜들고 뭉게구름이 지나가는 하늘을 담담하게 바라보았다.

'너희들은 오랫동안 계획을 세웠겠지. 좋다. 그렇다면 덤벼라.'

하지만 그들도 모르는 것이 있었다. 봉지미가 결코 지금에서야 움직이기 시작한 것은 아니라는 사실을……

어원에서 돌아온 다음 날은 서량의 추기절(秋祈節)이었다. 이날 황제는 천신과 지신을 모시는 제단을 찾아 오곡이 풍성하게 익고 바람과 비가 적절하게 내리길 기원했다. 고관대작들과 귀부인들도 이날은 내년의 모든 일이 가을날의 곡식처럼 풍요롭기를 기원했다. 각 사찰에는 향을 피우러 온 사람들로 문전성시를 이뤘다. 과거에도 이토록 떠들썩한 날에는 크고 작은 마찰이나 다툼이 일어나곤 했는데, 올해는 어쩐지 소동이 큰 것 같았다. 한무리의 외지 상인들이 가람사에 구경을 왔다가 섭정왕비의 마차를 실수로 들이받고 말았다. 당시에는 별일 없이 넘어갔지만, 섭정왕부에서 경기를 일으키는 아이를 진료할 명의를 찾는다는 소문이 돌았다. 섭정왕의 생일을 앞두고 갑자기 이런 일이 일어나자 금성의 분위기가 경직됐다.

봉지미는 그날 저녁 섭정왕과 정례 회동을 가질 때 피하지 않고 이 문제를 거론했다. 우선 세자의 건강 상태와 안부를 묻고, 소아 경기를 다스리는 데 좋은 청심산(淸心散)을 올렸다. 섭정왕이 받으며 고맙다고 인사하자 그녀는 자리를 떠날 때 한마디 덧붙였다.

"전하께서 후손이 외아들인 세자뿐이시라 평소 과보호하고 계신지도 모릅니다. 주제넘은 충고를 용서해 주십시오. 어린아이는 너무 귀하게만 키워서는 안 됩니다. 천지신명께서 곱게 보지 않으시거든요."

섭정왕은 잠시 어리둥절했다가 허허 웃으며 대답했다.

"위 후의 주장이 참신하구려."

그러고 나서 직접 봉지미를 대문까지 배웅했다. 그녀가 얼마간 나아간 후 마차에 드리워진 발을 열어 보니, 그는 흐릿한 등불 아래 화를 못 참고 죽을 것 같은 표정을 하고 있었다. 그의 얼굴빛이 불빛 아래에서 붉으락푸르락 변화무쌍했다.

다음날 금성에는 별다른 변화가 없었고, 거리를 오가는 군마가 조금 늘었을 뿐이었다. 섭정왕의 생일을 앞두고 성 안팎의 경계를 강화하는 것은 별스러운 일도 아니었다. 그날 저녁 봉지미는 편지 한 통을 받았고, 담담하게 읽어 내린 후 촛불에 편지를 태워 버렸다. 그때 갑자기 문을 두드리는 소리가 들려 나가 보니, 부사신 왕당이 서 있었다. 이제 늙어서 움직임도 무거워진 이 내각 중서는 민남 출신이라는 이유로 부사신으로 파견되었다. 남방의 풍속을 잘 아는 그가 여행 내내 사람들에게 많은 편의를 제공한 건 사실이었다. 그는 몇 마디 인사말을 건넨 후에 방 한쪽에 있는 고남의의 눈치를 보지 않고 그녀에게 직접 말했다.

"신이 서량 예부와 생신 선물에 관해 상의하려고 외정에 가는 길에 지효 아가씨를 만났습니다. 그런데 어쩐 일인지 얼굴에 빨간 자국이 있었습니다. 어쩌다 그랬냐고 물어도 대답을 안 하니……. 조금 걱정스러워서 알려 드립니다."

봉지미의 표정이 약간 굳었다. 사실 그녀는 진작에 영징을 보내 지효를 보호하라고 일러두었다. 그런데 서량으로 향하는 내내 신바람 나 있던 영징은 어찌 된 영문인지 요즘은 닭싸움에서 진 수탉처럼 풀이 죽었다. 지효를 돌보라는 임무에 대해서도 그답지 않게 아무런 이의도 제기하지 않고 받들었다. 설마 이자가 어디서 충격을 받고 돌아와 게으름을 피우는 것일까? 그 사이 지효가 괴롭힘을 당했을까? 그녀는 즉시 고남의에게 말했다.

"몰래 한번 다녀오세요. 그렇지 않으면 모두가 안심할 수 없을 것 같네요."

요즘 고남의는 봉지미가 곁에 없는 자신에게 익숙해지려는 듯, 더는 그녀를 그림자처럼 따라다니지 않았다. 대신 시도 때도 없이 궁에 잠입해 지효를 살폈다. 그녀의 말을 듣고 그는 잠깐 침묵하다가 고개를 끄덕이더니 바람처럼 소리 없이 사라졌다. 왕당은 순식간에 사라진 그의 뒷모습을 보고 감탄했다.

"고 대인의 무공이 또 정진한 모양입니다."

왕당은 소매에서 편지 한 통을 꺼내더니 웃으며 말했다.

"대청을 지나는데 마침 빠른 말로 보낸 급행 편지가 당도한 걸 봤습니다. 초왕 전하께서 위 후께 드리라는 편지인 걸 보고 겸사겸사 가져왔습니다."

차를 마시던 봉지미는 그 말을 듣고 잠시 멈칫했다. 이번 서량 여행에서 영혁은 평소와 상당히 다른 모습을 자주 보여 주고 있었다. 그에게 분신이나 다름없는 호위 무사를 파견하여 그녀를 보호하면서도 편지 한 통이 없었다. 오히려 그녀가 마음에 걸려 얼마 전에 편지를 보내 서량의 정세에서 말할 수 있는 부분을 간단하게 보고했다. 시간을 따져 보니 지금쯤 회신이 올 때가 되었다. 그녀가 웃었다. 그 눈빛에 아주 잠깐 이상한 기운이 스쳤고, 곧 손을 내밀었다.

지독한 사랑

봉지미의 손가락이 봉투에 막 닿을 때, 창 너머로 총총 달려오는 전언의 모습이 보였다. 손에 얇은 종이를 들고 높이 흔들어 보이는 모습이 벽에 그림자로 비쳤다. 그녀가 멈칫하는 사이 왕당은 편지 모서리 부분을 손가락으로 튕겼다. 곧바로 희미한 연기가 자욱하게 피어올랐다. 그러자 그녀의 눈꺼풀이 내려앉으며 몸이 의자 쪽으로 기울어졌다. 잠이 든 것 같았다. 왕당은 차갑게 웃으며 일어나 문을 열고 문 앞에 선 전언을 막으며 말했다.

"위 후께서 곤히 주무시니 깨우지 않는 게 좋겠소. 전할 물건이 있으면 내게 주시오. 대신 전해 드리리다."

"알겠습니다."

전언은 왕당을 꿈에도 의심하지 않고 손에 든 서신을 건네고 웃으며 말했다.

"초왕 전하가 보내셨습니다."

왕당은 편지를 받았다. 전언이 떠나는 뒷모습을 보고 다시 들어온 그는 편지를 탁자 위에 올려 두고는, 자신이 가져온 약이 든 편지를 거뒀다. 깊은 잠에 빠진 듯 보이는 봉지미를 건들지 않고, 창문을 닫고 발을 내린 후 밖으로 나가서 문을 닫았다. 방 안에 적막이 내려앉았다. 아무도 이 방에 찾아와 위 후를 방해하려는 사람은 없었다. 위 후는 비밀이 많아서인지 평소 고 대인이 곁에서 수행할 뿐, 그 외에 다른 사람은 따라다니며 시중을 들지 않았다. 그런 위 후의 서재 문이 닫혀 있으니 감히 함부로 들어오는 사람은 없을 것이다.

자마금으로 만든 정(鼎)에 묵직한 향이 가득 피어오르고, 은은한 연기 속에 깊이 잠든 것 같은 봉지미는 편안해 보였다. 그때 서재 바닥에서 갑자기 어둑한 빛이 비쳤다. 자세히 보면 빛이 아니라 푸른 대리석이 천천히 움직이는 모양이었다. 특별한 장치가 있는 그 대리석은 벽 구석에 놓인 세숫대야 틀 뒤에 있었다. 사람들이 평소 그곳까지 갈 일이 없으니 그 밑이 텅 비어 있다는 점도 당연히 발견하지 못했다. 땅굴을 판 자가 매우 세심한 성격의 소유자임을 알 수 있게 하는 대목이었다. 대리석 밑으로 땅굴이 드러나면서 네 사람이 번개같이 튀어나와 각각 방의 한 귀퉁이에 섰다. 활과 쇠뇌를 들고 그녀를 포위했고, 그중 한 명이 오색 비단 주머니를 꺼내자 푸른 안개가 피어올랐다. 그제야 한 사람의 모습이 서서히 드러났다. 평범한 차림새였지만 점잖고도 우아한 기질이 범상치 않아 보였다. 진사우였다.

깊은 잠에 빠진 봉지미를 응시하는 진사우의 표정에 불안과 의혹이 스쳤다. 눈앞에 이 여자는 교활하기로 말하면 천하제일이라 그녀를 이토록 쉽게 쓰러뜨렸다는 사실을 믿을 수 없었다. 하지만 독한 약을 마신 데다 활과 쇠뇌에 포위된 사람이 아무런 기척도 없으니 믿지 않을 수도 없었다. 그는 곁으로 다가가 잠든 그녀의 얼굴을 조용히 뜯어봤다. 한순간 다시 그해의 포원으로 돌아간 것만 같았다. 그는 평온하면서도 암암리에 거센 파도가 치던 그날들을 떠올렸다. 매일 아침 그가 찾아가면 그녀는 십중팔구 늦잠을 자고 있었다. 비단 이불 밖으로 작은 얼굴만 빼꼼 내놓고, 검고 부드러운 머리칼이 뺨 주변에 물결치는 모습이 여린 꽃송이 같았다. 눈 깜짝할 사이에 그 꽃에 가시가 돋았고, 그는 가시에 찔려 피범벅이 되었다. 그는 입꼬리를 올리며 웃음기 없는 미소를 지었다. 소매 주머니에서 양 끝에 잠금 고리가 달린 사슬처럼 생긴 은색 물건을 꺼냈다. 그는 그녀의 오른손 엄지와 자신의 왼손 엄지손가락에 고리를 끼우고는 자물쇠를 철컥 잠갔다. 네 명의 부하는 이 장면을 멍하니 바라보며 믿기 어렵다는 표정을 지었지만, 그가 시선을 돌리자 네 사람은 재빨리 눈을 내리깔았다. 그의 입가에 웃음기가 묻었다.

이 물건은 대월 황실에 전해지는 '동심쇄(同心鎖)'였다. 평범해 보이지만 이것을 만든 재료는 평범하지 않았다. 오직 대월에서만 극소량 생산되는 백철(白鐵)로 만들었는데, 이 원료는 은처럼 흰빛을 띠지만 은보다 백배나 단단했다. 오직 하나의 용액만 이 물질을 부식시킬 수 있었고, 아무리 예리하고 단단한 무기에도 끊어지지 않았다. 대월의 황자라면 누구든 이 물질로 만든 동심쇄를 모두 한 벌씩을 가지고 있었다. 혼례를 치른 날 밤, 왕비와 각각 한 손에 차며 영원히 끊어지지 않을 깊은 부부의 정을 맹세하는 상징적인 물건이었다. 취향이 특이한 황자는 침실에서 흥을 돋우는 용도로 쓰기도 했다. 하지만 오직 왕비만 쓸 수 있는 물건이었고, 절대 다른 사람 손에 나타나서는 안 되는 물건이었다.

'위지, 오늘 너에게 이것을 채우겠다. 이번에도 도망칠 수 있을까?'

진사우는 곧 사슬을 각자의 소매 속에 감추고 손을 봉지미의 무릎 뒤로 가져가 한 번에 안아 올렸다. 그녀를 안은 순간 그는 미간을 찌푸렸다. 위지가 더 야위었다. 그가 한숨을 내쉬며 땅굴로 내려가자 네 명의 호위 병사도 줄줄이 따르며 입구를 원래대로 돌려 놨다. 일행은 말없이 한동안 땅굴을 걸었다. 전진한다기보다 위로 올라가는 느낌이었다. 얼마 가지 않아 그는 걸음을 멈췄다. 그가 벽의 한 지점을 파내자 또 다른 문이 나타났다. 그가 그녀를 안고 나간 곳은 밖이 아니라 뜻밖에도 여전히 방 안이었다. 다만 진열해 둔 용품이 직전의 서재보다 초라한 걸 보아 하인의 방인 듯했다. 하지만 멀리 보이는 저 담장은 분명 그녀가 묵고 있는 회동관(會同館)의 담장이었다.

이곳은 아직 회동관이 맞았다. 타국에 있는 진사우가 이 짧은 시간 동안 외부로 통하는 땅굴을 팔 수 있을 리 만무했다. 게다가 봉지미가 여기서 묵은 이후부터는 전혀 팔 수 없었다. 이 짧은 지하도가 만들어진 경위는 이랬다. 서량에 먼저 도착한 진사우가 먼저 이 회동관에 묵었고, 곧 당도할 천성 사신이 위지라는 말을 듣고 즉시 사람을 시켜 밤새 굴을 팠다. 길게 파지는 못하고 그녀의 서재에서 서쪽 뜰에 있는 하인들이 쓰는 방까지 지하도를 만든 것이었다. 방에 들어가서 미리 준비된 하인 복장을 앞에 두고 그가 말했다.

"뒤로 돌아라."

네 명의 부하가 등을 돌리자 진사우는 널찍한 부인용 옷을 봉지미에게 직접 입혔다. 깡마른 어깨를 부축하면서 그의 손가락이 그녀의 가느다란 허리와 긴 다리에 어쩔 수 없이 스쳤다. 허리선이 그려낸 놀랍도록 섬세한 곡선에서, 또한 무릎 뒤쪽의 여린 피부에서 여인의 섬세함과 따뜻함이 느껴졌다. 그녀는 몸을 온전히 맡긴 채 그의 몸 아래에 축 늘어진 상태였고, 그는 폭신한 구름 한 점을 손에 쥔 것만 같았다. 깊이 잠든 그녀에게서 청아한 향기가 났다. 그의 손이 멈칫했다. 순간 눈앞이 아찔하며 호흡이 가빠졌고, 자기도 모르게 그녀의 얼굴을 쓰다듬으려 했다. 그때 창밖에서 들리는 기침 소리에 정신을 퍼뜩 차렸다.

진사우는 이내 맑은 눈빛을 되찾았다. 재빨리 옷을 마저 입힌 후 나이 든 부인의 가면을 꺼내 봉지미에게 씌웠다. 부하 중 한 명이 손을 뻗어 업으려고 하자 그가 손사래를 치며 친히 그녀를 등에 업고 소리 없이 고개를 들었다. 네 사람은 뒤뜰에 있는 하인들이 드나드는 작은 문으로 향했다. 뒤뜰 입구는 관례대로 네 명의 하인이 지키고 있었다. 그들은 서량식 마작을 신나게 치는 중이었다. 한창 재미가 무르익었을 때, 천성 부사신 왕당이 회동관의 보안 상태를 순찰하러 왔다며 뒷짐을 지고 나타났다. 허겁지겁 마작 패를 정리하는 하인들을 향해 왕당은 뜻밖에도 손사래를 치며 말했다.

"그럴 거 없다. 밤중에 출입하는 사람도 없을 테니 나도 둘러만 보고 가겠다."

왕당은 한술 더 떠 마작 패를 호기심 어린 눈으로 바라보는가 하면 놀이 규칙을 묻기도 했다. 그때 누군가 문을 두드렸다. 하인 한 명이 나가보고는 즉시 돌아와서 말했다.

"뒤뜰을 청소하는 하인이 발작을 일으켰는데, 무슨 나쁜 병인지 알 수 없어 데리고 나가야 한답니다."

덥고 습한 남쪽 나라 서량에는 자주 역병이 퍼진다. 그래서 하인이 병에 걸리면 즉시 궁 밖으로 내보내는 것이 관행이었기에 사람들도 대수롭지 않게 생각하며 왕당을 쳐다봤다. 그가 웃으며 말했다.

"우리야 멀리서 온 손님이니 당연히 이곳 규칙을 따르겠다. 큰 병이라면 아무래도 빨리 내보내는 게 좋을 것 같구나. 천성 사절단 행렬만 해도 수백 명이 넘으니 미리 예방하는 게 좋을 것이다."

이윽고 환자 일행이 나갈 수 있도록 문이 열렸다. 왕당은 문이 열린 것을 보고 지나가듯 말했다.

"나도 오늘 속이 좀 불편한데……. 이렇게 늦은 시간에 의관을 부를 수 없으니 나도 따라 나가 의원을 만나겠다."

왕당은 그렇게 말하며 함께 문을 나섰다. 문을 나설 때 일행은 멀리서 어른거리는 사람 그림자를 발견했다. 뛰어난 경공술과 예사롭지 않은 자태를 보고는 그가 고남의라는 것을 모두 알아차렸다. 일행은 즉시 벽에 붙어 움직이지 않았고, 그는 뒷문 쪽으로 질주하다가 갑자기 멈춰

섰다. 그는 길모퉁이의 어느 나무 앞에 서서 멀리 사방을 둘러보았다. 진사우 일행은 밖으로 나갈 엄두를 내지 못했다. 고남의는 잠시 둘러보다 아무것도 발견하지 못하고 유유히 사라졌다. 그제야 일행이 모습을 드러내며 모퉁이를 돌자 마차 두 대가 달려왔다. 왕당은 말없이 뒤쪽 마차에 올라탔고, 진사우 등은 앞쪽 마차를 탔다. 두 마차는 조용히 반대 방향으로 내달렸다.

진사우가 탄 마차가 곧장 성 밖으로 달려 성문에 다다르자 문지기 병사가 막았다. 진사우의 부하가 몸을 쭉 내밀자 손에 든 검은 패가 반짝였다. 병사들은 일제히 예를 갖출 뿐 아니라 성루에서 즉시 내려와 문을 열어 줬다. 흙먼지를 일으키며 떠나는 마차를 바라보던 문지기 병사는 머리를 긁적이며 먼지 속에서 중얼거렸다.

"뭐 하는 사람인데 저 패를 가져왔을까……?"

마차는 한참을 더 질주해 교외의 어느 숲에 도착했다. 거기에는 더 큰 마차와 한 무리의 사람들이 꼿꼿하게 서서 기다리고 있었다. 진사우는 안도의 한숨을 길게 내쉬며 부하들에게 먼저 내리라고 손짓했다. 그는 그제야 마음을 좀 놓을 수 있었다. 아직도 이토록 순조롭게 봉지미를 데리고 나왔다는 사실이 믿기지 않았다. 오랫동안 심혈을 기울여 준비한 작전이었다. 이처럼 치밀한 작전에 안팎으로 도움까지 받았으니 그 누구를 데리고 나와도 이상하지 않지만, 그 대상이 그녀였기 때문에 그는 운이 매우 좋았다고 생각했다. 마음이 조금은 놓인 그는 마차 벽에 몸을 기대고는 옆에 잠든 그녀의 평화로운 얼굴을 내려다봤다. 한참 동안 바라보다 손가락을 내밀어 살며시 그녀의 얼굴을 어루만졌다. 하지만 이내 손가락에 느껴지는 감촉이 못마땅해 얼굴을 찡그렸다. 그녀의 가면을 벗기려고 했지만, 다시 손을 멈추고는 가볍게 한숨을 쉬었다.

"아주 오랫동안 생각 끝에 내린 결론이다. 난 널 죽일 수 없으니 데려가겠다."

속눈썹이 긴 봉지미의 두 눈꺼풀은 꼭 감겨 있었다. 여전히 평화로운 표정이었다. 진사우는 그녀를 응시하며 생각했다. 속임수를 부리지 않고, 날카로운 말을 하지 않을 때는 둘도 없이 온화하고 무해한 여자다. 그녀가 영원히 이런 모습이라면 얼마나 좋을까?

"너는 어차피 내가 있는 대월에 와야만 했어. 그믐이면 네 몸속의 고가 진화해 발작을 일으킬 테니까."

진사우는 봉지미의 귀밑머리를 가지런히 정리하며 말했다.

"정말 너는 전혀 신경도 쓰지 않는 것이냐? 네가 의원을 찾거나 약을 수소문하는 일은 본 적이 없다. 사실 내가 내린 고는 한 단계 더 변화할 수 있지. 다만 그 변화가 일어나면 너는 영혼이 없는 도자기 인형이 되고 만다. 처음부터 너의 지혜를 손상하고 싶지 않았다. 비록 내겐 쓸모없는 지혜지만……. 그래도 생각해 보니 많이 안타깝긴 하구나. 너는……."

진사우가 웃음을 머금고 봉지미의 머리칼을 쓰다듬었다.

"너는 어찌 생각하느냐? 내가 이 고를 쓰길 바라느냐?"

"안 될 말이지요!"

갑자기 들려온 목소리에 놀라 진사우의 손길이 뚝 멈췄다. 순간 그는 봉지미가 낸 소리인 줄 알고 재빨리 손을 거뒀다. 그러나 그녀는 여전히 조금도 움직이지 않았다. 그는 마차 밖에서 들려오는 목소리가 익숙하다는 것을 깨닫고 손을 내려놓았다. 온화한 그의 얼굴에 잠시 음험한 표정이 스쳤지만, 곧 웃으며 말했다.

"누구신가 했습니다. 작은 왕야께서 오셨군요."

휙!

말이 채 끝나기도 전에 사방에서 밧줄이 튀어나와 허공을 가르는 소리가 났다. 이윽고 툭툭대는 소리가 이어지고 마차가 심하게 흔들렸다. 마차가 무언가에 걸린 것 같았다. 진사우의 첫 반응은 봉지미를 재빨리 품에 안는 것이었다. 그가 일어나려 할 때 사방에 굉음이 울려 퍼졌고, 마차의 벽이 순식간에 사라졌다. 그는 그녀를 끌어안고 받침만 남은 마차에 덩그러니 앉아 있었다. 사방의 숲에서 그의 부하들과 상대방 무리가 대치하는 게 보였다. 장녕의 작은 왕야 노지언이 히죽히죽 웃으며 팔짱을 낀 채 진사우를 바라봤다. 노지언의 어깨 위에 앉은 괴상한 새처럼 그의 시선 또한 기괴했다.

"기분이 어떻습니까?"

노지언이 웃으며 물었다.

"지난번에 바로 이 지점에서 고남의가 마차를 이렇게 만드는 것을 봤는데 그것참 재밌어 보이더군요. 오늘 저도 한번 따라 해 보았습니다. 아마 마차에 탄 사람은 한층 탁 트인 기분이겠죠?"

"그렇게 궁금하시면 왕야께서 직접 타 보시면 될 일을요."

진사우가 담담하게 웃으며 봉지미를 안고 마차에서 내려 사방을 훑어보고는 말했다.

"왕야께서 이렇게 애써 주신 이유는 본 왕에게 직접 작별 인사를 하기 위함인지요? 정말 친절도 하시군요!"

"뭐, 그런 셈입니다."

노지언도 웃었지만 진사우의 부드럽고 친근한 웃음과는 달랐다. 웃을 때 눈을 반짝이는 그는 영리한 새끼 여우를 닮았다.

"안왕께서 의리가 부족해 저를 버리고 자유로이 돌아가려 하시니, 저는 밤새 달려와 배웅을 해 드릴 수밖에요. 제게 어떤 식으로 감사를 표하실지 궁금하군요."

진사우가 미소 지었다.

"본 왕이 가진 것 중 왕야의 마음에 드는 게 있다면 말씀하시지요."

"내 마음에 드는 것이라……."

노지언은 말꼬리를 길게 늘어뜨리며 앞으로 다가와 히죽대며 손가락을 내밀고 말했다.

"저 사슬이 마음에 드는군요."

노지언은 진사우의 소매 밑으로 반쯤 드러난 동심쇄를 가리켰다.

"음? 이유를 물어봐도 되겠습니까?"

"이자는 내 원수입니다."

노지언은 갑자기 얼굴을 일그러뜨리며 말했다.

"이 망할 자식이 내 중요한 물건을 훔쳤습니다. 감히 우리 장녕번의 물건을 건드린 놈을 내 어찌 가볍게 놔줄 수 있겠습니까?"

"작은 왕야께서 움직일 때마다 삼천 명의 호위 병사가 따르는 걸로 알고 있는데, 도둑질을 당할 수도 있단 말입니까?"

진사우는 변함없는 표정으로 말했다.

"굉장히 중요한 물건인가 봅니다."

"뭐 굉장히 중요한 물건까지는 아닙니다. 하지만 제 체면은 굉장히 중요하죠."

노지언이 배시시 웃었다.

"더욱이…… 저는 안왕 전하와 이자의 관계를 흥미롭게 지켜보고 있습니다. 제 기억으로는 이자가 입성한 날부터 전하의 표정이 심상치 않았죠. 창평궁에 연회가 열리던 날 밤의 일도 나중에야 생각났습니다. 전하는 대체 그날 사람을 구하고 있었습니까, 아니면 살인을 하고 있었습니까? 제 기억이 맞는다면 위지는 백두애 전투에서 포로로 잡혔다가 성루에서 몸을 던져 탈출했습니다. 아무도 그가 뛰어내릴 때의 광경을 말해 주지 않았지만, 그때 대월의 사령관이셨던 안왕 전하께서도 성루에 있지 않았습니까?"

"있었으면 어떻고, 없었으면 또 어떻습니까?"

"상관없지는 않죠."

노지언은 고개를 가로저으며 실실 웃으며 다가와 말했다.

"안왕 전하도 초왕 전하와 비슷한 분으로 희대의 소년 영웅 위 후를 흠모할지 모르지만, 그렇다 해도 나 노지언이 어찌할 수 있는 일이 아니죠. 어쨌든 우리는 지금 맹우인데, 안왕 전하께서 이 맹우에게 말 한마디 없이 수도를 떠나려 하시니 의리가 없으십니다. 전하께서 이 사람에게 사죄를 해야 마땅하지만, 그렇다고 특별한 선물을 바라는 건 아닙니다. 사실 안왕 전하가 이자를 데려가 봐야 쓸모도 없습니다. 차라리 이 동생에게 사죄 선물인 셈 치고 넘기시죠. 어떻습니까?"

"내가 왕야에게 무슨 사죄를 합니까?"

진사우가 눈썹을 치켜세우고 말했다.

"작은 왕야께서 병사를 이끌고 밤새도록 쫓아와 본 왕의 길을 가로막았으니 사죄는 오히려 그쪽이 해야 마땅합니다."

"그렇습니까?"

노지언은 이제 매우 가까이 다가 와 있었다. 그의 어깨에 앉은 괴상한 새가 냉랭하게 고개를 돌려 진사우를 응시했다. 유리알 같은 눈동자가 밤의 어둠 속에서 푸른빛을 뿜어냈다.

"좋습니다. 그럼…… 사죄를…… 드리죠……"

노지언은 그 한마디를 아주 길게 늘여 말했고, 말이 끝나기도 전에 진사우는 멀리 후퇴해야만 했다. 괴상한 새가 깃털이 수북한 날개를 펼치자 두 날개의 시작 부분에 난 솜털에서 검고 짧은 깃털이 눈처럼 날렸다. 깃털은 진사우를 향하진 않았지만, 그가 품에 꼭 안고 있는 봉지미를 향해 날아들었다. 그가 황급히 소매를 펼쳐 막았지만, 어느새 귀신처럼 나타난 노지언의 그림자가 번쩍하며 그녀의 품을 향해 손을 뻗었다.

"빚진 물건 내놓으시죠!"

노지언이 날쌘 손놀림으로 봉지미의 가슴을 노렸다. 분노가 치솟은 진사우의 눈썹이 꿈틀거렸다. 진사우가 필사적으로 팔을 벌려 막자 쿵

하는 소리와 함께 두 사람이 동시에 휘청거렸다. 하지만 노지언은 아주 민첩하게 반응해 휘청거리면서도 다른 한편으로는 진사우의 팔뚝을 지나 다시 한번 그녀의 같은 부위를 노렸다. 진사우가 또 막아서자 노지언이 웃으며 말했다.

"음? 여자도 아닌데 뭘 그렇게 예민하게 굽니까?"

노지언은 손을 들어 다시 봉지미의 겨드랑이 아래를 파고들었다. 그는 진사우가 그녀를 필사적으로 지키려 한다는 사실을 눈치채고, 진사우를 공격할 생각은 하지도 않고 오직 그녀의 몸을 노렸다. 진사우는 가뜩이나 사람을 안고 있어 자세가 불편한 상태로 독이 든 새의 깃털을 피하느라 점점 뒷걸음질 쳤다. 밀리다보니 금세 발뒤꿈치가 마차의 바퀴에 닿아 더는 물러설 곳이 없었다. 그때 양측의 호위 병사들은 진작부터 한 덩어리가 되어 싸우고 있었다. 오늘 밤 진사우의 야간 잠행 목적은 사람들의 이목을 끌지 않고 잽싸게 대월로 귀환하는 것이었다. 그러기 위해서 후방 지원과 속도를 위해 호위 병사들을 길을 따라 배치하다 보니 자연히 세력이 분산되었다. 하지만 노지언은 진사우와 정반대의 전략을 썼다. 진사우가 숲에서 반드시 마차를 갈아탈 것을 예상하고 망설임 없이 병사들을 전부 이곳에 대기하게 한 것이었다. 그러니 지금 양쪽의 세력 차이가 커서 진사우의 호위 병사들은 상전을 구하러 오고 싶어도 마음만 간절할 뿐 불가능했다. 진사우의 발이 바퀴에 닿자 노지언이 피식 웃으며 손가락을 앞으로 내밀었다.

"넘기시죠!"

노지언이 잡아당기는 바람에 봉지미의 옷이 '촥' 하는 소리와 함께 찢어지며 실밥이 터졌다. 진사우가 낮은 목소리로 짧게 외쳤다.

"쏴라!"

그 말이 나오자마자 노지언은 뭔가 잘못됐음을 직감하고 손에 쥔 물건을 살펴볼 겨를도 없이 서둘러 물러섰다. 진사우가 봉지미를 안고 바닥을 구르는 찰나 마차의 바퀴에서 별안간 '탁' 하는 소리와 함께 눈부신 빛이 터져 나왔다. 노지언이 빠르게 날아오는 빛을 미처 피하지 못하자 충성스러운 괴조가 괴성을 지르며 몸을 뒤집어 노지언의 앞을 가로막았다. 괴조는 족히 석 자가 넘는 커다란 날개를 활짝 펴고 노지언의 급소를 끈질기게 보호했다. 푸드덕 소리와 함께 윤기 나는 새의 깃털이 마구 흩날리며 그 사이에서 독침이 우수수 떨어져 내렸다. 새는 끽끽 소리를 내며 보란 듯이 진사우를 향해 고개를 돌렸지만, 그는 이미 거기 없었다.

독침이 발사되자마자 진사우는 몸을 일으켜 미리 준비한 마차로 달려들었다. 그 마차의 마부는 무슨 일이 있어도 절대 마차에서 내리지 않고 대기 중이었다. 제 상전이 곤경에 처한 것을 본 마부는 두말하지 않고 고삐를 당겼다. 준마는 미친 듯 울부짖으며 숲을 뚫을 기세로 달렸고, 아직도 악전고투 중인 다른 호위 병사들을 그 자리에 두고 떠났다. 노지언은 괴조를 되찾은 후 파리하게 질린 얼굴로 쫓아갔지만 한발 늦고 말았다. 그는 먼지를 잔뜩 먹은 코를 벌름거리며 이미 하나의 점으로 변한 마차의 뒷모습만 물끄러미 바라봐야 했다. 노지언은 얼떨떨하게 굳은 채 화가 머리끝까지 났다. 뒤를 돌아보니 숲속에서는 아직도 병사들이 우당탕거리며 싸우고 있었다. 그 모습에 더욱 부아가 치밀어 그는 가슴이 들썩이도록 씩씩댔다. 멀리서 그의 호위대장이 땀을 뻘뻘 흘리며 달려와 물었다.

"저…… 저놈들을 모두 살려 둘까요?"

"모두 살려 두느냐고?"

노지언은 빙글빙글 웃으며 호위대장의 말을 천천히 반복하더니 손을 번쩍 들어 따귀를 올려붙였다.

"바보 같은 놈!"

노지언이 노발대발했다.

"우리는 저쪽이랑 벌써 동맹을 맺었단 말이야! 진짜 죽여야 할 사람은 죽지도 않고 잘만 살아 있잖아! 포위를 풀어 줘! 싹 다 풀어 줘!"

호위대장은 얼굴을 감싸고 대월 병사들을 풀어 주러 갔다. 노지언은 이를 바득바득 갈며 도화 눈을 가늘게 뜨고 진사우가 사라진 방향을 주시했다. 놈은 그가 죽지 못할 것을 알고 병사들을 내버려 두고 도망쳤을 것이다. 온화한 겉모습과는 달리 결단을 내릴 때는 단호한 사람이었다. 노지언은 콧잔등을 긁적이며 영 탐탁지 않은 눈빛으로 중얼거렸다.

"그래! 너 잘났다!"

노지언은 고개를 퍼뜩 숙이고 손가락 사이로 쥐고 있는 물건을 바라봤다. 봉지미의 가슴팍에서 찢겨 나온 그 기다란 천을 보고 얼굴을 찌푸렸다.

노지언에게 한바탕 방해를 받은 뒤 진사우는 큰 문제에 부닥치지 않았다. 그는 계속 달리며 끊임없이 마차를 갈아타면서 항구로 곧장 달려가 범선을 타고 바다로 나갔다. 빠른 배로 보름쯤 가면 가장 가까운 대월의 항구에 도착할 것이다. 왕족이라는 귀한 신분에도 불구하고 그는 가는 동안 거의 몸을 누이고 쉬지 않았다. 극도로 피곤해도 마차 벽에 기대어 잠깐 눈을 붙이는 게 고작이었고, 그나마 바람에 풀잎이 스치는 소리만 들려도 벌떡 깨기 일쑤였다. 그의 일생을 통틀어 가장 조심스러운 여행일 터였다. 그가 납치한 대상이 다른 사람이 아닌 위지였기 때문이었다.

진사우는 위지의 교활함을 누구보다 잘 알았다. 봉지미는 그의 코앞에서 수개월이나 연기를 했고, 마지막 순간에 패를 뒤집어엎은 것도 모자라 그를 다시 한번 악랄하게 속인 장본인이었다. 이 여인은 그가 만난 사람 중 가장 모질고도 영리한 사람이었다. 다른 사람을 대할 때는 최소한의 믿음을 가질 수 있지만, 그녀에게는 조심하고 또 조심할 수밖에 없었다. 언제 이 여인이 빙긋 웃으며 눈을 뜨고 그의 어깨를 두드리며 "전하, 덕분에 늘어지게 잤습니다. 태워 주셔서 감사합니다!"라고 넉살 좋게 말할지 몰랐다. 그는 그녀 부하들의 추적을 피하려고 꾸준히 노선을 틀고 말을 바꿔 탔으며, 가는 곳마다 암구호를 바꿨다. 창평궁 연회 이후부터 준비해 온 부분이었다. 이토록 만반의 준비를 해 두었으면서도 깜빡 졸 때면 그녀가 눈을 번쩍 뜨는 꿈에 놀라 깨곤 했다.

진사우는 봉지미를 안고 갑판에 올랐다. 뱃사공이 돛을 올려 대월로 방향을 잡았다. 뒤로 끝없이 흰 파도가 부서지며 마침내 거룻배 한 척도 보이지 않게 돼서야 그는 긴 안도의 한숨을 내쉬었다. 마침내 그녀를 손에 넣은 것이었다. 그는 한동안 이 사실이 믿어지지 않았다. 이번에는 전쟁포로가 아닌, 천성의 중신이자 일등 후작이며 사신인 위지를 납치한 것이었다. 자신의 계획을 반추해보니 확실히 주도면밀하고 완벽했다. 그는 빙긋 웃음이 나왔고, 비로소 가슴이 탁 트이는 것 같았다. 고개를 숙여 품 안의 여인을 바라봤다. 살짝 말려 올라간 긴 속눈썹을 가진 그녀의 잠든 얼굴은 한없이 평온했다. 이틀 동안 달려오면서 겨우 원기를 보충하는 환약을 조금 먹일 수 있었다. 그는 연민 어린 웃음을 머금고 그녀의 머리를 쓰다듬며 속삭였다.

"조금만 기다려. 곧 든든하게 먹여 줄 테니."

누군가 진사우의 곁으로 조용히 다가왔지만, 그는 고개도 돌리지 않고 낮은 목소리로 물었다.

"준비는 모두 끝났나?"

"네."

"서량에서 동정이 있나?"

"없습니다."

"이럴 때 떠나는 것도 나쁘지 않다."

생각에 잠겨 있던 진사우가 담담하게 말했다.

"누가 손을 썼는지 몰라도 감히 대월을 사칭해 섭정왕의 세자에게 겁을 주다니……. 하마터면 섭정왕이 마음을 바꾸게 할 뻔했다. 지금 떠나면 우리는 서량 정국에 훼방을 놓을 생각이 없다는 의사를 표명하는 셈이 될 것이다."

"전하."

등 뒤에서 부하가 조심스레 말했다.

"이대로 떠난다면 서량은 우리가 겁을 먹었다고 생각하지 않겠습니까?"

"겁을 먹는다?"

진사우가 빙긋 웃었다.

"남아 있는 것이 오히려 겁먹은 행동이다. 지금 서량은 격변을 눈앞에 두고 있는 걸 모르겠느냐? 겉으로는 태평하게 가무가 이어지고 섭정왕과 황제의 생신 연회를 준비하느라 분주한 듯 보이지만, 사실 정국은 어수선하다. 툭하면 큰 사고가 터지고, 호부에 비축한 은자가 바닥났으며 변방의 군사들이 가을 옷이 너무 얇다며 반란을 일으키는 판이다. 사실 이런 것들은 큰일도 아니지……. 무언가 크게 잘못 돌아가고 있다는 느낌을 지울 수가 없다."

진사우가 눈을 가늘게 떴다. 무엇이 잘못됐는지 꼭 짚어 말할 수 없지만, 자신의 직관을 믿었다. 어릴 때부터 정국의 풍랑 속에서 자라온 황자로서, 정치에 관한 촉은 보통 사람이 상상할 수 없을 만큼 예민했다. 하물며 이런 일은 제삼자가 더 명확하게 바라볼 수 있는 법이었다. 그는 가만히 웃으며 생각했다. 만일 서량에 변고가 일어난다면…… 아마도 품속에 있는 이 사람과 관련된 일이겠지?

"만약 서량에 변이 일어난다면 동맹 관계는……."

"누가 황제가 되더라도 자신에게 유리한 동맹은 절대 포기하지 않을 것이다."

진사우는 봉지미를 안고 선실로 내려가며 말했다.

"그리고 그게 나랑 무슨 상관이냐?"

등 뒤의 부하가 웃으며 말했다.

"맞습니다. 전하께서는 더 중요한 일을 하셔야 하니까요."

진사우는 고개를 숙여 봉지미를 바라보고는 다시 한번 미소 지었다.

"내 선실 밖에 삼중으로 보초를 두되, 열 척 안으로 아무도 접근하지 못하게 하라."

"알겠습니다."

선실에 들어간 진사우가 다시 고개를 내밀고 물었다.

"술은 준비됐느냐?"

부하가 빙그레 웃으며 대답했다.

"네, 곧 대령하겠습니다. 경하 드리옵니다. 전하!"

진사우도 빙긋 웃으며 봉지미를 안고 선실로 들어갔다. 배는 좁지만, 이 선실은 매우 넓어서, 몇 개의 선실을 뚫어서 만들었음을 한눈에 알 수 있었다. 그는 그녀를 침대에 눕혔다. 움직일 때마다 두 사람의 손가락에 끼워진 고리가 짤랑대며 은빛으로 반짝였다. 각자의 엄지에 끼운 고리를 보고 그는 순간적으로 복잡한 눈빛이 되었다.

타닥타닥 소리를 내며 타오르는 촛불이 파도가 출렁일 때마다 흔들렸다. 누군가 조용히 쟁반을 들여다 놓고는 웃음을 띠고 물러났다. 진사우는 한 번도 고개를 돌리지 않고 침대 옆에 앉아 봉지미의 가면을 벗기고는 얼굴을 찡그리며 말했다.

"가면이 하나 더 있군."

진사우는 품에서 손수건을 꺼내고는 물을 묻혀 그 인피 가면을 닦아냈다. 누르스름한 물감을 닦아내니 점점 낯익은 그 얼굴이 드러났다. 그는 손동작을 멈추고 한동안 멍하니 그 얼굴을 바라봤다. 그의 꿈속에 불쑥불쑥 마음대로 찾아드는 불청객의 얼굴이었다. 부드럽고 섬세하며 타고나기가 매혹적인 이 겉모습 아래, 무시무시할 정도로 강인한 영혼이 숨 쉬고 있을 거라고 상상하기 어려웠다. 그런데 미간의 옅은 붉은 자국이 보이지 않았고, 고에 중독된 후 귀밑에 있어야 할 담청색 반점도 보이지 않았다. 그는 미간을 약간 찡그리며 생각에 잠겼다. 우선 그녀에게 해독제를 주지 않고 자물쇠도 풀지 않은 채 침대에 올라가 곁에 누워 잠을 청했다. 예전에 자주 그랬듯 그녀를 품에 꼭 안았다.

촛불이 휘청거리며 어슴푸레한 빛의 동심원을 한층 또 한층 만들어 냈다. 봉지미는 빛 속에서 진사우에게 몸을 완전히 기대었다. 그해의 작약으로 돌아간 것처럼 그녀는 온순하고 아름다웠다. 그는 그녀를 가볍게 끌어안은 채 긴 한숨을 내쉬고는 탁자에 놓인 술 주전자를 들어 자신의 잔에 술을 따라 주었다. 웃음을 머금고 잔을 들어 허공에 대고 건배를 제의하듯 말했다.

"점점 당신에게 속수무책이 되어가는 나를 위해 건배."

단숨에 털어 넣고 또 한 잔을 비웠다. 흔들리는 주황색 촛불이 진사우의 온화한 얼굴을 따스하게 감쌌다. 눈동자에 천천히 물기가 맺혔지만, 그는 취할 엄두를 내지 못했다. 하지만 가볍게 마신 술 몇 잔에 봉지미를 꼭 끌어안고 잠들었다.

얼마 후 진사우는 눈을 떴다. 손가락을 튕겨 밖에 신호를 보내자 곧 조용히 다가오는 발소리가 들렸다.

"어디까지 왔지?"

다가온 사람이 공손하게 대답했다.

"삼라도(森羅島)를 지났습니다."

삼라도는 서량에서 아주 먼 곳이니 봉지미가 절대 헤엄쳐서 도망칠 수 없을 것이다. 진사우는 그제야 웃으며 상자를 하나 꺼내 그녀의 코 아래 댔다. 이윽고 맵싸한 냄새가 풍겼다. 그녀는 재채기를 하고 눈꺼풀을 깜빡이더니 곧 눈을 떴다. 처음에는 시선이 흐릿하게 흔들렸다. 눈앞에는 온통 화려하고 선명한 색이 펼쳐졌고, 한참 후에야 윤곽과 조각들이 천천히 한 그림으로 모였다. 그제야 눈앞에 있는 사람이 표정으로는 희로애락을 간파하기 힘든 진사우라는 것을 알았다.

진사우는 봉지미 앞으로 몸을 기울여 아주 가까이 다가와 있었다. 뜨거운 숨결이 얼굴에 닿을 때 그와 꼭 닮은 화려하면서도 순한 향이 훅 끼쳤다. 그녀는 고개를 갸웃거리며 숨결을 피하며 사방을 둘러봤다. 그의 등 뒤로 방의 풍경을 둘러보니 이곳은 신방으로 꾸며져 있었다. 붉은색과 금박으로 장식된 용품들이 배치되어 있고, 그녀가 깔고 누운 요에도 짙은 붉은색으로 용과 봉황이 수놓여 있었다. 탁자 위에는 붉은 촛불이 활활 타오르며 그 앞으로 먹음직스러운 다과가 차려져 있었다. 붉은색 원앙이 그려진 합환주 잔도 보였다. 아무리 봐도 이건……. 첫날밤 신혼부부를 위한 방이었다. 그녀가 손을 움직이자 쇠사슬이 짤랑거리는 소리가 들렸다. 고개를 숙여 오른손 엄지에 끼워진 반지 모양의 물건을 바라봤다. 다른 한쪽 끝은 그의 소매 아래로 뻗어 있는 것 같았다.

"얼마나 더 둘러봐야 깜짝 놀라는 반응을 보일 거냐?"

한쪽에서 진사우가 드디어 입을 열었다. 그는 선실의 모든 환경을 파악하던 봉지미를 어쩔 수 없다는 듯, 눈썹을 올리고 우직한 산처럼 지켜보고 있었다. 이 여인의 시선이 신방으로 꾸민 장식 따위는 무시하고 천장에 난 창, 바닥과 문지방, 각각의 창문과 출입구로 이어지는 길 등을 한눈에 쓸어 담고 있음을 그는 알 수 있었다. 알면 알수록 신중함과 섬세함에 혀를 내두르게 하는 여인이었다. 그가 입을 열자 그녀는 고개를 돌려 눈썹을 치켜세웠다. 그를 자세히 뜯어보고는 웃으며 말했다.

"이런! 여기서 전하를 만날 줄은 몰랐습니다!"

봉지미는 이번에는 확실히 '깜짝 놀랐'지만, 애석하게도 표정은 그대로였다. 진사우가 한숨을 쉬며 자신의 잔에 술을 더 따르며 말했다.

"위 후…… 아니, 작약이 낫겠구나. 네게 자초지종을 자세히 설명할 필요도 없겠지. 본 왕은 긴말을 짧게 하겠다. 여기는 배 안이고, 우리는 지금 대월로 가는 길이다. 내가 너를 여기 데려온 이유는 네게 선택의 여지를 주기 위해서다."

"음?"

봉지미가 머리칼을 귀 뒤로 넘기며 귓불을 만졌다. 귀를 활짝 열고 기꺼이 듣겠다는 공손한 표정도 지어 보였다. 좀처럼 보기 어려운 그녀의 귀엽고 사랑스러운 몸짓에 진사우는 또다시 가슴이 철렁했지만, 이내 마음을 다잡고 시선을 돌리며 말했다.

"첫째, 본 왕은 여기서 너와 나의 원수를 마무리 짓고 싶다. 너를 바다에 수장하여 백두애에서 전사한 장병들의 영령을 기릴 것이다. 아니면 네가 나를 바다에 던져 너의 호탁부 용사들의 목숨을 위로한대도 좋겠지."

"두 번째는?"

"둘째, 역시 본 왕은 너와의 원한을 마무리 짓고 싶다. 하지만 방법이 다르다. 네가 이 합환주를 마시고, 애초 약속대로 내 여자가 되는 것이다. 이것으로 그간 있었던 일은 한꺼번에 청산하겠다."

진사우가 웃으며 붉은 원앙이 그려진 또 다른 술잔을 건넸다. 붉은 화촉 아래 그의 따뜻한 미소가 희미하게 빛났다.

사랑싸움

봉지미는 그 잔을 받지 않고 진사우를 바라보며 외쳤다.

"정말 집념이 대단하시군요."

"내가 갖고 싶은 여자를 그리 쉽게 포기하진 않는다."

봉지미가 잔을 받지 않았지만, 진사우는 멋쩍은 기색 없이 꿋꿋이 술잔을 들고 웃으며 말했다.

"그리고 너는 이 술잔을 포기해선 안 된다."

"왜죠?"

"네 몸에서 변화를 일으킬 고의 독성을 잊었느냐? 네가 해마다 반드시 복용해야 하는 해독제가 지금 여기 있다."

진사우는 미소를 머금고 술이 따라져 있는 잔을 내밀었다.

"독약일 가능성이 더 크다고 보는데요."

봉지미는 나른하게 침대에 드러누웠다. 그녀가 몸을 움직이니 사슬도 함께 움직이며 소리를 냈다. 그녀는 얼굴을 찡그리며 다른 한쪽 끝으로 이어져 따라 움직이는 진사우의 손을 바라봤다.

"동심쇄라는 물건이지."

진사우는 미소를 지으며 손가락을 살짝 흔들어 보였다.

"서로에게 자물쇠를 걸면 영원히 한 마음으로 살 수 있다."

봉지미는 손가락으로 침대 옆부분을 두드리며 '전하, 머리가 어떻게 되셨어요?'라고 말하는 듯한 눈빛으로 진사우를 바라봤다. 그는 그녀의 눈빛을 딱히 거부 의사로 받아들이지 않았는지, 두루마기 자락을 들치고 그녀 옆에 앉아 말했다.

"조금 전 네 맥을 짚어 보았으니 너무 고집 피우지 말아라. 몸속에 독은 그대로 남아 있더군. 단지 네가 가진 강한 진력 때문에 억눌려 있을 뿐이야. 하지만 이렇게 강압을 가한다면 훗날 반작용이 더욱 심해질 것이다. 넌 정말 이걸 생각 못 했단 말이냐?"

봉지미는 한숨을 내쉬며 매우 동의한다는 얼굴로 고개를 끄덕이며 말했다.

"물론 생각했지요. 저도 알고 있습니다. 사람이 죽음을 두려워하는 것은 인지상정 아니겠습니까?"

"그렇지. 하물며 네가 고에 중독돼 죽는 것을 달가워하겠느냐?"

진사우는 바라는 바가 있는 듯 의미심장하게 말하며 다시 술잔을 건넸다.

"작약. 내가 너라는 사람을 잘못 보지 않았다면, 넌 자신에게 유리하다면 명분 같은 것은 무의미하게 여기는 사람이다. 설마 이 술이 합환주이기 때문에 해독제를 얻을 기회를 포기하진 않겠지? 만약 그렇다면 내가 정말 너를 잘못 본 것이겠지."

"지금 도발하는 건가요?"

봉지미가 미소 지으며 눈썹을 치켜세웠다.

"하지만 확실히 제가 계략에 걸려들긴 했군요."

봉지미가 손을 뻗어 술잔을 받으려 하자 진사우는 갑자기 잔을 피했다. 그녀가 어리둥절해하는 틈에 그는 민첩하게 자신의 팔뚝을 그녀의 겨드랑이 아래로 넣고 술잔을 그녀의 입술에 가져다 댔다. 두 사람의 팔이 교차한 자세가 되자 그가 웃으며 말했다.

"합환주는 부부가 팔을 교차해 서로 먹여 주는 것이지."

그러면서 다른 한 손으로 나머지 하나의 잔을 봉지미의 손에 쥐여 줬다. 그녀는 멈칫했지만 결국 잔을 받아 들고 입가에 웃음을 띠며 말했다.

"어차피 같은 술인걸요. 어떻게 마시든…… 다 똑같습니다."

진사우는 환해진 얼굴로 술잔을 부드럽게 봉지미의 입술로 가져갔고, 그녀도 웃으며 그가 하는 대로 똑같이 술을 건넸다. 그가 미소를 띤 채 고개를 숙이고 입술을 잔 가까이 내미는 순간, 그녀는 별안간 손가락을 홱 거둬들였다. 둔탁한 소리와 함께 술잔이 그녀의 손에서 산산조각이 났다. 술이 사방으로 튀기며 그의 옷깃으로 날아든 탓에 그의 옷은 금세 축축해졌다. 술잔이 깨지는 날카로운 소리에 이어 그녀가 담담하게 말했다.

"그런데 기분이 별로군요."

진사우의 손이 굳으면서 한순간 얼굴이 새파랗게 질렸다. 멀리 컴컴한 구름층 뒤로 희미한 빛이 쏟아졌다. 그 빛은 선실의 좁은 창문을 투과해 서 있는 남자와 앉아 있는 여자에게 내리쬐었다. 여자는 침대 위에서 몸을 반쯤 기대앉아 고개를 약간 젖혔고, 남자는 몸을 앞으로 숙여 무릎이 그녀의 두 다리 사이에 닿았다. 대단히 다정하고 야릇한 자세였지만 분위기는 더없이 냉혹했다. 그런 냉혹함은 서로의 시선에서 뿜어져 나왔다. 귀한 신분의 두 남녀는 각자의 적 앞에서 가식적인 위선의 가면을 벗고, 자신의 모든 기세와 적의를 발산했다. 그 눈빛에 살기마저 돌았다. 공기가 회벽처럼 단단하더라도 그 서늘한 눈빛에는 순식간에 무너져 내릴 것만 같았다. 정적 속에서 지금까지 아무렇지도 않다는 듯 그의 눈빛에 똑바로 맞서던 그녀가 시선을 천천히 떨궜다.

술잔을 든 진사우의 손은 아직도 봉지미의 입술 앞에 굳어 있는 상태였다. 그는 그녀보다 훨씬 큰 충격을 받았고, 손가락에 가벼운 경련까지 일어났다. 진작 알았어야 했다. 그녀는 언제나 그의 상상보다 더 무정하다는 것을. 술잔은 아직도 그녀의 입술 근처에 머물렀다. 그가 거둬들이는 것을 잊었기 때문이다. 언제나 기회를 놓치지 않는 그녀가 얼른 고개를 숙여 해독제를 날름 마실 것 같았지만, 그러지는 않고 가볍게 웃기만 했다. 그러다가 그의 손에서 술잔을 가져다 탁자에 아무렇게나 내려놓았다.

진사우는 봉지미가 술잔을 가져가자 그제야 정신이 들었다. 사기 재질의 술잔 바닥이 탁자 위에 닿는 소리가 났다. 그는 눈을 반짝이며 얼마간 생각에 잠겨 있다가 미소를 지었다. 그는 이제 자상한 미소가 아닌 비아냥이 가득 섞인 조소를 보냈다. 이내 무표정한 얼굴로 변하더니 매우 느리고 섬세한 동작으로 턱에 묻은 술을 닦았다. 느린 행동을 통해서 격앙된 분노를 가라앉히려는 듯했다. 이어 담담하게 소매를 걷었고, 곧 탁자 위의 술잔이 소리 없이 부서졌다. 그가 웃으며 말했다.

"그래. 역시 내가 너를 잘못 보았구나. 너는 굽히거나 숙일지언정 누구도 건들 수 없는 자존심이 있었지. 그렇다면 네 능력껏 내게서 해독제를 가져가라."

봉지미는 의외라는 듯 웃었다. 진사우 같은 사람은 어떤 문제에 부닥치더라도 장사치나 졸부처럼 일순간 분노로 인해 피를 흘리는 선택을 하지 않는다. 오히려 화가 날수록 빠르게 냉정함을 찾으려 할 것이다. 말 한마디로 만인의 생사를 쥐락펴락할 수 있는 높은 지위에 있는 사람은 충동적으로 행동하면 화를 자초하기 마련이다. 다행히도 그녀는 그를 이토록 잘 알았다. 하지만 그것이 그에게는 불행이기도 했다. 그녀는 말없이 웃었고, 깨진 술잔을 거들떠보지도 않고 불쑥 일어나더니 밖으로 나가려 했다. 두 사람은 이 순간에도 사슬과 자물쇠로 연결돼 있었다. 그녀가 말 한마디 없이 벌떡 일어나 앞으로 나아가니 그의 손도 함께 당겨졌다. 그는 얼른 손등을 당겼고, 그녀도 거의 동시에 팔을 들어 올리자 짤랑대는 소리가 나며 두 사람 사이에 사슬이 팽팽하게 일직선으로 놓였다. 사슬은 저 바다의 물결을 닮은 은빛을 튕겨냈다.

"뭘 하려는 거냐?"

진사우는 차갑게 봉지미를 쳐다보며 나지막이 물었다. 그녀는 사슬 너머로 그를 돌아보며 담담한 표정으로 대답했다.

"아. 이거 풀어 주세요."

"……."

봉지미가 멀뚱히 서 있는 진사우의 대답을 기다리지도 않고 몸을 돌려 가 버리는데도 그는 억지로 잡을 수 없었다. 본능적인 급한 용무라면 풀어 줘야 마땅하지만, 지금처럼 대치하는 상황이라면 당연히 풀어 줄 수 없었다. 그런데 풀어 주지 못한다면…… 따라가야 할까?

'이 진사우가…… 따라간다고?'

고귀하신 대월의 황자는 모처럼 멍하니 그 자리에 굳게 되었다. 봉지미는 진심으로 '남녀유별' 등의 문제는 고려한 적도 없다는 듯 유유히 걸음을 내디뎠고, 사방을 휙 둘러봤다. 이 넓은 선실 안에 측간 같은 곳이 없다는 것을 확인하고 밖으로 나가려 했다. 진사우는 다급하게 소리치지 않을 수 없었다.

"나가지 마라!"

봉지미가 휙 돌아보며 담담하게 말했다.

"측간 가는 것까지 감시하려고요? 그쪽이 보고 싶대도 내가 싫은데요. 보라고 해도 못 보실 것 같기는 합니다만……."

진사우가 미간을 찌푸렸다. 능글맞은 남자였다면 열에 여덟은 "기꺼이 구경하지"라고 말하며 참든지 말든지 네 사정이라고 놀렸을 것이다.

하지만 안타깝게도 그는 출신부터 존귀하며 뼛속까지 교양을 장착한 황족이었다. 어떤 상황에서도 도저히 그런 건달 같은 말은 뱉을 수 없었다. 그는 잠시 침묵하다 작은 금 열쇠를 꺼내 자신의 손가락에 채워진 자물쇠를 찰칵 풀었다. 열쇠는 아주 작았고, 허공에 금빛이 아주 잠깐 반짝였다. 그때 그의 눈앞에 서 있던 그녀가 돌연 공격에 돌입했다.

금빛이 반짝이는 순간 봉지미가 손끝을 빠르게 튕기자 스스로도 예상하지 못했을 만큼 엄청난 바람이 몰아닥쳤다. 그녀는 잠깐 얼굴색이 변했으나 반응만은 매우 빨랐다. 몸이 휘청하는 사이에 벌써 진사우 코앞에 도달했고, 날쌔게 손을 놀려 열쇠를 빼앗으려 했다. 그는 일찌감치 그 수를 예상했다는 듯 차갑게 웃었다. 그가 손가락을 들어 올리자 금 열쇠의 작고 뾰족한 끝이 날카로운 칼날처럼 그녀의 눈을 향해 날아갔다. 하지만 그녀는 고개를 돌려 피했고, 어느새 그녀는 그의 뒤에 서 있었다. 이어서 무릎 차기, 허리 들어 올리기, 팔 들기와 목을 조르기. 이 네 개의 동작을 단숨에 해내며 순식간에 그의 목 가까이 접근했다.

봉지미가 손에 연결된 가느다란 사슬을 던졌다. '훅' 하는 바람 가르는 소리와 함께 진사우의 목에 사슬이 감겨 숨통을 끊어 죽이기 일보 직전이었다. 하지만 그는 재빨리 허리를 굽히고 고개를 돌리며 미끄러지듯 뒤로 물러났다. 그러고는 곧바로 그녀가 목에 휘감으려 했던 무기를 빙글 돌아 풀어 버렸다. 하지만 그녀는 어느샌가 그의 등을 향해 덮쳤고, 등에 붙은 그녀와 함께 한 바퀴를 돈 꼴이 되었다. 그가 멈춰서자 그녀도 그와 마주 보던 원래 자세로 돌아왔다. 그녀는 양손을 문지르더니 손가락을 늪히고는 다시 한 번 그의 목을 노려 사납게 돌진했다.

봉지미의 솜씨는 악랄했다. 내력을 전혀 쓰지 않고 오롯이 최근 고남의에게 혹독하게 가르침을 받은 무공으로만 응수했다. 각도가 정확하고 놀라울 정도로 민첩했다. 진사우는 그녀의 무공 수준을 알고 있었기에 그녀가 행할 수 있는 기술이 다양하지 않다고 생각했었다. 특히 근거리 공격은 절대적으로 서툴다고 단언했는데, 오늘의 솜씨는 아닌 밤중에 들이닥친 벼락처럼 치명적이었고, 그도 하마터면 당할 뻔했다.

선실의 공간이 제한되어 있어 두 사람은 아주 가까이 붙은 상태였다. 이렇게 매처럼 빠르고 예리한 근접 필살기는 진사우를 놀라게 하기에 충분했다. 그는 뒤로 쓰러지듯 지면에 등을 붙이고 미끄러져 나갔다. 이런 자세를 취하면 봉지미가 그의 등에 달라붙을 수 없었다. 그의 입꼬리에 싸늘한 웃음이 보였다. 그가 쥐고 있던 열쇠를 다시 품에 넣으려는 순간 그녀는 또다시 흉포하게 덮쳐 왔다. 그는 처음으로 흐트러진 모습을 보이며 눈을 부릅떴다. 눈앞에는 세차게 뛰어올라 온몸을 던져 그에게 덮쳐 오는 그녀의 모습이 보였다.

쿵.

몸과 몸이 부딪치는 둔탁한 소리가 났다. 순간 진사우는 머릿속이 텅 비어서 무슨 일이 일어났는지 파악할 수 없을 정도였다. 다만 흉포하게 달려든 사람이 자신의 몸과 손을 땅에 꽉 눌러 제압했다는 상황만 느낄 수 있었다. 그는 퍼뜩 놀라 손가락을 움직였고, 열쇠가 소매 속으로 미끄러져 들어갔다. 열쇠를 회수하자 마음이 조금 안정됐다. 그제야 자신을 누르고 있는 여인의 몸에서 보드라운 감촉과 탄력 있는 질감이 느껴졌다. 마치 초봄의 버들가지처럼 유연하고 나긋하게 움직이면서도 생생한 활력을 품고 있었다. 빈틈없이 그의 몸에 바짝 닿은 그녀의 굴곡은, 구름과 비의 세례를 흠뻑 받은 가뭄의 골짜기처럼 촉촉하고 따뜻해 그의 마음마저 나른하게 했다. 그는 나른해진 가운데 몸의 어딘가 단단해지는 것 같았고, 곧 불이 붙은 듯 타오르며 더욱 딱딱해졌다. 그는 낮게 한숨을 쉬며 속으로 생각했다. '네가 먼저 덮쳐서 불을 붙인 거야. 날 탓하지 말라고.'

진사우는 손을 들어 봉지미의 혈 자리를 가격했다. 하지만 그녀도 동시에 낮은 코웃음을 치며 무릎을 들더니 인정사정없이 그를 찍어 내렸다. 그도 재빨리 무릎을 들어 올렸다. 그러자 쿵 하는 소리가 다시 한 번 둔탁하게 울렸고, 두 사람의 무릎은 공중에서 호되게 부딪쳤다.

"으억!"

진사우가 고통에 찬 외마디 비명을 질렀다. 봉지미는 종잡을 수 없는 미소를 지으며 자신의 무릎을 어루만졌다. 그는 무릎을 부여잡고 고개를 번쩍 들어 그녀를 바라봤다. 그의 손가락에 어느새 가느다란 핏자국이 묻어 있었다. 그녀는 몸을 뒤집더니 일어나서 생긋 웃으며 괜스레 옷자락을 툭툭 털다가 또 바지를 만지며 그를 바라봤다. 그제야 그녀의 바지에 튀어나온 딱딱하고 네모난 모서리 같은 것이 보였다. 한눈에 봐도 바지 속에 무언가를 넣었음을 알 수 있었다.

"미안하게 됐습니다!"

봉지미가 넉살 좋게 말했다.

"요 며칠 무공 연습하다 다칠까 봐 무릎에 쇠로 만든 보호대를 차고 다녔거든요. 전하께서 납치할 때 너무 조급하셨는지 풀어 놓는 걸 깜빡하셨더라고요."

진사우는 미간에 주름을 잔뜩 잡고 그 네모난 모서리를 바라봤다. 봉지미를 사로잡을 때 당연히 몸을 수색했다. 그녀가 자주 허리에 차고 다니며 사용하는 연검도 압수해 두었다. 그런데 무릎에 채운 물건은 어찌 된 일인지 발견하지 못했고, 바지 안에 가려져 있어서 무슨 물건인지도 알 수 없었다. 이 여인의 몸에는 대체 얼마나 많은 해괴한 물건들이 숨어 있을까?

봉지미가 빙글빙글 웃으며 손을 흔들자 손에 연결된 사슬이 허공에서 희고 긴 호선을 그렸다. 쇠사슬이 아니라 독특한 모양의 팔찌처럼 보이기도 했다. 이윽고 그녀는 가벼운 발걸음으로 문밖으로 나가려 했다. 하지만 한 걸음을 떼자마자 무언가에 잡히고 말았다. 몸부림을 쳐 봤지만, 더 앞으로 나아갈 수가 없었다. 고개를 돌려보니 진사우가 어느새 일어나 앉아 있었고, 동심쇄의 한쪽 끝은 바닥에 튀어나온 쇠고리에 채워져 있었다.

"내 자물쇠만 열면 나갈 수 있을 줄 알았나?"

진사우는 무릎을 어루만지며 조금 쌀쌀맞게 웃었다.

"손이 아니더라도 어디든 고리를 채울 수 있지. 이 선실 바닥에는 곳곳에 특별 제작된 백철 고리가 있다. 언제 어디서든 내가 필요할 때마다 너를 매어 둘 수 있도록 말이지."

봉지미가 진사우를 얼마간 쳐다보다 미소 지었다. 이 웃음은 앞서 그가 그녀가 끼얹은 술을 맞고 드러낸 표정과 똑같았다.

"거봐라."

진사우는 자상한 표정으로 조금 싸늘하게 말했다.

"우리는 이렇게 닮았다. 화날 때 보이는 반응도 비슷하지 않으냐?"

진사우가 무릎을 어루만지며 일어나 약간 절뚝거리며 문을 열고 나서면서 이렇게 분부했다.

"변기를 들여보내라."

그리고 몸을 돌려 봉지미를 바라보고 웃으며 말했다.

"이제 비겼군."

봉지미는 조용히 진사우를 바라봤다. 문을 나서던 그가 갑자기 휘청하더니 절름발이처럼 다리를 절었다. 그의 얼굴은 순간 창백해졌다.

진사우가 나간 뒤 봉지미는 담담하게 변기에 올라 진지한 인생의 문제를 해결하고 그 위에 쪼그리고 앉아 노래도 몇 마디 흥얼거렸다. 가사는 대강 상쾌함을 선사해 준 변기통에 감사한다는 내용이다.

사슬은 편의상 꽤 길게 제작됐다. 대략 다섯 자*약 1.5m 정도 되는데, 봉지미가 침대로 돌아가 잠을 청하기는 충분한 길이였지만, 창문을 넘어 도망치기는 짧았다. 그녀는 창가 근처에는 가지도 않고 방안을 조금 거닐었다. 곧 시녀가 들어와서 변기를 치워가자 곧장 침대에 파고들어 이불 속에 있는 호두, 대추, 땅콩, 연밥 등을 탈탈 털어 먹고 바닥에 껍질을 잔뜩 쌓아 뒀다. 그러고는 푹신한 금빛 비단 베개를 베고 누웠다. 사신으로서 서량에 방문했던 모든 일정 중 지금이 가장 편안한 순간이라고 생각했다. 그녀는 잠시 시름에 잠겼지만, 곧 태연하게 눈을 감고 잠을 청했다. 진사우가 들어와서 강압적으로 굴까 걱정하진 않았다. 그녀를 아는 남자일수록 그녀를 강제로 어떻게 하지 못했다. 오히려 그녀를 전혀 모르는 무모한 건달을 만난다면 조심해야 할 터였다.

늘어지게 한숨 자고 나니 문 여는 소리가 들렸다. 절대 절뚝거리지 않으려고 애쓰는 그 사람이 들어온 걸 알았지만 굳이 눈을 뜨지 않았다. 진사우는 바닥에 연결된 자물쇠를 열고 다시 자기 손가락에 채우고는 봉지미의 침대 옆에 앉았다. 선실 안은 조용했다. 아마 대낮인 것 같았다. 위층에서 몇몇 선원들이 떠드는 소리, 파도가 뱃전에 부딪히는 소리가 웬일인지 텅 비고 외롭게 들려왔다. 그녀는 눈을 감고 언젠가 그 사람과 안란곡의 바다에 대해 묘사했던 일을 떠올렸다. 그는 "밤바다의 소리는 맑고 적막해서 밤중에 항해하면 세차게 파도치는 사람 마음의 소리를 들을 수 있다고, 그럴 때면 오늘 밤이 어떤 밤인지 알 수 없다고"*12세기 장효상이 쓴 '동정호를 지나며'의 한 구절 했다.

훗. 진사우가 틀렸다. 진사우와 봉지미 같은 사람들은 영원히 오늘 밤이 어떤 밤인지 알 수 있을 것이다. 그들의 가장 큰 고통은 지나치게 깨어 있는 채로 사는 그 자체다. 그들은 너무도 깨어 있는 것이다.

"무슨 생각을 하느냐?"

한참 후 진사우가 침대 옆에서 평온한 목소리로 나지막하게 물었다. 봉지미 눈을 뜨지 않고 나른하게 말했다.

"이 바다와 그 바다가 사실은 같다는 생각을 했습니다."

진사우는 말이 없었다. 봉지미의 이 밑도 끝도 없는 말은 누구도 알아들을 수 없을 텐데, 그는 알아들었는지 한숨을 내쉬며 말했다.

"세상 만물은 사실 제자리에서 변치 않는다. 변하는 건 오직 사람의 마음뿐이지."

봉지미는 눈을 뜨자마자 진사우의 시선을 느꼈다. 포성에서의 투신 사건으로 헤어지고 난 뒤, 서량에서 다시 만난 이후 지금까지 내내 싸운 두 사람은 처음으로 서로의 눈을 차분하게 바라봤다. 상대방의 눈동자에서 깊고 차가운 무언가를 보았고, 곧 각자의 방향으로 시선을 돌렸다.

"전하께서는 신분이 고귀하시니 이런 쓸데없는 일을 탐구하지 않으셔도 됩니다."

"쓸데없는 일이 아니다."

진사우가 담담하게 말했다.

"신분이 귀한 황자와 천출인 어릿광대 사이에 다른 점은 신분뿐이다. 인생이라는 길을 걷는 나그네가 겪는 고통의 양은 같다. 아니, 어쩌면 전자가 더 클 수도 있을 것이다."

봉지미는 이 말에 깊이 공감했지만 깊은 이야기를 나누고 싶지 않았다. 그녀는 진사우를 담담하게 응시했다. 어릴 때부터 총애를 받지 못했고, 꼭대기에서 추락한 경험이 있는 영혁과 이 사람은 달랐다. 진사우는 대월 황제의 적통 황자인 동시에 가장 사랑하는 아들이었다. 그러므로 평범한 형제들 사이에서 두각을 나타낼 수 있었고, 오늘날 큰 권력을 장악하면서도 조정에 휘둘리지 않을 수 있는 것이다. 어쩌면 장차 대월의 천하는 그의 손에 들어올 것이다. 그런 그의 마음속에도 유리처럼 깨지기 쉬워서 건들 수 없는 고충과 아픔이 있는 것이다. 그러나 황실의 자제라면 지위 고하를 막론하고 음모와 계략의 피바다에서 분투하며 살아남지 않은 자가 어디 있겠는가?

"작약."

진사우는 봉지미 옆에 누워서 이불을 반쯤 끌어당겨 덮고는 오래 생각하다 말했다.

"네가 나에 대해 궁금해하지 않은 것을 안다. 네가 나를 따라오기 싫어하는 것도 안다. 이 지경이 되면 내가 너를 억지로 내 곁에 두는 것도 실은 재미가 없다. 나는 비록 투박한 사람이지만, 사람의 마음을 강제로 얻으려는 사람은 아니다. 하지만 네게 딱 한 번 염치없이 구는 것을 용서해다오. 반드시 기억해라. 나는 너를 곁에 두겠다."

봉지미는 한참 침묵하다 낮은 소리로 웃었다.

"그렇게 이를 악물고 말하다니요. 전혀 고백 같지도 않고, 오히려 살인이라도 저지르겠다는 것 같습니다."

"죽인대도 네 마음을 죽이겠다."

진사우는 꼼짝도 하지 않았다. 그의 얼굴에 햇볕이 내리쬐어 조금 창백해 보였지만, 평소의 자상해 보이던 얼굴이 지금은 오히려 강인하게 느껴졌다.

"네가 작약일 뿐이라면, 세상 물정 모르는 철부지 여인이라면, 게다가 마음에 품은 정인까지 있다면, 내가 아무리 아쉽다 하더라도 널 억지로 잡으려 하지 않을 것이다. 마음이 내게 없는 사람을 붙잡아서 무엇하겠느냐? 그런데 너는 위지다. 위지가 작약이라면 나는 이제 포기할 이유가 없다."

"네?"

봉지미가 고개를 갸웃하며 진사우를 바라보는 시선에 웃음기가 배어 있었다.

"섭정왕의 세자를 놀라게 한 건 네 작전이겠지. 그러고는 내게 죄를 뒤집어씌우려고 했겠지?"

진사우가 갑자기 화제를 돌렸다. 입가에 띤 웃음에 다소 조롱이 섞였다.

"작약, 너는 천성의 사신일 뿐이다. 홀로 서량에 있는 네가 감히 세 나라의 관계를 휘저을 만큼 대담할 필요가 있느냐? 대체 무엇을 위해 이러느냐?"

"대 천성 제국의 황권을 굳건히 하고, 백성의 평화와 안정을 위해 이럽니다."

봉지미는 부인하지도 않고 유창하게 대답했다. 진사우는 피식 웃으며 고개를 가로저었다.

"아니…… 아니야. 너는 툭하면 군주에 대한 충성과 애국심을 논하고, 입만 열면 인의나 도덕을 강조하니 사심 없는 충정을 지닌 신하로 보이지. 하지만 너를 진정으로 아는 사람이라면 네가 한 번도 타인의 황권이나 천하를 중요하게 생각한 적이 없다는 걸 안다. 서량이 계책을 좀 꾸미면 어떻지? 장녕이 다른 마음을 품으면 또 어떻단 말이냐? 대월과 서량이 동맹을 맺는 것이 대체 무슨 상관이냐? 내가 감히 말하건대, 너는 삼국의 동맹 사실을 알고 있으면서도 천성 조정에 전부 보고하지는 않았다. 그 대신 사사로이 개입했지. 대체 무슨 심사인 것이냐?"

"이 질문은 천성 폐하께서 제게 물어야 할 말 같습니다만……."

봉지미가 옅은 미소를 지었다.

"혹은 전하께서 우리 폐하께 상서하여 제게 하문하시라 청하셔도 됩니다."

"거봐라! 이런 발칙한 말투로 무슨 우국충정을 논하느냐?"

진사우가 껄껄 웃었다.

"작약. 하던 이야기를 계속하겠다. 네가 계책을 써서 내게 죄를 뒤집어씌우려는 의도가 무엇인지 잘은 모르겠지만, 네가 염원하는 자리는 절대 평범한 중신 따위가 아니라고 확신할 수 있다. 너는 천하를 호령할 권력을 얻어 천성을 네 손에 두고 좌지우지하길 원한다. 내 생각이 틀렸다고 말할 수 있느냐?"

봉지미는 천천히 고개를 들고 진사우를 쳐다봤다. 역시 가타부타 답이 없는 미소를 지어 보였다.

"너는 중립을 가장하여 황제의 측근이 되었다. 허나 알 만한 사람들은 모두 알 듯, 천성에서 권세를 틀어쥔 초왕과 너는 은밀하게 같은 길을 가고 있지. 의도적이었든 의도치 않았든 너의 조력을 받은 그는 형제를 무참히 죽이고도 명성에 흠집이 나기는커녕 오히려 찬양 일색이더군. 초왕이 장차 황위에 앉는 것은 기정사실로 보인다. 늙은 황제에게 무슨 변고라도 일어나면 천성 조정의 그 누구도 그의 적수가 될 수 없을 테지. 초왕의 가장 유능한 조력자인 너는 그가 황위를 차지하면 만인지상 일인지하의 자리를 차지할 게 분명하고."

진사우가 웃으며 봉지미의 턱을 잡고 그녀의 눈동자를 자세히 바라봤다.

"위지, …… 작약, 영혁이 너에게 천하를 주겠다고 약속했느냐?"

여전히 미소 지으며 진사우를 바라보는 봉지미는 마음속으로는 조금 탄복하는 바가 있었다. 먼 타국에서 파편적인 정보만 가지고도 제법 근접하게 추리해냈고, 천성 사람들보다 정세를 잘 파악하고 있었다. 하지만 가장 중요한 점은…… 아무튼 틀렸다는 것……. 물론 지금 그로선 이 정도 결론을 내린 것이 지극히 정상이었다.

진사우가 일어나자 그의 긴 소매를 늘어뜨린 모습이 역광을 받아 늘씬한 그림자로 나타났다. 따뜻하고 자상한 사람이지만 옆모습은 강인하고 뚜렷해 보였다. 그는 몽롱하고 어두운 빛 속에서 봉지미의 표정을 곱씹는 것 같았다. 그 표정이 온화하면서도 강렬했다.

"너와 영혁이라……. 하나는 늑대 같고 하나는 호랑이 같지. 이 한 쌍이 군신 관계가 된다면 편히 잠들 이웃이 누가 있겠느냐? 그땐 나의 대월에 평화가 있을까?"

"벌써 천성은 우리의 것이고, 대월은 전하의 것이 된 것처럼 말씀하시네요."

봉지미가 가볍게 웃었다.

"내가 허세를 부리는 것인지, 앞으로 꼭 그렇게 될 것인지는 네가 더 잘 알고 있다고 생각한다."

천하의 정세를 논하는 진사우는 자연스럽게 병권을 가진 황자 특유의 강인함과 오만함이 드러났고, 표정도 열정으로 달아올랐다.

"그래서 저를 붙잡아 두겠다고요? 초왕의 날개를 잘라 장차 나타날 대월의 우환을 제거하기 위해?"

"사실 나는 네가 그해 포원 서재에서 말했듯, 한 가문이나 나라에 얽매이지 않고 누구를 위해서만 일하지도 않길 바란다. 네 말대로 누구의 국사가 되든 다 같은 국사다. 그보다 더 바라는 것은…… 너의 천하와 권세는 내가 약속해 주고 싶다."

진사우는 먼 곳을 바라보듯 아득한 표정이었다. 그 얼굴에는 사모와 동경이 스쳤다. 하지만 곧 고개를 저으며 냉정한 표정을 되찾았다.

"이 지경까지 왔으니 네가 다시 그런 말을 한다고 해도 난 무작정 믿기 두렵다. 그러니 너에게 가장 현실적인 얘길 하는 것이다. 영혁은 너에게 중요한 사람이다. 그렇지? 그렇다면 도박을 걸어 볼 테냐?"

봉지미는 '영혁은 너에게 중요한 사람'이라는 말에 대해서는 가타부타 말을 하지 않고, 책상다리를 한 채 침대에 앉아 설렁설렁 한마디 뱉었다.

"무슨……?"

무슨 일에도 개의치 않는 듯한 봉지미의 태도에 진사우는 마음속으로 탄식하고 또 탄식했다. 정말 아무 일도 개의치 않으면 괜찮겠지만, 그녀는 모든 일에 신경 쓸 뿐 아니라 마음속에 두고 무수히 검증할 것이다. 조금 전 그녀가 '영혁은 너에게 중요한 사람'이라는 말을 부정하지 않았을 때 그의 눈빛에 어둠이 드리워졌지만, 곧 평상심을 회복하고 입을 열었다.

"내가 영혁을 해칠지도 모른다. 그러니 그를 지키기 위해 내 곁에 있어 줄 수 있겠느냐?"

봉지미가 피식 웃었다.

"농담이죠? 전하께서 영혁을 해치려 들면 영혁은 혼자서 자기를 못지킨답니까? 전하께서 영혁을 해치는데 제가 곁에 남아 무엇을 할 수 있나요?"

"너는 극도로 지혜로운 사람이 아니었나? 사람 마음을 꿰뚫어 보는 것도 능하지. 그러니 내 곁에 있어야만 내가 무슨 짓을 할지 알 수 있을 것 아니냐?"

진사우는 모든 것이 손바닥 안에 있다는 듯 웃었다.

"내 곁에 있는 것만큼 나의 모든 걸 장악하고 나를 때려눕힐 수 있는 확실한 방법이 있을까?"

"전하께서는 스스로 미끼가 되려 하시는군요."

봉지미가 웃었다. 미소를 짓고 있었지만, 말이 없는 진사우의 눈빛이 깊디깊었다. 그녀도 말없이 두 손으로 머리를 감싸 안고 누워 선실의 천장을 바라보며 여유롭게 말했다.

"전하, 오늘 이토록 많은 말을 하시고, 이토록 빙빙 돌려서 저를 곁에 두려는 이유를 설명했으면서도 도박까지 걸자고 하시는군요. 얼핏 들으면 합리적인 것 같습니다만 전하께서는 저를 설득하는 게 아니라 자신을 설득하고 있는 겁니다."

진사우는 한동안 말이 없다가 고개를 돌렸다. 햇빛이 그의 짙은 속눈썹에 내려앉아 은은한 금빛을 반사했다.

"그 도박은 거절하겠습니다."

진사우가 즉시 돌아보자 봉지미는 나른하게 웃었다.

"능력 있으면 죽이세요. 영혁이 전하의 손에 함부로 죽을 사람이라면 천하를 얻을 재목이겠어요?"

순간 진사우의 눈빛이 흔들렸다. 정말로 전혀 개의치 않는 것 같은 봉지미의 표정을 주시하며, 실망스럽기는커녕 오히려 약간의 환희가 찾아왔다.

"혹시……."

진사우는 떠보는 마음을 가지고 천천히 다가왔다.

"네 마음이 내 생각과 다른 것이냐?"

봉지미는 여전히 웃으며 손을 들어 보였다. 팽팽하게 당겨진 사슬이 은빛을 뿜었다.

"제 무공 실력 말인데요…… 전하의 생각과 전혀 달랐죠?"

진사우는 멈칫하더니 쓴웃음을 짓고 그대로 봉지미의 침대에 걸터앉아 말했다.

"지금은 하나로 묶여 있으니 침대 반쪽은 내줄 수 있겠지?"

"침대는 전하의 것이니 제가 상관할 바가 아니죠."

봉지미는 하품을 했고, 아직도 충분히 자지 못했다는 듯 또다시 눈을 감았다. 그녀는 일단 눈을 감고 잠들면 평소의 신중한 표정이나 위엄이 싹 사라지고 오직 고요와 평온만 얼굴에 남았다. 진사우는 그녀와 마주 보는 방향으로 몸을 돌려 뺨을 괴고 그녀를 바라봤다. 그녀는 잠깐 눈을 반쯤 뜨고 그를 힐끗 쳐다보고는 전혀 개의치 않고 계속 잠을 잤다.

진사우는 봉지미의 작은 몸짓에 어쩐지 웃음이 터지면서도 화가 났고, 또 도저히 어쩔 수가 없다는 생각도 들었다. 문득 포원의 작약을 떠올렸다. 그땐 자주 귀여운 행동을 보여 주곤 했다. 사랑스러운 개구쟁이였던 그녀를 보고 있으면 마음이 절로 약해졌다. 그녀는 평범한 여자라고…… 기껏해야 조금 총명하고 재주가 있을 뿐이라고 믿고 싶었다. 세상을 뒤집어엎은 그 음험한 중신과 그녀를 한 번도 연결 지어 생각하지 않았다. 하지만 그녀가 얼마나 뛰어난 배우인지는 하늘이 안다. 그 사랑스러운 개구쟁이 작약은 영원히 그해 겨울 포원에 남아 버렸다.

진사우는 손만 내밀면 닿는 자리에 있는 봉지미의 얼굴을 한참 바라봤다. 그녀의 흩어진 머리칼이 코앞으로 내려와 숨을 쉴 때마다 흔들렸다. 아무래도 간지러워서 푹 잘 수 없을 것 같았다. 그녀의 머리칼을 넘겨 주고 싶어서 손을 뻗자 조용한 방에 쇠사슬 끌리는 소리가 시끄럽게 울려 퍼졌다. 그는 결국 손을 멈췄다. 그와 그녀 사이에는 언제나 이렇게 차가운 쇠사슬 같은 벽이 있어서, 조금도 가까워질 수 없는 걸까? 그는 속으로 한숨을 내쉬며 손을 거둬들였다. 갑자기 졸음이 밀려왔다. 이 여자와 몸과 마음을 다해 싸우느라 피곤했는지, 그의 눈꺼풀도 천천히 감겼다.

진사우가 눈을 감은 지 얼마 지나지 않아 봉지미가 눈을 떴다. 그녀는 이제 눈이 말똥말똥하게 뜨여 전혀 잠이 오지 않는 맑은 정신이 되었다. 그녀는 선실의 꼭대기부터 바닥까지 훑어보고는 갑자기 벌떡 일어나 말했다.

"배고파."

진사우는 막 잠이 들었지만, 봉지미는 조금도 개의치 않고 그를 흔들어 깨웠다. 잠에서 강제로 깬 고귀한 황자는 흐리멍덩하고 음침한 눈빛으로 그녀를 멀뚱멀뚱 바라봤다. 그녀는 죄책감 없는 시선으로 그의 시선을 맞이했고, 재차 강조했다.

"배고파요."

진사우가 침대에서 잠시 멍하니 있다가 내려와서 먹을 것을 가져오라 일렀다. 하인이 몇 가지 반찬을 가져오자 그는 봉지미를 데리고 식탁 앞에 앉았다. 둘이 함께 먹으려는 순간 그녀는 젓가락을 빠르게 집어 들고 모든 반찬을 한 번씩 뒤적거렸다. 그리고 해맑게 웃으며 말했다.

"전하, 제가 독을 탔을까 걱정하는 게 아니라면 제 얼굴을 봐서 함께 식사하시지요."

'자기가 헤집어 놓은 반찬을…… 남한테 먹으라니…….'

진사우는 이미 헤쳐진 음식을 보며 이 여자랑 다시 한번 목숨 걸고 싸워야 할지 진지하게 고민하다가 곧 입술을 실룩거려 미소를 만들고는 말했다.

"나는 원래 혼자 먹는다."

진사우는 먹음직스러운 음식을 의미심장한 눈으로 바라봤다. 봉지미가 빙글빙글 웃으며 식사를 시작했다. 만족스러운 표정이지만 행동이 조금 이상했다. 입맛이 없는 것 같았다. 사실 그녀의 입맛이 떨어지는 것도 당연했다. 이 음식들은 빛깔은 나쁘지 않지만, 주방장의 음식 솜씨가 너무 형편없었다. 모든 요리에 간을 전혀 하지 않았는지 하나같이 맹탕 같았다. 만두도 정교하게 만들었지만, 숙성을 제대로 시키지 않아 밀가루 반죽 덩어리 그 자체였다. 너무 딱딱해서 잘라내어 무기로 쓰면 좋을 것 같았다. 호사스러운 생활을 누리는 그녀가 이렇게 형편없는 식사를 할 수 있을 리 없었다. 그녀는 음식들을 억지로 씹어 삼키면서, 자신이 애초에 사람을 너무 심하게 속였나, 그래서 마음이 넓은 왕야가 이토록 속이 좁아터진 짓을 하게 만든 것인가 반성했다. 아, 그때 괜히 성루에 올라가 자극받게 하지 말고 그냥 방화로 그의 친위대를 불태워 버릴 걸 그랬나하는 후회가 들었다. 그녀는 젓가락을 들고 딱딱한 밀가루 덩어리와의 투쟁 끝에 겨우겨우 배를 채웠다. 저쪽에서 그는 화를 내지 않고 감상했고, 끝나자 그녀에게 물었다.

"잘 먹었느냐?"

봉지미가 방긋 웃으며 말했다.

"잘 먹었어요. 대접해 주셔서 감사합니다!"

진사우는 고개를 끄덕이더니 이내 손짓하며 외쳤다.

"상을 들여라."

이윽고 봉지미의 눈이 휘둥그레졌다. 육지와 바다에서 나는 진귀한

…

재료들만 모아 만든 각종 산해진미의 향연이 펼쳐졌다. 낙타 혹 요리, 제비집 요리, 곰 발바닥, 잉어 대가리 요리……. 눈에 띄게 추남인 요리사가 끊임없이 요리 접시를 받치고 들어왔고, 어느새 눈앞에 으리으리한 상이 차려졌다. 기이한 요리의 향기가 퍼지자 그녀는 음식 맛에 한껏 취하고 싶어 숨을 깊이 들이마셨지만, 별안간 '꺽' 하고 트림이 나왔다. 그 딱딱한 밀가루 덩어리와 맹탕 채소로 이미 배가 찬 것이었다. 맞은편에서 진사우는 우아한 자태로 젓가락을 들며 웃었다.

"요리사가 못생겼다고 행여 얕보지 마라. 내가 천신만고 끝에 데려온 서량 최고의 요리사다. 예전에 서량 황실에서 선대 황제 전담 요리사로 일했었는데, 그때부터 탕이며 볶음이며 모든 요리가 일품이었다고 한다."

진사우는 정교하게 조리된 잉어 대가리 한 조각을 집어 들고, 대월의 명주 '화소백(火燒白)'을 천천히 음미했다. 잠시 후 그는 잉어 대가리 요리의 불 조절이 훌륭했으며, 육즙이 풍부하고 깔끔한 맛이 일품이라고 크게 칭찬하였다. 그리고 봉지미에게 친절하게 말했다.

"아, 원래 우리 대월의 연회 격식이 이렇다. 전채 요리는 싱겁게 먹어 미각을 끌어낸 뒤에 비로소 정찬이 올라오지. 그런데 너는 아까 너무 빨리 몽땅 먹어 버려서……."

"……."

식사 사건으로 둘은 다시 비긴 꼴이 되었다. 그 후 진사우와 봉지미는 한동안 조용한 나날을 보냈다. 매일 밤 그는 자물쇠를 바닥에 채우고 혼자 방을 나서 다른 방에서 잤다. 아침에는 돌아와 자물쇠를 다시 자기 손가락에 채운 후 그녀와 책이나 도에 대해 두런두런 이야기를 나눴다. 둘 사이의 분위기도 평화로웠다. 배가 멀리 항해할수록 대월과 가까워졌고, 그의 마음과 표정이 점점 편안해졌다. 물론 더는 식사를 두고 싸우지 않았으며, 그녀도 그 추남 요리사의 솜씨를 맛볼 기회가 생겼다. 천하를 누비며 온갖 산해진미를 다 먹어 본 그녀도 이 요리사의 실력을 인정하지 않을 수 없었다.

항해 6일째. 배는 서량 해역의 어느 군도를 지나 해안가에서 정비와 보급을 마친 후 다시 출항했다. 이 배에 탄 사람들은 모두 진사우가 엄격하게 선별한 대월의 우수 항해사들이었다. 그의 부하들은 수상 환경에 익숙하지 않기 때문에 뱃사람을 모두 비싼 값에 고용할 수밖에 없었다. 그는 보안을 특히 엄격하게 중시했다. 그 때문에 항구에 도착할 때마다 반드시 원래 있던 선원을 모두 교체하였고, 현지에서 다시 비싼 보수를 주고 고용해서 다음 목적지로 향했다. 하지만 오직 그 요리사만 예외였다. 그는 진사우가 서량에 와서 지낼 때부터 알았고, 그의 주점에서 술을 여러 번 마셔 호감을 산 후에야 겨우 데려온 사람이니 신분이 확실했다. 이 배는 거대한 철통 덩어리처럼 물 샐 틈이 없었다.

오늘 밤은 별빛이 유난히 찬란했다. 두 사람은 화기애애한 분위기 속에서 저녁을 먹고, 창가에 엎드려 경치를 구경하며 소화를 시키고 있었다. 봉지미는 여인의 옷차림이었고, 머리칼은 아무렇게나 흐트러져 있었다. 진사우가 이 방 가까이에 사람을 들이지 못하게 했으니 그녀는 발각될 염려가 없었다. 미풍이 그녀의 긴 머리칼을 날려 옆에 있는 그의 얼굴에 스르르 스쳤다. 머리카락이 날리며 풍기는 은은하고 우아한 향기가 바닷바람의 비린내에 묻히지 않고 그대로 전해졌다. 그 부드럽고 비단 같은 감촉에 그는 가만히 눈을 감았다. 머리칼이 뺨을 스칠 때 그의 표정에서 스스로 어떻게 할 수 없는 근심이 드러났다. 달빛이 밝고, 별빛이 강물처럼 흐르는 밤이었다. 파도가 연인들의 속삭임처럼 소곤거리며 암초와 암초 사이를 오가는 모양이 사랑스러웠다.

"저……."

문득 봉지미가 입을 열어 이 취할 것 같은 정적을 깨뜨렸다.

"우리 바다에 나온 지 며칠이나 됐죠?"

봉지미는 어디까지 왔느냐고 묻지 않았고 며칠간 왔느냐고 물어봤다. 진사우는 어렴풋이 이 질문이 좀 이상하다고 생각했지만, 크게 개의치 않고 가늠해 보더니 말했다.

"엿새?"

"음……."

봉지미는 한참을 사이에 두고 또 말했다.

"이거 빠른 배죠?"

진사우가 웃으며 말했다.

"물론이지. 보통 배라면 8일이나 가야 한다."

"그렇군요."

봉지미가 고개를 약간 숙이고, 셈을 하듯 혼잣말로 중얼거렸다.

"그럼 시간이 거의 다 됐습니다."

"무슨 말이지?"

진사우는 봉지미의 말을 제대로 이해하지 못해 고개를 갸웃거리며 다시 물었다. 그렇게 고개를 갸우뚱하니 그 여인의 두 눈에 박힌 밝은 달이 보였고, 그 밝은 달 뒤로 파도가 밀려오는 모습이 보였다. 쿵 하고 심장이 내려앉았다. 뭔가 예감이 좋지 않았다. 그는 급히 뒤로 물러났으나 찰칵하는 소리가 들리면서 창틀에 올려놓은 오른손이 팽팽히 조여 왔다. 고개를 숙여 보니 창가에서 난데없는 강철 고리가 튀어나와 그의 오른쪽 손목을 감쌌다. 민첩한 그는 즉시 왼손을 휘둘러 곁에 있는 그녀의 약점인 혈 자리를 기습하려 했다. 그때 거센 바람이 휘몰아쳤고, 그녀가 주저앉았다. 그는 허공에 손을 허우적댔고, 또다시 찰칵하는 소리가 들렸다. 처음 것보다 더 익숙한 그 소리에 고개를 숙였다. 그녀의 오른손은 언제부터인지도 모르게 이미 동심쇄에서 벗어나 있었다. 방금 난 소리는 그녀가 그의 왼손에 연결된 사슬의 고리 부분을 바닥 어디든 있는 고리에 끼운 후 잠그는 소리였다. 그녀는 자신이 당한 방법

그대로 상대방에게 돌려주듯 그를 바닥에 매어 놓은 것이었다. 그의 얼굴빛이 새파랗게 질렸다. 비명을 지르려는데 등 뒤에서 담청색 연기가 피어올랐다. 그는 서둘러 입을 다물고 숨을 죽였고, 결국 한마디도 내지 못했다. 맞은편에서 그녀가 미소 지으며 그의 어깨를 두드리며 부드럽게 말했다.

"전하, 덕분에 편하게 잘 왔습니다. 그런데 이제 가야 할 시간이네요. 태워 주셔서 고맙습니다!"

둥근 달 아래 모여

진사우는 고개를 홱 들어 봉지미를 쳐다봤다. 음험하고 못마땅한 눈빛이지만 연기가 아직 남아 있어 입을 열 수가 없었다. 그녀가 웃으며 친절하게 은빛 쇠사슬을 흔들며 말했다.

"전하의 첫 번째 의문은 이 자물쇠를 어떻게 풀었느냐죠?"

진사우가 콧방귀를 뀌자 봉지미는 대수롭지 않다는 듯 말했다.

"제가 열쇠를 빼앗으려 했던 그날의 상황을 기억하십니까?"

진사우는 잠시 멈칫하다 머릿속에 번개가 치듯 퍼뜩 깨달았다. 그날 봉지미가 열쇠를 빼앗으려고 했던 장면들이 눈앞에 펼쳐졌다. 그녀는 공격을 시도했고…… 날아올랐고…… 뒤로 물러났다. 그러더니 다시 날아서 그를 덮치고는 인정사정없이 바닥에 누르고 압박했다. 그래…… 압박……. 바닥에 압박했단 말이다. 그 압박이 문제였다!

진사우의 눈동자가 서늘하게 빛났다. 봉지미는 그가 깨달았음을 알고 만족스러운 듯 고개를 끄덕이며 말했다.

"과연 전하께서는 탁월한 지혜를 가지고 계십니다. 벌써 연유를 알아내다니요."

봉지미의 칭찬은 진심이었지만 진사우의 귀에는 조롱으로 들렸는지 온화하고 준수한 그 얼굴이 쇠처럼 파리한 색으로 변했다. 이토록 간사함이 극에 달한 여자라니! 그날 그녀가 달려들 때는 왜 굳이 이런 식의 공격을 하는지 이해하지 못했다. 그녀가 하는 일에는 모두 이유가 있다는 것은 잘 알고 있었다. 절대 한순간의 충동으로 무모하게 행동하지 않는 사람이었으니까. 과연 그녀의 덮치기는 열쇠를 쥐고 있는 그의 손을 바닥에 찍어 누르기 위해서 했던 행동이었다. 심지어 맨 처음 열쇠를 빼앗기 위해 그를 죽이려 들었던 행동도 연막에 불과했다. 그녀는 처음부터 그의 손에서 열쇠를 빼앗는 것이 불가능하다는 것을 잘 알고 있었다. 다른 공격은 모두 마지막 찍어 누르기를 위한 수단이었다. 그를 찍어 누를 때 그의 손바닥을 바닥에 세게 눌러 열쇠가 바닥에 자국을 남겼다. 그 후 그녀는 어떻게든 탁본을 떠서 내보냈을 것이다. 이 배에는 틀림없이 그녀의 수하가 있을 것이고, 그 수하는 정밀 수공예에 조예가 깊은 자가 분명했다. 그녀를 가두는 도구로 진사우가 택한 건 그 어떤 신통한 무기로도 끊을 수 없는 사슬이었다. 그가 손수 그녀의 손에 채워 조금도 곁에서 떨어지지 못하게 했다. 가두기 무공이니 독약이니 하는 것으로는 그녀를 당해낼 수 없었다. 그녀 곁에 있는 수많은 고수가 전부 해결해 줄 수 있기 때문이었다. 역시 그녀는 잔인했다. 복제한 열쇠로 진작에 탈출할 수 있었을 텐데 굳이 가장 좋은 때를 기다렸다가 그를 매어 두고 떠나려 했다. 생각이 여기까지 미치자 그는 낮은 소리로 피식 웃으며 말했다.

"대단하군, 대단해. 넌 정말 대단하다."

봉지미가 진사우를 부드러운 시선으로 쳐다보며 말했다.

"저는 대단하지 않습니다. 전하, 하지만 다행히도 앞으로는 이 대단한 저와 마주칠 일은 없을 겁니다. 오늘 헤어지면 우리는 이제 정말 만

남을 기약할 수 없게 되니까요."

"어떻게 도망치겠다는 거지?"

진사우는 잔뜩 조롱하며 말했다.

"선실 밑바닥에 비상용 배가 있긴 하지만, 그 배로 나의 쾌속선을 따라잡을 수 있다고 생각하나? 내가 쫓기만 하면, 네가 도망갈 수 없는 건 똑같다."

"전하께서는 저를 쫓아오지 않으실 겁니다."

봉지미의 미소에 조소가 담겨 있는 듯 보였다.

"지금 전하의 대월에 반란이 일어났습니다. 서둘러 돌아가셔서 수습하셔야죠. 여기서 저와 싸울 시간이 없습니다."

"반란이라고?"

"전하께서 바다에 계시는 바람에 소식을 듣지 못하셨나 봅니다."

봉지미는 차분하게 말했다.

"제가 순수한 마음으로 알려드리자면, 지금 대월의 조정은 벌써 발칵 뒤집혔을 겁니다. 자객 한 무리가 성에 잠입해 대신 암살을 시도했기 때문이죠. 이 일로 세 명이 중상을 입었는데, 중상을 입은 대신들은 모두 황자의 세력을 지원해 주는 뒷배들이죠. 공교롭게도 그중 두 명은 안왕 전하의 철천지원수이고, 이제 그 자객들이 남긴 단서가 점점 전하의 친위대를 가리키고 있는 상황입니다. 전하, 번거롭게 되셨습니다."

봉지미는 조금도 진사우의 불행을 고소해하는 기색 없이 진솔한 말투로 말했다. 그는 그녀를 노려봤다. 어째서 애당초 포원 지하 감옥에서 이 여자의 껍질을 벗겨 죽이지 않고 살려 둬 오늘 같은 우환을 불러왔을까?

"너는…… 진작부터 계획이 있었던 것이냐?"

한참 후 진사우가 차갑게 물었다. 봉지미는 이토록 빠르게 침착함을 되찾는 그를 매우 칭찬한다는 듯 고개를 끄덕이며 말했다.

"물론이죠. 전하께서 저를 납치하기 전부터요."

진사우의 눈빛이 번쩍 빛나며 불가사의하다는 태도로 입을 열었다.

"그럼 일부러 납치되었단 말이냐?"

"그렇습니다."

봉지미가 두 손을 모았다.

"그러지 않고서는 어떻게 합리적인 이유를 찾아 금성을 떠나겠습니까? 지금의 금성은 안전한 곳이 아닙니다."

진사우의 머릿속에 번개가 쳤다. 마침내 봉지미가 어디까지 왔냐고 묻는 대신 며칠 동안 왔냐고 물어본 이유를 깨달았다. 그녀는 돌아갈 날짜를 계산한 것이었다. 6일 동안 항해했고 서량으로 돌아가는 데 대략 8~9일 정도 걸리니 합하면 꼭 보름이었다. 보름 안으로 서량에는 큰 변고가 일어날 테지만, 그녀는 현장에 없었다는 확실한 이유가 생긴 것이다. 또한 천성 황제가 장차 이 일을 알게 되어도 그녀를 의심하는 상황을 면할 수 있다. 다른 한편으로는 그녀가 실종되면 필시 섭정왕의 심기가 어지러울 것이니, 그녀의 사람들이 손쓰기 한층 수월해질 것이다. 이것이야말로 손 안 대고 코 푸는 격이며, 한 방에 세 마리 토끼를 잡는 전략 아닌가!

진사우는 줄곧 봉지미가 쉽게 사로잡혔다는 사실에 의혹을 품고 긴장을 늦추지 않았었다. 하지만 배에 오른 이후에는 자신의 계략이 둘도 없이 치밀했다고 우쭐해져 마음을 놓았던 자신을 원망했다. 배에 올랐을 때부터가 진짜 음모의 시작이었음을 그는 알지 못했다. 이리저리 헤아리고 계산했지만, 결국은 그녀의 손바닥 안이었다.

"전하. 너무 기죽지 마십시오."

봉지미는 남자 옷으로 갈아입으면서 싱글벙글 웃으며 진사우를 위로했다.

"제 계략이 전하의 계략보다 현명한 것이 아닙니다. 다만 제 작전이 전하보다 먼저 이뤄졌을 뿐이죠. 서량에 대월 상인들이 대규모 상륙했다는 소식을 듣고부터 일에 착수했는데, 전하께서 어찌 저를 이길 수 있었겠습니까?"

매사에 적이 가진 기회를 먼저 예측하면 불패의 경지에 이를 수 있다. 봉지미가 채택한 방법은 가장 기본적이면서도 확실하고 또 쓸모 있는 철학이었다. 진사우는 이제 노기를 거두고 잠자코 듣기만 했고, 그러다 빙긋 웃으며 말했다.

"네게 한 수 배웠다."

봉지미가 칭찬하는 눈빛으로 진사우를 쳐다보며 담담하게 말했다.

"그해 포원에서 전하는 다소 성급해 보였습니다. 그런데 지금의 전하는 속이 깊고 신중하며 스스로 침착함을 유지하는 법을 아시니 대월의 황위는 전하가 차지하게 될 것입니다."

"무쌍국사께 그런 말씀을 듣다니, 본 왕의 영광입니다."

진사우가 갑자기 웃으며 물었다.

"다만 아직 궁금한 점이 남았는데, 위 후께서 궁금증을 풀어 주실 수 있겠습니까?"

"말씀하시지요."

"지금 등 뒤의 뱃전에 붙어 있는 분 말입니다."

진사우는 뒤도 돌아보지 않고 말했다.

"대체 어떻게 여기 들어온 것입니까?"

봉지미가 빙긋 웃으며 창문에 도마뱀처럼 찰싹 붙어 있는 못생긴 녀석을 바라봤다. 이 선실은 삼면이 갑판으로 둘러싸여 있는데, 오직 선체 쪽으로 난 저 창문만 바다로 향해 있어 통제할 수 없었다. 맹렬한 바닷바람에 휩쓸리지 않고 뱃전에 안정적인 자세로 붙어 있는 저자의 무공 수준은 확실히 남달라 보였다. 그녀가 미소를 지으며 바닥에 드리워진 그림자를 진사우에게 보란 듯 가리켰다. 그는 그 비뚤비뚤한 그림자만 보고도 알 수 있었다. 다름 아닌 추남 요리사였다. 그는 쓴웃음을 지으며 고개를 저으며 말했다.

"그래. 역시 저자뿐이겠지. 식탐을 부리지 말았어야 했군."

진사우가 가슴에 묻어 두고 하지 않은 말 한마디가 있었다. 애당초 그 요리사는 자신의 식탐을 채우려고 부른 것이 아니었다. 단지 어느 날 갑자기 포원에 핀 예쁜 작약꽃 한 송이가 떠올라서였다. 미식가였던 그녀가 생각났고, 맑은 국과 채소를 좋아했던 식성이 생각났다. 그날 충동적으로 마음이 움직여 저 요리사를 합류시킨 것이었다. 그녀를 위해 마음을 쓰다 그녀에게 허를 찔리고 말았다. 하지만 바보 같은 자신을 원망할 수밖에 없었다.

"물론 전하께서 만난 서량의 명 요리사는 존재하는 사람입니다. 그가 오랫동안 경영한 주점도 있죠."

봉지미가 빙긋 웃었다.

"다만 전하께서 두 번째 드시러 갔을 때는 요리사가 이미 바뀌어 있었습니다."

"그렇다면 어떻게 음식 맛이 같을 수 있었지?"

"맛이 똑같았다고 확신하시나요?"

봉지미가 또 웃었다.

"전하께서는 사실 진정한 미식가는 못 되십니다. 고귀한 신분을 가진 분은 국정에 더 많은 신경을 쓰니까요. 전하 같은 분을 상대로 할 때는 요리 솜씨가 적당히 좋고 원래의 요리사에게 비법을 배울 수 있을 정도의 실력을 가진 사람이면 충분합니다. 두 번째 오셨을 때는 다른 음식을 내어 드리면 되지요. 처음에 드셨던 음식만 아니라면 전하께서는 주방장이 바뀌었는지 알아차리실 리 없습니다."

진사우는 탄식했고, 봉지미는 아직도 뱃전에 붙어 눈을 끔뻑거리며 그녀를 지켜보는 사람을 바라봤다. 영징 이자가 오늘따라 왜 저리도 괴상한 눈빛으로 자신을 바라볼까 생각했다. 사실 예전에는 영징이 이토록 요리 솜씨가 좋은 줄 그녀도 전혀 몰랐다. 영혁의 까다로운 입맛도 설마 영징이 길들였을까? 지난번 영혁이 등라병을 만들 때 그 솜씨가 예사롭지 않았는데, 설마 저자에게 미리 배운 것은 아니겠지?

봉지미가 고개를 들어 하늘의 색을 살피더니 쪼그려 앉아 바닥을 두드리자, 진사우가 바닥에 설치해 둔 고리가 전부 튀어나왔다. 그녀는 그 고리에 탄탄하고 유연한 그물 모양의 줄을 여러 개 걸었다. 그리고 '추남 요리사'가 건네 준 작은 상자에서 푸른빛의 짧은 화살을 하나하나 줄 끝에 연결한 후, 팽팽하게 잡아당겼다. 이 작업을 입구에서부터 창문까지 하나씩 해 나가니 어느새 무수한 화살이 여지없이 그를 겨냥하는 모양이 되었다.

추남 요리사는 진사우의 머리칼을 더듬었다. 그가 쓴 관모 부분에서 손가락에 힘을 주니, 작은 금 열쇠가 떨어졌다. 요리사는 손을 번쩍 휘둘러 그것을 던져 버렸다. 열쇠는 이제 멀리 방 한쪽 구석에 떨어졌다. 진사우는 다만 쓴웃음을 지을 뿐이었다. 모든 일이 끝나자 봉지미는 손을 탁탁 털며 바닥의 쇠고리들을 조심스럽게 피해 다니며 말했다.

"전하. 잠시 후 도움을 청하십시오. 다만 부하들에게 이 장치들은 반드시 하나씩 해체해야 한다고 일러 두셔야 합니다. 또 잘못해서 발에 걸리기라도 하면 전하는 대월에 시체로 돌아가게 될 것입니다."

진사우가 싸늘하게 웃으며 말이 없자 봉지미도 가만히 그를 바라보다 말했다.

"이렇게 헤어지면 다시 만날 후일을 기약할 수 없겠네요. 제가 전하를 배신한 건 맞습니다만, 후회하지 않습니다. 우리는 서로의 적국에 속해 있고, 각자의 하늘을 모시는 사람임을 전하께서도 잘 아실 것입니다. 하지만 사죄인 셈 치고 이별하기 전에 전하께 몇 말씀 드리겠습니다.

제가 전하를 계략에 빠지게 한 것은 맞지만, 완전히 폐만 끼친 것은 아닙니다. 제가 전하를 대신해서 잡아드린 자들은 모두 현재 조정에서 전하에게 가장 격렬하게 반기를 드는 힘 있는 신하들이니까요. 아마 전하께서도 오랫동안 제거하고 싶었지만, 감시가 삼엄해서 어려웠겠죠. 또 수습할 수 없을까 걱정되어 내내 미뤄 두셨다고 생각합니다. 사실 대장부가 큰일을 성사시키려면 때로는 너무 많은 걱정을 하지 말아야 하죠. 차라리 제가 전하를 위해 확실한 처방전을 드리겠습니다. 일이 여기까지 왔으니 이제 전하의 대군을 움직이지 않으면 안 됩니다. 대월에 도착하는 즉시 북상하는 것이 좋겠습니다. 단, 월중평원(越中平原)으로 가지 마시고 월동(越東)에서 산을 넘어가십시오. 월동의 장청(長靑)산맥 사이에 오랫동안 버려진 구도로가 있습니다."

봉지미는 달빛에 의지해 바닥에 간단한 지도를 그리고 난 후, 그 길을 가리켰다. 고개를 숙이고 바라보던 진사우의 눈동자가 벌써 빛나기 시작했다.

"이 길로 곧장 가면 대월의 접경지대와 내륙을 잇는 중요한 성인 고황(高皇)이 나옵니다. 고황을 기습하십시오. 이 성만 얻으면 대월의 중요한 지역을 모두 도모할 수 있습니다. 때가 되면 대월의 조정과 재야 모두 전하의 신기에 가까운 용병술과 천둥과 번개 같은 기습에 간담이 서늘해질 것입니다. 그때 기회를 놓치지 말고 천명을 받았다는 등의 이야기를 만들어 퍼뜨리면 동요하는 민심과 조정의 저항심을 수습할 수 있습니다. 장차 즉위하실 날을 위하여 세력을 조성한 후 무력으로 맞서십시오."

봉지미는 손가락으로 바닥에 단호하게 한 줄을 그었다. 그 줄은 대월의 도성을 향했고, 진사우의 눈빛이 반짝였다. 이미 끓어오르기 시작한 그의 기세가 표정에서 느껴졌다.

"만일 일이 잘못되어도 그 구도로를 타면 장청산맥으로 퇴각할 수 있습니다. 공격과 후퇴에 모두 활용할 수 있는 길이죠. 장청산맥은 끝없이 넓고 지형도 괜찮아서 진영의 근거지로 삼아 후일을 도모하기 안성맞춤인 곳입니다. 더 뻗어 나가길 원하신다면 인근 팔현까지 노려볼 수 있습니다."

봉지미는 설명을 하면서 계속 지도를 그려 나갔다. 한 폭의 정교하고 완벽한, 그리고 방대한 군사전략도가 서서히 진사우의 눈앞에 펼쳐졌다. 그가 그 지도를 보며 벅찬 듯 숨을 몰아쉬며 중얼거렸다.

"이 계책이면 온 나라를 얻을 수 있다."

고귀한 지위에 있는 자가 천하를 얻을 계책을 얻으니 그 흥분은 말로 표현할 수 없었다. 진사우는 자기 두 손이 묶였다는 사실도 잊고, 그와 마주한 적 봉지미도 잊고, 순전히 시간 끌기용으로 설치된 독화살도 잊은 채 이글이글 타오르는 시선으로 바닥의 지도를 보며 중얼거렸다. 빙긋 웃으며 그를 바라보는 그녀의 눈빛에 약간의 실의와 고독이 스쳤다. 이윽고 그녀는 조용히 그의 곁을 지나서 뱃전에 붙은 요리사가 내민 손을 잡고 소리 없이 선실을 떠났다. 그녀의 까맣고 긴 머리칼이 바닷바람에 날려 그의 얼굴을 스치면서 은은한 향기가 풍겼지만, 그는 돌아보지 않고 자기만의 흥분과 생각에 젖어 있었다. 그녀는 희미하고 쓸쓸한 미소를 남겼다.

사내들이란…… 미인보다 강산을 사랑하는 법이다. 그러니 미인 된 자는 절대로 함부로 마음이 흔들려서는 안 된다. 혼자만의 착각에 빠져 나의 패왕이 강산도 버리고 나를 택하리라 생각해서는 안 된다. 봉지미는 입술을 오므린 채 굳건한 눈빛으로 소리 없이 떠났다. 진사우는 그 계책에 완전히 정신이 팔려 파고들다 반 시진쯤 후에야 흥분에 차 껄껄 웃었다. 시선에서 폭발하듯 넘치는 자신감이 보였다. 고개를 돌려보니 그제야 그녀가 떠나고 없다는 것을 깨달았다. 그는 잠시 멈칫하다 상실감에 빠졌고, 곧 무엇인가 생각난 듯 낮은 목소리로 외쳤다.

"안 돼!"

봉지미는 창문을 통해 내려갔고, 뱃전에서 진사우를 바라보던 못생긴 요리사는 고개를 들고 그녀의 손을 꼭 잡은 채 배에서 내려 밑으로 내려가기 시작했다. 지금 그녀는 조금 불편했다. 영징이 그녀의 손을 너무 꽉 잡았기 때문이었다. 하지만 자칫 잘못하면 발을 헛디딜 수 있는 배 위에서 걷고 있으니 마음대로 손을 뿌리칠 수도 없었다.

두 사람은 비상용 배가 있는 바다 층 선실까지 내려갔다. 영징이 아직도 봉지미의 손을 꼭 잡고 있어 그녀는 몹시 어리둥절했다. 그때 추남 요리사가 갑자기 불쑥 얼굴을 내밀었다. 그것도 아주 가까이 내밀어서 그녀의 뺨에 닿을 것 같았다. 그녀는 순간 가슴 속이 서늘해졌다. 사실 영징은 완전한 자기 사람이라고 볼 수 없으나 이번 일은 어쩔 수 없이 그에게 맡긴 것이었다. 그러지 않아도 제멋대로인 이자가 갑자기 이 망망대해에서 공격이라도 한다면 결코 행운을 바랄 수 없게 될 터였다. 게다가 이자는 가면을 썼고, 아직 진사우의 배에 있는 상황이니 진짜 영징이 아닐지도 몰랐다.

놀란 봉지미의 마음속에 경보가 발동했다. 그녀는 손을 번쩍 들었다. 손가락 사이에는 이미 독침이 몇 개 끼워져 있었다. 영징이 조금이라도 더 가까이 다가오면 우선 침 하나를 찌르고 보겠다고 마음먹었다. 그는 과연 스스럼없이 성큼 다가오더니 날렵하게 손을 번쩍 들었다. 이제 그녀는 이 '영징'이 뭔가 문제가 있다고 확신하고 손가락을 튕겼다. 독침이 어둠을 가르고 날아가며 반짝 빛을 냈다. 이윽고 깨끗하고 풋풋한 수련을 닮은 향이 코끝에 스며들었다. 그녀의 머릿속에 빛이 번쩍 들어온 것 같았다. 그 짧은 찰나에 후회가 몰려왔고, 앞뒤 가릴 것 없이 우선 추남 요리사를 있는 힘껏 밀쳤다. 추남 요리사의 몸이 기우뚱했고, 독침의 끝이 그의 코끝을 아슬아슬하게 스치며 '쉭' 하는 소리와 함께 선실 벽에 꽂혔다. 그녀는 빗맞은 그 바늘을 멍하니 바라보며 식은땀을 흘렸다. 추남 요리사는 별 반응이 없었다. 그녀가 그를 공격한 줄은 상상도 못 했기에 그 자리에 멀뚱멀뚱 서 있었다. 그녀는 발을 동동 구르며 낮은 목소리로 나무랐다.

"왜 여기 있는 거예요?"

그때 머리 위에서 누군가 신이 나서 키득거리는 소리가 들렸다. 이윽고 온몸에 그을음을 잔뜩 묻혀 시커멓고 지저분한 모습을 한 사람이 폴짝 뛰어내려와 '추남 요리사'를 가리키며 배를 잡고 통쾌하게 웃었다.

"나를 구박하고 괴롭히더니 하마터면 침 맞고 죽을 뻔했네? 그거 쌤통이다!"

"영징……?"

봉지미는 굴뚝이나 쓰레기 더미에서 1년쯤 산 것처럼 시커멓고 기름이 덕지덕지 묻은 녀석과 추남 요리사를 번갈아 보고는 말문이 막혔다.

"그럼…… 이쪽이…… 아니고……?"

"나 아니거든요?"

영징이 침을 퉤 뱉으며 추남 요리사를 가리켰다.

"저기 잘난 그쪽 호위 무사한테 물어보시죠!"

봉지미가 얼떨결에 추남 요리사를 바라봤다. 그 사람은 등을 돌려 천천히 가면을 벗더니 품 안에서 접이식 삿갓 면사포를 꺼내 썼다. 그러고는 내공을 이용해 비뚤어진 몸의 골격을 바로 맞추기 시작했다. 뼈마디가 우두둑 튕기는 소리가 얼마간 울려 퍼지고 고남의는 원래 모습을 되찾았다. 그녀의 입이 쩍 벌어졌다. 추남 요리사가 고남의였다고? 남의가 요리를 할 줄 안단 말인가? 고남의는 툴툴거리는 영징을 힐끗 보더니 침착하게 말했다.

"요리는 저 녀석. 나는 날랐어."

그제야 봉지미는 상황을 파악했다. 그녀는 추남 요리사가 영징이고, 고남의는 따로 은신처가 있다고 생각했다. 고남의는 절대 요리를 할 수 없기 때문이었다. 아마도 고남의가 무력을 써서 영징에게 요리사의 가

267

면을 내놓으라고 협박했을 것이다. 그렇다 해도 요리는 여전히 영징 몫이었을 것이고, 고남의는 음식을 선실로 배달하며 매일 그녀의 얼굴을 봤을 것이다.

이 배의 경비는 보통 삼엄한 것이 아니었다. 요리사가 집안 대대로 내려온 비법을 지켜야 한다는 핑계로 문을 닫고 요리했지만, 그래도 불시에 사람들이 들어와 둘러보곤 했을 것이다. 그러니 요리하기 전후 영징은 고남의의 등쌀에 굴뚝이나 음식 찌꺼기를 버리는 광주리 속에 숨어 있었을 것이다. 머리에 배추를 매달고 허리춤에 다시마를 두르고 장화에 돼지기름을 잔뜩 묻힌 지금 그의 모습으로 어렵지 않게 추측할 수 있었다. 그러니 잔뜩 골이 나 그녀가 오해하고 고남의를 공격할 때도 이자는 귀띔도 해 주지 않은 것이었다.

영징은 봉지미가 오해해서 하마터면 고남의를 죽일 뻔한 일이 생각할수록 통쾌한지 아직도 배를 잡고 웃었다. 그는 웃느라 숨을 헐떡대며 말했다.

"…… 으하하하하…… 네놈의 반응이…… 으헤헤헤…… 조금만 느렸더라면……, 우헤헤헤…… 내가 모시는 양반은…… 연적이 없어질 뻔했네……. 으하하하하……."

그러다 갑자기 멈칫했다. 봉지미가 더는 경악하지 않고 빙그레 웃는 얼굴로 돌아와 영징을 바라보고 있었기 때문이다. 어쩐지 재롱을 피우는 원숭이를 보는 것 같은 표정이었다. 그는 즉시 정신을 차렸다. 절대로 건드려서는 안 될 사람의 심기를 건드렸다! 그는 길을 떠나기 전 초왕 전하께서 거듭 당부했던 말이 퍼뜩 떠올랐다.

"모든 사람에게 미움을 살지언정 봉지미에게 미움을 사지 말 것. 만에 하나 잘못을 저질렀을 경우 신속하고 성실하게 사죄할 것. 잘못을 저지르고 빌기는커녕 까불기까지 했다면……, 내가 멀리서 널 구해 주지 못함을 탓하지 말 것."

또 다른 잔소리와 충고가 떠올랐다.

"전혀 웃긴 상황이 아닌데 봉지미가 널 보고 웃을 때는 반드시 조심해야 한다."

영징은 마침내 그 두 개의 충고를 떠올리고 펄쩍 뛰며 세 척 밖으로 물러났다. 다행히 봉지미는 아주 잠깐만 웃다가 몸을 돌렸고, 비상용 거룻배를 가리키며 말했다.

"어서 밀어. 빨리 여기서 나가게."

영징은 봉지미의 뒷모습을 힐끔힐끔 바라보며 생각했다. 잠깐만 웃었으니 괜찮은 걸까?

위쪽 선실에서 벌써 움직이는 소리가 들리기 시작했다. 세 사람은 더 꾸물대지 않고 밧줄을 풀고 거룻배를 바다로 밀었다. 배에는 미리 음식물과 마실 물을 준비해 두었다. 작은 배는 큰 배의 그늘 밑에서 유유히 나아갔다. 고남의가 먼저 내려가 살펴본 후 문제가 없자 손을 뻗어 봉지미를 태웠다. 그녀는 배에 올라타려다가 문득 뒤를 돌아 거룻배를 보관하던 선실의 벽을 바라봤다. 그곳에 그녀를 신경 쓰이게 하는 어떤 물건이 보여 돌아가 확인하려는데, 위층에서 나는 발소리로 선실 벽이 쿵쾅쿵쾅 울렸다. 이윽고 누군가 놀라 외치는 소리가 들렸다.

"전하!"

순간 배 전체에 등불이 환히 켜졌고, 멀리서 이쪽으로 빛을 비췄다. 고남의는 조금도 지체하지 않고 노를 저었다. 세 명을 태운 배는 한 번 흔들리더니 열 척쯤 앞으로 나아갔다. 그 한 번의 전진으로 큰 배의 그림자 범위에서 벗어나자 배 위의 사람들은 그들을 발견했다. 즉시 화살이 메뚜기 떼처럼 날아왔다. 하지만 고남의와 영징은 현존하는 최고의 무사였다. 두 사람이 호흡을 맞춰 전력으로 나아가자 배는 화살처럼 빨리 전진했다. 배는 칼날이 되어 순백의 파도를 가르듯 나아갔다. 쏟아지는 화살은 모두 빗맞았고, 선미에 조금 꽂혔을 뿐이었다.

거룻배는 어느새 큰 배의 사정거리를 벗어났다. 조금 더 나아가니 큰 배에서 나는 소리도 들리지 않게 되었다. 봉지미가 뱃머리에 서서 눈을 가늘게 뜨고 큰 배를 바라봤다. 그때 뱃머리에 번쩍이는 불빛을 받으며 한 사람의 모습이 나타났다. 상아색 비단 도포에 흰 망토를 두른 이가 사람들을 헤집고 뱃머리에 우뚝 섰다. 그의 망토가 검은 뱃머리에서 춤을 추듯 펄럭였다. 진사우였다. 그는 뱃머리의 난간을 붙잡고 뭐라고 외쳤다. 그가 가진 내력을 응축해서 목소리에 담아 봤지만, 그것이 그녀에게 전해질 때는 바람에 흩어져 어렴풋하게 한 글자만 들렸다.

"…… 배……!"

봉지미는 진사우를 뚫어지라 쳐다보다 안절부절못하는 그의 모습을 보고 실소를 터뜨렸다.

"그것참……. 저 사람 내가 배를 훔쳐 간 것이 억울하단 말인가? 그래서 필요할 때 쓰라고 거룻배 한 척 남겨 뒀는데."

봉지미는 아무렇게나 손을 흔들며 전혀 미안하지 않지만 미안하다는 사과의 자세를 취했다. 이제 진사우는 절규를 포기하고 공허한 탄식만 내뱉었다. 그는 뱃머리의 난간을 붙잡고, 저 멀리 뒷짐을 진 채 뱃머리에 서 있는 그녀를 바라봤다. 그녀의 나풀거리는 옷자락이 금방이라도 바람을 타고 날아갈 것 같았지만, 꼿꼿한 자태는 우뚝 솟은 산 같았다. 그녀의 몸 아래 있는 작은 배는 기복이 심한 파도 속에서 모습을 드러냈다 숨었다가를 반복하다 저 바다의 어느 끝으로 빠르게 사라졌다. 등 뒤로 아침 햇살이 쏟아지고, 일곱 빛깔의 은은한 새벽노을이 선녀의 비단 끈처럼 높은 하늘에서 내려와 창해를 건너는 그녀의 어깨에 드리워졌다. 그녀는 온몸 가득 금빛을 입고 머나먼 파도를 넘어 떠났다. 파도 앞의 고야(姑淯)*장자 소요유「逍遙遊」편에 등장하는 신인「神人」으로, 후대에는 미인을 지칭 처럼 그녀의 옷자락도 바람을 타고 날았다.

진사우는 이제 홀로 뱃머리에 우두커니 서 있었다. 등 뒤로 흰 망토가 휘몰아치는 바닷바람에 거꾸로 솟았다. 커다란 흰 깃발이 하늘 아래 나부끼는 듯했다. 그가 망망대해를 굽어보자 그 다정하고 검은 눈동자에 붉게 솟은 태양이 거꾸로 맺혔다. 거기엔 화살처럼 떠난 봉지미의 작아지는 뒷모습이 가득 차 있었다. 그녀는 바다를 사이에 두고 점점 멀어져 갔다. 저 작은 배가 사라지고 나면, 이번 생에서는 결국 다시 만날 수 없겠지. 그의 입가에 천천히 쓴웃음이 맺혔다. 작년에는 성벽에서 뛰어내리더니, 오늘은 아침 바다로 나가 버린 그녀. 그와 그녀의 만남은 항상 이렇듯 짧은데, 이별은 이렇듯 결연했다. 이 복잡한 수수께끼 같은 여자는 매번 그에게 매서운 한 방을 날려 그가 이 복잡한 감정 속에서 허우적거리게 했다. 그녀를 사지로 몰아넣으면서까지 그녀의 생을 장악하고 싶었다. 이토록 복잡한 망설임 속에서 그는 매번 실패했다. 그가 그녀만큼 모질지 못했기 때문이리라. 그가 다시 한번 그녀를 가장 증오할 때, 그녀는 엄청난 선물을 안겨 줬다. 그를 혼란스럽게 만드는 수수께끼 같은 선물이었다. 그녀는 정말 양심의 가책을 느껴서 그토록 중요한 구도로와 계책을 알려 준 것일까? 그녀와 천성의 입장에서 보면 지난한 대월의 황위 다툼을 지켜보거나, 정쟁을 도발해서 대월의 국력이 쇠퇴하면 어부지리를 얻는 것이 유리했다. 그게 바로 그녀 같은 모사꾼이 마땅히 취할 행동이었다. 실력이 가장 막강한 황자에게 전략을 가르치고, 그가 피의 황위 쟁탈전에서 쉽게 정적을 제거하도록 부추길 일이 아니었다. 그녀는 정말 수수께끼일까? 겹겹이 드리워진 안개 속에서도 그녀는 이따금 진위를 알 수 없는 단서를 남겼다. 그 손톱만 한 단서마저도 그녀가 의도적으로 그가 보게끔 드러낸 것일 터였다.

멀리 바라보니 거룻배는 이제 작은 점이 되어 태양 속으로 빨려 들어가듯 파도를 따라 흘러가고 있었다. 어쩐지 그곳이 봉지미가 나아가야 할 곳인 것처럼 느껴졌다. 오늘부터 진사우는 두 번 다시 그녀 마음을 추측하려 하지 않을 것이다. 어차피 추측할 수도 없을 것이다. 이제부터는 하늘과 땅이 서로 마주 보듯, 서로 떨어져 있지만 늘 바라보며 결코 잊지 않을 것이다. 그는 그 일엽편주를 등 뒤의 먼바다에 남겨 두고 천천히 몸을 돌려 등을 뱃전에 기댔다. 그가 갑자기 외쳤다.

"술을 가져와라."

짙은 붉은색 잔에 담긴 투명한 술이 눈앞에서 찰랑거렸다. 진사우는 술잔에 비친 자기 눈동자를 바라봤다. 엷은 미소만 남긴 채 그의 심장을 부수고 떠난, 온화한 자태에 천둥 같은 기세를 가진 그 여인도 보였다. 그녀는 푸른 파도에 일렁이고, 투명한 술에 흔들렸다. 거울 속의 꽃처럼, 물속의 달처럼 헛되고 헛된, 손에 닿자마자 부서질 그녀. 그는 미소 지으며 잔을 들었다. 그날 밤 잠든 봉지미 옆에서 허공에 대고 홀로 술을 마실 때처럼, 다시 한번 가볍게 잔을 들었다.

"나를 위해 건배."

"이 시간 이후로, 영원히 외로울 너를 위해 건배."

작은 거룻배는 바다를 가로질러 나아갔다. 봉지미는 말없이 뱃머리에 서서 진사우가 급히 달려 나와 보여줬던 몸짓을 생각했다. 또 거룻배에 올라타기 전에 언뜻 본 어떤 물건을 생각하며, 뭔가 잘못된 것 같은 기분이 자꾸만 들었다. 아무리 생각해도 갈피를 잡지 못한 채 그녀는 뒤로 돌아섰다. 영징이 그녀의 뒤에서 바삐 세수하다 그녀가 뒤돌아서자 경계하며 슬금슬금 물러났다. 그녀는 그를 쳐다보지도 않고 손에 쥔 사슬을 고남의에게 흔들어 보이며 웃었다.

"이것 봐요. 이번엔 좋은 걸 얻었네요."

고남의는 그것을 받아들고 살펴보더니 고개를 끄덕였다. 괴상한 물건에 흥미가 많은 영징이 이쪽을 힐끔힐끔 바라보며 입이 근질근질했다. 봉지미가 그런 그를 전혀 눈치채지 못한 듯 다시 집어넣으려고 하자 결국 참지 못하고 입을 열었다.

"나도 보여줘요."

봉지미는 아무렇지도 않게 영징에게 물건을 건네줬다. 그는 별 것 아닌 듯 보이지만 실은 매우 정교하게 만들어진 사슬과 자물쇠를 구경하며 감탄을 금치 못했다.

"그런 방법으로 열쇠 탁본을 뜨길 잘했네요. 근데 저 멍청이한테 그런 재주가 있는 줄은 정말 몰랐네…… 으…… 으악!"

철컥.

풍덩.

먼저 난 소리는 자물쇠가 잠기는 소리고, 후에 난 소리는 사람이 바다에 빠지는 소리였다. 군자가 원수를 갚는 데는 10년이 걸려도 늦지 않다고 생각하는 위 후께서 드디어 감히 그녀의 심기를 건드린 영 호위에게 쓴맛을 보여준 것이었다. 쇠사슬을 손에 채우고 사람을 밀어 바다에 빠뜨리는 동작은 단숨에 이뤄졌고, 영징은 반응하기도 전에 배 속에 바닷물을 잔뜩 채우고 말았다. 그는 '어푸' 소리를 내며 바닷물에 흠뻑 젖은 머리를 내밀고, 뱃전에 기어오르며 고래고래 소리쳤다.

"봉지미!"

봉지미는 배에 앉아 손에 든 사슬을 번쩍 들고 말했다.

"영 호위. 무슨 말을 하려는지 몰라도 내가 듣고 기분 나쁜 소리를 하면 이 사슬의 다른 한쪽은 상어한테 채울 생각이야."

"……."

영징이 한참 동안 배에 올라타려고 발버둥 칠 때 봉지미와 고남의는 잠자코 내버려 뒀다. 그를 밀어 바다에 빠뜨린 것은 징계일 뿐이었다. 설마 공을 세운 영징을 8일 동안 바다 수영하게 할 리는 없지 않은가? 영징은 뱃전에 매달려 그녀가 알아듣지 못할 고향 사투리로 뭐라고 중얼거리며 기어올랐다. 그의 무릎이 막 뱃전에 닿았을 때 갑자기 삐걱거리는 소리가 들렸다. 그는 뭔가 이상해서 사방을 둘러봤다. 설마 너무 힘을 줘서 배에 금이 갔나? 가만히 살펴봤지만 아무 소리도 들리지 않아 다시 배에 기어올랐다. 그런데 한쪽 다리가 배에 들어왔을 때 또 '끼익' 소리가 길게 들렸다. 그 순간 고남의가 별안간 그녀를 잡고 날아오르는 모습이 보였고, 그녀는 약간 화가 난 목소리로 말했다.

"좋지 않군!"

영정이 고개를 숙여 살펴봤다. 배 밑바닥에 갈라진 틈이 한 줄 생겼고, 점점 크게 벌어지는 중이었다. 그 사이로 바닷물이 끊임없이 들어왔다. 이 작은 배는 곧 침몰할 것이었다. 영 호위는 순간 넋을 잃었다. 설마…… 아니겠지? 내가 좀 힘을 주어 올라탔다고 배가 부서졌단 말이야? 요즘 무공도 특별히 늘진 않았는데……. 허공에서 고남의가 낮게 신음했다. 그의 단옥검이 번쩍 빛을 냈고, 겨우 버티던 배는 순식간에 금이 쩍쩍 나서 바다에 표류했다. 검의 기운이 번개처럼 선체로 뻗어 나가며 배 가장자리에 매달린 영정의 손 밑으로 빠르게 도달했다. 그는 얼른 손을 뗐고, 또 한 번 바다에 빠지고 말았다.

고남의는 봉지미를 안고 옷자락을 펄럭이며 조각난 배 위에 사뿐히 섰다. 머리 위로 금빛 햇살이 내리고, 긴 옷을 나부끼며 껴안은 남녀는 천상에서 강림한 선인 같았다. 영정은 흠뻑 젖은 채 고개를 들고 그들을 바라봤다. 어쩐지 부아가 치밀었다. 그러다가 이내 화가 가셨다. 오히려 널빤지가 된 배를 두드리며 깔깔대고 그녀를 가리켰다.

"천하의 봉지미가 예측 못 하는 일도 있다니!"

봉지미도 어쩔 수 없이 웃었다. 그녀는 마침내 배에 오르기 직전 언뜻 본 물건이 무엇이었는지 알았다. 다름 아닌 가죽 뗏목이었다. 다만 펼치지 않고 다른 물건으로 위장해서 벽에 걸어 놨던 것이었다. 그래서 언뜻 봤을 때는 우의인 줄 알았다. 진사우는 역시 뒤끝이 있는 사람이었다. 그는 그녀가 배를 훔쳐 달아날까 봐 아예 거룻배 두 척을 모두 접착제로만 붙여 제작했다. 바닷물이 닿으면 점성이 떨어져 배가 조각날 것이고, 그녀가 둘 중 어떤 배를 타도 결과는 똑같았을 것이다. 그가 유사시 탈출하기 위해 준비한 생명줄은 그 가죽 뗏목이었다. 그가 뱃머리에 허겁지겁 나타난 이유는 그녀가 마지막으로 남긴 계책이 고마워 양심적으로 배가 위험하다고 알려 주고 싶었으나 너무 늦었던 것이었다. 그녀가 준 계책이 너무 감동적인 나머지 그는 진실을 털어놓을 시기를 놓치고 말았다.

'이래서 죄짓고는 못 산다고 하는 것인가?'

봉지미가 눈을 가늘게 뜨고 멀리 지나온 방향을 바라봤다. 그녀는 일찌감치 세워둔 계책에 이런 치밀한 한 수를 남겨 뒀으니, 진사우도 시대를 풍미하는 걸출한 인물이라고 생각했다. 그녀가 미리 대월에 사람을 보내서 일을 꾸미지 않았더라면, 또 그에게 좋은 계책을 주지 않더라면 어찌 되었겠는가? 그는 빨리 돌아갈 필요가 없었을 터이니 유유자적 배를 타고 쫓아와 부서진 배를 타고 표류하는 그녀를 다시 잡았을 것이다. 그러면 패자는 그녀가 되었을 것이다. 그녀는 갑자기 웃음을 터뜨렸다. 비록 흠뻑 젖은 몰골로 널빤지 조각에 몸을 싣고 있지만, 햇빛 아래 그녀의 웃음은 어느 때 보다 상쾌하고 찬란했다.

"좋다!"

두 영웅호걸이 망망대해에서 각자의 지혜를 겨뤘다. 희대의 명신(名臣)과 미래의 대월 황제가 싸워 저마다의 승부를 가졌고 웃으며 작별하니 통쾌하다! 이번 생에 다시는 만나지 못하더라도, 그들이 백발성성한 노인이 된 후에는 필시 웃으며 이 찰나의 조우를 추억할 것이다. 이 바다는 그 모든 것을 기억하리라.

널빤지 위에 선 봉지미는 손을 오므려 그 안에 바닷물을 담고, 멀리 진사우가 가는 방향으로 마주 보고 서서 술잔을 대신해 손을 들었다. 그리고 빙긋 미소를 지었다.

"건배."

"마침내 놓아주는 법을 배운 당신을 위해, 건배."

배가 부서졌지만 봉지미 일행에게는 목숨이 위태로울 정도의 위기는 아니었다. 다만 돌아가는 길에 우여곡절이 생길 뿐이었다. 영징은 비로소 만족스러운 듯 부서진 배에 엎드려 배시시 웃다가 쇠사슬을 탈탈 털어 보기도 했다. 손에 이 자물쇠가 걸려 있는 것도 좋은 것 같았다. 이것을 선체에 걸어두면 파도에 쉽게 휩쓸리지 않기 때문이었다. 그런데 고남의가 갑자기 몸을 쭉 내밀고 다가왔다. 그가 검을 날려 배를 조각낸 기교는 굉장히 훌륭했지만, 그녀와 그가 가장 큰 조각인 배의 밑바닥을 차지해 버렸다. 노를 건져내는 일 또한 잊지 않아 아직도 바다에 한 번도 빠지지 않았다. 고남의의 몸이 이쪽으로 기울자 영징은 경계하며 머리를 바닷물 속으로 움츠렸다. 이윽고 손가락이 헐거워지는 느낌과 함께 너무도 익숙한 '찰칵' 소리가 들렸다. 고개를 들어 보니 그녀가 그의 손가락에 채워 둔 자물쇠가 열렸고, 고남의는 아무렇지도 않게 그 고리를 자기 손가락과 그녀의 손가락에 채웠다.

영징은 멀뚱멀뚱 바라보다 하릴없이 얼굴을 적신 바닷물이나 손으로 닦아냈다. 마치 얼굴 가득한 쓰디쓴 눈물을 닦는 기분이었다. 이건 너무 하잖아! 제기랄, 정말 너무해! 아까는 자물쇠를 채워 끌고 다니며 바다를 헤엄치게 하더니, 이제 배가 부서지니 봉지미와 이산가족이 될까 봐 도로 빼앗아 자기가 쓰다니……. 아아, 정말 너무하다! 영 호위의 가슴에 '너무해'라는 말이 수십 번 요동쳤다. 마치 천둥이 한번 또 한번 가슴에 내리치는 것 같았다. 지금 손에 지필묵이 있다면, 조금도 망설이지 않고 종이를 펼치고 붓에 먹을 적셔 일필휘지로 이렇게 쓸 것이다. '의로운 호위 무사와 은혜를 원수로 갚는 소인', 혹은 '천인공노할 사건! 봉지미와 고남의, 작당하여 바다에 사람을 빠뜨리다.'

하지만 안타깝게도 수중에 아무것도 없었다. 누군가에게 하소연하고 싶어도 망망대해에 사람이 있을 리 만무했다. 그렇다고 곁에 있는 두 사람 중 누구도 영징의 고충을 들어주지 않을 테니, 그저 이를 악물고 화를 뱃속으로 집어삼킬 뿐이었다. 영정은 널빤지가 된 배를 붙잡고 제경에 돌아가면 어떻게 이들을 괴롭혀 줄지 고민했다. 하지만 고남의가 그에게는 아주 못되게 구는 것도 아니었다. 그는 허리춤에서 가는 끈을 풀어 영정의 널빤지와 자신을 묶었다. 큰 파도가 몰아닥치지 않는 한 셋은 흩어지지 않을 것이다.

늦가을이 다 되어 바닷물은 매우 차가웠고, 사방은 아득한 바다뿐 배 한 척 지나가지 않았다. 서량의 근해 항구는 남해처럼 일찍 개방되지 않아 왕래하는 상선을 만나기 어려웠다. 봉지미는 부서진 배에 앉아 끝없이 펼쳐진 바다를 바라보며 한숨을 내쉬었다.

"좀 힘들게 되었어. 이러다 열흘 넘게 배가 나타나지 않으면 큰일이야. 원래는 서량에 변고가 일어나는 시기에 딱 맞춰 돌아가려고 했는데……. 만약 내가 못 돌아가면 지효는 어떡하지?"

고남의도 걱정스러운 듯 말이 없다가 얼마 후 대답했다.

"지효는 보호해 줄 사람이 있어."

"그 호위들을 어떻게 여기 있는 두 사람과 비교해."

봉지미는 영정 앞에서 자신의 비밀 호위 무사들을 언급하기 조심스러워 적당히 얼버무렸다.

"역시 다 같이 오는 게 아니었어."

그 말에 영정은 흰자가 보이도록 눈을 뒤집으며 씩씩댔다.

"나는 뭐 따라오고 싶어서 온 줄 알아? 내가 모시는 그 양반이 너를 지키지 못하면 머나먼 곳으로 보내 버린다고 협박하지 않았으면 상관이나 했겠냐고?"

"괜찮을 거야."

고남의는 크게 걱정하지 않는 듯했고, 굳이 많은 말을 하지도 않았다. 대신 겉옷을 벗어 봉지미의 어깨에 걸쳐 주며 말했다.

"바람이 찬데 감기 들면 안 돼."

봉지미가 미소를 지으며 옷깃을 여미고 고맙다고 인사했다. 영정은 눈을 벌겋게 뜨고 둘을 쳐다보며 음흉하게 말했다.

"남녀칠세부동석이거늘……. 아이고, 이 사람들 보시게!"

고 도련님이 작은 해파리를 집어다 영정의 근처에 놓았다.

종일 표류했지만, 배를 보지 못했다. 다행히 마른 식량과 식수가 있었지만, 조리는 할 수 없으니 생으로 아득바득 삼켰다. 고남의가 열심히 서량 방향으로 노를 저었지만 쪼개진 널빤지는 배만 못한데다 뒤쪽에 영정이 매달려 있어 속도가 빠르지 않았다. 밤이 되어 달이 뜨자 하늘이 씻은 듯 맑았다. 눈처럼 하얀 달빛이 해수면에 천 리 만큼 퍼져 눈길이 닿는 곳마다 온통 찬란한 물빛이 반짝였다. 부서진 배 한 조각은 그렇게 달빛을 향해 표류해 갔다. 봉지미가 커다란 황금빛 달 아래 안도의 한숨을 내쉬며 말했다.

"그래도 이야기책처럼 바다에 빠지면 무조건 폭풍우를 만나는 게 아니라 다행이야. 하늘을 보니 며칠 동안은 맑은 날이 될 것 같아."

고남의가 말없이 노를 한쪽에 내려놓자 봉지미가 안쓰러운 눈으로 쳐다보며 말했다.

"나한테는 젓지도 못하게 하고, 그렇다고 쉬지도 않고 혼자서 종일 고생만 하네. 이제 좀 쉬어."

그 말을 듣고 고남의가 소매 속으로 손을 숨겼다. 봉지미가 말없이 눈을 돌리더니 갑자기 하늘을 가리키며 외쳤다.

"정말 예쁜 갈매기야!"

고남의가 고개를 들 때 봉지미가 잽싸게 그의 소매를 걷어 올리고 손을 당겼다. 손을 잡을 때 너무 힘을 주지 않도록 주의했는데도 그는 통증에 자기도 놀랐는지 무의식적으로 움찔했다. 그녀의 시선에는 벌써 희고 길쭉한 그의 손가락에 피맺힌 물집이 잔뜩 잡힌 것이 보였다. 터진 물집도 있었고, 아직 터지지 않고 까맣게 부풀어 오른 것도 있었는데 끔찍한 모습이었다. 그녀는 그의 손을 잡고 입술을 비죽거리며 무심했던 자신을 속으로 욕했다. 그가 늘 노를 저어 왔던 뱃사공도 아니니 그의 노 젓는 기술이 능숙할 리 없었다. 이런 식으로 종일 노를 젓는데 물집이 잡히지 않는 것이 더 이상한 일이었다.

고남의는 약간 불편한 듯 손을 뒤로 감추려 했지만, 봉지미가 놓아주지 않았다. 그녀는 틀어 올린 머리에서 비녀를 뽑았다. 방수 부싯돌에 불을 붙여 비녀를 한번 가열한 후 조심스레 물집을 터뜨렸다. 상투를 틀어 올렸던 머리칼이 와르르 쏟아지며 새카맣고 긴 머리칼이 그녀의 몸을 덮으면서 그의 어깨에 스쳤다. 그가 몸을 숙여 향기를 맡으려고 하자 그녀가 낮게 웃으며 말했다.

"까불면 안 돼."

널빤지에 엎드려 떨고 있던 영징이 고개를 번쩍 들고, 그들을 '간통한 남자와 음탕한 여자는 물러가라.'하고 외치는 눈빛으로 바라봤다. 봉지미가 비녀를 들고 영징을 흘겨보자 그는 다시 바다로 풍덩 숨어 버렸다. 거추장스럽고 시끄러운 녀석이 조용해지니 사방에 그녀의 여린 숨소리와 바닷바람의 노래만 남았다. 은은한 향기는 바다가 증발해내는 기운과 섞여 구별할 수 없게 되었지만, 고남의는 분명하게 가려낼 수 있을 것만 같았다. 그녀에게 속한 것이라면 뭐든 세상에서 가장 좋고 가장 또렷했다.

고남의는 눈을 내리깔고 반쯤 젖은 앞섶을 살짝 가린 봉지미가 무릎을 꿇고 앉아 긴 속눈썹을 가진 눈을 지그시 뜨고 고요한 표정으로 집중하는 모습을 바라봤다. 그녀의 등 뒤로 커다란 쟁반 같은 달이 천 리 밖까지 비추고 있었다. 문득 지금이 추석 명절 기간이라는 사실이 생각났다. 추석……. 고남의는 이날을 '모두가 함께 모이는 날'이라고 어렴풋이 인식하고 있었다. 그는 만족스러운 듯 입꼬리를 약간 올리고 웃었다. 참 좋구나…… 둥그런 달 아래 모이는 것은.

봉지미는 마지막 물집을 터뜨렸다. 속에 입은 옷 중에서 바닷물에 젖지 않은 부분을 찾아내 조심스럽게 고남의의 손을 싸맸다. 어쩐지 그의 기분이 좋아 보여 고개도 들지 않고 웃으며 물었다.

"무슨 생각을 하길래 그렇게 기분이 좋아?"

순간 어깨에 온기가 전해졌다. 고 도련님의 팔이 다가왔다. 그는 가볍고 부드러운 자세로 봉지미의 어깨를 약간 조심스럽게 감싼 채 손가락에 살짝 힘을 주었다. 그녀는 자기도 모르게 그의 어깨에 기대게 되었다. 그녀는 약간 거북한 듯 영정을 돌아봤지만 그는 벌써 널빤지 위에 엎드려 자고 있었다. 그녀가 조금 빠져나오고 싶어 할 때 도련님의 탄식이 들렸다. 그는 좀처럼 탄식하는 법이 없었다. 그의 한숨은 보통 사람들이 근심스러울 때 뱉는 긴 한숨과 달리, 가볍고 담백해 이 순간 달빛 사이를 고독하게 유랑하는 해풍을 닮았다. 그녀는 등이 딱딱하게 굳는 것 같았다. 문득 그날 서량 황궁의 연회에서 들었던 부녀의 대화가 떠오르며 가슴이 찡해진 그녀는 그의 어깨에 기댄 채 움직이지 않았다. 그는 그녀에게 더 가까이 가지 않고 턱을 그녀의 정수리에 살짝 올렸다. 그녀를 안고 하늘가의 밝은 달을 바라보던 그는 그저 이렇게만 함께 있어도 충분하다고 생각해 아무 말도 하지 않았다. 그가 말수가 적은 사람임을 아는 그녀도 이 아름다운 적막을 깨고 싶지 않아 그저 조용히 앉아 있었다.

그날 밤은 온순한 파도가 그들의 널빤지를 부드럽게 밀어 주었다. 달은 여기저기 은 조각을 흩뿌렸고, 그 은빛이 두 사람의 윤곽을 또렷하게 감쌌다. 봉지미는 갑자기 고남의가 가볍게 하는 말을 들었다.

"함께 모이는 날……."

봉지미는 "응?" 하고 대꾸하고 나서야 비로소 오늘이 무슨 날인지 깨달았다.

"예전에는 누구와 함께 추석을 보냈어?"

봉지미가 낮은 목소리로 물었다. 고남의는 잠시 생각하다가 천천히 입을 열었다.

"아주 어릴 때는 기억나지 않고, 조금 더 컸을 때는 유모가 떡을 만들어 줬어. 그날 유모가 말을 많이 하고 노래도 불렀는데……. 기억이 잘 안나."

봉지미는 고남의의 말을 조용히 들었다. 여러 해 동안 만월이 뜨는 그날이 그에겐 가장 결핍된 날이었음을 알았다. 수천 명에 둘러싸였어도 결국 그는 고독했다. 마침내 함께 모이는 진짜 의미를 깨달았는데, 곁에 있던 사람과 헤어지게 되었다. 운명은 그에게 늘 불공평했다. 그녀는 숨을 들이마시며 옷을 여미고 그의 느긋한 목소리를 들었다.

"지미, 이렇게 계속 떠내려가려면 얼마나 좋을까!"

봉지미가 "응"하고 대답하니 고남의는 또 몰래 기뻐하는 것 같았다. 정말 이렇게 근심과 걱정 없이 마냥 흘러갈 수 있을 것 같았다. 한 줄기 바람이 되어 아무 장애물이 없는 우주로 떠내려갈 수 있다면 정말 좋을 것이다. 그녀는 조용히 그에게 기댔다. 두 사람 모두 정교한 턱선을 올려 먼바다에 둥실 뜬 밝은 달을 바라봤다. 달은 손을 뻗으면 닿을 듯 가까이 있는 것 같았는데, 달이 가진 담청색 희미한 무늬들까지 똑똑히 보였다. 휘감긴 모양이 산등성이 같기도 하고, 누군가의 얼굴 같기도 하고, 신선들이 거닌다는 봉래(蓬萊)산 같기도 했다. 인간 세상에도 어딘가 봉래산이 존재하지 않을까? 걷다 지친 수많은 나그네가 속세를 등지고 살 수 있는 곳. 청산과 흰 순록에게 고민을 털어놓고, 영혼의 가장 깊은 곳을 찾아 참된 소요유(逍遙)*장자 사상에서 영혼의 자유로운 해방을 상징 를 누릴 수 있는 곳 말이다. 한참 후 바닷바람과 새의 얇은 울음소리가 섞여 들리는 가운데 봉지미 가만히 말했다.

"추석 노래를 불러 줄게요……."

고남의가 낮은 목소리로 "응"하고 대답했다.

"달님, 맷돌을 돌리는 나를 비춰 줘요. 소녀는 엄마가 없답니다……."

가냘픈 노랫소리가 바닷물처럼 유유히 흘렀고, 드넓은 하늘과 땅 사이에서 끊임없이 일렁였다. 달빛은 서로에게 의지한 채 침묵하는 남녀의 그림자를 유유히 물살에 실어 꿈에 그리던 봉래로 흘렀다.

봉지미는 언제 잠들었는지도 몰랐다. 노래를 부르다 지쳐 잠든 것 같기도 하고, 고남의가 수면 혈을 누른 것 같기도 했다. 어젯밤의 달빛과 파도는 너무나 부드러웠다. 그녀는 꿈속에서 아득히 먼 창공에서 들려오는 낮고 따뜻한 목소리를 들었다. 속삭임이 들리는 가운데 누군가 뺨을 그녀의 이마에 가만히 댔고, 귓가에 다정하고 분명하게 말해 줬다.

"몸조심하렴. 지미."

깨어났을 때는 눈가가 약간 젖어 있었다. 꿈에서 울었던 것 같았지만 무엇을 보았는지는 전혀 기억나지 않았다. 어쩐지 얼굴 주변이 무겁고 간지러워 눈을 떠 보니 고남의의 얼굴이 정말 봉지미의 뺨을 누르고 있었다. 그의 면사포가 그녀의 얼굴에 닿아 바람이 불 때마다 코끝을 간지럽혔다. 그는 어젯밤처럼 그녀를 껴안고 있었는데 자세가 조금 이상했다. 허리를 반쯤 비틀어 그녀를 단단히 감싸고는 널빤지의 중앙 부분에 앉혀 놓은 상태였다. 덕분에 그녀는 바닷물에 조금도 닿지 않았지만, 그의 옷자락 아랫부분은 다 젖어 있었다.

표류하는 좁은 널빤지에서 산처럼 꼿꼿한 자세로 움직이지 않고 잘 수 있는 고남의가 봉지미는 존경스러웠다. 과연 천하제일의 무공 실력자라는 말은 허풍이 아니었다. 그녀는 혹시나 그를 놀라게 할까 봐 천천히 그의 얼굴을 밀어냈다. 몸을 잘못 젖히면 두 사람 모두 물에 빠질 것 같았다. 바닷물에 밤새 몸을 담근 영정이 재채기와 함께 고개를 들었다. 눈을 뜨자마자 그 둘이 어젯밤보다도 야릇한 자세로 부둥켜안은 꼴을 보고 분노가 치밀었다. 초왕 전하와 그녀가 이렇게 안고 있어도 거슬렸을 터인데, 고남의와 그녀가 저러고 있으니 도저히 눈 뜨고 봐 줄 수가 없었다. 울컥한 영 호위는 순간 여기가 어딘지도 잊고 다리를 번쩍 들어 부서진 배 위로 올라갔다.

"저기…… 남녀칠세부동석이라니까!"

풍덩.

영징이 배에 오르자 작은 원을 그리며 표류하던 큰 널빤지가 순간 뒤집혔다. 막 잠이 든 고남의는 번쩍 깨어나 무의식적으로 봉지미를 잡았고, 그녀도 한시바삐 그를 잡으려 했다. 두 사람의 팔이 허공에 교차하며 허우적댔지만, 각자의 몸에 채운 사슬 때문에 몸이 기우뚱거렸다. 이윽고 풍덩 하는 소리와 함께 그녀가 먼저 물에 빠졌고, 뒤이어 같은 소리가 울리며 그도 끌려 들어가고 말았다. 그녀가 물에 빠지자마자 널빤지를 붙잡으려고 버둥거리는 와중에 그가 그녀의 머리 위쪽으로 곤두박질쳤다. 그녀가 고개를 들었을 때는 코앞에 사람 모습이 훅 스쳤다. 그가 수직으로 빠르게 떨어지며 그녀를 바닷속으로 짓눌렀다. 이윽고 얼음처럼 차갑지만 부드러운 입술이 그녀의 입술을 압박해 왔다. 그녀가 눈을 휘둥그렇게 뜨고 "아" 하며 입을 열자, 바닷물이 입 안으로 가득 쏟아져 들어왔다. 잔뜩 물을 먹어 숨이 막힌 그녀는 곧 누군가가 등 뒤에서 자신을 잡고 끌어당기는 힘을 느꼈다. 이윽고 따뜻한 공기가 폐부로 흘러 들어오면서 흉부의 답답한 느낌이 이내 사라졌다. 그녀는 혼란스러운 와중에도 의식을 되찾자마자 고남의가 자신에게 숨을 불어넣어 주고 있음을 깨닫고 얼굴이 붉어졌다. 피하고 싶은 마음이 있었지만, 그는 절대 틈을 주지 않고 물속에서 그녀의 등을 꼭 붙잡았다. 그의 입술이 그녀의 입술 위를 가볍게 헤엄치는데, 그 몸짓이 부드러우면서 굳건했다. 바닷물은 그들의 곁에서 투명한 공기 방울을 만들어냈고, 태양빛이 짙푸른 바닷물을 투과해 물속 세상을 환하게 비췄다. 그의 면사포가 바닷물에 젖어 느리게 유영하듯 떠올랐다. 홀린 듯한 아침 노을빛 속에 또 다른 빛이 반짝였다.

봉지미가 눈을 감았다. 입술 가장자리가 갑자기 움찔거렸고, 그녀가 정신없는 틈을 타 무언가가 장난스럽게 그녀의 금지된 장미 정원에 침입했다. 그것은 어설프고 서툴게 주변을 천천히 훑었고, 망설이듯 조심스럽게 영혼이 닳아 없어질 것 같은 무아지경의 달콤함을 음미했다. 그곳은 전혀 새로운 세상이었다. 수많은 우연이 모여 지금 고남의 앞에 기이한 빛을 발하고 있었다. 그는 그렇게 열린 세계 속에서 안개비 내리는 봉래를 만났다. 금과 옥으로 지어진 궁을 봤고, 밝은 달을 만났고, 절벽을 때리는 수천 겹의 파도를 봤다. 이 세상이 가진 모든 아름다움을 한순간에 얻어 버렸다.

고남의는 눈을 크게 떴다. 순간적으로 받은 충격이 너무 커서 절세의 무공 고수인 그가 무엇을 어떻게 해야 할지도 잊어버렸다. 봉지미의 등을 안은 두 손이 무심결에 미끄러질 때, 굴곡이 아름다운 골짜기를 만지는 듯했다. 그녀의 신선한 향내가 물성을 가져 손에 쥘 수 있다면 아마 부드러운 옥이나 비단일 것 같았다. 그것이 심장을 스친다면 미끈한 물고기가 우아하게 헤엄치는 모습일 것이다. 그는 몸 어딘가가 꽉 조여진 듯 숨이 가빠 오는 것을 느꼈다.

이제 정신을 차린 봉지미는 붉어진 얼굴로 빠져나가려고 했지만, 두 사람을 연결한 사슬이 물에 빠질 때 엉켜 발버둥을 칠수록 둘은 더 가까워졌다. 그녀가 먼저 쇠사슬을 풀어야 하는 게 아닌지 고민할 때, 물밖에서 분노에 찬 외침이 몽롱하게 들려왔다. 누군가의 충직한 심복의 목소리였다.

"거기 둘, 물속에서 뭐 하는 거지?"

영정은 이내 두 사람을 물 밖으로 끄집어냈다. 물 밖으로 두 사람을 끌어올린 후 그는 그들을 의심스러운 눈으로 바라봤다. 불에 뛰어든 것도 아니고 물에 빠졌을 뿐인데, 봉지미는 왜 얼굴이 빨개졌을까? 고남의는 왜 우리를 등지고 서 있나? 뿐만이 아니었다. 절세의 무공 고수가 왜 손가락을 떨고 있나? 간질 발작이라도 한 것이란 말이냐? 영 호위는 의심 가득한 눈빛으로 두 사람을 바라보면서, 새 보고서를 써서 지금 자기 마음속에 드는 의혹을 털어놓고 고견을 받아야 할지 고민했다. 그의 따가운 눈초리에 그러지 않아도 찔려서 안절부절못하는 그녀는 버럭 화를 내며 소리쳤다.

"뭘 봐? 자꾸 쳐다보면……."

봉지미는 갑자기 말을 멈추더니 얼굴에 화색이 돌아 누가 보배처럼 아끼는 호위 무사를 손봐 주겠다는 생각도 잊었다. 저 멀리서 상선 한 대가 이쪽으로 다가오고 있기 때문이었다. 영징도 거대한 배를 보자 환호성을 질렀고, 저 괴상한 2인조를 탐구해야 한다는 사명도 잊었다. 고남의만 널빤지 위에 서서 음미하던 입술을 만지작거렸다. 그에게 어젯밤과 오늘 아침은 이번 생에서 가장 행복하고 완벽한 시간이었다. 저 큰 배에 올라타지 않아도 여한이 없을 만큼. 하지만 그녀의 재채기 한 번으로 널빤지 위에서 더 표류하고 싶은 마음을 이내 접고 얼른 일어나 큰 배를 세워 올라탔다. 그 배는 마침 서량으로 가는 상선이었는데 다행히 선장은 강호를 오랫동안 떠돌아 물정에 밝은 사람이었다. 그는 세 사람의 범상치 않은 기운을 느꼈는지 별로 묻지도 않고 모두에게 선실 하나씩을 내주었다. 상선은 항로를 훤히 알고 있는데다가 진사우의 배처럼 항구와 섬마다 들러 사람을 교체하지도 않았다. 덕분에 바다에서 하루를 꼬박 표류했는데도 불구하고 원래 계획한 날짜에 맞춰 서량의 수도 금성으로 돌아갈 수 있었다.

성문 어귀에 도착한 봉지미가 마중 나온 부하를 보자마자 말에 오르며 명령했다.

"빨리 말을 타라. 먼저 궁성으로 갈 것이다. 보고는 가면서 듣겠다."

봉지미가 달려 나가려고 말의 배를 힘껏 찼지만, 말은 꼼짝도 하지 않았다. 의아해진 그녀가 뒤를 돌아보니 누군가 손으로 말을 붙들고 있었다. 그 손 때문에 건장한 말이 움직이지 못하는 것이었다. 손의 주인공이 그녀를 보자 역광 속에서 고개를 들고 활짝 웃으며 말했다.

"여어! 뭐가 그리 급하시오? 혹시 나를 빨리 보고 싶어서요?"

살해

　그 사람의 목소리가 너무도 낮익어 봉지미는 고개를 확 돌렸다. 햇살이 그녀의 얼굴에 쏟아져 눈을 가늘게 찌푸렸다. 상의를 아무렇게나 걸쳐 벌꿀색 가슴팍을 드러낸 남자가 햇살을 받고 서 있었다. 남자가 웃으니 눈썹이 날아오를 듯 추켜 올라가고, 칠보 같은 눈동자가 반짝반짝 빛났다. 그녀는 "앗!" 하고 소리치다 하마터면 말에서 고꾸라져 대파처럼 땅에 머리를 묻을 뻔했다. 수천 리 떨어져 있는 사람이 여기 나타날 줄은 꿈에도 상상하지 못했다. 그는 놀랍고도 기뻐서 어쩔 줄 모르는 그녀의 눈빛을 한껏 받으며 호쾌하게 웃고 있었지만, 사람을 압도할 만큼 찬란하게 빛나는 그 눈동자는 뭔가 특별한 의미가 담겨 있는 것 같았다. 세월의 풍파, 감동, 그리고 애써 억제하려는 벅차오름 같은 것이었다. 그토록 복잡한 감정이 넘쳐흘러 그의 눈동자에도 그녀처럼 물기가 어려 은은하게 반짝였다. 그렇다 해도 그는 턱을 조금 치켜들고 그녀를 바라보며 시원스레 웃어 보일 뿐이었다. 초원의 건아는 기쁜 일에 눈물을 흘리지 않는다. 멀지 않은 곳에 이제는 칠표만 남은 팔표 호위가 팔짱을 끼고 자신의 왕을 따뜻한 시선으로 바라보며 웃었다. 그녀는 사람들을 한 바퀴 둘러본 후 숨을 크게 들이마시고는 말에서 내렸다. 그녀는 혁련쟁을 한참 훑어보고 나서야 웃으며 물었다.

"무슨 바람이 불어 여기까지 오신 거예요?"

"황위 쟁탈의 바람이 불더군."

혁련쟁은 손을 들어 봉지미의 말을 끌고 인적이 드문 곳으로 가서 귓가에 웃으며 속삭였다.

"우리 초원의 생불이 서량의 여제라는데, 초원의 왕이 어찌 친히 호위하러 오지 않을 수 있겠소?"

봉지미는 약간 의아했다. 그녀가 혁련쟁에게 이 흙탕물에 발을 담그라고 일러준 적이 없기 때문이었다. 초원과 서량은 너무 멀었기에 특별한 신분인 혁련쟁이 초원을 팽개치고 달려오게 할 수는 없었다. 혹시 영정이 말했을까? 하지만 그녀는 영정에게 끝까지 지효의 신분을 밝히지 않았다. 문득 바다를 표류할 때 지효의 안전을 걱정하자 고 도련님이 괜찮다고 담담하게 말했던 기억이 떠올랐다. 그렇다면 도련님이 알려줬을까? 고남의는 그녀의 눈빛을 보고 천천히 고개를 끄덕이며 짧게 말했다.

"종신 총령에게 편지를 썼어."

봉지미는 바로 상황을 파악할 수 있었다. 고남의는 지효의 신분을 알고 종신에게 편지를 보냈고, 그 아이가 서량의 정쟁에 휘말려 외톨이가 될까 걱정이 된 종신은 어쩔 수 없이 혁련쟁에게 알렸을 것이다. 이제 도련님도 전략을 짜고 계획도 할 줄 알게 되었다. 그녀는 무언가 퍼뜩 생각나서 물었다.

"그런데 이렇게 다 나와 버리면 초원은 어떡해요?"

"모단대비가 있지 않소!"

혁련쟁이 웃으며 말했다.

"이제 찰목도가 혼자서 걸어 다니니 그러지 않아도 모단대비는 심심해서 미칠 지경이었소. 내가 이곳에 올 것이라고 하니 부랴부랴 따라오고 싶어 했지. 결국, 나는 야반도주하듯 짐을 싸서 몰래 떠나야 했소. 하지만 안심하시오. 아무도 모단대비를 함부로 건들 수 없을 만큼 보통내기가 아니니."

봉지미가 미소지었다. 물론 그녀도 모단대비가 보통내기가 아님은 잘 알고 있었다. 선대 순의왕이 갑자기 변사하고 세자는 타지에서 돌아오지 못했을 때, 사방에서 호시탐탐 그들을 노리던 위기의 순간에도 그녀는 왕정과 왕군을 지켜냈다. 그런 그녀에게 안정을 찾은 초원을 다스리는 게 뭐가 두렵겠는가? 다만 그녀의 '필수흉용(必需洶湧)'과 '일정분박(一定噴薄)'이라고 수놓인 속옷의 문구는 바뀌지 않았을까?

"이곳 상황이 어떤가요?"

혁련쟁은 봉지미를 데리고 서쪽으로 걸어 객잔에 들어갔다. 이 객잔의 내부와 외부 세 개 층을 모두 빌린 데다 안팎으로 세 겹씩 혁련쟁의 사람들이 포진한 것을 보니 아직 입궁할 때가 아닌 모양이었다. 그들은 서재로 들어갔다.

"여서가 움직이기 시작했소."

혁련쟁은 자리에 앉아 웃으며 말했다.

"하지만 당신이 상상하는 것처럼 대대적으로 군사를 움직여 왕을 죽이려고 시도하는 건 아니오. 섭정왕은 병권을 장악했고, 그 뿌리도 매우 탄탄해 무턱대고 덤비는 건 승산이 크지 않소. 사실 여서는 섭정왕 생일에 거사를 진행하려 했지만, 섭정왕이 무언가 눈치를 채서 하마터면 여서가 심어 둔 사람이 전부 드러날 뻔했소. 그때 사람들은 은지서가 결코 호락호락한 상대가 아니라는 것을 깨달았소. 얼마 전 여서가 조정 군대의 눈에 띄지 않을 만한 작은 수작을 부렸소. 여서의 측근들을 서서히 군사 요직에 배치하고, 변방의 군심을 도발하여 소동을 일으키게 유도했지. 그러고는 이참에 변방 수비군의 인력 교체가 필요하다며 개편을 밀어붙여서 과거 선제를 따랐던 노병들을 성으로 돌아오게 했소. 결과적으로 교체는 성공했지만, 섭정왕도 그와 동시에 근교의 풍산 용렬(龍烈) 진영에 있던 3만 병사를 이동시켜 창평궁에 직접 배치했소. 이런 동정으로 미루어 볼 때 섭정왕의 경계심은 이미 발동했다고 볼 수 있겠지. 여서는 처음부터 떠보는 것이 목적이었으니 지금은 몸을 낮추고 있소."

봉지미는 조용히 듣다가 말했다.

"여서는 잠복한 상태에서 황위 찬탈의 길을 우회적으로 가고 싶은 것일까요?"

"내가 보기에는 그렇소."

혁련쟁이 말했다.

"무력과 음모로 결과를 거두지 못했으니, 정통성을 내세워 압박할 차례요. 이제 창끝은 섭정왕을 우회해 가짜 황제를 가리킬 것이오. 아마 가장 공식적인 자리에서 지효의 진짜 신분을 드러내려 하겠지. 조정 중신 중 정통성을 무시할 수 있는 자는 없고, 가짜 황제를 모시는 법도는 없으니 말이오. 그때가 되면 섭정왕도 손바닥으로 하늘을 가릴 수 없을 거요."

"그건 확실히 모험인데……."

봉지미가 낮게 신음하듯 말했다. 하지만 그녀 생각에도 그보다 좋은 방법은 없었다. 아무리 여서가 여러 해 동안 준비했다고 해도 그는 섭정왕 밑에 있는 사람이었다. 여러 전략이 있더라도 적시에 손을 써 단박에 섭정왕을 무너뜨리기는 무리가 있을 것이다. 하지만 섭정왕이 무너지지 않고 호시탐탐 황위를 노리는 상황에서 지효가 즉위한다면, 아이의 목숨을 호랑이 굴에 던져놓는 것과 다를 바 없을 것이다. 어떻게 해야 할까?

"여서가 그대에게 쓴 밀서가 있소."

혁련쟁은 편지 한 통을 봉지미에게 내밀었다. 그녀는 빠르게 읽어보고 이내 불태우며 담담하게 말했다.

"여서의 계책이 나쁘지 않군요. 제가 나서서 지효의 신분을 입증하면 그는 섭정왕의 충신이라는 겉모습을 유지할 수 있으니, 조정에서는 나와 대립하는 척하면서 은밀하게 도움을 주겠다는 겁니다. 지금의 지위와 권세를 유지해야만 섭정왕 가까이에서 잠복할 수 있고, 그래야 지효도 지키면서 장차 시기가 무르익을 때 회심의 일격을 가할 수 있다고 했습니다."

"나는 지효를 그에게 맡기기가 불안하오. 그자가 무슨 마음을 품었는지 어떻게 알겠소?"

혁련쟁이 먼저 반대했다. 잠자코 말이 없는 고남의도 분명 불안해 보였다. 그는 지효의 신변을 지켜 줄 수는 있지만, 조정의 복잡한 계책은 도저히 대처할 수가 없었다.

"참, 한 가지가 더 있소."

혁련쟁은 갑자기 무언가가 떠올랐는지 좀 내키지 않는 듯 말했다.

"당신이 실종된 소식이 벌써 천성에 퍼졌소. 폐하께서 진노하셔서 요양우와 순우맹에게 병사를 이끌고 접경지대를 수색하라 명하셨소. 요양우와 순우맹은 농북에서 잔뜩 벼르며 당신을 찾지 못하면 당장 무력을 휘두를 준비를 하고 있소. 화경 역시도 민남 위수에서 온종일 군사 훈련을 벌이며, 시도 때도 없이 강을 건넜다가 돌아오기를 반복하는 통에 긴장한 서량 변경 수비군은 잠을 못 이루고 있다 하오. 덕분에 은지서는 요즘 마음고생이 심해서 황제의 생신 축하연 따위에는 관심을 둘 겨를도 없다고 하오."

봉지미가 하하 웃었다. 영혁이 요양우와 순우맹을 민남의 농북 일대로 파견할 줄 알았다. 그녀가 잠시 생각하다 물었다.

"생신 연회는 내일 열리나요?"

"그렇소. 여서는 아직 그대의 답변을 기다리고 있다오."

봉지미는 고개를 끄덕이며 말했다.

"서량 조정의 조처를 보니 여서가 은지서를 죽이진 못했지만, 준비는 제법 한 것 같네요. 저는 여서가 지효를 순탄하게 황위에 올려 주기만 하면 됩니다. 은지서의 일은 제게 맡기시죠."

봉지미는 배시시 웃으며 기지개를 켰다.

"그는 나라를 구하고 싶겠지만, 나는 지효를 호랑이 옆에 둘 수 없어요. 사실 아무리 거물이라 해도 쉽게 죽을 수도 있는 법이거든요."

혁련쟁이 껄껄 웃으며 의미심장하게 말했다.

"맞는 말이오. 그대가 별러서 죽인 사람이 어디 한 둘이오?"

봉지미가 혁련쟁에게 눈을 흘겼다. 그때 멀리서 누군가 칠표를 사이에 두고 고개를 불쑥 내밀었다. 그녀는 한참 쳐다보고 나서야 그 사람이 누군지 알아보고 깜짝 놀라 말했다.

"가용 낭자잖아요? 여기까지 데리고 나온 거예요?"

혁련쟁이 머리를 치며 '어떻게 이 일을 잊고 있었을까?'라고 생각하며 당황스러운 표정으로 말했다.

"그대를 만나서 너무 기쁜 나머지……. 또 상황을 알려 주느라 가용을 깜빡 잊고 있었소. 자, 한 마디면 충분하오. 빨리 저 여인을 영혁에게 돌려주시오. 나는 저 여인 때문에 미쳐 버릴 지경이니까."

혁련쟁의 표정을 보니 무슨 일이 있었는지 대강 짐작할 수 있었다. 열녀(烈女)는 끈질긴 남정네가 잡는다는 말이 있지만, 실은 '열남(烈男)'도 끈질긴 여인에게 잡힐 수 있다. 마음이 초원처럼 넓은 순의 대왕 전하는 아무래도 부드러우면서도 강인한 저 여인의 채근에 어쩔 수 없던 모양이었다. 그녀는 다 알면서도 아무것도 모르는 척 눈을 깜박거리며 물었다.

"음? 왜죠? 가용 낭자는 이미 전하를 따르기로 하지 않았나요?"

"따르기는 무슨……."

혁련쟁은 하마터면 거친 말을 뱉을 뻔했지만, 봉지미의 부릅뜬 눈을 쳐다보고는 이 여인에게 걸려들지 않겠다는 듯 이내 표정을 바꾸고 헤헤 웃으며 말했다.

"저 여인은 날 따르지 않았소. 하지만 이 몸은 그대를 이미 따랐잖소? 나의 하나뿐인 대비는 오직 봉지미 아니오? 내 장막에 들인 여인은 지금껏 그대 하나뿐이었소."

"듣다 보니 제가 미안해지네요."

봉지미가 턱을 괴고 시치미 뚝 떼고 진지한 생각에 잠긴 척하며 혁련쟁에게 말했다.

"그럼 제게 이혼장을 내리시는 건 어떨지요?"

"그런 생각은 하지도 마시오!"

혁련쟁은 손을 내저으며 잘라 말했다. 봉지미를 향한 자신의 마음을 보이려고 한 말이었지만, 살인이라도 저지를 것처럼 엄중한 말투였다. 그는 사람을 얻을 수 없다면 명분이라도 차지하는 것이 좋다고 생각했다. 분위기가 이 지경이 되자 그녀는 농담을 걸기 머쓱해졌다. 그녀는 가용의 눈빛에서 넘치는 사랑과 흠모를 또렷이 볼 수 있었다. 떨어진 꽃잎은 마음이 있건만 흐르는 물이 무정하듯, 혁련쟁은 이유를 막론하고 가용 낭자의 마음을 받지 않을 것이다. 정말 이 여인을 천성에 데려간다면 그녀는 얼마나 참담한 인생을 보내야 할까? 여기까지 생각하자 영혁이 원망스러웠다. 영문도 모르는 여인을 빼낸 다음 무책임하게 초원에 버리다니……. 도대체 어쩌자고 이런 것일까? 돌이켜 생각해 보면 영혁은 이 여인을 진작 잊어버렸을지도 모른다. 그 사람은 봉지미 자신에게만 조금 마음을 쓸 뿐 다른 사람을 대하는 태도는 '무정하다'라는 네 글자로 요약할 수 있었다. 그녀는 눈썹을 찡그리고 한참을 고민해 보았지만 뾰족한 방법이 없어 일단 접어 두기로 했다. 눈앞의 일부터 해결하기로 마음먹은 그녀는 우선 품에서 노지언이 준 장녕번 낙인이 찍힌 두루마리를 꺼내 몇 자 쓱쓱 적은 후 고남의에게 건네며 말했다.

"도련님, 이번 일은 중요하니 직접 노지언을 찾아가서 이것을 전하세요. 길을 잘 아는 호위와 함께 하는 것 잊지 말고요."

고남의는 말없이 사라졌다. 봉지미는 또다시 배시시 웃으며 혁련쟁을 바라봤다. 그녀의 눈빛은 누가 봐도 계략으로 넘쳐나서 보는 사람의 등골이 서늘해질 것이다. 하지만 그는 어깨동무를 한 채 다리를 꼬고 앉아 싱글벙글한 얼굴로 그녀를 바라봤다. '그대가 나를 두고 계략을 꾸며도 난 기쁘오. 그대가 날 잊어버리면 그것이야말로 큰일이오.'라고 말하는 것 같았다. 그의 눈은 환희로 가득 찼다. 그녀를 이리 보고 저리 보고 아무리 봐도 모자랐다. 그녀의 올라간 눈썹이 예뻤다. 한숨을 쉬어도 예뻤다. 말하는 모습이 예뻤고, 흰자위를 보이며 노려보는 눈도 예뻤다. 무슨 짓을 해도, 아니 아무 짓도 하지 않고 멍하니 있어도 그녀는 초원의 새벽보다 더 예뻤다. 이글이글 타오르는 그의 눈빛을 보자 이번엔 그녀가 먼저 등골이 서늘해졌다. 얼마 후 그녀는 길게 탄식하며 말했다.

"전하, 저는 정말 전하를 이 흙탕물에 들이고 싶지 않았습니다. 정말이지 지금도 전하께서 그 어떤 흙탕물에도 발을 담그지 못하게 하고 싶습니다."

"그대가 있는 곳이 바로 내가 사랑하는 초원인 것을."

혁련쟁은 눈썹을 올리고 웃으며 말을 이어 갔다.

"어찌 흙탕물이라 말하시오?"

봉지미는 말이 없었다. 혁련쟁은 양손을 그녀 앞에 짚더니 눈동자를 뚫어지라 쳐다보며 말했다.

"이모님, 모단대비도 가족끼리 숨기는 건 없어야 한다고 했소……. 아차, 당신에게 줄 선물도 있다고 해서 대신 가져왔는데 깜박할 뻔했소."

혁련쟁은 품에서 부드러운 천 주머니를 꺼내어 봉지미에게 건네며 신이 나서 물었다.

"그런데 이게 무엇이오? 어서 열어 보시오."

봉지미는 그 천에 손이 닿자마자 불에 덴 것 같은 기운이 느껴졌다. 열어 볼 필요도 없이 감촉만으로도 선물의 정체를 알 수 있었다. 다름 아닌 '일정흥용! 필수분박!'이었다.

"으음……. 저 대신 대비께 감사하다고 전해 주세요. 이건…… 이건…… 잘 받겠습니다."

봉지미는 천 주머니를 후다닥 내려놓고 깔고 앉아 버렸고, 고개를 쭉 빼고 호기심 어린 시선으로 바라보는 혁련쟁이 계속 질문할까 봐 얼른 원래의 화제로 돌아갔다.

"그럼 전하의 호의를 사양하지 않겠습니다. 어차피 더 말해도 잔소리 취급하실 테니까요. 저의 전반부 계획은 여서와 같으니 내일부터 따를 것입니다. 제가 직접 섭정왕을 무너뜨리고 지효의 신분을 증명하겠습니다. 방금 고 도련님이 노지언에게 도움을 청하러 갔지만, 아무래도 장녕번에서 온 사람들의 힘만으로는 부족할 것 같아요. 전하께서 움직여 주셨으면 좋겠습니다."

"나보고 섭정왕과 가짜 동맹을 맺고 발목을 잡으라는 거요? 나의 초원과 서량은 수천 리 떨어져 있는데 그가 날 믿으려 하겠소?"

"이익을 얻을 수 있다면 지역과 나라를 가리지 않지요."

봉지미가 말했다.

"서량은 고온다습하고 약재가 풍부하나 말(馬)이 잘 자랄 수 없는 환경입니다. 반면에 전하의 초원에는 천하제일의 마장이 있고 또 훌륭한 철기도 제작할 수 있지만, 의술과 약초가 부족합니다. 은지서는 야심에 부푼 사람이라 지금껏 군사력을 확충하는 일에는 한번도 힘을 아낀 적이 없죠. 전하의 수중에 그가 가장 원하는 것이 있습니다. 전투마와 철기를 그들의 약품과 식량과 교환하자고 제안하면 절대 마다하지 않을 것입니다."

"하지만 우리는 멀리 천성의 변경지대에 있고, 서량과의 사이에는 천성 영토의 반만큼의 거리가 있소. 게다가 전투마는 나라에서 엄격히 수출을 금지한 품목인데, 이렇게 긴 거리를 두고 어떻게 교환이 이뤄질 수 있겠소? 이 문제를 해결하지 못하면 은지서는 동맹 제의 자체를 신뢰하지 않을 것이오."

봉지미가 찬탄했다.

"우리 대왕께서 이토록 성장하셨다니요! 더욱 치밀해지셨군요."

봉지미는 혁련 대왕에게 칭찬의 미소를 지어 보이고 말했다.

"초원과 서량 사이에 장녕이 있죠. 제가 노지언과 협상을 해 국경을 넘을 수 있게 하겠습니다. 장녕을 만만하게 봐서는 안 됩니다. 장녕번만 가지고 있는 것처럼 보이지만, 사실은 가까이에 있는 세 개의 도까지 세력을 뻗치고 있죠. 그들이 수족처럼 협조해 준다면 전반부의 길은 문제가 없을 것입니다. 전하께서는 접경지대 길을 택해서 간다면 천성 황제의 영향이 미치지 못할 것입니다. 천성 국경을 넘을 때는 민남에 화경이 있고, 농북에 요양우와 순우맹이 있습니다. 또한 남해에는 연회석의 선박사무사가 있지요. 육로로 가시든 수로로 가시든, 또는 둘로 나눠 가시든 모두가 전하를 위해 계책을 만들어 줄 사람들입니다. 제가 조정에 모든 걸 지시하고, 요양우와 순우맹에게 전하를 합리적으로 도우라고 일러 둘 것입니다. 그리고……"

봉지미가 침착하게 말했다.

"장녕, 대월, 서량의 삼자 동맹 중 대월 쪽은 제가 이미 끊어 놨습니다. 하지만 서량과 장녕은 아직 그 사실을 모르니 약속대로 공격을 단행할 테죠. 후훗……. 그때도 천성이 전투마 수출 같은 일에 신경 쓸 여력이 있을지 모르겠군요."

혁련쟁은 잠시 멍해졌다. 아직 삼자 동맹의 일을 알지 못하는 그에게 봉지미가 간단히 설명해 준 것이다. 또한 그녀가 진사우에게 계책을 선물했다는 얘기도 듣게 되었다. 혁련쟁은 미간을 찌푸리며 한참 동안 그녀가 한 말을 곱씹어 보더니 입이 쩍 벌어지며 말했다.

"설마 처음부터 한꺼번에 세 나라를 도모한 것이오? 진사우 쪽은 즉시 대군을 움직여 황위에 올라야 하니 당연히 천성 공격에 나눠 줄 병력이 없는데, 장녕과 서량은 거사를 진행할 수밖에 없는 상황이구려. 일단 전쟁이 시작되면 장녕과 서량이 적어도 초기에는 매우 수세에 몰릴 수밖에 없을 거요……. 그렇다면 그대는 세 나라가 아니라 네 나라를 도모한 것이 되는군. 아, 가엾게도 무슨 일이 일어나는지 혼자 깜깜할 천성이 측은하구려!"

"만약 진사우가 군사를 떼서 천성 접경지대를 견제한다면……."

봉지미가 말했다.

"제게 이런저런 원한을 품은 그가 우리 초원을 망가뜨릴까 걱정됐습니다. 차라리 뿌리를 뽑아 자국 일에나 열중하게 만든 것이죠. 애먼 싸움에 끼지 말고요."

"당신은 정말…… 무서운 사람이오."

혁련쟁이 눈을 동그랗게 뜨고 봉지미를 바라봤다.

"아마 진사우는 아직도 당신이 내린 묘책에 감사하며 눈물을 흘리고 있을 거요. 당신에게 나쁘게 대한 것을 후회하며, 사실은 당신이 꽤 좋은 사람이었다고 생각하겠지. 꿈에도 이 모든 것이 다만 당신의 사심을 위해서인지 모를 거요."

"제 사심은 모두 전하를 위한 것 아니겠어요?"

봉지미는 의미를 알 듯 말 듯한 미소를 지으며 혁련쟁을 바라봤다. 그는 의자를 그녀의 무릎 앞으로 끌어와 그녀의 손을 잡으러 갔다.

"오, 그렇소. 나의 왕비. 당신이 나를 누구보다 끔찍이 여기는 걸 잘 알고 있소……."

하지만 봉지미는 의자를 걷어차 버렸고, 의자는 바닥에 나뒹굴게 되었다.

"……."

다음 날, 서량 황제는 세 돌을 맞이했다. 이때가 되니 섭정왕의 권세가 서량을 지배하고 있음을 확실히 체감할 수 있었다. 그의 생일에는 창평궁에서 섭정왕부에 이르는 길에 있는 집들을 꽃이나 비단 끈으로 장식해 십 리 남짓한 거리가 온통 화려한 색채로 가득했었다. 황제의 생신인 지금도 비단 끈 장식이 걸렸긴 했지만 재활용을 했을 뿐, 따로 성대한 장식을 하지 않았다. 이것은 어사(御史)가 대신들의 불충을 탄핵할 수 있을 정도의 일이나, 애석하게도 지금의 어사들은 장님과 귀머거리라도 된 듯 못 보고 못 듣는 척하고 있었다.

황제는 생신 아침에 정전에서 문무백관의 큰절을 받고, 정오에 연회를 베풀며 저녁에는 후궁이 바치는 경연을 받는다. 하지만 어린 황제는 후궁 경연 대신 동태후가 준비한 생신상을 받는 것이 전부다. 오늘 묘(卯)시)*오전 5~7시에 일어난 섭정왕은 두 눈에 검푸른 그림자를 걸고 있었다. 요즘 그는 근심이 이만저만이 아니었다. 조정의 크고 작은 사건이 그에게 안부라도 묻듯 찾아왔고, 하나를 막으면 또 하나가 터지곤 했다. 처음에는 별로 특별한 점을 눈치채지 못했지만, 한 나라에서 매일 같이 수많은 사건이 일어나는 것은 뭔가 잘못되었다는 생각이 점점 들었다. 어떤 사건들은 민감한 문제와 연결되어 있어서 더욱 조심했다. 자신의 생일에도 경하 인파에 섞여 들어온 수상한 자가 있었는데, 뒤를 쫓자 자살해 버려서 아무 단서도 못 건졌다. 그는 서늘한 빛을 번쩍이는 흉기가 암흑 속에서 소리 없이 등 뒤로 접근하고 있다는 느낌을 지울 수가 없었다. 그래서 방위 태세를 강화하고, 자신을 물샐틈없이 호위하기 시작했다. 하지만 한창 의심이 극에 달해 경계를 높였을 때, 감시당하는 기분이 어느 순간 사라졌다. 상대가 계획을 포기하고 탐색을 멈춘 것일까? 어쩌면 그가 너무 예민하게 의심했는지도 모르지만, 이미 불안이 최고조에 이른 마음을 함부로 놓을 수는 없었다. 오랫동안 사람을 의심하는 일은 매우 피곤했다. 섭정왕은 평소와 다름없이 웃고 있지만, 눈 밑에는 고단함이 드러나기 시작했다.

심지어 위지가 행방불명되는 사건까지 일어났다. 이렇게 중요한 인물이 서량에서 실종되었다니 이만저만한 낭패가 아니었다. 천성이 접경 지대에 군사를 배치했고, 그는 어쩔 수 없이 변방 군사를 이동시킬 수밖에 없었다. 진사우를 의심하기도 했지만, 그 말을 천성에 꺼낼 수는 없었다. 천성에게 위 후를 대월의 안왕이 납치해 갔다고 말한다는 것은 서량과 대월이 부적절한 내통을 한다고 떠드는 것과 진배없지 않은가? 섭정왕은 걱정거리를 잔뜩 안고 일찌감치 일어났다. 오늘 생신 연회가 끝나는 대로 장녕번 사람들을 일찌감치 돌려보내 사고를 일으킬 여지를 주지 않을 생각이었다. 그의 가마는 삼천 호위의 경호를 받으며 성 안의 섭정왕부를 나와 서수(西水) 거리를 지나 반용(盤龍) 거리, 남시(南市) 거리 그리고 우뚝 솟은 6패루(牌樓)＊주요 시설물 어귀에 큰 길을 가로질러 세운 문를 거쳐, 무양(舞陽)문을 통해 궁으로 진입할 예정이다. 이 노선은 왕부 소속 책사가 사흘 밤을 지새우며 잡은 가장 넓고 안전한 길로 사각지대나 은신할 만한 곳이 없었다. 주변 민가의 용마루에 열 척 간격으로 궁수를 배치했고, 수상한 낌새가 조금이라도 보이면 예외 없이 죽이라는 명령을 내렸다. 이런 철통같은 방어라면 천하 누구라도 열 척 안으로 다가갈 수 없을 것이다.

섭정왕의 가마가 정해진 노선을 따라 천천히 앞으로 나아갈 즈음, 세 길모퉁이 밖에서는 노지언이 종이 두루마리를 쥐고 몇 번이고 돌려 봤다.

'위지 이 자식, 드디어 이 물건을 쓰기로 했군.'

자기 목숨이 경각에 달렸던 순간에도 그와 맺은 약속을 이용하지 않으려 하더니, 무슨 큰일이 생겼길래 주저 없이 자신을 찾았을까? 두루마리를 펼치자 휘갈겨 쓴 필체로 이렇게 적혀 있었다.

"섭정왕이 노선을 변경해 화신묘(花神廟) 쪽으로 길을 잡게 하고, 행차를 15분 이상 지연시킬 것. 방법은 알아서."

부탁하는 태도 한 번 건방졌다. 노지언은 먼 곳에서 들려오는 길 여는 소리에 집중하며 얇은 입술을 삐죽거렸다. 그가 잠시 생각에 잠겼다가 웃음을 지었다. 번왕 가문 출신인 그는 장녕에서는 세자 신분이었다. 왕의 행차를 15분 막는 일이 간단해 보일 수도 있겠지만, 요즘 같은 시기에는 하늘의 별 따기만큼 어렵다는 것을 잘 알고 있었다. 조금이라도 행차를 방해할 경우 친위대는 누군지 묻지도 않고 모든 화살을 겨냥할 것이고, 뭔가 말하고 싶어도 기회를 주지 않을 것이다. 하물며 그들이 진작 고안했을 완벽한 노선을 바꾸게 하라고? 내가 천지신명인 줄 아나? 위지, 지금 날 시험하는 거냐? 아니면 괴롭히는 거냐?

노지언은 위지에게 자신이 반드시 부탁을 들어 주겠다고 한 적은 없다고 말하고 싶었다. 그는 벽에 기대 손가락으로 종이 두루마리를 만지작거렸다. 그의 표정에서 흥분과 분노가 교차했다. 그는 허공에 코를 대고 킁킁 냄새를 맡아 보았다. 어쩐지 비가 올 것 같은 냄새가 났다. 그는 요염한 눈매를 살짝 올리며, 손가락을 비벼 종이 두루마리를 뭉개 버렸다. 하지만……. 그는 이내 여우 같은 미소를 지었다.

'이거 정말 재미있을 것 같긴 한데……. 그럼 한번 놀아볼까?'

섭정왕의 가마가 왕부를 떠나는 순간, 봉지미와 혁련쟁 일행도 객잔을 나왔다. 그들은 수수하게 입고 객잔 밖에서 세 개의 거리를 돌아서 헤어졌다. 혁련쟁은 화신묘 쪽으로, 봉지미는 궁 쪽으로 방향을 잡았다.

헤어지기 전 그는 조금 망설이다가 그녀에게 물었다.

"노지언이 정말 말을 들을 거로 생각하오? 내가 알기로 그자는 결코 마음을 놓을 수 있는 자가 아니오."

"안심하세요."

봉지미가 눈웃음을 보이며 말했다.

"마음을 놓을 수 없는 자이기 때문에 말을 잘 들을 거예요. 그 녀석은 진작부터 제게 울분이 잔뜩 쌓여 어떻게든 저를 제압해 제가 존경을 표하길 바라고 있거든요. 어떻게 이 기회를 놓치겠어요?"

혁련쟁이 웃으며 말했다.

"당신이 남의 마음을 헤아릴 때 절대 틀린 적이 없지."

혁련쟁은 깊은 눈망울로 봉지미의 미소 띤 얼굴을 바라봤다. 돌아보는 시선이 다정했다. 가늘고 긴 그녀의 하얀 목이 옷깃 사이로 드러났다. 그 모습에 자기도 모르게 가슴이 두근거렸다. 그는 참지 못하고 그녀의 손을 잡고 몸조심하라고 말하려고 했다. 하지만 그가 손을 내밀기도 전에 뜻밖에도 그녀 쪽에서 먼저 손을 내밀었다. 그녀는 진솔하고 담담한 마음을 담아 그의 손을 잡고 말했다.

"몸조심하세요."

혁련쟁은 멍해져 있다가 고개를 들어 봉지미의 눈동자를 보고는 웃으며 말했다.

"내가 위험할 일이 뭐 있겠소? 나야 선물하러 가는 것 아니오? 자, 늦기 전에 어서 가시오."

봉지미는 혁련쟁의 손을 놓고 웃으며 떠났지만, 그는 곧바로 가지 않고 길모퉁이에 뒷짐을 지고 서서 오랫동안 그녀의 뒷모습을 바라봤다. 한참 후, 그는 쓴웃음을 지었다. 삼준이 괴이한 웃음을 짓고 그의 곁으로 슬그머니 다가왔다. 그녀가 먼저 대왕의 손을 잡았으니, 충직한 신하인 그도 진심으로 대왕을 위해 기뻐했다. 혁련쟁이 의아한 시선으로 삼준을 힐끔 보고 말했다.

"왜 웃느냐?"

삼준은 싱글벙글 웃음기를 감추지 못했고, 입꼬리로 봉지미의 뒷모습을 가리켰다. 늦가을의 바람 속에 우뚝 선 혁련쟁은 쓸쓸한 낙엽 사이로 고개를 살며시 저으며 말했다.

"아니, 이건 웃을 일이 아니다."

단순한 초원 사내 삼준은 영문을 몰라 멍하니 머리만 긁적였다.

"차라리 그녀가 수줍어서 피하는 게 낫다. 저렇게 주도적이고 솔직한 것을…… 난 바라지 않는다."

혁련쟁이 탄식하며 먼저 걸어갔다. 그 뒤를 따르는 초원 사내가 영문을 모르고 물었다.

"왜입니까?"

그의 대왕은 이미 저만치 걸어갔고, 꼿꼿한 뒷모습이 깊은 골목길 속으로 점점 멀어졌다. 그가 남긴 한마디만 누렇게 시들어가는 대지에 가을바람과 함께 맴돌았다.

"넌…… 모른다."

봉지미가 길모퉁이를 돌자 몇 사람이 말을 준비해 조용히 기다리고 있었다. 그녀는 말에 올라 궁을 향해 곧장 달렸다. 하지만 문무백관이 출입하는 휘황찬란한 금빛 정문으로 가지 않고, 관이나 시체가 드나드는 북문으로 향했다. 그곳에서 대사마 여서가 친히 기다리고 있었다.

"저는 곧 정문으로 입궁해야 합니다. 지금은 제가 그 자리에 빠질 수 없고, 예부의 신하들도 저를 기다리고 있습니다."

여서는 초조한 표정으로 안부 인사 한마디 없이 본론을 말했다.

"제가 위 후를 궁으로 들여보내 드릴 테니, 반드시 밀비와 따님을 모시고 정전으로 오십시오. 이미 사람을 보내 동태후의 발목을 잡아 뒀습니다. 하지만 들리는 소식에 의하면 썩 순조롭지 않은 것 같습니다. 이제 모든 것을 위 후에게 맡깁니다. 섭정왕 쪽에서는 위 후의 작전을 모릅니다. 정말 반 시진 정도 시간을 끌 수 있겠습니까? 아, 그런데 고 대인이 안 보이는데…… 어디에 있습니까?"

여서가 단숨에 많은 질문을 늘어놓자 봉지미가 웃었다.

"대사마께서 질문이 많이 하셨지만, 지금은 답할 때가 아닙니다. 여하튼 활은 이미 당겨졌으니 되돌릴 수 없습니다. 걱정하지 마세요."

"알겠습니다."

여서도 차라리 거리낌 없이 말했다.

"제가 비록 섭정왕을 죽이지 못하였으나 반년만 시간을 주신다면 그를 사지로 몰겠습니다. 제가 반년 동안 목숨을 바쳐 보위에 오르셔야 할 따님을 지키겠습니다. 그러니 위 후께서도 안심하고 일을 진행하십시오."

봉지미는 여서를 가만히 들여다보았다. 그는 역시 총명한 사람으로 한눈에 그녀가 가장 걱정하는 일이 무엇인지 알아차렸다. 그녀는 말없이 고개를 끄덕이며 미리 열어 놓은 궁의 북문을 통해 빠른 걸음으로 입궁했다. 문 뒤에서 기다리고 있던 두 명의 태감이 소리 없이 그녀를 맞이했다.

여서는 봉지미의 여유로운 뒷모습이 사라지는 것을 지켜보자 불안함이 조금 사라졌다. 하늘을 보니 지금은 묘시 1각(刻)*약 15분이었다. 섭정왕은 왕부에서 출발했을 터이나 규모가 큰 행렬이라 빨리 오지는 못할 것이다. 그들 중 반은 묘시 3각에 도착하고 의식은 진시(辰時)*오전 7~9시에 시작할 예정이다. 그의 계획은 의식이 시작하자마자 지효의 신분을 공개하고 대기하던 노신들이 뜻을 받드는 것이다. 그러려면 섭정왕이 적어도 반 시진은 지각을 해야 하는데, 그는 나설 수 없고, 위지는 궁으로 들어갔다. 그렇다면 누가 그 일을 한단 말인가? 위지는 활이 당겨졌으니 되돌릴 수 없다고만 했고, 지금은 오직 그를 믿을 수밖에 없었다. 그는 바삐 말에 올라 정문으로 향했다. 그곳에는 벌써 문무백관이 모여 있었다.

봉지미는 궁에 들어가자마자 급히 태감의 두루마기를 걸쳤다. 가는 길마다 여서가 배치한 사람들이 소리 없이 그녀를 도와 관문을 통과할 때마다 이어지는 검문에 대처하였다. 섭정왕은 최근 누군가가 자신을 시해하려 한다는 의심 때문에 외부의 수상한 동향을 파악하는데 정신이 온통 쏠려 있었다. 하지만 그녀가 일찌감치 자기 수하들을 이곳 황궁으로 들여보냈을 거라고는 꿈에도 상상하지 못했다. 궁이야말로 가장 안전하고도 위험한 곳이었다.

황제의 침전에 도착하자마자 봉지미는 사방을 둘러보고 만족스러운 듯 고개를 끄덕였다. 종신의 비밀 호위 무사가 이 안에 있었다. 그들의 잠복 기술은 갈수록 발전해 이토록 많은 날을 궁에 숨어 지효를 지켰지만 발각되지 않았다. 하지만 침전 밖에 세워진 가마를 보고 그녀는 눈을 가늘게 떴다. 이것은 태후의 가마인 것 같은데…… 동태후가 여기 있단 말인가? 그녀가 황제를 모시고 함께 등청 하는 건 정상이지만, 원칙대로라면 황제가 그녀에게 먼저 가서 문안을 드린 후 모후와 함께 정전으로 가야 맞다. 뭔가 문제가 생겼을까? 그녀는 고개를 숙이고 어깨를 움츠린 채 다른 태감과 함께 침전에 조용히 걸어 들어갔다. 그런데 내전에 들어가기도 전에 어린 황제가 떼쓰는 소리가 들렸다.

"싫다! 싫다고 했느니라! 짐은 지효와 같이 가겠다!"

궁녀의 달래는 소리, 상궁이 타이르는 소리, 황제가 다기와 문진을 집어 던지는 소리와, 어린 황제를 모시고 가려는 태감들의 가느다란 목소리가 한 데 섞여 소란스러웠다. 하지만 동태후와 고지효의 목소리는 들리지 않았다. 봉지미는 동태후가 지효를 정전에 들이지 않으려는 상황임을 파악하고 미간을 찌푸렸다. 지효는 요즘 황제를 따르는 어린 궁녀처럼 상자를 들고 구색을 갖춰 매일 정전에 들었다. 신하들에게도 익숙한 장면인데, 황제의 생신에 어째서 지효를 정전에 가지 못하게 하는 것일까? 그녀는 지효를 잠깐 보기만 할 생각이었다. 늘 하던 대로 지효는 황제를 따라 정전에 들 것이니 신경 쓸 필요가 없었다. 오로지 밀비를 데리고 나올 일만 걱정하고 있었는데, 막상 와 보니 지효를 정전으로 보내는 일도 쉽지 않아 보였다. 그녀는 궁인들이 들락날락하는 소리로 정신없는 틈을 타서 조용히 침전에 들어가 한쪽에 웅크리고 섰다. 침전 안이 소란스러워서 아무도 그녀가 들어오는 것을 알아차리지 못했다. 어린 황제는 펄쩍 뛰며 손에 든 찻잔을 그를 가로막는 상궁을 향해 세게 던졌고, 상궁은 머리가 깨져 피를 철철 흘렸다. 새장을 끌어안은 지효는 '소칠'이라는 이름의 부엉이를 데리고 노는 데 열중하느라 아무에게도 신경을 쏟지 않았다. 그런 지효가 별안간 고개를 들고 주의 깊게 그녀를 쳐다봤다. 그녀는 마음속으로 아이의 예리함에 놀라며, 얼른 손짓을 보냈다. 지효는 그녀를 힐끗 보고는 얼굴을 돌려 버렸다.

동태후는 이쪽의 동정을 알아채지 못했다. 침전에 우두커니 선 그녀의 얼굴에 그림자가 드리워졌고, 머리에 가득 얹은 진주며 비취 같은 보석 장식이 바람이 불 때마다 달랑거렸다. 지금 동태후는 거칠고 사나운 파도처럼 마음이 요동치고, 이성을 잃을 지경이었다. 엄청난 자제력을 발휘해 억누르지 않았다면 진작에 발작하는 모습을 보였을 것이다. 며칠 전 그녀는 폐궁에 유폐되어 있는 미친 밀비에 대한 비밀 보고를 받았다. 밀비가 요즘 이상하게도 낙서를 하거나 괴상한 그림도 그리지 않고 갑자기 조용해졌는데, 한밤중만 되면 벌떡 일어나 흥분하며 마구 날뛴다는 것이었다. 이 비밀 보고는 즉각 동태후의 경계심을 불러일으켰다. 밀비가 미친 지 한두 해도 아닌데 갑자기 무슨 연극을 하는 것일까? 그녀는 감시를 강화하라고 명했다. 동태후가 누가 봐도 미쳤고, 쓸모없는 후궁을 3년 동안 하루도 거르지 않고 사람을 보내 감시했다는 사실을 아무도 몰랐다. 이런 인내심과 신중함이 없었더라면 그녀가 무엇으로 이 간계가 넘쳐나는 후궁에서 살아남았을 것이며, 후손도 없이 태후가 될 수 있었겠는가? 그런데 오늘 이른 새벽 태감이 밀비의 궁 밖에서 상궁 하나를 잡았다고 보고를 올렸다. 밀비의 처소 안으로 고개를 쭉 내밀고 기웃거리는 여자를 잡고 보니 폐하를 가까이서 모시는 상궁이라는 것이었다. 그녀는 즉시 상궁을 친히 심문했지만 사실대로 입을 열지 않으려 했다. 결국 사람을 시켜 상궁의 피부 껍질을 한 치씩 벗겨내는 고문을 했는데, 가슴까지 벗겨내자 마침내 그 상궁은 비명을 지르며 자백했다.

상궁은 밀비에게 묻고 싶은 게 있었다고 했다. 밀비가 출산할 때 아이를 받은 상궁이 그녀의 친구였는데, 그날 밤 친구는 밀비의 아이가 딸이라고 했다는 것이다. 가느다란 눈썹과 길쭉한 눈매가 밀비와 똑 닮았다는 말까지 들었다고 했다. 그 후 아이를 받은 상궁은 실종됐고, 그녀도 그 비밀을 혼자서만 간직해 두고 지내왔다. 그런데 얼마 전 본 천성 위 후의 수양딸이 아무리 봐도 젊은 시절 밀비와 닮아서, 직접 물어보러 왔다는 것이었다. 자초지종을 들은 동태후는 식은땀을 흘렸다. 밀비의 딸이라니! 밀비가 딸을 낳은 것은 알고 있었다. 그날 그녀가 내전으로 들이닥쳤을 때 아이는 이미 사라진 뒤였고, 그녀는 상궁을 추궁해 아이의 성별을 알아냈다. 상궁의 입을 막았다고 생각했는데 결국 누설한 모양이었다. 동태후는 밀비의 얼굴을 떠올리며 고지효라는 계집애와 대조해 보려 애썼지만, 머릿속은 안개가 낀 듯 모호했다. 고귀한 황후였던 그녀는 후궁들을 증오했고, 심지어 평소에는 그녀들과 눈도 마주치지 않았다. 게다가 밀비는 미친 뒤로 매일 얼굴에 무언가를 덕지덕지 발라 귀신처럼 하고 다니는 통에 사람들은 점점 그녀의 본래 용모를 잊었다. 그런데 이것이 밀비가 고심한 작전이었다니…….

심문이 끝나자마자 동태후는 즉시 황제의 침전으로 달려왔다. 오늘 무슨 일이 있어도 이 계집애를 침전에 남겨 두기 위해서였다. 지금 그녀는 차가운 시선으로 고지효를 바라보며 어떻게 이 아이를 처치할지를 고심했다. 이 계집애의 신분이 천성 위 후의 수양딸이기 때문에 조금 귀찮게 되었다. 아이가 서량의 궁에서 죽어 나온다면, 훗날 위 후를 상대할 방도가 없을 것이다. 위지는 막강한 인물이어서 잘못 건드렸다가 무궁무진한 후환이 펼쳐질까 두려웠다. 섭정왕이 이 아이를 잘 돌보라고 신신당부했지만, 아이의 출생을 알아 버린 지금 어떻게 순순히 놓아줄 수 있겠는가?

동태후의 반짝이는 눈동자에서 불안하고 어쩔 줄 모르는 마음이 보였다. 그녀의 표정을 살피던 봉지미는 상황이 좋지 않음을 확신하고 소리 없이 뒤로 몇 걸음 물러났다. 하지만 몇 걸음 못 가서 어깨가 크고 허리가 둥그런 두 태감의 팔에 가로막혔다. 그들은 그녀에게 눈을 흘기며 호통쳤다.

"이 못 배워먹은 것! 냉큼 물러가지 못할까!"

봉지미는 황급히 눈을 내리깔고 뒤로 물러나며 행여 태후가 손을 쓰면 자신이 막을 수 있을지 거리를 가늠했다. 아울러 동태후와 섭정왕이 정말 환상의 한 쌍이라고 생각했다. 이 은밀한 후궁까지 가는 곳마다 방비를 엄중히 했으니 말이다. 동태후는 벌써 마음을 굳혔다. 오늘은 어찌 되었든 간에 이 아이의 목숨을 끊어야 한다! 하지만 이렇게 많은 사람 앞에서 일을 저지를 수는 없고, 외부인은 단 한 명도 없는 상태에서 이뤄져야 했다. 동태후는 똑바로 서서 외쳤다.

"폐하!"

봉지미의 목소리가 특별히 격앙되지는 않았지만 위엄이 있었다. 문진을 들고 궁녀 머리를 향해 던지려던 황제가 놀라서 동작을 멈추고 고개를 들어 그녀를 바라봤다.

"체통을 지키셔야지요. 폐하."

동태후는 어느새 상냥한 얼굴로 바뀌어 있었다.

"폐하께서 먼저 가마에 오르세요. 지효는 모후에게 예절을 조금 배우고 금방 따라갈 거예요."

어린 황제는 금세 환한 표정으로 눈을 동그랗게 뜨고 물었다.

"정말요?"

"이 어미가 언제 폐하를 속인 적 있습니까?"

동태후는 자애로운 미소를 지으며 황제를 안아 올려 책상에서 내려 주고, 비뚤어진 관모를 바로잡아 주고는 궁녀에게 눈치를 줬다.

"늦지 않도록 어서 황제를 모셔라."

"어마마마."

어린 황제는 모후를 철석같이 믿으며 궁녀의 어깨에 엎드려 그녀에게 손을 내밀었다.

"빨리 오셔야 해요."

"걱정 마세요."

동태후는 미소를 지으며 황제를 배웅하고 돌아서서 조용히 말했다.

"모두 물러가고 이 상궁만 남아라."

동태후의 복심인 이 상궁은 몸을 굽혀 절했고, 나머지 사람들은 줄 줄이 물러났다. 봉지미가 거기에 서서 움직이지 않자, 그녀를 데리고 들 어온 태감이 그녀의 소매를 조용히 끌며 낮게 속삭였다.

"뭘 꾸물거리느냐? 어서 가자!"

봉지미가 어찌 이 중요한 순간에 떠날 수 있단 말인가? 그녀가 주저 하자 동태후 곁의 또 다른 태감이 이쪽을 노려봤다. 그녀는 가슴이 바 짝 조여드는 것 같았다. 아무리 생각해도 지금은 손을 쓸 때가 아니어 서 일단 이를 악물고 물러나기로 했다. 그녀는 문지방을 넘으면서 뒤를 돌아봤지만, 지효는 고개를 들지 않았다. 아이는 여전히 새장을 안고 조 금 주눅 든 모습이었다. 이 상궁이 발을 내리자 아이의 작은 몸이 이내

가려졌다.

　침전 밖으로 나온 봉지미는 만에 하나 무슨 일이 생기면 손을 쓸 시간이 없을까 봐 불안해하며, 잠복 중인 호위 무사에게 어떻게든 천장으로 오르라고 신호를 주었다. 어제와 상황이 완전히 달라졌다. 지금까지는 그녀의 힘으로 지효를 무사히 궁에 둘 수 있었고, 아무도 감히 지효를 건들지 못했다. 하지만 동태후가 뭔가를 알았으니, 그녀가 지금 손을 쓰려고 마음먹었다면 지효가 어떻게 맞설 수 있겠는가? 문지기 태감 둘이 침전 입구를 물샐틈없이 지켜 개미 새끼 한 마리도 기어들어 갈 수 없을 것 같았다. 그녀는 잠시 생각하다가 자신을 침전에 데리고 들어온 그 태감에게 다가가 그의 소매에 뭔가를 찔러 넣었다. 그 태감은 여서가 이 임무를 수행하도록 배치한 사람답게 총명했다. 그는 그녀가 건네 준 물건이 손가락에 닿자마자 그것이 무엇인지 알았고, 당황해서 그녀를 바라봤다. 그녀는 태감에게 입을 비죽 내밀며 한편으로는 등 뒤로 손짓을 보냈다.

　툭.

　어두운 곳에 숨어 있던 비밀 호위 무사가 바깥으로 날렵하게 돌멩이를 튕겼다.

　"무슨 소리냐?"

　그 즉시 누군가 외치자 그 자리에 있던 모든 궁인들이 일제히 그쪽으로 몰려갔다. 허나 내전의 문을 지키는 태감 두 명만은 움직이지 않았다. 그럴 것이라 미리 짐작한 봉지미는 재빨리 그녀를 데리고 들어온 태감에게 눈짓으로 신호를 보냈다. 신호를 알아차린 태감이 몸을 일부러 휘청거리다 물건을 떨어뜨리자 바닥에 흩어진 물건들이 눈부시게 빛났다. 뜻밖에도 그것들은 금은보화였다. 번쩍번쩍 빛나는 구슬과 보석들이 순간 두 태감의 눈길을 끌었다.

　"네 이놈! 도둑질했구나!"

두 사람이 곧장 빠른 걸음으로 다가와 떨어진 보석을 발로 밟았다.

"아이고, 공공(公公)*태감을 높여 일컫는 존칭 어르신……. 이건…… 이건…… 그러니까 제가 작은 성의라도 드리면……."

태감은 땀을 닦으며 손가락으로 연신 그 두 태감의 신발 밑을 파냈다. 두 문지기 태감은 서로 시선을 맞추고 탐욕스러운 눈을 반짝였다. 이내 그들도 몸을 굽혀 보석을 줍기 시작했다. 그 틈을 타 문지기 태감의 등 뒤로 돌아간 봉지미가 재빨리 침전으로 들어갔다.

널찍한 침전에는 두툼한 양탄자가 깔려 있었고, 조금 전 황제가 집어 던진 물건들이 온 바닥에 흩어져 있었다. 봉지미는 조심스럽게 그것들을 피해 병풍 뒤 휘장 쪽으로 몰래 숨어들었다. 막 몇 걸음 떼었는데 발밑에서 소리가 났고, 침전 안에서 호통이 들렸다.

"거기 누구냐?"

동태후가 고개를 내밀고 경계하며 주위를 한번 둘러보았지만, 아무도 없자 안심하고 다시 고개를 집어넣었다. 휘장을 잡고 천장에 매달려 있던 봉지미가 땀을 닦았다. 조금 전 재빨리 뛰어오르지 않았다면 발각됐을 것이다. 지효는 그녀들과 가까이 있으므로 일단 들키면 무공을 할 줄 아는 이 상궁이 지효를 인질로 잡을 것이다. 그렇게 되면 일이 복잡해진다. 이 침전 안에는 여러 장치가 있어 아무 데나 밟았다가는 소리가 나는 듯했다. 침전에 드나드는 궁인은 모두 알지만 외부인은 절대 알 수가 없었기에 그녀는 더 주의를 기울여 천천히 움직였다. 병풍 너머로 동태후가 자애로운 목소리로 지효에게 말하는 소리가 들렸다.

"지효야, 옷 갈아입어야지?"

지효가 고개를 젓는 것 같았다. 아이는 아직도 새장에서 손을 떼지 않았다.

"이건……!"

동태후가 미간을 찡그리고 새장 안의 부엉이를 바라봤다. 역시 그

천한 밀비 년의 아이답게 애완동물도 불길한 새를 기른다고 생각했다. 하지만 아이가 저 징그러운 새와 그림자처럼 떨어지지 않는 바람에 그녀도 참아야 했다.

"새를 정전에 데려갈 수 없어. 내려놓으렴."

지효는 고개를 절레절레 흔들었다.

"새 재밌어요."

"내게 더 재미있는 게 있는데?"

동태후는 미소를 지으며 진지한 표정으로 침대 뒤쪽 벽에 걸린 여인 모양의 등을 가리키며 말했다.

"저 등 안에 시계가 숨겨져 있어. 아주 멀리 떨어진 나라에서 가져온 시계야. 손으로 돌리면 새가 나와서 시간을 알려 주고 노래도 불러 줘. 정말 듣기 좋단다."

동태후의 등 뒤에서 이 상궁이 몸을 떨었다.

"정말요?"

고지효는 노래를 부를 줄 아는 새가 흥미로운지 가늘고 긴 눈의 새까만 눈동자를 굴렸다. 동태후는 그 두 눈을 바라보며 눈을 반짝였고, 숨을 한 번 깊이 들이마시며 웃으며 말했다.

"못 믿겠으면 이 상궁한테 보여 달라고 할까?"

동태후가 뒤를 돌아 이 상궁을 바라봤다. 이 상궁은 고개를 숙이고 웃으며 손가락으로 전등 받침대 부분을 돌렸다. 과연 벽시계가 열리고 유리로 만든 새가 튀어나와 짹짹 울다가 다시 들어갔다. 지효가 손뼉을 치며 웃었다.

"우와! 재밌어요!"

"네가 직접 해보렴."

동태후는 상냥하고 격려하는 눈빛으로 바라봤다. 봉지미는 마음이 철렁했다.

"어떻게 하는 거예요?"

고지효는 침대에 서서 새장을 안고 그 등불을 바라봤다. 아이는 손을 들면 받침대에 겨우 닿을 만한 위치에 서 있었다. 동태후의 눈가에 독기가 스쳤지만, 빙긋 웃으며 말했다.

"밑으로 비틀면 열린단다."

봉지미는 또다시 심장이 쿵쾅거려 조금 밑으로 이동했다. 이쯤 되니 그녀는 발밑에서 소리가 나든 안 나든 먼저 달려들어야 하는 것이 아닌가 생각했다.

"어떻게 비틀어요?"

지효는 이부자리를 밟고 고개를 들어 등을 바라보며 물었다. 이 상궁이 한 발 다가와 가르쳐 주려는데 갑자기 지효의 새장이 열리면서 부엉이가 상궁의 품으로 날아들었다. 이 상궁이 놀라서 뒤로 물러나자 지효는 깔깔 웃으며 말했다.

"소칠이는 장난꾸러기예요! 마마님이 대신 잡아 주세요!"

그 부엉이는 바닥에서 마구 뛰어다녔고, 이 상궁은 어쩔 수 없이 몸을 돌려 새를 잡으러 갔다. 지효가 아직도 새장을 안고 그 등을 자세히 살펴보자 동태후는 초조했다. 아이가 등을 어떻게 다뤄야 할지 모르는 듯한 모습을 보이자 독한 마음이 들어 침대 앞으로 다가가 아이의 손을 잡아채며 말했다.

"이렇게 한다고!"

스윽!

절반쯤 내려온 봉지미는 이제 모든 것을 무시하고 아래로 돌진하려했다.

찰칵.

동태후가 가까이 오자 고지효는 손을 들었다. 대나무로 엮은 새장이 별안간 펼쳐지면서 끝을 예리하게 깎은 대오리가 순식간에 튕겨 나갔다. 그러고는 방금 지효에게 다가온 동태후의 얼굴을 번개처럼 빠르게 찔렀다! 피가 사방으로 튀었다. 동태후가 바닥에서 파닥거리는 소리와 함께 사방의 새하얀 벽에 핏방울이 붉은 매화 꽃잎처럼 튀었다. 봉지미는 그 자리에 굳어 버렸다. 부엉이 소칠을 잡은 이 상궁은 무릎을 꿇고 앉아 고개를 들고 지효를 바라봤다. 귀신이라도 본 듯한 표정이었다. 동태후는 비명 한번 지르지 못했다. 반응이 가장 빨랐던 봉지미가 순식간에 다가와 그녀의 입을 막아 버렸기 때문이었다. 그녀의 얼굴에 뚫린 수많은 구멍에서 암청색 피가 솟구쳤다. 독이 묻은 대오리에 찔렸음이 분명하다. 그 독은 봉지미와 지효가 밤을 새워 직접 제조한 것이었다.

동태후의 손은 힘없이 허공을 긁으며 봉지미의 소매를 움켜쥐고 검푸른 핏자국을 수없이 남겼다. 얼굴에 구멍이 잔뜩 뚫려 이미 이목구비를 알아볼 수 없게 된 그녀지만 신기하게도 눈만은 멀쩡했다. 이제 눈동자에 점점 빛이 사라졌지만, 그녀는 여전히 고지효를 뚫어져라 바라보고 있었다. 아이는 여전히 새장을 안고 우두커니 서 있었다. 자기가 쓴 한 수로 사람을 죽일 줄은 생각지도 못한 것 같았다. 동태후는 봉지미의 품에 안겨 점점 흐물흐물해졌고, 마지막으로 컥컥대는 혼탁한 소리를 냈다. 그녀가 돌아올 수 없는 세상으로 갔음을 알고 봉지미는 한숨을 돌렸다. 그러고는 고개를 돌려 불가사의한 눈으로 지효를 바라봤다. 이 작은 세 살짜리 아이가 서량의 국모를 죽였다. 누가 상상이나 했겠는가? 동태후는 자기가 세 살배기 아이의 손에 죽을 거라고는 상상조차도 하지 못했을 것이다. 지금 저 표정을 봐도 죽어서도 눈을 감지 못했음을 알 수 있었다.

봉지미는 "거물도 쉽게 죽을 수 있다."라고 말했던 일이 떠올랐다. 이렇게 보니 이런 죽음이 쉬울 뿐 아니라 허무하기까지 했다. 누가 아이를 무해하다고 했는가? 지효의 새장이 천하제일의 살인 무기라는 걸 누가 알았겠는가? 지효가 궁에 들어간 이후부터, 아빠가 원하는 게 뭔지 알고부터, 한순간도 이 살인 새장을 손에서 놓지 않았다는 사실을 누가 알까? 서량의 어린 황제가 지효에게 일찌감치 궁 안의 모든 살인 장치를 자랑스레 알려줬음을 누가 알까? 아빠를 지키려면 먼저 자신을 지켜야 했다. 이 조그마한 아이는 죽은 동태후를 빤히 바라봤다. 아이의 눈에서 아무것도 읽어낼 수 없었다. 봉지미는 아이의 눈을 가려 주고 싶었지만, 어쩐지 이 아이에게는 그런 행동조차 억지가 될 것 같았고, 필요치 않을 것 같아 그만두었다. 하지만 그녀는 여전히 걱정스러운 표정이었다.

지효는 갑자기 손이 탁 풀려 새장을 떨어뜨렸다. 봉지미는 얼른 동태후의 시신을 놓고 손을 뻗어 번개처럼 새장을 잡았다. 새장의 장치가 이미 열렸기 때문에 함부로 만지면 지효가 목숨을 잃을 수도 있었다. 하지만 이 몸짓에서 그녀는 지효가 정말 혼이 나갔음을 깨달았다. 그녀는 놀라서 정신이 나가 버린 이 상궁을 걷어차 기절시킨 후, 작디작은 아이를 재빨리 품에 안고 등을 토닥이며 말했다.

"지효야, 지효야……."

지효는 봉지미의 어깨에 얼굴을 파묻고 한참 동안 잠자코 있었다. 그녀는 새장의 위력이 너무 세 아이에게 이상이 생겼나 퍼뜩 걱정됐다. 허겁지겁 아이의 뺨을 양손에 쥐고 이리저리 살폈다. 그제야 지효의 얼굴이 눈물범벅이라는 걸 알았다. 아이는 계속 울면서도 아무 소리를 내지 않았다. 커다란 눈물방울이 샘물처럼 쏟아져 그녀의 얼굴에 묻었다. 그녀도 어느새 눈이 빨개졌다. 오직 그녀만이 알 수 있었다. 오늘 일은 이 아이가 평생 겪을 유일한 악몽이 아니라는 걸. 하지만 이 또한 시간이 지나면 조금씩 옅어질 수 있다는 걸. 이제 서량 여황제 시대의 피비린내 나는 서막이 열렸을 뿐이다. 이것은 가장 잔인한 시작이었다. 오늘부터 이 아이에게는 어린 시절의 기쁨이 영원히 없을 것이며, 이제 음모와 권력 싸움에서 살아야 할 것이다. 지효는 여제라는 자리에 어울리는 아이지만, 이런 운명을 감당해서는 안 되었다. 그녀 스스로 이런 운명을 지긋지긋하게 견뎌냈는데, 어떻게 이 어린아이의 작은 어깨에 같은 고통을 영원한 짊어지게 할 수 있을까?

"지효야……."

봉지미는 지효의 얼굴에 흐르는 눈물을 가볍게 닦아줬다.

"이모가 널 데려갈게……."

고지효가 갑자기 봉지미를 밀어냈다. 아이는 동태후의 시체도, 봉지미도, 살인 새장 역시도 보지 않고 벽에 걸린 모래시계를 가만히 바라봤다. 묘시 2각이었다.

묘시 2각. 섭정왕의 가마가 남시 거리에 도착했다. 은지서는 가마 안에서 선잠을 자고 있었다. 정신이 몽롱한 가운데 누군가 웃음을 머금고 다가오는 모습이 보였다. 다가온 이는 몸을 숙이며 부드럽게 그의 귀밑머리를 쓰다듬으며 말했다.

"지서야, 난 먼저 갈게. 부디 몸조심해."

꿈속에서 은지서는 눈을 뜨려고 애썼지만 그게 누군지 알 수 없었다. 다만 그 사람의 소매를 움켜쥐고 물었다.

"혹시 완이……, 너야? 네가 웬일이야? 어디 가는데? 건희궁(建熙宮)에 가는 거야?"

완이는 웃으며 아무 말도 하지 않았다. 그녀의 그렁그렁한 눈동자가 구름 저편에 있는 듯 아득하게 느껴졌다. 그녀가 형의 황후가 되던 날 대전에 드리운 구슬발 사이로 아른거리는 그녀의 표정을 볼 때와 같은 느낌이었다. 은지서는 마음이 초조해서 물었다.

"가긴 어딜 가? 형은 벌써 죽었어. …… 날 조금만 기다려 줘……. 이제 곧 우리는 함께 있게 될 거야."

은지서의 손가락이 그녀의 손끝에 닿았다. 얼음처럼 차가웠다. 살을에는 듯한 차가움에 퍼뜩 깨어났다. 눈을 번쩍 떴다. 아주 짧은 순간에 아주 짧은 꿈을 꾸었다. 꿈속에서…… 완이를 본 것 같았다.

동완, 동태후. 은지서는 몸을 일으켰다. 어느새 등이 식은땀으로 흠뻑 젖어 있었다. 그때, 처량하고 긴 비명이 들려왔다.

여황제

그 비명은 구슬프고 유장하게 울렸다. 땀에 흠뻑 젖어 심장이 쿵쾅거리는 은지서의 귀에 그 소리가 꽂혔다. 그는 아직도 꿈에서 깨어나지 못했고, 동완은 아직도 비명을 지르는 것만 같았다. 그는 화들짝 놀라 자리에 앉으면서 손을 뻗어 가마의 발을 걷으려다 멈췄다. 만약 이게 음모라면, 저 발이 걷히는 순간 그는 표적이 될 것이다. 그의 손은 창가 언저리에 멈춰 있었다. 바깥에서 호위 무사들의 다급한 발소리, 이리저리 뛰어다니며 가마를 에워싸는 소리, 칼을 뽑는 소리, 활을 당기는 소리가 한꺼번에 들렸다. 순식간에 호위 무사들이 가마를 물샐틈없이 에워쌌다. 이윽고 호위대장은 낮고 우렁찬 목소리로 말했다.

"궁수는 쏠 준비를 해라."

그 말이 떨어지기 무섭게 누군가 고함을 쳤고, '쿵' 하고 무언가 높은 곳에서 굴러 떨어지는 소리가 났다. 곧 칼들이 부딪치는 날카로운 소리가 밀려왔고, 호위대장이 "어어?" 하고 당황하는 소리가 들렸다. 은지서는 더는 참을 수 없어 발을 들어 올려 가마 바닥을 툭툭 쳤다. 가마가 멈추자 호위대장이 다가와 가마 앞에서 예를 갖췄다. 그가 낮은 목소리로 물었다.

"밖에 무슨 일이냐?"

은지서의 심복인 호위대장은 적당한 단어를 고르는 듯 조금 망설이다 대답했다.

"전하⋯⋯, 지붕 쪽에서 누군가 쫓기고 있는 것 같습니다."

은지서는 잠시 멈칫하고 생각하다 미간을 찌푸리며 말했다.

"우범지대는 피하라고 본 왕이 이르지 않았더냐? 피해서 가라!"

말을 꺼내자마자 문득 이 노선은 책사가 사흘 밤낮을 고심하여 결정한 길이니 즉흥적으로 변경하는 것은 옳지 않은 것 같았다. 게다가 호위대장은 할 말이 더 있는데 망설이는 듯 초조한 얼굴이었다.

"뭘 꾸물대는 것이냐? 빨리 말해라! 시간 없다!"

"하오나⋯⋯ 전하⋯⋯."

호위대장의 목소리에서 난감함이 느껴졌다.

"쫓기는 사람이 누군지는⋯⋯ 직접 보셔야 할 것 같습니다."

은지서는 의아해하며 가마의 발을 열어젖혔다. 온몸에 피를 흘리며 호위대장의 발치에 겨우 숨이 붙어 있는 중상자가 눈에 띄었다. 분명 용마루에서 굴러 떨어지며 묻었을 기왓장의 이끼가 덕지덕지 붙어 있었다. 은지서의 시선이 아래로 내려가다 그의 허리에 멈췄다. 군청색 기린 표식에 눈이 번쩍 뜨였다. 저건 장녕번의 표식이다! 노지언이 쫓기고 있단 말인가? 호위대장이 쓴웃음을 지으며 말했다.

"이자가 떨어지지 않았더라면, 방금 궁수들이 하마터면 일제히 화살을 쏠 뻔했습니다."

호위대장도 장녕번의 표식을 알기에 감히 결정을 내리지 못했던 것이다. 은지서는 더 망설이지 않고 호위의 보호를 받으며 가마에서 내려 위쪽을 바라봤다. 아니나 다를까 멀지 않은 용마루에 원래 배치해 둔 궁수들은 멍하니 활을 잡고 한쪽에 서 있었고, 노지언과 몇몇 평범한 차림새의 부하들이 등을 맞대고 피를 흘리며 고전 중이었다. 그들이 악전고투하는 모습이 은지서의 시야에 들어왔는데, 작은 왕야 노지언은 이미 산발에 처참한 모습이었다. 그들의 상대는 잿빛 옷을 입은 솜씨 좋은 무리였는데, 모두 평범한 철검을 쓰면서도 치명적인 암살 무기를 가진 듯했다. 그들이 검을 휘두를 때마다 노지언의 부하들은 비명을 지르며 나가떨어졌다.

은지서는 기시감이 들어 얼굴이 굳어졌다. 자신의 생일에도 왕부에 자객이 들었는데, 그들도 뛰어난 검법과 암살 무기를 가진 자들이었다. 아무리 생각해도 같은 자들인 것 같았다. 대체 어디서 나타난 작자들이란 말인가? 먼저 나를 처리하고 그다음 장녕을 노린다? 그렇다면 나의 세력이 커지는 것이 못마땅한 정적일까? 아니면 천성 쪽에서 보낸 자객……?

이때 노지언도 그를 보며 그 바쁜 와중에 입을 벌려 뭔가를 외치려 했다. 하지만 상대방이 손만 들었다 하면 표창이 날아왔고, 노지언도 말보다는 우선 표창부터 피해야 했다. 철판교(鐵板橋)*상반신을 뒤로 젖혀 피하는 운신법 자세를 취해 겨우 피했지만, 표창이 그의 앞가슴을 아슬아슬하게 스치며 가슴팍의 옷자락을 찢었다. 하마터면 노지언의 가슴에 박힐 뻔했다. 방금의 공격은 정말 아슬아슬해서 은지서도 깜짝 놀라 손이 떨렸다. 노지언은 철판교 자세에서 허공으로 뛰어오르며 포위망을 벗어났지만 다쳤는지 몸을 휘청거리면서도 자객들의 측면과 후방을 공격했다.

노지언의 공격으로 장녕의 다른 부하들과 뒤를 따르는 호위 무사, 그리고 자객들까지 한 방향으로 우르르 몰려갔다. 호위대장은 섭정왕을 바라보며 그의 지시를 기다렸다. 병사들을 더 보내야 할까? 아니면 내버려 둬야 할까? 은지서는 난감한 듯 신음했다. 내버려 두는 건 안 될 말이다. 장녕과는 동맹을 맺었고, 자신의 눈앞에서 목숨을 잃을 위기에 빠진 사람을 보고도 버린다면 분노한 장녕의 번왕이 군사를 일으켜 서량을 칠 것이다. 합리적인 방법은 병력을 나눠 지원을 보내는 것이었다. 그러나 신중한 성격인 그는 병력을 분산토록 유도한 적의 성동격서(聲東擊西) 전략이 아닐까 하는 의심이 들었다. 병사들의 역량이 분산되는 순간 다른 무리가 와서 자신을 공격하거나, 지원을 보낸 병사들이 격파당할 수 있다는 걱정이 떠올랐다. 또한 병력을 나누는 과정에서 혼란이 생길 때, 누군가 그 허점을 노리고 습격할 가능성도 염려 되었다. 이것저것 따져 봐도 자신이 모든 호위 병사를 이끌고 따라가는 방법이 최선책일 것 같았다. 이렇게 역량 있는 호위 병사 무리라면 대군이 움직이지 않는 이상 조금도 타격을 입지 않을 것이다. 게다가 이 금성에서 어떤 누구라도 감히 자신도 모르게 대군을 움직일 수 있을 가능성은 없어 보였다. 아무리 생각해도 이 방법이 가장 타당하고 안전했다. 노지언 일행은 아마 화신묘 쪽으로 갔을 텐데, 그곳에도 궁으로 통하는 길이 있다. 조금 외진 곳이지만 사방이 광활하고 텅 비어 몸을 숨길 수도 없으니 매복이 있을 염려도 없다.

은지서는 가마에서 깊은 생각에 잠겼다. 그 자객의 정체가 궁금해 견딜 수가 없었다. 그의 생일에 왕부에서 일어난 일을 그는 아직도 떨칠 수 없었다. 거대한 먹구름이 마음속에 가라앉은 것처럼, 꿈에서도 등 뒤에 있는 적이 누구인지를 생각했다. 상대가 너무 빨리 증거를 인멸해 아무 단서도 잡지 못한 것이 한이었다. 섭정왕 신분인 그가 적을 느끼지만 잡을 수는 없다는 건 악몽보다 무서운 일이다. 그런데 단서가 다시 눈앞에 나타났으니 놓아줄 리 있겠는가? 그는 잠시 머뭇거리다 곧 지시를 내렸다.

"다시 출발해라. 우선 일부 병력을 보내서 자객들을 쫓게 하고 나머지도 나와 따라간다."

호위대장이 잠시 멈칫하며 조심스럽게 말했다.

"왕야, 진시에 의례가 시작됩니다만……."

은지서가 손사래를 치며 대수롭지 않다는 듯 말했다.

"저 노선이라면 조금 우회해도 시간에 맞출 수 있다. 그리고 뭐 별로 중요한 일도 아니니……."

서량에서 오직 섭정왕만 황제의 생신을 '별로 중요하지 않은 일'로 치부할 수 있을 터였다. 호위대장은 허허 웃으며 물러가 손을 들어 지시했다.

"행로를 바꾼다!"

가마가 다시 들어 올려졌다. 방향을 바꾸니 햇빛이 발을 투과했다. 은지서는 가마 벽에 기대어 생각에 잠겼다. 그는 노지언을 털끝만큼도 의심하지 않았다. 죽다 살아난 모습을 두 눈으로 직접 보았고, 노지언의 부하들은 한눈에 봐도 기습을 당한 모습이었다. 심지어 숨이 간당간당해 호위대장 발밑에 누워 있는 이도 있지 않았나. 그의 생각은 이제 조금 전 꾼 꿈으로 옮겨졌다. 동완을 생각하니 입가에 웃음이 번졌다. 올해 말에 선황제인 형님의 3주기를 치르고 나면 그는 바로 작업에 착수할 것이다. 그가 황위에 오르기만 하면 언관(言官)*간언하는 관원 따위가 어떻게 말하든 동완을 취할 것이다. 사실 완이가 형님의 3년 상을 치르고 나서 얘기하자고 고집부리지만 않았어도 섭정왕으로서 자리를 잡은 즉시 황제를 폐위시키고 자신이 보위에 올랐을 것이다. 뭐…… 지금도 늦지 않았다. 그때 가마가 멈췄고, 호위대장이 가마 밖에서 말했다.

"전하, 화신묘에 도착했습니다. 그런데…… 그자들은……."

은지서가 얼굴에 웃음기를 거두고 발을 올리고 물었다.

"무슨 일이냐?"

호위대장이 말했다.

"우리가 쫓아갔을 때 자객 무리는 도망친 뒤였습니다."

이윽고 노지언이 비틀거리며 다가오는 모습이 보였다. 옷은 군데군데 찢어지고 상처 난 안타까운 몰골이지만 표정만은 웃고 있었다. 그는 수중의 검을 은지서의 부하에게 맡긴 후 두 손을 모아 인사했지만 가까이 다가오진 않았다.

"도와주셔서 감사합니다. 전하의 병사가 쫓아오지 않았더라면, 그 자식들은 아직도 저를 끈질기게 물고 늘어졌을 겁니다. 하지만 이제는 제가 그놈들을 끈질기게 놔 주지 않을 생각입니다."

그의 가마를 들 수 있는 자들은 모두 최측근이니 은지서도 그를 응시하다가 기탄없이 말했다.

"작은 왕야께 어려움이 닥쳤는데 우리가 나서는 것은 당연하지요. 그런데 괜찮으십니까?"

"안 괜찮습니다."

노지언의 대답에 은지서가 당황하자 그는 손을 내저으며 말했다.

"섭정왕께서는 오늘 아침 일찍 궁에 가서 황제 폐하의 생신 축하연에 참석해야 하지 않습니까? 제 걱정은 안 하셔도 됩니다. 호위 몇 명을 남겨서 저를 좀 도와주십시오. 무슨 일이 생기면 저녁에 찾아뵙고 말씀드리겠습니다."

말을 마친 노지언은 조금도 머무르지 않고 몸을 돌려 텅 빈 화신묘 쪽으로 향했다. 가는 길에 자기 부하 몇 명을 불러 말했다.

"자, 이제 내 상처를 살펴봐라. 어떤 놈들이 무슨 수를 썼는지 알아보자."

은지서도 노지언의 말대로 몇 명만 남기면 된다고 생각했는데, 지금 노지언의 말을 듣고 마음이 바뀌었다. 자신은 왜 일찍이 그 생각을 못 했는지 속으로 후회됐다. 그의 왕부에 침입했던 자객은 인명피해를 내지 않고 도망쳤지만, 곧바로 자결해 버렸다. 왕부에 다친 사람들이 몇 있었지만 아무도 상처를 살펴볼 생각은 하지 못했다. 지금 생각해 보면 무림 문파 중 검을 쓰는 문파는 상처도 고유한 방식으로 낸다. 예를 들어 영산검파(靈山劍派)가 즐겨 쓰는 검은 매우 좁아서 항상 수직으로 찌른다. 그렇기 때문에 상처가 양 끝이 좁고 중앙은 넓은 모양으로 나서 구별하기 쉽다. 무예를 사랑하고 각 문파의 무도를 깊이 연구하는 것을 좋아하는 은지서는 지금 퍼뜩 깨우쳤다. 직접 가서 상대방의 수를 알아볼 필요가 있다는 생각이 들었다. 그는 즉시 가마에서 내려 웃으며 말했다.

"작은 왕야가 다치셨는데 본 왕이 어찌 무정하게 가 버릴 수 있겠습니까? 같이 가서 살펴보겠소. 필요한 약재가 있다면 내가 제공해 드릴 것이오."

노지언도 사양하지 않고 활짝 웃으며 말했다.

"그렇다면 신세 좀 지겠습니다. 솔직히 말하면 자객에 쫓길 때 일부러 전하의 가마 쪽으로 길을 잡았지 뭡니까. 그러지 않았다면 누가 저를 상관이나 했겠습니까? 과연 전하께서는 의리를 지키시는군요."

노지언이 이토록 솔직하게 말하자 은지서는 오히려 끝까지 남아 있던 한 줄기 의심까지 깨끗하게 사라져서 껄껄 웃었다.

"어쩐지, 이렇게 공교로울 수 있나 했더니 왕야께서 일부러 이 사람을 골려 주려고 작정하신 거로군요!"

둘은 마주 보고 웃으며 어깨동무를 하고는 화신묘로 들어갔다. 예전에 화신묘는 향냄새가 끊이지 않는 떠들썩한 절이었지만, 반룡 거리가 정비되어 번화가로 탈바꿈한 이후에는 인적이 끊겨 다소 쓸쓸해 보였다. 크지 않은 절이라 안팎을 통틀어 한눈에 둘러볼 수 있으니 혹시 누군가 잠복했더라도 두려울 것은 없었다. 그렇다 해도 은지서의 호위 무사는 재빨리 먼저 달려가 안팎을 다 수색하고 나서야 은지서를 향해 고개를 끄덕였다.

"전하께서는 정말 신중하시군요."

노지언이 웃자 은지서도 어쩔 수 없다는 듯 고개를 절레절레 흔들며 한숨을 쉬었다.

"참으로 다사다난한 가을입니다……."

그렇게 말하며 장녕 측 부하의 상처를 보니 앞이 좁고 뒤는 둥글었다. 은지서가 고개를 갸웃하며 말했다.

"이 상처는 모양이 특이하군요."

하지만 무슨 실마리가 떠오르진 않았다. 그때 갑자기 사람 모습이 휙 스쳤다. 문밖에 다급한 말발굽 소리가 나자 은지서의 호위대장이 나가더니 곧 사람을 데리고 들어왔다. 노지언이 벌떡 일어나 놀란 목소리로 물었다.

"노척! 네가 왜 여기 있느냐?"

장녕번 부하로 보이는 그자는 땀투성이가 되어 예를 갖출 새도 없이 다급하게 말했다.

"왕야, 거처에 강도가 들었습니다. 어서 돌아가셔야 합니다. 무엇이 없어졌는지 소인들은 모르니 왕야께서 직접 살피셔야 합니다."

안색이 어두워진 노지언이 얼른 몸을 돌려 은지서에게 양해를 구하려고 하자 그는 벌써 손을 흔들며 말했다.

"어서 가 보십시오. 본 왕도 그만 가 봐야겠습니다."

노지언 같은 신분이라면 멀리 타국에 있어도 본국과 각종 정보나 문서를 끊임없이 주고받을 것이다. 외부인이 보면 곤란한 물건도 있을 텐데 처소에 강도가 들었다니 당연히 가 봐야 할 것이다.

"망할 강도 놈! 잡히면 껍질을 벗기고 힘줄을 끊어 주마!"

노지언은 발을 동동 구르고 욕을 퍼부으며 부하들을 데리고 황급히 떠났다. 그의 낭패스러운 뒷모습을 보던 은지서의 미간에 주름이 잡혔다. 요즘 정말 바람 잘 날이 없다고 생각하며 그만 입궐 길에 오르려는데, 머리 꼭대기에서 인기척이 들렸다. 그가 놀라서 고개를 들자 천장에서 세 사람이 낙엽이 나부끼듯 내려왔다. 갑작스럽게 나타난 그들을 향해 호위대장이 호통을 치자 병사들이 급히 달려와 은지서를 에워싸고 검을 뽑아 세 사람을 겨냥했다. 하지만 뜻밖에도 은지서가 저지했다.

"멈춰라!"

은지서는 손바닥을 들어 병사들을 물리고 홀연히 나타난 세 사람을 이글이글 타는 눈으로 노려봤다. 셋은 키도 비슷하고 모두 비범한 기운을 내뿜었지만, 은지서의 시선은 한 명에게만 쏠렸다. 그 사람은 키가 후리후리하게 크고 짙은 눈썹의 끝이 예리했다. 건성으로 걸친 듯한 금빛 비단 도포는 활짝 펼쳐져 있고, 벌꿀 색 피부는 윤기로 빛났다. 눈동자는 정면에서 보면 오묘한 호박색이고 옆에서 보면 은은한 보라색을 띠면서, 움직임에 따라 일곱 빛깔 보석처럼 빛났다. 이목구비 또한 뚜렷해 압도적인 눈빛에 견줘도 전혀 빛을 잃지 않았다. 이자를 보고 있으니 모든 종류의 요동치는 것과 넓디넓은 것을 저절로 상상하게 됐다. 예를 들면 끝없이 푸른 초원이나 파란 하늘……. 태어날 때부터 기이한 매력을 지닌 남자다. 은지서도 그런 사람이 있다는 이야기를 어렴풋이 들은 바 있었다. 하지만 수천 리 밖에 있는 줄 알았는데…… 어떻게 여기 나타났을까? 하지만 이런 기질과 풍채를 가진 사람이 세상에 또 있겠는가? 그가 넋을 놓는 동안 상대방이 호탕하게 웃으며 말했다.

"오랫동안 서량 섭정왕 전하의 위풍당당함을 소문으로 들었습니다만, 이렇게 직접 뵈니……."

그 사람은 눈을 가늘게 뜨고 아직 말을 잇지 않았다. 하지만 표정을 보니 전혀 그렇게 생각하지 않음을 눈치챌 수 있을 만큼 별로였다. 그래도 그는 다행히 즉시 말을 이었다.

"…… 과연 위풍당당하십니다."

일제히 고개를 젖히고 그의 말을 기다리던 사람들은 이런 반전을 예상하지 못했다. 앞뒤가 똑같은 평을 하다니……. 인사를 마친 남자는 표정을 풀었지만, 상대방은 입꼬리를 일그러뜨렸다. 그의 시선이 호위 무사에게 둘러싸인 은지서에게 머물며, 방금 자기가 한 말이 조롱보다 더 불쾌함을 선사했음을 알았다.

"무엄하다!"

호위가 즉시 호통쳤다. 하지만 남자는 눈알을 굴리며 고개를 가로저었다. 자기 일행보다 수십 배는 많은 호위 무사들은 쳐다보지도 않고 '너희들 따위는 눈에 들어오지도 않아서 상대하기도 귀찮구나.'라고 말하는 듯한 표정을 지으며 웃었다. 그 웃음 속에 다소간의 거만함과 조소가 들어있었다. 은지서는 벌써 웃고 있었다. 상대방의 말은 건방지되 진솔했다. 발음이 독특한 걸 보니 한족어를 자주 사용하는 사람이 아니었다. 은지서가 예상한 그 사람이 아니라면 누구일 수 있겠는가? 그는 호위를 밀치고 앞으로 한 발 나아가 손을 모아 예를 갖춰 인사했다.

"초원의 왕께서 먼 곳까지 왕림하시다니, 뜻밖의 영광입니다!"

혁련쟁은 눈동자를 빛내며 그제야 은지서를 제대로 바라봤다. 이번에는 그도 깍듯이 예를 갖춰 답했다.

"찰답란인이길, 서량의 섭정왕을 뵙습니다."

혁련쟁은 은지서가 격식을 더 차리거나 답례를 할 기회를 주지 않고 손을 휘휘 저어 삼준과 사표에게 나가라고 지시했다. 두 사람도 주저하지 않고 허리를 굽혀 인사하더니 성큼성큼 나갔고, 화신묘의 입구로 물러나 꼿꼿하게 서 있었다. 서량의 수천 호위 병사와 맞선다면 총칼이 두 사람의 속눈썹까지 닿을 정도로 가까운데, 두 사람은 움직이지도 않고 석고상처럼 서 있기만 했다. 그 모습을 바라보는 은지서의 눈이 반짝 빛났다. 혁련쟁은 조금도 체면을 차리지 않고 말했다.

"본 왕이 만리 길도 마다하지 않고 이곳에 오느라 물론 고생이 많았고, 어렵사리 온 것도 사실입니다. 저는 한시바삐 초원으로 돌아가야 하니 시간 낭비하며 제게 예를 갖추실 필요 없습니다. 저는 지금 섭정왕 전하와 단둘이 얘기할 시간이 필요하니 주변을 빨리 물리쳐 주시지요.

시끄러운 것을 좋아하지 않습니다."

그 말에 서량 호위들의 안색이 파랗게 질렸다. 생전 이렇게 거만한 자는 처음 봤다. 하지만 은지서는 웃었다.

"순의 대왕의 호기와 영웅다운 풍모에 대해 오래 들었지만, 오늘 직접 뵈니 역시 감탄을 금치 못하겠습니다."

은지서는 빙긋 웃었다.

"대왕께서 혈혈단신으로 본 왕을 찾아오셨는데 집주인이 되어서 대왕과 독대하지 못할 이유가 있겠습니까?"

은지서가 손짓하자 호위대장이 낮은 소리로 외쳤다.

"전하……"

은지서가 근엄하게 바라보자 호위대장은 급히 예를 갖추고 사람들을 이끌고 물러갔다. 하지만 은지서는 속으로 이미 못마땅해하고 있었다. 상대방은 달랑 두 명만 데리고 그의 호위 진영에 뛰어들었다. 지킬 것은 지키고 금지된 것은 하지 말아야 하는데, 사람을 압도할 만큼의 기세 때문에 은지서 쪽이 이미 한 수 졌다. 이런 상황에서 호위에 둘러싸여 상대방의 이야기를 듣는다면 서량과 자신의 체면은 뭐가 되겠는가? 혁련쟁은 비로소 웃음기를 담은 눈으로 은지서의 물음표 가득한 눈빛과 맞섰다. 그는 손을 휙 흔들어 보이며 단도직입적으로 말했다.

"전하, 오늘 저는 좋은 바람을 일으키려고 왔습니다. 그 바람을 타고 전하를 구름 위로 올려 드리겠습니다."

이곳 화신묘에 바람을 일으켜 구름 위로 올려 준다는 사람이 있다면, 궁에는 한 시대를 풍미한 여인이 세 살배기 아이에 의해 황천길로 올려졌다.

황제의 침전 안. 지효는 아직도 봉지미의 어깨에 얼굴을 묻은 채 앞을 가리키고 있었다. 아이는 그녀를 따라 궁을 나갈 생각이 없는 모양이었다. 그녀는 한동안 가슴이 아팠지만 이내 냉정함을 되찾았다. 동태후는 이제 죽었고, 일은 돌이킬 수 없게 되었다. 여기까지 왔으니 황위를 빼앗지 않으면 안 된다. 황위를 빼앗지 못한 채로 은지서에게 발각되는 날엔 우리 모두 살아서 금성을 나갈 수 없을 것이다. 한번 사람을 죽이기 시작하면 끝없이 죽이거나 내가 죽임을 당해야 한다.

봉지미는 숨을 한 번 들이마시고 부엉이를 잡아 다시 새장에 넣은 후 지효에게 줬다. 동태후의 시체를 침대에 앉힌 후, 등 뒤를 이불로 받치고 팔은 침상 옆 다기에 올려 뒀다. 피범벅이 된 얼굴은 조금 수그린 후 옆으로 돌리니 멀리서 보면 차를 마시는 것처럼 보였다. 또 휘장을 찢어 바닥의 핏자국을 깨끗이 닦고, 이 상궁의 혈 자리를 걷어찼다.

"지금 우리와 함께 나간다. 너는 내가 시키는 대로만 해야 한다."

봉지미는 더 말하지 않고 새장을 그녀의 얼굴에 대고 흔들었다. 이 상궁은 몸을 부들부들 떨며 얼른 고개를 끄덕였다.

"곧장 나가서 태후의 뜻을 전해라. 요즘 궁인들의 기강이 해이해져 웃전 시중을 제대로 들지 않고, 뒤에서 남을 험담하고 유언비어나 퍼뜨리기 일쑤니 조상님의 지혜를 빌어 너희를 제대로 가르칠 것이다. 각 궁의 6품 이상 태감과 상궁 중 당장 금전에서 수행할 중요한 일이 있는 자만 제외하고, 즉시 건희궁 앞 광장으로 집결해 무릎을 꿇고 훈화를 들어라. 나머지 사람은 임무가 끝난 후 내일 듣는다. 절대 착오가 있어서는 안 된다."

봉지미는 이 상궁이 토씨 하나 틀리지 않고 반복하는 것을 확인한 후 고개를 끄덕였다. 이윽고 손가락으로 환약을 한 개 튕겨서 그녀의 입에 넣고는 웃으며 말했다.

"한 자라도 틀리게 말하면 해독제는 없다. 물론 표정이 틀려도 해독제는 없다."

얼굴이 잿빛이 된 이 상궁은 연신 말했다.

"어찌 감히요……. 어찌 감히……."

봉지미는 고개를 숙인 채 지효를 안고 나가며 가느다란 태감 목소리로 말했다.

"예. 소인 지효 아가씨를 금전으로 모시겠습니다."

이 상궁은 봉지미와 함께 입구로 나와 그녀가 가르쳐 준 대로 전했다. 태감들은 어리둥절하여 서로 마주 봤다. 예전에도 무릎을 꿇고 훈화를 듣는 일이 있었지만, 각 궁에서 잘못을 저지른 사람을 불러다 교육할 뿐 6품 이상이 모두 모인 적은 없었다. 게다가 특별한 일이 있었던 것도 아니었다. 혹시 오늘 폐하께서 떼쓰신 일이 태후의 심기를 건드려 후궁들에게 화풀이하시려는 걸까? 태후께서 가지 않아도 될 사람을 딱 집어 정하지 않고 각 궁의 6품 이상 궁인이라고 하셨으니, 적어도 각 궁의 수장들은 모두 훈화에 참석해야 한다는 것을 의미했다. 궁인들은 이 지시가 아무리 생각해도 괴이했다. 눈치 빠른 사람들은 벌써 추측하기 시작했다. 후궁 마마 중 한 분이 변을 당하시는 게 아닐까? 추측이 난무했지만 아무도 이 지시의 진위여부를 의심하는 사람은 없었다. 태후의 최측근인 이 상궁이 전한 말이고, 태후가 아직 침전에 계시기 때문이었다. 아무리 눈치 빠른 사람이라도 침전 안에 앉아 있는 것은 시체일 뿐 이미 동태후는 유명을 달리했고, 이제 내전에 주인이 사라졌다고는 상상조차 할 수 없었다.

지효의 몸으로 얼굴을 가린 봉지미는 이 상궁과 함께 어린 황제가 마련해 둔 가마에 올랐다. 시간이 촉박해 폐궁에 가서 밀비를 데려오는 일은 직접 하지 않기로 했다. 어차피 각 궁에서 우두머리 태감들을 치워 버렸으니, 오랫동안 억압됐던 말단 궁인들은 이참에 느슨해지는 게 인지상정이다. 밀비에 대한 감시도 소홀해질 수밖에 없을 것이다. 그 일은 비밀 호위 무사들에게 맡기기로 했다. 입구를 지키던 두 태감이 의심 어린 눈초리로 봉지미의 뒷모습을 바라봤다. 아까 분명 다 같이 나가지 않았나? 이 녀석 어디서 나타났지? 하지만 지금은 그런 의문을 가질 때가 아니었다. 그들은 건희궁 문 앞에 모여 훈화를 들어야 하는 처지였다. 그때가 묘시 3각이었다.

묘시 3각, 화신묘에서 초원의 왕을 만난 은지서는 말 한마디에 발목이 잡혀 있었다. 묘시 3각, 서량 황제의 어가가 의례를 앞둔 정전에 도착했다. 시간이 남아 아직 정전에는 오르지 않고 후전에서 지루하게 차를 마시던 황제가 몇 번이고 물었다.

"지효는 왜 안 오느냐?"

묘시 3각, 서량의 문무 대신은 이미 예를 갖추고 정전에서 대기 중이었다. 여서는 우측의 무관 수장 자리에서 담담한 표정으로, 하지만 초조한 눈빛으로 자꾸만 정전 밖을 바라보았다. 그의 우측인 섭정왕 자리는 아직 비어 있었다. 사람들은 그가 섭정왕의 지각을 걱정하고 있는 줄로만 알겠지만, 여서는 섭정왕이 제발 늦게 나타나 주길 바라고 있었다. 그는 긴 소매 밑에서 손을 꽉 쥐고 있어 땀이 배어 나왔다. 지금 양쪽은 시간 싸움 중이었다. 먼저 정전에 나타난 사람이 고지효냐 섭정왕이냐에 따라 최후의 승자와 서량의 국운이 결정된다. 섭정왕이 아직 나타나진 않았지만, 위지와 고지효의 걸음이라면 지금쯤 후전에 도착했어야 맞는데 그들의 모습도 보이지 않았다. 결과가 나오기 전 그의 마음은 불 위에서 구워지는 듯 바싹 타들어 갔다. 3천 명의 친위대가 이미 영강문 앞에 집결했고, 여서가 신호만 내리면 정전을 포위할 것이다. 아직 섭정왕의 전언을 가져온 신하는 나타나지 않았지만, 만약 친위대라도 움직인다면 돌이킬 수 없는 일이 된다. 강산이 피로 물들 것이고, 최악의 경우 망국이 올 수도 있다. 그 뒷감당을 할 수 있는 사람은…… 아무도 없다.

가을이 깊어가는 날, 여서가 소리 없이 흘린 땀이 겹겹이 입은 관복을 적셨다. 정신이 혼미한 지경인데 시간을 알리는 종과 북이 댕댕 울렸다. 그는 순간 놀라 비틀거릴 뻔했다. 진시요!

"황제 폐하 납시오."

사례(司禮) 태감의 우렁찬 목소리가 귓전을 때렸다. 여서는 무의식적으로 고개를 돌려 후전 쪽을 바라봤다. 어린 황제가 우당탕거리며 병풍 뒤에서 걸어 나왔다. 표정은 썩 좋아 보이지 않고, 늘 뒤따르던 고지효는 보이지 않았다. 여서는 눈앞이 캄캄해지며 바닥에 엎드렸다. 가슴속에 자꾸만 같은 말이 굴러다녔다.

'이제 끝장이다.'

사전에 정보를 얻은 몇 명의 늙은 대신이 그에게 의혹의 눈길을 보내자 여서는 씁쓸하게 고개를 저었다. 다른 대신들의 박자에 맞춰 천천히 일어나면서, 만일 섭정왕이 먼저 도착한다면 벌여 놓은 일들을 어떻게 수습할지 생각했다. 영강문에 집결한 친위대는 또 어떻게 설명해야 할까? 그는 뻣뻣하게 굳은 채 다른 대신들을 따라 황제의 장수 기원을 외쳤다. 사람의 계획은 역시 하늘에 미치지 못하는 것인가? 위지의 큰 명성을 너무 믿었다. 서량의 외정은 은지서가, 내정은 동태후가 버티고 서서 여러 해 동안 좌지우지했다. 여서가 오랫동안 노력했지만, 강철 같은 그들의 기세에 흠집 하나 내지 못했다. 그런 처지에서 위지라는 외지인을 철석같이 믿을 정도로 미쳐 있었다. 그가 정말로 섭정왕을 밀어내고 고지효를 보위에 앉혀 주리라 믿었다. 섭정왕이 지금 오지 않는 것도 어쩌면 위지의 계략 때문이 아니라 뭔가 잘못됐음을 눈치채고 대응을 준비하고 있는지도 모른다. 여기까지 생각하니 여서는 식은땀이 흐르고 머리가 핑핑 돌기 시작했다. 정말 최악의 상황이 생긴다면, 어떻게 지금 가진 힘을 유지한 채로 정전을 나갈 수 있을까? 앞이 깜깜하고 혼란스러운 와중에 여러 생각이 명멸했다. 수도를 어떻게 떠날지도 생각했다. 마음이 혼란스럽고 복잡해 주변에 아무것도 눈에 들어오지 않으면서도 몸에 밴 예법 덕분에 마음과 별개로 몸은 예식을 잘 따르고 있었다.

갑자기 사방이 고요해졌다. 이런 자리에서는 아무도 함부로 입을 여는 사람은 없으니 조금 전에도 조용하긴 했지만, 예식을 진행하는 사례 태감의 곱지 않은 목소리가 칼로 뚝 자른 듯 끊겨 유난히 조용하게 느껴졌다. 순간 여서가 놀라서 고개를 번쩍 들었다. 섬돌 아래 서 있던 사례 태감이 입을 쩍 벌리고 정전 입구 쪽을 바라보고 있었다. 그의 곁에 문서를 들고 있는 태감들도 모두 똑같은 표정으로 한 곳을 노려보았다. 높은 자리에 앉아 지루해하던 황제가 폴짝폴짝 뛰며 작은 용포의 소매를 흔들었다.

"지효다! 지효야!"

여서가 고개를 확 돌렸다. 정전의 거대한 붉은 문이 끝까지 열리자 높은 하늘에서 햇살이 쏟아져 내렸고, 하늘과 땅 사이에 반짝이는 면사포가 드리워진 것 같았다. 그 면사포 안에 머리를 틀어 올린 누군가 긴 옷자락을 휘날리며, 어린아이를 안고 유유히 걸어오고 있었다. 발걸음이 경쾌하고 안정적이었다. 그 가늘고 긴 그림자가 움직일 때마다 태양은 반짝이는 빛을 튕겨냈다. 빛은 구경꾼들에게 날아들었고, 눈이 부신 사람들이 눈을 찡그렸다. 그렇게 가늘게 눈을 뜬 순간, 햇빛에 물들어 희미하던 그 사람의 모습이 눈앞까지 다가왔고, 준수한 이목구비가 드러났다. 영원히 미소 짓는, 어슴푸레한 가을 안개를 닮은 눈동자를 가진 그 사람. 위지였다.

여서는 그 얼굴을 보자마자 긴 숨을 내뱉었다. 온몸에 긴장이 풀려 순간 나른해졌지만 이내 허리를 꼿꼿이 세웠다. 역시 나타났다! 후전을 통해서 오지 않고 공공연하게 고지효를 안고 대전을 가로질러 오다니! 그가 알던 위지의 모습, 부드러운 바람을 일으켜 마침내 벼락을 내려 버리는 그의 모습 그대로였다. 여서는 환희에 북받쳤지만 어떤 이들은 불만이 가득 찼다. 섭정왕의 측근인 예부의 대신이 가장 먼저 한 발

다가가 호통쳤다.

"어떻게 감히 외부인이 함부로 정전에 들어와 의례를 방해하는 것이오? 대체 어떻게 들어온 것인가? 여봐라! 저 사람을 냉큼 내보내거라!"

"석진(石眞), 이곳이 자네가 큰소리 낼 자리인가?"

여서가 즉시 끼어들어 말했다.

"위 후 아니십니까? 폐하의 생신을 경하드리러 오셨는지요? 하지만 이건 예의에 어긋나는 행동입……."

여서의 말이 채 끝나기도 전에 봉지미가 싸늘한 시선으로 그를 바라봤다. 그녀의 눈빛에 여서는 연극인 줄 알면서도 움찔하여서 할 말을 갑자기 잊어버렸다. 그녀가 고지효를 안고 그의 옆을 지날 때, 그의 소매 사이로 종이 뭉치가 굴러 들어왔다. 여서는 땀을 닦는 척 펼쳐 보니 딱 한 마디가 적혀 있었다.

'정전 포위'

여서는 위지가 그의 작전을 알아차렸다는 데 놀랐다. 다만 꼭 궁을 포위하는 방법뿐일까?

봉지미는 이제 다른 사람들은 거들떠보지도 않은 채 고개를 빳빳이 들고 당당하게 정전에 올랐다. 어린 황제는 싱글벙글하며 지효에게 손짓했다.

"지효야! 이리 오거라!"

황제의 명이 있으니 막아서려고 준비하던 태감도 손을 뗄 수밖에 없었다. 정전에는 무장한 병사들이 있었지만 여서의 사람으로 바꿔 둔 지 오래였다. 그는 여서의 눈짓을 받고 못 본 체하고 있었다. 봉지미가 미소를 지으며 고지효를 안고 황제의 용상에 다가가자, 어린 황제는 손을 내밀어 맞이했다. 그런데 그녀가 손을 뻗어 황제를 끌어내리고 지효를 앉혔다. 정전은 이내 웅성거렸다. 나이 많은 대신 한 명은 이 광경을 보고, 흰자위를 보이며 까무러치기까지 했다.

"무엄하다!"

용상 뒤에서 호위 무사 둘이 나타나 칼을 뽑아 봉지미 앞에 들이댔다. 그녀가 거들떠보지도 않고 손가락을 튕기자 칼 두 자루가 한꺼번에 날아가 정전의 거대한 기둥에 부딪쳐서 쟁쟁 소리를 내며 떨어졌다. 부채를 든 궁녀들이 놀라 뒤로 물러섰고, 어린 황제는 손가락을 물고 멍청히 서 있다가 갑자기 입을 쩍 벌리고 큰 소리로 울기 시작했다. 난리통에 그녀는 조용히 몸을 구부려 어린 황제가 밟았던 옥좌를 툭툭 털고 지효를 안았다. 그러고는 고지효의 매무새를 만져 준 후 반듯하게 앉혔다.

사방이 갑자기 조용해졌다. 호통을 치던 사람은 입을 쩍 벌린 채로, 비명을 지르던 사람은 눈을 부릅뜬 채로, 꾸짖던 사람들은 놀란 채로, 달려들던 사람들은 어디로 가야 할지 몰라 한쪽 발을 허공에 든 채로 굳었다. 정전에 있는 사람들 모두 태연하고도 무모하게 천명을 무시하는 행동을 목격하고는 진흙 인형이나 나무 조각처럼 굳어 버렸다. 모두가 얼이 빠진 채 고개를 들어 옥좌에 앉은 그 작은 아이를 바라봤다. 아이는 매우 평온해 보였다. 거기 앉은 모습에 전혀 위화감이 느껴지지 않았다. 아이는 한 손에는 괴상한 새장을 들고, 한 손은 비룡이 새겨진 팔걸이에 툭 얹었다.

사람들은 아이의 이런 태도에 기겁했다. 이런 자세에 사람들은 기겁하며 숨을 들이마셨다. 숨을 한 번 들이마신 후 사람들은 이제 반응하기 시작했다. 누군가는 분노하며 욕을 했고, 누군가는 달려들어 저지했고, 어떤 사람은 의혹의 눈빛을 드러냈으며, 어떤 사람은 서로 바라보며 기쁨의 시선을 교환했다. 여서는 고개를 젖히고 옥좌에 앉은 아이를 바라보면서 눈동자에 결연함이 스쳤다. 정전 밖으로 손짓을 하자, 누군가 즉시 명을 받고 급히 나갔다. 시위에 걸린 화살은 반드시 쏴야만 한다. 더 많은 사람이 달려들었다.

"네놈이 미쳐도 단단히 미쳤구나! 감히 서량 정전에서 대역무도한 짓을 하다니! 여봐라!"

뒷짐을 지고 옥좌 옆에 서서 야단법석인 사람들을 바라보던 봉지미의 입가에 차가운 미소가 번졌다. 그녀가 갑자기 손바닥을 내보였다. 그녀의 손가락 사이로 무언가 빛이 반짝였다. 맨 앞줄에 있던 사람이 멈칫했다. 뒷줄에 있던 사람은 힘 조절을 하지 못해 앞사람과 부딪쳤고, 어지러운 머리를 쳐들고 난 후에야 비로소 네모난 황금 자물쇠가 그녀의 하얀 손바닥에서 빛나고 있음을 알았다. 자물쇠는 모양과 구조가 특이했다. 왼쪽은 용의 머리이고 오른쪽은 봉황의 꼬리 모양이며, 중앙에 박힌 보기 드물게 크고 색채가 깨끗한 흑요석이 쏟아지는 빛을 받아 그윽한 자색으로 빛났다. 위엄 있는 용의 빛나는 눈처럼 정전의 가장 높은 자리에서 모두를 굽어봤다. 서량은 수덕(水德)으로 나라를 다스렸고 국가의 상징색은 흑색이다. 흑요석은 서량 황족의 장신구로 많이 쓰이지만, 이렇게 큰 최상품 흑요석은 이 자리에 있는 사람들도 처음 봐서 한동안 넋을 놓고 바라봤다. 그러다 몇몇 나이든 대신들이 감탄했다.

"자리에 계신 분들 중 이 물건을 알아보는 분이 계실 겁니다."

정전에 들어와서 처음 입을 연 봉지미의 목소리가 청량했다. 어느 백발이 성성한 늙은 대신이 입을 쩝쩝대며 떨리는 목소리로 말했다.

"이것은 선황제의 50세 생신 때 남방의 유화군(幽火郡) 군수가 보낸 용목(龍目) 흑요석이오. 해외에서 어렵게 얻은 것으로 천하에 유일하다 했소. 선황제께서는 매우 흡족해하시며 지니고 다니셨소. 그러다……."

"그러다 무슨 일이 있었습니까?"

여서가 즉시 물었다.

"그 일은 이 늙은이가 기억하오."

또 다른 노신이 말했다.

"이 보석을 내내 지니시던 선황제께서는 천하에 하나밖에 없는 이것을 후손 대대로 물려주고 싶어 하셨소. 그때 마침…… 밀비가 회임 중이었으니…… 선황제께서 곧 태어날 황자께 물려 주신다고……."

그가 갑자기 고개를 들고 옥좌에 앉은 고지효를 똑바로 바라봤다.

"바로 이 자물쇠요!"

또 다른 이가 소리쳤다.

"내가 저 물건을 알고 있소! 선황제께서 순시를 떠나시기 한 달 전 내무사에 이 자물쇠를 제작하라 명하셨소. 양식도 직접 선정하시었는데 왼쪽에 용의 머리와 오른쪽에 봉황의 꼬리를 새기라고 하셨소. 내가 바로 당시 내무사에서 부총관을 맡았소, 자물쇠를 제작한 후 내 손으로 직접 선황제께 바쳤고, 그때 선황제께서는 장차 황자가 태어나면 사주를 새겨 넣으라고 하셨소."

이들은 모두 서량의 중신이자 노신이며 선황제를 받들어 나라를 세운 공신들이었다. 이들의 한마디는 중천금인데, 세 사람이 한목소리를 내니 모두의 안색이 변했다. 아직도 이것이 무엇을 의미하는지 모르는 사람도 있었지만, 대부분은 이미 그 말의 뜻을 깨닫고 놀란 얼굴로 옥좌에 앉은 고지효를 바라봤다.

'그렇다면…… 이 아이가……'

섭정왕의 측근들은 초조한 기색을 드러내며 정전 밖을 살피다가 소리쳤다.

"저 물건이 진짜인지 누가 알겠소? 여러분, 저 사람에게 현혹되지 마시오!"

"저자가 감히 정전에 무단으로 침입한 죄를 다스리시오!"

누군가는 여서에게 조용히 다가가 귓속말로 물었다.

"대사마, 전하께서 대체 왜 아직 안 오시오? 이 일은 아무래도……."

그렇게 묻는 사람은 손날로 목을 치는 자세를 취했다. 여서는 속으로 위지의 손에 있는 증거물이 자신이 생각했던 것보다 더 힘이 있어 기뻤다. 하지만 겉으로는 눈썹을 치켜세우며 분노에 찬 표정을 연기하며 고개를 천천히 끄덕였다.

"그렇소. 이건 아니 될 상황이오. 위지가 계속 말을 하도록 놔두면 안 되겠소. 타국의 일개 사신이 무엄하게도 우리 서량 정전에서 황실의 정통성을 가리려 하다니 말이 되는 일이요? 황당하기 그지없소. 내가 당장 사람을 불러 저자의 목을 치겠소!"

모두가 고개를 끄덕였고, 여서의 눈에 음흉한 빛이 스쳤다. 손을 들자 정전 호위 무사들이 우르르 들어왔고, 섭정왕의 측근들은 여서 주위를 둘러싸고 안도의 한숨을 내쉬었다. 한 무관은 봉지미에게 삿대질하며 말했다.

"헛소리로 폐하를 모욕한 저 미친놈을 끌어내라! 감히 폐하의 옥좌에 앉은 더러운 계집도 끌어내려 죽여라!"

"예!"

우렁찬 대답과 함께 호위 무사들이 물줄기처럼 정전으로 밀려왔다. 호위 무사들이 섭정왕 측근들을 둘러싸자 그들은 앞다퉈 재촉했다.

"여기 서서 뭐하냐? 어서 올라가서 끌어내리지 않고. 빨리 가……. 어이쿠!"

단단한 검이 금속 소리를 내며 그들의 등 뒤에 머물렀다. 심지어 여서의 등 뒤에도 칼이 한 자루 다가와 있었다. 정전 내부가 또다시 조용해졌다. 많은 이가 이토록 빨리 변하는 정세에 놀라 멍해졌고, 단지 반응이 둔한 몇몇 늙은 대신들만 여전히 웅얼대고 있었다.

"저 물건을 알고 있지……. 암…… 저건 진짜야……."

여서가 '대노'하며 호통쳤다.

"이게 뭐 하는 짓이냐?"

"우리는 아무 짓도 하지 않습니다. 다만 우리 황실의 정통성이 백일하에 드러났을 뿐입니다!"

갑자기 한 남자가 군중 속에서 나타났다. 그는 구석에 바보처럼 서 있는 어린 황제에게 예를 갖추고, 여서에게도 전혀 비굴하지 않은 인사를 하고 말했다.

"천성 사신 위지의 거동이 무례했던 것은 맞지만, 내놓은 흑요석 자물쇠는 우리 서량 황실의 징표임이 맞는 것 같습니다. 신이 한 말씀 올리자면, 위지에게 자초지종을 들어보는 것은 어떻겠습니까?"

"일개 언관 따위가 뭐라고 이래라저래라 끼어드느냐?"

여서가 호되게 꾸짖어도 그 사람은 고개를 들고 거들떠보지도 않았다. 여서는 한참 욕을 하다가 어쩔 수 없다는 듯 몸을 돌려 함께 제압당한 나머지 섭정왕의 측근들에게 말했다.

"조급해 말고 일단 지켜봅시다. 섭정왕이 곧 도착하실 겁니다. 그때 이자들은 다 끝장일 겁니다."

사람들은 어쩔 수 없이 응했다. 여서는 씩씩대는 척했지만 눈을 번뜩이며 몰래 웃었다. 저 언관은 출신이 빈곤했지만 여서의 재정 지원으로 어사 자리에 올랐다. 지금까지 어두운 곳에서 그를 위해 일한 충직한 부하였다. 처음부터 그의 역할은 모두가 예라고 할 때 아니라고 말하는 것이었다.

여서는 통쾌했다. 섭정왕만 없으면 나머지 사람들은 당연히 그를 수장으로 생각하니 여간 편리한 게 아니었다. 하지만 마음 한구석이 내내 불안해 자꾸만 문 쪽을 바라봤다. 이제 진시 1각이 되었다. 섭정왕이 제시간에 도착하지 않기만 빌었다.

진시 1각. 화신묘에서 두 거물이 즐겁게 이야기를 나누고 있었다. 혁련쟁은 은지서에게 상호 시장 개방의 이점을 일장 연설을 하면서 또 한편으로는 여러 가지 고충을 털어놓기도 했다. 천성이 겉으로는 호탁부에게 호의를 많이 베푸는 것 같지만, 사실 호탁부의 경제를 틀어쥐고 벌이는 행패를 비난했다. 더 이상 참지 못해 가까운 이웃을 버리고 멀리 있는 서량과 협력해 함께 구름 위로 날기를 바란다고 했다.

은지서는 진지하게 듣고 있다가 때때로 한두 마디씩 질문했다. 가볍게 묻는 것 같지만 구구절절 핵심을 찔렀다. 혁련쟁이나 은지서 같은 지위에 있는 사람들 중 호락호락한 사람은 없다. 혁련쟁의 대답은 빈틈이 없어 은지서가 듣기에도 흠잡을 데 없었다. 다만 혁련쟁이 너무 갑작스레 나타난 것이 은근히 불안했다. 이런 불안은 벌써 진시 1각이 지났음을 은지서가 깨달았을 때 한 층 커졌다. 그는 갑자기 화제를 접고 웃으며 말했다.

"이런 중요한 일은 이 화신묘에서 한 번 얘기한 것으로 끝낼 수는 없으니, 누추하지만 제 왕부로 모시겠습니다. 천천히 깊은 얘기를 나누는 건 어떻겠습니까?"

"그런 복잡한 일을 할 새가 어딨습니까?"

혁련쟁은 눈썹을 치켜세우며 이상하다는 표정을 지었다.

"저는 여기서 시간을 낭비할 수 없습니다. 섭정왕 전하, 제가 여기까지 온 것이 최대한의 성의 표시라는 걸 알아주십시오. 초원 사내들은 한번 뱉은 말은 화살이라고 생각해서 절대 되돌릴 수 없지요. 그러니 제가 섭정왕 전하를 믿는 만큼 저를 믿으셔야 합니다."

은지서가 속으로 투덜거렸다. 협상하자마자 그 자리에서 가타부타 입장을 밝히는 법이 어디 있나? 그러나 혁련쟁의 이글이글 타오르는 눈은 입장을 밝히지 않으면 절대 가지 않겠다고 말하는 것 같았다. 그렇다고 거절하기는 아쉬운 조건이라 조금 주저하다 말했다.

"대왕의 제의가 양측에게 모두 도움이 된다면 당연히 좋습니다. 다만 거리가 머니 교역이 시작되어도 천성의 삼엄한 국경을 넘을 수 있겠습니까?"

화신묘에서 혁련 대왕이 새로 사귄 형님과 천성 국경을 넘는 법을 분석할 때, 정전에서 봉지미는 그 자물쇠를 몇몇 노신들에게 보여 감정을 마쳤다. 마지막으로 살펴본 사람은 내무부 승조사(承造司)에서 사관을 지낸 사람인데, 자물쇠의 제조 공정을 직접 감독했다. 그때 황제가 결재한 도면이 그대로 남아 있어 대조해 보니 한 치도 틀림이 없었다. 조씨 성을 가진 그 사관은 마지막으로 자물쇠를 살펴보고 조심스레 말했다.

"이것은 성무 17년 봄, 내무부 승조사에서 황제의 명령을 받아 제작한 자물쇠입니다. 건국 이래 지금까지 승조사가 제작한 물건은 이것 하나뿐이며, 틀림이 없습니다."

사람들의 시선이 봉지미와 고지효에게 쏟아졌고, 한 노신이 기침을 삼키며 말했다.

"위 후, 거기는 우리 서량국 정전의 옥좌인데…… 좀 내려와서 말씀해 주시겠습니까?"

"송구스럽습니다."

봉지미는 웃으며 거절했다.

"저는 여기서 귀국의 폐하를 보호해야 합니다."

봉지미의 대답은 모두가 예상할 수 있는 것이었지만, 줄곧 용상에 의젓하게 앉아 있는 세 살배기 여자아이는 놀라운 눈으로 바라볼 수밖에 없었다. 고지효는 입술을 오므리고 새장을 안은 채 정전 밖 허공을 뚫어지라 바라보고 있었다. 사람들은 어린아이가 엄숙한 상황에서 무서워하지도 않고 침착한 것을 보고 확실히 평범한 아이는 아니라고 생각했다. 아무 말도 못 하고 바보처럼 서 있는 황제와 비교하니 조금 망신스러웠다.

"위 후는 어째서 그런 말씀을 하십니까?"

중요한 배우 중 하나인 어사가 나서서 명석을 깔았다.

"이 자물쇠가 어디에서 왔는지부터 물어보셔야 맞습니다."

봉지미는 살며시 미소를 띠고 고지효를 가리키며 그해 남해 풍주 부두에서 발견한 이야기를 풀었고, 말미에 이렇게 말했다.

"여기 계신 분들은 모두 천성의 남해사변에 대해 아실 겁니다. 조금만 알아보시면 제 수양딸을 그때 입양했다는 것을 확인할 수 있습니다. 이 자물쇠는 그때 아이의 목에 걸려 있었습니다."

자물쇠를 살펴본 몇몇 노신들은 서로 시선을 교환했다. 선황제께서는 이것을 황자에게 하사할 증표라고 분명 말씀하셨다. 하지만 어린 황제가 등극한 후로 한 번도 꺼내시는 것을 보지 못했으니, 그들의 의혹은 사실 꽤 오래 존재하고 있었다.

"어떻게 증명한단 말이오?"

여서가 냉소하며 말했다.

"당신이 황실의 징표를 훔쳐다 사기 치는 게 아니라고 어떻게 장담할 수 있소?"

"맞소. 일개 사신이 서량 황실의 적통 문제에 개입하다니…… 분명 음흉한 계략이 있을 거요!"

섭정왕의 측근들이 바로 맞장구쳤다.

"맞습니다. 일개 사신인 내가 이유 없이 왜 귀국의 황실 문제에 개입하겠습니까?"

봉지미가 미소 지으며 사람들을 내려다봤다.

"내가 왜 귀국의 황제가 태어나자마자 황가의 상징인 자물쇠를 훔친 뒤 3년이나 기다렸다가 나타나 시비를 걸까요? 나는 일개 사신입니다. 거느린 호위는 수천뿐인데, 십만 대군이 주둔하는 이곳 서량에서 군사 대립이라도 할 수 있겠습니까? 나는 정말 이유를 만들 수가 없으니 대인께서 말씀해 주시죠?"

따져 물었던 사람의 말문이 막혔지만 그는 끝까지 악을 썼다.

"그건 네가 잘 알겠지!"

봉지미가 웃으며 옥좌의 팔걸이를 툭툭 치더니 탄식하며 말했다.

"이게 뭐가 좋아서요? 내 자리도 아닌 것을요. 이 자리가 내게 목숨 걸고 적국의 황권 다툼에 개입하도록 할 가치가 있다고 생각하십니까? 왜냐고 물으시니 지금 답을 드리지요. 나는 한 어머니를 위했을 뿐입니다. 단지 그녀가 오랜 세월 참고 견딘 보상을 받을 수 있길 바랐습니다. 수년 동안 미친 사람으로 위장해 숨어 지낸 그녀가 마침내 하늘을 볼 수 있게 하기 위함입니다. 그녀가 친딸과 스쳐 지나가 평생 한을 품지 않길, 모녀가 서로를 알아보길 바라서입니다."

봉지미가 손을 들어 멀리 정전 입구 쪽을 향해 외쳤다.

"밀비 마마, 이제 지효를 만나러 오시지요."

여서의 몸이 떨렸다. 사람들이 고개를 돌려보니 두 남자의 부축을 받고 걸어오는 연약한 여자가 얼룩덜룩한 햇빛 그림자를 받으며 천천히 걸어오고 있었다. 몸단장을 새로 했는지 깨끗하고 단정한 차림이었다. 햇빛이 창백하고 작은 그녀의 얼굴을 비췄다. 턱 끝이 뾰족하고, 옆으로 긴 눈매 속에 들어 있는 새카만 눈동자가 깊은 우물 같았다. 처음 걸어올 때는 이 자리의 분위기에 적응하지 못하는 듯 어색해 보였지만, 정전의 높은 문턱을 넘자 그녀의 발걸음도 안정됐다. 그녀가 간간이 눈동자를 굴릴 때마다 빛이 반짝였다. 사람들은 모두 얼떨떨했다. 선황제의 총애를 받던 밀비를 이 자리에 있는 대신들은 대부분 만난 적이 있었다. 언젠가부터 그녀가 미쳤다는 소문이 돌았고, 사람들은 마음속으로 미인박명이라며 은근히 안타까워했다. 3년 만에 본 그녀는 예전의 그녀인 것 같기도 하고 아닌 것 같기도 했다. 용모는 예전과 똑같았지만, 결연한 눈빛은 예전과 전혀 달랐다.

옥좌에 앉은 고지효와 번갈아 보니 역시 많이 닮았다. 세심한 사람은 고지효의 비교적 넓게 난 눈썹에서 선황제의 모습을 찾아냈을 터였다. 밀비가 첫발을 내디딜 때 많은 사람이 햇빛에 눈이 부시고 마음이 복잡해서 그녀의 시선을 알아채지 못했다. 그러나 높은 곳에서 내려다본 봉지만은 똑똑히 보았다. 그녀는 맨 먼저 여서를 바라봤다. 반면 진작부터 고개를 숙이고 발끝만 보던 여서는 바람도 불지 않는데 소매가 조금씩 떨렸다. 봉지미가 눈을 반짝이며 마음속으로 한탄했다. 밀비가 발을 들어 문지방을 넘었다. 그녀는 정전 안으로 들어오고부터는 옥좌에 앉은 어린아이에게 시선을 내내 고정했다. 그녀가 그 자리에 서서 고개를 약간 젖히고 고지효를 바라봤다. 고지효는 새장을 끌어안고 사방에 기댈 곳이 없는 높은 용상에 앉아 밀비를 내려다봤다. 아이는 뜻밖에도 냉정하고 경계하는 눈빛으로 밀비를 바라봤다.

사람들이 쥐 죽은 듯 조용했다. 궁이 떠내려갈 만큼 구슬픈 울음소리나 서로 부둥켜안고 통곡하는 모녀 상봉 장면을 상상했는데, 태어나자마자 헤어진 모녀는 넓은 정전을 사이에 두고 길다가 마주치는 낯선 사람처럼 빤히 쳐다볼 뿐이었다. 봉지미는 지효가 자기와 밀비와의 관계를 모르는 줄 알고 어떻게 알려 줘야 할지 고민했지만, 지효가 먼저 작은 목소리로 물었다.

"내 엄마야?"

봉지미가 몸을 약간 구부려 지효의 귓가에 말했다.

"응."

고지효는 한숨을 푹 쉬더니 눈을 내리깔고 더는 말을 하지 않았다. 하지만 밀비는 아이를 머리부터 발끝까지 꼼꼼히 뜯어보았다. 봉지미가 잡고 있는 고지효의 손을 보던 밀비의 눈이 반짝 빛났지만 이내 얼굴을 돌렸다. 그녀가 천천히 말했다.

"모두 내가 누군지 아는 것 같군요."

몇몇 노신들이 밀비에게 예를 갖췄다.

"밀비 마마."

"그렇게 부르지 마시오."

밀비가 차갑게 웃었다.

"나는 마마라고 불릴 수 없소. 동완, 그 천박한 여자가 내 봉호를 박탈하고 폐궁에 가뒀으니 선황제의 비가 아닌지 오랜 세월이 흘렀소."

밀비는 뭇 신하들의 황송해하는 낯빛을 외면한 채 고지효를 가리키며 말했다.

"나는 선황제의 비가 아니지만, 내 딸은 선황제의 피가 흐르는 황실의 혈육이오. 그런데 당신들은 누구 씨인지도 모르는 천한 것을 황위에 올렸소. 그러고는 오늘날까지도 눈 감고 귀 막고 진짜 황실의 후예를 계속 다른 나라를 유랑하게 만들 것이오?"

"당신이 저 아이가 선황제의 후예라고 말하면 그렇게 믿어야만 되는 겁니까?"

한 섭정왕 측근이 차갑게 말했다.

"당신과 천성이 짜고 부리는 수작은 아니고요?"

"주객을 전도하는 일은 당신들 특기지."

밀비가 막힘없이 말했다.

"당신들은 나를 미치광이라고 했소. 자, 보시오. 내가 미쳤소?"

일동은 입을 다물었고, 밀비는 여전히 싸늘한 표정으로 말했다.

"성무 17년 8월 21일, 예정일보다 아이가 빨리 나올 것 같았는데 동황후가 와서 내가 신령님의 심기를 건드렸기 때문이라며 처소를 옮기라고 했소. 그러고는 내 최측근인 상궁 녹부를 내쫓았죠. 처소를 옮긴 다음 날 나는 태기가 불안정하다가 결국 새벽에 해산하고 말았어요."

여기까지는 모두가 어렴풋이 알고 있었지만, 다음 이야기는 여서조차도 몰랐기에 모두 정신을 집중하며 귀를 기울였다.

"나는 내가 아이를 낳으면 산파를 넘어뜨리라고 미리 누군가에게 일러두었소. 산파가 넘어진 틈을 타 침대 밑에 숨어 있던 녹부가 아이를 안고 땅굴로 들어갔습니다."

장내가 웅성거리자 밀비가 차갑게 웃었다.

"임신인 걸 안 순간부터 동황후가 날 가만두지 않을 줄 알았소. 내 궁인들을 쫓아내거나 처소를 옮길 것을 예상했지. 그래서 나는 그 여자 곁에 내 사람을 두고, 그 여자가 날 유향전(謬香殿)으로 옮기게 유도했소. 난 진작에 유향전에 사람을 배치해 두고 임신 기간 내내 땅굴을 파게 했소."

정전 안이 숙연해졌다. 이 여자의 치밀한 사전 준비에 모두 아연실색했다. 봉지미는 그녀를 가만히 들여다보았다. 봉지미는 한 번도 후궁의 여자들을 얕잡아 본 적이 없었다. 후궁의 생존 논리는 조정보다 더 깊고 복잡하며 잔인했다. 밀비는 황제의 총애를 받고 무사히 회임한 후궁이니 이런 계략을 준비하는 것도 이해할 만했다. 다만 지효가 조금 걱정됐다. 어두운 곳에 숨어 온갖 수모를 견딘 생모의 마음이 예전 같지 않을 수도 있었다. 장차 이 모녀는 잘 지낼 수 있을까?

"나는 궁에서 도망쳐 나갈 녹부를 마중 나갈 사람을 준비했소. 물론 이것은 좋은 계책이 아니었지만……. 폐하께서 궁중에 계시지 않았기 때문에 나는 아이를 먼저 내보내고 폐하께서 돌아오시면 다시 찾아오려 했소. 그런데 폐하께서 그만……."

밀비가 얼마간 눈을 감고 말했다.

"그 뒷일은 내가 말할 필요도 없으니 동완 그년을 데려다 물어보시오. 아이가 없어졌으니 어디서 천박한 씨를 구해 데려왔고, 그 물건을 태자로 둔갑시켜 서량에서 황제 노릇을 시킨 지 1년이 넘었잖소!"

밀비는 마음속의 독기를 참지 못해 정전에 모인 대신들과 어린 황제를 앞에 두고 말끝마다 '천박한 년', '천박한 씨'라고 욕해댔다. 사람들의 얼굴에 난처한 기색이 역력했다. 욕을 해도 난처하고, 욕을 하지 않아도 난처했다. 마음속으로는 밀비의 말을 거의 믿게 되었으나, 선뜻 먼저 나서서 받아들이기는 어려웠다. 그때 누군가 머뭇거리며 물었다.

"마마의 말씀대로라면 마마께서도 아이가 태어난 후 얼굴을 보지 못하셨습니다. 그런데 어떻게 위 후의 양녀가 마마의 따님이시자 우리 서량의 유일한 황손이라 확신하십니까?"

밀비가 그를 쳐다보며 음산한 미소를 지었다. 그녀는 사실 제정신이기 때문에 창백한 얼굴과 짙은 붉은색의 입술에 어울리는 이 웃음이 한층 싸늘하게 느껴졌다. 그녀의 행동에서는 피의 기운과 살기가 느껴졌다. 한밤중에 짙은 안개 속을 걷는 산발한 여인처럼, 피처럼 붉은 만다라꽃잎처럼……. 사람들은 몸서리를 치며 그녀의 음산한 웃음을 당혹스러운 표정으로 지켜봤다. 그녀는 손을 품에 넣은 다음 작은 상자를 꺼냈다.

봉지미도 밀비를 지켜봤다. 지효의 몸에 신분을 증명할 만한 뚜렷한 흉터나 반점 같은 게 없는데, 밀비가 무엇으로 어떻게 증명할지 그녀도 궁금했다. 그리고 그녀가 이토록 괴기스럽게 웃는 이유는 대체 뭘까? 상자는 단단하게 잠겨 있었다. 밀비는 천천히 그것을 열면서 태연하게 말했다.

"폐하께서 서거하시고 내가 마지막 작별 인사를 하러 가서 무슨 행동을 했는지 기억하시오?"

모두가 눈살을 찌푸렸다. 당시 그 자리에 있던 몇몇 신하들은 그날 일을 떠올리며 괴상한 표정을 지었다. 딱 한 사람만 침착한 표정으로 대답했다.

"마마께서는 선황제의 용체에 달려들어 깨물으셨습니다."

대답한 사람은 여서였다. 그는 왠지 얼굴빛이 밀비만큼 창백했다. 밀비가 고개를 천천히 돌려 그를 바라보고는 웃음기 없이 웃으며 말했다.

"그렇소. 내가 선황제를 깨물었소."

사람들은 그날 일을 기억하고 있다. 당시 밀비는 이미 '미친' 상태였기 때문에 무슨 광기를 부려도 신기할 것은 없었다. 그날 밀비는 선황제의 시신에 달려들어 물어뜯었다. 곧 떼어 놓았지만, 너무 세게 물어서 황제의 손가락 한 마디가 떨어져 나갔다. 현장에 있던 시종이 빼앗으려고 했지만, 그녀는 그 자리에서 물어뜯은 손가락을 삼켜 버렸다. 그 장면이 준 충격이 너무 커서 그 자리에 있던 사람들은 모두 똑똑하게 기억하고 있었다. 그때는 밀비가 정말 미친 사람인 줄 알았기 때문에 역겹기만 할 뿐 의아하진 않았다. 하지만 그녀가 미친 척했다는 것을 알게 된 지금, 시커멓게 부패한 선황제의 시선을 떠올리니 또다시 구역질이 올라올 것 같은 사람도 있었다.

봉지미도 생각하면 할수록 소름 끼쳤다. 살면서 못 할 일은 없다고 생각하는 그녀지만, 이런 일은 아무리 지미라도 할 수 없었을 것이다. 밀비가 곧 무슨 일을 할지 생각하니 봉지미도 등골이 서늘해졌다. 벌써 2년 전에 이 여인은 오늘의 '적혈인친(滴血認親)*피로 친척 여부를 결정하는 관습'을 염두에 두고, 구역질을 참으며 시신의 손가락뼈를 물어뜯은 것이었다. 그런데 밀비는 아무렇지도 않은 듯 그 상자를 태연히 열어서 시커먼 물체를 꺼냈다. 과연 손가락뼈 한 마디였다. 그녀가 담담하게 말했다.

"못 믿겠거든 직접 선황제의 시신을 확인해 없어진 손가락뼈가 이게 맞는지 보면 될 것이오."

사람들은 쓴웃음을 지었다. 선황제의 시신을 관찰하는 게 가능한 일인가? 밀비는 그 손가락뼈를 들고 천천히 올라가 고지효 앞에서 몸을 웅크리고 앉아 가만히 말했다.

"딸아…… 피 한 방울이 필요해."

밀비의 말투는 썩 온화하지 않았고, 고지효가 그녀를 보는 시선도 따스하지는 않았다. 지효는 그 손가락뼈를 바라보며 혐오스러운 기색을 드러냈다. 그리고 3세 아이다운 말투지만 단호하게 말했다.

"내 이름은 고. 지. 효예요!"

밀비가 잠시 놀라서 입술을 오므리다가 이번에는 한결 부드럽게 불렀다.

"지효……."

고지효는 손가락을 허락하긴 했지만 봉지미에게 내밀었다. 태감이 즉시 은침을 가져오자 미소를 띤 봉지미가 아이의 머리를 쓰다듬으며 말했다.

"음…… 조금 아플 거야. 하지만 무서운 건 아니야."

지효가 손을 번쩍 들고 보니 벌써 피 한 방울이 밀비가 들고 있는 손가락뼈에 떨어졌다. 그녀는 그 자리에 웅크리고 앉아 얼굴을 들고, 봉지미가 그녀의 딸을 달래는 모습을 빤히 쳐다봤다. 그 눈빛에 약간의 당혹스러움, 아픔, 회한, 불안이 복잡하게 섞여 있었다. 얼마간 그러고 있다가 눈을 내리깔고 손가락뼈를 가만히 바라보고는 조용히 그것을 들고 내려갔다. 그녀가 그 손가락뼈를 들고 정전을 한 바퀴 도는 동안, 그곳에 있던 모든 사람들은 피가 소리 없이 뼛속으로 스며드는 모습을 목격했다. 이것은 서량에서 가장 강력하고 가장 믿을 수 있다고 통하는 친자 확인 방법이다. 서량인들은 친자식의 피만 부친의 뼈에 스며든다고 믿었다.

사방이 온통 고요했다. 진실을 확인한 순간의 고요함이었다. 황실의 후손 논란이 마침내 끝났음을 알리는 고요함이었다. 치밀하게 계획하고 꾹 참아온 여인에게 받은 감동으로 인한 고요함이 있었다. 서량의 진정한 황자, 아니 황녀는 3년간 타국을 떠돌며 남의 아이가 되어 있었다. 자신들이 높은 용상에 모셔 두고 매일 절하며 섬기고 받든 대상은 출신 불명의 아이였다. 사람들은 한순간 반응을 보이지 못했다. 몇몇 노신은 이미 그 흑요석 자물쇠를 공손히 받쳐 들고 부들부들 떨며 고지효 앞에 무릎을 꿇었다. 그것을 시작으로 점점 더 많은 사람이 무릎을 꿇었다. 마지막까지 서 있는 사람은 섭정왕의 오른팔 여서였다. 모두 여서를 바라보며 그의 지시를 기다렸다. 여서는 멍하니 있다가 갑자기 한숨을 내쉬며 뒤에 있던 병부 상서에게 말했다.

"대세가 기울었습니다. 어찌 된 일인지 섭정왕 전하가 오시지 않으니 우리도……."

"대사마, 안 됩니다!"

병부 상서가 막으려는데 여서가 먼저 한 발 나아가 절했다.

"폐하! 귀환을 감축드리옵니다!"

그 한마디에 섭정왕의 측근들은 모두 얼어붙었다. 누군가가 욕을 하려 했지만 등 뒤에 닿은 칼이 허리를 압박해 왔고, 목소리는 도로 기어 들어 갔다. 몇몇 노신이 머리를 조아렸다.

"폐하! 귀환을 감축드리옵니다!"

그 말이 울려 퍼질수록 사람들은 잡초처럼 바짝 엎드렸다. 서 있던 사람들도 더 버티지 못하고 칼의 위협에 무릎을 꿇었고, 자기가 뭐라고 중얼거리는지 모른 채 머리를 땅에 댔다. 봉지미는 몸을 옥좌 쪽으로 돌렸다. 그녀는 아무에게도 눈길을 돌리지 않고 걱정스러운 듯 고지효만 바라봤다. 섬돌 앞에서 그 끔찍한 손가락뼈를 들고 있던 밀비는 고개를 들어 딸을 바라보며 처량하지만 만족스러운 웃음을 지었다. 사방에 기댈 곳 없는 용상에 앉은 지효는 아무도 보지 않고 새장만 꼭 껴안았다. 아이의 눈빛은 정전을 가득 메우고 엎드린 사람들을 지나, 우뚝 솟은 정전의 문을 지나, 계단을 지나, 순결한 백옥처럼 깨끗한 광장을 지나…… 더 먼 곳을 내다보았다. 거기엔 광활한 초원이 있고, 붉게 타오르는 태양이 있었다. 가장 맑은 샘이 있고, 진주 같은 양떼와 소박하고 아름다운 포탈라 제2궁전이 있었다.

세상에서 가장 넓고 자유로운 곳. 구애를 받지 않고 모든 것이 신선한 그곳……. 그녀는 한때 그곳을 얻었지만, 세 살 생일날 하루아침에 잃고 말았다. 이제 영원히 돌아갈 수 없다. 아이는 또렷하면서도 아득히 먼 환호성이 들리는 것 같았다. 그런 환호성 속에 누군가의 어깨에 앉아 탁 트인 푸른 하늘 아래서 까르르 웃는 아이가 보였다. 아이의 입가에 나이에 걸맞지 않은 쓸쓸한 웃음이 스쳤다. 그 시끄러운 외침 속에서, 드높은 용상에서, 봉지미는 아이의 또렷한 한마디를 들었다.

"아빠."

이별

진시 3각, 대전에 울려 퍼지는 환호성 속에서 아이는 마음속에 유일하게 담긴 그 호칭을 가만히 불러봤다. 봉지미 외에는 아무도 들을 수 없었다. 환호성이 울려 퍼지기 15분 전, 어디서 왔는지 모를 새가 화신묘의 어느 나무 위에서 지지배배 노래했다. 섭정왕에게 어깨동무를 한채 장황한 이야기를 늘어놓던 혁련쟁이 갑자기 손을 내려놓고 웃으며 말했다.

"전하, 대강 이렇습니다. 어떻습니까? 해 볼 만하겠지요? 아 참, 귀국 폐하의 생신 연회에 참석하셔야 한다고 하셨죠? 아이고, 왜 진작 말하지 않으셨어요? 시간 빼앗지 않겠습니다. 어서 일 보러 가십시오."

은지서는 명랑하고 티 없이 웃는 초원의 대왕을 보며 생각했다.

'진작 이야기했는데 이제야 생각났단 말인가?'

하지만 귀한 신분의 무뢰배를 우연히 만났으니 어쩔 수 없는 일이었다. 은지서는 이제 격식 차리는 말 따위는 하지 않고 혁련쟁에게 작별을 고한 후 서둘러 가마에 올라탔다.

진시 3각, 그가 영강문으로 진입하며 호위 병사에게 물었다.

"용렬 진영의 3만 병사는 지금 어디에 있는가?"

"창평궁에 주둔해 있습니다."

"1만 5천 명을 선발해라."

은지서는 마치 하늘 끝에 걸린 듯이 멀리 있는 궁궐 계단을 바라보며 말했다.

"이곳 영강문 밖에서 대기하다가 본 왕이 불꽃으로 신호를 보내면 즉시 정전을 포위하라."

호위대장은 어리둥절했다. 정전을 포위하는 것은 곧 역모지만, 더 물을 엄두를 내지 못하고 허리를 숙이며 대답했다.

"예!"

은지서가 사방을 둘러보며 또 물었다.

"오늘 궁에서 무슨 움직임은 없었느냐? 당직 병사들의 교대지가 어느 문이지?"

호위대장이 말했다.

"오늘은 하순의 짝숫날이니 덕안문(德安門)일 것입니다. 궁중의 동정은…… 알아보고 오겠습니다."

"태후의 건희궁에 가 보거라."

은지서는 잠시 다른 생각을 하다가 자신의 영패를 내주었다. 호위가 명령을 받고 가자 은지서는 또 얼마간 생각하다 말했다.

"병화(丙火), 낙리(洛離), 너희는 나를 따라 오너라."

두 남자가 그를 따랐다. 키가 작고 날쌘 쪽은 걸을 때 콩콩 소리가 나고, 크고 후리후리한 쪽은 걸음이 낭창했다. 두 사람 모두 평범한 용모지만 눈동자를 굴릴 때마다 날카로운 빛이 스쳐 어쩐지 섬뜩한 인상이었다. 사람들은 또 어리둥절했다. 규정에 따르면 4품 이상 고관만 영강문으로 드나들 수 있을 뿐만 아니라 조정의 행사가 열릴 때라면 더욱

이 수행원을 대동할 수 없다. 영강문 광장을 지나 궁궐 계단을 오르면 대의전이다. 수백 자에 달하는 이 길은 섭정왕이 유일하게 혼자 걸어야 하는 길이다. 하지만 시야가 탁 트였고 광장과 계단은 온통 하얘서 개미 새끼 한 마리가 지나간들 놓치지 않고 똑똑히 보여 숨을 곳이 없었다. 게다가 섭정왕의 친위군으로만 구성된 보초병들이 세 걸음마다 호각을 분다. 여기서 살해당하기란 병사들로 둘러싸인 한가운데서 목을 빼앗기기보다 어려웠다. 그런데 오늘 섭정왕이 규칙을 어기고 사람을 데리고 들어가려 하니 모두가 깜짝 놀랐다. 웅장한 영강문 아래 선 은지서가 눈을 가늘게 뜨고 담담하게 말했다.

"오늘 뭔가 일이 잘못되긴 한 것 같구나……. 여기 좀 봐라."

은지서가 땅을 가리켰다. 거기엔 짓밟혀 가루가 된 낙엽 부스러기가 있었다. 여기는 태감들이 항상 드나들며 청소하는 곳이니 평소라면 낙엽이 있을 수 없다. 하긴, 가을이 깊어 가며 거의 모든 잎이 시들어 가는데, 먼 곳에서 낙엽이 바람에 휩쓸려 온다면 아무리 비질을 열심히 해도 끝이 없을 것이다. 누렇게 마른 잎사귀들은 사람의 발걸음에 바스러져 보일 듯 말 듯한 가루가 되어 패루 밑에 흩어져 있었다. 은지서는 부서진 잎사귀를 가리키며 말했다.

"태감들의 신발은 바닥이 부드러워 낙엽을 밟아도 잎이 이렇게까지 가루가 될 수 없다. 또한, 태감들은 이런 걸 보면 바로 쓸어버리기 때문에 이런 모습으로 남아 있지도 못할 것이다. 부서진 낙엽의 모양을 보니 무거운 가죽 장화에 밟힌 게 틀림없다. 낙엽 주위에는 발자국도 남아 있다. 발바닥이 물체에 닿으면 습관적으로 깔아뭉개는 것 또한 병사들만 가진 특징이다. 또 이렇게 바스러진 잎이 영강문 안팎에 많은 것을 보니 병사의 수가 적지 않음을 알 수 있다. 하지만 영강문은 오늘의 병사 교대지도 아닌데, 이토록 많은 병사가 어디서 나타났단 말이냐?"

은지서의 뒤에서 귀를 기울이던 측근들은 낙엽을 자세히 들여다보며 섭정왕의 섬세함에 감탄했다.

"정말 빈틈이 없으십니다!"

은지서가 웃었으며 말했다.

"이렇게 여러 해 동안 걸음마다 마음을 졸이는 나날을 보내다 보니 깨달은 게 있다. 돌다리도 두들겨 보고 건너야 한다는 것. 사람을 거느리고 왔다고 폐하께서 탓하시면 본 왕이 벌을 받으면 될 일이다. 습격을 당하는 것보다야 나을 것이다."

은지서가 손짓하자 두 고수가 말없이 따르면서 영강문을 통과했다.

같은 시각, 대의전에 있는 여서도 밀보를 받았다. 섭정왕이 두 무공 고수를 데리고 영강문에 들어섰고, 또 용렬 진영의 군사를 움직였다는 소식이었다. 여서는 심장이 꽉 조이는 답답함을 느꼈다. 대체 어디서 샜을까? 섭정왕의 경계심이 이 정도였다니! 그는 동태후가 죽었다는 사실을 몰랐다. 원래의 계획은 중신들이 황제의 귀환을 주장해 고지효를 용상에 앉히면 자신은 어쩔 수 없는 척 섭정왕에게 동태후의 희생을 권할 생각이었다. 그해 황태자를 바꿔치기한 죄를 동태후에게 전부 뒤집어씌우면 섭정왕도 자리를 보전할 수 있을 터였다. 그러고 나서 위지 등 사람들의 도움을 받아 은지서가 완전히 힘을 쓰지 못하게 되면 다시 기회를 잡아 손을 쓸 생각이었다.

위험한 계획으로 보이지만 그는 누구보다도 섭정왕을 잘 안다고 자부했다. 은지서의 성정으로 볼 때 권좌를 유지할 수만 있다면 동태후의 희생쯤은 받아들일 수 있을 거로 생각했다. 후궁에 동 씨가 사라지면 밀비는 황제의 생모 명분으로 태후 자리를 이을 수 있고, 그때가 오면 자신이 주도권을 쥘 기회를 잡을 수 있을 것이다. 하지만 지금 은지서의 동정을 보니 분명 무언가 눈치채고 용렬 진영을 움직였을 것이다. 영강문에 들어선 은지서가 일만 오천 명의 군대를 동원해 대의전을 포위하고 독하게 사람들을 죽인다면……. 오늘 고지효의 신분이 밝혀졌대도 충분히 손바닥으로 하늘을 가릴 수 있을 것이다.

여서는 점점 마음이 불안해져 연극을 계속할 수 없었다. 조용히 봉지미에게 손짓하며 새끼손가락으로 후궁 방향을 가리켰다. 동태후는 지금 어쩌고 있는지, 어째서 따라오지 않았느냐는 뜻이었다. 그녀는 대사마를 내려다보며 그가 역시 문인 출신답다고 생각했다. 문인들은 대개 복잡하게 꼬인 심사와 꿍꿍이를 품었을지언정 매사를 아름답고 보기 좋게 마무리하고 싶어 한다. 그들이 가진 모든 것을 걸고 밀어붙이지 못하며, 항상 돌아갈 여지를 남기는 기회주의자다. 하지만 권력 쟁탈전에서 가면은 언젠가 벗겨지게 되어 있다. 마지막에는 결국 누구의 낯짝이 더 흉악한지를 가릴 뿐이다.

봉지미가 부드럽게 웃으며 여서를 향해 손바닥을 세우고 베어 버리는 자세를 취해 보였다. 여서는 잠시 멈칫하다 이내 손짓의 뜻을 깨달았다. 머릿속에서 '쾅' 하고 굉음이 들렸고 식은땀이 순식간에 등허리를 적셨다.

'동태후를 죽였다니!'

여서의 머리가 하얘졌다. 섭정왕이 동태후를 버리는 것과 자신들이 동태후를 먼저 죽인 것은 성격이 다르고, 그로 인한 결과 역시 확연히 다를 것이다. 전자라면 그래도 융통성을 발휘할 여지가 있지만, 후자는 대놓고 서량의 일인자에게 선전포고를 하는 것이다. 은지서가 바보가 아닌 바에는 그의 의도가 처음부터 불순했음을 알고 모든 것을 동원해 그를 멸할 것이다.

여서는 몸을 꼿꼿하게 세웠다. 한시바삐 고지효와 밀비를 보호해 후궁으로 피신시킨 후 서쪽 외곽의 건예(健銳) 진영의 병사를 움직이라고 명령을 내려야 하지 않을까? 건예 진영에 새로 부임한 장수는 여서의 오랜 친구로 진작에 입을 맞춰 두었다. 만에 하나 무슨 일이 생겨도 그 대군을 움직여 용렬 진영의 일만 오천 병사보다 먼저 금성에 진입할 수만 있다면 싸움을 벌일 만했다. 그는 허리를 곧추세우고 정전 입구를 지키는 병사의 눈빛을 읽었다. 섭정왕이 광장에 들어온 것이다. 밝고 탁 트인 대의전 계단 밑 광장은 햇빛이 내리비친 거대한 수면처럼 보였다. 한백옥(漢白玉)*건축 장식 재료로 쓰이는 흰 돌이 반사해 내는 희고 망망한 빛은 멀리서 걸어오는 사람의 발이 땅에 닿지 않고 자욱한 구름 위를 걷는 듯 보이게 했다.

두 명의 고수를 대동한 은지서는 태연하게 보이지만 실은 신중한 마음을 안고 걸어왔다. 대의전의 지대가 약간 높아 그는 아직 정전 안의 상황이 보이지 않았다. 양쪽의 초소를 자세히 살펴봤지만 특별한 이상은 없어 보였다. 가장 가까운 거리에 있는 병사도 30척 가량 떨어져 있는데, 이 정도 거리라면 어떠한 변고가 생기더라도 그의 뒤에 따라오는 두 사람으로 충분히 대처가 가능했다. 은지서는 두 무사에게 대단한 자부심을 가지고 있었다. 광장은 무사히 지나갔고 이제 기나긴 궁궐의 계단이 눈앞에 펼쳐졌다. 계단마다 양쪽에 서로 마주 보는 한 쌍의 병사가 서 있었다. 이번에는 병사와 그의 거리가 조금 짧았지만 크게 걱정하지 않았다. 그들은 궁궐 내부 친위대이며 여서의 직속이었다.

여서의 세심함과 신중함을 은지서는 줄곧 흡족하게 여기고 있었다. 서량과 장녕이 연합해 천성을 칠 때 그를 사령관으로 임명하고, 전장에서 공을 세우면 공후 작위를 내리겠다고 얼마 전 암시해 주기도 했다. 그렇게 되면 이제 거슬리는 말을 하던 늙은 대신들도 입을 다물 것이다. 그는 가벼운 발걸음으로 계단을 올랐다. 앞은 병화, 뒤는 낙리가 호위했는데, 병화는 고개를 숙이고 땅을 보고 낙리는 눈을 반짝이며 사방을 둘러봤다. 그들은 최고의 자객이자 최고의 호위 무사이며, 어떤 환경에서 언제 주인의 신변을 지켜내야 하는지 알고 있었다.

높은 하늘에서 바람이 불어 궁전 지붕을 스치고 내려왔다. 상쾌하고 서늘했다. 은지서는 눈을 가늘게 뜨고 조금은 만끽하듯 고개를 들었다. 그는 문득 서른 자 즈음 앞에서 걸어오는 사람 한 명을 보았다. 호위 병사 복장을 한 그 사람은 계단에 서서 미간을 찌푸린 채 그를 내려다보았다. 은지서는 그가 자객이라 확신하며 다가오는 그를 피해 뒤로 크게 물러났다. 키 작은 병화와 날렵한 낙리가 벌써 물 흐르듯 자연스럽게 몸을 움직여 은지서를 엄호하는 순간 은지서는 손을 품으로 가져갔다. 계단 위의 그자가 살짝 몸을 비키자 등 뒤로 피범벅이 된 마대 자루가 보였다. 그는 손을 번쩍 들어 자루를 집어 올리더니 은지서 일행 앞에 내던졌다.

"화약일지 모릅니다. 조심하십시오!"

병화와 낙리가 낮은 목소리로 재빨리 소리쳤다. 한 명은 은지서를 보호하며 후퇴하고, 다른 한 명은 떨어지는 마대 자루를 허공에서 손가락으로 가볍게 건드려 마대 자루의 방향을 바꿨다. 마대 자루가 허공에서 빙글빙글 돌다가 툭 떨어졌다. 마대 자루와 함께 떨어진 건 사람이었다. 아니, 화려한 비단옷을 입고 반짝이는 옥구슬이 머리에 달린 시체였다. 떨어질 때 얼굴은 잘 보이지 않았지만, 얼굴 가득 구멍이 뚫린 참혹한 모습이 어렴풋이 보였다. 은지서 같은 무인은 사지가 축 늘어진 채로 낙하하는 자세만 봐도 산 사람이 아니라는 걸 한눈에 알 수 있다. 그는 가슴이 철렁했다. 낙리가 기이하게 긴 다섯 손가락을 펼쳐 시체를 수색하니 화약 같은 것은 분명 없었다. 병화는 적을 노려보던 그의 시선을 시체가 가리는 것이 못마땅해 기다렸다는 듯 다가가 손바닥을 힘차게 내밀었다. 계단 위 그자가 껄껄 웃으며 손바닥을 내밀자 허공에서 파도 같은 기운이 일어나며 시체가 뒤집혀 은지서 앞으로 날아갔다.

"비키십시오!"

낙리가 포효하며 손에서 검은 갈고리 한 쌍을 꺼내 시체를 두 동강 내려고 했다.

"안 돼!"

가슴이 찢기는 듯한 절규를 지른 사람은 은지서였다. 낙리가 놀라서 돌아보니 은지서는 창백한 얼굴로 허공에서 떨어지는 그 여자의 시체를 뚫어지라 응시하고 있었다. 그는 입술을 움직거리며 희미하게 신음했다.

"아……!"

병화가 손을 뻗어 날아오는 시체를 막으려 하자 은지서가 뿌리쳤고, 결국 시체는 '쿵' 하는 소리와 함께 은지서의 품으로 떨어졌다. 높은 곳에서 떨어지는 중력이 더해져 그는 그 충격으로 몇 걸음을 쿵쿵 뒤로 물러서야 했다. 그가 고개를 숙이자 얼굴은 거의 알아볼 수 없이 뭉개졌지만, 공허한 눈동자를 부릅뜨고 자신을 바라보는 여자가 품에 안겨 있었다. 순간 그의 낯빛은 사람의 낯빛이 아니게 되었고, 엉겁결에 그 시체를 밀어 버리려고 했다. 하지만 늦었다. 시체를 보고 혼비백산 한 그는 그것을 품에 안을 때 계단에서 밀려났고, 낙리와 병화의 주의력은 온통 시체를 투척한 자객에게 쏠려 그의 후방을 지켜주는 사람은 없었다. 짧은 순간에 대단한 충격을 받은 그의 몸과 마음도 휘청이며 갈피를 잡지 못했다. 지극히 짧은 순간이었다. 뒤로 물러나던 그의 발꿈치가 맨 아래쪽 계단에 닿았다.

쩍.

발밑의 한백옥 석판이 별안간 갈라지며 뒤집혔고, 누군가 번쩍이는 빛을 뿜으며 땅을 박차고 솟아 나왔다. 허공에 빛이 번쩍이며 푸른 층과 허연 층에 무지개가 나타나 끝도 없이 하늘가에 펼쳐졌다. 무지개 그림자 속에 핏빛 보탑(寶塔)이 불현듯 나타났다가 이내 사라졌다. 핏빛 보탑이 나타난 순간, 빛에 둘러싸인 그 사람의 손에서 찬란한 빛이 솟으며 어두운 하늘을 갈랐다. 그 즉시 사방에서 바람이 거세지며 사납게 '쉭쉭' 소리가 났다. 검붉은 핏방울이 푸른 층과 허연 층의 바탕에 뿌려지며 유난히 선명해 보였다. 이윽고 봉황의 꼬리를 닮은 검 날이 수직으로 베더니 다시 수평으로 번개처럼 스치듯 베었다. 빛이 번쩍하더니 순식간에 사라졌다. 마치 이제 막 눈을 뜬 창공이 예리한 눈으로 지상의 혼백을 쏘아보고는 다시 눈을 감은 것 같았다. 놀라운 한 수의 검법이었다.

계단에서 병화와 낙리가 고개를 획 돌렸다. 계단 위에는 소리를 듣고 앞다퉈 달려온 대신들이 꼭두각시처럼 굳어 있었다. 계단에서 포위당한 유인책 영징의 눈에 감탄과 질투가 스쳤다. 계단에서 영징이 시체를 던질 때부터 아무 대응을 하지 않던 궁궐 친위대도 예외 없이 그 검술에 멍하니 시선을 뺏기며 눈을 가늘게 떴다. 계단 아래 섭정왕은 우두커니 서 있었다. 계단 아래 시체가 그의 발밑에 놓여 있었다. 계단 아래 물빛 검객은 그를 등지고 담담하게 칼을 거뒀다.

그는 태연자약하게 몸에 묻은 먼지를 털었다. 계단 밑에서 족히 하루를 숨을 수는 있어도, 옷에서 떨어지는 먼지는 견딜 수 없다는 듯…… 그는 마침내 먼지를 깨끗이 털어내고 섭정왕에게 느릿느릿 다가와서는 그의 앞을 막고 서 있는 섭정왕이 걸리적거린다는 듯 살짝 밀어냈다. 그렇게 살짝 밀었을 뿐이었다. 한 줄기 피가 하늘로 솟구쳤다. 은지서의 목구멍에서 뿜어져 나온 피는 허공에 똑바로 한 줄을 그으며 하늘 높이 뜬 태양을 향해 튀었다. 고남의가 낸 상처는 아주 작았지만, 가장 치명적인 급소에 좁고 깊은 구멍을 뚫어 모든 혈액과 생기를 뽑아낸 것이었다. 정전에 있는 대신들의 혈색도 싹 뽑혀 나갔다. 모두가 숨을 죽였다. 머릿속이 하얘져 멍하니 아래만 보고 있을 뿐, 자신들의 눈앞에서 펼쳐진 이 장면이 진짜로 일어난 일이라고는 믿을 수 없었다. 심지어 이 장면이 무엇을 의미하는지도 선뜻 알아차릴 수 없었다.

놀랍게도 은지서는 피를 뿜어내면서도 정신을 붙잡고 간신히 눈을 떴다. 복사꽃이 흩날리는 듯한 핏빛 시야에 구름과 맞닿은 것처럼 아득한 궁궐의 계단이 보인다. 그 너머 담담한 표정으로 어린 여자아이를 안고 있는 소년이 보였다. 소년의 가을 안개를 닮은 듯한 눈동자에서는 핏빛에도 가려지지 않는 평온함과 서늘함이 보였다. 소년은 계단 위에 서 있는 여서의 눈에서 놀라움 뒤에 이어지는 환희를 보았다. 사람이 죽음이 임박해 오면 혜안이 생겨서, 세상사에 가려 보이지 않던 모든 진상을 순식간에 깨닫게 된다. 그는 눈을 가늘게 뜨고 마음속으로 깊게 탄식했다.

'천하를 가진 줄 알았거늘…… 사실은 사면초가였구나.'

눈꺼풀을 천천히 떨구며 발치에 있는 그 시체를 바라봤다. 그녀는 조용히 누워 있었고, 눈동자는 텅 비어 아무것도 남지 않았다. 몇 년 동안 고심하여 계획한 끝에 엎치락뒤치락하던 정세를 장악했다고 믿었지만, 끝까지 걸어보니 아무것도 없었다. 문득 여러 해 전의 일이 생각났다. 그녀가 아직 형님의 비가 아니었을 때였다. 태울부(泰蔚府)의 꽃 핀 담장에 앉아 있던 은지서의 옆에서 그녀가 고개를 들고 바라보며 했던 말이 떠올랐다.

"나 내일 궁에 들어가."

은지서는 담장에 앉은 채로 살구꽃 한 송이를 꺾은 후 그 부러진 가지로 그녀를 가리키며 또박또박 말했다.

"형님과 함께 자도 되지만, 네가 죽을 때는 내 곁에서 죽게 될 거야."

그때는 분해서 무심코 했던 말이었는데, 이제서야 정해진 운명이 남긴 잠언이었다는 것을 깨달았다. 그의 입가에는 조롱 섞인 냉랭한 웃음기가 스쳤다. 그리고 가만히, 생애 마지막 순간에, 미처 맺지 못한 말을 했다.

"…… 완아."

바람이 궁전 지붕을 스쳤다가 다시 춤추며 저 계단까지 내려와 은은한 피비린내를 묻히고 소리 없이 광장으로 흘러갔다. 계단 아래는 한때 천하를 호령했던 섭정왕과 역시 천하를 손에 넣었던 태후가 나란히 누워 있었다. 봉지미의 말처럼, 큰 인물의 목숨도 한목숨인 건 매한가지니 죽이려고 마음만 먹으면 죽이는 건 정말 쉬웠다. 그가 천군만마를 대동할 수 없는 유일한 이 짧은 길이 봉지미가 오랫동안 계획한 그가 죽음을 맞이할 길이었다. 대의전은 6시간마다 섭정왕의 친위대와 궁중 친위군이 교대식을 한다. 그들은 매일 교대 전에 궁궐 구석구석을 샅샅이 살피고 돌판 하나까지 두드려 확인했다. 하물며 섭정왕이 혼자서 정전에 올라가야 하는 상황이라면 반드시 친위대들을 보내 샅샅이 수색을 했을 것이다. 따라서 매복을 하려면 어젯밤 교대 시간 후와 오늘 아침 교대 시간 전에 해야만 했다. 게다가 몸을 숨긴 후 움직이지 말아야 했다. 사방에 섭정왕의 측근이 깔렸으니 발각되는 날엔 그들의 계획이 물거품으로 돌아갈 것이었다.

6시간 동안이나 몸을 움츠린 채 숨어 지낼 수 있는 사람은 하늘 아래 몇 없지만, 물론 고남의는 그중 한 명이었다. 그러지 않아도 천하제일의 참을성을 자랑하는 고남의다. 무공을 연마하려 자신을 눈 더미에 파묻고 죽기 직전까지 버티던 사람에게 6시간쯤이야 식은 죽 먹기일 터였다. 이번 습격은 단순해 보이지만 천하의 고수들이 모두 움직였다. 실력으로 보나 무공으로 보나 절정에 이른 여러 세력의 음모가 존재했다. 이런 고수들이 안팎으로 힘을 합쳐 지독한 계획을 세운 후 표적으로 삼았다면, 누구든 죽지 않을 수 없을 것이었다. 여서는 계단 아래 놓인 섭정왕의 시신을 보며 한참 동안 손을 떨며 식은땀을 흘렸다. 여서가 북문 앞에서 봉지미에게 고남의 행방을 물었을 때는 이미 그가 전날 밤 교대 직후 계단 아래로 잠복한 상태였다. 그녀는 여서가 감정을 얼굴에 드러내거나, 그 계단을 지나며 어색한 행동을 할까 봐 아예 숨겼던 것이었다. 여서는 섭정왕의 시신을 바라보며 비 오듯 쏟아지는 식은땀을 닦았다. 등 뒤에서 누군가 다급하게 묻는 사람도 있었다.

"대사마…… 이게…… 대체 무슨……."

섭정왕의 측근인 구성 병마사(兵馬司)가 물었다. 여서는 뒤돌아보더니 그를 보고 의미심장한 미소를 지었다. 상대방은 아직도 그 웃음의 의미를 몰라 멍하니 있는데, 여서의 손이 갑자기 허공에다 손짓했다.

"아악!"

칼이 뽑히고 피가 뿜어져 나왔다. 몇 차례 참혹한 비명이 고요한 대의전에 울려 퍼졌다. 그 자리에 있던 대신들이 당황하며 돌아보았다. 조금 전까지 칼끝으로 등허리를 겨냥당하고 있던 섭정왕 측근 중 여서와 몇 명의 문관을 제외하고 병권을 쥔 무관들은 순식간에 시체가 되어 바닥에 굴러다녔다. 대신들은 겁에 질려 아무 소리도 내지 못했다. 봉지미의 입가에 옅은 웃음이 번졌다. 섭정왕이 죽고 나니 여서의 결단력과 배짱이 드디어 빛을 발하는 중이었다. 그녀는 고개를 들고 고지효를 품에 꼭 안았다. 둘은 아무것도 보지 않고 계단 아래만 바라보고 있었다. 거기에는 한창 신나게 싸움 중인 영징을 지나쳐, 옷자락을 쭉 찢어 자신의 검을 닦으며 그녀들에게로 걸어오는 고남의가 있었다.

서량의 황위 쟁탈 사건은 갑작스럽게 일어난 만큼 번갯불에 콩 굽는 것처럼 빨리 끝나 버렸다. 물론 이것은 여서의 오래된 준비 덕분이었다. 그가 훌륭한 위장술을 펼쳤음을 인정하지 않을 수 없었다. 내 적보다 내 형제가 나를 팔아먹기 수월하다는 것은 영원한 진리였다. 만약 그가 오랫동안 세력을 키우며 칼을 갈지 않았다면, 그가 치욕을 참고 위장해 은지서의 신임을 얻지 못했다면, 그가 금기의 장소인 궁궐 일부를 장악하지 못했다면, 거사 당일 봉지미는 그토록 수월하게 궁에 출입할 수 없었을 것이었다. 영징 또한 여서 덕분에 대의전 앞에서 동태후의 시신을 훼손하면서도 수천 명이나 되는 궁궐 친위군의 포위를 피할 수 있었다.

모름지기 싸움에서는 우두머리부터 사로잡아야 했다. 섭정왕이 무너지자 그 측근들은 그 자리에서 대부분 제거되었고, 영강문에 당도했던 일만 오천 명의 용렬 진영 병사들은 즉시 오던 길을 재촉하여 돌아갔다. 여서는 섭정왕을 죽이겠다고 벼른 만큼 뒷일도 완벽히 준비해 두었다. 그는 섭정왕 일당에 귀속된 병력을 빼앗은 후 그들을 분류하고 숙청해야 했다. 봉지미는 할 일이 너무 많은 그를 신경 쓰지도 않고, 알아서 바쁘도록 내버려 뒀다. 다만 지효를 지키는 일에만 열중하기로 했다. 그녀의 눈에는 지효가 용상에 앉았다고 그 자리를 굳건하게 유지할 수 있는 것이 아니었다. 우선 지효는 여자아이였다. 이미 일부 보수적인 노신들은 서량에서 계집아이가 황위를 계승한 전례를 남길 수 없다며 이의를 제기했다. 하지만 서량에서 유일하게 황실 핏줄인 지효가 용상에 앉지 않는다면 아무도 앉을 자격이 없었다. 그렇다면 서량 황족의 계승 관련 예법을 수정해야만 했다. 천성의 예부 상서인 봉지미는 황족 계승 관련 법조문을 고치는 것이야말로 고생스럽다는 것을 알고 있었다. 고지식하고 꽉 막힌 영감들 한 무더기와 회의를 하고, 토론하고, 반박하고, 성과가 없으면 다시 회의하고, 토론하고, 반박하고……. 일 년의 반을 꼬박 써야 겨우 결과를 얻곤 했다. 그녀는 지효가 정식으로 즉위하기 전까지 여서와 밀비에게 모든 것을 맡겨 둔 채 수수방관할 수는 없었다.

봉지미는 이리저리 생각하다 이곳에서 더 지내기로 했다. 우선 변경 지대에서 대기 중인 요양우와 순우맹에게 자신이 대월의 자객에 의해 납치되었을 당시 몸을 다치는 바람에 장거리 여행이 불가하다는 편지를 보냈다. 나머지 사신들을 먼저 귀국시키고, 자신은 상처를 치료한 뒤 귀국하겠다고 요청했다. 그녀는 일부러 포로로 잡혔다가 돌아온 시간대를 늦춰 보고했고, 섭정왕이 살해된 시기를 피해 귀환했다고 적었다. 요양우가 제경에 편지를 전하자 천성 황제는 과연 그녀의 귀국을 미뤄 주었고, 그녀는 여유롭게 머물 수 있게 되었다.

봉지미도 그녀의 수양딸이 서량의 적통 계승자가 된 일을 천성 황제에게 숨길 수 없다는 것을 알았다. 심사숙고 끝에 차라리 이 일의 경위를 조목조목 보고하기로 했다. 할 수 있는 모든 말은 다 적어 밀서를 올렸고, 얼마 지나지 않아 천성 황제의 재가를 받았다. 황제의 화답은 자애롭고 불만이 없어 보였다. 이 극적인 결과에 대해 기쁨을 표시했고, 이를 통해 양국의 화해가 촉진되길 바란다고 밝히기도 했다. 늙은 황제는 화려한 수식어로 위지를 칭찬하고 영험한 약재와 진귀한 물품들을 상으로 내렸으나, 관직을 올려 주진 않았다. 이에 대해 봉지미는 이렇게 추측했다. 황제는 위지와 고지효의 관계에 대한 우려가 커져서 그녀의 지위를 더 올려 주고 싶지 않을 터였다. 또 황제는 아직도 위지를 신하로 중용하고 싶은 것이다. 천성의 관례는 국공(國公)으로 승진하면 조정에서 실무를 보지 않고 집에서 편안한 노후를 보내기 때문이다.

봉지미는 이 결과를 접하고 한숨을 돌렸다. 모양새를 보니 앞으로도 그녀를 신하로 쓰고 싶어 하는 천성 황제의 뜻에 영혁이 뭔가 영향을 끼친 것 같았지만, 그가 어떤 작용을 했는지는 알 수 없었다. 그녀는 이제 서량에서 잠시 손님 노릇을 하게 됐다. 지효가 아직 즉위하지 않은 틈을 타 미래의 여제를 데리고 나와 사냥을 하고 뱃놀이를 나갔다. 혁련 대왕이 사냥용 활 한 자루를 손수 만들어 줬는데, '살아 계신 부처님'인 생불 지효는 심심하면 그 활로 토끼를 잡고 놀았다. 위지 가문 출신답게 이 활에도 독을 묻혔다.

한 달 뒤 예법을 개정하고 1차 토론에 들어갔을 즈음, 혁련쟁은 모단 대비의 편지를 받았다.

"똥강아지는 지금 당장 전속력으로 돌아올 것. 겨울이 다가오니 초원의 왕인 네가 나타나 식량 분배와 월동 준비를 해야 함."

하늘도 땅도 두려울 게 없는 혁련 대왕은 세상에서 딱 두 여자만 무서워했다. 바로 모친과 왕비. 그는 모친에게 머리채를 잡히고 왕비에게 발길질을 당하며 눈물을 머금고 초원으로 돌아갈 수밖에 없었다. 그가 떠나던 날, 날씨가 추워 용강역은 유난히 스산했다. 도련님은 지효를 안고 배웅 나왔고, 그 뒤로 호위 병사들이 늘어서 있었다. 혁련쟁은 도련님과 지효의 불만에도 아랑곳하지 않고 아이를 꼭 안고 깨물고는 입술을 만지작거리며 긴 한숨을 내쉬었다.

"기회를 잡아!"

지효는 앙증맞은 발로 혁련쟁의 배를 뻥뻥 차며 아빠 품으로 들어갔다. 혁련쟁은 하하 웃으며 봉지미를 잡아당기며 말했다.

"당신이 배웅해 주시오."

두 사람은 숲길을 천천히 걸었다. 사방에 사람이라고는 없었다. 칠표는 자리를 피했고 고남의도 여기까지는 따라오지 않았다. 혁련쟁이 멀리 초원으로 가 버리면 다시 나오기 쉽지 않다는 것을 알고, 둘만의 조용한 시간을 허락해 준 것 같았다.

숲 바닥에 낙엽이 두껍게 깔려 밟으면 바스락 소리가 났다. 서쪽으로 지는 석양이 나뭇가지 끝에 비스듬히 걸려 혁련쟁의 얼굴을 비췄다. 봉지미는 까치발을 들고 손수 혁련쟁의 망토 끈을 묶어 주며 말했다.

"이렇게 먼 길을 무작정 달려오면 어떡해요. 또 가야 하는데 귀찮지도 않아요?"

혁련쟁이 봉지미를 바라봤다. '당신을 볼 수 있다면 조금도 귀찮지 않소.'라는 말이 목구멍까지 차올랐지만, 아무리 생각해도 농담처럼 들릴 것 같았다. 그가 농담처럼 말하면 그녀도 농담처럼 대답한다. 어쩐지 이번에는 농담처럼 말하고 싶지 않았다. 그가 말한 진심들은 항상 그렇게 웃음으로 포장돼 유쾌한 장난으로 끝나고 말았다. 그는 갑자기 손을 내밀어 그녀의 손을 살며시 감쌌다. 순간 그의 손바닥 사이에 놓인 손이 굳어지는 것을 느껴졌지만, 이내 부드러워졌다. 놀란 비둘기가 안정을 되찾은 것처럼, 그의 손길 사이에서 그녀의 언 손이 녹았다. 그는 마음 깊은 곳에서 우러나오는 다정함으로 그녀의 안개 자욱한 눈동자를 바라보며 가만히 말했다.

"지미……."

봉지미는 움직이지 않고 시선만 올려 혁련쟁을 보았다.

"힘들지 않소?"

혁련쟁은 무슨 말을 하기로 마음먹고 망설이는 법이 없었다.

"어쩐지 나는 그대가 몹시 힘들어 보이오……. 나와 함께 초원으로 돌아갑시다. 내가 그대를 평생 지킬 수 있게 해 주시오."

사방이 고요한데 멀리서 지효의 부엉이가 우는 소리만 희미하게 들렸다. 얼마 후 봉지미는 깊은숨을 들이마시고, 혁련쟁을 똑바로 바라보며 부드럽게 말했다.

"그렇게 말해 줘서…… 정말 기뻐요. 하지만, 그럴 수 없어요."

봉지미도 혁련쟁에게 이렇게 단칼에 거절한 것은 처음이었다. 하지만 그녀를 바라보는 그는 실망하는 기색도 없었다. 그는 최선을 다했고, 결과는 중요하지 않았다. 그녀만 좋다면…….

"그럼 약속하시오. 언제 어디서나 필요할 때 날 부르겠다고."

혁련쟁은 끝까지 봉지미의 손을 놓지 않았다.

"이번 서량 사건처럼 초원에 폐를 끼칠까 봐 나를 따돌리지 말란 말이오."

"그러면 대왕께서도 약속해 주세요. 왕의 장막에 열 명의 미인을 하루빨리 채우시죠."

봉지미는 자연스럽게 손을 빼서 아까 제대로 매지 못한 망토 끈을 마저 매 주었다. 그녀는 머리를 살짝 숙였다. 눈처럼 하얀 손가락이 자금색 끈을 만지작거렸다. 혁련쟁의 각도에서 그녀의 풍성한 속눈썹이 바람에 여리게 떨리는 모습이 보였다. 그는 빤히 그녀를 응시하며 입꼬리를 올려 웃어 보였다. 명랑한 웃음이지만 쓸쓸함을 감춘 웃음이기도 했다. 그는 대답했다.

"알겠소."

혁련쟁이 초겨울의 땅에 쌓인 낙엽을 밟고 떠난 지 얼마 되지 않아, 그 낙엽에는 얇은 눈이 쌓였다. 이 해의 서량에는 신기하게도 눈이 내렸다. 남쪽 강토인 서량에는 눈이 좀처럼 내리지 않았었다. 조정과 백성들 누구나 할 것 없이 모두 기뻐했고, 성군이 하늘에서 내려오면서 상서로운 기운을 가져왔다고 칭송했다. 돗자리도 덮을 수 없을 정도로 조금 내린 눈에 이들은 성대한 눈 감상 연회, 눈 밟기 행사 등을 열었다. 눈은 밟는 즉시 녹아서 없어지는데, 모처럼 모인 문인들은 그 흙탕물이 된 눈을 보고도 시를 짓고 낭송했다. 연회 자리에서 그들이 눈과 관련된 시를 무려 180수나 짓는 바람에 고 도련님은 살뜰하게 가져다 땔감으로 사용할 수 있었다.

고 도련님은 궁에서 살지 않고 황궁 근처에 집을 마련해 매일 입궁했다. 처음에 밀비는 그의 그런 행동에 불만을 표했지만, 봉지미가 어느 날 밤 그녀 궁의 모든 걸상을 칼에 꽂아 놓으라고 명령한 후에는 더 이상 그의 입궁에 불만을 드러내지 않았다. 봉지미는 밀비 같은 사람을 잘 알고 있었다. 그녀가 어렵게 살아남았기 때문에 앞으로 더 조심하며 살 것이며, 누구의 목숨도 그녀 자신보다 중요하지 않다고 생각할 것이다. 봉지미는 결국 강호의 건달들이 쓰는 방법을 그녀에게 적용했다.

'당신이 아무리 수단을 부려 봤자 내 사람에게 조금이라도 해가 생긴다면, 나는 당신을 가만두지 않을 겁니다.'

밀비가 잘만 생각해 본다면 도련님을 괴롭히지 않을 것이다. 그들이 지켜야 할 대상은 같기 때문이었다.

그해 섣달그믐에 종신이 먼지구름을 일으키며 달려왔다. 봉지미를 보자마자 원망하고 싶었지만, 우뚝 솟은 황성을 보고는 다시 한숨을 쉬며 아무 말도 하지 않았다. 원래 봉지미는 지효와 밀비 모녀간에 섣달 그믐을 보내는 야식을 함께 먹으며 그들이 처음으로 같이 새해를 맞게 할 생각이었다. 그런데 뜻밖에도 지효는 한밤중에 사람을 보내 그녀와 도련님, 그리고 종신을 궁으로 불렀다. 궁궐 문이 열리자 지효는 발등까지 덮는 망토를 두르고 찬바람 속에 동그랗게 앉아 그들을 기다리고 있었다. 커다란 궁궐 문이 열리자 하얗고 공허한 넓은 공간이 나왔고, 아이의 그림자는 작은 덩어리처럼 웅크려 있었다. 멀리서 그 모습을 보고 있자니 봉지미의 코끝이 찡해졌다. 도련님이 벌써 성큼성큼 다가가 아이를 품에 안았다. 그는 딸을 안은 채 궁궐 문 앞에서 몸을 돌려 멀리 봉지미를 바라봤고, 그녀는 궁궐 문을 잡고 입술을 오므리며 그를 향해 '충분히 이해한다.'고 말하는 듯 웃음을 지었다. 그가 눈을 내리뜨고 아무 말 없이 지효를 안고 궁으로 천천히 걸어갔다.

그림자 세 개가 하얀 바닥에 길게 거꾸로 드리워졌다가 궁궐의 우뚝 솟은 담장에 소리 없이 어른거렸다. 그날 밤, 네 사람이 둘러앉아 새해를 맞이했고, 눈치가 있는 밀비는 방해하지 않았다. 지효는 아직 정식으로 즉위하지 않았기 때문에 아무 축제도 없었다. 황족 계승 관련 예법 개정에 관한 토론은 막바지에 이르렀고, 여서는 정월에 열릴 즉위식을 준비하는 중이었다. 지효는 진작부터 졸면서도 끝끝내 그믐에 깨어 있겠다고 고집을 부렸다. 네 사람은 난로 앞에 둘러앉아 묵묵히 그해의 마지막 식사를 즐겼다. 자정이 될 무렵, 졸음으로 몽롱한 지효가 도련님을 덥석 끌어안고 말했다.

"아빠가 나와 같이 있겠다고 약속했어."

고남의는 가볍게 아이의 등을 두들기면서 봉지미를 바라봤다. 그녀는 시선을 다른 곳에 둔 채 입술을 오므리고 있다가 한참 뒤에야 겨우 말했다.

"응. 아빠는 지효랑 같이 있을 거야."

고남의가 갑자기 손을 내밀어 묵묵히 있던 종신의 손을 잡아당기며 말했다.

"잘 지켜 주십시오."

조금 더 생각하다 한마디 덧붙였다.

"목숨을 걸고."

생각해보니 이 말은 좀 지나친 것 같아 또 한마디 덧붙였다.

"꼭 갚겠습니다."

이 말은 종신이 봉지미를 보호하다가 만약 목숨을 버려야 하는 날이 온다면, 그도 목숨으로 보상할 것이라는 뜻이었다. 그녀는 기침 소리를 내면서 억지로 웃으며 말했다.

"정초부터 무슨 소리예요. 우리 다 잘 지낼 거예요."

봉지미는 도망치듯 일어나 종신을 끌고 방으로 들어가 말했다.

"독을 뽑아 주러 오시길 얼마나 기다렸다고요."

진사우가 쓴 고는 매년 섣달그믐에 반드시 해독제를 마셔야 했다. 하지만 혁련쟁이 찾아낸 고의 근원을 종신은 반년 이상 연구했고, 또한 강한 자극을 받으면 더욱 강해지는 봉지미의 기이한 내력에 근거하여 진사우의 해독제를 대신할 좋은 방법을 찾아냈다. 매년 고가 발작하는 순간 금침으로 혈 자리를 찌르면 독을 한 겹 한 겹 뽑아낼 수 있었다. 심지어 그녀의 진력을 정진시킬 수도 있었다. 예전에 종신이 줄곧 약물로 그녀의 내력을 다진 이유도 바로 이날을 위해서였다. 독은 한 번에 다 뽑을 수 없고, 계획대로 진행하면 3년에 걸쳐 제거할 수 있었다.

봉지미가 진사우에게 해독제를 요구하지 않은 이유도 마찬가지였다. 그녀의 몸은 이미 이러한 해독 방식을 받아들일 수 있게끔 준비하는 단계였고, 진사우의 해독제를 먹으면 오히려 종신의 계획이 수포가 될 수 있었다. 그녀는 위험을 감수하더라도 종신에게 모험을 걸었다. 평생 진사우의 꼭두각시로 살고 싶지 않았기 때문이었다. 그날 밤 도련님은 방문을 지키며 조금도 움직이지 않았다. 그는 독을 빼는 작업이 고통스럽고 위험하리라는 것을 알았다. 그렇기에 언제라도 봉지미를 위해 호법(護法) 무공을 펼쳐 주려고 기다렸지만, 방 안에서는 아무런 기척도 없이 조용했다. 날이 거의 밝을 무렵에야 그는 낮은 대화 소리를 엿들을 수 있었다. 종신이 먼저 물었다.

"왜 이 방식을 택했죠? 진사우에게 해독약을 받으면 아가씨가 훨씬 편했을 텐데요."

실내는 고요했고, 고남의는 문짝에 얼굴을 대고 차분히 기다렸다. 한참 뒤에야 봉지미의 조금 지친 듯한 목소리가 들렸다.

"이렇게 하면 내가 더 강해질 수 있으니까요. 그러면 그가 더는 저를 염려할 필요가 없잖아요."

한 차례 대화 후 실내는 다시 침묵이 감돌았고, 봉지미의 낮은 기침 소리가 희미하게 들렸다. 고남의는 여전히 문짝에 얼굴을 대고 꼼짝도 하지 않았다. 잠이 든 것 같기도 했다. 다만 그의 면사포를 스치는 바람만이 그의 긴 속눈썹 아래로 이슬이 맺혔음을 볼 수 있었다.

연조(年祚) 3년 정월 초열흘. 서량 조정은 대사마의 주재로 황실의 계승 관련 율법을 수정했고, 여성도 황위를 계승할 수 있게 되었다. 정월 대보름에 서량의 여황제 은지효가 즉위하였고, 연호를 광삭(光朔)으로 정해 광삭 원년으로 삼았다.

정월 스물다섯 번째 날, 천성 사신 위지가 귀국하였다. 여황제가 문무백관을 이끌고 직접 배웅하니 십 리 밖까지 사람들이 몰려들었다. 늠름하고 소탈한 천성의 위 후는 두 손을 모아 읍하고 봄바람을 닮은 웃음을 머금었다. 하지만 그녀의 눈빛은 군중 속에서 내내 누군가를 찾았다. 아무것도 보이지 않을 때까지. 그녀와 3년 가까이 지냈지만, 헤어지는 날 그는 나타나지 않았다. 그녀의 두 눈에 쓸쓸함이 비쳤다. 말을 타고 용강역을 지날 때 봄바람은 부드러웠지만, 그녀의 마음은 황량한 순간에 머물러 있었다. 등 뒤로 배웅하는 사람들이 점점 멀어지고, 눈앞에 기나긴 길이 펼쳐지니 그녀는 고삐를 잡고 빨리 달리려 했다. 서량 금성을 재빨리 뒤로 보내려는데 갑자기 무언가 이상한 느낌이 들어 고개를 돌려 먼 숲을 바라봤다.

멀리 숲의 끝, 햇빛의 맨 밑바닥에, 물빛 옷자락을 휘날리는 누군가가 유유히 흐르는 맑은 물처럼 그곳에 있었다. 봉지미는 문득 청명서원 입구에서 만난 소년이 눈앞에 다시 나타난 것 같았다. 눈 깜짝할 사이에 세월이 흘러 옥 조각상 같은 도련님은 마침내 그만의 세상에서 살아가게 되었다. 그녀가 살며시 웃었다. 눈가에 물기가 맺혔다. 그 영롱함 속에서 그녀는 멀리 나무 꼭대기에서 눈도 깜박이지 않고 그녀를 응시하는 남자가 잘 보이지도 않으면서 여전히 햇빛 아래를 바라봤다. 고남의는 나부끼는 면사포를 걷어내고 천천히 입을 열었다. 짧고 확고한 입 모양이었다.

"기다릴게."

서량 오군을 지나, 천봉채에서 다시 보름을 달리니 봉지미의 행렬은, 마침내 서량과 천성의 분계 지점인 천관 위하에 이르렀다. 강 건너편의 병사들이 입은 은빛 갑옷에서 차가운 빛이 반사돼 유난히 삼엄해 보였다. 그녀가 희미하게 웃었다. 십중팔구 화경이 자신을 기다리고 있는 것이리라. 그녀는 방금 위하에서 내려 서량에서 자신을 위해 마련한 배를 타려고 기다리고 있었다. 하지만 맞은편에서 벌써 그리 크지도 작지도 않은 배가 유유히 다가왔다. 배는 매우 정교했고 선실은 사방에 옅은 빛깔의 비단 장막이 드리워져 있었다. 그녀는 화경이 언제부터 이런 사치를 즐겼나 의아해하고 있는데, 갑자기 누군가 나타나서 웃음을 머금고 장막을 젖혔다. 그녀는 고개를 들고 한동안 멍해졌다.

그 사람은 서두르지 않고 걸어왔다. 이 짙은 봄빛도 모두 저 사람의

風叔
371

여유로운 자태 때문인 것만 같았다. 그가 뱃머리에서 몸을 살짝 숙이고 우선 봉지미를 찬찬히 바라보고는 탄식과 함께 손을 내밀었다. 그리고 따뜻하게 그녀를 잡아끌었다.

"내가 데리러 간다고 편지까지 보냈는데, 어찌 이리도 나를 오래 기다리게 하였느냐?"

봉지미는 얼굴을 반쯤 들고 진지하게 그를 응시했다. 한참 후, 그녀도 웃었다.

달빛에 젖은 배꽃

봉지미가 빙그레 웃으며 그 사람에게 호언장담을 했다.

"사흘을 기다리시면 제가 제 성을 갈지요."

"위 후, 전하께 너무하십니다."

누군가가 웃으며 이야기했다.

"전하께서는 장장 사흘하고도 다섯 시진 삼 각을 기다리셨단 말입니다."

봉지미가 그를 돌아보고는 방긋 웃으며 반갑게 인사했다.

"요 공자!"

요양우가 뱃전에서 봉지미에게 꾸벅 절을 했다. 적잖이 그을린 모습이 건강하고 씩씩해 보였다. 곱게 자란 대갓집 도련님이 군영 생활 덕에 아주 시원시원하게 다듬어진 모양이었다. 대뜸 주먹 하나가 날아들어 요양우의 앞섶을 잡아끌었다.

"눈치 없기는! 얼른 안 빠져!"

"어어…… 순우, 뭐 하는 거야?"

요양우가 뱃전을 잡고 늘어지며 끌려가지 않으려고 안간힘을 썼다.

"위 대인 뵌 지 너무 오랜만이란 말이야. 잠깐 얘기 좀 할게."

"요 공자, 기억력이 좋군."

영혁이 뱃전에 기대어 웃을 듯 말 듯 요양우를 훑었다.

"그럼 이것도 계산해 보게. 농북군이 지난달 한 사람당 평균 얼마나 되는 식량을 먹었지? 그중에 곡물, 고기, 채소는 각각 얼만큼인가? 또 이를 은자로 환산하면 얼마나 되는가? 휴식할 때와 전투할 때 지급하는 기준량이 적절한가? 조절한다면 얼마나 해야 하는가? 석 달 치 식량을 한 번에 운반하려면 운반 대오는 얼마나 되어야 하는가…… 좋아. 일단 여기까지. 반 시진 후에 본 왕에게 보고하게."

"반 시진이요?"

요양우가 울부짖으며 순우맹에게 끌려갔다. 멀리서도 순우맹이 약올리는 소리가 들려왔다.

"멍청이! 가만히나 있을 것이지! 어디 한번 죽어 봐라!"

뱃머리가 조용해졌다. 영혁이 봉지미를 가까이 끌어당기려 손을 뻗었다. 이런 대낮에 손을 내밀다니, 그저 예의상일 뿐이라고 방심한 그녀는 그의 품으로 확 끌려 들어갔다. 퍽하고 가슴에 안긴 그녀가 '앗' 소리를 쳤다. 미처 무슨 말을 꺼내기도 전에 그의 낮은 웃음소리가 들려왔다. 그의 가슴팍이 흔들리며 향긋하고 상쾌한 숨결이 전해왔다. 그녀는 얼굴이 화끈 달아올라 손으로 그를 떠밀었다.

"미쳤어요? 여기가 어디라고. 저리 가요!"

영혁은 그저 웃을 뿐, 아무 말이 없었다. 그가 손을 들어 올리자, 봉지미의 눈앞이 깜깜해졌다. 그가 망토로 그녀를 머리부터 감싸 버린 것이었다. 그는 그녀를 망토로 둘둘 감고 뱃전에 기대어 웃었다.

"눈앞은 물이고, 뒤로는 아무도 없다. 누가 보려면 보라지."

봉지미는 영혁이 이렇게 제멋대로 구는 모습을 본 적이 거의 없었다.

머리 위 망토를 몰래 벗으니 등 뒤는 배에 닿아 있었고, 그가 그녀를 옴 짝달싹도 못 하게 내리누르고 있었다. 기지를 발휘해 빠져나가야 하나 생각하는 찰나, 사방이 어두워지며 기습적으로 내려앉은 그의 입술이 단단히 포개왔다. 그녀에게 달려드는 그의 입술은 예전처럼 다정하지 않았다. 거절 따위는 허용하지 않겠다는 듯, 자신을 안심시켜 달라는 듯 맹렬한 기세였다. 하지만 막상 그녀의 입술에 닿자, 봄을 알리는 시냇물 처럼 흩날리는 꽃잎처럼 부드럽고 가볍게 움직였다. 조금씩 조금씩 입 가에서 입술 안쪽까지 섬세하고 빈틈없이 입술이 맞닿았다. 근 반년의 그리움을 다 위로받겠다는 듯 달콤하고 긴 입맞춤이었다. 그녀가 손으 로 밀어내자, 그가 그녀의 귀에 꿈결같이 속삭였다.

"등라병(藤蘿餅) 향기가 아직 남았는지 보려고……."

봉지미는 웃음이 나오려 했다. 이런 말도 안 되는 핑계가 어디 있을 까. 그런데 왠지 마음이 말랑말랑해졌다. 덩달아 몸까지 말랑말랑해지 고 얼굴에 홍조가 떠올랐다. 영혁은 그 기회를 놓치지 않고 그녀를 공 략했다. 이 사이를 비집고 들어가 무서운 기세로 입을 맞추었다.

선체가 조금씩 흔들리고, 저 멀리 강물에 물결이 일렁였다. 망토는 작고도 포근한 둘만의 세계를 만들어 주었다. 망토 아래에서 영혁의 혀 끝은 봉지미의 입속을 빈틈없이 누비고 다녔다. 자신의 영토를 영원히 점령하리라는 듯, 스스로 폭풍우가 되어 다른 사람에 대한 기억은 모 조리 씻어 버리려는 듯 거침이 없었다. 끊임없이 덮쳐오는 통에 그녀는 숨이 막혀 왔다. 얕은 숨을 헐떡이자 그가 잠시 고개를 들어 숨 쉴 여유 를 주었다. 그녀는 재빨리 망토 밖으로 고개를 내밀었다. 그가 그녀의 볼에 기대며 웅얼거렸다.

"…… 다른 녀석이 있는 게 싫구나……."

밑도 끝도 없는 소리였지만, 봉지미는 곧바로 그 뜻을 알아차렸다. 머 릿속이 '펑' 하면서 그들을 엿보는 자를 당장 끌어내 혼쭐을 내주고 싶었다. 그러나 영혁이 그녀를 놓아 주지 않고 팔로 더 꼭 감쌌다. 그러고는 그녀의 입술에서 볼을 거쳐 귓불까지, 조금씩 꼼꼼하게 훑으며 속삭였다.

"가만 있거라…… 충분히 느끼고 싶어……."

봉지미는 눈을 질끈 감고 한숨을 쉬다가 손을 불쑥 내밀어 망토의 끈을 풀었다. 손목을 휘두르자, 망토가 그녀의 팔 안으로 흘러내렸다. 영혁도 하는 수 없이 그녀에게서 떨어졌다. 그는 화도 내지 않고 세 발짝 물러나더니, 싱글거리며 말했다.

"내 옷을 벗기다니, 나는 혹시나 네가 여기서……."

봉지미는 시시덕거리는 영혁에게 망토를 냅다 던졌다. 그는 웃으며 망토를 다시 둘러맸다. 그녀가 그의 곁을 스치며 한숨을 쉬었다.

"전하가 남색이라고 온 서량에 다 알려졌는데, 황제 폐하가 어찌 나오실지 두렵지도 않으십니까?"

"남색이라 여기시는 게 차라리 낫다."

영혁은 의미심장하게 대답하고는 봉지미의 어깨를 끌어당겨 얼굴을 찬찬히 뜯어보았다.

"마른 것 같은데?"

봉지미가 얼굴을 쓸며 웃었다.

"어디요? 전 살이 붙은 것 같은데요."

이제야 영혁의 얼굴을 볼 여유가 생긴 봉지미였다. 마른 쪽은 오히려 그인 것 같았다.

"서량에 몇 달이나 더 머무르고……."

영혁이 봉지미의 손을 끌어당기며 웃었다.

"나 혼자서 설을 쇠게 하다니, 그 빚은 어떻게 갚을 셈이냐?"

"그건 좀 죄송스럽게 생각하고 있어요."

봉지미가 싱긋 웃고는 한쪽에 있던 볼품없는 채소 항아리의 뚜껑을 열어젖혔다.

"대신, 이 짠지를 드릴게요."

그러자 위장막이 벗겨진 '짠지'가 맥없이 일어나 겸연쩍게 웃으며 두 손을 공손히 모았다.

"전하……."

영혁은 깜짝 놀라 눈이 동그래졌다.

"아이고, 문장이 출중해서 이름난 영 선생 아니신가? 어찌 거기서 나오시나, 짠지 독 안에서 시라도 쓰신 건가?"

"그렇지요."

봉지미가 영정의 어깨를 툭툭 치며 미소 지었다.

"영 선생이 수고가 많았지요. 서량까지 오는 내내 한쪽 구석에서 시를 무수히도 지었거든요. 시 쓰는데 도가 트여서 천성에 가서도 흥취가 사라지질 않을 게 분명합니다. 이번 시는 제목을 어떻게 지으실지? 『위하 뱃머리에서 일어난 일』? 아니면 『초왕 전하와 위지의 망토 사건』?"

봉지미는 하하 웃고는 뒤도 돌아보지 않고 성큼성큼 걸었다. 영혁 역시 웃으며 그녀의 뒷모습을 눈으로 좇았다. 이 여자가 화가 나도 단단히 났다는 생각이 들었다. 그러다가 사랑스러운 심복에게로 눈길을 돌리니, 이 녀석은 눈치도 없이 그저 억울해 죽겠다는 표정이다. 그가 뱃전에 기대 손짓을 하자, 영정이 신발 춤에서 종이 뭉치를 끄집어내 허겁지겁 두 손 위에 받들었다.

"전하, 제가 짬이 없어서 서책으로 엮지는 못했습니다만, 중요한 내용은 여기 다 있습니다."

『서량몽화록』의 속편이었다. 영혁은 영정에게 눈을 흘기고는 종이 뭉치를 넘겨보았다.

『창평궁 노대에서 일어난 진사우 입신 사건』

『혼인이냐 아니냐? 과연 봉지미의 선택은?』

『음탕한 남녀의 협잡, 악독한 그들의 수상한 관계!』

'……'

영징은 소매를 걷어 올려, 몇 달 전 섭정왕의 호위 무사들과 맞붙었을 때 생긴 상흔을 보여 주었다.

"전하, 이거 보세요. 저보고 싸우라고 부추기더니…… 저 혼자서 둘을 상대하는데도 아무도 안 도와주더라니까요. 까딱하면 목숨까지 잃을 판이었습니다. 이번에는 도대체 무슨 이상한 일을 시키시려고 하세요? 차라리 왕부에서 똥을 한 달 동안 푸는 게 더 낫지, 저 여자하고는 다시는 마주치기 싫습니다."

"그래."

영혁이 미소를 머금고 이야기를 듣더니, 『서량몽화록』 속편을 소매 안으로 집어넣고 다정하게 이야기했다.

"다시는 저 여자하고 안 만나도 된다. 생각해보니, 저 멀리 가서 한 일 년 뒷간 관리나 하는 게 낫겠구나. 뒷간이란 뒷간은 전부 네 소관이 되는 거지. 어떠냐, 이 임무는 목숨 잃을 걱정도 없잖느냐? 딱히 감사할 필요는 없고…… 음, 그렇게 하면 되겠구나. 가서 씻고 쉬어라."

영혁도 봉지미처럼 영징의 어깨를 툭툭 치며 하하 웃더니 뒤도 돌아보지 않고 가 버렸다. 비운의 영징은 초봄의 싸늘한 바람을 맞으며 그의 뒷모습을 하염없이 바라보았다. 찬바람에 온몸이 부들부들 떨렸다.

저녁에는 강을 건넜다. 화경이 직접 마중을 나와 그녀의 저택에서 저녁을 먹었다. 봉지미는 그제야 영혁이 이민을 위한 도로 건설 때문에 남방을 시찰하러 왔다는 것을 알게 되었다. 민남 지역의 십만대산(十萬大山)은 산세가 험준하여 길이 뚫리지 않아, 토착민 부족들이 대부분 문명에 교화되지 않았다. 게다가 생활이 풍족하지 않아 수시로 산에서 내려와 민가를 약탈했다. 그래서 민남 장군은 상소를 올렸다. 길을 뚫고 땅을 개간해 성을 쌓은 후, 한인(漢人)을 이주시켜 토착민과 섞여 살도록 해서 이민족과의 융합을 꾀하자는 것이다. 큰 사업이자, 후대에 길이 이로울 훌륭한 사업이었다. 천성 황제는 즉시 윤허하였다. 그리고 민남 장군을 추천한 장본인이자 호부와 공부를 겸하여 관장하고 있는 영혁에게 이 사업을 주관하라는 지시를 내렸다. 그는 마침내 이곳으로 올 핑계가 생긴 것이다. 봉지미는 음식을 입으로 쓸어 넣으면서 영혁이 단지 민남 장군의 상소를 들어 주려고 온 것만은 아니라고 생각했다. 그러기엔 행차가 너무 요란했다.

식사를 마치자 화경이 산책을 제안했다. 남자는 따라오지 말라고 했는데도 영혁은 그저 웃어넘길 뿐이었다. 두 여인의 뒤를 쫓아 슬그머니 화원으로 들어가는 그의 눈빛이 어쩐지 좀 이상했다. 화경은 봉지미를 데리고 한참을 왔다 갔다 하다가, 은밀하다고 생각되는 곳에서 멈추었다. 그리고 단도직입적으로 말했다.

"과거 화봉군에 속해 있던 사람들을 꽤 찾아냈어요. 폐하의 허락으로 화봉군도 조직했고요. 이곳은 사람들이 억세고 여자들의 지위가 낮아요. 그래서 기존의 병사들 말고도 군에 자원하려는 여자들이 적지 않아요. 만약 십만대산이 개간되면 우리에겐 더 좋죠. 산속에는 기예가 출중한 이민족 여인들이 있어요. 신예 부대가 하나 더 생길 기란 말이죠. 그러면 화봉의 모습은 봉매와 내 상상을 뛰어넘게 될 거예요."

봉지미는 아무 말도 하지 않았다. 뒷짐을 지고 곰곰이 생각하더니 한참 후에야 이야기했다.

"언니, 내 마음을 확실히 얘기한 적은 없지만, 언니도 잘 알 거라고 생각해. 이건 어린애 장난이 아니야. 가문이 끝장날 수 있는 어마어마한 계획이라고. 그러니 이것 하나만 확실히 하자. 지금 발을 빼도 돼. 늦지 않았어."

"아니, 서량에 다녀오더니 머리가 어떻게 되기라도 했어요?"

화경이 코웃음을 쳤다.

"봉매도 알잖아요. 화봉을 다시 꾸리겠다는 상소를 올린 순간, 이미 돌이킬 수 없게 됐다고요!"

"왜 이렇게까지 날 도우려는 거야?"

봉지미가 고개를 돌려 촉촉히 젖은 눈망울로 자신의 유일한 동성 지기(知己)를 가만히 응시했다.

"난 그렇게 생각하지 않아요."

화경이 화원의 인공 둔덕 위로 튀어 올라가 풀 한 포기를 뽑더니, 뿌리를 맛있게도 빨아댔다.

"내 성정이 그냥 그런 것 아니겠어요? 어릴 때부터 제멋대로에 한시도 조용히 있질 못한 탓이죠. 오죽 하면 아버지가 나더러 너는 흔한 글방 선생 같은 사람과는 살 수가 없다고 했어요. 아마 내 몸에 흐르는 피도 이렇게 날뛰는 걸 좋아할 거예요. 나는 전장을 좋아하고 모험을 좋아해요. 서로 죽고 죽이는 전투도 좋고, 마음에 드는 사람을 위해서 목숨을 거는 것도 좋고…… 해야 한다고 생각하는 일에 물불 가리지 않고 달려드는 것도 좋아요."

화경이 손을 들어 제경 쪽을 가리켰다.

"난 제일 높은 곳에 계신 저 노인이 싫어요. 우리를 갖고 놀면서 자기 아들끼리 천하를 놓고 다투는 걸 지켜보기만 하잖아요. 궁궐 깊숙이 들어앉아서 온종일 무슨 꿍꿍이인지……. 천하의 백성들이 탐관오리에게 착취당하면서 얼마나 고통받고 힘들게 살아가는지는 안중에도 없잖아요. 봉매와 초왕이 농서에서 단번에 삼백이나 되는 관리들을 처단했던 적이 있었죠. 그 덕분에 농서의 못된 벼슬아치들이 아주 싹 청소됐죠. 그런데 거기 말고 강회는? 또한 농남, 농북, 산남, 산북, 남해…… 열 개도 넘는 다른 지역은 어떻죠? 백성의 고혈을 빠는 비열한 관리가 없는 곳이 어디 있나요? 남해에서 청렴한 포정사라고 불리는 주희중도 매년 백성들이 마시는 차에 세금을 걷잖아요. 그런데도 최고로 높은 곳에 있는 그 노인은 공무에 소홀한 건 둘째 치고 정말 무정하고 덕이 없는 분이라고 생각해요. 한 여인에 의지해서 천하를 움켜쥐고 기반을 다져 놓더니 결국은 그 여인까지 죽음으로 내몰았잖아요? 난 그게 진짜 못마땅하다고요!"

화경은 풀뿌리를 뱉어내더니 손을 휘저으며 이야기를 단호하게 마무리 지었다.

"부자들 재산을 빼앗아 가난한 사람들한테 나눠 주다가 단두대에서 죽는 게 차라리 나아요. 힘도 있고 기회도 잡았는데 아무것도 못 해 보고 답답하고 억울하게 죽느니 말이에요. 다행히도 천지신명이 제가 봉매를 만나게 했고, 지금 여기까지 온 마당에 그놈의 하늘 따위 때려 부수지 못할 게 어디 있겠어요?"

화경의 말은 대역무도하기 짝이 없었고, 누가 듣더라도 간담이 서늘한 이야기였다. 그런데도 말하는 사람은 그저 흥에 겨웠고, 듣는 쪽은 빙그레 미소만 지었다. 이윽고 봉지미가 한숨을 쉬며 말했다.

"하늘을 때려 부수다가는 자기만 더 망가질 수 있어……."

"봉매, 오늘 왜 그래요?"

화경이 가까이 다가서더니 봉지미를 뚫어지게 바라보았다. 그러고는 두 손으로 봉지미의 얼굴을 붙잡더니 신기하다는 듯 이리저리 돌려보았다.

"너 봉지미 맞아?"

봉지미는 화도 나고 웃기기도 해서 화경의 손을 '탁' 쳐내며 웃었다.

"알았어, 열혈 화경 언니. 나 때문이 아니고 언니 스스로 좋아서 하는 거로 하자. 난 더는 상관 안 할게."

"봉매는 저쪽에 남아 있는 둘이나 신경 써요."

화경이 무심코 서량 방향을 가리키다가 웬일인지 낯빛이 어두워졌다. 봉지미의 눈빛이 반짝이더니 말이 없어졌다. 잠시 후, 그녀가 입을 열었다.

"화경 언니, 서량에 있으면서 포기하려고 몇 번이나 생각했었어. 이 길이 안 통하면 다른 길을 찾아보면 돼. 그들을 이렇게 희생하는 건 정말 싫어."

"그럼 왜 지효가 황위를 차지하도록 도운 거죠? 왜 고남의에게 거기 있으라고 했고?"

화경이 눈을 흘겼다.

"사람들이 모르는 게 있어. 사실 제경 외곽에 있는 숲에 어머니하고 동생을 묻었거든. 나는 어머니를 시신을 앞에 두고 이번 생에 반드시 원한을 갚겠다고 맹세했어. 그때 고남의도 같이 맹세했지."

화경은 더 묻지 않았다. 굳이 묻지 않아도 고남의가 무슨 맹세를 했을지 알 것 같았다.

"고 도련님 성격 어떤지 알잖아?"

봉지미가 돌아서자, 눈가가 달빛 아래 촉촉하게 반짝였다.

"마음먹은 일은 그 누구도 절대 막을 수가 없는 사람이야. 처음 만났을 때, 나를 평생 따르면서 보호하겠다고 맹세한 이후로 전혀 변하지 않은 것처럼. 내가 거절해도 무슨 수를 써서든 몰래 하려고 할 거야. 그런데 내가 돕지 않으면 권모술수에 약한 고남의가 어떻게 원하는 결과를 얻을 수가 있겠어?"

화경은 잠자코 있었다. 그녀도 봉지미의 걱정을 이해했다. 결심을 굳힌 이상, 고남의는 봉지미가 만류한다 한들 혼자 덤벼들 것이 분명했다. 그러니 그가 혼자 위험해지는 것을 막기 위해 봉지미는 어떻게든 손을 쓸 수밖에 없었다.

지효가 황위를 차지해야 고남의가 안전해진다. 화경은 봉지미를 물끄러미 보았다. 그녀는 인공 둔덕 뒤에 앉아 추운 듯 양팔로 무릎을 감싸 안고 있었다. 길게 풀어 헤친 새까만 머리가 그녀의 얼굴로 흘러내렸다. 사람들을 제멋대로 주무르며 여유만만하던 봉지미는 찾아볼 수 없었다. 평소에 보기 드문, 연약하고 애수에 젖은 모습이었다. 살면서 맞닥뜨린 피할 수 없는 선택과 상실, 그리고 거기서 오는 깊은 슬픔……. 화경은 한숨을 쉬었다. 그녀 역시 봉지미가 고지효를 친딸처럼 여기고 살뜰히 보살폈다는 것을 알기 때문이었다. 게다가 고남의, 말 할 수없이 외골수인 그 사람과는 3년을 하루 같이 부대끼며 익숙해질 대로 익숙해진 터였다. 그런데 이렇게 하루아침에 떠나보내게 되니…… 얼굴은 웃고 있어도 공허하고 쓸쓸한 눈빛을 숨길 수는 없었다. 화경은 왠지 마음이 약해졌다. 봉지미 곁에 앉아 그녀의 가녀린 어깨를 조심히 감싸 안고 속삭였다.

"봉매, 기왕 이렇게 된 거, 잘 해 보자고요. 모든 게 시작되면 그들도 돌아오겠죠. …… 걱정 마요. 나는 언제나 함께할 테니까……."

봉지미가 얼굴을 어깨 사이로 묻었다가 잠시 후 일어났다. 평정심을 회복한 그녀는 곧 품 안에서 기괴한 선이 새겨진 검푸른 목패를 하나 꺼내 화경의 손에 쥐어 주었다.

"이게 뭐예요?"

화경이 목패를 요리조리 살펴보았다. 봉지미가 그녀의 귓가에 뭐라고 몇 마디를 속삭이자, 그녀의 안색이 밝아졌다.

"정말?"

봉지미가 웃으며 말했다.

"안 그럼 내가 뭐하러 서량에 그렇게 오래 있었겠어? 나도 그쪽 소식을 기다렸다고."

화경은 만면에 희색을 띠고 목패를 소중히 챙기면서 환희에 찬 듯 이야기했다.

"승산이 더 커졌네. 앞으로 어떻게 할 생각이에요?"

"기회가 오길 기다려야지. 내 쪽 부대는 문제가 없지만, 언니 쪽 부대는 천성 황제의 명을 받아 조직됐잖아. 그러니 세력을 계속 키워 나갈 합당한 이유를 찾기 어려웠지. 그런데……."

봉지미가 화경의 귓가로 바싹 다가왔다.

"장녕이 분명 가까운 시일 내에 움직일 거야. 우선 몇 번 맞붙어서 공을 좀 세운 뒤에 다시 얘기하자. 기반을 튼튼히 하고 나면, 우리가……."

"위 대인."

화경이 봉지미의 말을 듣다가 갑자기 정색하며 그녀의 어깨를 쳤다.

"정국을 어지럽히는 간신배가 되어야 할 때가 오면, 무조건 열심히 해요!"

"……."

화 참장의 저택에서 은밀한 회동을 가진 후, 봉지미는 영혁을 따라 제경으로 돌아갔다. 요양우 등은 농북과 농서의 접경지역까지 따라왔다가 서운해하며 겨우 발길을 돌렸다. 요양우는 헤어지는 그 순간까지도 봉지미의 손을 부여잡고 정다운 눈길을 보냈다. 끓어오르는 감정을 주체하지 못하고 일장 연설을 늘어놓으려는 찰나, 초왕 전하가 순우맹을 시켜 말 뒤에 꽁꽁 묶어 끌고 가게 했다.

영혁은 봉지미와 단둘이 남자 길을 재촉하지 않았다. 올 때는 경치를 제대로 즐기지 못했으니 이번에는 놓칠 수 없다는 핑계로 그녀를 끌고 산수를 구경하기 시작했다. 현지 관부(官府)의 접대도 마다하고 길을 멀리 돌면서 명소를 유람하기도 했다. 빠른 말로 보름이면 갈 거리를 그렇게 꼬박 한 달이나 지체하고 있었다. 그녀는 참고 또 참았다. 그러다 결국 강회도 부근에서 그가 강회의 명산 이화산을 보러 간다고 하자 드디어 반기를 들었다.

"여기까지 오면서 벌써 산을 일곱 군데나 갔었고, 호수는 열 번이나 봤어요. 더는 절대 못 갑니다!"

영혁이 찻잔을 감싸 쥐고 미소를 띤 채 봉지미를 보더니, 갑자기 잔을 높이 들어 사방으로 예를 표하며 말했다.

"너나 나나 천성 사람이지만, 천성의 이 아름다운 강산을 직접 접하고 견문을 넓힐 기회는 많지 않다. 지금 잘 봐 두지 않으면 장차 어찌 다스릴 수가 있겠느냐?"

봉지미가 괜히 뜨끔해서 영혁을 쳐다보았다. 그는 한결같은 미소를 짓고 있었다. 다만 눈빛만큼은 끊임없이 반짝거리는 통에 그녀 자신과 마찬가지로 속내를 읽어낼 수가 없었다.

"천하의 강역을 열심히 감상하고 식견을 넓혀야 하는 건 전하 같은데요."

봉지미는 눈을 내리깔고 돌아서서 자신의 찻잔에 차를 따랐다.

"소신은 그저 잘 지켜보기만 하면 되겠습니다."

영혁은 딱히 반박하지 않았다.

"그렇다면 이화산은 됐고…… 네가 꼭 가야 할 데가 있다. 나한테 벌써 약속을 한 거니까."

"에, 제가요?"

"낙현 여호(黎湖) 호숫가에 있는 행궁이 곧 완공이다. 폐하께서 집영(集英)이라는 이름을 하사하셨어."

봉지미의 등에 몸을 기댄 영혁이 그녀의 흐트러진 귀밑머리에 바람을 훅 불어넣으며 장난을 쳤다.

"네가 약속했지 않았느냐? 나하고 같이, 폐하보다 먼저 제일 처음으로 행궁에 가자고."

봉지미는 귀밑머리를 가다듬고는 엉큼한 영혁의 입술을 손바닥으로 가리며 웃었다.

"알았어요, 알았어. 얘기 끝났으면 이것 좀 치워 보세요. 더 꾸물거리다가는 폐하께서 재촉하실 것 같아요."

"알았어."

영혁이 봉지미의 말투를 따라 하더니, 갑자기 그녀의 하얀 손바닥에 입술 도장을 꾹 찍었다. 그녀가 '아' 하고 놀라며 따뜻하고 축축해진 손바닥을 움츠렸다. 표정을 드러내지 않으려 애썼지만, 비밀이라도 들킨 듯 귀뿌리가 빨갛게 물들었다. 그는 찻잔을 움켜쥐고는 산호주처럼 영롱하게 물든 그녀의 귓불을 눈으로 훑었다. 이참에 한번 깨물어 볼까 하는 생각이 들었지만, 성공 확률이 얼마나 될지 알 수 없었다. 곰곰이 생각해 보니, 이 여우 같은 여인에게 장난을 더 치는 건 무리였다. 안타깝지만 어쩔 수 없었다.

"여기서 여호까지는 별로 멀지도 않고 어차피 대낮에 널 행궁에 데려가긴 힘드니 차라리 밤에 가 보자꾸나. 위지로 변장할 필요도 없다. 너와 내가 늦은 밤에 행궁에서 돌아다니면, 혹시나 누가 보고 역모를 꾀한다고 여기지 않겠느냐."

봉지미가 눈을 동그랗게 뜬 채, 웃음을 머금고 영혁을 보았다. 그의 눈빛은 여전히 깊고 어두웠다. 그녀와 함께일 때 장난기가 어리기도 했지만, 여전히 멀게만 느껴졌다. 칠흑같이 어두운 창공에 날아오른 깃발이 저 멀리 산과 바다의 끄트머리에서 나부끼는 것만 같았다.

"전하의 역모는 같이 할 테니, 똑같이 생긴 강산은 인제 그만 좀 강요하시죠."

봉지미가 하품하며 돌아섰다.

"나와 역모를 한다고?"

영혁이 한쪽 팔로 봉지미의 허리를 휘감고, 귓가에 나직이 말했다.

"대단히 환영한다."

봉지미가 반항하기도 전에 영혁은 그녀를 놓아주었다. 그녀는 그에게 씨익 웃어 보이고는, 방으로 들어가 가면을 벗고 치마로 갈아입었다. 그녀의 모습을 본 그는 눈이 번쩍 뜨였다. 은빛이 환한 치마였다. 그녀는 평소 이런 색깔 옷을 잘 입지 않았다. 그런데 오늘 보니, 역시 그녀는 무슨 색을 입든 그에 어울리는 분위기를 풍기는 여인이었다. 만듦새가 간단하면서도 정교한 치마는 물 위에 꼿꼿하게 솟아오른 연꽃 같았다. 고귀하면서도 신비로운 은빛은 달빛에 흠뻑 젖은 배꽃을 떠오르게 했다. 그의 눈동자에도 그 배꽃과 연꽃이 넘실거리는 듯했다. 그는 미소를 지으며 그녀의 손을 가만히 이끌었다.

"가자. 행궁을 거닐러 가자꾸나."

별과 달을 그대에게(星月神话)

　두 사람은 조심스럽게 역관을 나섰다. 영혁이 자신의 말을 끌고 오는 것을 본 봉지미도 자신이 탈 말을 찾고 있었다. 그런데 바로 뒤에서 말 발굽 소리와 함께 검은 그림자가 다가왔다. 그가 채찍을 거머쥐고 바람같이 다가온 것이었다. 그는 그녀의 곁을 스치며 허리를 굽히더니 한쪽 팔로 그녀를 감싸고 아주 가볍게 말 위로 안아 올렸다. 그녀도 이번에는 반항하지 않고 고분고분 그의 앞에 앉더니, 뒤를 돌아보며 웃었다.

　"기마술은 처음 선보여 주시네요. 꽤 괜찮은데요."

　"겨우 괜찮은 정도……?"

　영혁이 봉지미의 귓가에 대고 피식 웃었다.

　"그대는 항상 칭찬에 인색하다."

　"이번 생에 칭찬은 이미 차고 넘치게 듣지 않으셨나요?"

　봉지미가 싱글거리며 덧붙였다.

　"물론 귀에 거슬리는 간언을 하는 신하가 한둘은 있겠지만요. 예를 들자면 저처럼."

"간언하는 신하라……."

영혁이 또 피식 웃더니 갑자기 이야기했다.

"누구는 그대더러 노리개 같은 신하라고 하던데."

"그런가요?"

봉지미는 맥이 빠졌는지 이렇게 말했다.

"노리개 같은 신하가 강직한 신하보다는 낫지요. 예로부터 노리개 같은 신하가 목숨이 긴 법입니다."

고개를 숙인 영혁이 봉지미의 귀밑머리에서 은은하게 풍기는 향내를 놓치지 않았다. 웃음소리가 가볍게 삐져나왔다.

"내 곁에 있기만 하면, 내가 책임지고 나보다는 오래 살게 해 주마."

봉지미가 잠시 뜸을 들이더니 대답했다.

"뭐예요, 그런 재수 없는 말씀을…… 못 하는 소리가 없으시네."

영혁이 웃었지만, 두 사람은 더는 말이 없었다. 불어오는 밤바람에 소맷자락과 긴 머리가 파도처럼 나부끼고, 서로의 호흡이 부드럽고 따뜻하게 오가며 섞여 들었다. 겹겹이 포개어 뒤엉킨 두 사람의 숨결은 너와 나를 구분하기 어려웠다. 화려하면서도 상쾌한 황자의 향기 속에 달빛 아래 은은한 난초의 향기가 자욱하게 어우러지니, 마치 늦은 밤 구중궁궐의 심처에서 쓸쓸히 부는 바람이 떠올랐다.

달빛 아래 영혁이 고개를 숙이자, 봉지미의 긴 머리가 그의 뺨을 스쳤다. 여장을 한 채 그와 동행하는 일은 드물었다. 상투를 풀어 헤치고 연한 화장을 한 그녀의 귀 뒷부분이 밝은 달처럼 새하얬다. 귀걸이를 오랫동안 하지 못했기에 뚫었던 구멍이 막혀 버린 동글동글한 귓불은 구슬처럼 영롱하고 사랑스러웠다. 희미하게 비추는 달빛 아래, 최상품 여지처럼 맑고 투명하게 빛나는 귓불은 정말 달콤한지 궁금해 깨물어 버리고 싶을 정도였다.

영혁은 정말 그렇게 깨물어 버렸다. 고개를 살짝 돌려, 봉지미의 귓불을 머금어 버린 것이다. 그녀가 "아" 하고 소리를 냈지만, 감히 세게 뿌리치지는 못했다. 살짝 물고 있긴 했지만, 말 등이 흔들릴 때마다 이빨 사이의 귓불이 따라서 오르락내리락하는 것이 느껴졌다. 마음마저 들었다 놨다 하는 짜릿한 마찰이었다. 그녀가 손을 들어 귓가를 감싸며 웃었다.

"조심해요. 이렇게 오르락내리락하다가 내 귀라도 찢어 버리려고 하는 건가요?"

말을 하고 보니 뭔가 좀 이상했다. 어떻게 들어도 이상야릇한 것 같아 어색한 웃음소리를 내고는 화제를 바꾸려고 했다. 그런데 이런 이야기라면 눈치 빠른 영혁이 아닌가? 그가 나지막이 웃으며 말했다.

"다음에는 다른 쪽으로 오르락내리락……. 음…… 그대 귓불은 절대 찢지 않을 거야……. 어이쿠!"

봉지미가 팔꿈치로 영혁의 옆구리를 찔렀다. 누구의 엉큼한 농담을 향한 찌르기였다. 물론 힘을 살짝 주었고, 그의 비명 역시 장난기가 다분했다. 그는 놓기 아쉬운 듯 다시 한번 향기를 들이마시고서야 그녀를 풀어 주었다. 아주 자연스럽게 손이 그녀의 허리를 감쌌고 탄식이 흘러나왔다.

"그나마 오늘은 몇 겹 안 입었으니, 네 진짜 몸 치수를 알겠구나."

"듣자니 제경에서 안 가 본 기루가 없고 미인도 질릴 만큼 보셨다던데요? 겨울 솜옷을 입어도 미인의 몸매와 치수를 알아낸다고 들었습니다. 항간에 떠도는 그런 말들이 다 가짜인가요?"

영혁은 말고삐를 채더니 분한 듯 손에 힘을 주었다.

"아이고, 먹음직스러운 게를 좀 챙겨 올 걸 그랬네!"

봉지미는 어리둥절한 표정으로 영혁을 돌아보았다. 속으로는 이게 무슨 봉창 두드리는 소리인가 싶었다. 게다가 봄철에 먹음직스러운 게가 어디 있단 말인가? 그는 빙글거리며 그녀를 바라보더니 꾸물대면서 이야기했다.

"초는 이미 있는데, 게가 없어서……."

봉지미는 그 순간 정신이 번쩍 들었다. '이 인간 지금 내가 질투한다고 비꼬는 거야!'*역자 주. 중국에서 남녀 간의 질투를 '초를 먹는다'고 표현 부끄러움에 화가 난 그녀가 곧바로 응수하려 했지만, 영혁의 눈빛을 보니 나쁜 마음으로 한 말은 아니었다. 괜히 물고 늘어졌다가는 손해 볼 것이 뻔했다. 입심이 세다고 자부하는 그녀였지만, 이번에는 뻔뻔할 수가 없었다. 이런 쪽으로는 여자들이 아무래도 약하다. 그러니 싸움이 될 수가 없었다. 무슨 일에든 신중한 우리 봉 양은 우선 꼬리를 내리고 일언반구 없이 고개를 돌렸다. 아무 일 없었다는 듯이 앞을 바라보았다. 눈빛은 진지했고 표정은 자연스러웠다. 그는 웃음을 흘리면서 아주 재미있다는 듯이 그녀의 귀 뒤를 살폈다. 살짝 붉어진 귀뿌리가 아주 충성스럽게도 그녀의 속마음을 내비치고 있었다. 괜스레 기분이 좋아진 그의 눈가가 파도를 치며 즐거운 표정을 지었다. 이윽고 말이 스스로 걸음을 멈추었다. 그가 고개를 들더니 유감스럽다는 듯 한숨을 쉬었다.

"익숙한 길이라 말이 너무 빨리 왔네. 나귀를 끌고 왔어야 했는데."

"……."

봉지미는 코를 훌쩍이고는 말에서 내리려고 했다. 그런데 영혁이 그녀를 붙잡더니 먼저 뛰어내려 손을 뻗었다.

"자, 봉 소저, 제가 잡아 드리지요."

봉지미는 말 안장 위에 도도하게 앉아 영혁에게 눈을 흘기며 물었다.

"굳이 이렇게까지 해야 해요?"

"해야지."

영혁이 웃으며 대답했다. 고개를 들어 봉지미를 바라보는 눈빛이 사뭇 진지했다.

"네가 그렇게 말했잖느냐. 아주 평범하고 보통인 삶을 꿈꾸었다고.

하지만 너와 나의 신분으로는 보통 사람들이 하는 그 수많은 일을 똑같이 할 수가 없어. 오늘 마침 이런 기회가 생겼으니까 신분 따위는 벗어 버리자. 자기가 누군지 까맣게 잊어버리고 세간의 보통 남녀들이 하는 일을 하자꾸나. 가령, 지금은 남자가 말에서 내리는 여자를 부축해야지."

봉지미가 고개를 떨구어 영혁을 보았다. 남해에서 자신이 이야기했던 소망이 떠올랐다. 이어서 서량으로 가기 전날 밤, 등라병 향기와 함께한 그의 고백이 떠올랐다. 그냥 거절하려고 둘러댄 말이었는데 그는 여태까지 또렷하게 기억하고, 또 자기가 할 수 있는 범위 내에서 조금이라도 더 가까워지려고 노력하고 있었다. 세간의 보통 남녀가 되면 한없이 기뻐하고, 한없이 울 수도 있다. 얼마나 아름다운가!

어두운 밤 그림자 속 봉지미의 얼굴 뒤로 달빛을 머금은 배꽃이 흩날려 그녀의 아름다운 얼굴과 표정이 보이지 않았다. 영혁이 내민 손은 차분하지만 영겁의 세월이라도 기다릴 것처럼 고집스러웠다. 그녀는 하는 수없이 살짝 미소를 지으며 그의 손을 잡았다. 서로의 손끝이 닿은 순간, 두 사람은 아주 살짝 떨림을 느꼈다. 잠깐의 설렘이 지나간 후, 그는 손에 힘을 주었고 그녀는 말에서 미끄러지듯 뛰어내렸다. 은빛 치마가 공중에서 펄럭이는 모습은 마치 저 멀리 하늘가에서 빛줄기가 쏟아져 내리는 것 같았다. 그가 자연스럽게 그녀의 허리를 감싸 안고 나서 둘은 멀지 않은 곳에 있는 건물을 조용히 바라보았다. 여산 자락의 여호 가장자리에 자리 잡은 행궁이었다. 규모가 크지 않아 웅장하고 거대한 제경의 황궁에 비교할 바는 아니었지만, 정교하고 아름다웠다. 멀리서 바라보면, 활짝 핀 비췻빛 꽃나무가 울창한 가운데 옅은 금색과 청색 처마가 하늘로 솟아 있었다. 그 모습이 마치 푸른 산과 물가에 곱게 내려앉은 영롱한 구슬 같았다. 뒤로는 경치가 빼어난 여산이 버티고 있고 앞에는 물안개 자욱한 여호가 마주 보고 있으니, 외부의 공격에도 끄떡없으면서 수륙 양방향으로 통행이 편리한 곳이었다. 그녀는 행궁을 꼼꼼히 뜯어보았고, 군사적으로나 유람으로나 완벽함에 찬탄을 금할 수 없었다.

"정말 명당자리네요!"

"내전은 다 지어졌고, 성곽은 아직 준공되지 않았다."

영혁은 성곽을 따라 놓인 벽돌과 기와, 목재 등을 가리켰다.

"행궁을 짓기 시작할 때부터 주변 거주민들을 멀리 이주시켰다. 30 리 밖까지 담을 둘러치고, 외부인의 침입이나 염탐이 금지됐지. 외부적으로는 물길을 다스리는 것이라고 알리고 말이야. 조만간 내전을 준공하고 나면 밖으로 정원림을 조성해서 이 지역을 전부 둘러쌀 것이다."

봉지미가 웃으며 이야기했다.

"보아하니 아주 비밀스러운 곳이군요. 폐하의 의중이 무엇일까요?"

"나도 모르지."

영혁은 고개를 저었다.

"사실은 내가 널 데리고 온 것도 여기가 보통 행궁과는 다르기 때문이다. 내전이 거의 밀실이나 마찬가지야. 절반은 지하에 있고."

봉지미는 어리둥절했다. 내전이 지하에? 황제는 이곳을 피난처로 삼으려는 속셈인가? 이런 궁전을 공연히 짓는다는 건 절대 좋은 징조가 아니었다. 영혁이 그녀를 데리고 몇 발짝 옮겼을 때, 어둠 속에서 누구냐고 묻는 소리가 들렸다. 영혁이 대답을 하고 요패를 제시하자, 주위가 잠잠해졌다. 그녀는 사방을 둘러싸고 있는 고요한 그림자들을 보면서 아직 공사 중인 곳에 경비를 이리 삼엄하게 하다니 궁이 완성되고 나면 필시 그 용도가 심상치 않은 곳이라는 생각이 들었다.

걷는 내내, 영혁은 아무런 설명도 하지 않았다. 하지만 봉지미는 궁 외벽의 형태만 보고도 비범함이 느껴졌다. 배치가 정교하고 진법까지 숨겨져 있는 곳이었다. 어떤 곳은 무슨 의도인지 보고도 모를 정도로 설계 자체가 괴이했다. 행궁 전체가 산을 등지고 있는 산자락에 지어졌는데도, 뒤쪽으로 해자와 같은 수로를 파서 궁 전체를 감쌌다. 해자 위로는 유사시에 들어 올릴 수 있는 도개교가 놓여 있었다. 적이 성을 포위하고 침입할 가능성을 피하기 위해서일 것이다. 땅의 형세로 보자면 호숫가 근처이긴 하나 그중에서도 가장 높은 지대에 위치해서, 성을 폭파해 무너트리는 것도 불가능했다. 주도면밀한 설계 덕분에 행궁은 정말 최고의 피난처로 보였다. 이리저리 둘러보며 골똘히 생각하는데 정신이 팔려 있던 그녀가 문득 고개를 드니 우뚝 솟은 궁전이 바로 눈앞에 모습을 드러냈다.

옅은 금색 처마는 용이 날고 봉황이 춤을 추는 모습이었고, 막 옻칠을 끝낸 기둥 열여덟 개는 번쩍번쩍 윤이 났다. 사방에 만개한 배꽃 또한 안성맞춤이었다. 바람에 스친 배꽃이 파르르 떨어져 담청색 바닥 돌에 서리처럼 사뿐사뿐 내려앉았다. 바닥은 온통 눈밭이 되었다. 휘영청 밝은 달빛은 옥으로 된 계단 아래에서 발치까지 포근하게 깔리어 마치 하얀 비단을 떠올리게 했다.

"정말 아름다워……."

봉지미는 아름다움에 홀린 듯 달빛 아래 찬란한 궁전을 하염없이 바라보다가 갑자기 경쾌한 발걸음으로 달려 나갔다. 은빛 치맛자락이 달빛 가득한 바닥을 훑자, 달빛보다 더욱 밝고 눈부셨다. 가벼운 발걸음과 휘감기는 환한 옷자락 덕분에 그녀는 휘황찬란하게 빛나는 꽃처럼 보였다. 그녀가 방실방실 웃으면서 층계를 뛰어오르더니, 기둥에 기대어 눈을 크게 뜨고 즐거운 듯 이야기했다.

"이중 암각이네? 강회 최고 장인의 솜씨 맞죠? 보는 각도마다 조각이 다르게 보인다는, 그러면서도 절대 조잡하지 않고! 이걸 보게 되다니…… 정말 명불허전이네요!"

봉지미는 손가락으로 그 세밀한 조각을 가볍게 만지고는 기둥에 기대 웃음 지었다. 그 순간 배꽃이 그녀의 귀밑머리로 떨어지고 달빛이 드리웠다. 돌아보는 그녀의 눈빛은 부드러웠고 웃음으로 가득했다. 갓 꽃망울을 터트린 향기로운 배꽃 같았다. 영혁은 세 걸음 떨어진 층계 아래에서 그녀를 올려다보고 있었다. 그의 눈빛은 밤바람에 커졌다 작아지는 불빛처럼 반짝거렸다. 정원 가득 핀 살구꽃과 배꽃 가운데서도 찬란하게 빛을 발하니, 주위 꽃들이 전부 그 빛을 잃어버릴 정도였다. 그가 살짝 웃으며 말했다.

"네가 좋아할 줄 알았다."

봉지미도 살짝 미소를 짓고는, 흥미롭다는 듯 기둥 열여덟 개를 빙글빙글 돌며 살펴보았다. 정면으로 보고 옆으로 보고 올려다보고 내려다보아도 어디서든 다르게 보였다. 층계를 올라온 영혁은 아무런 말도 없이 참을성 있게 그녀의 뒤를 쫓았다. 그녀는 흥이 올랐는지 기둥 하나하나를 새로운 각도에서 살펴보기 시작했다. 더 다양한 모습을 보고 싶었던 것이다. 그녀가 몸을 비틀어서 고개를 젖히고 한 기둥을 살펴보더니 갑자기 '와' 하고 소리를 냈다. 영혁이 똑바로 서서 벽에 기댄 채, 무심하고도 신비한 미소를 띠고 있었다. 그녀가 가장 깊은 곳에 숨겨진 비밀스러운 부분을 보기를 기다린 터였다. 갑작스레 발견했을 때의 즐거움을 깨트리지 않기 위해 아무것도 알려 주지 않고 말이다. 과연 그녀는 그곳을 찾아냈다. 그녀는 쭈그리고 앉아서 배배 꼬인 불편한 자세로 기둥 열여덟 개를 한 바퀴씩 다 돌아보았다. 그녀의 표정은 놀라움에서 궁금증으로…… 그러고는 깨달음으로 바뀌더니 점점 평온해졌다. 그렇게 열여덟 번을 하고 나니, 얼굴에는 기쁨인지 슬픔인지 모를 표정이 남아 있었다. 왠지 고요하고 쓸쓸해 보이는 모습이었다. 사람들이 발견하기 힘든 그 각도의 조그마한 구석, 장인의 조각 아래쪽에는 또 다른 이야기가 숨어 있었다.

바로 영혁과 봉지미의 이야기였다. 추가 저택 안, 꽁꽁 언 연못에서의 첫 만남, 외로운 다리 위에서 함께 술을 마신 일, 난향원의 화원에서 서로 대치했던 일, 청명서원에서 아슬아슬하게 그의 활을 벗어난 일, 낙화루 위에서 서로를 바라보았던 일, 폭우 속 폐궁에서의 일, 궁전에서 시를 짓고 잔을 내던진 일, 함께 도망치며 절벽에서 서로를 도왔던 일, 남해의 배에서 관리들을 놀린 일, 농서의 저택에서 사람들을 죽인 일, 연씨 집안의 사당에서 도망쳐 나온 일, 해적을 소탕한 일……. 또 형부에서 큰 소리를 내면서 책상을 쳤던 일, 경심전 여인들의 위기, 수옥 산장 동쪽 연못의 탕 안에서 벌어졌던 일, 벽조청 절벽 아래에서 서로 손을 끌어당겼던 일……. 열여덟 개 기둥에 열여덟 군데, 그와 그녀가 지금껏 겪었던 일들이 눈앞에 생생하게 펼쳐졌다. 그녀는 저도 모르게 손으로 그 조각을 천천히 쓰다듬기 시작하다가 문득 깨달았다. 두 사람이 이렇게나 많고 많은 일을 함께 겪었다는 것을.

영혁도 봉지미 옆에 가만히 쪼그리고 앉아 조각을 어루만졌다. 그의 목소리가 느릿느릿 울려 퍼졌다. 늦은 밤, 남몰래 넘기는 낡고 누렇게 변한 책장을 떠올리게 만드는 목소리였다. 침향 내음이 느껴지는 것도 같았다.

"…… 지미야, 보아라. 지금까지 있었던 일을 여기에 하나하나 새기라고 했다. 백 년, 천 년 후에 모두가 다 죽고 나면 이 대청만 남겠지. 강산이 변하고 사람들이 떠나가도 말이다. 이것들만은 여기 남아서 시간이 지나도 늙지 않고 영원히 사라지지 않을 거다."

봉지미는 영혁을 향해 고개를 돌렸다. 어둠 속에서 그녀의 눈이 영롱하게 빛났다. 이윽고 운을 뗀 그녀가 이야기했다.

"천하에 죽지 않는 영웅은 없고 무너지지 않는 궁궐도 없어요. 언젠가는 이 궁전도 소실되어 먼지가 되겠지요."

"그럼 마음속에 담아두면 되겠구나. 영혼으로 바뀌어도 그 의미는 사라지지 않을 테니까."

영혁은 봉지미의 손을 가볍게 쥐었다. 그녀는 그를 뚫어지라 바라보다가 열은 웃음을 띠었다. 그러다가 갑자기 뒤를 돌아보며 가운데 기둥을 가리켰다.

"다른 것들은 무슨 뜻인지 알았는데, 저 기둥은 뭔지 모르겠어요."

그 기둥에 새긴 조각은 단순했다. 성문 둘, 패루 둘, 고대(高臺) 둘이 서로 엇갈려 있었다. 이들은 큰 눈이 펑펑 내리는 가운데 소리 없이 우뚝 서 있는 모습이었다.

"그해 큰 눈이 왔을 때, 나는 남해에서부터 너의 종적을 쫓아서 제경으로 돌아왔었지."

영혁의 목소리가 조각 속의 눈처럼 차갑게 내려앉았다.

"다급하게 서둘렀는데도 결국 한발 늦었더구나. 그날 너는 정전에서 나와 구룡대를 넘어 옥당대로를 통해서 신수문을 지나고 영녕문을 나서서 제경을 떠났지. 나는 장안문으로 들어와 신수문을 지나고 옥당대로를 통해서 구룡대를 넘어 제경으로 돌아왔다."

영혁의 손가락이 엇갈린 길을 따라서 천천히 움직이며 서로 만나지 못하는 원호를 그렸다.

"이것 보려무나. 한 발짝 차이로, 딱 한 곳 차이로 온전한 원을 이루지 못한 것이야. 완전히 엇갈리고 만 것이지. 언제 다시 바로잡을 수 있을지도 모르겠으니……. 지미야, 앞으로는 우리가 이렇게 엇갈리지 않았으면 좋겠구나."

봉지미의 손가락 역시 소리 없이 그 허망한 길을 훑었다. 성영 군주가 되어 시집을 가던 봉지미 행렬과 흠차 대신으로 갔던 남해에서 제경으로 돌아오던 영혁의 행렬은 서로를 지척에 두고 딴 곳으로 향했었다. 그녀가 희미한 미소를 짓고는 일어서서 기둥을 죽 둘러보았다. 그러더니 오늘 밤 달빛과 배꽃 아래 이 모든 광경을 마음 깊이 새기려는 듯 두 눈을 꼭 감았다. 그가 일어나자, 그녀가 눈을 떴다. 여전히 몽롱한 것 같으면서도 또렷한 눈빛을 하고 그녀가 웃었다.

"내전을 보러 가요."

봉지미가 뒤로 돌더니 앞장서서 안으로 들어갔다. 궁전 내부는 휘황찬란한 비단과 진귀한 물건이 가득 차, 화려함의 극치였다. 그녀는 아까 내전의 절반이 지하에 있다는 영혁의 이야기를 듣고도 그다지 개의치 않았다. 그런데 눈으로 벽을 훑고 나니 바깥에서 본 바닥이 떠오르며 역시 층높이가 다르다는 것이 느껴졌다. 계단으로 가려져 있을 뿐이었다. 이런 일에 정통한 사람이 아니라면 알아채기 어려울 것이었다. 그녀가 내전 아래층으로 내려가기 위한 장치를 찾고 있을 때, 갑자기 정면에 보이는 벽이 이등분 되더니 아래쪽이 천천히 바닥으로 내려갔다. 그렇게 거대한 벽면이 갑자기 땅으로 꺼지니 깜짝 놀랄 수밖에 없었다. 그녀가 뒤로 돌아보며 웃었다.

"하마터면 지진이라도 난 줄 알겠어요."

영혁은 봉지미의 뒤쪽, 달빛이 쏟아지는 곳에 서서 그녀를 향해 웃었다. 그의 주변에는 기댈 벽이 전혀 없었다. 어떻게 벽이 열리는 장치를 조작했는지 알 수 없었다. 그녀는 아무것도 묻지 않고, 벽이 내려간 곳에 나타난 지하를 보며 이야기했다.

"다른 세계가 진짜 있네요."

"장치들이 숨어 있으니까 내가 앞장서마."

영혁은 앞으로 가며 봉지미의 손을 잡아끌었다. 두 사람은 계단을 내려갔다. 몇 계단을 내려가니 서수(瑞獸)*궁을 지키는 상서로운 동물가 새겨진 빨간 대문이 그들을 맞았다. 그가 문을 살짝 밀었다. 내부 구조는 위쪽의 내전과 똑같았다. 더 휑하고 물건이 하나도 없을 뿐이었다. 전투 장면이 수놓아진 거대한 융단이 문 앞에서부터 벽까지 죽 깔려 있었고, 독특한 것은 네 벽의 윗부분을 뚫어서 조각한 것이었다. 그래서 생각보다 어둡지 않았고 은은한 빛이 비쳐들기까지 했다.

"내전의 절반이 지하에 감추어져 있지만, 간접적으로 빛이 들어오게 설계되었지. 외부의 광선이 안까지 들어오고 밖의 소리도 들을 수 있어. 방해받고 싶지 않으면 창을 닫으면 되고."

영혁이 위에 있는 작은 창을 가리켰다. 이 시설을 본 봉지미의 마음속에 한 가지 생각이 스쳤다. 이 궁전은 피난처라기보다는 오히려⋯⋯ 지궁(地宮)*제왕의 묘 지하에 관을 놓는 시설에 더 가깝다. 그렇게 생각하니 헛웃음이 터져 나왔다. 본인이 생각하기에도 황당했다. 천성 황제의 능은 산북도 연호관 밖 연호산 근방으로 이미 정해져 있었다. 지관 수백 명이 찾은 최고의 용맥 자리에 공사가 몇 년째 이어지고 있는데, 어찌 이곳으로 자리를 바꾼단 말인가? 그러고 보니 지궁과는 좀 다른 것 같기도 했다. 그가 혼자 웃고 있는 그녀를 쳐다보며 물었다.

"무엇이 그리 재밌느냐?"

봉지미는 고개를 젓고 양탄자를 피해서 앞쪽으로 걸어갔다. 넓디넓은 대전 한쪽에 휘장이 드리워져 있었다. 그녀가 휘장을 걷자, 벽면 전체가 격자 진열 선반으로 꾸며져 있었다. 진귀한 골동품은 아직 없었고, 정중앙에 술 주전자만 하나 놓여 있었다. 정교하고 보기 드문 모양새가 진귀한 물건 같았다. 영혁이 다가와 웃으며 말했다.

"내가 몰래 갖다 두었다. 이 궁전이 다 지어졌다 해도 언제부터 사용하게 될지는 모르는 거니까. 일전에 좋은 술을 한 병 얻어서 여기 지하에 갖다 놨지. 마실 술이 없으면 여기 와서 마시려고."

"마실 술이 없다니요? 그리고 전하의 그 주량은 말해 뭐해요."

봉지미가 웃으며 주전자에 손을 뻗었다. 영혁이 웃었다.

"너도 탐이 나느냐? 그럼 지금 마시자."

"아무래도 안 되겠어요. 전하가 취하면 제가 업고 나가야 하잖아요."

주전자를 만지작거리던 봉지미가 손을 옮겨 자단으로 만든 격자 선반을 쓰다듬었다.

"이렇게 깨끗한데, 누가 와서 청소하나요?"

"우리가 가고 나면 폐쇄해야지. 폐하께 와서 보시라고 말씀을 올렸는데, 연로하셔서인지 알겠다고만 하시고 오시지는 않으셨어. 여기는 금지 구역이라서 완공되고 나면 폐하의 명으로 이곳에 기용되거나 일부러 파견한 자가 아니고서는 아무도 들어올 수가 없다."

"제가 운이 좋네요. 어쨌든 이렇게 와서 봤으니까."

봉지미가 웃었다. 영혁이 그녀의 머리칼을 쓸며 말했다.

"혹시 모르지. 나중에 네가 기용되면 너의 신분으로 볼 기회가 많을지도."

영혁은 피곤한지 아예 융단 위에 주저앉아 봉지미를 올려다보았다.

"목이 마르는구나. 그냥 여기서 마셔 버리자."

봉지미가 선반에 살짝 기대고는 웃으며 고개를 저었다.

"왜 그렇게 자꾸 술을 마시재요? 안 돼요, 안 돼."

영혁이 봉지미의 반응에 자기 옆자리를 두들기며 말했다.

"그럼 와서 좀 앉아라. 한참을 걸어놓고 피곤하지도 않느냐?"

봉지미가 눈을 치켜떴다. 걷긴 얼마나 걸었다고…… 여태껏 말 타고 와서 여기 잠깐 봤을 뿐인데 어쩜 저렇게 갖가지 핑계를 갖다 대는지 음흉하기 짝이 없다는 생각이 들었다. 그러면서도 그녀는 영혁과 두 척(尺) 정도 안전거리를 유지한 채, 융단 위에 앉았다. 그는 그녀의 방어 태세를 보고는 웃음이 나왔다. 그래도 별말 없이 양팔로 팔베개를 하고 계단 위 융단에 벌렁 드러누웠다.

"서량에서 있었던 일 좀 얘기해 봐라. 영징 그 녀석은 정작 중요한 건 쏙 빼놓고 시시콜콜한 것들만 떠벌이거든. 밀서라고 보내온 걸 보고 있으면 화가 머리끝까지 치민다니까."

"그런 말씀 마세요."

봉지미는 층계참에 기댄 채 고개를 젖혀서 휘황찬란하게 장식된 천장을 올려다보았다. 그러고 나서 서량에서 있었던 일을 간단하게 설명했다.

"전하께서 애지중지하는 그 호위가 몰래 미행하는 것도 모자라 제 그림까지 훔쳤다고요. 아, 그러고 보니 그림은 전하가 갖고 있죠? 돌려줘요, 돌려 달라고요."

영혁이 웃더니 천연덕스럽게 이야기했다.

"그 그림? 위 대인이 친히 그린 작품은 세상 어딜 가도 구할 수가 없잖아. 그래서 특별히 표구까지 해서 내 서재에 걸어 두었지."

봉지미가 '앗'하고 화들짝 놀랐다.

"정말요? 전하의 안목을 비웃는 사람은 없던가요?"

"그럴 리가?"

영혁이 손가락으로 봉지미의 콧등을 쓸어내렸다.

"폐하께서 지난번 내 서재에 오셨을 때, 그 그림을 한참이나 보셨어. 이건 어느 새로운 유파냐고, 눈이 어지럽다고 하시더군. 그때 신자연이 함께 있다가 아주 작정하고 폐하를 속여 넘겼지. 삼청산의 시조 단양자가 직접 그린 걸작이라고 말이야. 동그란 원은 태극이고 원이 많은 것은 태극이 잔뜩 모인 것이라나? 도(道)는 하나를 낳고, 하나는 둘을 낳고, 둘은 셋을 낳고, 셋은 만물을 낳으니, 태극을 전부 깨닫게 되는 날, 신선이 됨을 증명하리니……."

봉지미가 '푸핫' 웃음을 터뜨렸다.

"신 서원장님, 간도 크시네! 군주를 기만한 죄가 무섭지도 않으신가봐요?"

"폐하가 특별히 아끼시니까. 성정이 자유롭고 문인 특유의 기질이 있다는 걸 폐하도 아시니 굳이 문제 삼지 않으시는 것이지. 변방에서 1년 동안 감군으로 봉직했던 것이 꽤 고되었나 보더군. 제경으로 돌아왔는데 반쪽이 되었더라고. 폐하께서 『천성지』만 편찬이 끝나면 바로 내각으로 올린다는 뜻을 비치셨어."

봉지미는 영혁의 이야기를 잠자코 듣고 있었다.

"이번에 네가 서량으로 가서 천성의 위신을 세운 것에 대해서도 말이다. 조정의 몇몇 음흉한 패거리들이 기회를 틈타서 네 작위를 더 높여야 한다고 간언을 하길래 내가 제지했지. 타국에 가서 국위를 선양하는 것은 외교 사절의 당연한 임무이고 내정에 휘말린 것은 죄이니, 오히려 죄를 물어야 함이 마땅하다고 얘기했다. 그랬더니 조정에서 한바탕 논쟁이 벌어지더구나. 결국은 폐하께서 양쪽 의견을 절충해서 공과 과를 서로 상쇄하라고 하셨다. 그래서 네가 자리를 보전하게 된 거다."

봉지미가 눈을 반짝이며 가만히 듣고 있더니 잠시 후 한탄하며 말했다.

"그나마 전하께서 폐하의 심중을 가장 잘 헤아리셨네요. 물러날 때와 나아갈 때를 알고 분별력 있게 나서니 틀림이 없겠지요. 감축드립니다, 전하. 조정에서 더는 적수가 없겠습니다."

"틀렸다."

영혁의 대답에 봉지미가 깜짝 놀랐다. 이윽고 그의 웃음 섞인 목소리가 이어졌다.

"내 적수가 될 사람이 하나 있지."

웃을 듯 말 듯, 영혁의 눈가가 요동쳤다. 눈치 빠른 봉지미는 그게 누군지 묻지 않고, 눈길을 거두며 얼렁뚱땅 화제를 바꾸었다.

"이번 일은 전하께서 절 도와주셨는데, 제가 어떻게 감사를 드려야 할까요?"

"감사라……."

말끝을 흐리던 영혁이 갑자기 손바닥을 치며 큰소리를 질렀다.

"뭐야!"

영혁이 손바닥을 치는 동시에 봉지미 역시 아래쪽에 진동을 느꼈다.

바닥이 기우뚱하면서 몸이 자기도 모르게 영혁 쪽으로 넘어갔다. 깜짝 놀란 그녀는 무의식적으로 허리춤의 연검을 뽑으려 했다. 하지만 손이 허리에 닿은 순간, 갑자기 나타난 다른 손에 제압을 당하고 말았다. 그 즉시 몸이 축 늘어지면서 누군가의 가슴팍에 '퍽' 하고 부딪혔다. 부딪힌 순간, 그에게 속았다는 것을 깨닫고 어떻게든 빠져나가려 몸을 버둥거렸다. 그러자 재빠른 몸짓으로 그녀를 손에 넣은 그가 웃으며 이야기했다.

"…… 어떻게 감사하냐고? 음…… 몸과 마음을 다 바치는 게 어떨까?"

영혁의 손가락이 허리의 연마혈을 짚은 것이었다. 봉지미는 자신의 흐물흐물한 몸이 그의 몸 위로 녹아내리지 않도록 필사적으로 노력했다. 팔꿈치로 그의 가슴팍을 밀어내면서 얼굴이 빨개지도록 원망의 말을 쏟아냈다.

"못 본 반년 사이에 더 무뢰한이 되셨습니다."

그러자 영혁이 갑자기 한숨을 쉬었다.

"군자처럼 굴면서도 여인의 마음을 뺏을 수 있다면, 어느 사내가 무뢰한이 되길 바라겠느냐? 나도 어쩔 수 없지 않으냐?"

기가 차서 웃음이 나왔다. 봉지미는 고개를 끄덕이며 말했다.

"그래요, 그래. 다 저 때문입니다. 참으로 송구스럽습니다."

영혁이 고개를 끄덕끄덕했다.

"괜찮다. 괜찮아."

봉지미의 몸이 속절없이 땅으로 곤두박질쳤다. 하지만 아래에는 영혁의 가슴이 버티고 있었다. 이대로 무너져 내렸다가는 네가 품을 파고들었다고 생사람을 잡을 것이 뻔하니 벗어나려 안간힘을 쓸 뿐이었다. 하지만 그는 아이를 달래는 사람처럼 그녀의 어깨를 토닥이며 눈썹을 치켜뜨고 웃었다.

"성내지 말고 기분 풀어. 나는 너 생각해서 앉으라고 한 건데, 네가 자리를 잘못 잡았구나. 거기 마침 비밀 장치가 있느니라. 잠깐 앉으면 괜찮은데, 오래 앉아 있으면 널이 뒤집혀서 함정 안에 빠지는 장치다."

봉지미가 고개를 돌려보니 정말로 옥 계단이 반쯤 무너져 내리고 없었다. 그러자 그녀는 더 화가 났다.

"아니, 그럼 시간까지 계산해서 저를 갖고 논 겁니까!"

영혁은 그저 웃으면서 봉지미의 손가락 하나하나를 오므려 감쌌다. 그녀는 그가 무엇을 하는지 몰라 당황스러웠다. 그는 그녀의 손을 조심스레 오므려 주먹을 쥐게 만든 후, 자신의 가슴팍을 한 대 쳤다.

"자, 때려라."

봉지미는 이러지도 저러지도 못하고 주먹만 노려보았다.

"전하, 오늘 아주 신이 나셨네요."

영혁이 갑자기 웃음기를 거두더니 봉지미의 주먹을 움켜쥐고 정색하며 말했다.

"그런가? 너는 재미없어 하는 것 같구나. 넌 항상 그렇게 이성적이기만 하잖느냐? 방금은 정말 네가 그랬으면 싶더구나. 연인이 친 장난에 속아 넘어간 보통 여인들처럼 노발대발 화를 내고, 낭창거리면서 주먹으로 때리는 것 말이다."

주먹을 바라보는 봉지미의 눈빛에는 왠지 모를 막막함이 묻어났다. 그녀의 눈치를 살핀 영혁의 눈에도 안타까움이 스쳤다.

"오늘 밤만은 너와 내가 보통의 뭇 남녀처럼 되길 바랐는데, 너는 몰입이 안 되나 보구나."

봉지미는 억지로 웃었다.

"자질이 미천하고 우둔해서 연극에는 재주가 없습니다. 어쩔 수가 없지요."

영혁은 봉지미에게 눈을 흘겼지만, 더는 반박하지 않고 그녀의 손을 놓아주었다. 그러다가 그녀를 자기 옆으로 보내 껴안았다.

"잠시 누워 있거라. 너랑 같이 보고 싶은 게 있으니……."

봉지미가 고개를 젖히더니, '어' 하고 소리를 냈다. 조금 전까지 용 아홉 마리가 여의주를 희롱하던 화려한 천장의 모습이 바뀌어 있었다. 정중앙에 자리 잡은, 족히 열 척은 될 것 같은 거대한 '구슬'이 투명하게 변한 것이다. 이 투명한 구슬을 통하면 위층 대전의 천장이 그대로 보였다. 위층 천장에도 역시 어느새 투명하고 둥근 천장이 나타나 회전하고 있었다. 달빛과 별빛이 그 둥근 천장을 따라서 뱅글뱅글 돌며 아래쪽의 투명한 천장 안으로 쏟아져 들어왔다. 지궁의 썰렁하던 벽이 무수히 흩뿌려진 빛 조각으로 반짝였다. 지금 보니 벽에는 같은 빛깔의 보석이 수도 없이 상감되어 있었다. 하늘의 빛이 보석에 반사되어 어지럽게 뒤섞였다. 대전은 별빛으로 찬란하게 반짝거리고 달빛이 환히 내려앉았다. 사방에서 빛줄기가 뒤엉키고 아름다운 색채의 향연이 펼쳐졌다. 그 속에 있으니, 마치 천궁(天宮)에 와 있는 듯했다. 광채가 어지럽게 떠도는 눈부신 광경을 보자, 오래도록 강산을 떠돌며 많은 구경을 한 그녀마저도 어안이 벙벙할 수밖에 없었다. 그녀는 거의 넋을 잃은 채, 빛과 빛이 교차해 빚어진 흐릿하고 몽환적인 모습을 바라보았다. 아름답게 움직이는 빛무리의 궤적을 뒤쫓느라 감탄하는 것도 잊어버릴 정도였다.

영혁은 웃는 낯으로 봉지미를 품에 안았다. 형형색색으로 빛나는 별천지에는 눈길조차 주지 않고 그저 웃음을 머금은 채, 그녀의 얼굴만 살폈다. 시종일관 평온한 표정만 짓던 그녀도 지금 이 순간만큼은 다른 여인들처럼 놀라움과 기쁨으로 가득한 얼굴이었다. 별, 달, 보석의 빛이 그녀의 얼굴을 아름답게 비추었다. 그녀의 얼굴에 나타난 환희 역시 별빛처럼 환하고 아름다웠다. 그의 눈가에서 안타까움과 측은함이 묻어났다. 함께 한 지 수 년째인데 그녀의 얼굴에서 이런 즐거운 표정을 본

것은 처음이었다. 이름난 장인을 찾아다닌 것이 전혀 헛되지 않은 결과
였다. 그는 직접 산북까지 내려가, 산과 들에서 은거한다는 명장을 초청
해 왔다. 석 달 동안 밤샘 작업을 한 끝에 신화에서나 나올 법한 환상적
인 대전이 완성되었다. 그녀를 한 번 웃게 하고 싶었다. 그게 어찌나 힘
이 드는지, 강산을 뒤집는 것만큼 바꾸기가 힘들었다.

　밤이 깊어 고요했다. 대전 역시 깊은 고요가 내려앉았다. 몸은 지하
에 있지만, 달빛과 별빛 속을 부유하는 느낌이었다. 매끄러운 비단인 듯
반짝이는 물결인 듯, 온 사방에 광채가 가득했다. 둘은 빛의 바다에서
서로를 꼭 껴안은 채, 놀라운 광경을 응시했다. 침묵이 흐르는 가운데,
구름 위에 오른 듯 즐거움으로 가득한 두 사람이었다.

파파야 선물

서량에서 돌아온 후, 봉지미는 예전처럼 예부 상서를 맡았고 평온한 한때를 보냈다. 조정에서는 위지가 예부 상서 자리에 오래 있지 않을 거라는 소문이 돌았다. 관례대로라면 상서 자리에 오른 후, 봉강 대사(封疆大吏) *각 지방의 장관 로 각 지역을 맡고 돌아와야 내각으로 순조롭게 진입할 수 있기 때문이었다. 위지는 관직에 오른 후 줄곧 제경에서만 머물고 지방으로 부임한 적이 없었으니, 이제 모두의 관심은 그가 어디로 가게될지에 쏠려 있었다. 그러나 정작 봉지미 자신은 어디든 개의치 않았다. 굳이 고른다면 산남도(山南道)로 가길 원했다. 과거 산남도에서 벌어진 '녹림 작당 사건'은 아직도 의문점이 너무 많이 남아있었다. 그 사건 이후 뿔뿔이 흩어진 항 씨 집안에서 우두머리는 도주하고 잔당들이 깊은 산으로 몰래 숨어들었다고 하니, 그들을 만날 수 있다면 이야기를 나눠 볼 수 있겠다 싶었다.

봉지미는 제경으로 돌아온 후 한동안 일부러 바쁘게 지냈다. 황묘가 가까이에 있었지만, 돌아온 첫날에만 의례적으로 한 번 방문했을 뿐, 그

외에는 쳐다도 보지 않았다. 소녕을 다시 만났을 때, 봉지미는 깜짝 놀라고 말았다. 그녀는 말수가 적고 생기 없는 여인이 되어 있었다. 예전 같은 활발함을 더는 찾아볼 수 없었다. 간혹 눈빛에서 열정이 비치는가 싶다가도, 정신이 딴 데 팔려 있는 사람처럼 종잡을 수가 없었다. 봉지미는 경비를 떠올렸다. 자신이 서량으로 떠날 때, 경비가 갓 임신했었는데 지금은 어떻게 지내고 있는지 궁금했다. 그런데 어쩐 일인지 소녕의 거처에서도 경비의 종적은 찾을 수가 없었다. 사실 봉지미가 제경에 돌아오자마자 한 일은 자신의 저택 우물가를 살피는 것이었다. 그녀는 우물 입구의 푸른 대리석에 손톱으로 눌러 '황묘'라고 새긴 직후 서량으로 떠났었다. 그녀가 남긴 두 글자가 어떻게 되었는지 궁금했던 것이다. 대리석을 살펴보니 이미 매끈하게 닳아져서 글자가 있었던 흔적조차 보이지 않았다. 누가 지워 버렸는지…… 과연 영혁이 거기 새겨진 글자를 보았는지 도무지 알 수 없었다.

한동안 그렇게 바삐 움직였더니 금세 몇 달이 지나갔다. 초여름이 다 가왔고, 혁련쟁이 초원에서부터 포도를 광주리째 보내왔다. 삼베 종이로 곱게 싸서 발이 빠른 말로 밤낮없이 달려 제경까지 보내온 것이다. 껍질에는 촉촉한 물기가 아직도 남아 있었다. 상큼함이 가슴 속 깊이 전해질 정도로 달았다. 봉지미는 포도를 먹으면 먹을수록 더 빠져들었다. 문득 고남의와 지효가 곁에 있는 듯 느껴졌다. 도련님은 포도를 먹을 때면 느릿느릿 껍질을 벗겨서 무심한 듯 지효의 입에 넣어 주고, 그녀에게도 가끔 하나씩 건네주었다. 그러면 지효는 아버지의 무릎에 기대어 손에 묻은 포도즙을 봉지미의 무르팍에다가 흥건하게 닦았었다. 포도즙 한 방울이 무릎에 떨어진 순간, 그녀는 화들짝 깨어났다. 온 방을 희미하게 채운 등불 아래, 벽에 비춘 외로운 자신의 그림자를 발견하고는 길고 긴 한숨을 쉬었다. 그러고 나니 고독의 맛이 뼈에 사무쳐왔다. 그렇게 맛있던 포도의 맛이 새삼 느껴지지 않았다. 조심스레 포도를 다시 싸서 서량에 보내려고 준비했다. 그런데 의외로 세심한 혁련쟁이 그녀에게 편지를 보내왔다. 서량에도 포도를 보냈다는 것이었다. 그녀는 사람을 시켜 호두를 사서 서량으로 보냈다. 서량에도 호두가 있지만, 도련님이 제일 좋아하는 것은 분명 제경의 호두일 테니 말이다. 도련님도 그녀에게 자주 편지를 보내왔다. 하지만 매번 지필묵을 어찌나 아끼는지, 정말 눈물이 앞을 가렸다. 손바닥만 한 종이에 쓰인 글자 수가 열 손가락으로 세어도 충분할 만큼 고도로 농축된 요점 정리였다. 예를 들어 호두를 받은 후에 온 편지에는 이렇게 쓰여 있었다.

"받았음. 맛있음. 보고 싶음."

언제나 고남의의 편지에서 맨 마지막 네 글자는 바뀌지 않았고, 앞의 내용은 봉지미가 쓴 편지 내용에 따라 달라졌다. 이를테면 봄에 보내온 편지는 이런 식이었다.

"복숭아꽃이 피었음. 보고 싶음."

"살구꽃이 피었음. 보고 싶음."

여름이면 두말할 필요도 없이 '연꽃이 피었음. 보고 싶음.', '연밥이 영글었음. 보고 싶음.' 등등이었다. 봉지미는 서량과 제경의 서신 전달을 맡은 연락 담당이 불쌍하기도 했다. 수천 리나 되는 길을 죽자사자 달려온 이유가 바로 이 판에 박힌 듯 똑같은 편지 때문이라니……. 고남의의 편지는 분류하고 표시해 놓기도 쉬웠다. '보고 싶다1', '보고 싶다2', '보고 싶다3', 이렇게 순서에 따라 번호만 매기면 되었다. 다 먹지 못한 포도는 우물물 속에 담가 두었다. 그의 편지가 17번에 이르렀을 때, 그녀는 의외의 선물을 받게 되었다. 물건 자체는 별 것 없었다. 그냥 남방에서 나는 과일이었다. 그런데 과일을 보낸 사람이 좀 의외였다. 장녕의 왕야 노지언이었다. 노지언은 섭정왕을 막고 시간을 끌던 그날 이후, 곧바로 서량을 떠났었다. 그리고 그녀에게는 아직도 그가 소원을 들어주기로 한 두루마리가 두 장 남아 있었다. 그가 잡아뗄 일은 없겠지만, 서량에서 있었던 두 사람의 거래를 떠올리면 사실 썩 유쾌하지는 않았다. 그런데 아닌 밤중에 웬 선물? 설마 선물의 탈을 쓴 폭탄 같은 건 아니겠지? 그녀는 가지런히 포장된 과일을 보다가 장난이라기엔 과하다 싶어 선물을 열어 보았다. 엄청 큼지막하고 옹골찬 파파야가 한가득 들어 있고, 그 사이에 종이가 한 장 끼워져 있었다. 그녀가 종이를 펼쳐 보니 노지언의 글씨체가 눈에 들어왔다. 본인 성격과 똑같이 활달하고 힘찬 필체였다. 글자 획 하나하나가 종이 끝을 향해 날아오를 듯 뻗어 있었다. 그런데 정작 글자는 몇 자 없었다. 한눈에 쪽지를 읽은 그녀는 부아가 치밀었다.

"미인이 내 가슴에 새겨 질 기억들을 선물했으니 나는 이 파파야를 보답으로 드리는 바이오. 남방에서 난 최고의 파파야입니다. 가슴을 풍만하게 하는데 뛰어난 효능이 있지요. 그대의 가련한 가슴이 더는 상처받지 않기를……."

"……."

봉지미가 이토록 이성을 잃은 적은 처음이었다. 그녀는 쪽지를 '좍좍' 찢어발기고 말았다. 파파야까지 뭉개 버리고 싶었지만, 애꿎은 파파야에 화풀이해서 무엇하겠는가? 사람을 시켜 우물가로 가져가라고 했다. 물에 담가 차게 해서 먹을 셈이었다. 화는 나면 날수록 더 빨리 식혀야 하니까. 파파야가 시원해지기를 기다리면서 냉정함을 되찾은 그녀는 아랫사람에게 별일 없더라도 '광기 식료품점'에 자주 들러 지켜보라고 분부했다. 그리고 가는 김에 '쌍희 전장(双喜钱庄)'의 영업이 어떤지도 잘 감시하라고 했다. 광기 식료품점은 노지언이 알게 모르게 운영하는 거점일 뿐이었고, 후자야말로 그가 천하를 휘어잡으려는 욕망을 감춰 둔 어둠의 소굴이었다. 그녀는 파파야를 받았으니 경고로 되갚음을 해야 했다.

'네가 숨기고 있는 그 세력과 돈의 출처를 내가 모른다고 생각하지

마라.'

우물가에서 물속에 잠겨 빙글빙글 돌던 파파야에서 향기가 진하게 났다. 봉지미는 그중 하나를 거칠게 집어 들고 우물 속으로 던져 버렸다. 그런데 으레 들려야 할 '풍덩' 하는 물소리가 아니라 '아야' 하고 웃음 섞인 목소리가 들려오는 것이 아닌가? 소리를 들은 그녀는 우물 파고드는 사람이 또 왔다고 생각해 얼른 일어났다. 아니나 다를까 영혁이 슬며시 웃으며 솟아올라 왔다. 그는 입에 포도를 물고 한 손에 파파야를 하나씩 받쳐 들었다. 그가 포도를 씹으며 말했다.

"맛이 괜찮군. 파파야도 좋아 보이고."

봉지미는 영혁이 파파야를 가슴 앞에 손으로 받치고 있는 모습을 보고는 얼굴부터 귀까지 시뻘겋게 달아올랐다. 얼른 뺏으려 손을 뻗었지만, 그가 파파야를 등 뒤로 숨기며 그녀를 자꾸만 훑어보았다.

"아니, 고작 파파야 두 개에 왜 얼굴까지 빨개지느냐? 이까짓 것 두 개가 아까운 게냐? 왜 갈수록 좀스럽게 구는 것이냐?"

영혁은 파파야를 부드럽게 쓰다듬으며 향을 깊숙이 들이마시더니 칭찬을 늘어놓았다.

"남방에서 왔겠군. 보기 드물게 신선하고, 품종도 좋고······."

진지한 태도의 영혁을 본 봉지미는 이 존귀하신 분도 제경에서만 자랐으니 파파야의 효능에 대해서는 모를 것이라는 생각이 들었다. 그제야 얼굴이 진정된 그녀가 목을 가다듬고 웃으며 말했다.

"아깝기는요. 아직 안 씻어서 그래요. 혹시 탈이라도 나실까 봐······."

영혁이 파파야를 한쪽에 놓아두고 눈썹을 치켜뜨며 웃었다.

"네가 나를 이렇게 생각하는 줄 몰랐구나. 나도 보답을 해야지."

그러더니 포도 한 송이를 들어 올려 직접 껍질을 벗겨 봉지미의 입가로 갖다 댔다.

"자."

별빛 아래 영혁의 눈은 맑고 아름다웠다. 눈동자가 반짝반짝 빛을 발하고 있었다. 봉지미는 누구라도 압도당할 그 얼굴을 마주하며 꽃미남은 역시 위험하다는 생각을 했다. 얼른 눈을 피한 그녀는 포도를 받으려고 손을 뻗었다. 그러자 그가 이렇게 말했다.

"손을 안 씻었으니까 입으로 받거라."

봉지미는 '입으로'라는 말에 또 민망해졌다. 영혁을 향해 눈을 치켜뜨려는 찰나, 그가 포도를 이미 그녀의 입술에다가 갖다 대었다. 투명한 포도알의 과즙이 입술에 닿자, 입술 색이 더욱 선명해졌다. 그가 웃으며 말했다.

"입을 안 벌려? 그래. 그럼 포도가 단지 안 단지 내가 한번 먹어 봐야 겠구나."

그러고는 영혁이 다가왔다. 봉지미는 펄쩍 뛰면서 얼른 입을 벌리고 포도를 한입에 꿀꺽 삼켜 버렸다. 하마터면 목에 걸릴 뻔했다. 그는 손가락 끝으로 그녀의 입술을 훑으며 빙그레 웃었다.

"그래야 착하지."

말이 끝나자마자 입술 위에 있던 포도즙을 훔친 손끝을 자신의 입술로 가져가 쪽 빨았다. 그러면서 고개를 틀어 웃으며 봉지미를 바라보았다. 그 순간, 영혁의 웃는 얼굴은 너무나 매혹적이었다. 대낮에 청아하고 존귀한 분위기를 풍길 때와는 완전히 딴판이었다. 야심한 밤에 요염하게 피어난 만다라꽃처럼 낭창낭창 흔들리며 향기를 뿜어냈다. 그녀는 그의 모습에 일순간 봉인이 해제되고 말았다. 내려앉은 밤이 이곳의 울창한 꽃과 나무를 가리지 않았더라면 불타는 그녀의 얼굴도 가릴 수 없었을 것이다. 그녀는 계속 놀림감이 되기 싫어서 포도를 한꺼번에 움켜쥐었다. 그도 그녀를 제지하지 않았다. 그녀가 포도를 한 움큼 쥐고 먹으려 하자, 그가 웃으며 말했다.

"방금은 내가 까서 먹여 줬지 않으냐? 가는 게 있으면 오는 게 있어야지. 네 차례다."

봉지미는 얼굴을 쓰다듬으며 눈을 흘기더니, 목청을 길게 뽑았다.

"알겠습니다……."

그러고 나서는 느릿느릿 포도 껍질을 벗기기 시작했다. 봉지미의 새하얀 손가락 끝에서 영롱한 포도가 과즙을 가득 머금고 파르르 떨렸다. 그녀는 마지막 껍질을 벗겨낸 포도를 누군가의 얼굴에 짓이겨 버리려는 사악한 마음을 먹었다. 그런데 바로 옆 우물가에 앉아 있던 영혁이 갑자기 얼굴을 디밀었다. 그 순간, 그녀의 손이 포도를 꽉 붙잡았고, 포도는 손에서 튕겨 나와 그의 입술에 정확히 떨어졌다. 그는 포도를 한입에 받고는 내친김에 그녀의 손가락까지 입에 쏙 넣어 버렸다. 그녀가 얼른 손끝을 빼내려 했지만, 그가 손가락을 깨물고 놓아주지 않았다. 그의 얼굴이 그녀보다 낮은 곳에 있었다. 생긋 웃으며 물결치는 두눈이 가까이 다가오자, 그녀의 얼굴이 이번에도 여지없이 새빨갛게 달아올랐다. 그가 자기 손가락을 물고 있는 것만으로도 불경한데, 혀끝까지 살짝살짝 스치며 오가고 이가 손가락을 잘근잘근 씹어대니 화끈거리고 근질거려서 견딜 수가 없었던 것이다. 손이 부들부들 떨리는 것을 참을 수가 없었다. 다치든 말든 상관없이 손을 빼내야 했다. 그는 그제야 입을 열고 그녀를 놓아주었다. 손가락을 빼 보니 선명하게 남은 이빨 자국이 눈에 들어왔다. 얼굴이 여전히 달아올랐지만, 아무렇지 않은 척 괜찮은 척 점잖을 빼면서 차분하게 말했다.

"죄송해요. 손을 안 씻어서……."

그러면서 손을 씻었다. 얼음장 같은 우물물로 열을 좀 식히기 위해서였다. 그러자 영혁도 딴청을 피우며 말했다.

"네가 아무리 지저분한 몰골이라도 난 상관없다."

가만히 보고 있던 영혁이 갑자기 봉지미의 손을 잡아당겼다.

"다 씻은 거 아니냐? 그렇게 계속 씻다가 아예 손가락 껍질까지 벗기려고 그러느냐?"

봉지미는 뒤로 돌아서서 손을 탈탈 털었다. 그사이 손수건을 꺼내 들고 있던 영혁이 그녀의 손을 가져다가 꼼꼼하게 닦아 주었다. 부드럽고 상냥하기 그지없는 모습이었다. 기다란 속눈썹이 내리깔린 위로 조각난 달빛이 흘러넘쳤다. 그녀가 그를 힐끔 보더니 곧바로 눈을 피해 버렸다. 그리고 애꿎은 파파야만 쳐다보았다. 그는 그녀의 손을 깨끗이 닦고 손수건을 품 안에 챙기더니 웃으며 말했다.

"방금 호윤헌에서 오는 길이다. 폐하는 정말로 너를 외지로 보내려는 마음이신 것 같은데…… 가고 싶은 곳이라도 있느냐?"

봉지미가 곰곰 생각하더니 대답했다.

"당연히 좋은 곳으로 가고 싶지요. 전하도 아시다시피 제가 어디로 부임하든, 내각으로 들어가기 위한 준비 과정일 뿐이 아닐는지요. 그렇다면야 열악한 곳을 다스리라고 보내지는 않으실 테니…… 강회가 괜찮을 듯싶습니다. 제경에서도 가깝고요."

"꿈도 크구나."

영혁이 실소했다.

"그곳은 천하에서 제일 풍요로운 곳이다. 비옥하기로 치면 그만한 부임지가 없겠지. 그러면 나더러 너 때문에 한판 싸우라는 것이냐?"

"황제 폐하께서는 근래 들어 조운을 다스리기 위해 제경에서 강회까지 운하를 개설하려 하시지 않습니까?"

봉지미가 미소 지었다.

"전하께서 호부와 공부 둘 다 관장하고 계시니, 이번 운하 개설 공무는 아마 전하께 낙점되겠지요. 그러니 강회도의 현 포정사를 트집 잡을 궁리를 해 보세요. 그런 다음 저로 바꾸면 되죠."

"허허, 이 여인네는 도대체 언제까지 사람들에게 그런 수작을 부리려고 하시는지……?"

영혁이 봉지미의 머리를 톡톡 치며 말했다.

"알았다. 어떻게든 해 보마. 내 마음 같아서는 굳이 제경을 벗어날 필요가 있나 싶다. 너는 이미 전례를 깨트린 적이 많으니, 하나쯤 더 하는 것이 뭐 그리 대수이겠느냐? 나는 네가 곁에 가까이 있었으면 한다. 언젠가 혹시라도 날아가 버리지 못하게 말이지."

봉지미가 방긋 웃으며 말했다.

"소신의 날개는 전하의 손바닥에 꽉 매여 있는걸요. 오라시면 오고 가라시면 가야지요."

영혁이 미소 지으며 봉지미에게 눈을 흘겼다.

"내가 보기엔 오히려 그 반대가 맞는구나. 내일 해야 할 일이 있으니 이제 돌아가마. 일찍 쉬거라."

봉지미는 잠시 머뭇거렸지만 더는 덧붙이지 않았다. 눈치 빠른 영혁이 걸음을 멈추고 돌아서서 그녀에게 물었다.

"나한테 하고 싶은 말이 더 있는 것 같은데?"

"아닙니다."

봉지미가 뜸을 들이다 턱을 들어 한쪽을 가리켰다.

"이번에 돌아와 보니 소녕 공주가 아주 조용해졌던데요. 제가 없는 동안 무슨 일이 있었는지 궁금해서요."

봉지미가 시선을 아래로 떨구어 원래 이름을 새겼다가 지금은 매끈해진 우물 입구를 보았다. 사실 진짜 묻고 싶은 것은 여기에 있던 두 글자였다.

"소녕이 좀 이상하긴 하지. 그런데 네가 제경을 떠나고 나서 황묘에 계속 있지를 못하더구나. 기분전환을 한다며 산북도로 내려갔어. 천하에서 제일 큰 사찰이라는 덕조사에 가서 선종 칠조(七祖)인 지원 대사의 불상에 참배하겠다고 말이야. 거기서 한참을 머물더니 네가 돌아오기 얼마 전에야 제경으로 돌아왔다."

봉지미는 어리둥절했다. 속으로 불안한 생각이 스쳤지만 애써 웃으며 말했다.

"진짜 불도에 전념하기로 한 거라면 잘됐네요. 그 불같은 성격이 항상 걱정스러웠거든요. 소녕 공주가 휘두른 칼에 다친 전언은 그때 생긴 고질병이 아직도 말끔하게 낫질 않았어요."

"전언이 이번에 서량에 가서 서류 정리를 잘해 주었더구나. 괜찮은 자리가 나면 전언을 좀 챙겨 주라고 이부에 얘기해야겠다."

영혁이 건성으로 대답했다. 그러고는 다른 일이라도 있는지 우물 입구에서 얼른 내려와 비밀 장치를 누르려고 했다. 봉지미는 배웅하려고 자기도 모르게 자리에서 일어났다. 그런데 그가 우물 안으로 몸을 숨기다가 갑자기 그녀 가까이 다가오더니 귓가에 속삭였다.

"음…… 파파야가 여자 몸에 참 좋아. 개구리하고 같이 넣고 찌면 더 효과가 커지지. 너도 잘 알겠지만……."

"……."

우물 입구가 조용해지자, 봉지미는 우물 옆에 잠시 앉았다. 짜증이 가슴 깊은 곳에서부터 솟구쳐 파파야를 우적우적 씹다가 벌떡 일어서서 뒷골목을 통해 황묘로 향했다. 밖으로 뛰쳐나가면서 아랫사람에게 따라오지 말라는 손짓을 했다. 황묘 같은 곳에서 여럿이 다니다가는 발각되기 딱 좋기 때문이었다. 황묘 안은 조용했다. 벽 너머로 공주의 거처를 살폈지만, 어둡고 아무런 기척도 없었다. 조금 더 가까이 가 보려는 순간, 뒤에서 바람이 이는 소리와 함께 누군가가 재빠르게 다가왔다. 가슴이 철렁한 그녀는 얼른 뒤로 물러섰다. 하지만 상대는 그녀보다 더 빨랐다. 바늘 같은 예리한 것이 '쌩' 하고 다가오는 소리가 들리는가 싶더니, 무언가가 뒤통수를 그대로 공격한 것이다!

상대의 실력은 상상 밖이었다. 봉지미는 이 정도 수준의 무공을 쓰는 사람을 고남의 말고는 본 적이 없었다. 그녀는 뒤로 넘어지는 통에

벽 위에서 땅바닥으로 그대로 곤두박질치고 말았다. 그사이 상대는 공중을 갈랐다. 검은 옷자락 안에 선홍색 빛이 번뜩이는 것이 희미하게 보였다. 그녀가 몸을 일으키려는 순간, 그 쌩하는 소리가 다시 들려왔다. 그녀가 당황하며 자꾸 뒷걸음질을 쳤다. 그녀도 경공이라면 뒤지지 않았지만, 상대의 몸놀림이 전광석화와 같았다. 소리가 쉴 새 없이 들려오는 사이, 두 사람은 쫓고 쫓기며 어느새 황묘를 벗어났다. 한참을 달아나던 그녀가 어느 골목을 돌아나가는 찰나, 뒤를 끈질기게 따라오던 바람 소리가 갑자기 멈추었다. 어둠 속에서 뒤를 돌아보았지만, 지나온 길은 그저 썰렁할 뿐이었다. 살짝 젖은 땅바닥에서 푸른 수증기만 일렁일 뿐, 사방에서 사람 그림자라고는 전혀 찾아볼 수가 없었다. 죽일 것처럼 달려들던 추격자와 펼친 생사가 오가던 위험한 상황이 마치 한바탕 꿈인 것만 같았다. 멍하니 선 그녀의 등줄기로 식은땀이 줄줄 흘러내렸다. 어디선가 갑자기 나타나 뒤를 쫓더니 또 순식간에 사라져 버리다니…… 도대체 무슨 의도였던 건지 정말 이상했다.

사방을 둘러보던 봉지미는 황묘를 한참 벗어났다는 것을 깨달았다. 주위 건물을 보니 제경 남쪽의 불야화시(不夜花市)인 것 같았다. 게다가 멀지 않은 곳에 보이는 곳은 바로 예전에 술을 마셨던 연지강이 아닌가? 그녀는 멍하니 서 있었다. 찬바람이 씽씽 불어왔다. 이런 시각에 더군다나 방금 그 난리를 쳤으니, 보통 사람이라면 당장 집으로 돌아갔을 것이다. 하지만 매사에 궁금한 점이 많은 그녀는 곧바로 돌아갈 생각이 없었다. 천천히 걸어, 오래전 혼자 술을 마셨던 바위 부근까지 갔다. 잠시 생각에 잠겨 앉아 있던 그녀가 우연히 고개를 들자, '난향원'의 간판이 눈에 들어왔다. 이곳은 그녀가 가출한 직후, 처음 머물렀던 은신처였고, 사람들과 꽤 친해졌던 곳이기도 했다. 그녀는 문득 인아가 보고 싶었다. 언홍이나 취아라도 좋았다. 그녀들이 어떻게 지내는지 보고 싶었다. 당연히 정문으로 당당히 들어갈 수는 없다. 다행히 그녀는 난향원의 숨겨진 뒷문에 아주 익숙했다.

봉지미는 일어나서 위지의 가면을 벗었다. 그래도 복장은 여전히 남자였고, 항상 하던 누런 얼굴이 남아 있었다. 난향원 후문을 두드리려는 찰나, 뒤에서 다급한 발소리가 들려왔다. 얼른 한쪽으로 숨은 그녀의 눈에 들어온 것은 인아가 한 할멈을 끌고 다급하게 다가오는 모습이었다. 초여름 날씨에 얼굴이 땀범벅이 된 인아의 표정은 몹시 절박해 보였다. 여자 몇 명이 그녀를 뒤따르고 있었다. 하나같이 자태가 곱고 용모가 빼어났다. 어둠 속에 숨어 있던 봉지미가 문득 난향원 아가씨들 수준이 언제 저렇게 높아졌나 생각했을 정도였다. 일행은 황급히 문을 밀고 들어갔다. 문은 처음부터 잠겨 있지 않았다. 조금 전까지 아무도 없는 것 같았던 문 뒤에서 누군가가 말했다.

"왔어? 서둘러!"

그렇게 사람들이 문으로 들어가고, 안쪽에서 사람들의 그림자가 왔다 갔다 하더니 문이 닫혔다. 안에서 분주한 발걸음 소리가 희미하게 들려왔다. 누군가가 투덜거리는 소리도 들렸다.

"이 할망구가 뭐가 그렇게 대단하다고, 훨씬 더……."

투덜대는 그 사람을 제지하는 인아의 차가운 목소리가 이어졌다.

"그만해! 어쨌든 마마의 목숨이 중요하잖아!"

그녀들의 발소리를 듣던 봉지미가 갑자기 바닥에 엎드렸다. 주의 깊게 들어보니 과연 평지를 걷는 소리가 아니었다. 그녀들이 점점 지하로 접어드는 것 같았다.

'지하 통로?'

봉지미는 난향원의 배치를 떠올렸다. 그녀가 각종 장치를 활용하는 기술을 배운 것은 종신이 그녀에게 신비한 책을 준 이후부터였고, 그 이후 그녀는 난향원을 떠났다. 그래서 이곳에 대해서는 수상한 점을 전혀 눈치채지 못했었다. 지금 인아가 이야기한 '마마', 사람들의 다급한 표정, 그리고 지하 통로를 종합해 생각해 보던 그녀의 마음속에 갑자기 무언가가 번뜩 떠올랐다. 저택에서 쫓겨났을 때 일어난 수많은 일이 겉보기에는 대수롭지 않았지만, 사실은 모두 누군가의 주도면밀한 계획 하에 일어난 일이었던 것이다. 영혁은 그때 이미 봉 씨 오누이를 목표로 정했다. 그러니 추가 저택에서 처음 마주친 것도 우연이 아니었고, 눈 오는 밤 다리에서 마주친 것 역시 우연히 일어난 일이 아니었다. 난향원에서 만난 것도 당연히 그럴 수는 없었다. 칠흑 같은 어둠 속에서 한참 소리에 귀를 기울이던 그녀는 벌떡 일어나서 주위의 지형을 주의 깊게 살펴보았다. 그러고는 나무 위로 도약해 사방을 둘러보며 계산을 해 보았다. 잠시 후, 그녀의 몸이 훌쩍 날아올랐다. 아무 소리도 흔적도 없이 나무 끝을 스치던 그녀가 좁은 골목을 돌아 어느 민가 앞에서 착지했다. 짐작이 틀리지 않는다면, 바로 여기가 그 지하 통로의 출구일 터였다. 출구 근처 곳곳에 비렁뱅이 같은 사람들이 있었다. 유심히 관찰했지만, 진짜 거지들이었다. 그녀는 혼자 잠을 자는 거지 옆으로 다가가, 그의 옷이 감당할 수 있는 수준인지부터 먼저 살펴보았다. 그런 다음 그를 쿡쿡 찌르며 말했다.

"어이, 형씨, 그 옷 한 벌만 살 수 있을까요?"

그러면서 작은 은자 한 조각을 내밀었다. 거지는 두 눈을 반짝이며 은자를 받아 깨물어 보더니 후다닥 옷을 벗어 놓고는 두말하지 않고 어둠 속으로 사라졌다. 주루 근처에서 떠돌며 구걸하는 사람이라 그런지 이상한 사람들을 많이 만나 본 모양이었다. 갑작스럽게 말도 안 되는 요구를 했는데 놀라기는커녕, 돈도 마다하지 않았다. 봉지미로서는 수고를 던 셈이었다. 그녀는 코를 움켜쥔 채, 새까맣게 때가 끼고 낡은 홑저고리를 입었다. 머리는 산발로 풀어 헤쳐 얼굴을 가렸다. 가면도 없이 나왔으니, 거지인 척하는 수밖에 없었다. 여기는 매일 구걸이나 하는 비렁뱅이들뿐이니 그편이 사람들의 주의를 덜 끌 것이었다. 그녀는 깨진 항아리 뒤에 쭈그리고 앉아, 있지도 않은 이를 잡는 척하면서 안쪽의 동정을 살폈다. 안에서는 아무런 기척이 없는데, 밖에서 갑자기 바람 소리가 일었다. 바람뿐만이 아니었다. 밝은 빛도 번뜩였다. 검광이었다. 이 곳은 조용하고 어두운 골목 안이었다. 바로 근처의 휘황찬란한 불야성과는 완전히 대조를 이루었다. 하지만 그곳의 오색찬란한 빛이 비치면, 여기도 희미하게나마 빛이 스쳤다. 그래서 방금도 검광이 나타난 것이었다. 멀리서 불꽃이 터지면 잠깐 빛이 비치듯, 자욱한 어둠 속 눈발처럼 잠시 반짝였을 뿐이지만, 아주 작게 소리도 났다.

봉지미는 두 번째 검이 날아들고 피비린내가 퍼지고 나서야 소스라치게 놀랐다. 그녀는 깨진 항아리 틈으로 조심스럽게 훔쳐보았다. 검은 옷을 입고 몸놀림이 재빠른 사람들이 어느샌가 골목 안에 나타났다. 그들은 골목 안을 누비고 다니며 검을 뿌렸고, 골목 안에서 잠을 자던 거지들이 전부 비명 소리 한번 지르지 못하고 죽어 버렸다. 그녀의 가슴이 덜컥 내려앉았다. 지금 여기를 떠나려 한들 이미 늦었다. 저들의 무공을 보아하니 어찌어찌 도망갈 수는 있겠지만, 그랬다가는 저들에게 경계심을 심어 줄 것이었다. 그녀는 아까 황묘에서 자신을 몰아붙였던 고수를 기억해냈다. 모험하기엔 위험했다. 그래서 항아리 뒤에 몸을 움츠리고 꼼짝도 하지 않았다. 그녀의 몸집이라면 숨기에 좋았다. 하지만 그들은 단 하나의 목숨도 살려 놓지 않겠다는 듯, 날렵한 발걸음으로 바로 앞까지 다가왔다. 항아리 뒤의 그녀를 발견한 눈에서 악랄한 빛이 번뜩였다. 기다란 검이 살아 있는 뱀처럼 '슉' 소리를 내며 그녀의 가슴에 와 박혔다. 그는 자신의 실력에 자신이 있는 듯 일격에 목적을 달성하고는 일말의 망설임도 없이 돌아서서 가 버렸다. 그의 손에 들려 아래로 뻗은 검 끝이 어둠 속에서 희미하게 빛났다. 끄트머리에서는 선홍빛 액체가 천천히 떨어져 내렸다. 꼼짝 않고 항아리 뒤에 움츠리고 있는 그녀는 영락없이 비명횡사한 거지꼴이었다. 품 안의 파파야 반쪽에서 향기로운 내음이 났다. 그녀는 갑자기 허기가 졌다. 주변이 이미 깨끗하게 정리된 모양인지, 말발굽 소리가 들리고 그들이 누군가를 맞이하러 갔다. 그녀는 살짝 고개를 돌려 깨진 항아리 틈 사이로 훔쳐보았다. 유유히 다가온 붉은 말 한 마리가 눈에 들어온 순간, 그녀의 가슴이 쿵쾅거렸다.

'대월의 최상급 말이다!'

시선을 위로 향하니, 말 위에 앉은 사람이 갑자기 허리를 숙이고 아래를 내려다보았다. 별빛 아래 나타난 것은 백옥처럼 영롱하고 수려하기 그지없는 익숙한 얼굴이었다. 크고 반짝이는 눈에는 살기가 서려 있었다.

'소녕!'

소녕은 말을 세우고, 지하 통로의 출구인 민가를 보면서 느릿느릿 입을 열었다. 바람 소리에 말소리가 섞여 어렴풋이 들려왔다.

"…… 깨끗이 처리했지?"

검은 옷을 입은 이들이 정중하게 허리를 숙였다. 소녕은 만족한 듯 고개를 끄덕이며 민가를 가리켰다.

"얼추 때가 됐다. 여기는 아무도 모를 거야. 나오시면 어서 빨리 모셔 가거라."

"네."

소녕이 이맛살을 찌푸리며 바닥을 보았다.

"이 시체들은 다 치워라. 안 그러면 내일 제경부하고 구성병마사가 또 걸고넘어질 테니."

그들은 명령에 따라 시체를 끌고 가기 시작했다. 봉지미는 이러지도 못하고 저러지도 못하고 좌불안석이었다. 이렇게 끌려갈 수는 없었다. 어쨌든 무슨 일이 벌어졌는지는 알 것 같았다. 오늘 밤에 경비의 출산이 임박했고, 무슨 연유인지는 모르겠지만 궁이나 황묘가 아닌 난향원의 지하 통로에서 몸을 풀었다. 소녕은 경비가 나올 시간에 맞추어 경비를 데리러 온 것이다. 봉지미는 날짜를 꼽아보았다. 원래대로라면 경비의 출산 날짜는 며칠이 더 지나야 했다. 출산이 며칠 앞당겨진 것인가, 아니면 일부러 앞당긴 것인가? 그녀의 마음속에 의문이 들었다. 경비와 소녕은 서로 돕는 관계이다. 그렇다면 경비와 난향원은 무슨 관계란 말인가? 그러는 사이 검은 옷의 사내들이 가까이 다가왔다. 곧 그녀를 끌고 갈 판이었다. 그녀의 머릿속에는 우선 끌려갔다가 잠시 후에 다시 돌아오는 것은 어떨까 하는 생각이 스쳤다. 그 순간, 갑자기 둔탁한 소리가 울려 퍼졌다! 지상에서 나는 소리가 아니라 지하에서부터 나는 소리 같았다. 뒤이어 땅 전체가 크게 흔들렸다. 깨진 항아리 안에 고여 있던 빗물이 넘쳐 그녀를 끌고 가려던 검은 옷 사내에게 쏟아졌다. 그는 깜짝 놀라 뒤로 물러서서 땅을 바라보았다. 죽은 체하고 있던 그녀마저 너무 놀라 눈을 떠 버릴 정도였다.

'지진인가?'

그렇지만 그게 아니라는 것을 즉시 알아차렸다. 지면은 그렇게 한 번 흔들린 후 곧바로 안정을 되찾았고, 주변에 있던 집들도 원래 그대로 아무 이상이 없었다. 봉지미의 귀는 땅바닥에 찰싹 붙어 있었다. 울음소리와 비명이 희미하게 들려왔다. 지하에서 전해져 오는 소리였다! 그녀의 가슴이 철렁 내려앉았다. 모든 것이 분명해졌다! 지하 밀실이 폭발했다! 어떻게 해야 할지, 생각이 떠오르지 않았다. 어찌 되든 일단 달려가 볼 셈이었다. 이렇게 가만히 앉아서 이것저것 따질 때가 아니었다. 하지만 그녀가 움직이기도 전에 소녕이 새된 소리를 질렀다.

"어찌 된 일이야? 누구냐!"

소녕의 외침에 사방에서 그림자가 흔들거렸다. 검은 옷을 입은 사람들이 무리 지어 나타났다. 딱딱한 나무 가면을 쓰고 손에는 다양한 무기를 든 그들이 소녕이 데려온 사내들을 소리 없이 둘러쌌다. 서로 대치하는 상황에서 무슨 말이라도 오갈 줄 알았건만, 맑은 소리와 함께 검광이 번뜩이더니 소녕 쪽의 검은 옷 사내가 찍소리도 못하고 쓰러졌다. 그렇게 서막이 오르고, 양쪽의 사내들은 순식간에 맹렬한 기세로 싸우기 시작했다. 나중에 나타난 검은 옷 사내들은 이유도 불문하고 맹렬한 기세로 달려들었다. 소녕의 수하들이 거지들을 몰살한 것보다 훨씬 더 악랄하고 단호했다. 소녕의 부하들은 그녀를 비호했다. 그중 몇몇은 상대가 만만치 않게 준비해 온 것을 보고 그녀의 말고삐를 끌며 어떻게든 먼저 보내려고 사력을 다했다. 소녕은 가지 않으려는 듯, 말 위에서 몸부림을 쳤다. 그리고 필사적으로 뒤를 돌아보며 울부짖었다.

"······ 안 돼! 데려가야 돼, 내······"

한 부하가 낮게 소리쳤다.

"우선 공주님 목숨부터 돌보셔야 합니다!"

그리고 소녕의 말 궁둥이를 세차게 갈겼다. 말이 아픔에 울부짖더니 다리를 번쩍 들어 올려 싸우고 있던 사람들 위를 훌쩍 뛰어넘었다. 멀리 주루에서 비추는 연기와 빛 속에서 붉은 말의 형체가 번쩍이더니 이내 포위망을 뚫었다. 소녕의 충성스러운 무사가 큰 소리로 명령하자, 사내들이 일제히 적의 퇴로를 막으며 달려들었다. 양쪽은 다시 맞붙었다. 붉은 말 위의 긴 머리칼은 이미 바람에 흩날리며 길 반대쪽으로 멀리 사라진 뒤였다.

어두운 골목 안에서 사내들이 뒤섞여 난투극을 벌이자, 진득한 핏방울이 사방으로 튀었다. 봉지미는 어지러운 틈에 허리를 수그리고 몰래 달아나려 했다. 그런데 허리 뒤쪽이 꼼짝도 하지 않았다. 누군가에게 꽉 붙잡힌 것이었다. 그녀는 아연실색해서 고개를 돌렸다. 언제 그랬는지, 항아리 뒤쪽이 아래로 꺼져 있는 것이 눈에 들어왔다. 땅바닥이 솥뚜껑을 엎어 놓은 것처럼 밑으로 움푹 꺼져서 동굴이 나타난 것이다. 연기와 재로 가득한 동굴 안에서 한 사람이 상반신을 내밀고 있었다.

얼굴은 핏자국과 흙먼지로 범벅이 되어 있었다. 그 사람은 피가 뚝뚝 흘러내리는 손으로 그녀의 옷자락을 죽을힘을 다해 붙잡고는 보따리 하나를 건넸다. 별빛 아래, 그녀의 시선이 보따리에 닿았다. 그녀는 경악했다. 그 안에 든 것은 갓난아기였다! 피범벅이 된 채 간절한 눈으로 그녀를 바라보던 여자를 자세히 살펴보니, 다름 아닌 인아였다.

"제발…… 부탁드려요……."

인아는 그녀가 누군지 알아보지 못했다. 골목에 있던 거지라고 생각했는지, 인아의 눈에 한 줄기 희망이 피어올랐다. 인아는 아기를 봉지미의 손에 밀어 넣고, 부들부들 떨면서 손에 든 비단 주머니를 쥐어 주었다.

"…… 이 아기를 황묘에 데려다주세요…… 아기를 황묘에…… 여기 돈 있어요……."

봉지미는 고개를 숙이고 인아를 살펴보았다. 눈빛에 이미 가망이 없어 보였다. 방금 그 폭발은 지하 통로 안에서 발생한 것이 분명했다. 수법이 너무 악랄했다. 가장 혼란스럽고 가장 무방비 상태일 때를 틈타 경비의 은신처를 폭파했다. 방금 출산한 산모와 갓 태어난 아기, 그리고 함께 있던 여인들이 이 폭발을 어찌 감당할 수 있었겠는가? 누구의 소행인지 묻지 않아도 뻔했다. 속이 음험하고 놀라울 정도로 참을성이 강한 것은 영혁의 주특기이다. 그런데 우습게도 그녀는 황묘에 앞으로 태어날 황자를 숨겼다는 사실을 그가 모를까 봐 걱정했던 것이다. 그러나 그는 모든 것을 계산에 두고 있었다. 경비는 회임한 열 달 동안 조심 또 조심하며 빈틈을 보이지 않았을 것이 분명했다. 하지만 그는 서두르지 않고 몸을 사리면서 경비가 가장 취약한 순간을 기다려 화근의 싹을 잘라 후환을 없애려 한 것이다! 안에서는 밀실을 폭파하고 밖에서는 소녕을 쫓아내면, 그의 뜻대로 될 것이었다!

인아의 손이 아직 공중에서 보따리를 건네고 있었다. 그녀는 봉지미에게 슬프고 처량한 얼굴로 애원하고 있었다. 봉지미는 갑자기 자신이 가장 외롭고 힘겨웠던 시절이 떠올랐다. 난향원의 문을 두드리며 머슴을 자처했을 때, 기생 어미로부터 욕만 한바탕 얻어먹고 쫓겨나기 일보 직전이었다. 그때 인아가 갑자기 나타나 기생 어미의 어깨에 손을 차분히 올렸다. 그리고 슬쩍 자신을 향해 웃어 주고는 부드러운 음성으로 말했었다.

"어멈, 우리 난향원에 머슴이 하나 모자라지 않아요?"

인아의 도움이 없었더라면 난향원에 발붙이지 못했을 것이다. 그러면 신자연을 만나 전황석으로 만든 증표를 얻지도, 청명의 힘을 빌려 관직에 등용되지도 못했을 것이며, 결국 오늘의 명성과 지위도 없었을 것이었다. 게다가 난향원에서의 몇 달 동안, 인아는 진심으로 그녀를 도와주었다. 그녀가 살면서 남에게 받아보지 못한 관심과 애정을 쏟아 주었다.

순식간에 4년이 지났고, 지금 인아가 내민 손끝은 이미 생명의 온기를 잃어가고 있었다. 그 아름답던 섬섬옥수는 영롱하게 빛나는 핏방울로 물들어 예전의 따스함과 부드러움이 더는 없었다. 봉지미는 그때 어멈의 어깨 위에 놓여 있던 인아의 손가락을 떠올렸다. 그때 손톱을 물들였던 것도 핏방울처럼 선연한 붉은색이었다. 봉지미는 눈을 꼭 감았다. 세상 어떤 일은 모순 때문에 망설이고 피하려고 해도 돌고 돌아 똑같은 결과로 귀착된다. 정녕 하늘의 뜻이란 말인가? 그녀의 팔에 얹힌 손끝에서 마지막 경련이 일었다. 인아의 호흡이 가빠졌다. 빛을 잃은 동공이 그녀를 뚫어지게 바라보았다. 그녀는 눈을 뜨고 손을 뻗었다. 조용히 아이를 받아들었다. 인아의 눈에 기쁨이 감돌았다. 눈빛이 잠깐 동안 찬연히 반짝이더니, 곧 빛을 잃었다. 그녀는 고개를 숙이고 인아의 목구멍에서 겨우 나오는 가느다란 목소리를 들었다.

"마마…… 제가 은혜를…… 갚았습니다……."

봉지미는 인아의 얼굴을 가만히 쓰다듬어 주었다. 그녀가 웃으며 눈 감는 것을 본 후에야 고개를 떨구어 아기를 바라보았다. 자그마한 아기 는 땅속에서 이미 울다 지쳤는지 잠들어 있었다. 눈가에 눈물이 고인 채 핏자국과 흙먼지를 뒤집어쓴 조그만 얼굴은, 더럽고 꾀죄죄해 꼴이 말이 아니었다. 봉지미는 흙먼지를 손가락으로 살살 닦아냈다. 걱정에 한숨이 흘러나왔다.

'아가야, 이 세상에 왔으면 우는 게 맞는단다. 인생이 얼마나 고단한 지…… 끝이 없구나.'

봉지미는 아기를 품에 꼭 안고 생각해 보았다. 아이를 황묘로 보낼 수는 없다. 그녀의 계획은 제경에서 멀리 보내는 것이었다. 황제와 멀리 떨어진 초원으로 보내 혁련쟁에게 맡기면 될 것이었다. 그렇게 자신의 진짜 신분을 영원히 모른 채 살아가는 행복한 유목민이 되게 하자! 그 녀의 결심이 서자, 싸우던 소리도 점차 잦아들었다. 그녀는 항아리 뒤에 서 몰래 몸을 일으켰다. 어둠과 자욱한 흙먼지를 틈타 조용히 이곳을 벗어나려는 심산이었다. 하지만 그녀는 반쯤 일어서다가 돌연 몸이 굳 었다. 허리가 굽은 어정쩡한 자세 그대로 천천히 고개를 돌린 그녀는 아 무도 없는 골목 끄트머리를 바라보았다.

바로 거기, 언제 나타났는지 모를 그림자가 떠올랐다. 달빛처럼 하얀 비단 두루마기를 두른 청아한 모습은 속세의 그것이 아니었다. 외모나 분위기가 마치 달빛이 흠뻑 녹아든 배꽃 나무 같았다. 등 뒤로 칠흑 같 은 망토가 펄럭이자, 거대하고 환한 금빛 만다라가 빛을 발하는 것 같 았다. 짙은 어둠 속, 그의 표정은 뭐라 형언할 수 없었다. 중생을 사로잡 을 그 아름다운 얼굴 반쪽에 희미하게 미소가 떠올랐을 뿐……. 두 사 람은 어두운 골목에서 서로를 주시했다. 아주 고요하고 서늘한 기운만 이 감돌았다. 잠시 후, 그가 입을 열었다. 부드럽고 나직한 음성이었다.

"지미, 수고했다!"

영혁이 두 손을 뻗어 봉지미에게 향했다.

"자, 이리 다오."

이렇게 가까운데, 이리도 멀구나

봉지미는 멀리서 웃고 있는 영혁의 입꼬리와 웃음기라고는 전혀 없는 눈빛을 바라보았다. 불과 몇 시간 전 우물가에서 포도를 먹으며 주고받았던 달콤한 농담과 웃음이 백 년 전 일인 것처럼 아득하게만 느껴졌다. 이렇게 대치하는 모습이 꼭 정재(靜齋)에서 소녕을 구했을 때 같았다. 꽃이 떨어지는 가운데, 말을 채찍질해 달려오는 그와 고개를 빳빳이 세우고 서로를 차갑게 쏘아보던 바로 그 장면. 그녀는 그의 뻗은 손 위로 시선을 천천히 옮겼다. 그는 고집스럽게 그 자세를 유지했다. 어쩌면 그녀가 아이를 내놓지 않을 수도 있다는 걸 아는 것 같았다. 하지만 그녀가 그를 위해 물러설 것인지 아닌지만은 꼭 알아야겠다는 모습이었다. 이윽고 그녀가 한숨을 내쉬었다.

"전하, 우물 입구에 있던 글자를 보셨을 줄 압니다."

영혁이 손을 가만히 거두었다. 그리고 멍하니 자신의 손바닥을 응시하며 웃었다.

"알려 줘서 고맙단 말을 하지 않았구나."

봉지미가 담담하게 대답했다.

"공치사를 받으려는 게 아닙니다. 제가 전하께 알려 드리기로 애당초 결심을 했으니……."

"……."

"…… 전하는 이 아이를 살려 두지 않으리라는 걸…… 저도 압니다."

영혁의 눈이 빛났다. 그러나 기뻐하지는 않았다. 봉지미의 다음 말을 기다리는 것이 분명했다. 그녀는 몰래 숨을 몰아쉬었다. 이 세상에 그녀를 제일 잘 아는 사람은 역시 다름 아닌 그였다.

"그러나 어떤 일은 계획할 때와 실제로 맞닥뜨렸을 때 느낌이 참 다릅니다."

봉지미가 영혁을 간절하게 바라보았다.

"예컨대, 이 아이가 그렇습니다. 제가 아이를 보기 전에…… 그러니까 이 아이가 경비의 배 속에 있던 낯설고 비현실적인 존재였을 때, 저는 몇 번 망설이다가 전하께 알려 드렸지요. 그리하여 아이를 제거할 기회를 드렸던 겁니다. 그런데 막상 아이를 품에 안으니까, 이 의지할 데 없이 가련한 아이가 제 품에 기대니…… 아이는 아무 잘못이 없다는 생각을 안 할 수가 없습니다. 제 은인이던 인아가 죽어가면서까지 아이를 부탁하던 그 눈빛이 잊지 않아요. 전하, 제가 아무리 독하고 악랄하다 해도 그건 적에게나 그런 것이지요. 저도 어쩔 수 없는 여인입니다."

봉지미는 말을 더 이을 수가 없었다. 천성이 악독한 여자가 아니고서야, 죄 없는 갓난아이를 제 손으로 죽일 수 있는 여자는 없다. 하물며 그녀와 경비 사이에 원한이 있는 것도 아닌데 남의 자식을 이렇게 없앤다는 것은 그녀로서는 못할 짓이었다. 그녀 자신도 엄마가 되어 보지 않았던가. 어린 고지효를 세 살이 될 때까지 안아 키웠지 않은가. 가슴 가득 따뜻함과 기쁨을 안고 지효의 젖 내음을 맡았던 그녀이고, 지효가 없는 그 무수한 밤을 외롭고 쓸쓸하게 보낸 그녀였다. 그녀에게 지효는 양녀일 뿐이지만, 경비에게 아기는 열 달 동안 품은 친자식이었다. 그녀는 그게 어떤 마음일지 알았다. 영혁은 골목 입구의 어둠 속에서 침묵했다.

"제가 한 말씀만 드릴게요."

봉지미가 온화한 목소리로 말했다.

"일이란 너무 극단적으로 밀어붙여서도 안 되는 법이에요. 경비가 어떤지 아시잖아요. 그렇게 만만한 분이 아니에요. 만약 살아 돌아와서 아이를 잃은 걸 알게 되는 날에는 전하께 물불 가리지 않고 달려들 거예요. 차라리 아이를 볼모로 잡고 계시는 게 낫지요. 아직 살아 있다는 걸 알면 전하에게 절대 척을 지지 못할 테니까요."

"나하고 그 사람은 이번 일로 벌써 적이 된 것이나 다름없다."

영혁이 덤덤하게 대답했다.

"그럼 이왕 적이 된 것, 그녀를 쥐고 흔들 수 있는 패를 쥐셔야지요."

봉지미는 영혁의 표정을 살피다가 갑자기 물었다.

"조금 전, 밑에서 경비를 못 찾으셨지요?"

영혁이 묵묵부답이었다. 부정하지 않는다는 건 긍정이란 뜻이었다. 잠시 후 그가 물었다.

"그래서 나한테 안 주기로 마음을 먹은 거냐?"

봉지미 역시 묵묵부답이었다. 골목이 다시 고요해졌다. 흡사 벽이 두 사람 사이를 두껍게 가로지른 것처럼 무겁고도 스산한 적막만이 감돌았다. 잠시 후, 영혁이 숨을 깊이 들이마셨다. 그녀는 한 번도 그가 저러는 걸 본 적이 없었다. 그녀의 기억 속에 그가 제멋대로 같아 보여도, 어찌 보면 그건 과감하고 결단력 있는 모습이었다. 그를 안 지 이렇게 오래되었지만, 그가 어떤 일 때문에 정말로 망설이는 건 단 한 번도 보지 못했다. 곧 그의 목소리가 들려왔다.

"나한테 넘기면 내가 약속하마. 목숨은 빼앗지 않겠다."

봉지미는 영혁을 가만히 바라보았다. 그 눈빛에는 믿지 못하겠다는 뜻이 비치진 않았지만, 어느 정도 조심스럽게 떠 보려는 의미가 담겨 있었다. 그녀가 말했다.

"저한테는 왜 못 맡기나요?"

"그 아이를 초원으로 보내려는 거지? 네가 그 아이를 나에게 넘기지 못하는 것처럼, 나도 초원은 불안하다. 너무 멀고 변수가 너무 많아. 혁련쟁은 사람도 잘 믿고 너무 호방해. 경비가 무슨 눈치라도 채면 그 모질고 빈틈없는 술수에 당해낼 수가 없을 거다. 솔직히 말하면, 남들한테 절대 들키지 않을 너와 나 빼곤 세상에 아무도 믿을 수가 없구나."

묵묵히 듣고 있던 봉지미는 영혁의 염려가 일리 있다고 인정할 수밖에 없었다. 황제의 권력이 미치지 못하는 먼 초원은 혹시라도 무슨 일이 생겼을 때 그녀조차 손을 쓸 방도가 없기 때문이었다.

"그럼 어떻게 하시려고요?"

"권세나 지위가 미치는 곳과 이 아이가 전혀 접촉하지 않도록 할 것이다. 초원의 왕정도 마찬가지고. 걱정하지 말거라. 목숨만은 살려 두겠다는 약속은 번복하지 않으마."

봉지미는 영혁의 눈을 올려다보았다. 그가 아주 떳떳한 태도로 그녀를 보고 있었다. 흑옥처럼 새까만 눈동자에서 음모의 눈빛은 찾아볼 수 없었다. 그녀는 다시 고개를 떨구어 품 안의 아기를 보았다. 곤히 잠든 아가는 입을 옹알거렸다. 맑고 달큼한 젖 내음이 풍겨왔다. 그녀는 희고 보드라운 볼을 손으로 만져보았다. 포동포동하고 탱글탱글한 아기 피부가 느껴졌다. 매끄럽고 보드라운 느낌에 그녀의 마음도 덩달아 보들보들해지는 것 같았다. 그러자 동시에 갑자기 이상한 생각이 번뜩 뇌리를 스쳤다. 그런데 그게 무슨 생각이었는지 떠올리려 하자, 이미 달아난 생각을 따라갈 수가 없었다. 하는 수 없이 생각은 접어 두고, 아이를 자세히 들여다보았다. 가볍고 보드라운 보따리 하나가 천근만근보다 무거웠다. 그녀의 눈빛이 보따리의 환한 노란색 모서리에 닿았다. 가슴이 철렁했다. 큰 눈이 내렸던 해, 영안궁에서 읽었던 어머니의 유서가 떠올랐다. 유서는 불에 타 버렸지만, 그 속에 있던 글자 하나하나가 그녀의 마음속에 깊이 남아 있었다. 만약 어머니가 살아계신다면, 분명히 이 아이를 데리고 있으라 했을 것이다. 그래야 경비와 영혁을 견제할 수 있을 테니…….

이 아기는 천성 황제의 막내아들이었다. 조금이라도 생각이 있다면 누구라도 아기 황자의 존재 자체가 황위 계승의 큰 변수가 된다는 것을 알 것이다. 봉지미는 권력을 서서히 주무르게 된 영혁이 제위에 오르는 것이 자신의 계획에 도움이 될 수 있다는 것을 알고 있었다. 그렇지 않다면야 고민 끝에 우물 입구에 '황묘'라는 두 글자를 몰래 남겼을 리가 없었다. 그런데 지금, 그녀의 맹세가 천 갈래로 얽히고설켜서 그녀를 붙잡았다. 인생은 망설임과 고난의 연속인 것이다. 그녀는 그해 겨울 스스로 독해지기로 했었다. 하지만 이 사람 앞에서는 조용히 돌아설 수밖에 없다. 그녀는 눈을 꼭 감고, 속으로 탄식했다.

'어머니, 용서하세요. 어머니 무덤 앞에서 피로 쓴 맹세를 지키겠다고 했었지요. 하지만 제 마음에도 조금만 자유를 주세요. 이번 한 번은 제가 포기할게요. 다시 한 번만 그를 믿어보게 해 주세요.'

다시 눈을 떴을 때, 봉지미의 눈빛에는 아무런 감정도 담겨 있지 않았다. 영혁을 주시하며 싱긋 웃을 뿐이었다. 그녀는 아무 말 없이 품 안의 아기를 그에게 건넸다. 아기를 받아드는 그는 침착했다. 하지만 눈빛이 잔잔히 떨리고 있었다. 간단한 것 같지만, 그녀에게 얼마나 힘든 일인지 그는 알고 있었다. 그리고 그는 또 알았다. 봉지미가 보통 여인이 아니라는 것을. 그녀는 평생토록 무언가를 쉽게 믿어 본 적이 없었다. 그녀의 과거와 선택들이 그녀를 그렇게 만들었다. 그 작은 아기를 품에 안은 순간, 그의 손은 떨렸다. 하지만 얼굴에 띤 웃음은 어느 때처럼 평온했다. 그녀도 똑같았다. 그는 생각했다. 지금 내 마음을 그녀는 아마 모를 것이라고. 그리고 그녀는 생각했다. 지금 내가 포기하고 있다는 걸 그는 모를 것이라고. 두 사람에게는 지금이 일생 중에 마음의 거리가 가장 가까워진 순간이었다. 그러나 두 사람은 생각했다. 상대방은 전혀 모를 거라고…….

아기를 영혁에게 건넨 후, 봉지미는 그가 자신의 망토로 아기를 조심스럽게 감싸 말을 타고 떠나는 것을 보았다. 검은 옷을 입은 사내들은 이미 소녕의 수하들을 전부 해치우고 민첩한 몸놀림으로 사체를 수습했다. 두 사람이 한 조가 되어 사체를 검은 마차에 실은 그들은 쥐도 새도 모르게 현장을 빠져나갔다. 내일이 되면, 소녕의 수하들은 소리 소문 없이 이 세상에서 사라질 것이다. 그들이 어디서 왔는지, 그리고 어디로 갔는지는 아무도 모를 것이다. 봉지미는 황가의 형제지간에 벌어진 암투를 제 눈으로 또다시 목격하게 되었다. 피도 눈물도 없는 사생결단의 전장이자, 진짜 칼이 오가는 살육의 현장이었다. 조정에서 벌어지는 은밀한 음모와 계략의 소리 없는 전장도 있지만, 총과 칼을 겨누는 선혈이 낭자한 전장도 있었다. 그 속에서 사람의 목숨은 황가의 희생양에 불과했다. 소중함이라고는 없었다. 황자들은 누구나 자신을 위해 죽음을 무릅쓰는 무사를 키워 왔다. 그럼에도 불구하고 지금까지 성장하면서 몇 번이나 암살 위기에 처해 왔다. 그녀는 경외심이 들었다. 초여름 밤의 바람에도 왠지 몸이 떨렸다.

봉지미는 골목 안에 우뚝 서서 꼼짝도 하지 않고, 영혁의 뒷모습이 멀어지는 것만 바라보았다. 그리고 속으로 생각했다. 경비는 어디로 갔는지? 또한 황묘의 담벼락에서부터 자신을 쫓아 이 살기 어린 현장으로 '우연히' 이끌었던 그 사람은 도대체 누구인지? 이 일과 도대체 무슨 관계가 있는지? 그녀는 영혁의 부하들이 능숙하게 지하 통로를 메우는 모습을 지켜보았다. 깨진 항아리마저 조심스럽게 원래 자리로 돌아갔다. 잠시 생각에 잠겼던 그녀는 돌아가서 잠이나 자기로 하고는 왔던 길을 따라 걸었다. 사실 봉지미와 영혁의 저택은 같은 방향이었다. 하지만 그녀는 지금 그가 아기의 거처를 준비할 것이라 여겨 일부러 함께 가지 않았다. 그가 혼자 처리하게 놔두고 혹시라도 의심 받을 일은 하지 않겠다는 뜻이었다. 그녀는 눈앞에 첩첩이 놓인 담을 획획 뛰어넘었다. 어지럽고 답답한 기운이 가시지 않아, 어떻게든 풀어 볼 요량으로 미친 듯이 내달렸다. 그러다 갑자기 전방에 검은 그림자가 스치는 것을 발견했다. 나는 듯 스치는 모습이 멀리서 보기에도 눈에 익었다. 그녀는 미간을 찌푸리며 본능적으로 뒤를 쫓기 시작했다.

그 사람의 경공은 훌륭한 수준이었다. 멀리서 따라붙던 봉지미는 바로 앞에 나무 한 그루가 버티고 있는 것을 보았다. 숨겨진 골목 모퉁이가 나타났다. 그 순간 그 사람이 갑자기 자취를 감추었다. 그녀는 어리둥절해졌고, 그때 '쌩'하는 소리가 들려왔다. 익숙한 소리였다. 일고여덟 번을 듣고 나니 그 소리에 완전히 민감해져서, 소리가 들리면 사람이 죽는다는 걸 알 수 있었다. 그런데 어찌 된 일인지, 이 소리가 들리자 그녀의 마음이 더욱 가라앉았다. 마치 마음속의 은밀한 꿈과 희망이 예리한 칼날에 베여 떨어져 나간 것만 같았다. 알 수 없는 예감이 그녀를 멈추게 했다. 담벼락 위에 선 그녀는 그 순간, 앞으로 더 나아가기가 싫었다. 한 걸음만 더 나아가면, 자신의 눈앞에서 무언가가 걷잡을 수 없이 무너져 내릴 것만 같은 기분이 들었다. 그녀는 담 위에서 잠깐 망설이다가 다시 돌아가려 했다. 그때, 저 멀리 골목 모퉁이에서 누군가가 돌아나왔다. 두 사람이 그를 따르고 있었다.

영혁이었다. 봉지미의 시선이 제일 먼저 그의 품 안에 있는 보따리에 닿았다. 그녀가 휘청했다. 을씨년스러운 달빛이 쏟아져 음산한 푸른빛이 보였다. 땅속에서 천 년을 묵은 청옥과 같은 빛깔의 바탕은…… 검

붉은 핏빛이었다. 핏빛 속에서 무언가 밝게 빛났다. 예리한 금속의 섬뜩한 섬광이었다. 단도 한 자루가 아기의 가슴 한가운데 꽂혀 있었다. 아기는 조금 전까지 울고 있었던 듯, 입이 살짝 벌어져 있었다. 부릅뜬 눈은 광택을 잃고 딱딱한 주판알처럼 죽음의 검은빛을 띠고 있었다. 여리고 보드라운 볼과 불그스름하던 혈색은 온데간데없고 처량할 만큼 새하얗게 변해 버린 아이는 달빛 아래, 흰 종잇장처럼 흔들거렸다. 자그마한 생명은 태어나자마자 꺼져 버렸다. 엄마의 배도 아니고, 산파도 아니고, 그 사람의 독기로 인해 죽었다. 그녀가 손을 놓아서 죽은 것이었다. 달빛 아래 그녀의 얼굴은 죽은 아이의 얼굴처럼 창백했다. 그녀는 작고 작은 시체를 뚫어지게 보았다. 시선을 천천히 그에게로 돌렸다. 도저히 믿기지 않는다는 눈빛이었다. 아기를 이렇게 단호하게 죽였다는 사실보다는, 알면서도 그녀를 속였다는 것이 도저히 믿기지 않았다. 그는 고개를 숙이고 있어서 표정이 잘 보이지 않았다. 그 역시 아기의 시체를 살펴보는 것 같았다. 그는 잠시 후 한숨을 쉬고 피로 흥건한 보따리를 옆에 있던 부하에게 주었다. 그러면서 뭐라고 명령을 내렸다. 그녀는 그의 입 모양을 똑똑히 노려보았다. 그가 말했다.

"위지가 알지 못하게 해……."

봉지미는 눈을 감아 버렸다. 그 순간 그녀는 목석처럼 굳어 버렸다. 호흡도 동작도 모두 멈추고, 마치 죽은 듯 꼼짝도 하지 않았다. 그녀와 멀지 않은 담벼락 아래를 지나친 영혁이 그녀를 발견조차 못 할 정도로. 그 세 사람은 골목 깊숙한 곳에서 걸어 나왔다. 발걸음이 가볍고도 침착했다. 그들의 뒤로 불그스름한 피가 한 방울 떨어졌다. 그녀는 한참 후에야 눈을 떴다. 눈이 핏빛처럼 새빨갰다. 그녀는 달빛 아래 담 위에 그대로 혼자 있었다. 옷자락이 가볍게 나부껴 그녀의 눈을 가렸다. 새하얀 눈처럼 창백한 얼굴에 두 눈이 그대로 무너져 내렸다. 죽음 그 자체 때문은 아니었다. 생애 마지막으로 용기를 내 끌어낸 믿음 때문이었다.

믿어 보기로 마음먹은 그녀에게는 절대 잘못되지 않을 거라는 기대와 확신이 있었다. 그러나 현실은 이토록 냉정하게 이야기하고 있었다. 그녀는 또다시 잘못했다고…… 어리석게도 또다시 잘못했다는 것을……. 큰 눈이 내렸던 그해의 일을 겪은 그녀에게 이것이 얼마나 힘든 선택이었는지 하늘은 알았다. 그것은 그녀에게 결연한 포기이자, 모든 것을 뒤엎을 수 있는 선택이었다. 더 험한 고생을 하더라도 피로 쓴 맹세를 지켜내겠다는 의지이자, 그녀 내면 깊은 곳의 갈등과 번민이기도 했다. 언젠가는 마음속 깊은 곳에서부터 조금씩 변화한 그녀가 정말 손을 놓아 버릴지도 모를 일이었다. 그러나 하늘의 뜻, 혹은 운명의 마수는 그녀가 한 걸음이라도 움츠러드는 것을 용납하지 않았다. 현실은 냉혹했다. 언제나 그녀가 정에 가장 목말라하는 그 순간에 가혹하게 나타나, 피비린내와 함께 꿈에서 깨어나도록 했다. 마음이 약하면 죽음에 이르고 물러서면 이렇게 조롱당한다는 것을 똑똑히 알려 주었다.

봉지미는 담벼락 위에 천천히 주저앉았다. 손으로 무릎을 감싸고 얼굴을 깊숙이 묻었다. 일부러 풀어 헤쳤던 머리가 흘러내려, 달빛 아래에서 까맣고 차갑게 반짝였다. 그녀는 이 죽음에 대해 잘 생각해야 했다. 앞으로 나아갈 방향에 대해서도 잘 생각해야 했다. 아이의 죽음을 전혀 예상 못 한 바는 아니었지만, 이런 식으로 기만당한 자신이 왠지 너무 처량했다. 차라리 '이 황자 아기는 죽을 수밖에 없다'고 솔직하게 얘기할 것이지……. 그랬다면 그녀로서도 하는 수 없이 이해했을 터였다. 황실의 알력다툼과 사생결단을 누구보다 잘 아는 그녀이기에, 영혁의 고충을 잘 알았으니까. 그녀는 아이를 그에게 넘기면서 믿어 보기로 했다. 그리고 시험해 보기로 했다. 자신을 위해 무엇이든 다 바치겠다는 이 남자가 정말로 그녀에게 진심을 보여 줄 것인지 알고 싶었다. 그녀는 졌다. 사람은 똑같은 실수를 반복해서는 안 된다. 그녀는 그렇게 어리석은 사람이 아니다. 순진하던 예전의 그녀가 아니니까……. 지금은 수많은 사람이 그녀에게 운명을 걸고 있었다. 그녀가 마음 약한 모습을 보이거나 잘못된 선택을 하게 되면 무수한 생명이 쓰러지고 말 것이다. 지금에서야 그가 그녀에게 했던 말이 이해되었다.

"여기까지 온 이상, 물러날 수가 없구나. 사람이 높은 지위에 오르면, 자기 마음대로 할 수 없는 게 있는 거야."

생사가 오고 가는 현장에서, 봉지미는 마음이 약해졌고 영혁은 결연했다. 그러니 결국 그녀에게 주어진 것은 패배뿐이었다. 달빛 아래 담벼락 위에 만향옥 향기가 그윽하게 풍겼다. 그녀는 자욱한 향기 속에 자신을 서서히 응고시켰다. 아주 오랜 시간이 흐른 후, 조용히 일어난 그녀는 그가 떠난 반대 방향으로 한 걸음 한 걸음 걷기 시작했다. 달빛에 길어진 그녀의 그림자가 가는 곳곳 긴 어둠을 드리웠다. 일생토록 서로의 마음이 가장 멀어진 순간이었다. 다만 안타까울 뿐이었다. 이번에도, 아무도 모르고 있었으니까.

장희19년 11월, 예부 상서 위지를 강회도 포정사로 전임한다는 분부가 떨어졌다. 성지가 내려오자, 모든 조정 대신의 축하를 받았다. 포정사는 봉강 대사 가운데 한 사람이긴 하지만, 어느 지방을 맡느냐에 따라 차이가 아주 컸다. 강회는 천성 제일의 도이니 포정사의 지위며 역할이 아주 중요해서 전국에 있는 13도 중에 강회의 포정만이 1품 지위를 받았다. 그런데 처음 지방으로 부임하는 위지가 곧바로 강회도로 가게 된 것이다. 황제의 총애를 받는 위지는 조정 내 문무백관의 부러움을 한 몸에 샀다.

봉지미는 성지를 받들고 서둘러서 제경을 떠날 준비를 했다. 강회는 제경에서 무척 가까운데도, 그녀는 산 넘고 물 건너 아주 긴 여정이라도 떠나는 것처럼 가져갈 수 있는 것은 모조리 다 정리해 짐을 쌌다. 궤짝이 얼마나 많은지, 이번에 가면 다시는 돌아오지 않나 오해할 정도였다. 길을 떠나기 전, 공주에게 작별 인사를 하러 황묘에 들르자 소녕이 그녀를 맞이했다. 소녕의 안색이 무척 좋지 않아 보였다. 여위고 수척한 모습에, 옆얼굴에는 희미한 반점까지 생겨 있었다. 봉지미는 종신과 오래 지내면서 의술에도 어느 정도 통했다. 맥까지 짚어 볼 수는 없었지만, 소녕의 모습이나 안색을 보니 병이 난 것 같았다. 게다가 부인과 질병이 의심되었다. 봉지미는 이상한 마음이 들었다. 소녕은 예전에 너무나 아리따운 모습이었고, 고귀한 신분으로 모자랄 것 없이 풍족하게 지냈다. 그렇기에 이런 병증이 나타나는 것은 거의 불가능했다. 설마 절에서 너무 춥게 지내면서 보양을 하지 못해 병을 얻었단 말인가? 설마 무고한 사람들의 목숨을 잃게 한 일로 심기가 우울해 일부러 자기 자신을 망치려는 것인가? 하지만 소녕은 그런 사람이 아니었다. 예전에는 그런 일이 있어도 그녀는 아무렇지도 않았다. 그런데 왜 이렇게 된 것일까?

지금은 봉지미도 소녕을 종잡을 수가 없었다. 지금의 소녕은 교만하고 사리 분별을 못 하던 예전의 천방지축 공주가 아니었다. 흐리멍덩하고 메말라 있었다. 황묘의 생활에 안주하며 위지에게 시집가려 들지도 않았다. 불과 얼마 전 봉지미가 황제를 만났을 때, 황제는 넌지시 뜻을 비쳤었다. 소녕이 2년 정도 수행하고 나면 적당한 이유를 대고 속세로 다시 데려와 너와 결혼을 시킬 테니, 강회 포정사로 있는 동안 다른 여인을 들이지 말라는 경고였다. 봉지미는 쓴웃음을 지을 수밖에 없었다.

소녕은 황묘의 후원에서 위지를 맞이하고, 하인을 모두 물렸다. 한쪽에 있는 하얀 돌 탁자 위에 안주 몇 가지와 술이 차려져 있었다. 봉지미는 그 안주를 보고 씁쓸하게 웃었다. 전부 고기 요리였다. 그걸 보니, 마음이 적잖이 놓였다. 최소한 계율을 어기고 제멋대로 구는 성격만은 그대로 남아 있으니, 완전히 딴사람이 되진 않은 것이다. 두 사람은 말없이 술만 계속 마셨다. 봉지미는 경비가 출산한 그날 밤, 성공을 목전에 두고 일이 틀어져 버렸으니 소녕이 풀이 죽은 것으로 생각했다. 그녀는 평소 지지 않으려는 강한 성격인 데다 태어날 황자에게 희망을 품고 있었으니, 열 달을 꼬박 노심초사하며 기다렸을 것이다. 그렇게 기다리고 기다려 일이 다 되었다고 생각한 찰나, 영혁 때문에 엉망이 되었으니, 자존심 센 황가의 공주로서는 견디지 못하는 게 당연했다. 봉지미는 마음속으로 걸리는 게 또 한 가지 있었다. 바로 경비였다. 그녀는 그날 밤 분명히 지하 밀실에서 몸을 풀었다. 그런데 영혁의 시선에서 감쪽같이 벗어나 없어졌다. 그러고는 어느새 궁으로 들어가 황제의 총애를 받는 후궁으로 돌아가 있었다! 대외적으로는 유산해서 아이를 잃었다고 했지만, 황제가 진상을 얼마나 알고 있는지는 알 수 없었다. 그 이후로도 경비는 영혁에게 어떤 일도 저지르지 않았다. 그의 세력이 너무 탄탄해서 경비로서는 쉽게 움직일 수가 없었을 터였다. 또 다른 이유가 있겠지만, 그게 무엇인지 봉지미도 추측할 수가 없었다.

봉지미는 술을 마시면서 천천히 생각을 정리했다. 소녕을 앞에 두고 정신을 딴 데 팔면서 한 잔, 한 잔 술잔을 기울이다 보니, 그녀가 정신을 차렸을 때 소녕은 이미 술을 너무 많이 마신 상태였다. 그녀는 소녕을 부축했다. 소녕은 얼굴이 붉게 달아오른 채, 위지의 부축을 받으며 고분고분하게 방으로 갔다. 봉지미가 무릎을 꿇고 앉아서 소녕의 신발과 버선을 벗겨 주는데, 소녕이 뜻밖에도 그녀의 손을 잡아끌었다. 힘을 주어 당기니 오히려 소녕의 몸이 기울어지며 봉지미의 품으로 넘어졌다. 소녕은 넘어지면서도 봉지미의 옷자락을 두 손으로 꽉 붙들고 놓지 않았다. 봉지미는 그대로 굳어 버렸다. 벙어리 냉가슴 앓듯 속이 답답했다. 제발 술김에 자기 자신을 망치지 않았으면 하는 마음에 재빨리 손을 뻗어 그녀의 손을 잡았다. 소녕은 싫다고 몸부림을 쳤다. 언제 풀렸는지 새까만 머리칼이 베개 위로 쏟아졌다. 초췌해 보이던 안색은 취기가 올라오자 복사꽃처럼 불그스름해졌고 눈에도 웃음이 넘쳐흘렀다. 기세등등하던 독기는 보이지 않고, 요사스러운 기운만 남아 있었다. 봉지미는 자신을 향해 다가오는 그녀의 얼굴을 보고 미칠 것 같았다. 지난번, 경심전에서의 일만으로도 충분하다고 생각했는데 다시 이런 일이 벌어지고 말았다. 이대로 소녕을 뿌리치고 뛰쳐나가지 않을 자신이 없었다. 하는 수 없이 겨우 힘을 써서 소녕의 손을 붙들며 낮은 소리로 애원했다.

"공주님…… 너무 많이 드셨습니다. 여기는 몸도 마음도 정갈해야 하는 곳입니다."

봉지미의 말에 소녕이 격분했다. 고개를 한쪽으로 거칠게 돌리며 '쳇' 소리를 냈다.

"정갈은 무슨…… 황묘 따위가 다 뭐야? 여기도 감옥이고 저기도 감옥일 뿐이지. 이런 이유, 저런 이유가 끝도 없고……. 역시 그때 큰 오라버니 말이 맞았어. 우리는 영원히 자유롭지 못한 황가의 노리개일 뿐이야!"

소녕은 화끈거리는 얼굴을 봉지미의 팔에 기대고는 흐느적거리며 온몸으로 그녀에게 들러붙었다. 입으로는 뭔가를 계속 중얼거렸다. 무슨 말을 하는지 모호했지만, 혹시라도 무슨 오해를 살까 싶어 몸을 기울여 이야기를 들을 엄두가 나지 않았다. 그저 손을 빼내고만 싶었다. 하지만 소녕은 물에 빠진 사람이 널빤지라도 붙잡은 것처럼 더욱 꽉 붙들었다. 봉지미가 손을 빼내려고 몸을 약간 숙였다. 희미하게 소리가 들렸다.

"…… 하나…… 줘……."

뭘 어쩌라는 거지? 봉지미는 미간을 찌푸렸다. 뭔가 수상했다. 조심스럽게 두 손을 무릎에 괴고 살짝 떨어져서 계속 들어보았다. 소녕은 확실하지 않은 목소리로 반복해서 이야기했다.

"…… 하나…… 줘…… 하나…… 줘……."

그 빈칸을 채워 넣는 답안이 있을 것 같았다. 예를 들어 '광란의 밤

하루만 보내 줘' 같은 말이다. 하지만 봉지미는 그런 말은 아니라고 생각했다. 소녕의 신분으로 그런 말은 함부로 내뱉을 수가 없었다. 그녀의 달아오른 얼굴을 보니, 분명 술김에 사리 분별도 하지 못하는 것 같았다. 봉지미는 노지언 때의 일이 다시 재현될까 걱정스러워 한숨이 저절로 새어 나왔다. 손으로 소녕의 목덜미를 치자, 소녕은 축 늘어졌다. 봉지미는 그녀를 잘 눕히고 이불을 덮어 주었다. 그러고 나서 뒷짐을 진 채 잠시 보다가 한숨을 쉬고 돌아섰다. 그녀는 황묘를 빠져 나왔다. 하늘이 뿌연 것을 보니 곧 비가 내릴 것 같았다.

위 저택 후문에서는 마차에 궤짝을 싣는 중이었다. 그녀는 시끌벅적하게 떠나고 싶지가 않았다. 원래는 내일 제경을 떠나기로 했지만, 그때가 되면 배웅하러 오는 사람들이 하나둘이 아닐 것이다. 그렇게 사람들을 동원했다가는 쓸데없이 주의를 끌 것이 분명했다. 그러니 하루 전에 몰래 떠나는 게 더 나았다. 물론 그녀에게는 말 못 할 속내도 있었다. 영혁이 배웅을 나올까 봐 걱정된 것이다. 그는 요즘 강회와 제경을 바쁘게 오가며 경회(京淮) 운하 개설 사업에 매달렸다. 각자 자기 일에 바쁘니 마주치는 장소는 대부분 조정 등 공공장소였고, 눈이 마주쳐도 웃으며 인사나 하다 보니 모든 게 평소와 다름이 없었다. 다른 사람들 눈에는 전혀 이상할 것 없었지만, 그녀는 그때마다 자갈로 가는 것처럼 속이 문드러졌다. 그래서 그녀는 이런 식으로 마주치는 것도 결국엔 고통과 불안이 되고 만다는 생각을 하게 되었다.

'내려놓자! 괜히 있어서는 안 될 정에 빠져들지 말자!'

봉지미는 11월 초겨울의 가랑비 속으로 고개를 들었다. 얼굴로 와서 닿는 빗줄기가 차갑기만 했다. 까만 덮개에 푸른 비단 발을 드리운 마차가 경쾌하게 다가왔다. 발이 걷히고, 종신의 웃음 띤 얼굴이 나타났다.

"이제 가시죠."

봉지미는 조용히 마차에 올랐다. 제경을 벗어나면 금세 나루터에 도착하고, 마차에서 내려 배에 오르면 강을 따라 강회에 닿게 될 것이다. 언제부터 내린 보슬비인지, 11월 제경에는 이미 겨울 한기가 감돌았다. 그녀는 비옷을 두르고 궤짝을 배에 싣는 것을 보았다. 그러다가 멀지 않은 곳에 쪽배 한 척이 떠오는 것을 보고 가리키며 말했다.

"비 오는 날에는 저런 배를 타야 운치 있다고 할 수 있겠죠?"

종신이 봉지미 뒤에서 웃었다.

"그렇게 하세요. 저 배에다가 탈 수 있는지 물어보겠습니다. 큰 배는 돌아 올 때까지 천천히 몰면 되니까. 일찍 출발했으니 부임 예정 시각에 늦지는 않을 겁니다."

"설마 그렇게 한가하겠어요?"

봉지미는 웃으며 배에 올랐다. 선실 안이 답답해서 계속 뱃머리에 머무르며 드넓은 강물을 바라보았다. 석양 아래 맑은 강물이 금빛으로 반짝거렸다. 그렇게 한참이 지난 후, 그녀는 그 작은 쪽배를 눈여겨보았다. 자신들이 탄 큰 배와 계속해서 가까이 운행하는 것을 보니, 아마 같은 곳으로 가는 것 같았다. 갑자기 경계심이 든 그녀가 더 주의 깊게 배를 살펴보았다. 겉보기에는 평범했고, 뱃머리에 붉은 천을 매달고 있었다. 자세히 보니 손으로 짠 수건 같았다. 통통한 물고기가 울긋불긋하게 수놓아져 어부의 소박한 소망이 잘 느껴졌다. 바람에 부풀어 오른 수건은 아주 선명하게 시선을 사로잡았다. 도롱이를 걸친 뱃사공은 눈치가 재빨랐다. 갑자기 뒤를 돌아보더니 민물고기 한 꾸러미를 들며 말했다.

"강회로 가십니까? 이 지방의 유명한 살치라는 물고기인데, 살이 아주 보드랍고 맛이 좋습니다. 공자님, 맛 한번 보시겠습니까?"

그러더니 봉지미의 대답을 기다리지도 않고 제멋대로 꾸러미를 던져 올렸다. 그녀는 물고기를 받아들고 감사를 표했다. 종신이 습관적으로 은침을 꽂아 시험해 보려는 것을 그녀가 얼른 막아섰다. 뱃사공은 아무렇지도 않은 듯, 맨발을 강물 속에 넣고 물장구를 쳐 물결을 일으켰다. 기분이 꽤 좋은지, 노래까지 부르기 시작했다. 그녀는 사공이 '창랑의 물이 맑으니 내 발을 씻고' 같은 노래를 부르겠거니 생각했다. 그런데 그 사람은 이런 노래를 불렀다.

"큰 강을 건너니 파도가 넘실거리네. 파도 안에서 꽃 같은 아가씨가 나오네……."

봉지미는 '풋' 하고 웃음을 터뜨렸다. 꾸밈없고 소박하며 무엇이든 거침없는 사공이 참 재미있게 느껴졌다. 그녀는 자신의 신분을 숨기고 관리가 되어 언제나 말과 행동을 신중히 해 왔기에, 이렇게 자유분방한 사람을 왠지 동경하고 있었던 터였다. 그래서인지 웃음을 머금고 뱃머리에 기대 사공의 노래를 감상했다. 사공은 흥에 겨워 몸을 들썩였다. 그런데 갑자기 수면 쪽으로 바람이 불어왔다. 큰 배가 조금 기우뚱거리자, 수면 위가 크게 출렁거렸다. 그 작은 쪽배는 큰 배에 가까이 붙어 있다가 파도가 치자 균형을 잃고 말았다. 그때 노래를 하던 사공은 하필이면 몸을 뒤로 크게 젖힌 상태였다. '아이고' 하는 외마디 비명과 함께 쪽배 위에 있던 사공이 모습을 감추었다. 그녀는 눈을 끔뻑거리다가 겨우 제정신으로 돌아왔다. 사공이 어찌나 즐거움에 취했던지, 아예 물에 빠져 버린 것이다. 그녀는 또 한 번 웃음이 터지고 말았다. 걱정은 별로 하지 않았다. 뱃사공이 이 정도 파도에 물에 빠져 죽는 법이 어디 있단 말인가? 느긋하게 수면 위를 응시하는데, 도통 나타나지 않았다. 한참을 기다려도 사람이 떠오르지 않았다. 그제야 초조해지기 시작했다. 어찌 된 일이지? 물에 빠질 때 혹시 몸에 쥐라도 난 것인가?

옆에서 계속 보고 있던 종신 역시 처음에는 봉지미처럼 별일 아니라고 생각했다. 그러다가 영 심상치 않자 얼른 손짓을 해 물에 익숙한 부하들을 뛰어들게 하여 사공을 찾았다. 잠시 후 부하들이 물 위로 올라왔지만, 사방 어디서도 찾을 수 없다고 보고했다. 그녀가 '앗' 하고 놀라며 이야기했다.

"정말 쥐라도 난 건가? 사람들이 물놀이하다 죽기도 하지만, 그 사람이 물에 빠진 건 다 우리 탓이잖아요. 제가 내려가 봐야겠어요."

종신이 봉지미를 막았다.

"가지 마십시오. 속임수를 조심해야지요."

두 사람은 뱃머리에서 조금 더 기다렸다. 물 밑에서 흔적을 찾던 부하들이 결국은 뱃사공을 찾아내지 못했다. 봉지미의 마음이 더 다급해졌다.

그때 갑자기 크게 부르는 소리가 들려왔다. 뒤를 돌아보니 멀리 언덕 위에서 한 부인이 아이를 데리고 배 쪽으로 손을 흔들고 있었다. 아마 쪽배를 부르는 것 같았다. 가랑비가 부슬부슬 내리는 가운데, 부인의 모습과 목소리는 희미했지만, 머리 한쪽에 있는 붉은 수건은 확실히 눈에 띄었다. 쪽배에 묶여 있는 것과 흡사했다. 봉지미가 이야기했다.

"큰일이네……. 그 사람 부인 아닌가요? 진짜 무슨 일이 생긴 게 아니어야 할 텐데……."

종신이 봉지미를 보고는 쓸쓸하게 웃었다.

"제가 수영은 할 줄 모르지만, 그래도 함께 내려가서 보겠습니다."

봉지미의 안전이 걱정되지는 않았다. 주변에 수하들이 있었고, 뱃머리에는 호위 무사가 버티고 있으니 말이었다. 그 뱃사공이 무공을 하는 자 같지도 않았고, 쪽배도 구조가 간단해서 어떤 장치가 숨어 있지는 않을 터였다. 그녀의 무공이나 신중함으로 봤을 때, 이런 상황에서 가만히 당할 일은 없을 것이다. 그녀가 웃으며 말했다.

"종 선생님께서 수영을 못한다는 걸 오늘에야 알았네요. 내려가지 마세요. 그냥 뱃머리에서 봐 주세요. 제가 내려가 볼게요."

봉지미는 그 말을 남기고 몸을 날렸다. 하얀 물새처럼 선체를 박차고 나가 파도를 넘어 쪽배의 뱃머리에 내려앉았다. 그녀는 뱃머리에 가만히 버티고 서더니 허리를 굽히고 배 아래 수면을 보았다. 물로 뛰어들

어야 할까 고민이 들었다. 그런데 그때, 텅 비어 있던 선실 안에서 손이
불쑥 나와 그녀를 단숨에 끌어당겼다!

기울어진 강

하얀 손가락이 어둠 속에서 겹겹이 빛줄기를 뿌렸다. 너무 빨라 제대로 대응도 할 수 없었다. 그 순간 봉지미는 고개를 돌아볼 겨를도 없이 한쪽 손바닥을 칼날처럼 세워서 그 사람의 팔뚝을 인정사정없이 내려치고 꽉 물어 버렸다! 낮은 웃음소리와 함께 그의 손이 헤엄치는 물고기처럼 미끄러지듯 빠져나갔다. 그녀는 그 웃음소리를 듣고 심장이 떨려왔다. 상대방에게 향하는 그녀의 눈 속에 한순간 복잡한 감정이 스치며, 손이 움츠러들었다. 그녀가 고개를 돌렸을 때는 이미 안정을 되찾은 후였다. 그녀는 약간 화가 난 듯 웃었다.

"전하, 저를 이리 내려오게 하려고 이렇게까지 고심할 필요가 있으세요?"

검은 장막의 틈 사이사이로 빛이 새어 들어왔다. 영혁은 그 조각난 빛 그림자 속에서 웃었다.

"너하고 단둘이 있기가 어려우니 뭘 하든 다 그럴 가치가 있지."

"그게 뭐가 어렵습니까?"

봉지미는 영혁의 맞은편에 앉았다. 몸을 밖으로 내밀어 괜찮다는 수 신호를 보내고 그를 향해 웃었다.

"전하가 오셔서 기별만 한 번 주시면 제가 직접 마중을 나와서 큰 배 로 모시고 좋은 차도 대접하고 경치도 구경시켜 드릴 텐데요. 뭐하러 이 런 작은 배에 숨어서 그런 계책을 꾸미세요?"

영혁이 구구절절 이야기했다.

"그런 겉보기나 번지르르한 초대는 싫다. 사람들이 다 보는 데서 격 식이나 차리고 생색내는 그런 건 원치 않는다. 나는 둘만 있는 게 좋아. 둘만."

봉지미가 밖을 살피며 물었다.

"그 사공은요? 저를 속이시려고 진짜 목숨이라도 없애 버리신 건 아 니죠?"

영혁이 웃으며 대답했다.

"왜 아니겠어? 내가 밀어 버렸다."

봉지미는 영혁에게 눈을 흘기고 웃고 나서 고개를 틀어 밖에 내리 는 비를 바라보았다. 고개를 돌리니 그와 마주 보지 않았다. 그가 그녀 의 눈빛에서 더 많은 것을 읽어낼 것 같았다. 그녀는 오늘에서야 깜짝 놀랄 사실을 깨달았다. 그는 그녀에 대해서 너무 잘 알았다. 그녀 자신 이 생각하는 것보다 훨씬 더 그랬다. 오늘 쪽배를 통해 그녀를 속인 일 은 그녀의 성격, 평소 일을 처리하는 습관을 완벽하게 겨냥한 계획이었 다. 우선 시원시원한 성격에 노래를 부르는 사공으로 그녀의 주의를 끌 고, 그다음에는 큰 배 때문에 물에 빠지게 해서 모른 척하지 못하게 만 들었다. 언덕 위의 모자가 소리를 지른 건 그녀를 불안하게 만들어서 직 접 가 보게 만드는데 거의 신의 한 수나 다름없었다. 게다가 배에서 풍 기는 분위기까지 안전했기 때문에 의심 많은 그녀가 큰 배에서 내릴 수 가 있었다. 그저 장난처럼 간단해 보였지만, 매사에 조심스러운 그녀를 철저하게 알아야만 가능한 일이었다. 게다가 이번 일로 알게 된 더 큰 문제는 따로 있었다. 그는 이미 그녀가 자신을 피한다는 걸 알고 있었다. 정식으로 배웅을 하겠다고 나서면 단둘이 있을 기회가 없다는 걸 그가 알았던 것이다. 그렇지 않고서야, 배 위에서 얼굴 좀 보자고 굳이 이렇게 애를 썼겠는가? 그녀는 자신이 그날 밤 이후로 한 번도 수상하게 행동한 적이 없다고 생각했다. 그러나 영혁 이 남자의 속내를 누가 다 알 수 있겠는가? 그녀는 세찬 비를 보며 잠시 생각에 잠겼다. 이윽고 손을 뻗어서 빗방울을 느껴 보더니 손을 거두며 웃었다.

"비가 거세졌네요."

돌아보니 영혁이 마술이라도 부린 것처럼 한쪽에 탁자가 준비되어 있었다. 탁자 위에는 은사로 무늬를 새긴 뚜껑을 덮은 질 좋은 도자기 그릇이 몇 개 놓여 있었다. 매혹적인 향기가 희미하게 풍겨왔다. 그 은사 장식 뚜껑 안에서 솔솔 풍겨 나오는 향기였다.

"이게 뭐예요? 어디서 났어요?"

봉지미가 눈썹을 치켜뜨며 물었다. 영혁이 선실 안에 기대며 웃을 뿐 대답은 하지 않고, 그녀를 향해 직접 보라는 손짓을 보냈다. 그녀는 빙그레 웃으며 뚜껑을 들어 올렸다. 곧바로 "어어" 하는 소리가 터져 나오며 말꼬리가 올라갔다. 좀 놀란 듯했다. 눈처럼 하얀 그릇 안에는 연둣빛 죽순 한 덩어리가 얼어서 벽옥처럼 영롱하게 빛나고, 발그레하게 절인 생강이 사방에 깔려 있었다. 색깔이 아름답게 어우러진 모습이 그대로 그림으로 들어가도 괜찮을 것 같았다.

"남양의 겨울 죽순이다."

영혁이 은젓가락을 꺼내 젓가락 끝으로 요리를 가리키면서 조금 애석하다는 듯 덧붙였다.

"봄이 아닌 게 아쉽구나. 봄이라면 강회에서 첫 비를 맞고 나온 연래순(燕來筍)을 써서 깨끗하고 부드러운 맛이 더 일품이었을 텐데."

"남양의 겨울 죽순이면 이미 진귀한 명품이지요. 겨울에는 한 냥이 은자 한 냥과 맞먹어요."

봉지미는 감탄해 마지않았다.

"너무 그렇게 최고만 바라지 마세요."

"죽순은 좋은 식재료지."

영혁이 무덤덤하게 말을 받았다.

"껍질 속에 천 겹 만 겹이 층층이 포개어져 있으니, 한 겹 한 겹 정성스럽게 벗기지 않는다면 안에 있는 무궁무진한 맛을 어찌 알겠느냐?"

봉지미는 가슴이 뜨끔했다. 영혁의 말 속에는 항상 뼈가 있었다. 애써 눈을 들어 웃으며 말했다.

"세상 사람들은 그저 먹는 것에만 탐을 내어 깎고 벗겨서 음식으로 만들 생각만 하죠. 저 죽순이 처음에는 손목만큼 굵었을 거잖아요. 벗기고 나면 쓸 수 있는 건 손가락 끝만큼 뿐이고요. 생각해 보면 참 안쓰러운 일이에요."

영혁이 웃고 나서 젓가락으로 죽순을 한 점 집어 봉지미에게 주며 말했다.

"먹기나 해라. 죽순까지 안쓰러우면 닭, 오리, 생선, 고기는 어떻게 먹느냐? 굶어 죽기 딱 좋겠구나."

봉지미는 아름다운 예술품 같았던 요리를 영혁이 젓가락으로 헤집어 놓은 것에 다시 한번 안타까움을 표현했다. 그는 그녀에게 눈을 흘기고 다른 그릇의 뚜껑까지 다 열어젖혀 그녀의 시선을 끌었다. 빨간 생선 모양의 얇은 접시에 연하고 부드럽게 찐 은백색 생선 몇 마리가 담겨 있었다. 노란 생강 채와 푸릇푸릇한 파를 곁들였다. 육수는 유리처럼 투명했다.

"이 요리에는 이름이 있다. 강물을 사이에 두고 애처로이 눈길만 보낸다."

푸른 유리 쟁반에는 바삭하게 구운 황금빛 돼지 족발이 둥그렇게 놓여 있었다. 아래에 깐 연잎 향기가 코를 찌르고, 사방으로 흩어 놓은 계란 지단은 뭉게구름처럼 족발을 감싸고 있었다.

"구름처럼 흩어지지 말고 달처럼 둥글어라."

도자기 탕 사발 안에는 우윳빛 국물 안에 엄지손가락만 한 완자가 가득했다. 새하얗고 동글 매끈한 완자에는 푸르스름한 김과 발그레한 새우가 콕콕 박혀 있었다. 알록달록한 색깔이 배합된 완자가 탕 안에서 둥둥 떠 있는 모습이 무척 보드라워 보였다. 영혁은 자그마한 연잎 그릇에 탕을 덜어 봉지미에게 건넸다.

"이 요리 이름은 '휘장 걷어 달을 보며 한숨 쉬니, 아름다운 여인은 꽃처럼 구름 너머에'이다."

"그게 어디 음식을 먹는 겁니까? 제가 보기에는 시를 먹는 것 같은데요."

봉지미는 요리 이름을 들으면서도 눈을 내리깔고 더 자세히 묻지 않았다. 그저 말을 돌릴 뿐이었다.

"어디서 데려온 요리사길래, 솜씨가 이렇게 훌륭해요?"

영혁은 웃기만 했다. 봉지미가 요리조리 살펴보다가 깜짝 놀라서 물었다.

"설마 직접 한 거예요?"

"나한테 이런 솜씨가 어디 있겠느냐?"

영혁이 세련된 술주전자를 꺼내 들었다.

"고월산(古月山)은 강회의 명주이다. 맛보거라."

봉지미도 거절하지 않고 싱긋 웃었다.

"오늘은 취하셔도 제가 큰 배로 못 업고 갑니다. 이 배에서 물을 따라 흘러가시지요."

"그것도 좋지."

영혁은 술잔을 입술에 대고 들이켰다. 봉지미를 보는 눈빛도 술기운이 도는 듯 번득거렸다.

"걱정도 근심도 없이 물 따라 강 따라 흘러 다니면 좋지 아니할 게 뭐가 있겠느냐."

봉지미가 선실의 발을 걷어 올리자, 바람이 가랑비를 몰고 들어왔다. 수면 위에 겨울 가랑비가 내려앉아 사방이 온통 부옇게 보였다. 멀리 이어진 산등성이는 흐린 하늘에 푸르스름한 그림자를 한 가닥 남겼다. 비스듬히 몰아치는 바람과 보슬비 속에서 검은 장막을 씌운 배는 유유히 떠내려가고 있었다. 초록빛 대나무 삿갓과 도롱이가 뱃머리에서 흔들거리자, 마치 시간 속에 그대로 멈추어 버린 그림과 같았다. 그렇게 몽롱한 분위기 속에서 둘은 술을 꽤 많이 마셨다. 영혁은 진즉 술에 취해서는 손으로 머리를 괴고서도 여전히 한 잔, 한 잔 술을 들이켰다. 그녀 역시 권하지도 않았는데 그보다 더 많이 마시고 취했다. 그 향긋하고 달콤한 술과 함께, 오늘 밤 수면 위에 이는 바람, 오락가락하는 빗방울, 그리고 말로 다 하지 못할 혼자만의 근심 걱정을 다 마셔 버렸다. 선실 안, 두 사람 주변으로 술주전자가 한 무더기 쌓였다. 작은 배에서 비를 벗 삼아 가볍게 마셨다기보다는 아예 술 마시기 시합이라도 벌인 모습이었다.

밤이 깊어졌다. 비가 내려 달도 보이지 않았다. 배 그림자만이 물결을 헤치고 날렵하게 앞으로 나아갔다. 봉지미가 마지막 술주전자를 마구 흔들더니 들여다보며 중얼거렸다.

"어이, 왜…… 벌써…… 없는 거야?"

앞에 앉은 영혁은 탁자 위에 엎드려 있었다. 팔꿈치가 쟁반을 덮치기 일보 직전이었다. 요리는 거의 건드리지도 않고 빈속에 술만 배 터지게 들이부었으니, 주량이 많은 편인 봉지미도 쓰러질 것 같은데, 술 깨는 약으로 겨우 버티는 주량 적은 영혁이야 오죽하겠는가. 아마 하늘이 노랄 지경일 터였다. 그런데도 그는 그녀를 붙잡고 계속 술을 마시려 했다. 그녀가 뭐라고 한마디 하자, 그가 하는 수 없이 고개를 반쯤 들었다.

"…… 너…… 취했다……."

봉지미는 영혁을 똑바로 보더니 웃기 시작했다. 손가락으로 그를 가리키며 웃었다.

"전하야말로…… 취해 놓고…… 저한테……."

영혁이 손으로 이마를 받치고 봉지미를 보았다. 그녀는 언제나 웃고 있지만, 지금처럼 크게 웃은 적은 없었다. 지금까지 그녀의 웃음은 내성적이고 조용한 느낌이었다. 온화하고 예의 바르게 보일 정도로 입꼬리만 살짝 들어 올려 미소 지었다. 부드럽고 온화한 것이야 남들도 다 알았다. 하지만 무언가 감추는 듯 내성적인 모습은 그만이 알았다. 그녀의 그런 웃음은 언제나 그의 마음을 아프게 했다. 누군가의 손끝을 잡아당기는 것 같기도 하고, 살면서 어쩔 수 없는 것들을 어떻게든 들어 올리려는 모습 같기도 했으니까……. 그런데 지금 그녀는 처음으로 아주 제대로 웃고 있었다. 날아갈 듯한 눈썹, 약간 치켜 올라간 눈꼬리, 가늘게 뜬 눈동자가 빛을 발했고, 약간 벌어진 빨간 입술 사이로 하얀 치아가 눈부셨다. 그 웃음이 그의 어지러운 시야 속에서 흔들거렸다. 마치 강물 위 연기와 물빛과 가랑비가 연이어 물결치며 뱅글뱅글 돌아 가슴 속으로 파고드는 것 같았다. 그는 뱅뱅 도는 통에 통제력을 잃고 정신없이 손을 뻗다가 힘이 빠져 탕 그릇에 부딪힐 뻔하였다. 그나마 아직 이성의 끈을 붙잡고 있던 그녀가 재빨리 손을 뻗어 그를 받쳤다. 하지만 본인도 힘이 풀리긴 마찬가지였다. 둘이 함께 탁자로 처박히려는 순간, 그녀가 탁자를 저 멀리 차 버려서 선실 밖으로 날아갔다. 탁자가 물에 빠지는 소리가 풍덩 하고 났지만, 아무도 밖으로 나오지 않았다. 잠시 작은 쪽배가 요동을 쳤다. 처음에는 심하게 흔들리던 배가 조금씩 진정되었지만, 흔들림이 완전히 멈추지는 않고 계속해서 조금씩 기우뚱거렸다. 한밤에 부슬부슬 내리는 가랑비의 장막과 함께 이리저리 흔들렸다. 사방이 고요해졌다. 쪽배는 큰 배의 그림자 속에 조용히 엎드려 있었다. 배 위의 등불은 언제인지 모르게 꺼져 버리고, 어슴푸레한 어둠 속에서 나지막한 소리가 들리기 시작했다. 그녀의 한숨 섞인 가느다란 목소리였다. 그녀는 잠시 간격을 두고서야 겨우 물었다.

"…… 그 아이는…… 어떻게……?"

한 마디를 내뱉은 후, 사방은 또다시 고요해졌다. 이번에는 쪽배마저 숨을 죽였다. 한참이 흐른 후, 영혁의 목소리가 어둠 속에 유유히 울려 퍼졌다.

"…… 무사히…… 내보냈다……."

누가 냈는지 모를 어렴풋한 "음" 소리에 또다시 빗소리가 부서졌다. 쪽배의 흔들림이 조금씩 가라앉고 어둠의 고요가 찾아들던 순간이었다. 그 어둠 속에서 빛이 번뜩였다. 예리한 무기에 깃든 환한 빛이 서슬 퍼런 한기를 내뿜는 것처럼, 이 밤, 바람을 타고 들어온 빗줄기처럼 아주 가볍게 번뜩였다. 검은 번개 같은 그것은 숨 막힐 듯 이상한 기류가 흐르는 선실을 뚫고 나갔다. 조금 전 겨우 이어진 따뜻한 마음을 갈라 놓아야만 한다는 듯이……. 공중에서 갈 곳을 잃은 빛은 조용히 사그라들었다. 한참이 지났다. 작은 쪽배가 또다시 움직였다. 약간 비틀거리는 봉지미가 뱃머리에 나타났다. 그녀는 옷섶을 추스르고 잠시 그대로 서 있었다. 그러다 곧 소리 없이 큰 배 위로 날아올랐다. 큰 배 역시 조용했다. 그녀가 선실로 돌아가려는데, 흰옷을 입은 그림자에서 나오는 눈빛이 아래쪽에서 올라왔다. 그녀를 보는 눈빛이 평온하고 또렷했다. 위아래로 한 번만 훑으면 모든 것을 다 꿰뚫어 볼 것 같은 눈빛이었다. 그녀는 눈이 마주치자 난감한 듯 시선을 돌려 버렸다. 이윽고 그녀는 뒤로 돌아서서 뱃머리를 손으로 짚고, 안개비 속을 표류하는 쪽배를 바라보았다. 옷자락이 펄럭여 뱃전을 때리는 소리가 계속해서 울려 퍼졌다.

그녀의 눈꼬리가 촉촉해졌다. 눈빛 역시 빗물처럼 우수에 젖어 들었다. 수면 위를 채운 자욱한 빗방울처럼 세상을 처량하고 우중충하게 덮어 버릴 것만 같았다. 쪽배가 이렇게 가까이에 손 뻗으면 닿을 거리에 있건만, 그녀의 눈길이 닿은 곳은 멀기만 했다. 그녀는 강을 조용히 뒤덮은 빗줄기 너머로, 앞으로 다가올 수많은 전투, 피로 뒤덮일 강산, 화염 속에서 울려 퍼지는 예리한 무기의 쇳소리, 사방을 수놓을 무기의 섬광이 느껴졌다.

잠시 후 봉지미가 눈을 감고 배를 움직이라는 수신호를 했다. 큰 배는 자신의 육중한 몸을 그 조그마한 쪽배에서 멀리 떨어지게 하려는 듯, 조용히 수면 위를 미끄러졌다. 배 그림자 속에서 물빛이 아름답게 일렁거렸다. 큰 배는 점점 멀어지며 어두운 하늘가의 점으로 변해 갔다. 사방에서 바람이 불어 들었지만, 그녀는 여전히 미동도 없었다. 종신이 그녀 뒤에서 조심스럽게 물었다.

"춥지 않으십니까? 탕약을 좀…… 달여 올까요?"

잠시 침묵하던 봉지미가 느릿느릿 대답했다.

"그래요. 부탁드려요."

장희 20년 초, 위지가 강회도 포정사로 부임한 지 몇 달도 되지 않아 장녕이 서량과 손을 잡고 오랫동안 감추어 두었던 발톱을 드러냈다. 장희 20년 3월, 장녕은 보주에 군사들을 집결시켰다. 그들의 칼끝은 곧바로 농북과 민남의 7주 13현으로 향했다. 그와 동시에 서량에서는 병사들을 변방에 배치하여 당장이라도 민남으로 병력을 동원할 태도를 취했다. 천성 황제는 남쪽 지역에서 주둔하던 대군을 우선 급파하고, 7황자를 감군으로 보내 직접 지휘하게 했다. 전쟁의 고통을 불과 수년 전에 겪은 민남이 다시 핏빛 화마에 휩싸였다. 사실 장녕이 반역을 꾀한 것은 이미 수년 전부터였다. 장희 18년에 서량과 결탁한 후, 19년 초에 이를 실행에 옮기려고 하였으나 서량의 황권이 교체되는 바람에 미루어진 것이었다. 사실 이건 봉지미의 뜻이기도 했다. 그녀는 서량을 떠나기 전 여서와 만나, 장녕과 서량이 동맹을 맺은 사실을 천성 조정에 보고하지 않겠노라고 미리 말해 두었다. 천성 황제는 원래 그녀를 서량으로 보낼 때, 장녕의 동향을 살피라는 분부를 내렸다. 그럼에도 불구하고 그녀는 장녕이 서량과 결탁했다는 중차대한 사실을 천성 조정에 숨긴 것이었다. 만약 그녀가 서량에서 복귀한 후 장녕이 곧바로 군사를 일으켰다면 문책을 피하기 어려웠을 것이다.

명석한 여서와 노지언은 두 나라의 동맹 사실을 뻔히 아는 봉지미가 보고를 하지 않는 데는 다른 심산이 있을 거라 판단했기에 거병을 미뤘다. 그들은 아주 은밀하게 움직이며 천성 황제가 경계심을 낮추도록 계략을 폈다. 장녕 쪽에서 왕자를 제경으로 들여 황제를 알현하게 해 달라고 아뢰었던 것이었다. 그러면서 한쪽으로는 몰래 군비를 마련하고 전쟁을 준비했다. 마침내 때가 무르익자, 그들이 한꺼번에 움직인 것이었다.

전쟁이 일어나자, 군사를 이끌 장수가 필요했다. 민남에서 보직을 맡고 있던 화경은 자연히 두각을 드러냈다. 이 여장수의 용맹함은 남자 장수에 뒤지지 않았다. 전장에서도 언제나 선봉에서 돌격했다. 그러니 휘하의 여자 병사들도 대장의 끓는 피에 감격하여 전투에서 매섭기가 남자 병사들을 뛰어넘었다. 민남 지역은 본래 사람들이 거칠고 여자들의 지위가 매우 낮았다. 종군하는 여자들은 대부분 신세가 처량하고 고생스럽게 살아온 사람들이라, 전쟁에 임해서도 목숨 따위 아끼지 않고 달려들었다. 그래서 군사 한 사람이 열을 당해내고 가는 곳마다 산천초목을 벌벌 떨게 했다. 화봉군은 순식간에 만천하에 이름을 날렸고, 화경은 눈부신 전공을 쌓아 3품 장군으로 명성을 드높였다.

전쟁이 시작되니, 서량에 뿔뿔이 흩어져 있던 화봉의 옛 병사들이 계속해서 국경을 넘어 들어와 나라를 위해 몸 바치고자 하였다. 민남 장군은 이 일을 조정에 보고하였고, 천성 황제는 몹시 기뻐하였다. 외지를 수년간 떠돌던 천성의 옛 병사들이 이처럼 중요한 시기에 충성을 바칠 거라고는 생각도 하지 못했기 때문이었다. 그리하여 옛날 화봉군 소속이었다면 인원을 막론하고 전부 화경의 휘하에 귀속시키도록 즉시 윤허했다. 그리고 갓 전장에 나가 전공을 세운 옛 화봉군 소속의 지휘관 제소균을 참장으로 파격 임명하였다. 늙은 황제는 그저 들떠서 옛 화봉군의 규모가 도대체 얼마나 되는지 묻지도 않았다. 사람들이 계속해서 들어오자, 화경의 휘하가 남녀 양 진영을 합하면 이미 5만을 넘어섰다. 시간이 지날수록 그 규모가 더 커지는 중이었다. 사실 그보다 더 중요한 것은 화봉군이 모두 대단히 용맹하다는 점이었다. 특히 후진으로 배치된 남군 병력은 타고난 정예병들이었다. 그들은 전술에 정통하고 기마, 궁술에 능했으며, 각 개인별 전력과 군 전체의 협공 능력이 천하 일류였다. 타국을 떠돌며 흩어져 있던 군대라고는 생각할 수도 없었다. 매일 같이 싸울 태세를 갖추고 시시때때로 전장을 누비던 노련한 정예 부대 그 자체였다. 이런 그들의 전력을 주변 사람들이 경계했지만, 화경은 공을 다투는 사람이 아니었다. 화봉군은 여자가 주 전력이어서 남자 장수들에게서 배척당하기 일쑤였지만, 그녀는 예전의 봉지미가 그랬던 것처럼 전혀 개의치 않았다. 야전과 유격전을 벌이는 전장에서 적을 유인하고 매복을 하는 역할 등, 위험해서 다른 부대들은 기피하는데도 정작 생색은 크게 나지 않는 임무들을 찾아서 했다. 그래도 그녀는 천하태평이었다. 오히려 휘하의 그 용맹한 부하들이 답답해하며 아우성을 칠 정도였다. 그럴 때마다, 화경은 알 듯 모를 듯 손가락을 까딱 까딱거리며 이렇게 말할 뿐이었다.

"급할 것 없어. 너희가 빛을 볼 날이 분명 있을 것이야."

그러고는 뒷짐을 지고 허허 웃으며 하늘에 뭉게뭉게 솟은 구름이나 볼 뿐이었다. 남방의 전쟁이 격렬해졌을 때에도 봉지미는 여전히 강회도 포정사의 임무에 열중했다. 부임하고 처음 맡은 큰일은 경회 운하 건설이었다. 전쟁이 한창이었기 때문에 국고가 군비에 대량으로 투입되었다. 아무래도 풍족한 강회도에서 군량의 많은 부분을 부담했기에, 큰 사업인 경회 운하 공사의 자금줄이 잠시 빠듯해졌다. 이럴 때는 나라에 돈을 달라고 할 수도 없는 노릇이다. 위지의 공적에 대한 올해 평가가 최고일지 우수일지는 이번 일을 잘 처리할 수 있느냐 없느냐에 달려 있었다.

영혁도 강회에 자주 들렀다. 그러나 언제나 황자로서 격식에만 따를 뿐, 각 도의 공식적인 일에 대해서는 마음대로 개입하기가 힘들었다. 그 역시 일이 바빴기에 강회의 저택에서 머무르지 않고 운하에서 가까운 백주(柏州)에서 머물렀다. 봉지미의 저택에서는 백여 리 정도 떨어진 곳이었다. 가끔은 그녀가 있는 곳으로 그가 오기도 했지만, 역시 들렀다가 금세 떠나가기 바빴다. 그에게 무슨 근심 걱정이 있는 것처럼 보이는데도 줄곧 언급을 피했고, 그녀도 묻지 않았다. 그런데 한번은 그를 그림자처럼 쫓아다니는 영징이 무심코 투덜거리는 것이 아닌가.

"다른 황자는 또 아들을 낳았는데 우리 전하는 아직까지도 정비고 측비고 아무도 안 들이고 있으니…… 이게 말이 되는 일이에요? 조정 신하들까지도 우리 전하를 걱정하는 판이라고요. 며칠 전에는 신 서원장도 전하한테 처자식을 두지 않으면 하면 무슨 자격으로 그 큰 자리를 얻겠느냐고 한탄하시더라니까요. 요즘에는 사람들이 '초왕이 몸이 약해서 후사가 끊길지도 모른다'고 수군거려요. 그럼 후계자 자리까지 뺏길지도 몰라요……. 아이고…… 남들은 모두 애가 타는데 본인만 천하태평이시지……."

말을 마친 영징은 뒷짐을 지고는 유유히 떠나갔다. 봉지미만 앞문의 어두운 그림자 속에 남아서 영혁을 배웅했다. 그녀는 한참을 그렇게 멍하니 있었다. 그러나 그런 일이라는 건 본디 조급해한들 소용이 없었다. 그가 말을 안 했으니 그녀도 모른 척해야 했다.

봉지미는 사방에서 돈을 끌어오는 일에 신경 쓰기도 바빴다. 신임 강회도 포정사로서 쉴 새 없이 수하의 참정과 참의들을 시켜 각 부, 주, 현에 공문을 보냈다. 강회는 부유했으니 대부호가 꽤 운집해 있었다. 이 장사꾼 대부호들에게서 떨어지는 은자를 합치면 짭짤한 수준이었다. 그러나 돈 많은 자는 대부분 돈 쓰는 데 인색하다. 그래서 '기부'라는 명목으로 각 부, 주, 현의 지부, 지주, 지현들을 초대해 차를 마셨다. 그들은 나라를 위해 봉사하고 무엇이든 아낌없이 내놓겠다는 이야기를 입에 침이 마르도록 해댔다. 그래놓고는 겨우 수십 만 냥을 모아 왔다. 이걸로는 언 발에 오줌 누기일 뿐이었다. 액수를 보고받은 그녀는 웃음만 나왔다. 그녀의 웃음에 다른 사람들은 별 신경을 쓰지 않았지만, 그녀의 명성을 익히 들었던 참정, 참의들은 목이 저절로 움츠러들었다. 위 대인이 웃으면, 누군가가 쓰러진다는 말을 들었기 때문이었다.

"내가 지난번에 당신들에게 내 전갈을 가져가라고 했었소. 기부에 대해 상의하자는 청을 드린다고 말이오. 잘 처리했나요?"

봉지미가 천천히 차를 음미했다. 참의 몇몇이 서로 얼굴만 쳐다보다가 난처한 표정을 지었다. 그녀가 찻잔을 놓고 "음" 하고 목을 가다듬자, 한 참의가 재빨리 입을 열었다.

"…… 청했습니다만…… 이가에서는 사람을 보내 이 대인이 다리에 한기가 들었다고 전해왔습니다. 꼼짝도 못 하니, 대인께 양해 바란다고 합니다. 그리고 류가에서는 당주가 이부시랑 류 대인의 생신 축하 때문에 제경에 가셨다고, 역시 양해 바란다고 했고요…… 그리고 나머지 다른 곳들도 전부 이러쿵저러쿵 하면서 말들이 많은지라……."

"별의별 핑계를 다 대면서 말을 돌립니다."

새롭게 참정이 된 전언이 갑자기 냉소했다.

"누구는 병이 났다고 하고, 누구는 물건을 구하러 멀리 장사하러 갔다고 하고, 누구는 첩을 들인다는 희한한 핑계를 대더라고요! 그리고 그 이가에서는 하기 싫으면 차라리 거절을 하지…… 정식으로 서한까지 보내왔습니다. 안에다가 3천 냥짜리 은표를 넣어서요. 누굴 거지로 아나……."

"아? 그랬나?"

화도 내지 않고 실눈을 뜬 채 이야기를 듣던 봉지미가 입가에 옅은 미소를 띠고 분부했다.

"강회도에서 순위 안에 드는 부호들 명단을 전부 가져오시오."

누군가가 즉시 명단을 가져오자 봉지미는 다 훑어보더니 웃으며 말했다.

"역시나 조정에는 가문이 부유하지 않은 이가 없군. 맨 앞에 있는 몇몇은 조정의 주요 인물들하고 연관된 집안들이야."

전언이 말했다.

"강회는 땅이 넓고 생활이 풍족하고 물자도 풍부합니다. 수륙 교통도 발달했지요. 위로는 북강, 아래로는 남역이 맞닿아 있으니 부를 축적하기에 가장 좋은 지방입니다. 조정의 수많은 고관대작이 강회에 토지를 갖고 있습니다. 그 자식과 형제들도 대부분 강회에 있고요. 강회의 토지는 거의 그런 고관대작 가문에서 나눠 갖고 있는 상태입니다. 이 지역의 인맥 관계는 아주 긴밀하고 복잡합니다. 역대 강회 포정사는 들어오는 것이 풍족하긴 했지만 그만큼 골치도 아팠지요. 이런 인맥 관계들을 잘 처리하는 것만으로도 눈코 뜰 새 없이 바쁘니까요."

"명단 두 번째, 제일 먼저 청을 거절한 이가 말이오……."

봉지미는 명단에서 익숙한 이름을 발견하고 놀라며 물었다.

"덕조전 이 대학사하고는 무슨 관계가 있나?"

"바로 그 이씨 집안입니다. 이가는 본디 강회의 명문가이지요. 조상

대대로 여기서 터를 잡고 살아왔습니다. 강회 어디서든 볼 수 있는 '이기(李記)'라는 포목점이 그 집안 것인데, 지금은 친척 조카가 일을 도맡아서 하고 있습니다. 이가의 장손은 벼슬길에 뜻이 없어서 여기저기 떠돌다가 몇 년 후에나 강회로 온다고 하고요. 이 대학사가 심중에 그 장손을 이가의 다음 주인으로 여기고 있는지는 보장할 수가 없다고 하네요."

봉지미는 손에 든 명단을 내려놓고 의미심장한 미소를 지었다. 이가의 장손이라는 자가 무척이나 익숙했다. 난향원 하인 시절, 뒤뜰 화원에서 단숨에 거시기 주머니를 잘라 버리고 은자 3천 냥을 뜯어낸 후, 제경을 떠나라고 협박했던 그 공자였다. 정말로 이렇게 각지를 떠돌고 있을 거라고는, 그리고 이렇게 다시 마주치게 되리라고는 생각지도 못했다. 벼슬길에 뜻이 없을 만도 했다. 장부가 그런 일을 당했으니…… 원대한 이상과 포부가 연기처럼 사라지는 것도 어찌 보면 당연할 터였다.

봉지미는 갑자기 추가 저택의 셋째 아가씨가 떠올랐다. 외숙의 딸인 추옥락과 혼담이 오갔던 것이 이 이 공자가 아니었던가? 시간으로 따지자면 추옥락이 이미 시집을 갔을 텐데……? 그녀가 방심한 탓이었다. 추상기가 전장에서 죽은 후, 추 부인이 장희 16년 말에 갑자기 중풍으로 말을 잃고 앓아누웠다. 그렇게 거대하고 호사스럽던 추가 저택은 하루아침에 몰락하고 말았다. 그녀는 추가 저택을 보살펴 주고 싶은 마음은 없었지만, 굳이 끝까지 쫓아가 괴롭히고 싶은 마음도 없었다. 추가 저택 사람들은 이미 그녀의 안중에 없었다. 그런데 이번 일로 추 부인이 쓰러진 다음 해에 추옥락이 시집을 갔다는 것이 겨우 떠오른 것이다. 그때 봉지미는 초원에서 전투 중이었다. 혁련쟁이 순의 왕비라는 이름으로 축하 선물을 보냈다고 그녀에게 잠깐 이야기를 했었는데, 그녀는 일이 바빠 기억하고 있지 못했다. 그런데 지금 이렇게 다시 엮이다니……. 머릿속이 뒤죽박죽된 그녀는 불안한 표정을 지었다. 그때 전언이 그녀의 이상한 모습을 뚫어지게 바라보았다.

'위 대인 표정이 왜 저래? 왜 저렇게 안절부절못하고 얼빠진 표정인 거야?'

봉지미가 정신을 차리고 명단을 '탁' 치면서 말했다.

"돈을 못 내겠다는 거지? 그럼 내가 조정에 이런 상소를 올렸다고 소문을 내게. 곡식으로 부역을 면하는 제도를 철폐하고, 일괄 납세를 하게 해 달랬다고 말이야. 곡식의 납부는 사람 머릿수가 아닌 토지의 양에 따라서 징수하고, 강회에서 우선 시행하고 나중에 전 국토로 넓혀 달라고 청했다고."

"일괄 납세요?"

전언이 화들짝 놀랐다. 이 제도 자체에 놀란 것은 아니었다. 대성 황조의 조세 제도가 본래 이러했기 때문이다. 그런데 천성 황조 건국 이후 인두세로 제도를 바꾸고 이를 폐지했는데, 황제가 없애 버린 제도를 갑자기 들고 나오다니…… 이는 매를 버는 것이 아닌가?

"대성의 그 조세 제도는 분명 훌륭한 정책이지 않은가? 나중에는 늙은이들이 다 망쳐 버렸지만 말이야."

봉지미가 전언에게 눈을 흘기며 웃을 듯 말 듯 이야기했다.

"좋은 제도는 어떤 방해나 저항에도 물러서면 안 되는 것이잖나. 군주의 녹을 먹고 군주의 일에 충성하는 신하로서, 나라를 위하고 백성을 위하는 데 내 한 몸 바치는 것 역시 당연한 것이야. 일단 다른 건 신경 쓰지 말고 소문부터 내고 나서 다시 얘기하세."

전언은 위 대인의 뜻을 알아챘다. 조정에 일괄 납세를 하자고 상소를 올린다든가, 그래서 세도가들의 특권을 없앤다든가 하는 것은 모두 허울일 뿐이었다. 위 대인은 지금 강회의 수전노들을 압박하려는 것이다! 천성 황조는 계급 제도가 엄격하여 세도가들이 온갖 특권을 누리고 있었다. 그런데 누군가가 이를 없애자고 들면 그들의 막대한 이익에 분명 큰 영향을 주게 될 것이다. 흘러가는 소문에 그치더라도 이 구두쇠 영감들은 분명 불안에 떨 것이다. 더군다나 이런 소문이 흘러나온 곳이 그저 그런 포정사가 아니라 조정에서 특별한 대우를 받으며 승승장구하는 위지 쪽이라면……. 그는 무엇이든 해내지 못했던 일이 없지 않았는가?

강회는 순식간에 시끌벅적해졌다. 각 부호 간에 교류가 빈번해지고, 새로운 소식을 수소문하려는 말과 마차가 쉴 새 없이 오갔다. 포정사 관아의 동향은 초미의 관심사가 되었다. 그러나 봉지미는 소문을 내고 난 후부터 문을 닫아걸고 손님을 일절 만나지 않았다. 그리고 관아 안에서 각급 관리와 지역 부호들이 사사롭게 왕래하는 것도 금지하였다. 그녀의 이런 조치에 몰래 염탐하는 부하들도 생겨났다. 참의 하나가 한 부호로부터 은자 1천 냥에 정보를 캐내 달라는 부탁을 받았다. 다음날, 그는 저 아래 작은 현의 옥졸로 쫓겨났다. 그 이후로는 누구도 부호들과 엮이려 들지 않았다. 부자들은 은자를 싸 들고 파리 떼처럼 여기저기를 쑤시고 다녔지만, 방법을 찾지 못했다. 평소처럼 제경에 있는 연줄에 편지를 보내 소식을 엿듣고 그녀의 상소를 제지해 보려는 이도 있었다. 하지만 그들에게 돌아오는 답변이 하나같았다. 위 대인은 상소를 폐하께 직접 올릴 수 있는 특권을 가지고 있으니, 그가 상소를 이미 올렸는지 아닌지, 또는 폐하가 이를 윤허했는지 아닌지는 보통 관원들로서는 전혀 알 수 없다는 것이었다. 그리고 아주 진지하게 이런 이야기를 덧붙였다. 상황을 지켜보기만 하고, 거스르려 하지 말고, 새로 부임한 포정사를 상대로 절대 맞서지 말라는 것이다. 까딱 잘못하다가는 곱게 죽지는 못할 거라고 했다. 강회의 분위기가 갈수록 흉흉해졌다. 사람들은 그제야 이번 포정사가 선임들과 다르다는 것을 깨달았다. 예전에 대부호들은 자기들끼리 똘똘 뭉치고 제경 세도가들의 지지를 얻었다. 그러니 포정사도 줄곧 그들의 권세에 결탁해 왔다. 지금처럼 진짜인지 가짜인지 모를 상소 하나에 강회 전체가 발칵 뒤집힐 줄이야 어디 상상이나 했겠는가? 사람들의 두려움과 초조함이 최고조에 달하고, 진실을 알고 싶은 궁금증이 극에 달했다. 보름 후, 포정사 관아에서 서신을 발송해 강회부 교외에 있는 수월 산장에 류가, 이가를 필두로 강회의 대부호들을 모두 다 초대하였다.

이번에는 모두 다리가 멀쩡했다. 생신 축하하러 갔던 사람도 돌아오고, 들이려던 첩도 들이지 않았다. 서신을 받은 그들은 수월 산장으로 눈썹을 휘날리며 달려왔다. 5월 초아흐렛날, 해가 밝자마자 강회부 소재지에서부터 관부 별장인 수월 산장 입구까지 15리 길이 차와 수레로 가득 들어찼다. 오도 가도 못 하고 멈추어 선 것만 해도 몇 리가 이어졌다. 부호들은 강회부 포정사를 비롯해 관아의 각급 관원들을 맞이하느라 일찌감치 바깥 전실에 도착해 차를 마시며 기다렸다. 차와 가마의 행렬 속에서 특히 두드러지는 마차가 있었다. 비취를 얹고 초록빛 나사(羅紗) 원단으로 둘러싼 금색 지붕 마차는 지나가는 길 내내 사치스러움이 묻어났다. 척 보기만 해도 대단한 부호 집안의 여자가 탈 만한 마차였다. 평소라면 그다지 희한할 것도 없겠지만, 이런 상황에서 이런 행렬에 속해 있는 건 아무래도 뜬금없었다. 오가는 말과 마차에 탄 사람들 모두 발 속을 들여다보고 싶은 걸 참을 수가 없었다. 누군가가 마차에 이가의 표식이 있는 것을 알아보았고, 사람들은 손가락질하며 수군거렸다. 이가의 종손 며느리라는 것이다. 원래는 오군도독부 추 씨 집안의 아가씨인데, 추부가 몰락하고 강회로 시집을 왔다고 했다. 이 추가 아가씨는 무장의 후예답게 성질 역시 아주 무지막지했다. 강회로 오자마자 이 대학사의 강력한 지지를 등에 업고 집안의 실세인 당숙 어르신을 물러나게 했다. 그러고는 포목점 사업 대부분을 인수했다. 그녀의 남편인 이가 종손은 될성부른 떡잎이 아니고 장사에도 흥미가 없어 매일같이 빈둥거릴 뿐이었다. 이가의 새 안주인 역시 남편은 신경 쓰지 않았다. 남편이 사방으로 쏘다녀도, 안으로는 집안일을 돌보고 밖으로는 장사를 이어 갔다. 강회 제2의 거부로 손꼽히는 이가를 완전히 자기 손에 넣을 심산이었다. 그런데 항간에 떠도는 말이야 어떻든 오늘 이런 자리에 정말로 그녀가 참석하러 오는 걸 보고 사람들의 의심이 더욱 깊어졌다. 설마 그 소문이 진짜였단 말인가? 연회 자리는 점심에 마련되었다. 손님들은 전부 오전에 도착해 초조하게 기다리고 있었다. 별안간 소리가 길게 울려 퍼졌다.

"초왕 전하 납시었소……."

"1등 후작, 강회 포정사 위 대인 납시었소……."

그 소리에 모두가 기겁했다. 보주에서 운하 공사를 감독 중인 초왕 전하가 친히 왕림하실 거라는 소식은 없었기 때문이었다. 사람들은 다급하게 나가서 인사를 드렸다. 산장 입구에 새까맣게 많은 사람이 무릎을 꿇고 엎드렸다. 하인 여덟 명이 가마 두 대를 메고 나타났다. 사람들이 둘러싼 가운데, 두 가마가 연달아 들어왔다.

그때, 뒤쪽 가마에 타고 있던 봉지미는 이마에 내 천(川)자를 그리고 있었다. 그녀도 오늘 영혁이 온다는 것을 몰랐기 때문이다. 그녀는 관아를 나서서 오는 길에 그와 마주쳤다. 그는 오늘 연회가 들린다는 얘기를 듣고는, 이번 연회는 자기가 맡고 있는 사업에 자금을 조달하기 위해 열리는 것이니 가만히 있을 수 없다며 계속 따라붙었다. 사실 그가 와도 괜찮았다. 권세가 대단한 황자가 자리에 함께한다면 그녀로서는 얻는 성과도 분명 클 것이다. 그의 가마가 닿자, 비취를 덮은 마차의 발이 갑자기 걷혔다. 줄곧 마차 안에만 있던 추 씨 집안의 셋째 아가씨이자 이제는 이가의 안주인이 된 추옥락이 허리를 곧추세우며 걸어 나왔다. 그녀는 옅은 화장을 하고 아름답게 꾸미고 있었다. 화려하지만 야하지 않은 옷으로 신경 써서 치장한 것 같았다. 봉지미가 그녀를 보고 눈을 찡그렸다. 추옥락은 당연히 뒤쪽 가마에 봉지미가 타고 있다는 걸 몰랐다. 그녀는 사람들의 시선을 한 몸에 받으며 태연자약하게 그의 가마 앞으로 갔다. 인사를 드리기 위해 사뿐사뿐 다가선 그녀가 수줍은 듯하면서도 씩씩하게 이야기했다.

"민부(民婦) 추옥락, 전하를 뵈옵니다. 전하께서 그날 강 위에서…… 보내주신 구원의 손길에 감사드립니다."

제50장

허를 찌른 전략

봉지미의 눈꼬리가 아무도 눈치채지 못할 만큼 살짝 떨렸다. 강 위에서? 무슨 강? 제경에서 경회 운하로 흘러드는 여강? 아니면 강회 내에 여강의 다른 지류가 있는 건가? 그녀는 조금 혼란스러웠다. 머릿속으로 그날 밤 강 위의 쪽배가 스쳤다……. 정신을 차리고 보니, 추옥락의 말은 미심쩍은 부분이 있었다. 구원의 손길? 그럼 그냥 감사하다고 하면 그만이지, 뭐하러 저렇게 은근슬쩍 이상한 말을 하는 건지. 추옥락이 출현한 이 상황과 그녀의 거동은 퍽 대담했다. 초왕과 자신이 방금 도착했고, 아직 아무도 인사를 건네지 못했는데 일개 아녀자가 제일 먼저 나섰으니 말이다. 오군도독부에서 버릇없이 굴던 응석받이 아가씨 시절의 버릇을 시집가서도 고치지 못한 모양이었다.

봉지미는 희미한 웃음을 띠고 가마에서 내렸다. 추옥락의 신분으로 친왕에게 함부로 말을 거는 상황은 그녀가 나서서 꾸짖지 않아도 막을 사람이 있었다. 그런데 그녀가 가마에서 내린 후에도 사방은 그저 조용했다. 영혁 옆에 있던 영징도 뭐라 하려고 입을 열었다가 그녀를 한번

466

보고는 조용히 입을 다물고 고개를 돌려 버렸다. 다시 한번 살펴보니 왜 이렇게 조용한지 알 것 같았다. 영혁이 화도 내지 않고 의아한 표정을 짓지도 않은 것이다. 그는 고개를 약간 숙여 추옥락을 바라보고 있었다. 봉지미가 있는 각도에서는 그의 얼굴이 자세히 보이지 않고, 맞은 편에 있는 추옥락의 표정이 점차 변하는 것만 보였다. 당황함이나 민망함은 아니었다. 부끄러운 듯 쭈뼛거리는 그녀의 두 뺨이 살짝 달아올랐다. 여인의 얼굴이 붉어지는 것은 남자들이 자신에게 특별한 눈빛을 보일 때뿐이다. 봉지미는 조용히 뒷짐을 지고 이를 지켜보았다. 제지하지도, 말을 하지도 않았다. 사방을 둘러싼 부호들이 불안해하기 시작했다. 이게 무슨 경우란 말인가? 이가의 안주인이 언제 초왕 전화와 인사를 나눈 것인가? 얘길 들어보니 도움까지 줬다고? 한참 후, 영혁이 입을 열었다. 느릿하고 간단한 한 마디였다.

"됐소."

이 무덤덤한 한 마디로는 긍정하는 건지 부정하는 건지 알 수 없었다. 영혁이 더 말을 하지 않자, 추옥락은 곧바로 다시 한번 예를 차리고 한쪽으로 비켜섰다. 그제야 사람들이 불나방처럼 몰려들어 두 사람에게 인사를 해댔다.

"전하를 뵙습니다. 위 대인을 뵙습니다!"

영혁은 예의상 손을 들어 보이며 앞서서 걸었다. 존귀하신 친왕의 품격과 위엄에 사람들이 양쪽으로 물러났다. 봉지미는 그와는 완전히 달랐다. 따라 걸으며 미소를 띠고 사람들에게 말을 건넸다.

"진가 당주이시지요? 멀리 출타하셨다던데, 일을 이렇게 빨리 끝내고 오셨습니까? 국경 밖의 경치가 좋지요? 올해는 눈이 일찍 왔다던데, 초원에서 쌀 가격이 어땠는지 모르겠습니다?"

"아니 류 대인 아닙니까? 허허, 제경을 떠나기 얼마 전에 대인의 형님과 술을 마신 적이 있습니다. 이부에 일이 너무 분망해어서 은퇴하고 싶다고 하시던데…… 낙향하신다면, 경서에 있는 대인의 별장에 머무시는 것이 좋지 않을까 싶습니다만……."

"도가 소당주시지요? 젊고 장래가 유망하시다고 들었습니다. 산남 출신 여 부인은 왜 동행하지 않으셨습니까? 산남에 미녀가 많으니 부인도 틀림없이 미색이 출중하시겠지요? 그렇지 않다면야 도 소당주께서 저의 초대를 그렇게 연달아 거절하실 리가 없지요…… 그렇지요?"

"양가 큰 공자이시지요? 장희 18년에 6품 관직을 사셨다고요? 줄곧 고향을 위해서 힘쓰시고, 국가사업에 있어서도 남들에게 뒤지지 않으시니 제가 우선 감사 인사를 드립니다."

"오가 당주이시군요……."

"아니 이분은……."

봉지미는 걸어가는 내내 그들에 대해 콕콕 집어내며 이야기꽃을 피웠다. 능청스러운 그녀의 모습에 거기 모인 부호들이 식은땀을 흘릴 지경이었다. 그들은 아연실색해서 서로 얼굴만 쳐다보고 있었다. 이 앳된 포정사 나리가 이토록 무시무시한 사람이었다니! 분명 얼굴 한 번 마주한 적이 없는데, 보자마자 이렇게 신변잡기를 줄줄 읊어댄다. 더군다나 한 사람 한 사람의 신분, 가세, 토지며 각종 이력과 조정과의 연줄까지 하나도 빼놓지 않고 들먹이면서 친한 척, 걱정스러운 척까지 하는 것이 아닌가. 신경 쓰고 위해 주는 것처럼 보이지만, 말 속에 숨은 가시는 사람들을 펄쩍 뛰게 했다. 이게 어딜 봐서 가벼운 인사말인가? 이는 분명히 경고이자 일침이고 폭로였다. 마주 보고 활짝 웃으며 따귀를 때리니, 화를 낼 수도 없고 그저 똑같이 웃으면서 참을 수밖에! 근 보름을 소문 때문에 불안에 떨었던 부호들은 오늘에야 위 대인의 무서운 진면목을 보게 되었다. 듣던 대로 그는 양의 탈을 쓴 늑대였다.

늑대는 연신 빙글빙글 웃으며 모든 사람을 하나하나 짚었다. 유일하게 그냥 넘어간 것은 가장 먼저 포정사 관아의 초대를 거절했던 이가였다. 추옥락은 분명히 눈에 가장 잘 띄는 앞쪽 자리에 서 있었고 유일한 여자이니 위 대인이 보지 못했을 리가 없었다. 그러니 사람들 눈에는 위 대인이 눈빛으로 사람을 심판하는 것처럼 보였다. 포정사 대인은 이가에 불만이 단단히 쌓인 것이다. 저런 사람이 실수로 인사를 빠트렸을 리는 없었다. 고의로 그런 것이 분명했다. 사람들은 모른 척 태연스럽게 뒤로 물러났다. 그러자 추옥락은 썰물 빠진 바다에 외롭게 남은 섬처럼 되고 말았다. 그런데도 그녀는 별로 개의치 않는다는 듯, 영혁의 뒷모습만을 바라보고 있었다. 사실 봉지미에게는 시선을 두지도 않았다. 사람들은 영혁과 봉지미를 따라서 주연을 베푸는 대청으로 따라 들어갔다. 그가 우선 상석에 자리를 잡고, 그녀도 연회의 주인으로 함께 앉았다. 다른 사람들은 지위에 따라 착석했다. 모두가 본분에 맞게 흐트러짐이 없었다. 장내는 기침 소리 하나 들리지 않았다.

"본관이 강회에 부임한 지도 수개월이 되었습니다만, 오늘에야 비로소 여러 지역 인사들을 한 자리에 모실 기회가 되었습니다. 좀처럼 어려운 기회입니다. 자, 우선 다 함께 한잔하시면서 황제 폐하의 만수를 기원하고 초왕 전하의 천수를 기원합시다!"

봉지미가 의례적인 인사말을 마치고 잔을 높이 들었다. 잔을 높이든 손이 물결치는 가운데, 웅성거리는 소리가 울려 퍼졌다.

"황제 폐하, 만수를 누리소서. 초왕 전하, 천수를 누리소서."

그런데 남자들의 목소리 속에서 여자의 목소리가 또랑또랑하게 들려왔다.

"황제 폐하, 만수를 누리소서. 초왕 전하, 천수를 누리소서, 만사형통하소서."

마지막 한 마디는 다른 사람들의 말끝에 따라붙어, 귀에 더욱 쏙 박혀 들었다. 사람들은 잔을 든 채, 일제히 얼어붙었다. 대청 안에 숨 막히는 적막이 흘렀다. 영혁이 눈을 들어 추옥락을 흘깃 보더니 웃음을 머금고 잔을 높이 들어 사람들을 향했다.

"모두 너무 격식에 얽매이지 마시오. 이 부인께서 잘 말씀해 주었오. 본 왕이 현재 제일 원하는 바가 바로 만사가 순조롭게 풀리는 것이오. 예컨대, 본 왕이 지금 감독하고 있는 운하 사업이 있소. 여강에서 갈라져 나온 능하(凌河)는 원래 경회 운하의 중요한 길목인데, 올겨울 강과 육지가 모두 꽁꽁 얼어붙어 강의 흐름이 바뀌고 모래톱이 생겼소이다. 수로를 굳건히 하고 물을 끌어들이는 것은 큰 공정인데, 지금 공사 사금이 부족한 실정이라오. 이렇게 추운 날씨라면 인부들도 백주를 두 냥은 마셔야 물에 들어갈 수가 있을 게요. 본 왕이 시찰을 간 날, 가만 보니 인부들 다리에 얼음 조각으로 긁힌 상처가 아주 빽빽하더이다. 그런데도 은자를 더 넉넉히 보태 주지도 못하고, 참……."

추옥락을 두둔하는가 싶었던 이야기는 돌고 돌아 교묘하게 오늘의 주제에 닿아 있었다. 대단한 말재간이었다. 봉지미마저도 감탄하는 눈길을 보내고는 잔을 들어 웃으며 말했다.

"전하께서 나라와 백성을 걱정하시는 마음에 저희는 정말 고개를 숙이지 않을 수가 없습니다. 그러나 걱정하지 마십시오, 전하. 여기 앉아 계신 분들은 전부 애국지사요, 깨어 있는 분들이십니다. 대대로 나라에 충성하고 서로 협력해 온 가문 출신이시지요. 나라와 백성을 이롭게 하는 일에 수수방관하실 리가 없습니다. 하물며 운하가 개통하고 나면, 여기 계신 모든 대인들의 사업에도 이로울 것이 아닙니까. 그런 말이 있지요. 한 식구 아닙니까. 네 일 내 일이 어디 있겠습니까? 집안에 어르신이 잠시 곤경에 빠졌다 칩시다. 그 자손들이 아무리 인색하게 군다 해도, 결국은 나중에 어르신의 가산을 나눌 때 자기 몫을 생각하지 않겠습니까. 하하."

사람들 얼굴이 붉으락푸르락하였지만, 이럴 때는 그저 같이 웃을 수밖에 없었다.

흡!

한쪽에서 진지하게 듣고 있던 영징은 갑자기 벽 쪽으로 고개를 돌리고 터져 나오는 웃음을 참으려 애를 썼다.

'저 여자과 초왕 전하는 완전히 찰떡궁합 순악질이다. 하나는 벌건 얼굴에 하나는 허연 얼굴, 하나는 완곡한 말재간으로 사람들의 마음을 움직이고 하나는 공갈과 협박을 해대니, 천하에 이렇게 장단이 맞는 짝꿍은 다시 찾기 힘들 거야!'

대청 안에는 또다시 숨 막히는 적막이 흘렀다. 사람들은 잔을 들고 서로 눈치만 볼 뿐이었다. 전하와 위 대인이 이렇게 성질 급하고 독한 인간들일 줄이야. 비꼬고 조롱하는 것도 모자라 이제 대놓고 사람들을 몰아붙인단 말인가? 지금 이 잔을 다 비우면, 기부를 약속하는 것이나 다름없었다. 약속은 별 것 아니다. 하지만 지금 나라가 다사다난한 이 마당에 운하 공사는 또 얼마나 큰 사업인가. 일단 기부를 하겠다고 운을 떼면 밑 빠진 독에 물 붓기 격이 될 것이다. 더욱이 기부 약속 장부라도 들이밀면, 이 양의 탈을 쓴 늑대가 얼마나 무서운 금액을 써넣을지 걱정이 앞섰다. 과연 약속해야 할 것인가, 못한다고 해야 할 것인가? 아무리 생각해도 달갑지가 않았다. 이전에도 비슷한 일들이 있었지만, 그때는 되는대로 수천, 수만 냥 정도 모아서 보내면 됐었다. 어느 포정사도 감히 뭐라고 하지 않았다. 물자도 풍부하고 윤택한 강회에서는 어느 항목에서 세금을 올리든 그건 괜찮았다. 그러나 이 지역 유지들을 건드리는 건 절대 해선 안 될 일이었다. 그런데 지금 이렇게 순순히 돈을 내놓아야 하는가? 이렇게 꼼짝도 못 해 보고? 모두의 시선이 류, 이 양가의 대표에게 쏠렸다. 추옥락이 피식 웃더니 일어나서 이야기했다.

"당숙께서 병상에 계시고, 부군 역시 몸져누워 제가 염치불구하고 이 자리에 참석하였습니다. 이런 일에 일개 부녀자인 제가 어찌 끼어들 자리가 있겠습니까. 여기 계신 어르신들의 말씀에 당연히 따라야지요."

사람들은 속으로 추옥락을 욕했다. 어르신들의 말씀에 따른다고? 그렇게 끼어들 자리가 없으면, 뭐 하러 여기까지 온 거야? 그런데 뜻밖에도 추옥락이 촉촉한 눈길을 들어 고의인 듯 아닌 듯 영혁이 앉아 있는 상석을 훑더니 아까와는 달리 말을 빙 돌렸다.

　"하오나, 저희 이가는 폐하의 백성으로서, 나라에서 필요로 하면 응당 힘을 보태야지요. 전하께서 한 마디만 분부하시면 저희도 뒤로 물러나지는 않겠습니다."

　추옥락은 포정사 대인에 관해서는 한마디도 하지 않고, 오로지 영혁만을 언급했다. 그가 운하사업을 주관하고 있고 이 일에 대해 먼저 이야기를 꺼내긴 했지만, 이 상황에 저런 식으로 말을 하니 사람들은 모두 의아했다. 어쨌든 이 모임의 주관은 포정사 관아이기 때문이었다. 그 말투는 정중하면서도 은근히 도발적인 뜻을 품고 있었다. 사람들이 듣기에는 그 말이 꼭 남녀가 서로 시시덕거릴 때 주로 하는 말처럼 느껴졌다.

　'당신이 하라시면…… 제가…… 할게요.'

　아까 술잔을 들고 마지막에 혼자 덧붙였던 한 마디는 친왕을 직접 만난 것이 처음인 아녀자의 실수라 이해하고 넘어갈 수 있다. 그러나 지금 이 말은 이 부인이 세상 물정을 모르는 게 아니라는 것을 확실히 알려 주었다. 그렇다면 그 말뜻은 뻔했다.

　'사람들 앞에서 전하를 유혹해……?'

　좌중의 사람들은 일순간 돈이 걸린 중차대한 일도 까맣게 잊고, 눈알을 이리저리 굴리며 윗전의 눈치를 살폈다. 초왕은 제경에서 방탕하기로 유명하다. 여기 있는 사람들 모두 제경에 연줄이 확실한 사람들인데 어찌 그 사실을 모르겠는가? 이 전하로 말할 것 같으면 홍등가를 즐기고 남녀를 가리지 않으며 아름다운 이를 거절하는 법이 없다고 했다. 그런데 오늘 보니 그새 양갓집 부녀자로 입맛이 바뀐 것일까? 게다가 소식이 빠른 사람들은 이가의 종손이자 외아들인 도련님이 그쪽으로는 영 가망이 없다는 정보를 암암리에 들은 적이 있었다. 설마 제경의 귀족 가문 출신의 이 부인이 예전에 초왕과 정을 통한 적이 있어, 독수공방 외로움을 이기지 못하고 전하와의 옛정을 다시 이어 보려는 것인가? 사람들은 원래 이러쿵저러쿵 남의 얘기하길 좋아하는 법이었다. 갑자기 사람들의 눈이 분주하게 깜빡거렸다. 흥미로 가득한 눈초리들이 사방으로 날아다녔다.

봉지미는 웃음을 머금고 고개를 숙인 채, 술을 들이켰다. 영혁 쪽은 한 번도 쳐다보지 않았다. 그는 평소와 다름없는 표정으로 술잔을 들고 가만히 듣더니, 웃으며 말했다.

"이 부인이 이렇게 대의에 밝으니 강회 부호들의 귀감이 되겠구려."

영혁의 한 마디는 아까와 마찬가지로 구체적인 뜻을 담고 있지 않았다. 그는 자신을 향해 오는 공격은 모조리 다 받아냈다. 누구도 그의 말 속에서 정확한 뜻을 짚어내지 못했다. 봉지미는 다시 한번 그에게 탄복했다.

'황가에서 쌓은 임기응변 실력으로, 여인을 대할 때도 이렇게 고단수이구나!'

그런데도 추옥락은 영혁의 이 한 마디에 아주 만족한 것 같았다. 득의양양하게 잔 속의 술을 비우고 얼굴에 홍조를 띤 채, 자리에 앉았다. 강회 제1의 갑부이자, 소금 사업을 제일 크게 하는 류가는 그의 말을 듣고 마음이 초조해졌다.

"전하 그리고 위 대인께서 먼저 운을 떼셨는데, 감히 저희가 어찌 따르지 않을 수 있겠습니까? 그저 마음은 굴뚝 같으나 힘이 모자랄 뿐이지요. 전하, 위 대인, 잘 모르는 작자들이 염상(鹽商)이 부유하네, 어떠네 하고 마음대로 떠드는 소리에 귀 기울이지 마시길 청하옵니다. 원래 자기가 겪어 봐야 고생을 아는 것이옵니다. 매년 염운사(鹽運使)*소금에 관한 일

<u>을 맡아 보는 관청</u> 관아에 소금세를 은자로 냅니다. 또 소금 판매 허가증을 받는 것에 무척 큰돈이 들고 있사옵니다. 겨우 한 해 이윤이 나와도 반 이상은 집을 건사하는 데 쓰이옵니다. 밀매상들이 뒷거래로 장난치는 걸 견디는 것도 힘에 부치는 형편입니다. 근래 남방에서 전쟁이 일어나, 이 근방으로도 유랑민이 많이 늘어났사옵니다. 그 사람들이 밀매상들 밑으로 벌 떼처럼 모여들어서는 적은 돈으로 횡재를 노리려는 형편입니다. 그러다 보니 집안이 크고 사업이 번창해 보이더라도 돈을 내놓기가 마음처럼 쉽지는 않다는 점을 헤아려 주시옵소서. 전하, 고명한 판단을 바라옵니다! 대인 고명한 판단을 바라옵니다!"

"그렇지요."

누군가가 곧바로 말을 받았다. 초원으로 쌀을 팔러 갔다던 진가 영감이었다. 진가는 강남의 대두, 유동 기름, 차, 쌀 등을 독점하고 있었다. 이를 산남, 산북으로 운반해 소금, 철, 밀, 솜, 목재, 잎담배 등으로 바꾼 다음 다시 초원과 서북 등지로 가서 팔았다. 전국 각지에 진가 영업장의 분점이 있었다. 그는 미간을 찌푸리며 염소수염을 쓰다듬었다. 콩처럼 작고 세모진 눈 속에서 교활한 눈빛이 반짝거렸다. 그는 한숨을 쉬며 말했다.

"전하, 대인, 저희가 겉보기에는 아주 대단한 것 같지만 실제로는 속 빈 강정일 뿐입니다. 남쪽으로 북쪽으로 다니면, 세도 계속 내야 하지요. 한번 왔다 갔다 하면 손에 쥐는 것이라고 해 봤자 얼마 되지도 않습니다. 대가족에다가 아랫사람들 먹고 입고 쓰는 것까지 생각하면 해마다 그저 현상 유지나 하는 셈이지요. 조정의 일을 저희가 모른 척할 수는 없습니다만, 매년 수시로 내놓기에는 부담이 됩니다. 작년에는 남방에서 물난리가 있었지요. 그때 저희가 구휼미를 내놓지 않았습니까? 재작년에 북방에서 눈사태가 났을 때도 이만 냥을 모았습니다. 그리고 그 재작년에는……"

진가 영감은 손가락을 하나하나 꼽으며 말하더니 맨 마지막으로 입맛을 쩝쩝 다시고 탄식했다.

"체면 불구하고 한 말씀만 드리자면, 제 주머니가 텅텅 빈 지 오래입니다. 저희 진가는 이제 지위고하를 막론하고 늙은이부터 아이들까지 남의 살은 삼 일에 한 번 겨우 먹을 지경입니다. 저도 이틀 동안 고기를 못 먹었어요. 못 믿겠다면, 제 배를 갈라 보십시오!"

진가 영감은 그렇게 이야기하며 허허 웃었다. 봉지미는 그를 흘깃 보았다. 이 진가 영감은 강회의 귀족 부호들 중에 지위가 아주 높은 편은 아니었다. 하지만 가장 지독하고 인색한 사람이었다. 진가가 다른 사업장을 괴롭히며 시장을 독점하려고 횡포를 부리는 정황은 강회부 관아 첨압방(籤押房)＊서류 및 문건을 작성하는 집무실 에 이미 차고 넘쳤다. 게다가 오랫동안 아무도 이를 문제 삼지 않았다. 그러다 보니 얼마 전에는 한 소장이 접수되었다. 이 영감이 민간의 아녀자를 억지로 취하려다가 죽게 했다며 고발하는 내용이었다. 진가는 집안도 크고 사업도 컸다. 듣기로는 합법과 불법에 모두 발을 담그고 있다고 했다. 그를 돕는 세력 중에는 죽음도 불사하는 건달, 무뢰배들이 있는데, 그 어둠의 집단이 강회 전체를 주름잡는다고 했다. 아무리 강한 용도 그 땅에서 난 뱀의 텃세를 이기지 못한다고 했다. 이곳에 부임한 역대 포정사들은 진가가 신경이 쓰인다기보다는 그 죽자사자 달려드는 녀석들이 두려웠다. 연극을 보러 가건, 외출하건, 언제 어디서든 칼을 든 녀석이 나타나 달려들지 모를 일이기 때문이었다. 그들은 부임 내내 아주 조마조마한 시간을 보냈다. 그래서 진가가 강회에서 날뛰는 수년 동안, 그 누구도 감히 나서는 이가 없었다. 이 영감은 한번 말문이 터지더니 벌집을 건드린 것처럼 울며불며 하소연을 쏟아냈다.

"전하, 고명한 판단을 바라옵니다. 제 상점들을 운영하는 것으로는 먹고 살기도 힘에 부칩니다. 지금 남방에서 전쟁이 나는 바람에 도로로 통행할 수도 없고, 운임이며 물건값은 천정부지로 치솟았습니다. 벌써 저희 상점 수십 개가 문을 닫았지요…… 셋째 딸이 출가하는데, 혼수를 서른여섯 짐밖에 못 했습니다. 괜히 시누이하고 동서들한테 웃음거리나 되는 건 아닌지……."

"농업, 양잠업, 제염업, 제철업, 어업 등등…… 각 청리사(淸吏司)*실무를 보는 기구 나 각 관아 어디든 돈을 내라고만 하고…… 이제 저는 마누라의 꼭두각시일 뿐입니다. 세금이 너무 무겁사옵니다……."

"진 대인은 3일에 한 번 고기를 먹는다고 하셨지만, 저희는 7일에 한 번 먹습니다!"

"…… 저희 같은 대식구는 매일 돼지를 열여섯 마리나 잡는데도 간에 기별도 안 갑니다! 저잣거리에 대두, 돼지고기, 쌀과 밀가루 값이 폭등했습니다. …… 먹고 살 엄두가 나지 않습니다."

평소 가난한 체하는데 도가 튼 거상들은 거세게 목소리를 높였다. 이곳에 왔을 때 점잔 빼려던 마음은 깨끗하게 잊은 후였다. 하나하나 나서서 고개를 젓고 눈썹을 찌푸리고 수염을 쓰다듬고 책상을 치면서 자신의 고초를 줄줄이 읊어대기 시작했다. 듣고 있자니, 여기가 마치 빈민 구호소 같았다. 제일 먼저 울음을 터뜨린 진가 영감은 세모눈을 모로 뜨고 다리를 떨며 잇새를 쑤시며, 상석에 앉은 영혁과 봉지미를 경멸하는 눈빛으로 바라보았다.

'고작 애송이들일 뿐이잖아! 위지 네가 우리 사정을 속속들이 다 알고 있다지만, 이건 알아야 할 거다. 이 어르신을 건드려서는 안 된단 말이지!'

진가 영감은 속으로 셈을 했다.

'오늘 포정사를 난감하게 만들기는 했다만, 너무 몰아세워서도 안 된다. 이제 좋게 좋게 달래 줘야지. 1만 냥이 좋을까, 아니면 2만 냥? 그래도 3만 냥을 넘길 수는 없지!'

영혁과 봉지미는 천천히 차를 음미했다. 그러고 보니 오늘 두 사람이 좀 이상했다. 처음에 건배할 때 술을 든 이후로는 탁자 위의 술을 부딪치지도 않고 차만 마시고 있었던 것이다. 그때 진지하게 차를 음미하던 그녀가 눈꼬리로 그를 힐끔 살폈다. 눈을 내리깔고 찻물만 바라보던 그가 잠시 뜸을 들이더니 아무도 눈치채지 못하게 고개를 끄덕였다. 두 사람은 서로 풀어야 할 응어리가 너무 많았지만, 대외적인 일에서는 줄곧 호흡이 잘 맞았다. 그녀가 그의 눈짓을 보고는 빙그레 웃으며 시선을 돌렸다. 그런데 뭔가 이상했다. 누군가의 시선이 그녀의 등 뒤에 꽂히는 것만 같았다. 뒤를 돌아보았지만, 수상한 점은 없었다. 그녀는 아무렇지 않은 표정으로 다시 고개를 숙이고 차를 마시는 척하면서 남은 찻물을 살짝 기울여서 각도를 활용해 자신을 보는 사람이 누군지 비춰 보았다. 역시 추옥락이었다. 자신을 본다기보다는 자신과 영혁 사이의 일거수일투족을 관찰했다는 편이 맞을 터였다. 봉지미는 물 위에 비친 그 여인의 수상한 표정에 시선을 고정했다. 입가에는 차가운 미소가 떠올랐다.

'뭘 알고 싶은 거야?'

봉지미는 영혁과 추옥락 사이의 문제에 대해 신경 쓸 생각이 없었다. 더 중요한 일이 있었다. 그녀는 씩 한 번 웃고 찻잔을 아주 힘껏 내려놓았다. 고급 도자기 찻잔 바닥이 도자기 쟁반과 부딪혀 내는 소리가 맑고 깨끗하게 울려 퍼졌다. 그 힘찬 소리에 시장바닥처럼 떠들썩하던 장내가 흠칫 놀라 순식간에 조용해졌다. 사람들은 눈을 끔뻑거리며 방금까지 웃다가 갑자기 찻잔을 내려놓으며 심각해진 포정사 대인을 바라보았다. 진 영감만이 꿈쩍도 하지 않고 '퉤' 하며 이를 쑤시던 줄거리를 뱉었다. 그녀는 두 손으로 탁자를 붙잡고 아래에 있는 거상들을 보았다. 침착한 그녀의 얼굴에 서서히 웃음이 피어났다. 그러나 봄바람처럼 따뜻하던 아까의 웃음이 아니었다. 어쩐지 서늘하고 머리털이 쭈뼛 서는 그런 웃음이었다. 눈처럼 하얀 치아가 입술 사이로 조금씩 드러났다. 달빛 어린 밤에 사냥감을 향해 기다란 송곳니를 드러낸 늑대가 떠올랐다. 그녀의 웃음에 사람들은 아까 느꼈던 놀라움과 무서움을 상기했다. 이 스무 살짜리 젊은 포정사의 화려한 경력이 떠오른 것이었다. 하루아침의 요행으로 높은 지위에 오른 사람이 아니다. 전장을 누비며 사람을 베고 관료 사회를 뒤흔들어 중신들을 처단했던 천성 제일의 요주의 인물, 위지다. 열여섯에 벼슬에 올라 단 5년 동안 무수한 고관대작을 쓰러트린 사람. 심지어 황자들의 역모가 수포로 돌아간 일에도 위지가 계획한 살성(煞星)*사람을 죽게 만드는 불길한 별 이 있었지 않은가!

진 영감의 안색이 변했지만, 봉지미는 한마디도 하지 않았다. 분위기가 차갑고 무겁게 내려앉았다. 위에 앉은 두 사람이 전체 분위기를 험악하게 몰아가자, 진 영감의 마음도 쿵쾅거리기 시작했다. 그는 줄곧 꼬고 있던 다리를 슬그머니 내려놓고 반듯하게 앉았다. 그녀는 모두가 자세를 고쳐 앉은 후에야 손을 내려놓고 빙그레 웃었다. 그러고 나서 아주 침착하게 소매를 걷어 올리며 진 영감을 흘긋 보고 웃었다.

"진 선생, 아까 본관이 드린 질문에는 어찌 계속 답이 없으십니까?"

"아?"

진 영감이 화들짝 놀랐다. 포정사 대인이 뭐라고 질문을 했는지 아무리 생각해도 떠오르지 않았다. 옆에 있던 일행이 그의 옆구리를 찌르며 작은 소리로 알려 주었다.

"초원의 쌀 가격, 쌀 가격……"

"아, 에……"

진 영감은 겨우 기억을 더듬었지만, 멀뚱멀뚱하기만 했다. 아까 봉지미의 그 말은 자기도 듣긴 했지만, 그냥 경고라고 받아들였을 뿐이었다. 국경 너머로 쌀을 가지고 갔다는 것은 포정사의 체면을 깎으려는 핑계에 불과하다는 건 누구나 알았다. 쌀 운송에 뭐하러 직접 간다는 말인가? 게다가 이렇게 짧은 시간에 어떻게 왔다 갔다 한단 말인가? 그런데 포정사가 이렇게 진지하게 묻는다는 건, 뻔히 알면서도 그를 본보기로 칼을 뽑는 것이나 다름없었다. 고의가 분명한 걸 알았으니, 진 영감도 이제 무서울 게 없었다. 잠시 당황했지만 그녀를 노려보다가 아예 두 손을 벌린 채, 히히 웃고는 시치미를 뚝 뗐다.

"쌀값을 물으셨지요? 알려드릴 수가 없습니다. 그런 건 아랫것들이 하는 일입니다요. 저까지 나서서 간섭할 필요가 없지요. 정말로 알고 싶으시면 자리를 파한 후 제가 물어 봐 드릴까요?"

"무엄하다!"

천둥 같은 불호령이 떨어졌다. 좌중의 한 사람이 깜짝 놀라는 바람에 술잔이 와장창 깨지기까지 했다. 그러나 아무도 그에게 신경 쓰지 않았다. 모두가 몸을 움츠리고 아연실색한 채, 분노한 봉지미를 뚫어지게 보았다. 그녀는 화가 나면 상대에게 반응할 시간을 주는 사람이 아니었다. 그녀는 탁자를 쾅 쳐서 쟁반을 와장창 엎어 버리고는 길길이 날뛰었다.

"너는 대체 뭐 하는 놈이냐? 천한 장사꾼 주제에 전하의 안전에서, 본관 앞에서 감히 핑계를 대고 어물쩍 넘어가려 해? 내가 어쩌고 어째? 강회는 천하에서 최고의 문화와 교육 수준을 갖추었다 하거늘, 이렇게 교육과 문화를 짓밟고 관리를 우습게 여기고 왕가의 법도와 예법을 업신여기는 너 같은 망나니가 어디서 나왔단 말이냐? 여봐라!"

봉지미는 무시무시한 표정을 지으며 화를 내는 자신 덕분에 잔뜩 굳어 버린 진 영감을 손으로 가리켰다.

"본관은 언제나 사람을 선하게 대해 왔다. 하나, 이렇게 면전에서 기만하는 행위는 참을 수가 없구나. 3일에 한 번 고기를 먹는다고? 배를 갈라 보라고 했겠다? 그럼 그렇게 하자꾸나."

"......?"

風
权
479

"끌고 가서, 배를 갈라라!"

봉지미가 흉악스럽게 씩 웃었다. 그 순간 자리에 있던 모든 사람이 일제히 얼어붙었다. 장내는 바늘 떨어뜨리는 소리도 들릴 정도로 조용해졌다. 사람들은 새파랗게 질린 채, 어리둥절해서 눈만 동그랗게 떴다. 그리고 폭풍처럼 분노를 쏟아낸 후, 웃음을 띠고 있는 그녀를 계속 바라보았다. 그녀의 웃는 얼굴이 조금 전 그 말이 농담이었다고 착각하게 했다. 모두 '휴' 하고 놀랐던 마음을 진정시키려는 찰나, 커다란 소리가 들려왔다.

"네!"

봉지미의 말이 끝나자, 호위병 두 사람이 즉시 올라와 진 영감의 자리 앞으로 성큼성큼 다가갔다. 둘은 이미 온몸이 굳어 버린 진 영감을 병아리 잡듯이 단번에 부여잡고는 질질 끌고 나가려 했다. 그는 그제야 정신이 들었는지, 하늘이 무너지고 땅이 갈라지는 공포를 느끼면서 다리를 탁자 다리에 걸고 죽을힘을 다해 버텼다. 그리고 윗전을 향해서 미친 듯이 고함을 질렀다.

"전하! 대인! 제가…… 소인이 잘못했습니다! 소인이 기부하겠습니다! 장난 그만하십시오! 소인이 기부를 하겠습니다!"

"그래. 장난은 그만 쳐라."

상석에 앉은 영혁이 오늘 처음으로 그에게 웃는 표정을 보였다. 낯빛이 꽃처럼 살아나고 환하게 빛났다. 그의 즐거운 표정에 사람들이 한시름 돌리려고 할 때, 돌연 그가 봉지미에게 담담하게 이야기했다.

"배를 갈랐는데 고기가 없으면 어찌 할 텐가?"

"소신, 당연히 제 목숨도 내놓아야지요!"

봉지미의 대답 소리가 쩌렁쩌렁 울렸다. 영혁은 만족한 듯, 고개를 끄덕이고는 곧바로 진 영감에게 엄숙하게 말했다.

"너도 들었겠지. 걱정하지 말아라. 본 왕은 공명정대하다. 본 왕이 천자를 대신해 운하 사업을 시찰하며 감독하고 있으니, 네가 본 왕 앞에서 거짓말을 한 것은 황제 폐하를 기만한 것이나 마찬가지이다. 그러니 위 대인이 네 배를 갈라 보겠다는 말도 합당하구나. 그 대신, 만약 네 뱃속에 고기가 없다면, 네 배를 가른 것이 누구든 똑같이 끝장이 날 것이다."

사람들은 전부 눈앞이 아찔했다. 이게 무슨 공명정대야! 진 영감은 위를 올려다보았다. 영혁이 여유롭게 차를 마셨고, 봉지미는 태연자약하게 소매를 정리하고 있었다. 두 사람은 그렇게 한가로울 수가 없었다. 사람 목숨이 왔다 갔다 하는 이 마당에도 손님과의 식사 자리에 있는 듯 평온했다. 진 영감은 절망의 나락으로 빠져드는 것 같았다. 살인을 무수히 저지르고 피바다를 경험한 사람만이 죽음 앞에 이렇게 아무렇지 않을 수 있을 것이었다. 이들이야말로 진정으로 지독한 인간들이다. 후회해 봤자 이미 늦었다. 그의 뒤에 있던 두 호위병은 그가 발에 걸고 있던 탁자까지 함께 들어 올려 버렸다. 위에 있던 그릇과 잔이 뒤집히고 국이 흥건하게 쏟아져 내려 그의 다리를 뜨겁게 적셨지만, 그는 아플 겨를이 없었다. 발버둥을 치며 고래고래 소리를 질렀다.

"네가 감히 날 죽여. 내 명령에 따르는 수만 명의 부하들이 너를 죽을 때까지 밟아 줄 것이다. 네가 감히 날 죽여!!!"

차를 마시던 영혁이 갑자기 손을 뻗어 진 영감을 가리키며 차갑게 소리쳤다.

"네가 감히 위지를 건드린다고? 내가 네 놈 진가의 식솔들을 하나도 남김없이 묻을 곳도 없이 목숨을 끊어 버리겠다!"

봉지미는 아랑곳하지 않고 빙그레 웃으며 진 영감이 끊임없이 욕을 퍼부으며 끌려 나가는 것을 바라보고 있었다. 그는 곧바로 대청 아래 기둥에 꽁꽁 묶였다. 호위병은 재빠른 솜씨로 칼을 꺼내 시퍼런 날을 번뜩이며 그의 배에 꽂아 그대로 끌어당겼다. 하늘을 찢는 비명과 함께 핏빛이 사방으로 튀었다. 그녀는 미소를 지으며 조금 전 진 영감이 했던 말에 응수했다.

"그래, 내가 감히 죽인다!"

대청 내 사람 중에 봉지미의 말에 뭐라고 대꾸할 사람은 이미 없었다. 눈앞에서 사람의 배를 가르다니……. 닭 모가지 비트는 것조차 직접 본 적이 없는 거상 나리들이 어디 이런 장면을 감당이나 할 수 있었겠는가? 절반은 이미 기절해 버린 후였다. 호위병 둘이 큰 걸음으로 다가왔다. 엉망으로 뒤엉켜 뭐가 뭔지 모를 것을 면 보자기에 싸 들고 와서 모두가 보는 앞에 내려놓았다. 그리고 긴 칼로 피범벅이 된 면 보를 열어젖히며 큰 소리로 보고했다.

"초왕 전하와 포정사 대인께 보고드립니다. 죄인의 뱃속에 찹쌀 닭 반 마리, 남유육(南乳肉)*돼지로 만든 저장 지역 요리 조각이 여럿입니다!"

봉지미는 호위병에게 눈짓을 보냈다. 그러면서 속으로는 이 두 녀석도 아마 강회 출신일 것으로 생각했다. 저 모양을 보고 남유육을 구분해내다니……. 강회의 찹쌀 닭, 남유육 가게가 가련하기까지 했다. 아마 오늘부터 그 요리를 먹는 사람은 하나도 없을 테니 말이다. 그녀는 고개를 살짝 끄덕이고, 희미하게 웃으며 말했다.

"여기 계신 분 모두에게 똑바로 보여 드려라. 관가에서 사람들을 속였다는 말이 나오지 않게."

그러나 과연 누가 온전히 앉아 그걸 볼 수 있겠는가? 영감이 죽어 나갈 때 절반이 기절하고, 나머지 절반도 면 보를 보고는 토악질을 하느라 지쳐 나가떨어져 버렸다. 한두 사람만이 새파랗게 질린 얼굴에 핏기가 가신 입술을 하고 겨우 탁자에 기대 있었다. 그들은 고개를 돌리고 손을 휘저으며 가져온 물건을 피했다.

"…… 소인들 이미 똑똑히 봤습니다. 진가는 억울할 게 없습니다. 억울할 게 없어요!"

"그럼 좋다."

봉지미는 손가락으로 탁자를 톡톡 쳤다. 그러자 하인들 무리가 대청으로 올라와 신속하게 시체를 수습하고 바닥을 정리했다. 시체는 재빨리 끌고 가고 탁자를 다시 세워 놓았다. 바닥에 있던 핏자국도 깨끗이 닦자, 모든 것이 아까와 같은 모습으로 돌아갔다. 사람들은 일사불란한 그들의 모습을 보고, 포정사 대인 부하들의 일 처리가 참으로 전광석화 같다는 생각을 했다. 또한 그와 동시에 어렴풋이 알 것 같았다. 포정사 대인은 진즉부터 사람을 죽일 준비를 하고 있었던 것이다! 이런 마당에 무슨 말이 더 필요하겠는가? 합법, 불법을 가리지 않고 세력을 뽐내던 거물인 진가 영감도 말 한마디에 죽어 버렸다. 사람들은 위 대인이 예전에 감옥에 하옥되었을 때, 황제의 안전에서 재판을 받다가 형부 상서를 감옥으로 보내 버렸던 일을 떠올렸다. 그런 사람이 장사꾼 하나 죽이는 것쯤이야, 눈 하나 깜짝하겠는가?

봉지미는 봄바람 같은 미소를 금세 되찾았다. 다만, 안타깝게도 이 미소는 이제 좌중의 사람들에게 더는 친근하게 느껴지지 않았다. 그녀가 웃으면 사람들이 벌벌 떨었다. 그런 표정들이 그녀를 기분 좋게 했다. 그녀가 손짓하자, 부하들이 이미 준비되어 있던 기부 약속 장부를 대령했다. 이번에는 반응이 아주 뜨거웠다. 부호들은 앞다투어 일필휘지로 기부를 약속했고, 꽃가루를 뿌리듯이 돈을 내놓았다. 손을 벌벌 떨면서 연신 서명을 하는 그들에게 주저함이라고는 없었다. 장부가 채워지자, 그녀는 비로소 진심으로 웃었다. 삼백오만 냥!

'정말 지조라고는 없는 비열한 놈들!'

봉지미는 손을 휘둘렀다. 별당에서 다시 음식을 날라 오기 시작했다. 그녀는 직접 아래로 내려가 술을 권하며 방글방글 웃었다.

"오늘 정말로 성대하고 아름다운 일을 해냈습니다. 여러분이 나라의 큰일을 위해서 열렬히 앞장서서, 사사로운 이익을 따지지 않고 삼백여

만 냥을 내놓기로 약속해 주셨어요. 역대 최고의 기부 액수입니다! 본
관은 비를 세워서 이를 새기고, 조정에 보고를 드리겠습니다. 폐하께서
상을 내리실 것이 분명합니다. 자, 잔을 다 비웁시다. 폐하께 감축드립니
다. 전하께 감축드립니다! 여러분 모두에게 감축드립니다!"

사람들은 얼떨떨하게 잔을 들었다. 정말 성대하고 아름답단 말인
가? 열렬히 앞장서? 단칼에 배를 가르고 찹쌀 닭으로 사람들의 입을 틀
어막고, 기부 약속 장부에 액수를 적게 해놓고? 못 내놓겠다고 하면?
오늘 고기 먹었나, 안 먹었나 볼 게 아닌가? 배를 갈라서…….

"여러분, 어서 드십시오. 드세요……."

봉지미는 이제야 따뜻하게 손님을 맞이하는 주인이 되어 요리를 권
했다. 자꾸만 먹으라고 권했지만, 사람들은 울상이 되어 하하 웃기만 할
뿐이었다. 아무도 젓가락을 들지 못하고 고개 숙여 멍하니 그릇 속을
보고만 있었다. 새로 올라온 음식은 다름 아닌 찹쌀 닭과 찐 남유육이
었다.

'……'

식사 자리는 마음껏 즐기고 무사히 끝났다. 물론 가장 마음껏 즐긴
이는 바로 봉지미였다. 진가 우두머리 영감에 대해서는 어떻게 할 것인
가? 그녀는 술자리 중간에 전언을 불러 몇 가지 분부를 했다. '진가와
관련된 어둠의 무리를 결코 얕보아서는 안 된다. 소문에 따르면 진씨 집
안과 최근 몇 년 사이 새롭게 득세를 한 강회 제1의 조직 멸룡방(滅龍
幇) 사이가 끈끈하다.' 등등이었다. 봉지미가 진가의 가주를 죽였으니,
적들의 동태에 절대 방심해서는 안 되었다.

자리가 파하고 관례에 따라 봉지미는 거상들을 정원으로 초대했다.
수월 산장은 포정사 관하의 별장이다. 천하에서 제일 부유하다는 강회
이니, 이 산장 또한 자연히 웅장하고 아름답게 지어졌다. 보통 사람은
엄두도 내지 못하는 좋은 구경이니, 오늘이 좋은 기회였다. 하지만 아

까 있었던 그 살기 충만한 풍경 덕인지, 봉지미가 아무리 공손하고 친절하게 만류를 해도 손님 중 절반이 집으로 돌아가 버렸다. 문 앞에서 손님들을 배웅하고 잠시 쉴까 하던 그녀의 시선이 무의식중에 한 곳에 가닿았다. 비취 마차였다. 추옥락이 아직도 안 갔어? 지금까지 여기서 뭘 한단 말이지? 그녀는 정원 문 앞에서 잠시 머뭇거렸다. 돌연 들어가고 싶은 생각이 들지 않았다. 그런데 아직 손님들이 다 가지 않았고, 영혁도 있으니 이대로 혼자 돌아가 버릴 수는 없었다. 적어도 그에게 간다고 인사는 해야 할 것이었다.

봉지미는 전실에서 영혁을 찾지 못하고 후원까지 돌아 들어갔다. 후원의 수화문(垂花門)*중국 전통 정원 내의 문 건축양식 으로 들어서는데, 멀지 않은 곳에서 이야기를 나누는 소리가 들려왔다. 남녀 한 쌍이었고, 아주 익숙한 목소리들이었다. 영혁과 추옥락이었다. 그가 이야기하고 있었다. 수화문을 지나면 대나무 숲이 있었다. 댓잎이 바람에 파르르 떨려 그의 얼굴은 가렸지만, 감사 인사를 하는 듯한 소리가 어렴풋이 들려왔다.

"그날 강 위에서…… 부인의 도움에 감사드리오……."

봉지미는 어리둥절했다. 이 말은 아까 추옥락이 영혁에게 했던 말이 아닌가. 그럼 그가 추옥락을 도와 준 것이 아니라 추옥락이 그를 도왔단 말인가? 그래서 추옥락의 말투가 그렇게 당당했단 말인가? 그날 강 위에서…… 언제 강 위에서? 영혁이 출입을 한번 하자면 시중드는 사람들이 구름처럼 몰려다녀야 한다. 가끔 봉지미 자신과 단둘이 있을 때도 최소한 무공의 고수인 영징이 뒤를 따르는데, 그가 도대체 어떤 상황이었길래 추옥락이 도움의 손길을 뻗는단 말인가? 그게 만약 그날 여강 위에서 있었던 일이라면……. 그때 쪽배가 강 위에 있긴 했지만 항구에서 멀지 않았고, 영혁이라면 틀림없이 호위 무사를 미리 배치해 놓았을 것이다. 설마 그날 그가 전례를 깨고 아무도 배치해 놓지 않았던 것일까? 혹시 그날 이후, 그녀가 모르는 다른 일이 일어났던 것일까? 그녀는 머릿속에 수많은 생각이 맴돌아 자기가 수화문 앞에 서 있다는 것조차 까맣게 잊어버렸다. 늘어진 댓잎 너머로 추옥락의 얼굴이 보였다. 그녀는 아까처럼 애타게 사모하는 표정으로 그를 바라보고 있었다. 그녀는 그의 말에 양 볼에 홍조를 띠고 고개를 푹 떨구었다. 그렇게 한참을 뜸 들이다가 가느다란 소리로 속삭였다.

"…… 전하, 어찌 그런 말씀을 하세요……. 설마…… 그날 있었던 일을…… 다 잊으신 거예요?"

첨예한 대립

대나무 숲에 침묵이 깔렸다. 영혁은 한참 후에야 기분이 좋은 건지 나쁜 건지 모를 말투로 무덤덤하게 대답했다.

"오?"

영혁의 그 한 마디에 잔뜩 기대하고 있던 추옥락의 얼굴에 실망하는 기색이 스쳤음은 물론, 문 뒤에 있던 봉지미마저 짜증이 났다.

'말을 저렇게 하면 상대방이 어떻게 계속 얘기를 해?'

그나마 추옥락은 고집이 센 편이었다. 그녀는 영혁을 똑바로 보면서 낯빛을 바꾸고, 한껏 처량한 모습으로 말을 이었다.

"그날 강 위에서…… 전하가 술에 취하셔서……."

영혁이 휙 돌아섰다. 약간 누렇게 뜬 댓잎 아래 그의 얼굴이 눈처럼 새하얬다. 추옥락을 보는 눈빛도 꽁꽁 얼어붙은 눈처럼 차가웠다. 그녀는 그의 시선에 그만 입을 다물었다.

"그러고 보니 본 왕은 좀 이상하구려."

영혁이 추옥락을 희한하다는 듯 보았다.

"본 왕이 있던 곳이 아무리 텅 빈 강물 위의 쪽배라고 해도 타인이 제멋대로 접근하는 것은 절대 용납되지 않소. 이 부인은 일개 부잣집 아녀자이면서 어찌 그 야심한 시각에 강 위에서 본 왕과 '해후'했단 말이오?"

영혁은 마지막 '해후' 두 글자에 힘을 주었다. 그러자 추옥락이 몸을 덜덜 떨면서 재빨리 무릎을 꿇고 그의 발치에 엎드려 웅얼거렸다.

"전하…… 전하…… 저도 잘 모르겠습니다……. 저희 집안의 별장이 그 강가에 있어요. 그날 밤은 제가 그냥 마음이 심란해서 배를 띄우고 싶었던 겁니다. 누굴 보거나 한 건 아니었습니다……. 전하…… 전하…… 저를 의심하지 마세요."

영혁은 아무 말도 하지 않았다. 그의 옷자락이 펄럭였다. 추옥락을 두고 자리를 떠나려는 것이었다.

"전하!"

추옥락이 굽혔던 허리를 곧추세우고는 무릎걸음으로 나아가, 두 팔로 영혁의 다리를 감싸 안았다.

"정말로 잊은 게 아니시잖아요!"

영혁은 추옥락을 완전히 무시했다. 심지어 내려다보지도 않았다. 영징이 어느 구석에서 튀어나왔는지 눈을 부라리며 말했다.

"아니, 이 여자가 진짜 간이 부었나? 친왕의 행차를 막아서는 것은 죽을죄라는 것을 모르시오?"

추옥락은 영징이 그러거나 말거나, 그저 고개를 들어 꼼짝도 하지 않는 영혁을 올려다보았다. 그녀의 눈빛에서 결사 항전의 결연함이 뿜어져 나왔다. 그녀는 갑자기 손을 놓고 무언가를 꺼내기 위해 품 안으로 손을 넣었다. 그녀의 손가락이 끄집어낸 물건은 손수건 같은 천 조각의 모서리였다. 봉지미는 그녀가 천 조각을 완전히 끄집어내기를 기다리고 있었다. 그런데 갑자기 뒤에서 발소리가 들려왔다. 뒤를 돌아보니 남아 있던 손님들이 전언과 함께 이쪽으로 다가오고 있었다. 보아하니 그녀와 안면을 트고 연줄을 좀 대고 싶은 모양이었다. 지금 여기에 서 있다가 누군가 마주치면 괜히 난처해질 것 같았다. 봉지미는 즉시 몸을 돌려 그들을 맞으러 나가 웃으며 말했다.

"여러분, 이쪽 정원은 어떠십니까? 사실 서원(西苑)이 더 경치가 좋긴 합니다. 북방에서 날라 온 분꽃나무도 곧 꽃이 필 거고요……."

봉지미는 쉬지 않고 이야기를 하면서 아무도 눈치채지 못하게 그들을 서원으로 이끌었다. 대숲 속에 있던 사람들은 우선 내버려 두기로 했다. 사람들을 데리고 서원을 한 바퀴 구경하고 나니, 몇 사람이 비위를 맞추며 친하게 굴었다. 다시 앞뜰로 돌아왔을 때, 영혁은 이미 자리를 떠나고 없었다. 그녀는 산장 입구에 서서 그의 가마가 멀어지는 것을 보았다. 초왕의 가마 한참 뒤로 그 비취 마차가 따라가고 있었다. 둘은 뿌연 연기 속에서 지평선 너머로 조금씩 사라졌다. 한참 후, 그녀는 슬며시 웃었다. 그녀의 등 뒤에서, 종신 역시 그쪽을 바라보며 말했다.

"방금 그 말 저도 들었습니다. 아무래도 이상한 것 같은데, 사람을 시켜 알아볼까요?"

정신을 차린 봉지미가 입술 끝을 치켜 올려 차갑게 웃으며 말했다.

"필요 없습니다."

그날 밤, 봉지미는 강회도 관아 소재지인 동주(潼州)로 서둘러 돌아 갔다. 포정사 관아로 들어서자마자 그녀가 물었다.

"인원은 다 준비되었느냐?"

그렇다는 대답이 돌아오자, 봉지미는 고개를 끄덕이고 곧바로 서책 방으로 향했다. 깊은 밤, 찬 바람에 대나무가 창을 때렸다. 그녀는 서책 방에서 홀로 등불과 마주 앉았다. 눈앞에는 민남, 장녕, 서량과 초원으 로부터 올라온 군 보고 문서가 한가득 펼쳐져 있었다. 공식적인 경로로 전해진 소식도 있었고, 그녀가 깔아 놓은 비밀 연락책에서 온 소식도 있었다. 화경의 군사는 갈수록 늘어나 세가 더 커졌다가는 조정의 주목을 피하기 어려울 터였다. 그녀는 화경의 세력을 숨길 방법을 어떻게든 찾아야 했지만 불가능한 일인 것 같았다. 방법을 찾지 못한다면 화봉군은 천성의 견제에서 벗어나 자립을 하던지, 아니면 세력을 줄여 천성 조정의 의심을 피하던지 둘 중의 하나였다. 그러나 아직은 자립할 때가 아니었다. 화경 역시 그녀에게 서신을 보내 어떻게 해야 할지 물어왔다. 장녕의 군대는 군사들이 훈련도 잘 되어 있고 군량도 넉넉해 천성과의 교전에서 패할 때보다는 승리할 때가 많았다. 그러나 일개 지역의 병력으로 일국을 상대하자면, 시간을 끌수록 승산이 줄어드는 법. 장녕군의 진공 경로를 보니, 민남과 농북을 차지하고 천성과 강을 경계로 영토를 나누려는 심산인 듯했다. 서량은 지금 위지를 거의 자기편으로 여기고 있다지만, 나랏일은 어린애들 장난처럼 만만하지가 않다. 서량에서 할 수 있는 것은 상대에게 자신들의 힘을 계속해서 알리는 것이었다. 그들은 천성의 남방에 배치된 병력을 포위하고 공격은 하지 않으면서 그들을 견제하는 중이었다. 초원에서는 혁련쟁이 줄곧 서신을 보내왔다. 행간에 아주 몸이 근질근질한 듯 암시를 담아 물어왔다.

"만반의 준비를 하였소. 남동풍이 불어오겠소?"

봉지미는 손가락으로 책상을 두들기며 한참을 생각한 후, 종신을 불러 웃으며 말했다.

"집안일을 너무 오랫동안 선생님께 맡겨 두었군요. 지금 우리가 가진 재산이 얼마나 될까요?"

"집안 건사는 평생 해야 한다고 하지요. 나라 하나 키우는 데는 1년이면 족하지만요."

종신의 대답은 나무랄 데 없이 깔끔하고 절묘했다. 이어지는 가산에 대한 답변은 완전히 의외였다. 봉지미는 눈을 동그랗게 뜨고 '어' 하고 한 마디 했다. 그녀는 자신이 이렇게 돈이 많은 줄 전혀 알지 못했다.

"아가씨께서 지난 5년 동안 하사품도 여러 번 받았고, 그 액수도 적지가 않습니다. 저희가 그 돈으로 집과 땅을 샀지요."

종신이 대충 설명을 했다.

"조직 내에 상업의 고수가 이미 있고, 연 씨 집안에서 끊임없이 힘을 보태 주고 있습니다. 강회에서 남해로 비단과 자기를 가져다 파는 장사만으로도 제경 외곽에 천 무(畝)나 되는 땅을 삽니다. 아무 데서나 할 수 있는 일은 아니지요. 게다가……."

종신이 갑자기 웃었다.

"사실 돈은 우리에게 차고 넘칩니다."

"응? 선생님에게 전대 황조에서 남긴 유물이라도 있단 말입니까? 그건 너무 극적이지 않나요?"

봉지미는 농담으로 건넨 말이었다. 종신이 갑자기 '또 맞추셨습니다'라는 표정을 지을 줄은 상상도 하지 못했다. 어리둥절한 그녀에게 그가 웃으며 말했다.

"조금 다른데요……. 전대 황조의 유물은 아닙니다."

"그럼 어디서……?"

"엄밀히 따지자면, 유물이 아니지요. 역대 대성 황조에서 모아 두었던 금품입니다. 모처에 보관해 두고, 대성 황조의 후손이 위기에 처했을 때만 사용할 수 있도록 말입니다. 대성 개국 때의 신영 황후로부터 전해 내려온 규칙입니다. 황후는 제왕들에게 혹시 모를 일을 대비해 국력이 가장 부강할 때 금품을 저축해 두라고 했지요. 그렇게 대대로 쌓은 금품이니…… 생각해 보십시오. 얼마나 될 것 같습니까?"

"혹시 모를 일이라면……?"

"황후께서 이미 그 예를 드셨습니다. 어느 집에 한 며느리가 있는데, 살림을 참 잘했습니다. 매일 끼니때가 되면 쌀독에서 쌀을 한 그릇 퍼서 한쪽에 챙겨 두었지요. 그렇게 조금씩 모으다 보니 쌀이 몇 단지가 모였어요. 어느 해 흉년이 들었고, 집마다 먹을 게 모자라 사람들이 굶어 죽기 시작했습니다. 그러자 이 며느리가 모아 두었던 쌀을 꺼내 와 온 가족이 무사히 흉년을 이겨낼 수 있었지요. 황후께서는 본인이 그 며느리처럼 되어야겠다고 하셨어요. 아무 일이 없을 때 미리 위험을 대비하고 쌀을 비축하는 것이지요. 당장 국력이 강성하다고 해서 돈을 여기저기 함부로 낭비하지 않게 하려고 말이에요."

봉지미가 웃으며 말했다.

"과연 신영 황후는 탁월한 식견을 가지고 생각도 깊은 분이셨군요. 재미있는 이야기인 것 같으면서 실제로는 철학적인 이치를 담고 있으니, 사람 됨됨이며 행동이 정말 놀라운 분인 것 같습니다."

"선대 황조의 승경제(承慶帝)께서 칙서로 남긴 유언에도 황후에 대해서는…… 대부분이 칭찬하는 내용이었습니다. 저희 선조이기도 한 그분께서는 평생을 스스로 뛰어나다 자부하셨는데, 유일하게 칭찬했던 사람이 바로 황후 한 분이셨죠. 그것만 봐도 보통 분은 아니시지요."

봉지미는 종신의 선조가 오국대제(五國大帝) 중 한 분이자, 헌원을 중흥시킨 승경제라는 것을 알고 있었다. 후세의 사서 또한 대부분 이 황제를 찬양했다. 유년기에 몸을 해쳐 한창나이에 요절하지만 않았다면, 헌원의 국력이 더 번성했을 것이라는 평가였다. 전하는 바로는, 이 흰옷을 즐겨 입던 제왕은 의술에 능했다고 한다. 그가 정작 자신을 구할 의술을 펴지 못한 것은 안타까운 일이 아닐 수 없었다. 그녀는 갑자기 종신이 의아하게 느껴져, 웃으며 물었다.

"대제께서 황후에 대해서는 뭐라고 칭찬을 하셨죠? 선생님 표정이 왠지 이상해 보이는데요?"

종신이 웬일인지 사레가 들러 한참 후에야 주저하며 말했다.

"…… 황후의 두뇌가 정상인보다 총명하긴 한데, 가끔은 총명함이 너무 지나쳐 오히려 어리석은 것 같다고 하셨습니다. 그걸 보고 있자니 답답해, 차라리 일찍 죽는 게 낫다고 하셨지요. 안 그러면 언젠가는 화가 나서 참지 못할 거라고요."

봉지미가 차를 들이켜다가, 자칫하면 종신에게 '풋' 하고 내뱉을 뻔하였다. 잠시 후 찻잔을 내려놓은 그녀가 말했다.

"그게 칭찬하는 말입니까?"

"승경제의 평소 언행을 몰라서 하시는 말씀입니다."

종신이 씁쓸하게 웃고는 진지하게 말했다.

"그 정도면 그 분으로서는 정말 칭찬하신 것입니다."

"승경대제 역시 기인이셨군요."

봉지미는 나라를 빼앗기고 가문이 멸족을 당하는 수모를 겪고도 온갖 고난을 참고 견디며 빛과 어둠 사이를 10년 동안 헤매다 결국 원수를 갚은 전설의 제왕을 떠올렸다. 왠지 서글픈 마음이 들기도 했다. 누군가와 마음이 통했을 때 느끼는 서러움 같은 것이었다. 똑같이 무거운 짐을 지어 본 사람만이 이해할 수 있는 부담감과 암담함이었다. 이내 그녀가 조용히 말했다.

"일생은 잠시일 뿐이지만, 태어나고 사랑하고 살아가고 기운차게 걸어 나가는 건, 그럴 만한 가치가 있는 일 같아요."

종신이 잠자코 있다가 한참 후에 대답했다.

"그때 아가씨께 그 이상한 책을 드린 것도 신영 황후께서 그 옛날에 미리 안배해 놓으신 일입니다."

봉지미는 예상했다는 듯 웃음으로 답했다.

"이미 알고 있었어요."

주변에 휘둘리지 않고 자신만의 길을 갔던, 그 시대와는 어울리지 않았던 그 전설 속의 여제가 아니라면, 길이 빛나는 신력을 계승해 지혜롭게 천하를 다스렸던 대성의 개국 대제가 아니라면, 누가 600년 뒤의 일을 알았겠으며, 누가 그런 장난을 칠 수 있었겠는가? 600년 뒤의 무쌍국사를 어찌 만들었겠는가? 탁영권 속에 있던 두 문제의 답안은 분명히 대성의 개국 황후가 직접 써 내려간 그 작은 서책 속에 있었다. 신영 황후가 아니라면, 누가 이를 알았겠는가? 그녀는 분명 세속의 인간이 아닌 듯 뛰어났지만, 이해할 수 없는 행동을 일삼았다는 점에서는 목단대비와 비슷한 면도 있었다. 600년 전 무적의 신영 황후 부부 한 쌍은 천문을 통해서 후세에 어떤 결과가 일어날지 미리 보았고, 어떻게 해야 할지 준비했다. 이를 생각하니, 왠지 힘이 빠지고 무서웠다. 자신은 손안의 바둑돌일 뿐이며 누군가가 짜 놓은 천하라는 판 속에서 놀아나고 있다는 생각이 들었기 때문이었다. 그때 종신이 이야기했다.

"너무 깊이 생각하지 마십시오. 그때 당시 황후의 뜻 역시 단순히 유비무환이었을 것입니다. 금품을 보관한 비밀 창고를 열 수 있는 열쇠는 총 네 벌입니다. 대성 황족의 직계 후예, 천전 세가, 종씨 가문, 연씨 가문에서 각 한 벌씩 보관하고 있고, 네 벌이 한데 모여야 문을 열 수 있습니다. 연씨 가문이 퇴위한 후, 더는 정치에 관여하지 않겠다면서 열쇠를 황실에 반납한 뒤로는 황실에서 두 벌을 보관하게 되었지요. 대성 황조가 멸망했을 때, 탈출을 위해서 비밀 창고를 한 번 열었고, 금품을 일부 꺼냈습니다. 이때 딱 한 번 금품이 쓰인 셈이죠. 그 이후로는 문제가 생겨서 열쇠가 한 벌 모자란 상황입니다."

"무슨 문제죠?"

종신이 잠시 망설이다가 대답했다.

"천전 세가와 저희 혈부도가 서로를 싫어하게 된 것입니다. 좀 지난 일이긴 한데요, 그때는 제가 혈부도를 이끌기 전이고 아직 종씨 가문에 속해 있을 때입니다. 혈부도 수령이 황족의 금책(金冊)*황실에서 책봉 시 사용했던 상징적인 문서을 핑계로 저에게 열쇠를 달라고 하기에 제가 건네주었지요. 나중에 들어보니 마지막으로 도주할 때 혈부도에 배신자가 있었고, 전원이 거의 전멸했다고 합니다. 그런데 문제는 그 '거의'에 있었지요. 그 때 천전 세가에는 삼천 리 안에 유일한 독자 전욱요가 있었는데, 그자 가 스스로 목숨을 끊었다는 얘기가 전해졌어요. 이후 전씨 가문에서도 딱히 무슨 말 없이 친족 중 한 아이를 데려다 대를 잇게 하고 제사를 지 내게 했지요. 그런데 얼마 지나지 않아, 전욱요가 죽지 않았다는 이야 기가 나왔어요. 아시다시피, 그런 상황이라면, 살아남은 그 사람이 바로 역적이고 배신자겠지요. 그래서 조직의 수령이었던 고남의의 백부가 사 방팔방으로 그자를 찾아다녔습니다. 찾았는지 못 찾았는지는 저도 모 릅니다. 그때부터 혈부도와 천전 세가 사이가 안 좋아지다가 결국 왕래 가 끊어졌지요."

"혈부도……."

종신의 입으로 그가 소속된 조직의 이름을 명확하게 들은 것은 처 음이었다. 그전에 봉지미의 태도가 명확하지 않았을 때는 그도 깊이 감 추고 입을 꾹 다물고 있었다. 그러나 이제는 그도 그녀의 마음을 확인 했으니, 흉금을 터놓고 솔직해진 것이었다. 그녀는 고남의의 단옥검을 떠올렸다. 검의 자루에 핏빛 보탑이 있었다. 또한 유년 시절, 그녀의 양 아버지가 자주 출타했던 것도 떠올랐다. 알고 보니 그 배신자들을 찾아 다닌 것이었다. 어머니의 입을 통해 들은 그녀의 양아버지는 대단히 강 직하고 고집스러운 사람이었다. 그런 성격의 그라면 반역자를 찾아내 기 전까지는 죽을 수도 없었을 것이었다. 다만 이유를 알 수 없지만, 지 금까지도 그는 그 역적이 누구인지 확실히 알아내지 못한 것 같았다. 끝 까지 살아남은 혈부도는 대성 황족의 가장 중요한 기밀을 알고 있는 몇 사람이다. 목구멍에 박힌 생선 가시 같은 그 반역자를 찾아내지 못한다 면, 언제 목구멍을 뚫고 나올지 모른다. 그러나 이미 이렇게 오랜 시간 이 지난 일이고, 양아버지도 찾아내지 못한 자를 지금은 또 어디에 가 서 찾는단 말인가? 몇 년 전 기양산(曁阳山)의 폐묘에서 죽다 살아났을 때, 분명 천전 세가의 사람들이 도움을 주었다. 그런데 결국에는 종신이 나타나 그곳을 벗어날 수 있었으니, 천전 세가와 혈부도의 관계는 정말 복잡미묘했다.

"지금은 서로 아예 간섭하지 않습니다."

종신은 봉지미가 지금 무슨 생각을 하는지 다 안다는 듯 설명을 덧붙였다.

"남의가 혈부도를 계승한 후에는 그 아이나 저나 성격상 굳이 천전 세가와 죽도록 싸우고 싶지 않았지요. 전 씨, 연 씨, 종 씨는 선조 때 이미 고난이 닥치면 서로 돕기로 맹세했었습니다. 그런데 여러 세대를 거치고, 또한 연이어 어려움을 겪으면서 모두가 그 약속을 지키지는 못했지요. 원한은 잘 기억하지만, 은혜는 기억하지 못하는 게 인지상정이니까요. 연 씨는 인연을 끊은 지 오래됐고, 전 씨와는 서로 앙숙이 되었으니 이제 남은 것은 종 씨뿐입니다. 그래도 걱정은 마세요. 세 집안의 가주들은 가업을 이을 때는 항상 그 맹세를 한답니다. 서로 돕지는 않지만, 서로 죽이지도 않아요. 전 씨 집안에서도 중립은 유지할 겁니다."

봉지미가 가만히 듣고 있다가 물었다.

"그럼 혈부도가 쫓길 때, 가장 끝까지 살아남은 사람들은 누구누구였습니까?"

"고형, 고연, 노석, 삼호, 소륙입니다. 고형은 혈부도의 바로 전 종주입니다. 고연은 그의 동생이자, 남의의 친아버지이고요. 혈부도 제일의 고수였지요. 노석은 혈부도의 제7인자입니다. 칼을 잘 쓰고, 혈부도 무사들의 무술 단련을 총괄했습니다. 삼호는 혈부도에서 제일 연륜이 깊은 노인입니다. 혈부도의 정보나 연락을 담당했고요. 소륙이 바로 방금 말씀드린 전욱요입니다. 보통 세 집안의 혈족은 혈부도에 직접 가담하지 않는다는 규칙이 있습니다. 소륙은 자신을 단련하겠다는 이유로 스스로 가입을 했어요. 전 씨의 자손이기에 혈부도에서 특별 대우도 받았지요. 대성 황조가 무너진 것은 그가 혈부도에 들어간 지 얼마 되지 않았을 때였습니다."

봉지미는 무언가를 생각하는 듯 눈을 감았다. 지금까지의 정보로는 전욱요가 확실히 의심스러웠다. 그러나 그녀는 알고 있었다. 일을 겉으로 보이는 모습으로만 판단했다가는 진실을 놓치기가 쉽다는 것을……. 실제 가담했던 사람을 찾지 못하고 추측으로만 판단하면 안 될 일이었다. 그녀는 한숨을 쉬었다. 일단 이 일은 잠시 미뤄 두기로 하고 물었다.

"그럼 천전 세가 쪽에 있는 열쇠는 다시 가져올 수 있는 겁니까?"

"문제는 그때 열쇠가 전욱요에게 있었다는 겁니다. 천전 세가에서는 전욱요가 이미 죽었으니 열쇠도 전씨 가문으로 돌아오지 못했답니다. 전욱요를 찾아야 열쇠를 되찾을 수 있을 거예요. 그런데 그가 어디에 있는지 누가 알겠습니까?"

봉지미가 잠시 멍하더니, 웃으며 말했다.

"바람과 구름이 요동치면, 가라앉았던 먼지들이 다시 떠오르는 법이지요. 사람이나 일이나 나타나야 할 때가 되면 알아서 나타나게 되어 있어요."

봉지미는 더는 아무것도 묻지 않고, 지도 한 장을 끌어다 놓고 종신에게 말했다.

"우리는 수면 위로 떠올라서는 안 됩니다. 저쪽에서 진행하는 일이 이것 때문에 차질이 생겨서도 안 되고. 믿을 수 있는 사람들을 보내서 우리가 최근 몇 년간 전국에서 조금씩 사 모은 물자 중에서 일부를 이쪽으로 보내야 합니다."

봉지미는 지도 위의 한 지점을 가리켰다. 그곳은 짙고 푸른 그림자가 길게 드리워진, 끝도 없이 이어진 산맥을 대표하는 곳, 바로 민남의 십만대산이었다.

"네……."

종신이 대답하더니, 갑자기 고개를 위로 쳐들었다. 동시에 봉지미가 고함을 질렀다.

"누구냐?"

손을 뻗자, 손에 있던 붓이 화살처럼 날아갔다. '쌩'하는 소리가 창문을 뚫고 나아갔다. '와장창' 소리와 함께 기와가 부서졌다. 기왓장 위에 무언가 무거운 것이 쓰러졌다가 다시 일어나는 소리도 들렸다. 머리 위와 사방에서 바람이 일더니 봉지미의 암중 호위들이 뒤를 쫓기 시작했다. 그녀는 고개를 들고 대들보 위를 살폈다. 어딘가가 살짝 반짝이고 있었다. 그녀가 눈을 가늘게 뜨더니 대들보 위로 날아올랐다. 과연 그 위에는 작은 양면 거울 두 개가 눈에 띄지 않게 놓여 있었다. 빛이 꺾이는 곳에 놓인 거울은 그녀의 책상 위를 정면으로 향하고 있었다. 지붕의 옆면에는 자그마한 구멍이 동그랗게 뚫려, 누군가가 위에 엎드리기만 한다면 거울의 반사 작용을 이용해 아래쪽의 움직임을 볼 수 있게 되어 있었다. 시력만 좋다면 그녀가 뭐라고 썼는지도 볼 수 있을 것이었고, 엎드리는 위치 또한 그들의 머리 바로 위가 아니니 쉽게 발각되지 않을 것이었다. 이 거울을 놓은 위치는 정밀한 계산에 의한 것이었다. 상대가 준비를 단단히 한 것이 틀림없었다. 그런데 방금은 왜 자기가 노출될 만한 움직임을 보인 것일까? 혹시 그녀가 손으로 가리킨 지도의 방향을 보았기 때문에? 두 사람의 지척에서 이런 일을 벌일 사람이라면 잠복의 고수가 확실했다. 봉지미와 종신은 서로를 바라보았다. 두 사람은 말이 없었지만 눈에서는 살기가 뿜어져 나왔다. 잠시 후 그가 말했다.

"아까 죽은 진가 배후의 멸룡방이 분명히 오늘 밤에 움직일 것 같은데요. 설마……."

봉지미는 팔을 걷어붙이고, 얼어붙은 창을 거칠게 때리는 마른 대나무를 바라보았다. 눈빛이 아주 괴이했다. 잠시 후, 그녀는 천천히 고개를 저었다.

밤은 싸늘했다. 강회의 밤은 다른 곳의 밤과는 달리 뼈에 사무치는 한기가 돌았다. 낮에는 맑다가도 밤이 되면 희끄무레한 물안개가 어디든 떠돌았다. 달빛이 비치면, 지면 위에는 푸르스름하고 맑은 빛이 반짝거렸다. 멀리서 야경 딱따기 소리가 울렸다. 밤 때문인지 더 길고 황량하게만 들렸다. 바람 속에 곡성이 아득하게 실려 왔다. 악명이 높았던 진가의 당주를 위한 장례를 치르는 소리였다.

쉭쉭.

어둠을 헤치는 바람 소리가 희미하게 들려왔다. 몇몇 그림자가 포정사 관아 곳곳에서 소리 소문 없이 모습을 드러냈다. 그들은 어둠으로 들어가지도 않고 약속이나 한 듯이 한 방향으로 내달았다. 그들의 뒤로 회색 옷을 입은 사람 몇 명이 튀어 오르듯 나타나더니 귀신처럼 바짝 따라붙었다. 앞서가는 사람들은 그저 도망가느라 바쁜 것 같았지만, 사실은 성 서쪽의 한 곳을 향해 가는 중이었다.

바로 그때, 성 서쪽. 굉장히 웅장한 정원의 문이 벌컥 열리더니, 간소한 차림에 칼을 든 날쌘 남자들이 쏟아져 나왔다. 갈색 옷 한 벌에 빨간 허리띠를 매고 팔에는 검은 띠를 두르고 있었다. 그들의 얼굴은 숙연했고, 살기를 띠고 있었다. 정원의 입구에 걸린 등롱의 빛이 어두침침했다. 문 양쪽에는 대련이 걸려 있었다. 좌측에는 '칼춤으로 팔만 리에 비바람을 내리고', 우측에는 '검으로 삼천 장 먼지를 베리니' 하고 쓰여 있었다. 내용은 아주 간단했다. 일촉즉발의 살기 그 자체였다. 은은한 등불 아래, 삐침 한 획 한 획이 정말 칼날처럼 보였다. 무술을 가르치는 도장처럼 보이는 이곳은 강회 사람이라면 대부분 그 정체를 알았다. 여기는 멸룡방의 종단 소재지였다. 그들은 강회의 대부호 진가를 배후에서 든든하게 보호하는 존재였다. 멸룡방은 원래 '멸룡(滅龍)'이 아닌 '성룡

(盛龍)'으로 불렸고, 규모도 작은 삼류 집단이었다. 그런데 2년 전, 한 사내가 혈혈단신으로 칼 한 자루를 쥐고 성룡방에 들어와, 방주를 포함해 고수 열셋을 연달아 해치우고 사람들의 마음을 휘어잡았다. 그 후 방주의 자리에 앉아 단 2년 만에 세력을 크게 키웠다. 그리하여 강회 제1의 집단이 되었고, 이름도 멸룡으로 바꾸었다. 멸'룡(龍)'이라는 대역무도한 이름은 당연히 세간에 공공연히 알릴 수가 없었다. 그래서 종단의 문 앞에는 현판이 없고, 대련으로 대신했다. 이후 멸룡방은 강회의 대부호인 진가와 결탁하고 강호의 패권을 장악하고 있었다. 최근에는 특히 그 기세가 대단했다.

한 사내가 안에 검은 띠가 가득 들어 있는 커다란 광주리를 가지고 나왔다. 사람들은 조용히 띠를 가져다가 팔에 묶었다. 한 중년 사내가 등불 아래 잠자코 서서 포정사 관아 방향을 한참 바라보았다. 그의 표정이 시시각각으로 변했다. 진가의 당주가 수월 산장에서 배가 갈려 죽었다는 소식은 이미 파다하게 퍼져 나갔다. 진가의 도련님은 그길로 멸룡방 종단으로 달려와 무릎을 꿇었다. 포정사가 저지른 이번 일은 멸룡방의 따귀를 아주 제대로 올려붙인 것이나 다름없었다! 멸룡방이 이대로 참는다면, 앞으로 강회도에서 어떻게 군림한단 말인가? 강회 역사상, 그들에게 덤빈 백성도, 관리도 없었다. 이 망할 놈의 관리에게는 바로 지금 따끔한 맛을 보여 주어야만 한다!

잠시 후, 그 남자가 결연하게 손을 휘둘렀다. 무수한 사내들이 낮게 '헛' 소리를 냈다. 낮고 중후한 소리였다. 수천 명의 가슴에서 울려 나오는 소리에 땅바닥마저 떨리는 것 같았다. 안정적이고 규칙적인 발소리가 자박자박 빠른 속도로 지면을 딛고 멀어졌다. 사내들의 무리는 각 방향에서 끊이지 않고 나와서 합류했다. 문 앞에서 말없이 천 조각을 받아 들고, 마치 검은 물줄기가 흐르듯이 강회 수부의 골목마다 들어찼다. 이윽고 그들은 포정사 관아 방향으로 향했다. 뜨거운 결의나 맹세도 없고, 격앙된 구호도 없었다. 침통하고 엄숙한 분위기만이 감돌았다. 기침 소리 한 번 나지 않는 가운데, 횃불만 활활 타올라 어둠 속에서 흔들리는 무수한 그림자만 비추었다. 멸룡방이 강호의 수많은 무리 위에 우뚝 서게 된 것은 바로 이 점 때문이었다. 그들은 진짜 군대와 같은 진지함과 함께, 무엇이든 제압해 버릴 실력을 지니고 있었다. 마치 독약처럼 도성의 혈관을 따라 흘러든 검은 그림자들은 여러 방향에서 모여들어 강회 수부의 심장에서 맺혔다. 포정사 관아였다.

내일이면 천하를 뒤흔들 깜짝 놀랄 소식이 전해질 터였다. 멸룡방 무리를 이끈 침착한 사내 역시 눈가에 흥분의 빛이 역력했다. 선두 무리는 이미 어두컴컴한 포정사 관아의 사정거리 안으로 들어왔다. 그들이 건달이라기보다는 군인에 가까웠다고는 해도, 이렇게 많이 모인 경험은 없었고 관부를 공격하는 것도 처음인지라 다들 흥분한 상태였다. 그래서 그림자 몇 개가 흔적도 없이 자신들의 대오로 섞여 드는 것을 아무도 눈치채지 못하였다. 이어서 또다시 그림자 몇몇이 쥐도 새도 모르게 뒤에 바짝 따라붙었다. 화살 한 발만큼 떨어진 포정사 관아는 거대한 괴수처럼 어둠 속에서 조용히 웅크리고 있었다. 문 앞에는 축 늘어진 등롱이 바람에 뱅글뱅글 돌았다. 솜옷을 입은 병사 둘은 등불 아래에서 긴 칼을 품고 눈을 반쯤 감은 채 꾸벅거리고 있었다. 위험이 소리 없이 다가오는 것을 전혀 알아채지 못한 채였다. 삼경이 다가오자, 사방팔방으로 이어지는 포정사 관아 주변의 골목은 점점 더 많은 사람으로 메워졌다. 이윽고 포정사 관아는 사람들의 물결로 완전히 포위되고 말았다.

가장 앞서 걷던 멸룡방 무리의 지휘자는 문 앞에서 졸고 있던 보초병 둘을 보고는 경멸의 눈빛을 보냈다. 그는 방주의 분부를 기억했다. 민간인이 관부와 싸우면 이기기 어려우니 이번에는 경고만 하라는 것이었다. 이를 상대가 눈치채고 멸룡방에게 퇴로만 열어 준다면, 서로 더는 개의치 않고 웃으며 넘어갈 수 있었다. 무엇보다 중요한 것은 상대에게 멸룡방의 실력과 결의를 보여 주어야 한다는 것이었다. 역대 강회 포정사는 그 땅에서 난 뱀의 화를 돋운 적이 한 번도 없었다. 부임 기간이 3년이니 그저 평안하기만을 바랄 뿐, 뭐하러 일을 벌여서 자신을 향한 평가에 흔적을 남긴단 말인가? 여기까지 찾아온 멸룡방이었지만, 그들은 방심하고 있었다. 그러나 피로 짓밟힌 이 치욕만은 피로 씻어내야만 했다! 그는 차갑게 웃고는 천천히 손을 들어 올렸다.

우지직!

손이 아직 떨어지기도 전에 공중에서 갑작스러운 소리가 울렸다. 깜짝 놀란 멸룡방 지휘자가 미처 반응할 새도 없이, 다시 한번 절그럭거리는 익숙한 소리가 들려왔다. 그 소리를 들은 그가 대경실색하였다. 원래는 평범하기 그지없던 담벼락이 갑자기 셀 수 없이 많은 창문으로 바뀐 것을 발견한 것이다. 그 안에서는 쇠뇌가 수도 없이 튀어나와 있었다. 동굴에서 고개를 내민 뱀 같이 새까만 쇠뇌 틀이 그들의 급소를 노리고 있었다! 그 순간, 멸룡방의 지휘자는 간담이 서늘했다. 쇠뇌로 벽을 가득 채웠다는 것은 상대가 이미 우리를 모조리 해치울 준비를 했다는 뜻이다! 그런 생각이 들자, 큰 소리로 후퇴를 명했다. 그러나 때는 이미 늦었다.

쐐액!

어둠 속에서 검은 화살 구름이 솟아올랐다. 구름의 꼭대기는 암청색으로 차갑게 빛났다. 구름은 '윙' 하는 소리와 함께 천지를 뒤덮으며 머리 위까지 왔다.

"으악!"

순식간에 처참한 비명이 울려 퍼졌다! 장도와 단검으로 포정사 관아를 포위 공격하려던 멸룡방 무리는 감히 관아를 공격할 수 있는 자신들의 기개에 득의양양하고 자만하던 중이었다. 상대가 자신들보다 더 악독하게 나올 거라고는 생각을 못 한 것이다. 인사 한마디조차 없이 이렇게 모조리 다 죽이려 들 줄이야! 강력한 쇠뇌의 공격에, 맨 앞줄에 있던 사람들이 벼를 벤 듯 바닥에 우수수 쓰러졌다. 쓰러진 시체에서 솟아난 피는 포정사 문 앞 널따란 바닥을 붉은 핏빛으로 물들였다! 무리가 술렁이기 시작했다. 그러나 아직 물러서지는 않았다. 어쩌면 앞 사람들은 뒤로 물러서고 싶었는지도 모른다. 그러나 사람이 너무 많았다. 뒷쪽 사람들은 방금 도착해, 앞의 상황을 아직 몰랐기에 그들을 헤치고 후퇴하기는 어려웠다. 화살은 한 번 날아온 후, 아직은 다시 오지 않았다. 쇠뇌가 절그럭 소리가 들려오는 것으로 봐서는 다시 장전해 쏘려는 것 같았다. 새까만 화살의 촉이 사람들을 겨누며 끊임없이 움직였다. 살인 무기가 자신을 훑어내리는 느낌은 공포 그 자체였다. 사람들은 차가운 뱀 눈알 같은 화살촉이 자신을 주시할 때마다, 식은땀이 비 오듯 쏟아졌다. 그러다 화살이 자신을 벗어나면 겨우 참았던 숨을 내뱉고, 사지에서 벗어났다는 기쁨을 맛보았다. 그러나 잠시 후면 다른 활이 또다시 천천히 자신을 겨누었고······. 활은 그렇게 계속해서 움직이기만 하고 날아오지는 않으며 사람들을 괴롭혔다. 그들은 계속해서 생사의 갈림길을 넘나들고 있었다. 강인한 사내들이라도 이렇게 숨 막히는 긴장감이 오가는 극도의 심리적 압박은 견디기 힘들었다. 원래대로라면 어떻게든 대오를 유지해야 했다. 그런데 갑자기 한 사람이 비명을 지르며 동료들의 시체를 밟고 돌아서서 사람들 속으로 파고들기 시작했다. 이를 시작으로, 사방은 일순간 혼란으로 빠져들었다. 앞에 있던 사람들은 뒤로 파고들었고, 뒤에 있는 사람들은 앞으로 몰렸다. 웅성거리는 소리, 짓밟는 소리, 외침 소리, 밀치락달치락 하는 소리가 들려오는 가운데, 홍건한 피는 여기저기로 튀어 올랐고, 으스러진 시체들이 바닥에서 뒤엉켰다. 포정사 관아 앞은 삽시간에 핏빛 죽을 끓이는 솥처럼 아비규환이 되었다.

무리를 이끌던 지휘자가 사람들 위로 뛰어올라 대오를 정비하려 하였다. 그러나 그들이 동원한 인원이 너무 많았다. 아직도 수많은 사람이 이곳을 향해 달려오고 있었다. 소란이 일기 시작하자, 그의 목소리는 시끌벅적한 소리에 묻혀 버렸다. 그는 절망한 채, 그저 두 손을 흔들 수밖에 없었다. 불빛 속에서 그의 몸짓은 아무런 소용이 없었다. 그때, 아직 현장에 도착하지 못한 사람들은 이쪽의 시끄러운 소리를 듣고 더욱 속력을 높였다. 그들은 행동이 더 민첩하고 날랬다. 그러나 그들이 골목 입구로 들어오려 하자, 골목 양쪽의 벽면에서 '쌩' 하고 커다란 칼날 그물이 갑자기 튀어나와 입구를 막아섰다! 달빛 아래에서 흔들리는 그물 위 무수한 칼날의 모습은 마치 차가운 초승달이 눈 속으로 달려드는 것처럼 보였다. 제일 빠르게 달려온 사람은 미처 이를 피하지 못하고 그대로 부딪혔고, 머리가 쪼개져 피를 흘리며 쓰러졌다! 무공이 뛰어난 한 사람이 몸을 날려 칼날 그물을 뛰어넘으려 했다. 그러자 어둠 속에서 누군가가 "쏴라" 하고 소리를 질렀다. 그 순간, 그를 둘러싼 사면의 담벼락 위에 활을 든 궁수들의 그림자가 나타나더니 그들을 향해 맹렬히 화살을 쏘아댔다. 방금 포정사 관아 앞 광장을 메우고 있던 사람 중 일부는 뒤로 돌아와 골목을 통해 도망가려 했지만 칼날 그물에 가로막히고 말았다. 광장과 사방의 골목을 가득 채운 멸룡방이 한 마리 문어의 형세였다고 한다면, 칼날로 된 그물은 이를 끊어내는 식칼이었다. 문어의 다리는 완전히 잘려 나갔고 조각조각 분리되었다. 사람의 물결을 끊어낸 후, 이어진 것은 각개격파였다!

골목 곳곳의 담장 위에서 궁수들이 달려 나가는 발소리가 '타다닥' 울렸다. 소리는 앞에서 뒤에서, 그리고 좌우 어디에서든 울렸다. 어느 담장에서 궁수가 튀어나와 자신을 향해 화살을 쏠지, 도무지 종잡을 수 없었다. 계속 조준만 하고 발사하지 않았던 쇠뇌처럼, 언제 어디서 화살이 날아들어 광장 앞에서 오도 가도 못하는 자신들을 또 쓰러트릴지 알 수 없었다. 따지고 보면 포정사 관아에서는 아직 본격적인 살육을 시작하지도 않았지만, 멸룡방 무리는 이미 정신이 반쯤 나간 상태였다. 차라리 죽는다면 무섭지 않을 것 같았다. 눈앞이 한번 캄캄하고 나면 그대로 끝나는 게 아닌가. 그것보다 더 두려운 것은 죽음의 위협이 시시각각 머리 위를 맴도는 것이었다. 곧 죽는다는 것을 아는데도 그 '곧'이 도대체 언제인지 모를 때의 두려움이란……! 널따란 공터에 가득한 사람들이 전부 뒤돌아가려 했다. 쇠뇌의 사정거리에서 벗어나려는 것이었다. 사람들이 다음 사람 뒤로 파고들면, 앞으로 밀려난 사람들이 위기를 느끼고 어떻게든 뒤로 물러서려 발악했다. 멸룡방 무리들은 그렇게 겹겹이 밀려나고 뚫고 들어가기를 반복하며 한데 뒤엉켰다. 맨 뒤까지 갔다고 생각했지만, 아주 잠깐만 지나면 흐름에 밀려 다시 최전방으로 나가 있다는 것을 깨달았다. 사람은 많고 통제 불능이었다. 죽음이 악몽처럼 사람들을 위협했다. 광장에는 발에 밟혀서 다치고 죽은 사람들이 넘쳐났고, 골목 안은 상황이 더 심각했다. 아예 벽에 납작하게 눌린 사람도 있었다.

어둠 속에서 비명이 하늘을 찔렀다. 불빛에 흔들리는 사람들의 그림자는 마치 저 세상의 귀신처럼 보였다. 집 안에 있는 무고한 백성들은 이불을 둘둘 말고 부들부들 떨었다. 창을 열고 밖을 내다보는 간 큰 사람도 있었지만, 그들은 그날 이후로 꿈속에서 흉악한 귀신을 자주 만났다. 강회의 야사에는 이날 밤이 '멸룡을 멸룡한 밤'으로 기록되었다. 전설이 된 위 후작은 자신에게 일어나는 모든 일을 전설적인 소설로 장식하고 있었다. 이번 일도 당연히 예외가 아니었다. 죄를 묻겠다며 기세등등하게 수만 병력을 끌고 나온 멸룡방이 완전히 미쳐서 자멸하게 만든 것이다. 포정사 관아의 피해는 전무하다시피 했다. 이날 밤의 이야기는 강회 백성들의 입과 귀에도 아주 오랫동안 회자하였다. 그들은 당대 최고의 패거리가 2년에 걸쳐 우뚝 일어섰다가 단 하룻밤 만에 몰락해 버린 것을 두 눈으로 똑똑히 목격한 증인이 된 것이다. 조정에서 누구를 데려다 놔도 눈여겨보지 않던 콧대 높은 강회의 백성들이었다. 그들도 이제는 겉은 부드럽고 속은 짱짱한 이 소년을 확실히 기억하게 되었다.

이날 밤, 봉지미는 찻잔을 받쳐 들고 웃음을 머금은 채, 건물 위에 올라 피바다가 된 저쪽을 가만히 내려다보고 있었다. 눈처럼 새하얀 망토 위에 눈처럼 하얀 털목도리가 그녀의 새하얀 얼굴을 부드럽게 어루만졌다. 새하얗고 아름다운 그녀는 마치 그림 속의 인물과 같이 전혀 때 묻지 않은 사람처럼 보였다. 그녀의 눈빛은 광장 앞의 참극을 향해 있지 않았다. 오히려 깊숙한 골목의 끄트머리에 닿아 있었다. 그곳에는 대들보 위에서 몰래 그녀를 엿들었던 그 일당이 있었다. 신분을 감추고 멸룡방 무리에 섞여 들더니 사람들이 많은 틈을 타, 도망치고 있었다. 그녀가 멸룡방의 퇴로를 차단하고, 골목 담장 위를 타고 다니는 궁수를 배치해서 그들을 때려 부순 일들은 의도치 않은 결과였다. 애초에 그녀가 멸룡방 무리를 해치우려 계획한 것이 아니었다. 사실 그녀는 멸룡방을 이렇게 모질게 대할 생각이 없었다. 그저 그들의 기세를 좀 꺾어 놓으면 나중에 유용할 것 같다고 생각했을 뿐이었다. 그녀의 진짜 목적은 감히 그녀를 엿들은 저놈들이었다. 저 미꾸라지 같은 놈들을 모조리 잡아 없애야 했다! 저놈들이 그녀의 관저에서 발각되어 흩어진 후, 종신의 암중 호위들은 놈들을 따라붙었다. 그리고 상대를 줄기차게 주시하면서 군중 속에 섞여 들었고, 계속해서 상대방의 종적을 알려왔다. 그러니까 담장의 궁수들이 쏜 화살은 바로 몰래 엿듣던 일당들을 깊고 어두운 골목에 가두기 위함이었던 것이다. 골목 안에서 죽든 밖에서 죽든 결과는 다르지 않았지만 말이다. 종신은 뒤에 서서 그녀의 아무렇지 않은 표정을 살폈다. 그녀는 시종일관 살려 두라는 말을 하지 않고 있었다. 그건 누가 염탐을 보낸 것인지, 그녀가 알고 있다는 뜻이었다. 그는 잠시 망설이다가 조용히 물었다.

"정말…… 전부 없앨까요?"

봉지미는 눈을 내리깔고 있었다. 찻물의 수증기에 더욱 촉촉해진 그녀의 눈빛에 오늘 밤의 시퍼런 하늘과 뚝뚝 흐르는 핏빛이 비치고 있었다. 그녀는 아무 말도 하지 않고 그저 손에 들린 찻잔을 더 꽉 쥘 뿐이었다. 이 작은 열기로 얼어붙은 마음을 조금이나마 따뜻하게 녹이려는 것처럼 말이다. 동이 터 오기 직전 가장 어두컴컴한 시간, 저 멀리서 누군가가 신호를 보내 왔다. 그녀는 눈을 감고 손짓을 했다. 쇠뇌와 칼날 그물이 거두어졌다. 갑자기 자유가 된 멸룡방 무리는 순식간에 썰물처럼 빠져나가 달아났다. 그 자리에는 형체를 알아볼 수 없는 시체만 수십 구 나뒹굴었다. 건물 위에 선 그녀는 아래로 내려가지 않고 줄곧 사통팔달인 골목길을 내려다보고만 있었다. 그녀가 한참 동안 아무 말이 없자, 종신이 물었다.

"골목에 있는 시체를 처리해야 할까요?"

종신이 가리키는 것은 몰래 엿듣다 골목에 갇혀 화살을 맞고 죽은 자들이었다. 봉지미가 계속 침묵하다, 고개를 저었다. 그녀의 입가에 처량한 웃음이 천천히 떠올랐다.

약 두 시진이 지난 후, 이 사체들은 보주의 모처에 있는 황가 저택 안에 놓여 있었다. 넓은 마당에 시체 대여섯 구가 일렬로 늘어서 있었다. 하나같이 궁지에 몰려 어쩔 줄 모르는 모습이었다. 얼굴에는 죽음 직전의 공포가 그대로 남아 있었다. 그 표정은 다른 사람들의 눈에 경고처럼 보이기에 충분했다. 마당에 있는 사람들의 안색이 아주 좋지 않았다. 한 사람만이 평상심을 유지하고 있었다. 그가 몸을 숙이고는 꽤 열정적으로 시체들을 하나하나 살펴보았다. 마치 그들이 죽기 전에 무슨 말을 하려 했는지 짐작이라도 하려는 것 같았다. 금빛 만다라화가 수놓아진 새까만 망토가 바닥까지 길게 드리웠다. 그 속의 맑고 청아한 용모는 그의 차가운 매력을 더 도드라지게 했다. 비스듬하게 뻗어 올라간 속눈썹은 마치 깃털처럼 먼 산의 짙푸른 색을 그대로 담아내고 있었다. 잠시 후, 그가 부하들에게 손을 저어 시체를 수습하라고 명했다. 그때 누군가가 와서 하문하는 바람에 그는 말없이 돌아섰다. 마당에 있던 사람들은 어느새 깨끗이 사라지고 흔적조차 없었다. 그는 묵묵히 마당에 서 있었다. 늘씬한 그림자가 한겨울의 가느다란 햇빛 위로 흐릿하게 덮였다. 그는 강회 수부 방향을 바라보며 조용히 중얼거렸다.

"지미, 분명히 알았으렷다. 저들이 내 사람들이라는 것을……."

구혼

장희 20년 여름, 포정사로 부임한 지 갓 반년을 넘긴 봉지미는 또다시 강호를 피바다로 만들었다. 수년간 강호에서 둥지를 틀고 있던 가장 강력한 비밀 조직인 멸룡방 세력은 이 앳된 열혈 포정사의 손에 사상 처음으로 패배의 쓴맛을 보게 되었다. 조정에까지 소식이 전해졌다. 엄밀히 따지면 이 사건은 흥분한 백성들이 떼로 몰려들자 공명정대해야 할 포정사 관아에서 그들을 회유하려는 시도도 하지 않은 채, 살상 무기를 동원해 서슴없이 유혈 사태를 일으킨 것이었다. 비록 그 대상이 평소 선량하지 못한 폭도들이라 할지라도 말이다. 원래대로라면, 어사들이 나서 '인의예지신'을 들먹이며 '백성을 선하게 다스려야 한다, 가혹한 형벌은 하늘과 땅을 해치는 것이다'라고 떠들면서, 포정사를 탄핵해야 한다는 상소를 올릴 법도 했다. 그러나 이번에는 아무도 입을 떼지 않았다. 우선 조정에서는 전쟁이 급했고, 폐하도 무심결에 몇 번이나 위지에 대한 소회를 밝힌 바가 있기 때문이었다. 또한 위지가 포정사의 임무를 제대로 해내지 못했다고 탄핵된다고 해도 어디로 가겠는가? 결국은 내각으로 돌아오거나 군대를 이끌게 될 텐데, 누가 나서서 긁어 부스럼을 만들려고 하겠는가? 그리고 엄밀히 말하면 이 사건에서 대량살상 같은 큰일도 일어나지 않았다. 포정사 관아를 포위하고 공격하는 것은 원래 사형에 해당하는 큰 죄이니, 몇 십 명 정도 죽어도 할 말이 없는 것이 당연하다. 게다가 멸룡방은 자기들 스스로 무너진 것이 아닌가? 다만 조정에서 이 이야기를 나누는 대신들의 표정이 난처하긴 했다. 멸룡방 패거리가 칼을 뽑아 들기도 전에 위지가 발사를 명했는데, 이는 자위(自衛)라기보다는 학살이라는 이유에서였다.

봉지미도 자신의 죄를 청하는 상소를 올렸다. 먼저 폭도 세력은 백해무익한 존재이며, 황제 폐하를 섬기는 신하로서 선량한 백성을 돌보기 위해서 당연한 일을 했다고 운을 뗐다. 그러고는 사방에서 들려오는 이야기는 거짓일 뿐이니, 칭찬이든 벌이든 달게 받겠다는 이야기를 아주 간곡하게 써서 보낸 것이다. 그녀의 상소를 읽은 황제는 오히려 그녀를 두둔하며 후속 처리까지 전권을 일임한다는 명을 내렸다. 그녀로서는 수고를 던 셈이었다. 멸룡방에 대해 처리할 일이 아직 남아 있었기 때문이다.

광장에서 살육이 벌어진 이튿날, 새하얀 눈이 내려 핏자국이 소리소문 없이 덮여 버렸다. 봉지미는 꼭두새벽부터 일어나 가벼운 가죽옷 차림으로 사방에 휘장을 두른 가마를 타고 문을 나섰다. 그녀가 향한 곳은 멸룡방 종단 방향이었다. 가는 길에 강회부 관아에 들렀다. 아직 관아가 한참 멀었는데도, 입구에 사람들이 가득 모인 것이 눈에 띄었다. 웬일인지 관아 앞이 시장 바닥을 방불케 할 정도로 붐볐다. 소쿠리를 껴안고 군중들 사이를 신나게 누비고 다니는 아이들이 고래고래 소리를 질렀다.

"이혼이요! 이혼! 강회 최초 대부호의 이혼 사건입니다! 해바라기 씨 있어요! 해바라기 씨! 새로 볶은 고소한 해바라기 씨 사세요! 해바라기

씨 필요하신 분……."

봉지미는 미간을 찌푸렸다. 곧 설을 앞두고 어느 집에서 이혼을 해? 관아 문턱까지 시끌벅적하게 만들면서 이 난리를 피워? 남자 쪽이야, 여자 쪽이야? 남자 쪽이 이혼을 요구했다면, 관아에 이미 결심했다고 설명하면 그만이잖아? 그 여자는 왜 빨리 승낙을 한 해서 망신을 사서 하는 거야? 혹시…… 여자 쪽이 요구한 이혼인가? 그렇다면…… 그 여자 한 성격 하는군. 그녀는 이런 민사 따위에 관여할 마음도 없었고, 또 직접 관여할 필요도 없었다. 고개를 들고 등을 기댄 그녀는 잠시 후에 할 말을 생각하기로 했다. 그러다가 퍼뜩 눈을 뜨고 발을 굴러 가마를 세우고는 자신의 호위대장을 불러 분부했다.

"다시 가서, 방금 그 이혼이 어느 집안의 일인지 알아보시오."

호위대장이 명을 받고 가버리자, 봉지미는 말없이 가마 안에 앉아 있었다. 햇빛이 차양을 통해 들어왔다. 눈에 반사된 자극적인 빛에 그녀가 실눈을 뜨자, 눈앞이 약간 흐렸다. 한참이 지나고 호위대장이 돌아와 보고했다.

"강회에서 두 번째로 큰 부호인 이가에서 이혼을 원한답니다."

봉지미가 잠시 말이 없다가, 물었다.

"남자 쪽이 원하더냐, 여자 쪽이 원하더냐?"

"여자 쪽입니다."

"이유는?"

호위대장은 조금 망설이다가, 가까이 다가와 조용히 대답했다.

"대인께 보고드립니다. 이가 며느리가 오늘 강회부 관아 문 앞에서 공개적으로 북을 치며 이혼을 요구했다고 합니다. 강회부에서는 우선 이가에도 동의를 얻어야 하기 때문에 이를 허가하지 않았습니다. 그런데 며느리가 가지도 않고 대놓고 이야기했다고 하네요. 남편이 고자여서 못 살겠답니다!"

봉지미의 눈썹이 위로 치솟았다. 추옥락이 끝까지 해 보려고 작정을 했구나! 관부에서 그런 말을 했다가는 이가의 체면이 바닥으로 추락하고, 그녀와 이씨 집안은 철천지원수가 될 거라는 사실을 모른단 말인가? 호위대장 역시 못마땅한 얼굴로 한숨을 쉬더니 말했다.

"방금 수하가 이가 저택에 가 보니, 거기 있던 사람들 전부 난리가 났답니다. 이가 당주는 벌써 기가 차서 졸도했고요. 그 여자…… 참…… 어휴……."

"그렇게까지 하는 걸 보면, 분명히 믿는 구석이 있는 게야."

봉지미가 담담하게 이야기하고는 손을 휘둘러 수하를 물렸다. 가마는 시끄러운 일을 뒤로하고 다시 앞으로 나아갔다. 그녀의 얼굴은 햇빛 속 그늘에 가려 표정이 보이지 않았다. 얼마 지나지 않아 멸룡방 종단에 도착했다. 초상집처럼 적적할 것이라는 예상과 달리, 문 앞은 북새통이었다. 족히 칠팔십 명은 되는 사람들이 문 앞을 둘러싸고 있었다. 차림새가 제각각인 그들은 문 앞에서 손가락질을 하며 쌍욕을 해대는 중이었다.

"멸룡, 이 개 같은 놈들! 어서 나와 죽어 봐라!"

"지난번에 네놈들이 우리 형님의 팔을 끊어 놨지, 오늘 네놈들 두목 다리를 두 동강 내 주마!"

"아침 내내 욕을 해도 내다보는 놈 하나 없냐, 이 겁쟁이 놈들아?"

"멸룡은 얼어 죽을 멸룡? 뱃가죽을 터트려 줄까, 이 미꾸라지들아?"

"하핫, 오늘부터 이름을 추어방이라고 하면 되겠구먼."

"좋은데? 내일 아예 현판을 만들어 보내자고, 추어방이라고!"

"하하하……."

그들의 비꼬는 웃음소리가 울려 퍼졌다. 지금 이곳은 새우들이 얕은 개울로 떨어진 용을 욕보이는 현장이었다. 멸룡이 힘을 잃자, 그들의 기세에 눌려 있던 어중이떠중이들이 기회를 놓치지 않고 찾아온 것이었다. 사람이 높이 오르면 낮은 곳을 짓밟는다는 건 딱히 신기할 것 없는 사실이었다. 이 정도 풍랑도 견디지 못한다면 이 세상에서 어떻게 굴러 먹고 살겠는가? 그런데 봉지미는 그들의 욕지거리를 듣고, 멸룡의 우두머리를 조금 다시 보게 되었다. 다른 사람들은 일이 어떻게 흘러갔는지 잘 알지 못하고, 포정사의 손에 멸룡 무리가 완전히 전멸했다고 생각한다. 그러나 사실은 그들의 사기가 꺾인 것일 뿐, 실제 피해는 크지 않았다. 문 앞에서 욕을 하는 조무래기쯤이야 그대로 짓눌러 죽여 버릴 수 있었다. 그런데 이런 모욕을 당하면서도 나와서 대응하지 않는 것은 우두머리가 포정사의 의도를 간파한 것이 분명했다. 이런 시기에 감히 또 실수를 저질렀다가 포정사 관아에 약점을 잡히면 치명적인 공격을 할 빌미를 제공할까 두려운 것이었다. 그렇게 보면, 그는 굽힐 줄도 알고 버틸 줄도 아는 사내대장부임이 틀림없었다. 그녀의 입가에 희미한 미소가 번졌다. 그녀는 여기까지 직접 와 본 데 소득이 있었음에 만족했다.

계속 듣고 있자니, 이들의 욕지거리가 점점 더 심해지는데도 멸룡방 대문은 굳게 닫혀 있었다. 봉지미도 기다리기가 지루해 가마에서 내렸다. 욕을 하던 녀석들도 그들의 모습을 진즉 보았다. 그러나 그녀의 일행이 모두 평상복을 입고 있었기에 크게 개의치 않고 있었다. 오히려 우물에 빠진 사람에게 돌을 던지는 자신들과 같은 이유로 찾아온 어느 나리라고만 생각하였다. 그녀가 가마에서 내려섰다. 새하얀 가죽옷과 담청색 비단 도포를 입고 망토를 두른 얼굴이 수려했다. 자못 고귀해 보이는 모습과 분위기에 모두가 어리둥절했다. 그녀는 웃음을 머금고 사방을 둘러보며 말했다.

"어, 모두 여기 있었군!"

그 말에 사람들은 또 한 번 어리둥절했지만, 잠시나마 들었던 의심을 거두고 진짜 자신들과 같은 부류의 사람이라고 생각을 하게 되었다. 누런 옷을 입은 사람이 가까이 붙으며 웃었다.

"형씨는 존함이 어찌 되시는지……?"

봉지미는 손을 세차게 휘둘러 그를 저 멀리 밀어냈다! 그 사람은 벽에 쾅 부딪히더니 '어이쿠' 하고 소리를 질렀다. 그리고 바닥으로 주저앉으며 피를 토했다. 사람들이 어리둥절한 가운데, 그녀가 냉소했다.

"네까짓 게 감히 나와 호형호제하고 싶은 것이냐?"

"새파랗게 어린놈이 버릇없는 것도 유분수지! 우리를 건드려?"

그와 똑같이 누런 옷을 입고 빨간 띠를 두른 남자 하나가 기합을 넣더니 칼을 뽑아 들고 기세등등하게 휘둘렀다.

"철혈방(鐵血幇)은 이 건방진 놈의 멱을 따라!"

"쳇, 철혈이고 나발이고!"

봉지미의 호위대장이 이미 칼을 뽑아 들고 달려들었고, 칼 두 자루는 '챙그랑' 소리를 내며 불꽃을 튀겼다. 그녀는 뒷짐을 지고 느릿느릿 걸으며 이야기했다.

"철혈방, 영검맹, 대기십팔결, 장도파……."

봉지미는 그곳에 있는 크고 작은 방파들의 이름을 하나하나 불렀다.

"범도 평지로 오면 개한테 당한다고 했던가? 남은 뼛조각이나 구걸하는 너희 들개 놈들은 여기서 짖을 자격도 없다. 형제(荊齊), 이놈들을 다시 보고 싶지 않아."

"네!"

봉지미의 호위대장 형제는 큰 소리로 대답했다. 고남의가 직접 훈련한 호위들이 칼을 들고 일제히 날아올랐다. 이들은 고남의가 그녀를 위해 선발한 최고의 인재들이었다. 그녀를 따라 남과 북을 휩쓸면서 전쟁을 치르고 피를 뿌렸으며, 천하제일의 고수에게서 가르침을 받은 이들이었다. 그러니 주먹 좀 쓴다고 거들먹거릴 줄이나 아는 녀석들과 어디 비교나 되겠는가. 눈 깜짝할 사이에 앓는 소리가 울려 퍼지며, 바닥 곳곳에 부러진 이빨과 선혈이 흩뿌려졌다. 멸룡방 종단 앞의 공터에 이제 그녀 무리 말고는 제대로 서 있는 사람이 없었다. 사람들은 바닥을 기며 얼굴과 다리를 감싸 쥐고 '아이고'를 연발하였다. 누군가가 '꺼져' 하고 소리쳤다. 녀석들은 팔을 감싸 안고 다리를 절룩거리면서 뒤도 안 돌아보고 후다닥 도망을 갔다. 그녀도 그 녀석들에는 더 눈길조차 주지 않고, 멸룡방 종단의 대문을 보고 있었다. 그때, '쿵' 하면서 문이 열리고 한 남자가 두 무리를 끌고 밖으로 나왔다. 그는 공터를 한번 둘러보더니 곧바로 그녀에게 인사를 했다.

"대형의 큰 도움에 감사드립니다. 감히 존함을 여쭈어도 될지 모르겠습니다."

그의 말투는 거만하지도 비굴하지도 않았다. 표정 역시 감사하는 듯 보였지만, 경계를 늦추지 않았다. 그들 눈에는 봉지미가 강호의 사람이라기보다는 귀족처럼 보일 터였다. 그들은 태생적으로 관리들을 멀리했다. 그녀는 내심 마음이 흡족하였다. 멸룡방 우두머리의 수하에 그래도 좀 쓸 만한 인재가 있는 것이 확실했다. 그녀는 수하를 두는 안목을 통해 멸룡방의 우두머리를 파악하고 나서야 손을 들고 웃음을 띠었다.

"별 말씀을……. 이리 사소한 일을 어디 도움이라 할 수 있겠소? 이 사람은 방주의 오랜 벗이오. 오늘은 특별히 찾아뵙고 싶어 왔으니 방주께 말씀 바라오. 저는 산남의 벗이오만……, 별일은 없으시지요?"

마지막 말에 그 사람의 눈빛에는 긴장이 감돌았다. 그는 얼른 몸을 굽혀 인사를 하더니 일행을 데리고 서둘러 안으로 들어갔다. 잠시 후, 그가 다시 나왔다. 이번에는 데리고 나온 일행의 수가 더 많았다. 그는 문 앞에 서서 예를 차리며 말했다.

"방주께서 뵙자고 하십니다!"

봉지미는 고개를 끄덕이고, 침착하게 들어섰다. 그녀의 호위가 따라 들어가려 했지만, 그가 팔을 들어 막아섰다. 그녀를 따르던 호위가 눈썹을 찡그리며 칼집에서 칼을 반쯤 꺼냈다. 그러자 주위에 있던 멸룡방 무리의 눈빛이 이글거리기 시작했다. 순식간에 일촉즉발의 분위기가 감돌았다. 그녀가 뒤를 돌아보지도 않고 손을 들며 덤덤한 목소리로 이 야기했다.

"옛 친구 만나는데 뭐하러 구름떼같이 몰려가겠나? 물러서."

호위는 감히 봉지미의 말을 거역하지 못하고 '철컥' 칼을 거두고 더 따라붙지 않았다. 그러나 대못처럼 대문 앞에 꼿꼿이 버티고 서서 눈 도 깜짝이지 않고 정문을 쏘아보았다. 이 모습에 멸룡방 무리는 또 한 번 놀랐다. 높은 벼슬아치나 귀족 공자 도련님이라고 생각했는데, 어느 도련님이 이렇게 군기가 바짝 들린 호위를 대동한단 말인가? 게다가 이 호위에게서는 무서운 살기가 느껴졌다. 흔해 빠진 벼슬아치들의 허수 아비 호위 무사가 아니었다. 정말로 갖은 풍파를 겪고 사람을 죽여 본 경험자임을 한눈에 알 수 있었다. 찾아온 이 사람이 도대체 누군지, 갈 수록 더 미궁으로 빠지는 느낌이었다.

봉지미는 아무렇지 않다는 듯 웃음을 띠면서 아주 편안하게 안내하 는 사람을 따라 들어갔다. 멸룡방 종단 건물 내부는 상상했던 것처럼 무시무시하고 어두운 분위기가 아니었다. 배치며 장식이 아주 정제되어 있고 법도 있게 꾸며져 있었다. 꼭 고위 관리의 저택처럼 보이는 이곳이 강호 사나이들의 근거지라고는 믿어지지 않았다. 그녀는 아래를 살펴 보고 고개를 살짝 끄덕였다. 눈을 드니 이미 본채에 들어서 있었다. 층 계 위에 쪽빛 두루마기를 입고 검은 외투를 두른 남자가 서 있었다. 서 른 남짓으로 보였고, 말끔한 차림새였다. 조용한 듯하면서도 약간 거만 한 표정의 그는 암흑 조직의 우두머리라기보다는 꽤나 괜찮은 집안에 서 부유하고 사치스럽게 자란 도련님 같은 느낌이었다. 그녀는 그를 보 자마자 아주 반갑게 손을 내밀며 오랜만에 만난 듯 인사를 건넸다.

"형님, 참으로 오랜만입니다. 몸은 건강하시지요? 이 못난 동생이 형 님을 어찌나 그리워했는지요. 너무 뵙고 싶었습니다!"

봉지미는 보고 싶었다고 호들갑을 떨면서 자연스럽게 계단을 오르며, 멸룡방 우두머리의 손을 붙잡고 자기가 주인인 듯 안으로 들어갔다. 그는 표정이 굳어지며, 소매 아래로 손가락을 한번 튕겨 바람을 일으켰다. 그러나 그녀는 중지를 이용해 바람을 눌러내고, 아무렇지 않다는 듯 웃으며 말했다.

"드시지요. 들어가세요!"

이렇게 한 수가 오고 가니, 멸룡방 우두머리의 낯빛이 또 바뀌었다. 그는 아랫사람을 향해 제지하는 눈빛을 보내고는 얼굴에 웃음을 띠고 말했다.

"귀하께서 이렇게 갑자기 오실 줄을 몰라, 마중도 못가고 실례를 했군요. 어서 안으로 듭시다. 들어가죠!"

멸룡방 우두머리가 손을 휘두르자, 반쯤 닫혀 있던 대문이 큰 소리를 내며 열렸다. 대청에는 사람들이 단정하고 엄숙하게 정좌하고 있었다. 눈을 부라리며 계단 위의 두 사람을 바라보는 이들 모두 불편한 기색이었다. 봉지미는 아차 싶었다. 상대방이 지금 중요한 회의를 하는 중인데 청하지도 않은 손님이 찾아와 이를 방해한 꼴이기 때문이었다. 대청에 모두 모여 있는 걸 보니, 십중팔구는 조직의 존망이 걸린 중요한 문제를 논의하고 있었음이 분명했다. 정말이지 가는 날이 장날이로구나……

"여러분 아주 많이도 모이셨습니다."

봉지미가 하하 웃으며 발길이 이끄는 대로 좌중을 둘러보고는 직접 빈 자리를 찾아 앉았다. 사람들은 너무나 자연스러운 그녀의 모습에 어리둥절할 뿐 아무런 반응도 보이지 않았다. 멸룡방의 우두머리만이 수상쩍은 눈빛으로 그녀를 보더니 입가에 냉소를 띠고 그녀에게 차를 올리라고 손짓을 했다.

"아직 귀하의 성함을 여쭙지 못했습니다만……?"

멸룡방의 우두머리는 참을성이 아주 좋았다. 봉지미가 차 한 모금을 아주 느긋하게 마신 후에야 입을 열었다. 그녀는 내리깔린 눈을 치켜뜬 후, 찻잔에서 모락모락 피어오른 김을 사이에 두고 빙그레 웃고는 간단 명료하게 이야기했다.

"위지."

"……!"

대청이 물을 끼얹은 듯 조용해졌다. 사람들은 입이 떡 벌어진 채, 그 대로 우두커니 앉아 있었다. 그들의 입에서 나온 열기가 겨울 찬 공기에 닿아 하얀 수증기로 변했다.

쨍그랑!

어떤 사람은 깜짝 놀라서 실수로 쥐고 있던 찻잔을 놓치기도 하였다.

위지!

무쌍국사이자 일등 후작, 상씨 집안을 멸하고 해적을 소탕하고 대월 을 공격하고 서량을 뒤흔든, 천하를 벌벌 떨게 만드는 천성의 전설적인 인물. 어젯밤 손짓 한 번으로 풍운을 일으키고 멸룡방 형제들을 서슴없 이 죽여서 단 하룻밤 만에 강회 제1의 조직을 쓸모없는 쓰레기로 전락 시킨 흉악한 포정사! 그런 인물이 지금 여기에 이렇게 갑자기 모습을 드 러낸 것이다! 그것도 혈혈단신 혼자 몸으로 적진인 이곳에……!

"위지!"

성질 급한 이들은 이미 이성을 잃고 벌떡 일어났다.

"이 피도 눈물도 없는 잔인한 관리 놈 같으니라고. 네가 우리 형제들 을 죽였지!"

노련하고 신중한 사람들은 봉지미의 등장에 냉소했다.

"네가 위지냐? 젊은 녀석아, 내가 한마디 하지. 백성들의 존경을 받 고 싶으면, 차라리 남들 하는 대로 따라 하기나 해라. 괜히 억울한 사람 잡지 말고!"

사람들 대부분은 아무 말 없이 자신의 무기를 챙겨 봉지미에게 다가왔다. 대청은 순식간에 물샐 틈 없이 꽉 들어찼다.

"좋아. 구성이 아주 다양하군."

봉지미는 그대로 가만히 앉아, 칭찬하듯 사방을 둘러보았다.

"보아하니 몇 년이 지나도록 본업을 버리지는 않았나 보군요. 아주 구식이고…… 예스러워요."

마지막 말은 흘리듯 살짝 했기 때문에 대부분 듣지 못했다. 그러나 뒷짐을 지고 계속 대청 앞에 서 있던 멸룡방 우두머리가 미간을 찌푸리며 말했다.

"네가 무슨 소리를 지껄이든 소용없다. 네가 진짜든 가짜든, 이 몸은 '위지'라는 두 글자를 이미 들어 버렸어. 아주 작살을 내 주마!"

커다란 기합과 함께 누군가가 평평한 바닥에서 휙휙 바람을 일으켰다. 금빛 찬란한 금강저를 휘두르며 한 사람이 달려왔다. 두말할 것 없이 봉지미를 향한 것이었다.

"지금 내가 이야기를 하는 중인데 감히 끼어들어?"

봉지미는 들고 있던 찻잔을 던졌다. 찻잔은 공중에서 짙푸른 곡선을 그리며 팽그르르 돌아 춤추는 금빛 방어막을 뚫고 들어가더니, 남자 손목의 맥 자리를 스쳤다. 그러자 남자는 손목이 일순간 마비되어 금강저를 바닥에 떨어트리고 말았다. 그의 곁에 있던 한 늙은이가 재빨리 그를 옆으로 밀어내지 않았다면, 육중한 금강저가 그의 발등을 짓이겨 버렸을지도 몰랐다. 그도 깜짝 놀랐는지, 떨어지는 찻잔을 미처 피하지 못하고 찻물을 다리에 주르륵 쏟고 말았다. 그녀는 조금 아쉽다는 듯 손뼉을 치면서 말했다.

"아직 더 마실 건데……."

장내는 조금 전처럼 다시 적막에 휩싸였다. 봉지미의 기술은 간단해 보였지만, 사실은 실력이나 완력을 아주 완벽하게 조절해야 하는 기술이었다. 달려든 사내 또한 흔해 빠진 수준의 무사는 아니었다. 사방에서 비바람을 일으키는 위타 보살의 금강저를 한 손으로 휘두르는 그를 이길 자는 여기 모인 사람 중에서도 셋을 넘지 않았다. 그런데 바로 지금 여기, 글공부나 겨우 할 것처럼 유약해 보이는 포정사가 단번에 그를 제압한 것이다. 지금 당장이라도 그녀를 향해 달려들려고 하는 사람이 있었지만, 그녀는 눈썹을 치켜세우며 멸룡방 우두머리에게 무언의 시선을 보냈다.

"그만!"

뒷짐을 지고 지켜보기만 하던 멸룡방 우두머리가 드디어 입을 열었다. 그는 주위의 사람들에게 눈길도 주지 않은 채, 손을 내치며 말했다.

"모두 물러가라. 위 대인과 이야기를 좀 나누겠다."

"형님!"

멸룡방 우두머리가 결연하게 손을 휘둘렀고, 안에 모인 사람들은 물러날 수밖에 없었다. 봉지미는 미소를 띠고 그들을 지켜보면서 꼼짝 않고 앉아 있었다. 사람들이 모두 밖으로 나가자, 그가 문을 닫았다. 그리고 번뜩이는 눈빛으로 그녀를 주시하며 낮은 음성으로 이야기했다.

"위 대인, 어젯밤 저희를 잘 봐 주셨지요. 다른 사람들은 모르겠지만, 저는 잘 알고 있습니다. 오늘 이렇게 친히 방문하신 것은 어떤 볼일이신지요?"

봉지미가 싱긋 웃고 고개를 끄덕였다.

"정말 총명하신 분이군요……, 항 장군."

마지막 세 글자가 봉지미의 입에서 나오는 순간, 그는 온몸을 파르르 떨면서 고개를 들었다. 그의 눈이 매섭게 빛나며 살기가 뻗어 나왔다.

"나를 그렇게 보지 마시지요."

봉지미는 태연하게 뒤로 기대앉았다.

"만약 당신의 신분을 이유로 불이익을 주려 했다면, 어젯밤 멸룡방은 전멸했을 것이오. 항명, 항 장군. 서두를 것 없습니다. 가만 생각해 보시지요. 나, 위지가 지금까지 당신한테 은혜를 베풀었습니까, 아니면 원수를 졌습니까?"

항명의 눈빛은 긴장했지만, 봉지미는 이미 여유 있게 웃었다.

"당신이 장녕에게서 핍박을 받다 산남에서 봉기했을 때, 장녕과 지역 관부의 연합 작전에 포위되었었지요. 2황자의 지휘 아래, 장녕 연합의 산남 안찰사 허명림 등이 산남의 '녹림 작당 사건'을 조작해냈고, 당신네는 산남, 산북 어디에도 몸을 숨기지 못해 결국 강회까지 오게 되었습니다. 그 후 여기서 보호세나 걷는 건달로 전락하고 말았지요."

봉지미가 이야기하면 할수록 항명의 얼굴이 더 심하게 일그러졌다. 그녀는 웃으며 잠시 말을 멈추더니 말머리를 돌렸다.

"그러니까 최종적으로, 누가 그 녹림 작당 사건의 진상을 파헤쳤습니까? 누가 복수할 수 있게 도왔지요?"

항명은 봉지미를 쏘아보더니, 잠시 후 대답했다.

"당신도 정적을 제거하기 위함이었잖소. 완전히 우리를 도왔다고 할수는 없지."

그러자 봉지미가 아주 간곡하게 이야기했다.

"그렇게 말씀하시면 안 되지요. 사내가 일을 함에 있어, 그 은혜와 원한은 분명하게 해야지요. 내 동기가 무엇이었든, 항가의 군대가 내 은혜를 입은 것은 사실입니다. 안 그런가요?"

항명은 이러지도 저러지도 못하고 봉지미를 보고만 있었다. 은혜를 베풀면서는 보답을 바라지 말라는 말도 있거늘, 어찌 이렇게 또박또박 자신이 베푼 친절을 따지면서 이를 인정하라고 괴롭힌단 말인가? 이 '국사'라는 양반, 이름 높은 명사로서의 품격이라고는 찾아볼 수가 없고 후안무치하기가 이를 데 없었다. 그러나 이야기가 나온 이상, 아무리 잡아떼려 해도 입씨름밖에 되지 않을 터였다. 그는 '홍' 하고 코웃음을 치고 이야기했다.

"그래서 귀하께서는 무슨 이유로 오신 건가요, 솔직히 이야기하시지요. 소인은 일개 건달이고 대인의 손안에 있으니, 대인께서 마음대로 주무르시면 되지 않겠습니까?"

"항 장군은 말을 어찌 그리 섭섭하게 하시는가요? 보통 건달이라고 생각했다면 어젯밤에 그 정도로 끝내지 않았을 것이고, 당신의 기개는 펼쳐 보지도 못하고 파묻혀 버렸겠지요."

봉지미가 싱긋 웃었다. 그녀의 웃음에 항명이 어리둥절한 사이, 그녀가 갑자기 몸을 위로 솟구쳤다! 그녀는 세 장(丈)이나 되는 높이를 단번에 솟구쳐 대청의 대들보 위에 올랐다. 그러고 나서 대청 위에 매달린 현판 위에 덮인 검은 천을 한 손으로 떼어냈다! 너무나 갑작스러운 행동에 항명은 미처 손을 쓰지도 못하고 사색이 되었다. 현판 위의 검은 천은 이미 그녀의 손에 '쫙' 찢어지고 말았다. 검은 천이 나풀나풀 떨어져 내리자, 현판을 금빛 찬란하게 수놓은 글자가 눈길을 사로잡았다.

'멸. 룡.'

"어찌 그리 답답하시오!"

봉지미가 바닥으로 내려와 현판을 가리키며 큰 소리로 말했다.

"당신은 모두를 위해 복수를 짊어진 채 그 괴롭힘을 당해냈고, 남은 군대를 이끌고 천하를 유랑하며 강호에 몸을 의탁했지 않소? 그렇게 멸룡의 뜻을 품고도 당당하게 입에 올리지 못한 채, 이렇게 남몰래 장막 아래 숨어 지내다니요!"

"당신!"

항명이 갑자기 잔을 던지며 벌떡 일어섰다.

"쳇!"

그러나 봉지미는 항명을 완전히 무시했다. 그가 고개를 들어 현판을 뚫어지게 보았다. 얼굴은 창백해지고 온몸이 사시나무 떨듯 부들부들 떨리고 있었다. 그녀는 여기서 그치지 않고 다시 한번 위로 솟구쳐 발로 현판을 밟아 버렸다.

"감히 쳐다보지도 못하는 게 대체 무슨 소용인가? 차라리 가져다 관이나 짜는 게 낫지!"

"물러서지 못해!"

재빠른 그림자가 위로 솟구쳐 올라오자, 봉지미는 얼른 공격을 되받았다. 손바닥에서 휙휙 바람 소리가 일었다. 두 사람의 그림자가 가까워지고 멀어지기를 반복하며 '팟팟' 여러 번 맞붙었고, 이윽고 각자 바닥으로 떨어졌다. 둘은 대청의 구석을 각각 차지하고 상대와 마주 보았다. 항명은 화가 나 가슴이 들썩거릴 정도로 씩씩댔고, 얼굴마저 새파랗게 질려 있었다. 반면에 한가롭게 소매를 매만지는 그녀의 입가에는 차가운 미소가 걸려 있었다. 그녀는 아무 일 없었다는 듯 소매를 걷는 척하면서 몰래 손가락을 주물렀다.

'아이고, 저 인간 손힘 한 번 세네.'

햇빛이 비쳐 부연 먼지 속을 헤집자, 항명의 얼굴이 밝아졌다가 어두워졌다가 하는 것처럼 보였다. 잠시 후, 그가 숨을 고르더니 잠긴 목소리로 말했다.

"도대체 당신 의도가 뭡니까? 당신은 조정의 관리가 아니오?"

봉지미가 눈을 내리깔며 담담하게 말했다.

"항 형, 내 의도가 뭔지는 지금 말씀드리기 어렵소. 그러나 절대 악의는 없어요. 오늘 나는 이걸 알려 드리려고 왔소. 그 현판에 쓰인 두 글자가 진정 이루어지길 원한다면, 항씨 집안에서 그때 당한 억울함과 치욕을 씻고 복수하길 원한다면…… 반드시 나와 손을 잡아야 합니다."

"그러지 않겠다면?"

항명이 냉소하며 물었다.

"그럼 당신은 또 다른 곳을 떠돌겠지요. 멸룡의 현판을 검은 천으로 둘둘 싸서 영원히 장식품으로 삼은 채 말이지요. 나도 더는 관부의 힘을 동원해 당신을 괴롭히지 않을 겁니다. 사실 그럴 필요도 없지요. 어젯밤 그 일로 멸룡방의 사기는 땅으로 추락했으니까요. 당신들이 하는 일은 세력도 중요하지만, 그 자존심이라는 게 제일 중요하잖소. 오늘부터는 강회의 뒷골목을 주름잡을 수도 없을 겁니다. 원래부터 강회에 있던 토박이 조직들이 합세해 당신들과 대적하면 더는 발붙일 수 없을 거요. 멸룡방 원래 무리도 분열해 떨어져 나갈 테고요. 설령 당신이 죽는다 해도, 여기서는 싸구려 관 하나 놓을 자리도 못 찾을 겁니다!"

항명의 표정이 돌변하더니, 이를 악물고 무시무시하게 말했다.

"그건 다 당신 탓이야!"

봉지미는 무심하게 이야기했다.

"틀렸어요. 당신도 나에 대해 들어봤겠지요? 내가 인재를 아끼지 않았다거나 항가 군대의 힘이 사라지는 것을 두려워하지 않았다면……어젯밤 내가 죽인 건 서른이 아니었을 거요!"

항명은 침묵했다. 봉지미의 말이 전부 사실이라는 것을 그도 알았다. 그녀와 손을 잡지 않고 멀리 떠나 호기롭게 다시 시작할 수도 있다. 그러나 세상이 아무리 넓다 한들 그의 형제들이 또다시 몸을 숨길 제2의 강회가 있을지 없을지는 생각해 봐야 할 문제였다. 그녀에게 신분이 탄로 난 이상, 다른 사람이라고 모르라는 법은 없었다.

"몰아붙이는 게 아닙니다. 그저 길을 알려 드리는 거예요."

봉지미는 뒷짐을 지고 창문 앞으로 다가가 이야기했다.

"강회를 떠나 제가 알려 주는 곳으로 가십시오. 그곳에 가면 제가 양식과 말, 마차, 무기를 제공할 것입니다. 세력이 더 커지도록 해 드리지요. 장차 그곳에서 둥지를 틀고 계속 어둠의 세계에서 제왕 노릇을 해도 좋고, 기회를 봐서 무엇이든 해내도 좋습니다. 저는 일절 간섭하지 않을 거예요. 제가 해 드린 것에 대해 비밀만 지키면 됩니다."

항명은 묵묵부답이었다. 너무 후한 조건이어서 마치 함정처럼 들렸다. 그러나 바로 그 점 때문에 그는 믿을 수밖에 없었다. 위지의 능력과 신분이라면 자신들을 전멸시키는 것쯤이야 손가락 하나 까딱하는 것만큼 간단한 일이다. 돈과 물자를 대 주면서 안달복달할 필요가 전혀 없었다. 그는 한참을 고민한 끝에 뭔가 깨달은 듯 고개를 들었다.

"그렇다면…… 곧…… 전쟁이?"

봉지미는 희미하게 웃기만 했다. 그녀는 몸을 돌려 항명을 바라보더니 그의 어깨를 툭툭 쳤다. 그리고 남쪽을 가리키면서 의미심장하게 웃었다.

"항 형, 비룡이 하늘에 있습니다. 하늘을 가리고 땅을 덮는데 천하의 호걸 중에 누가 이를 쏘겠습니까?"

장희 20년 말, 포정사 관아는 멸룡방을 일망타진했다. 2년 전 부하들을 데리고 홀연히 나타나 멸룡방이 강호에 위세를 떨치게 만들었던 우두머리는 동료들을 이끌기 부끄럽다는 이유로 원래 데려온 인원만 데리고 다시 먼 길을 떠났다. 멸룡방은 다시 성룡방이 되었고, 한 번 넘어진 후로는 재기하지 못하였다. 강회의 다른 무리도 마찬가지였다. 포정사의 철통같은 관리하에 모든 조직은 비굴하게 굽실거리며 지냈다. 보통 양민들보다도 더 조용히 지내야 했다.

장희 20년의 마지막 날, 보호세 명목으로 돈을 걷는 건달들의 횡포가 사라지자, 장사꾼들은 아주 풍족하게 새해를 맞이했다. 장사꾼들은 자진해서 포정사 입구에 모여 온종일 축하의 폭죽을 터뜨렸다. 반경 수십 장 내의 땅 곳곳에 새빨간 폭죽 부스러기가 가득했다. 밖은 아주 소란스러웠지만, 정작 포정사 관아 안은 설을 쇠는 분위기가 전혀 아니었다. 멀리 떨어져 있는 친구들을 떠올리니 봉지미는 마음이 더욱 좋지 않았다. 종신과 호위들을 불러다 제야 음식을 먹었다. 그리고 종신에게 사람을 시켜 강회의 시장에서 사 모은 온갖 신기한 것들을 꼭 서량에 보내라고 말했다. 그녀는 특히 고 도련님 것을 절대 빠트리지 말라고 당부하고 나서야 자신의 거처로 돌아왔다. 섣달 그믐날 밤은 그녀가 관례대로 독을 뽑아내는 날이었다. 늦은 밤이 되자, 종신이 피곤한 듯 나와 말했다.

"어서 쉬세요. 1년만 더 있으면 독을 완전히 없애 버릴 수 있습니다."

봉지미는 웃었다. 그녀는 종신이 나가는 것을 보고 천천히 침대에 앉았다. 관부 밖으로 폭죽이 터지는 소리가 요란했다. 그럴수록 사방이 더 썰렁하게 느껴졌다. 실내에는 등을 켜놓지 않았다. 하얀 눈의 빛이 창문으로 쏟아져 들어와 방 안의 물건을 고요히 비추었다. 어슴푸레하기도 창백해 보이기도 했다. 그녀는 이불을 끌어안았다. 마음이 텅 빈 듯 헛헛했다. 저 멀리 들리는 왁자지껄한 소리로도 마음이 꽉 채워지지 않았다. 그때 갑자기 피리 소리가 들려왔다. 언뜻 예전에 들었던 맑은 피리 소리 같기도 했지만, 그보다는 조금 더 구슬프고 처량했다. 하늘가에서 희미하게 들려오는 소리는 시끌벅적하면서도 스산한 겨울밤 하늘을 갈랐다. 그녀는 침대 위에 멍하니 앉아 있었다. 손만 뻗으면 닿을 거리에 창문이 있었지만, 이불 속에 손을 파묻고 추워서 못 견디겠다는 듯 꼼짝도 하지 않았다. 피리 소리는 추위 따위는 아랑곳없다는 듯 지칠 줄 모르고 계속해서 울려 퍼졌다. 그날 밤 형부의 지하 감옥에서처럼 밤이 늦도록 그치지 않았다. 하얀 눈이 점점 빛을 잃으며 창살을 뚫고 들어와 침대 위에 가만히 앉아 있는 그녀를 비추었다. 풀어 헤친 새까만 머리 위로 차가운 빛이 쏟아지자 머리칼마저 눈처럼 보였다. 늦은 밤이 되자, 밖에는 바람이 거세게 불기 시작했다. 빗장을 걸지 않은 창문이 벌컥 열린 순간, 그녀는 그를 발견했다.

뜰 밖, 갈색으로 변해 버린 측백나무 가지 위에 그 사람이 피리를 들고 앉아 있었다. 그는 달빛처럼 하얀 옷자락을 바람에 나부끼는 눈처럼 드리우고 있었다. 구름이 노니는 짙푸른 창공, 시든 잎과 마른 나뭇가지의 우울한 배경 속에서 그가 두른 선홍색 망토가 펄럭거리자, 금빛 만다라화가 꽃망울을 터뜨렸다. 그의 모습은 이토록 선명했다. 차갑고 시리도록 선명했다. 보라색 술을 드리운 옥 피리가 그의 손에 들려 있었다. 그의 구슬픈 피리 소리에 기루에 걸린 달도 놀라고 말았다. 창문이 열리자, 그가 고개를 이쪽으로 향했다. 나뭇가지에 앉은 이와 침대에 누운 이가 창을 두고 서로를 마주 보았다. 봉지미의 눈 속에는 눈 내리는 섣달그믐 밤, 애끓는 곡조를 뽑아내는 그 사람이 들어 있었다. 그의 눈 속에는 조용한 방안, 외로운 창가에 이불을 껴안은 그녀가 들어 있었다. 서로를 마주 보는 두 사람이지만, 마음은 다른 곳에 있었다. 눈빛이 오가고 눈발은 소리 없이 떨어졌다. 얼마나 지났을까……. 그녀가 가까스로 웃음을 보이며 낮은 소리로 이야기했다.

"날이 춥습니다……. 들어와서 몸을 녹이세요……."

영혁은 손에 든 옥 피리를 한 바퀴 휘돌렸다. 눈빛 또한 그렇게 담담했다. 봉지미는 말을 끊고, 민망한 듯 주위를 둘러보았다. 화로에 불을 켜는 것도 잊고 있었다.

"거기가 여기보다 더 따뜻해 보이지는 않구나."

영혁은 역시나 의뭉스러운 답변을 했다. 봉지미는 아무 대답도 하지 않고, 그는 고개를 들어 하늘을 보았다. 두 사람은 그날 수월 산장에서 있었던 연회 이후로 처음 만났다. 각자 바쁜 이유가 있었다지만, 바쁜 게 사람인지 그 마음인지는 자신만이 알 것이었다. 잠시 후, 그가 조용히 말했다.

"알려 줄 게 있어서 왔다. 설날이 지나면 옮겨야 할 수도 있을 거다. 요 대학사가 은퇴했거든. 폐하께서는 아마도 너를 내각으로 부르실 것이다."

봉지미는 의외라는 듯 웃기만 했다. 영혁이 말을 이었다.

"그리고······ 지미야······ 올해가 지나가면······ 나는 반드시 비를 들여야 한다."

봉지미가 눈을 크게 뜨고 영혁을 자세히 보았다. 한참 후, 그녀가 가볍게 웃기 시작했다.

"그런가요······. 감축드립니다."

영혁은 계속해서 봉지미를 주시했다. 오늘 밤, 두 사람의 눈빛은 서로를 피하지 않고 상대의 눈빛 속으로 깊숙이 파고들었다. 이번이 마지막이라는 듯이, 기억 속에 그 눈빛을 담아 두려는 듯 탐욕스러웠다. 결국, 그가 눈을 감았다. 손가락으로 옥 피리를 쓰다듬던 그가 결심을 굳힌 듯 이야기했다.

"지미, 마지막으로 한 번만 묻겠다."

봉지미는 천천히 어깨를 껴안았다. 그리고 이 밤의 차가운 냉기를 견디지 못하겠다는 듯 애써 웃으며 말했다.

"밤이 깊었습니다. 내일 다시 얘기하시는 게······."

"······ 나의 정비가 되겠느냐?"

중매

봉지미는 눈을 감았다. 일순간 그녀의 마음속에는 한 단어가 하염없이 떠돌았다. 5년이라는 시간을 품은 날카로운 빛과 그림자 속에 평생을 물들일 핏빛 연지가 스친 것이었다. 그 단어는 영원히 그치지 않는 노래처럼 끊임없이 반복해서 울렸다. 남해의 파도 앞에서, 열여섯 소녀는 가슴 속에 수도 없이 맴도는 대답을 차마 입으로 내뱉지 못했다. 그리고 인제 와서 다시 그 말을 한다는 건 모순이었다. 그녀가 고개를 천천히 숙이자 긴 머리가 흘러내려 얼굴을 가렸다. 아무에게도 보이지 않는 그곳에서 무언가가 희미하게 반짝거렸다. 영혁은 차가운 밤의 마른 나뭇가지 위에 말없이 앉아 있었다. 그의 옷자락이 물결처럼 바람에 나부꼈다. 한참 후에 그녀가 고개를 들었다. 여느 때와 같은 표정으로 그에게 웃음을 지었다.

"밤이 깊었습니다. 전하, 어서 가서 쉬세요."

영혁은 봉지미를 뚫어지게 바라보았다. 그의 눈빛에는 실망도 분노도 없었다. 그저 깊은 애처로움만이 있었다. 여기까지 오는 길에 수많은 고심과 계획이 있었지만, 격동하는 운명을 끝내 바꿀 수는 없었다. 그는 어떻게든 그녀를 앞으로 밀고 나가려 했다. 그러나 그녀는 언제나 같은 자리에 버티고 있었다. 큰 눈이 내렸던 그날 새벽의 그 자리. 이 또한 운명이다. 모두 운명이다.

"제 마음은, 언제나 있어야 할 곳에 있을 겁니다. 어쩌면 천지가 개벽하는 날, 쓰러지고 뒤바뀔 수는 있겠지요."

이리 결심을 굳히고 맹세한 이상, 인력으로는 어찌할 수가 없는 법이었다. 봉지미는 자기가 원하는 방향으로 자신의 길을 가야 했다. 영혁은 얕은 웃음을 지으며 손을 뻗었다.

"지미야, 마지막으로 하룻밤만 더 함께 있자꾸나."

봉지미가 대답하지 않자, 영혁이 다시 말했다.

"서로 알고 지낸 지 5년이 되었는데, 새해를 함께 맞이한 적이 한 번도 없구나."

봉지미는 눈을 감고 이불을 끌어당겼다. 그리고 벽을 마주 보고 서서히 잠이 들었다. 뒤에서 가벼운 발소리가 들리고, 창문이 닫혔다. 은은한 영혁의 숨결이 실내를 가득 메웠다. 그해, 추운 겨울 얼어 있는 호수 앞에서 흰 매화는 월백색 옷섶을 그냥 스쳐 지났었다. 침대가 살짝 내려앉았다. 그의 호리호리한 그림자가 벽에 나타나 그녀의 어깨를 눌렀다. 그녀는 고개도 돌리지 않고 조용히 물었다.

"왜 절 죽이지 않으셨어요?"

영혁은 멈칫했다. 그 물음의 답을 생각하는 것 같았다. 잠시 후, 살짝 웃음을 보인 그가 말했다.

"지미야, 내가 천하의 모든 사람을 다 죽인다 해도 너만큼은 죽일 수 없다."

"그렇더라도 오늘부터는"

봉지미는 여전히 두 눈을 질끈 감고 있었다.

"저를 적으로 여기시기를 바랍니다."

아무런 기척이 없었다. 이윽고 영혁의 손가락이 봉지미의 뺨을 조심스레 쓰다듬었다. 손끝이 얼음처럼 차가웠다. 얼음 같은 손끝은 그녀의 볼을 가만히 쓰다듬었다. 손가락에 축축한 물기가 스쳤다. 손끝보다 더 차가운 물기는 깊은 밤을 울리는 바람 속에서 천천히 얼어붙었다. 뼈에 사무치는 추위를 데워 줄 따뜻한 온기는 어디에서도 찾을 수 없었다. 벽에 비스듬히 그림자가 드리웠다. 마치 이 길의 속박과 굴레처럼 점점 멀어지다 보면 언젠가는 끝이 있을 터였다. 아주 오랜 시간이 지난 후, 그림자가 천천히 고개를 들었다. 그리고 손으로 눈가를 훔쳤다. 그의 목이 메어 있었다.

"그래."

그날 밤, 바람은 스산했다. 층층이 감아 올린 하얀 눈이 온몸을 뒤덮고도 남을 것 같았다. 달빛은 이곳저곳으로 얼굴을 내밀었다. 아무도 기댄 사람이 없는 텅 빈 난간을 비추고, 창문 아래 시들어 가는 하얀 매화를 비추었다. 바닥에 가득 깔린 것이 눈꽃인지 매화꽃인지 알 수 없었다. 피곤함에 지친 봉지미는 마지막으로 버티고 있던 자세 그대로 잠이 들었다. 졸음이 쏟아지는 가운데, 그녀는 이대로 영원히 깨지 않았으면 하고 바랐다.

잠결에 몽롱한 꿈을 꾸었다. 꿈속은 그저 아름답기만 했다. 한 사람이 종이우산을 받쳐 들고 오래된 다리를 건너왔다. 맞은편은 수정으로 된 벽이었다. 그런데 수정이 소리도 없이 부서지더니, 차가운 달빛과 바람 아래 오래된 폐묘가 나타났다. 폐묘 앞에서 누군가가 나긋나긋하게 웃으며 갈대꽃을 건넸다. 바다의 물결 속에서 갈대가 흔들리고, 등라꽃 향기가 자욱하게 번져 왔다. 봉지미는 웃으며 무언가를 깨물었다. 기양산의 떫은 잣이었다. 눈을 돌리니 높은 산의 절벽 낭떠러지가 불쑥 다가왔다. 절벽 위에서 누군가가 다른 누구를 보듬어 안고 광활한 산과 바다를 마주하고 있었다. 그 주변으로 달과 별의 빛이 천천히 맴돌았다. 진열장에 있던 은은한 향기의 술은 갑자기 누군가가 벌컥 화를 내며 병을 뿌리치는 바람에 제경의 망도교에 부딪혀 깨져 버렸다. 그녀는 술이 쏟아진 흔적 앞에 서서 대성통곡하였다.

꿈인지, 생시인지, 봉지미는 혼란스러운 꿈속에서 헤매고 있었다. 그녀는 뒤죽박죽이 된 꿈속을 한 걸음 한 걸음씩 걷고 있었다. 몽롱한 와중에 누군가가 계속해서 그녀에게 기대어 있었다. 영혁은 손을 그녀의 볼에 얹고는 애지중지 쓰다듬었다. 숨결이 가까이 다가오는 것이 어렴풋이 느껴졌다. 가까이 오던 숨결은 결국 한숨과 함께 멀어졌다. 해가 밝아오기 직전, 누군가가 슬며시 몸을 숙여 다가왔다. 서늘한 입술이 그녀의 이마에 닿았다. 서로가 가장 가까워진 순간, 그녀는 눈가가 흠뻑 젖어 있다는 걸 분명히 느낄 수가 있었다. 그게 자신의 것인지 그의 것인지는 알 수 없었다. 해가 조용히 떠올랐다. 실내를 메우고 있던 익숙한 숨결은 가닥가닥 흩어져 갔다. 유리에 낀 성에가 물로 변해 버리는 것처럼 흔적도 없이 사라져 버렸다. 그녀는 천천히 일어나 앉았다. 뜰 밖에서 소식을 전하러 온 인기척이 들렸다. 그녀에게 제경으로 돌아오라는 성지가 닿은 것이었다. 그녀는 비단 이불을 단단히 붙들고 밤새 젖어 버린 이불을 가지런하게 정리했다. 한 해의 마지막 밤이 이렇게 지나갔다. 장희 21년은 고요하면서도 시끌벅적하게 그 문을 열어젖혔다.

정월 15일, 봉지미는 제경으로 출발했다. 떠나기 전, 책상 위에는 그녀가 마지막으로 처리할 일을 남겨 두었다. 바로 추 씨 여인이 청한 그 남편과의 이혼 송사였다. 추옥락은 자신의 의견을 거침없이 구구절절 써서 제출하였고, 이는 관부의 문서와 함께 봉지미에게까지 전달되었다. 그동안 부군이 사내구실을 하지 못하고 성격이 괴팍하여 겪은 고초와 설움이 정말이지 이루 말할 수 없다고 했다. 그녀와 이씨 집안은 이미 서로의 연을 끊었고, 지금은 이가에서 나와 절간에서 혼자 지내고 있었다. 감히 부부간의 은밀한 잠자리 사정을 공공연하게 떠벌리고 이혼을 요구한 그녀는 미풍양속을 해친 음탕한 여자라는 비난을 받았다. 사람들은 그녀를 욕하고 손가락질했다. 이씨 집안에서는 그녀에게 이혼을 허하는 판결을 내리는 자는 반드시 죽여 버리고 말 거라고 공공연히 떠들어 댔다. 그렇게 강회부에서 이 사안을 해결하지 못하고 연말까지 미루어 두었다가, 결국 그녀의 책상 위까지 올라온 것이었다.

봉지미는 두텁게 놓인 송사 문건을 놓고 오랫동안 침묵했다. 응석받이로 귀하게 자란 사촌 동생의 성격을 떠올렸다. 세간의 비난과 조소에도 이렇게까지 하는 걸 보면, 마음속에 싹튼 사랑이 이미 걷잡을 수 없이 불타오르고 있음이 분명했다. 상 귀비의 생일 축하연에서 봉지미는 이미 영혁을 향한 추옥락의 마음을 확인했었다. 그때는 다른 이에게 시집을 가면 그 생각이 자연히 수그러들 것으로 생각하였다. 그런데 하필이면 불구가 된 남편을 만나 그 마음이 다시 고개를 들다니. 게다가 이가의 도련님은 자신의 손에 그렇게 된 것이 아닌가? 하늘도 무심하시지, 운명의 수레바퀴가 이렇게 돌아온단 말인가. 난향원에서는 한순간의 의기로 공자의 주머니를 떼어 버렸었다. 그로부터 몇 년이 지난 지금, 그때 뿌린 피가 자신의 발 앞에 그대로 떨어진 꼴이 되었다. 그녀는 아주 살짝, 처량하게 웃었다. 그리고 곧바로 붓을 들어 두꺼운 송사 문건의 마지막에 일필휘지로 판결을 적어 넣었다.

"허함."

장희 21년 2월, 봉지미는 제경으로 돌아왔다. 3월에는 강회도 포정사로 경회 운하 공사에 큰 공이 있었기에 영수전 대학사로 입각하였다. 사실 큰 공이 있다는 것은 핑계에 지나지 않았다. 내각 대학사 자리가 진즉에 위지를 위해 준비되어 있다는 것을 모르는 사람은 없었다. 그 자리에 앉는 것은 그저 시간 문제였을 뿐이었다.

스물하나의 대학사는 그 누구와도 비교 불가한 사상 최연소 기록이
었다. 현재 천성 최고의 의사결정기구에는 대학사가 다섯 명, 중서학사
가 열한 명 있다. 그나마도 후자는 문서를 베껴 쓰고 정리하고 전달하
는 등 사무를 보고 있을 뿐이다. 결국, 나라의 수뇌부이자 진정한 고위
층은 전자인 대학사이다. 천성제가 연로함에 따라, 조정의 일에 대한 내
각의 장악력은 갈수록 커졌다. 전임 수석 보좌＊수보인 요영이 은퇴를 선
언했기에 차석 보좌＊차보이던 호성산이 수석 보좌로 진급하였다. 대학
사 중에서도 경력이 가장 오래되었기 때문이다. 그리고 나머지 사람들
은 제각각 기대감을 품고 있었다. 그런데 갓 입각한 신출내기 위지의 이
름이 내각 대학사의 명단 중 두 번째에 위치하게 될 줄이야. 먼저 내각
에 들어온 신자연보다도 앞서 있었다. 그 말인즉슨, 위지가 내각에 들어
오자마자 차보 자리를 꿰찼다는 뜻이었다.

호윤헌에 들어선 순간, 봉지미는 약간 얼떨떨했다. 예전에 그녀는 요
영 수하에서 상소문을 요약하는 일을 맡은 중서학사일 뿐이었다. 게다
가 그때는 조정의 일을 곁에서 듣기만 했었다. 대학사들이 모두 도착해
공무를 논하고 있었다. 상석에 앉은 영혁은 고개를 숙이고 차를 마시고
있었다. 그녀가 들어서는데도 그는 고개를 들지 않았다. 그녀는 그에게
인사를 했다. 그의 바로 오른쪽 첫 번째 자리에 앉은 그녀는 이미 평소
와 다름없는 모습이었다. 호성산이 그녀를 향해 고개를 끄덕하고 웃었
다. 그리고 방금 전 하다만 이야기로 다시 돌아갔다.

"…… 초왕 전하, 폐하께서 어제 대노하시더니 상소문을 다시 돌려보
내셨습니다. 보십시오……."

영혁은 좋지도 싫지도 않은 표정을 하고 고개만 끄덕였다. 찻잔을 든
그가 주위를 둘러보더니, 갑자기 봉지미의 이름을 불렀다.

"위 대학사, 이 일을 어찌 보는가?"

봉지미는 어리둥절했다. 밑도 끝도 없이 무슨 소리란 말인가? 방금

전 호성산의 말로 미루어 짐작건대, 남방의 전쟁에 관한 이야기 같았다. 장녕이 이미 농북 북부 7현을 함락시키고 천성의 중부를 가로지르는 항강(恒江)에 바짝 다가섰으니, 폐하가 이로 인해 진노하시는 것이 당연했다. 그녀는 머뭇거리다가 짐작한 바를 이야기하기 시작했다.

"장녕의 기세가 매섭기는 합니다만, 제가 보기에는 천하를 집어삼키려는 마음을 먹지는 않은 듯합니다. 잠시 땅을 잃은 것에 폐하께서는 너무 염려하지 않으셔도 됩니다. 시일이 지나면……."

봉지미의 말이 끝나기도 전에 대학사들이 웃음을 터뜨리기 시작했다. 호성산이 수염을 어루만지며 신자연에게 말했다.

"이것 좀 보시지요. 진급이 빠른 사람은 역시 머릿속이 온통 국가의 대사 생각뿐입니다그려."

봉지미는 도무지 영문을 알 수가 없었다. 깜짝 놀라 눈을 동그랗게 뜨고 물었다.

"뭐가 잘못되었습니까?"

봉지미가 이렇게 얼빠진 표정을 짓는 경우가 매우 드물었기에, 모두 재미있다는 듯 웃어댔다. 사람들을 휙 둘러보자, 상석에 앉은 영혁은 그나마 웃지 않았다. 그러나 그 역시 조금 전까지 웃고 있다가 얼른 웃음기를 거둔 눈치였다. 그가 무덤덤한 눈빛을 보내며 이야기했다.

"위 대학사, 정신 차리게. 방금 호 대학사가 한 이야기는 본 왕의 혼사에 관한 일이오."

봉지미는 당황해서 얼굴이 붉으락푸르락했지만, 애써 평정심을 되찾고 웃으며 말했다.

"전하, 용서하십시오. 소신이 내각에 들어와 함께 논의하게 될 첫 번째 사업이 전하의 혼사일 거라고는 미처 생각지도 못하였습니다."

호성산이 이야기했다.

"전하의 일이 나라의 일이지요. 다만…… 전하께서 바라시는 분의 신분이 적당하지 않아 폐하께서 이를 허하지 않으셨소이다. 위 대인은 묘책을 잘 내기로 유명한 무쌍국사이시니 무슨 좋은 수가 없겠소?"

다른 대학사인 한송중이 웃으며 말했다.

"이 일은 다른 사람은 못 합니다. 위 대인이 꼭 맡으셔야지요. 전하께서 맞으려는 그 규수로 말씀드리자면, 위 대인께서 이혼을 시켜주셨으니까요."

봉지미는 곁에 있던 차를 천천히 한 모금 마신 후, 웃으며 말했다.

"제가 맡은 이혼 송사는 단 한 번이었습니다. 그렇다면 오군도독부 집안의 그 아가씨로군요? 추가라면 저희 어르신과도 인연이 있으니, 이번 일은 제가 꼭 도와 드려야 할 것 같습니다."

봉지미는 영혁을 돌아보며 말했다.

"추 소저는 정말 가련하게도 몹쓸 사내에게 잘못 시집을 갔었지요. 그런데 지금은 전하의 눈에 들었다고 하니, 이 또한 그분의 복인가 봅니다. 전하께서 하명하시면, 소신이 미약한 힘이나마 반드시 써 보겠습니다."

영혁이 즉시 대답했다.

"그럼 그리하시게. 폐하께서 화가 단단히 나셨지만, 그래도 지금껏 그대를 아껴 오셨으니까. 입궁할 일이 있을 때 말씀을 좀 잘 드려 보시게. 그럼 사소한 일들은 위 대학사에게 부탁하겠네."

영혁은 봉지미를 똑바로 보았다. 그녀는 모락모락 피어오르는 찻잔의 수증기를 사이에 두고 희미하게 웃더니 천천히 몸을 굽혔다.

"전하의 크신 은혜에 제가 어찌 명을 거역하겠습니까."

며칠이 지나고 천성 황제가 봉지미에게 입궁을 명했다. 황제는 어서방이 아니라 어화원에 연회 자리를 마련해 놓고 그녀를 맞이했다. 그녀가 도착하고 보니, 소녕과 경비가 자리에 동석해 있었다. 그녀로서는 의외였다. 그녀는 관리의 신분인데 어찌 황실의 공주와 한 자리에서 어울린단 말인가? 그러나 황제는 아무렇지 않게 웃으며 그녀의 손을 잡아 끌었다.

"위지, 너무 격식에 얽매이지 말거라. 네가 자라는 모습을 내가 다 봤지 않느냐. 나는 항상 너를 조카라고 여겼다. 오늘은 아무것도 신경 쓰지 말고 편하게 해라."

황제는 그렇게 말하며 소녕을 흘긋 보았다. 봉지미는 그의 의도를 알아차렸다. 이 늙은 황제는 그녀를 구슬리는 동시에 우리는 가족과 다름없다는 뜻을 넌지시 던진 것이다. 그녀는 얼른 소녕과 경비에게 예를 차리고는 직접 황제의 잔에 술을 따랐다. 황제는 기분이 좋았는지 술을 따르는 족족 단숨에 비워냈다. 잔을 든 손이 조금 떨리고 있었다. 봉지미는 무심결에 이를 보았지만, 아무 말도 하지 않고 그저 웃으며 연거푸 술을 올렸다. 그렇게 다섯 잔을 마시고 나자, 섬섬옥수가 황제의 손을 막아섰다. 고개를 드니, 경비가 황제 앞에 서서 온화한 미소를 지으며 나지막이 이야기했다.

"폐하, 태의가 두 잔까지만 드실 수 있다고 했습니다. 더는 드시지 마세요."

경비는 그렇게 이야기하고는 술병을 가져갔다. 그러면서 옷소매로 침착하게 황제의 입가에 흘러내린 침을 닦아냈다. 황제가 껄껄 웃으며 말했다.

"그래, 그래. 경비가 나를 잘 챙기니, 경비 말을 들어야지. 아무렴."

그러고는 봉지미에게 이야기했다.

"여인들은 항상 이렇다니까. 혼자라도 많이 마시거라. 소녕이 곁에 있으니."

"소신이 어찌 감히…… 폐하, 부디 옥체를 보전하십시오."

봉지미는 웃었다. 그리고 바로 앞에 서서 미소 짓고 있는 경비를 곁눈질로 보았다. 오늘 그녀는 예전의 요염한 분위기를 완전히 벗어나 있었다. 아주 온화하고 정숙한 느낌이었다. 이것이 그녀의 진짜 모습인지, 아니면 필요에 의한 가면인지 알 수 없었다. 아무튼, 이 여인이 황제에게 미치는 영향력은 경계심을 갖게 하기에 충분했다. 아이를 가졌다가 잃은 첩은 총애를 잃을 가능성이 컸지만, 그녀는 황제의 사랑을 잃지 않았다. 이는 평소 늙은 황제의 각박한 성격을 미루어 볼 때 의외이기도 했다.

황제는 요리를 몇 점 먹다가, 소녕이 줄곧 말없이 앉아 있다는 것을 떠올렸다. 젓가락을 내려놓고 침침한 눈으로 그녀를 바라보더니 길게 한숨을 쉬고 말했다.

"소녕아, 요즘 갈수록 살이 빠지는구나. 무슨 걱정이라도 있느냐? 얘기해 보아라. 이 아비가 해결해 주마."

봉지미는 가슴이 뛰었다. 그때 경비가 입을 가리고 웃으며 말했다.

"장성한 공주님한테 걱정거리가 뭐겠습니까? 폐하는 다 아시면서 물으세요."

봉지미는 경비를 흘깃 보았다. 이 여자 보통 똑똑한 게 아니었다. 해야 할 일과 해서는 안 될 일을 아주 잘 알고 있었다. 지금 저런 말을 하는 건, 자신과 맞서겠다는 뜻이 틀림없다. 소녕은 경비의 말을 받지 않고 웃기만 했다.

"소녀는 괜찮습니다. 그냥 예전에 했던 다짐이 떠올라서요. 『화엄경』을 직접 베끼어서 아바마마께 올리려 했었는데, 한 권을 남겨 놓고 완성하지 못했습니다. 그래서 실망이 큽니다."

"소녕이 진정 불법에 마음이 그리 깊었단 말이냐?"

황제가 소녕을 응시하더니, 고개를 끄덕이며 말했다.

"공주가 불법을 탐구하여 몸과 마음을 닦고 수양하는 것도 좋지. 다만 너무 빠져들지는 말거라."

소녕은 웃음으로 화답했다. 봉지미는 속으로 쓴웃음을 지었다. 불법을 수행하는 사람에게 너무 빠져들지 말라니, 속세로 돌아오라는 뜻이 아닌가? 늙은이가 갈수록 노골적이었다. 보아하니 경비가 굳이 부채질할 필요도 없을 것 같았다. 자신과 소녕을 맺어 주려는 생각을 버린 적이 아예 없는 듯했다.

"자식들 때문에 짐이 마음을 놓을 수가 없구나."

황제는 갑자기 하고 싶은 이야기가 많은지, 소녕을 가리키며 경비에게 이야기를 늘어놓았다.

"소녕은…… 그렇고, 여섯째는 더하지. 그 나이가 되도록 아직 정비도 들이지 못하고 있잖느냐. 전에는 몸이 안 좋아서 남의 집 여식을 그르치기 싫다고 했었지. 근래에 태의 말로는 몸이 좋아져 아무 문제가 없다고 하는데, 그 녀석이 데려오겠다는 여자가 그 모양이니……! 그 여인이 무슨 은혜를 베풀었다는 둥, 오랫동안 흠모했다는 둥 하면서 그 사람이 아니면 싫다고 하니 짐이…… 정말……."

황제는 말하는 도중에 화가 끓어올랐는지, 갑작스레 기침을 했다. 봉지미는 얼른 다가가 그의 등을 두들겼다. 그런데 때마침 경비도 손을 뻗었고, 두 사람은 천성제의 등에서 부딪힌 각자의 손을 다급하게 거두어 들였다. 스치듯 지나간 그 순간, 봉지미는 그녀의 넓은 소맷단 아래에 있는 손이 너무나도 깨끗하다는 것을 눈치챘다. 손톱에 물을 들이지 않은 것은 물론, 무기로 보일 만큼 기다랗게 기르던 손톱마저 없었다. 손톱은 아주 깔끔하게 잘려 있었고, 손톱 가장자리는 둥그렇게 다듬어져 있었다. 살림하는 보통 아녀자들처럼 소박하고 꾸밈이 없었다. 봉지미의 시선이 그녀의 몸을 훑었다. 변화는 손톱뿐만이 아니었다. 그녀가 두른 옷감은 수수하고 편안해 보였고, 화장도 옅었다. 예전에는 치장이 과하고 화려했다면, 오늘은 간소하고 점잖은 모습이었다. 아까는 황제의 눈앞이라 감히 그녀를 자세히 볼 수가 없었지만, 지금은 등 뒤에 있어서 그 변화를 정확하게 살필 수 있었다. 봉지미는 얼른 시선을 거둔 후, 황제의 등을 천천히 쓸어내리며 계속해서 말을 걸었다.

"폐하, 심기 흐트리지 마시고 고정하시옵소서. 그 추 소저는 폐하께서도 본 적이 있으십니다. 출신이 천하지 않고 덕용언공(德容言工)도 겸비하고 있다 하니, 제경에서도 손꼽히는 훌륭한 규수……."

"예전에는 그랬겠지! 시집을 갔다 버림받은 몸이라는 건 어째서 말하지 않는 것이냐!"

황제가 진노했다. 봉지미는 재빨리 황제의 앞에 무릎을 꿇었다.

"폐하! 그렇다고는 하나, 소신이 강회를 맡아 속사정을 알고 있습니다. 이가와 추가의 혼약은 한낱 허울에 지나지 않았습니다. 추 소저가 결국 이혼을 하였습니다만, 버림받은 것은 아닙니다. 소신은 법률에 따라, 여인이 이혼하면 시집가지 않은 자유의 몸과 똑같다고 봅니다. 더군다나 이 공자는 그…… 오랜 고질병이 있습니다. 추 소저는 진정…… 혼인하지 않은 몸이라 할 수 있습니다."

"영혁이 너한테 뭘 어찌하였길래 네가 이리 대신 나서는 것이냐?"

황제가 갑자기 봉지미를 냉담하게 바라보았다. 눈빛이 아주 날카로웠다. 그녀는 겁도 없이 무릎을 꿇고 앉아 한탄했다.

"폐하, 초왕 전하가 이 일로 소신에게 어찌해 주신다 한 건 없습니다. 소신, 두 가지 이유 때문이니, 감히 간언을 드리겠습니다."

"이야기해서……."

황제가 잠시 말을 끊고는 잠시 몸을 돌려 찻잔을 들었다. 천천히 차를 마신 그가 조용히 입을 열었다.

"네가 든 이유가 짐이 듣기에 타당하다면 그에 따르겠다."

봉지미가 진지하게 이야기를 시작했다.

"첫째, 소신 마음이 무척 아픕니다. 원래 오군도독의 추부가 얼마나 명성이 자자하고 부유한 집안이었습니까? 그런 추부가 하루아침에 몰락하더니, 추가 공자는 육부에서 말단 한직이나 겨우 맡았고 추가 소저는 의지할 곳 없는 신세가 되었지요. 부귀영화를 누리던 귀한 집 자제들이니 지금 같은 처지는 아마 견디기가 힘들 것입니다. 소신이 이렇게 나서서 두 사람을 맺어 주자 하는 것도 다 추 소저를 위함입니다. 초왕을 위해서가 아니옵니다."

차를 마시던 황제가 손을 멈칫했다. 잠시 무언가 생각하던 그가 말했다.

"계속하거라."

봉지미는 속으로 한숨을 쉬었다. 황제가 정말 늙긴 한 모양이었다. 예전이었다면 굳이 그녀가 일깨우지 않더라도 스스로 알았을 것이다. 영혁은 태자로 봉해질 것이 분명했다. 그런데 그렇게 세력이 쟁쟁한 태자가 강력한 처가의 뒷배까지 얻는다고 하면, 용상의 주인이 하루아침에 뒤바뀔 것을 걱정하지 않는 황제가 어디 있겠는가? 내일 당장 태자에게 황위를 물려준다 하더라도, 오늘 그런 일이 일어나는 것은 절대 용납할 수 없었다. 그런 의미에서 추부는 이미 쇠락하였고 자손도 번성하지 못하였으니, 걱정할 필요가 없었다. 그녀는 잠시 뜸을 들이고, 탄식처럼 조용히 읊조렸다.

"둘째, 소신은 서로 마음이 있는데도 세간의 비난이 두려워 함께하지 못하는 모든 이가 가엾습니다."

봉지미는 황제의 발치에 엎드려서 몸을 깊숙이 수그렸다. 얼어붙은 땅바닥이 그녀의 얼굴에 닿았다. 그 순간 서늘한 눈물이 한줄기 흘러내려 바닥을 적시었다. 황제는 웅크려 있는 소년의 가녀린 어깨를 내려다보며 감상에 젖었다. 황제는 봉지미의 말에서 가슴 깊이 우러난 진심을 느낄 수 있었다. 저도 모르게 소녀을 돌아보니, 소년 역시 눈시울을 붉히며 고개를 돌렸다. 그러자 황제는 위지와 공주의 마음 역시 순탄치 못한 길을 걸어온 것이 떠올랐고, 그 말에 담긴 중의적인 뜻을 알아차렸다. 그는 한참을 잠자코 있다가 탄식하며 말했다.

"역시 늙으니 마음도 약해지는구나⋯⋯. 알았으니⋯⋯ 일어나거라."

봉지미는 머리를 조아리고는 조용히 일어나 한쪽으로 비켜섰다. 황제는 차를 들고 잠시 생각하더니 말했다.

"아무리 그래도 황족의 존엄을 해치고 시집을 온다면 세간의 비난을 피할 수가 없다. 그럼 이렇게 하자. 추씨도 황묘로 보내서 잠시 공주를 따라 수행을 시키거라. 그러면 공주에게 딸린 궁녀의 신분으로 짐이 여섯째의 측비로 봉하겠다⋯⋯. 그래도 측비 이상은 안 된다. 나중에 아들딸이나 하나 낳으면 그때 다시 얘기하고."

"소신, 전하를 대신해⋯⋯ 황은이 망극하옵니다!"

봉지미는 허리를 굽혔다. 황제는 그런 그녀의 모습에 활짝 웃으며 손을 덥석 잡았다.

"오늘 일은 네가 여섯째를 대신해 일을 성사시킨 것이니, 짐에게 감사할 것 없다. 오히려 여섯째가 네게 감사를 해야지."

봉지미는 웃으며 대답했다.

"네. 소신⋯⋯ 기대해 보겠습니다."

경비는 두 사람의 이야기에 관심이 없는 듯, 소녕을 향해 웃으며 요리를 권했다. 그런데 소녕이 괜찮다며 마다했고, 그 순간 두 사람의 손이 맞닿았다. 봉지미의 눈이 반짝였다. 소녕의 소맷부리에서 납환 하나가 튀어나와 경비의 소매로 들어가는 것을 본 것이었다. 그 두 사람이 시치미를 떼면서 각자 술을 마시고 요리를 먹자, 그녀는 시선을 딴 곳으로 돌렸다. 저 앞에 하늘거리며 향기를 뿜어내는 살구꽃이 보였다.

올해 들어 황제의 몸이 예전 같지 않음이 확연히 보였다. 말 몇 마디에도 쉽게 피로를 느끼고 쉬고 싶어 했다. 봉지미는 한 발 앞으로 다가서서, 목함 하나를 손으로 받들고 말했다.

"폐하, 이는 수찬처(修撰處)에서 올린 『천성지』 완성 원고 중 앞의 세 권입니다. 소신이 입궁하는 김에 가져왔습니다."

황제가 허허 웃었다.

"신자연이 편찬을 맡은 『천성지』 말인가? 5년 만에 결국 엮어냈구나. 잘 봐야겠다. 너는 편찬처의 직무를 손에서 놓았겠지?"

봉지미가 웃으며 대답했다.

"폐하, 혹 잊으셨사옵니까? 소신은 강회 포정사로 부임하면서부터 수찬처의 일은 아예 놓았습니다."

"나이가 드니 건망증도 느는구나."

황제가 이마를 치며 책을 집어 들었다. 경비가 그를 부축해 내궁으로 향했다. 그녀는 늘씬하고 허리가 가늘었다. 휘청휘청 걷는 황제 곁에 있으니, 해 질 녘 석양 속의 파릇한 능수버들을 떠올리게 했다. 경비는 봉지미의 시선을 느꼈는지, 몇 발자국을 가다가 갑자기 돌아보고는 그녀를 향해 웃었다. 그 모습은 요염하고 아름답기 그지없었다. 연꽃 위에서 춤을 추며 사람의 마음을 뺏고 천하를 뺏던, 영락없이 그때 그 기묘한 무희의 모습이었다. 덕분에 봉지미는 깜짝 놀랐다. 경비는 이미 사뿐사뿐 자리를 떠났고 사방에는 향기만 은은하게 남아 있었다. 소녕은 여전히 혼자서 술을 따라 마시고 있었다.

"공주님……."

봉지미가 소녕에게 말을 걸어보려 했지만, 그녀는 술병을 버리고 자리에서 일어났다.

"출궁하시지요."

두 사람은 태감의 안내에 따라 출궁하다가, 호윤헌 부근에서 영혁과 마주쳤다. 시중드는 사람 여럿이 군사 보고서를 받들고 그의 뒤를 따랐다. 호윤헌에 가서 공무를 논하려는 듯한 모습이었다. 봉지미를 발견한 그는 호윤헌으로 따라갈 테니 먼저 가서 기다리라는 눈짓을 했다. 소녕은 그를 보더니 인사도 하지 않고 걸음을 재촉하여 스쳐 지나갔다. 봉지미를 바라보던 영혁도 그녀에게는 눈길조차 주지 않았다. 이 오누이는 황제 앞에서는 어쩔 수 없이 사이좋은 척을 하며 서로를 마주했지만, 다른 곳에서는 그런 연극을 할 마음 따위 털끝만큼도 없었다. 봉지미는 소녕의 뒷모습을 보면서, 그녀가 던진 납환과 경비와의 사이에 있었던 수상한 기운을 떠올렸다. 그렇게 한눈을 파는 사이, 갑자기 몸이 한쪽으로 기울고 눈앞이 캄캄해졌다. 영혁이 그녀를 처마 뒤로 끌고 간 것이었다. 앞은 등나무 덩굴이 얽힌 담벼락이었고, 뒤는 연못가의 인공 둔덕이었다. 그는 팔을 그녀의 위에 걸치고, 말없이 고개를 숙여 그녀의 눈을 바라보았다. 그녀는 시선을 피하지 않고 고개를 들어 침착하게 그를 보았다.

"전하, 이곳은 궁중입니다."

"궁중이 뭐 어때서?"

영혁이 살짝 웃었다.

"내가 여기 있으니, 누구도 감히 접근하지 못한다."

봉지미는 대답하지 않았다. 영혁도 더 말이 없더니 갑자기 물었다.

"위 대학사에게 감히 묻겠네. 본 왕의 혼사는 어찌 되어 가는가?"

봉지미가 눈꺼풀을 올려 뜨고 영혁을 향해 웃어 보였다.

"다행히도 사명을 완수했습니다."

영혁의 손가락이 봉지미의 귀밑머리에서 멈추었다. 잠시 후, 그가 어색하게 웃으며 말했다.

"잘했다. 잘했어. 아주 잘했어…… 그래."

영혁은 연거푸 대답했다. 대답 소리는 갈수록 짧아지고, 갈수록 급해졌다. 어조가 반갑게 높아지기는커녕 갈수록 떨어지기만 했고, 나중에는 목과 가슴 사이가 꽉 막힌 듯 겨우 짜낸 공기 소리만 삐져나왔다.

"제가 전하를 위해 마지막으로 할 수 있는 일입니다."

봉지미의 입가에서 천천히 웃음이 일었다.

"전하께서 그리 하고 싶다고 하시니, 제가 성사시켜야지요."

"하고 싶다라……."

영혁이 봉지미를 응시했다. 새까만 눈동자 안에서 시커먼 파도가 거세게 일었다. 하늘에 닿을 듯 사납게 넘실거리던 파도는 결국 거대한 둑에 막혀 걸음을 멈추었다. 이리저리 뒤집힌 파도가 순식간에 방향을 바꾸어 돌아서더니 결국 쓰러져 버렸다. 그는 처연하게 웃으며 고개를 끄덕였다.

"그래. 내가 그리한다 했지."

두 사람은 말없이 서로를 마주 보았다. 눈빛은 고요하고 어두웠다. 괜한 트집이나 고집이 아님을 두 사람 다 알았다. '하고 싶다'라고 했지만, 그 하고 싶다가 '진짜 하고 싶다'가 아니라는 것을 알았다.

'너나 나나 너무 이성적이다. 너무 이성적이야. 너나 나나 그놈의 이성을 그다지도 싫어하면서 말이야.'

한참 후에 영혁이 잠꼬대처럼 낮게 속삭였다.

"…… 지미, 운 것 같은데?"

영혁은 걱정스럽게 손가락을 쓸어내려 봉지미의 눈가를 훔치려 했다. 초점 없는 눈동자와 물기가 촉촉한 눈을 보아도 언제 울었는지 알 수가 없었다. 그녀는 화들짝 놀랐다. 반 시진 전에 흘린 눈물 한 방울을 그가 어떻게 발견했단 말인가? 그녀는 눈을 크게 떴다. 눈을 감으면 눈에 고인 물기가 떨어져 내릴 것 같았다. 맑은 빛 속에서 그녀가 고개를 돌려 그의 손가락을 밀어냈다. 그러고는 그의 귓가로 바싹 다가가 아주 조용히 한 사람의 이름을 이야기했다. 그 순간 그의 손이 돌처럼 굳었다.

"그날 밤의 이야기를 기억하세요, 전하."

봉지미는 쓸쓸하게 웃었다.

"그리고 전하께서 하신 말씀도 기억하세요. 높이 오를수록 마음이 약해지면 안 된다 하셨지요. 마음이 약해지면 천만 목숨을 잃는다고요. 잘 생각하세요."

영혁의 손가락이 봉지미의 귓가를 떠났다. 그는 한 걸음, 또 한 걸음 물러서서 그녀를 찬찬히 보았다. 그런 후에 그녀에게 손가락질하며 말했다.

"걱정 마라."

영혁이 뒤로 돌아서서 성큼성큼 걸어 나갔다.

"네가 그리 하는데…… 내 마음이 약해질 수는 없지."

이름 대란

고지효는 말문이 트인 후 말을 엄청 쏟아냈는데, 자기 이름에 특히 관심이 많았다.

"지효. 듣기 좋아."

꼬마 아가씨가 아빠의 다리를 붙잡은 채, 자기 이름에 만족감을 나타냈다. 고 도련님은 호두를 먹다가 더러워진 손을 딸아이의 턱받이에 대충 닦으면서 진심으로 동의하는 듯 고개를 끄덕거렸다.

"지미가 지었으니까, 당연히 듣기 좋지."

고지효는 눈을 깜빡깜빡하다가 한참 후에 아빠의 말에 깜짝 놀란 반응을 보였다.

"이모?"

그러고는 발을 동동 굴렀다.

"싫어!"

고 도련님이 대꾸했다.

"듣기 좋다면서?"

고지효는 자그마한 주먹을 마구 휘둘렀다.

"싫어, 아빠가 지어!"

고 도련님은 아랑곳하지 않고 여덟 번째 호두를 깠다. 고지효는 원망스러운 눈빛으로 호두를 노려보았다. 그녀 평생에 두 가지 원망스러운 것이 있었다. 그중 하나는 호두였다. 아버지는 지효를 안 볼 수는 있어도 호두를 안 먹을 수는 없었다. 그리고 다른 하나는 봉지미였다. 아버지는 호두를 안 먹을 수는 있어도 봉지미를 안 볼 수는 없었다. 이렇게 비교하던 고지효는 여리고 여린 마음에 깊은 상처를 받았다.

"도마! 식칼!"

고지효가 날카롭게 외쳤다. 금빛 빛줄기 두 갈래가 번쩍거리더니, 고 도련님의 손바닥에 있던 마지막 호두가 순식간에 사라졌다. 필후 원숭이 두 마리가 약탈한 전리품을 부둥켜안고 줄행랑을 쳤다. 그런데 자세히 보니, 원숭이들의 등에 난 털이 가닥가닥 곤두서 있었다.

살기! 살기가 느껴진다! 똘마니들은 도망갔지만, 두목은 고집스럽게 제자리에 서서 빙산처럼 차가운 아버지의 눈길을 마주 보았다. 떨린다. 다리가 조금 떨린다. 그래도 아직 버틸 수 있다.

"호두 하나에 이름 하나!"

고씨 집안 꼬마 아가씨는 용감하게 선언했다. 이름을 지어주지 않으면 여덟 번째 호두는 절대 돌려줄 수 없다. 답답해 죽더라도.

폭주하는 딸을 보던 고 도련님은 아이의 갑작스러운 심경 변화를 이해할 수 없었다. 턱을 괴고 한참을 궁리하더니 갑자기 생각에 잠긴 듯 말했다.

"나도 지어 줬었어."

고지효가 기뻐했다.

"정말?"

"갓 태어났을 때 지어 줬지."

고 도련님이 손시늉을 했다.

"요만할 때."

고지효는 감동의 눈물이 밀려들어 두 손을 가슴 앞에 모았다. 오, 하느님. 우리 아버지도 다른 아버지들처럼 딸이 생기고 바로 이름을 지었어요! 너무 행복해! 행복한 마음을 주체하지 못한 꼬마 아가씨는 한시도 지체할 수 없다는 듯 이야기했다.

"그럼 아빠가 지어 준 걸로 할래."

고 도련님은 망설였다.

"지미는 별로라던데."

"이모는 신경 쓰지 마."

고지효는 이미 기분이 좋았다. 다른 여자와 이것저것 따지고 싶지는 않았다. 고 도련님은 갈등했다.

"지미가 별로라고 했다니까."

"좋다고!"

"지미는 여자애한테 어울리지 않는다고……."

고 도련님이 기억을 더듬었다.

"어울려!"

참을성이 한계에 이른 고지효는 극도로 흥분했다.

"그것보다 더 어울리는 건 없어!"

"확실해?"

고 도련님이 천진난만하게 물었다. 고지효는 아버지의 눈빛이 반짝거리는 것을 보고, 일순간 등에 솜털이 곤두섰다. 하지만 아버지가 지은 이름을 쓰고 말겠다는 소망이 불안감을 이겼고, 그녀는 다급하게 고개를 끄덕거렸다.

"응!"

"후회 안 해?"

아버지가 오늘따라 왜 이렇게 말이 많은 걸까? 고지효는 괴로운 듯 머리를 움켜쥐었다.

"안 해!"

고 도련님은 지효를 한참 동안 보더니 고개를 끄덕였다. 그러고 나서 잔뜩 기대하는 딸의 눈길에 꾸물거리며 말했다.

"고지도."

"……."

한참 후, 째질 듯한 비명이 하늘을 갈랐다.

이 일은 금세 잊혔고, 아무런 영향도 미치지 못한 것 같았다. 꼬마 아 가씨의 간식을 담당하는 주방에서도 별다른 일 없이 조용히 며칠이 흘 렀으니까. 하지만 몇 년이 지난 후, 모 나라 모 궁 모 비밀문서 중에 조심 스럽게 숨겨져 있던 금첩 속에는 번쩍번쩍 빛나는 글씨가 이렇게 새겨 져 있었다.

"이름(名) : 지효(知曉), 자(字) : 지도(知道)."

(6권에서 계속)

황권 ❺

1판 1쇄 인쇄 2021년 1월 18일
1판 1쇄 발행 2021년 1월 22일

지은이 | 천하귀원
펴낸이 | 김영곤
펴낸곳 | (주)북이십일 아르테

책임편집 | 원보람
미디어믹스팀 | 장현주 김가람
표지 디자인 | 여백커뮤니케이션
본문 디자인 | 곧은
해외기획팀 | 정미현 이윤경
영업본부 본부장 | 한충희
문학영업팀 | 김한성 이광호
제작팀 | 이영민 권경민

출판등록 | 2000년 5월 6일 제406-2003-061호
주소 | (우10881) 경기도 파주시 회동길 201(문발동)
대표전화 | 031-955-2100 팩스 | 031-955-2151
이메일 | book21@book21.co.kr

(주)북이십일 경계를 허무는 콘텐츠 리더
아르테팝 채널에서 도서 정보와 다양한 영상자료, 이벤트를 만나세요!
페이스북 facebook.com/21artepop   트위터 twitter.com/21artepop
인스타그램 instagram.com/21artepop   홈페이지 artepop.book21.com

ISBN 978-89-509-9227-9 04820
      978-89-509-8901-9 (세트)